D0337797

Marcel Proust

A la recherche du temps perdu

VIII

Le temps retrouvé

Gallimard

Le texte de la présente édition
est conforme au texte de l'édition de la Pléiade,
revu et établi sur les manuscrits autographes
par Pierre Clarac et André Ferré.

© *Éditions Gallimard, 1954.*

Je n'aurais d'ailleurs pas à m'arrêter sur ce séjour que je fis à côté de Combray, et qui fut peut-être le moment de ma vie où je pensai le moins à Combray, si, justement par là, il n'avait apporté une vérification au moins provisoire à certaines idées que j'avais eues d'abord du côté de Guermantes, et une vérification aussi à d'autres idées que j'avais eues du côté de Méséglise. Je recommençais chaque soir, dans un autre sens, les promenades que nous faisions à Combray, l'après-midi, quand nous allions du côté de Méséglise. On dînait maintenant à Tansonville à une heure où jadis on dormait depuis longtemps à Combray. Et à cause de la saison chaude, et puis parce que l'après-midi, Gilberte peignait dans la chapelle du château, on n'allait se promener qu'environ deux heures avant le dîner. Au plaisir de jadis qui était de voir en rentrant le ciel de pourpre encadrer le Calvaire ou se baigner dans la Vivonne, succédait celui de partir à la nuit venue, quand on ne rencontrait plus dans le village que le triangle bleuâtre, irrégulier et mouvant, des moutons qui rentraient. Sur une moitié des champs le coucher s'éteignait ; au-dessus de l'autre était déjà allumée la lune qui bientôt les baignait tout entiers. Il arrivait que Gilberte me laissait aller sans elle, et je m'avan-

çais, laissant mon ombre derrière moi, comme une
barque qui poursuit sa navigation à travers des
étendues enchantées ; le plus souvent elle m'accom-
pagnait. Les promenades que nous faisions ainsi,
c'était bien souvent celles que je faisais jadis enfant :
or comment n'eussé-je pas éprouvé bien plus vivement encore que jadis du côté de Guermantes le
sentiment que jamais je ne serais capable d'écrire,
auquel s'ajoutait celui que mon imagination et ma
sensibilité s'étaient affaiblies, quand je vis combien
peu j'étais curieux de Combray ? J'étais désolé de
voir combien peu je revivais mes années d'autrefois.
Je trouvais la Vivonne mince et laide au bord du
chemin de halage. Non pas que je relevasse d'inexac-
titudes matérielles bien grandes dans ce que je me
rappelais. Mais, séparé des lieux qu'il m'arrivait de
retraverser par toute une vie différente, il n'y avait
pas entre eux et moi cette contiguïté d'où naît,
avant même qu'on s'en soit aperçu, l'immédiate,
délicieuse et totale déflagration du souvenir. Ne
comprenant pas bien sans doute quelle était sa nature,
je m'attristais de penser que ma faculté de sentir
et d'imaginer avait dû diminuer pour que je n'éprou-
vasse pas plus de plaisir dans ces promenades. Gilberte elle-même, qui me comprenait encore moins
bien que je ne faisais moi-même, augmentait ma
tristesse en partageant mon étonnement. « Comment,
cela ne vous fait rien éprouver, me disait-elle, de
prendre ce petit raidillon que vous montiez autrefois ? » Et elle-même avait tant changé que je ne la
trouvais plus belle, qu'elle ne l'était plus du tout.
Tandis que nous marchions, je voyais le pays changer,
il fallait gravir des coteaux, puis des pentes s'abais-
saient. Nous causions, très agréablement pour moi,
avec Gilberte. Non sans difficulté pourtant. En tant
d'êtres il y a différentes couches qui ne sont pas
pareilles, le caractère de son père, le caractère de sa
mère ; on traverse l'une, puis l'autre. Mais le len-

demain l'ordre de superposition est renversé. Et
finalement on ne sait pas qui départagera les parties,
à qui on peut se fier pour la sentence. Gilberte était
comme ces pays avec qui on n'ose pas faire d'alliance
parce qu'ils changent trop souvent de gouvernement.
Mais au fond c'est un tort. La mémoire de l'être le
plus successif établit chez lui une sorte d'identité
et fait qu'il ne voudrait pas manquer à des promesses
qu'il se rappelle, si même il ne les eût pas contre-
signées. Quant à l'intelligence, elle était chez Gilberte,
avec quelques absurdités de sa mère, très vive. Mais,
ce qui ne tient pas à sa valeur propre, je me rappelle
que dans ces conversations que nous avions en nous
promenant, plusieurs fois elle m'étonna beaucoup.
L'une, la première, en me disant : « Si vous n'aviez
pas trop faim et s'il n'était pas si tard, en prenant ce
chemin à gauche et en tournant ensuite à droite, en
moins d'un quart d'heure nous serions à Guermantes. » C'est comme si elle m'avait dit : « Tournez à
gauche, prenez ensuite à votre main droite, et vous
toucherez l'intangible, vous atteindrez les inattin-
gibles lointains dont on ne connaît jamais sur terre
que la direction, que — ce que j'avais cru jadis que
je pourrais connaître seulement de Guermantes, et
peut-être, en un sens, je ne me trompais pas — le
" côté ". » Un de mes autres étonnements fut de voir
les « sources de la Vivonne », que je me représentais
comme quelque chose d'aussi extra-terrestre que
l'Entrée des Enfers, et qui n'étaient qu'une espèce
de lavoir carré où montaient des bulles. Et la troisième fois fut quand Gilberte me dit : « Si vous voulez, nous pourrons tout de même sortir un après-midi
et nous pourrons alors aller à Guermantes, en prenant par Méséglise, c'est la plus jolie façon », phrase
qui en bouleversant toutes les idées de mon enfance
m'apprit que les deux côtés n'étaient pas aussi in-
conciliables que j'avais cru. Mais ce qui me frappa le
plus, ce fut combien peu, pendant ce séjour, je re-

vécus mes années d'autrefois, désirai peu revoir
Combray, trouvai mince et laide la Vivonne. Mais
quand elle vérifia pour moi des imaginations que
j'avais eues du côté de Méséglise, ce fut pendant une
de ces promenades en somme nocturnes bien qu'elles
eussent lieu avant le dîner — mais elle dînait si tard!
Au moment de descendre dans le mystère d'une
vallée parfaite et profonde que tapissait le clair de
lune, nous nous arrêtâmes un instant, comme deux
insectes qui vont s'enfoncer au cœur d'un calice
bleuâtre. Gilberte eut alors, peut-être simplement
par bonne grâce de maîtresse de maison qui regrette
que vous partiez bientôt et qui aurait voulu mieux
vous faire les honneurs de ce pays que vous semblez
apprécier, de ces paroles où son habileté de femme
du monde sachant tirer parti du silence, de la simplicité, de la sobriété dans l'expression des sentiments, vous fait croire que vous tenez dans sa vie
une place que personne ne pourrait occuper. Épan-
chant brusquement sur elle la tendresse dont j'étais
rempli par l'air délicieux, la brise qu'on respirait, je
lui dis : « Vous parliez l'autre jour du raidillon.
Comme je vous aimais alors! » Elle me répondit :
« Pourquoi ne me le disiez-vous pas? je ne m'en étais
pas doutée. Moi je vous aimais. Et même deux fois
je me suis jetée à votre tête. — Quand donc? —
La première fois à Tansonville, vous vous prome-
niez avec votre famille, je rentrais, je n'avais jamais
connu un aussi joli petit garçon. J'avais l'habitude,
ajouta-t-elle d'un air vague et pudique, d'aller jouer
avec de petits amis, dans les ruines du donjon de
Roussainville. Et vous me direz que j'étais bien mal
élevée, car il y avait là dedans des filles et des garçons de tout genre qui profitaient de l'obscurité.
L'enfant de chœur de l'église de Combray, Théodore
qui, il faut l'avouer, était bien gentil (Dieu qu'il
était bien!) et qui est devenu très laid (il est maintenant pharmacien à Méséglise), s'y amusait avec

toutes les petites paysannes du voisinage. Comme on
me laissait sortir seule, dès que je pouvais m'échapper
j'y courais. Je ne peux pas vous dire comme j'aurais
voulu vous y voir venir ; je me rappelle très bien
que, n'ayant qu'une minute pour vous faire comprendre ce que je désirais, au risque d'être vue par
vos parents et les miens, je vous l'ai indiqué d'une
façon tellement crue que j'en ai honte maintenant.
Mais vous m'avez regardée d'une façon si méchante
que j'ai compris que vous ne vouliez pas. »

Et tout d'un coup, je me dis que la vraie Gilberte,
la vraie Albertine, c'étaient peut-être celles qui
s'étaient au premier instant livrées dans leur regard,
l'une devant la haie d'épines roses, l'autre sur la
plage. Et c'était moi qui, n'ayant pas su le comprendre, ne l'ayant repris que plus tard dans ma mémoire,
après un intervalle où par mes conversations tout un
entre-deux de sentiment leur avait fait craindre d'être
aussi franches que dans la première minute, avais
tout gâté par ma maladresse. Je les avais « ratées »
plus complètement — bien qu'à vrai dire l'échec
relatif avec elles fût moins absurde — pour les mêmes
raisons que Saint-Loup Rachel.

« Et la seconde fois, reprit Gilberte, c'est, bien
des années après, quand je vous ai rencontré sous
votre porte, la veille du jour où je vous ai retrouvé
chez ma tante Oriane ; je ne vous ai pas reconnu
tout de suite, ou plutôt je vous reconnaissais sans
le savoir puisque j'avais la même envie qu'à Tansonville. — Dans l'intervalle il y avait eu pourtant les
Champs-Élysées. — Oui, mais là vous m'aimiez
trop, je sentais une inquisition sur tout ce que je
faisais. » Je ne pensais pas à lui demander quel
était ce jeune homme avec lequel elle descendait
l'avenue des Champs-Élysées, le jour où j'étais
parti pour la revoir, où je me fusse réconcilié avec
elle pendant qu'il en était temps encore, ce jour qui
aurait peut-être changé toute ma vie si je n'avais

rencontré les deux ombres s'avançant côte à côte
dans le crépuscule. Si je le lui avais demandé, elle
m'aurait peut-être dit la vérité, comme Albertine si
elle eût ressuscité. Et en effet les femmes qu'on
n'aime plus et qu'on rencontre après des années,
n'y a-t-il pas entre elles et vous la mort, tout aussi
bien que si elles n'étaient plus de ce monde, puisque
le fait que notre amour n'existe plus fait de celles
qu'elles étaient alors, ou de celui que nous étions,
des morts ? Peut-être aussi ne se fût-elle pas rappelé,
ou eût-elle menti. En tous cas cela n'offrait plus
d'intérêt pour moi de le savoir, parce que mon cœur
avait encore plus changé que le visage de Gilberte.
Celui-ci ne me plaisait plus guère, mais surtout je
n'étais plus malheureux, je n'aurais pas pu concevoir,
si j'y eusse repensé, que j'eusse pu l'être autant de
rencontrer Gilberte marchant à petits pas à côté
d'un jeune homme, de me dire : « C'est fini, je renonce à jamais la voir. » De l'état d'âme qui, cette
lointaine année-là, n'avait été pour moi qu'une
longue torture, rien ne subsistait. Car il y a dans ce
monde où tout s'use, où tout périt, une chose qui
tombe en ruine, qui se détruit encore plus complètement, en laissant encore moins de vestiges que la
Beauté : c'est le Chagrin.

Si, pourtant, je ne suis pas surpris de ne pas lui
avoir demandé alors avec qui elle descendait les
Champs-Élysées, car j'avais déjà vu trop d'exemples
de cette incuriosité amenée par le Temps, je le suis
un peu de ne pas avoir raconté à Gilberte qu'avant
de la rencontrer ce jour-là, j'avais vendu une potiche
de vieux chine pour lui acheter des fleurs *. Ç'avait

---

* Je lui demandai. C'était Léa habillée en homme.
Elle savait qu'elle connaissait Albertine, mais ne pouvait dire plus. Ainsi certaines personnes se retrouvent
toujours dans notre vie pour préparer nos plaisirs et
nos douleurs.

été en effet pendant les temps si tristes qui avaient suivi, ma seule consolation de penser qu'un jour je pourrais sans danger lui conter cette intention si tendre. Plus d'une année après, si je voyais qu'une voiture allait heurter la mienne, ma seule envie de ne pas mourir était pour pouvoir raconter cela à Gilberte. Je me consolais en me disant : « Ne nous pressons pas, j'ai toute la vie devant moi pour cela. » Et à cause de cela je désirais ne pas perdre la vie. Maintenant cela m'aurait paru peu agréable à dire, presque ridicule, et « entraînant ». « D'ailleurs, continua Gilberte, même le jour où je vous ai rencontré sous votre porte, vous étiez resté tellement le même qu'à Combray, si vous saviez comme vous aviez peu changé! » Je revis Gilberte dans ma mémoire. J'aurais pu dessiner le quadrilatère de lumière que le soleil faisait sous les aubépines, la bêche que la petite fille tenait à la main, le long regard qui s'attacha à moi. Seulement j'avais cru, à cause du geste grossier dont il était accompagné, que c'était un regard de mépris parce que ce que je souhaitais me paraissait quelque chose que les petites filles ne connaissaient pas et ne faisaient que dans mon imagination, pendant mes heures de désir solitaire. Encore moins aurais-je cru que, si aisément, si rapidement, presque sous les yeux de mon grand-père, l'une d'entre elles eût eu l'audace de le figurer.

Je ne lui demandai pas avec qui elle se promenait avenue des Champs-Élysées le soir où j'avais vendu les potiches. Ce qu'il y avait eu de réel sous l'apparence d'alors m'était devenu tout à fait égal. Et pourtant, combien de jours et de nuits n'avais-je pas souffert à me demander qui c'était, n'avais-je pas dû, plus peut-être encore que pour ne pas retourner dire bonsoir jadis à maman dans ce même Combray, réprimer les battements de mon cœur! On dit, et c'est ce qui explique l'affaiblissement progressif de certaines affections nerveuses, que notre système

nerveux vieillit. Cela n'est pas vrai seulement pour
notre moi permanent, qui se prolonge pendant
toute la durée de notre vie, mais pour tous nos moi
successifs qui, en somme, le composent en partie.

Aussi me fallut-il, à tant d'années de distance,
faire subir une retouche à une image que je me rappelais si bien, opération qui me rendit assez heureux
en me montrant que l'abîme infranchissable que
j'avais cru alors exister entre moi et un certain genre
de petites filles aux cheveux dorés était aussi imaginaire que l'abîme de Pascal, et que je trouvai poétique
à cause de la longue série d'années au fond de laquelle
il fallait l'accomplir. J'eus un sursaut de désir et de
regret en pensant aux souterrains de Roussainville.
Pourtant j'étais heureux de me dire que ce bonheur
vers lequel se tendaient toutes mes forces alors, et
que rien ne pouvait plus me rendre, eût existé ailleurs que dans ma pensée, en réalité si près de moi,
dans ce Roussainville dont je parlais si souvent, que
j'apercevais du cabinet sentant l'iris. Et je n'avais
rien su! En somme, elle résumait tout ce que j'avais
désiré dans mes promenades jusqu'à ne pas pouvoir
me décider à rentrer, croyant voir s'entr'ouvrir,
s'animer les arbres. Ce que je souhaitais si fiévreuse-
ment alors, elle avait failli, si j'eusse seulement su
le comprendre et le retrouver, me le faire goûter dès
mon adolescence. Plus complètement encore que je
n'avais cru, Gilberte était à cette époque-là vraiment
du côté de Méséglise.

Et même ce jour où je l'avais rencontrée sous une
porte, bien qu'elle ne fût pas Mlle de l'Orgeville,
celle que Robert avait connue dans les maisons de
passe (et quelle drôle de chose que ce fût précisément
à son futur mari que j'en eusse demandé l'éclaircisse-
ment!), je ne m'étais pas tout à fait trompé sur la
signification de son regard, ni sur l'espèce de femme
qu'elle était et m'avouait maintenant avoir été.
« Tout cela est bien loin, me dit-elle, je n'ai plus

jamais songé qu'à Robert depuis le jour où je lui ai été fiancée. Et, voyez-vous, ce n'est même pas ces caprices d'enfant que je me reproche le plus... »

Toute la journée, dans cette demeure un peu trop campagne qui n'avait l'air que d'un lieu de sieste entre deux promenades ou pendant l'averse, une de ces demeures où chaque salon a l'air d'un cabinet de verdure et où, sur la tenture des chambres, les roses du jardin dans l'une, les oiseaux des arbres dans l'autre, vous ont rejoints et vous tiennent compagnie, isolés du monde — car c'étaient de vieilles tentures où chaque rose était assez séparée pour qu'on eût pu, si elle avait été vivante, la cueillir, chaque oiseau le mettre en cage et l'apprivoiser, sans rien de ces grandes décorations des chambres d'aujourd'hui où sur un fond d'argent, tous les pommiers de Normandie sont venus se profiler en style japonais pour halluciner les heures que vous passez au lit —, toute la journée, je la passais dans ma chambre qui donnait sur les belles verdures du parc et les lilas de l'entrée, les feuilles vertes des grands arbres au bord de l'eau, étincelants de soleil, et la forêt de Méséglise. Je ne regardais en somme tout cela avec plaisir que parce que je me disais : « C'est joli d'avoir tant de verdure dans la fenêtre de ma chambre », jusqu'au moment où, dans le vaste tableau verdoyant, je reconnus, peint lui au contraire en bleu sombre, simplement parce qu'il était plus loin, le clocher de l'église de Combray. Non pas une figuration de ce clocher, ce clocher lui-même, qui, mettant ainsi sous mes yeux la distance des lieues et des années, était venu, au milieu de la lumineuse verdure et d'un tout autre ton, si sombre qu'il paraissait presque seulement dessiné, s'inscrire dans le carreau de ma fenêtre. Et si je sortais un moment de ma chambre, au bout du couloir j'apercevais, parce qu'il était orienté autrement, comme une bande d'écarlate, la tenture d'un petit salon qui n'était qu'une simple mousseline, mais rouge, et prête à s'incendier si y donnait un rayon de soleil.

Pendant ces promenades, Gilberte me parlait de Robert comme se détournant d'elle, mais pour aller auprès d'autres femmes. Et il est vrai que beaucoup encombraient sa vie, et, comme certaines camaraderies masculines pour les hommes qui aiment les femmes, avec ce caractère de défense inutilement faite et de place vainement usurpée qu'ont dans la plupart des maisons les objets qui ne peuvent servir à rien.

Il vint plusieurs fois à Tansonville pendant que j'y étais. Il était bien différent de ce que je l'avais connu. Sa vie ne l'avait pas épaissi, alenti, comme M. de Charlus, tout au contraire, mais opérant en lui un changement inverse, lui avait donné l'aspect désinvolte d'un officier de cavalerie — et bien qu'il eût donné sa démission au moment de son mariage — à un point qu'il n'avait jamais eu. Au fur et à mesure que M. de Charlus s'était alourdi, Robert (et sans doute il était infiniment plus jeune, mais on sentait qu'il ne ferait que se rapprocher davantage de cet idéal avec l'âge), comme certaines femmes qui sacrifient résolument leur visage à leur taille et à partir d'un certain moment ne quittent plus Marienbad (pensant que, ne pouvant garder à la fois plusieurs jeunesses, c'est encore celle de la tournure qui sera le plus capable de représenter les autres), était devenu plus élancé, plus rapide, effet contraire d'un même vice. Cette vélocité avait d'ailleurs diverses raisons psychologiques, la crainte d'être vu, le désir de ne pas sembler avoir cette crainte, la fébrilité qui naît du mécontentement de soi et de l'ennui. Il avait l'habitude d'aller dans certains mauvais lieux où, comme il aimait qu'on ne le vît ni entrer ni sortir, il s'engouffrait pour offrir aux regards malveillants de passants hypothétiques le moins de surface possible, comme on monte à l'as-

saut. Et cette allure de coup de vent lui était restée.
Peut-être aussi schématisait-elle l'intrépidité apparente de quelqu'un qui veut montrer qu'il n'a pas
peur et ne veut pas se donner le temps de penser.
Pour être complet il faudrait faire entrer en ligne de
compte le désir, plus il vieillissait, de paraître jeune,
et même l'impatience de ces hommes toujours en-
nuyés, toujours blasés que sont les gens trop intelligents pour la vie relativement oisive qu'ils mènent et
où leurs facultés ne se réalisent pas. Sans doute
l'oisiveté même de ceux-là peut se traduire par de
la nonchalance. Mais, surtout depuis la faveur dont
jouissent les exercices physiques, l'oisiveté a pris
une forme sportive, même en dehors des heures
de sport, et qui se traduit non plus par de la nonchalance,
lance, mais par une vivacité fébrile qui croit ne pas
laisser à l'ennui le temps ni la place de se développer *.

  * Ma mémoire, la mémoire involontaire elle-même,
avait perdu l'amour d'Albertine. Mais il semble qu'il
y ait une mémoire involontaire des membres, pâle
et stérile imitation de l'autre, qui vive plus longtemps,
comme certains animaux ou végétaux inintelligents
vivent plus longtemps que l'homme. Les jambes,
les bras sont pleins de souvenirs engourdis.
  Une fois que j'avais quitté Gilberte assez tôt, je
m'éveillai au milieu de la nuit dans la chambre de
Tansonville, et encore à demi endormi j'appelai :
« Albertine. » Ce n'était pas que j'eusse pensé à elle,
ni rêvé d'elle, ni que je la prisse pour Gilberte : c'est
qu'une réminiscence éclose en mon bras m'avait
fait chercher derrière mon dos la sonnette, comme
dans ma chambre de Paris. Et, ne la trouvant pas,
j'avais appelé : « Albertine », croyant que mon amie
défunte était couchée auprès de moi, comme elle
faisait souvent le soir et que nous nous endormions
ensemble, comptant, au réveil, sur le temps qu'il
faudrait à Françoise avant d'arriver, pour qu'Albertine pût sans imprudence tirer la sonnette que je ne
trouvais pas.

Devenant — du moins durant cette phase fâcheuse — beaucoup plus sec, il ne faisait presque plus preuve vis-à-vis de ses amis, par exemple vis-à-vis de moi, d'aucune sensibilité. Et en revanche il avait avec Gilberte des affectations de sensiblerie poussées jusqu'à la comédie, qui déplaisaient. Ce n'est pas qu'en réalité Gilberte lui fût indifférente. Non, Robert l'aimait. Mais il lui mentait tout le temps ; son esprit de duplicité, sinon le fond même de ses mensonges, était perpétuellement découvert ; et alors il ne croyait pouvoir s'en tirer qu'en exagérant dans des proportions ridicules la tristesse réelle qu'il avait de peiner Gilberte. Il arrivait à Tansonville, obligé, disait-il, de repartir le lendemain matin pour une affaire avec un certain monsieur du pays qui était censé l'attendre à Paris et qui, précisément rencontré dans la soirée près de Combray, dévoilait involontairement le mensonge au courant duquel Robert avait négligé de le mettre, en disant qu'il était venu dans le pays se reposer pour un mois et ne retournerait pas à Paris d'ici là. Robert rougissait, voyait le sourire mélancolique et fin de Gilberte, se dépêtrait, en l'insultant, du gaffeur, rentrait avant sa femme, lui faisait remettre un mot désespéré où il lui disait qu'il avait fait ce mensonge pour ne pas lui faire de peine, pour qu'en le voyant repartir pour une raison qu'il ne pouvait pas lui dire, elle ne crût pas qu'il ne l'aimait pas (et tout cela, bien qu'il l'écrivît comme un mensonge, était en somme vrai), puis faisait demander s'il pouvait entrer chez elle et là, moitié tristesse réelle, moitié énervement de cette vie, moitié simulation chaque jour plus audacieuse, sanglotait, s'inondait d'eau froide, parlait de sa mort prochaine, quelquefois s'abattait sur le parquet comme s'il se fût trouvé mal. Gilberte ne savait pas dans quelle mesure elle devait le croire, le supposait menteur en chaque cas particulier, mais que d'une façon générale elle était aimée, et

s'inquiétait de ce pressentiment d'une mort prochaine, pensant qu'il avait peut-être une maladie
qu'elle ne savait pas, et n'osait pas à cause de cela
le contrarier et lui demander de renoncer à ses
voyages. Je comprenais du reste d'autant moins
pourquoi il en faisait que Morel était reçu comme
l'enfant de la maison avec Bergotte partout où étaient
les Saint-Loup, à Paris, à Tansonville.

Françoise, qui avait déjà vu tout ce que M. de Charlus avait fait pour Jupien et tout ce que Robert de
Saint-Loup faisait pour Morel, n'en concluait pas
que c'était un trait qui reparaissait à certaines générations chez les Guermantes, mais plutôt — comme
Legrandin aidait beaucoup Théodore — elle avait
fini, elle personne si morale et si pleine de préjugés,
par croire que c'était une coutume que son universalité rendait respectable. Elle disait toujours d'un
jeune homme, que ce fût Morel ou Théodore : « Il
a trouvé un Monsieur qui s'est toujours intéressé à
lui et qui lui a bien aidé. » Et comme en pareil cas
les protecteurs sont ceux qui aiment, qui souffrent,
qui pardonnent, Françoise, entre eux et les mineurs
qu'ils détournaient, n'hésitait pas à leur donner le
beau rôle, à leur trouver « bien du cœur ». Elle
blâmait sans hésiter Théodore qui avait joué bien des
tours à Legrandin, et semblait pourtant ne pouvoir
guère avoir de doutes sur la nature de leurs relations,
car elle ajoutait : « Alors le petit a compris qu'il
fallait y mettre un peu du sien et y a dit : "Prenez-
moi avec vous, je vous aimerai bien, je vous cajo-
lerai bien ", et ma foi ce Monsieur a tant de cœur
que bien sûr que Théodore est sûr de trouver près
de lui peut-être bien plus qu'il ne mérite, car c'est
une tête brûlée, mais ce Monsieur est si bon que j'ai
souvent dit à Jeannette (la fiancée de Théodore) :
Petite, si jamais vous êtes dans la peine, allez vers
ce Monsieur. Il coucherait plutôt par terre et vous
donnerait son lit. Il a trop aimé le petit(Théodore)

pour le mettre dehors. Bien sûr qu'il ne l'abandonnera jamais *. »

De même estimait-elle plus Saint-Loup que Morel et jugeait-elle que, malgré tous les coups que le petit (Morel) avait faits, le marquis ne le laisserait jamais dans la peine, car c'est un homme qui avait trop de cœur, ou alors il faudrait qu'il lui soit arrivé à lui-même de grands revers.

Il insistait pour que je restasse à Tansonville et laissa échapper une fois, bien qu'il ne cherchât visiblement plus à me faire plaisir, que ma venue avait été pour sa femme une joie telle qu'elle en était restée, à ce qu'elle lui avait dit, transportée de joie tout un soir, un soir où elle se sentait si triste que je l'avais, en arrivant à l'improviste, miraculeusement sauvée du désespoir, « peut-être du pis », ajouta-t-il. Il me demandait de tâcher de la persuader qu'il l'aimait, me disant que la femme qu'il aimait aussi, il l'aimait moins qu'elle et romprait bientôt. « Et pourtant, ajoutait-il avec une telle fatuité et un tel besoin de confidence que je croyais par moments que le nom de Charlie allait, malgré Robert, " sortir " comme le numéro d'une loterie, j'avais de quoi être fier. Cette femme qui me donna tant de preuves de sa tendresse et que je vais sacrifier à Gilberte, jamais elle n'avait fait attention à un homme, elle se croyait elle-même incapable d'être amoureuse. Je suis le premier. Je savais qu'elle s'était tellement refusée à tout le monde que, quand j'ai reçu la lettre adorable où elle me disait qu'il ne pouvait y avoir de bonheur pour elle qu'avec moi, je n'en revenais pas. Évidemment, il y aurait de quoi me griser, si la pensée de voir cette pauvre petite Gilberte en larmes ne m'était

---

* Par politesse je demandai à sa sœur le nom de Théodore, qui vivait maintenant dans le Midi. « Mais c'était lui qui m'avait écrit pour mon article du *Figaro !* » m'écriai-je en apprenant qu'il s'appelait Sanilon.

pas intolérable. Ne trouves-tu pas qu'elle a quelque
chose de Rachel ? » me disait-il. Et en effet j'avais
été frappé d'une vague ressemblance qu'on pouvait
à la rigueur trouver maintenant entre elles. Peut-
être tenait-elle à une similitude réelle de quelques
traits (dus par exemple à l'origine hébraïque pourtant si peu marquée chez Gilberte) à cause de laquelle
Robert, quand sa famille avait voulu qu'il se mariât,
s'était, à conditions de fortune égales, senti plus
attiré vers Gilberte. Elle tenait aussi à ce que Gilberte, ayant surpris des photographies de Rachel
dont elle avait ignoré jusqu'au nom, cherchait pour
plaire à Robert à imiter certaines habitudes chères
à l'actrice, comme d'avoir toujours des nœuds rouges
dans les cheveux, un ruban de velours noir au bras, et
se teignait les cheveux pour paraître brune. Puis,
sentant que ses chagrins lui donnaient mauvaise
mine, elle essayait d'y remédier. Elle le faisait parfois
sans mesure. Un jour où Robert devait venir pour
vingt-quatre heures à Tansonville, je fus stupéfait de
la voir venir se mettre à table si étrangement différente, non seulement de ce qu'elle était autrefois,
mais même les jours habituels, que je restai stupéfait
comme si j'avais eu devant moi une actrice, une
espèce de Théodora. Je sentais que malgré moi je la
regardais trop fixement, dans ma curiosité de savoir
ce qu'elle avait changé. Cette curiosité fut d'ailleurs
bientôt satisfaite quand elle se moucha, et malgré
toutes les précautions qu'elle y mit. Par toutes les
couleurs qui restèrent sur le mouchoir, en faisant
une riche palette, je vis qu'elle était complètement
peinte. C'était cela qui lui faisait cette bouche sanglante et qu'elle s'efforçait de rendre rieuse, croyant
que cela lui allait bien, tandis que l'heure du train
qui s'approchait, sans que Gilberte sût si son mari
arriverait vraiment ou s'il n'enverrait pas une de ces
dépêches dont M. de Guermantes avait spirituelle-
ment fixé le modèle : « Impossible venir, mensonge

suit », pâlissait ses joues sous la sueur violette du fard
et cernait ses yeux.

« Ah! vois-tu, me disait-il — avec un air volontairement tendre qui contrastait tant avec sa tendresse
spontanée d'autrefois, avec une voix d'alcoolique et
des modulations d'acteur — Gilberte heureuse, il
n'y a rien que je ne donnerais pour cela. Elle a tant
fait pour moi. Tu ne peux pas savoir. » Et ce qui était
le plus déplaisant dans tout cela était encore l'amour-
propre, car il était flatté d'être aimé par Gilberte et,
sans oser dire que c'était Charlie qu'il aimait, donnait
pourtant sur l'amour que le violoniste était censé
avoir pour lui des détails que Saint-Loup savait bien
exagérés sinon inventés de toutes pièces, lui à qui
Charlie demandait chaque jour plus d'argent. Et
c'était en me confiant Gilberte qu'il repartait pour
Paris. J'eus du reste l'occasion (pour anticiper un
peu, puisque je suis encore à Tansonville) de l'y
apercevoir une fois dans le monde, et de loin, où
sa parole, malgré tout vivante et charmante, me permettait de retrouver le passé ; je fus frappé combien
il changeait. Il ressemblait de plus en plus à sa mère ;
la manière de sveltesse hautaine qu'il avait héritée
d'elle et qu'elle avait parfaite, chez lui, grâce à l'éducation la plus accomplie, elle s'exagérait, se figeait ;
la pénétration du regard propre aux Guermantes lui
donnait l'air d'inspecter tous les lieux au milieu desquels il passait, mais d'une façon quasi inconsciente,
par une sorte d'habitude et de particularité animale.
Même immobile, la couleur qui était la sienne plus
que tous les Guermantes, d'être seulement l'enso-
leillement d'une journée d'or devenu solide, lui
donnait comme un plumage si étrange, faisait de lui
une espèce si rare, si précieuse, qu'on aurait voulu le
posséder pour une collection ornithologique ; mais
quand, de plus, cette lumière changée en oiseau se
mettait en mouvement, en action, quand par exemple
je voyais Robert de Saint-Loup entrer dans une

soirée où j'étais, il avait des redressements de sa tête
si joyeusement et fièrement huppée sous l'aigrette
d'or de ses cheveux un peu déplumés, des mouvements de cou tellement plus souples, plus fiers et
plus coquets que n'en ont les humains, que devant
la curiosité et l'admiration moitié mondaine, moitié
zoologique qu'il vous inspirait, on se demandait si
c'était dans le faubourg Saint-Germain qu'on se
trouvait ou au Jardin des Plantes, et si on regardait
traverser un salon ou se promener dans sa cage un
grand seigneur ou un oiseau. Pour peu qu'on y mît
un peu d'imagination, le ramage ne se prêtait pas
moins à cette interprétation que le plumage. Il
commençait à dire des phrases qu'il croyait grand
siècle et par là il imitait les manières de Guermantes.
Mais un rien indéfinissable faisait qu'elles devenaient
les manières de M. de Charlus.

— Je te quitte un instant, me dit-il dans cette
soirée où Mme de Marsantes était un peu plus loin. Je
vais faire un doigt de cour à ma mère. Quant à cet
amour dont il me parlait sans cesse, il n'était pas celui
pour Charlie, bien que ce fût le seul qui comptât
pour lui. Quel que soit le genre d'amours d'un
homme, on se trompe toujours sur le nombre des
personnes avec qui il a des liaisons, parce qu'on
interprète faussement des amitiés comme des liaisons,
ce qui est une erreur par addition, mais aussi parce
qu'on croit qu'une liaison prouvée en exclut une autre,
ce qui est un autre genre d'erreur. Deux personnes
peuvent dire : « La maîtresse de X..., je la connais »,
prononcer deux noms différents et ne se tromper ni
l'une ni l'autre. Une femme qu'on aime suffit rarement à tous nos besoins et on la trompe avec une
femme qu'on n'aime pas. Quant au genre d'amours
que Saint-Loup avait hérité de M. de Charlus, un
mari qui y est enclin fait habituellement le bonheur de
sa femme. C'est une règle générale à laquelle les
Guermantes trouvaient le moyen de faire exception

parce que ceux qui avaient ce goût voulaient faire
croire qu'ils avaient au contraire celui des femmes.
Ils s'affichaient avec l'une ou l'autre et désespéraient
la leur. Les Courvoisier en usaient plus sagement.
Le jeune vicomte de Courvoisier se croyait seul
sur la terre et depuis l'origine du monde à être
tenté par quelqu'un de son sexe. Supposant que ce
penchant lui venait du diable, il lutta contre lui,
épousa une femme ravissante, lui fit des enfants.
Puis un de ses cousins lui enseigna que ce penchant
est assez répandu, poussa la bonté jusqu'à le mener
dans des lieux où il pouvait le satisfaire. M. de Courvoisier n'en aima que plus sa femme, redoubla de zèle
prolifique, et elle et lui étaient cités comme le meilleur
ménage de Paris. On n'en disait point autant de celui
de Saint-Loup parce que Robert, au lieu de se
contenter de l'inversion, faisait mourir sa femme de
jalousie en entretenant, sans plaisir, des maîtresses.

Il est possible que Morel, étant excessivement
noir, fût nécessaire à Saint-Loup comme l'ombre
l'est au rayon de soleil. On imagine très bien, dans
cette famille si ancienne, un grand seigneur blond
doré, intelligent, doué de tous les prestiges et
recelant à fond de cale un goût secret, ignoré de
tous, pour les nègres.

Robert, d'ailleurs, ne laissait jamais la conversation toucher à ce genre d'amours qui était le sien.
Si j'en disais un mot : « Ah ! je ne sais pas, répondait-il
avec un détachement si profond qu'il en laissait
tomber son monocle, je n'ai pas soupçon de ces
choses-là. Si tu désires des renseignements là-
dessus, *mon cher*, je te conseille de t'adresser ailleurs.
Moi, je suis un soldat, un point c'est tout. Autant que
ces choses-là m'indiffèrent, autant je suis avec passion
la guerre balkanique. Autrefois cela t'intéressait,
l'étymologie des batailles. Je te disais alors qu'on
reverrait, même dans les conditions les plus différentes,
les batailles typiques, par exemple le grand essai

d'enveloppement par l'aile, la Bataille d'Ulm.
Hé bien! si spéciales que soient ces guerres balka-
niques, Loullé-Bourgas c'est encore Ulm, l'enveloppement par l'aile. Voilà les sujets dont tu peux
me parler. Mais pour le genre de choses auxquelles tu fais allusion, je m'y connais autant qu'en
sanscrit. »

Ces sujets que Robert dédaignait ainsi, Gilberte au
contraire, quand il était reparti, les abordait volontiers
en causant avec moi. Non certes relativement à son
mari, car elle ignorait, ou feignait d'ignorer tout.
Mais elle s'étendait volontiers sur eux en tant qu'ils
concernaient les autres, soit qu'elle y vît une sorte
d'excuse indirecte pour Robert, soit que celui-ci,
partagé comme son oncle entre un silence sévère à
l'égard de ces sujets et un besoin de s'épancher et de
médire, l'eût instruite pour beaucoup. Entre tous,
M. de Charlus n'était pas épargné ; c'était sans doute
que Robert, sans parler de Charlie à Gilberte, ne
pouvait s'empêcher avec elle de lui répéter, sous une
forme ou une autre, ce que le violoniste lui avait
appris : et il poursuivait son ancien bienfaiteur de
sa haine. Ces conversations, que Gilberte affectionnait,
me permirent de lui demander si, dans un genre
parallèle, Albertine, dont c'est par elle que jadis
j'avais la première fois entendu le nom, quand elles
étaient amies de cours, avait de ces goûts. Gilberte
ne put me donner ce renseignement. Au reste il y
avait longtemps qu'il eût cessé d'offrir quelque intérêt pour moi. Mais je continuais à m'en enquérir
machinalement, comme un vieillard ayant perdu la
mémoire, qui demande de temps à autre des nouvelles
du fils qu'il a perdu.

Ce qui est curieux et ce sur quoi je ne peux
m'étendre, c'est à quel point, vers cette époque-là, toutes
les personnes qu'aimait Albertine, toutes celles qui auraient pu lui faire faire ce qu'elles auraient voulu,
demandèrent, implorèrent, j'oserai dire mendièrent,

à défaut de mon amitié, quelques relations avec moi. Il n'y aurait plus eu besoin d'offrir de l'argent à Mme Bontemps pour qu'elle me renvoyât Albertine. Ce retour de la vie se produisant quand il ne servait plus à rien m'attristait profondément, non à cause d'Albertine, que j'eusse reçue sans plaisir si elle m'eût été ramenée non plus de Touraine mais de l'autre monde, mais à cause d'une jeune femme que j'aimais et que je ne pouvais arriver à voir. Je me disais que, si elle mourait, ou si je ne l'aimais plus, tous ceux qui eussent pu me rapprocher d'elle tomberaient à mes pieds. En attendant, j'essayais en vain d'agir sur eux, n'étant pas guéri par l'expérience, qui aurait dû m'apprendre — si elle apprenait jamais rien — qu'aimer est un mauvais sort comme ceux qu'il y a dans les contes, contre quoi on ne peut rien jusqu'à ce que l'enchantement ait cessé.

— Justement, le livre que je tiens là parle de ces choses, me dit-elle. C'est un vieux Balzac que je pioche pour me mettre à la hauteur de mes oncles, *la Fille aux yeux d'Or*. Mais c'est absurde, invraisemblable, un beau cauchemar. D'ailleurs, une femme peut peut-être être surveillée ainsi par une autre femme, jamais par un homme. — Vous vous trompez, j'ai connu une femme qu'un homme qui l'aimait était arrivé véritablement à séquestrer ; elle ne pouvait jamais voir personne, et sortir seulement avec des serviteurs dévoués. — Hé bien, cela devrait vous faire horreur à vous qui êtes si bon. Justement nous disions avec Robert que vous devriez vous marier. Votre femme vous guérirait et vous feriez son bonheur. — Non, parce que j'ai trop mauvais caractère. — Quelle idée! — Je vous assure. J'ai, du reste, été fiancé, mais je n'ai pas pu...

J'étais triste, en remontant dans ma chambre, de penser que je n'avais pas été une seule fois revoir l'église de Combray qui semblait m'attendre au milieu des verdures dans une fenêtre toute violacée.

Je me disais : « Tant pis, ce sera pour une autre
année, si je ne meurs pas d'ici là », ne voyant pas
d'autre obstacle que ma mort et n'imaginant pas
celle de l'église qui me semblait devoir durer longtemps après ma mort comme elle avait duré longtemps avant ma naissance.

Un jour pourtant je parlai à Gilberte d'Albertine,
et lui demandai si celle-ci aimait les femmes. « Oh!
pas du tout. — Mais vous disiez autrefois qu'elle
avait mauvais genre. — J'ai dit cela, moi? vous devez
vous tromper. En tous cas si je l'ai dit, mais vous
faites erreur, je parlais au contraire d'amourettes
avec des jeunes gens. A cet âge-là, du reste, cela
n'allait probablement pas bien loin. » Gilberte
disait-elle cela pour me cacher qu'elle-même, selon
ce qu'Albertine m'avait dit, aimait les femmes, et
avait fait à Albertine des propositions? Ou bien
(car les autres sont souvent plus renseignés sur notre
vie que nous ne croyons) savait-elle que j'avais
aimé, que j'avais été jaloux d'Albertine et (les autres
pouvant savoir plus de vérité sur nous que nous ne
croyons, mais l'étendre aussi trop loin, et être dans
l'erreur par des suppositions excessives, alors que
nous les avions espérés dans l'erreur par l'absence
de toute supposition) s'imaginait-elle que je l'étais
encore et me mettait-elle sur les yeux, par bonté,
ce bandeau qu'on a toujours tout prêt pour les
jaloux? En tous cas, les paroles de Gilberte, depuis
« le mauvais genre » d'autrefois jusqu'au certificat
de bonne vie et mœurs d'aujourd'hui, suivaient une
marche inverse des affirmations d'Albertine qui
avait fini presque par avouer de demi-rapports avec
Gilberte. Albertine m'avait étonné en cela, comme
sur ce que m'avait dit Andrée, car pour toute cette
petite bande, si j'avais d'abord cru, avant de la
connaître, à sa perversité, je m'étais rendu compte
de mes fausses suppositions, comme il arrive si
souvent quand on trouve une honnête fille, et presque

ignorante des réalités de l'amour, dans le milieu
qu'on avait cru à tort le plus dépravé. Puis j'avais
refait le chemin en sens contraire, reprenant pour
vraies mes suppositions du début. Mais peut-être
Albertine avait-elle voulu me dire cela pour avoir
l'air plus expérimentée qu'elle n'était et pour m'é-
blouir à Paris du prestige de sa perversité, comme
la première fois à Balbec par celui de sa vertu ;
et tout simplement, quand je lui avais parlé des
femmes qui aimaient les femmes, pour ne pas avoir
l'air de ne pas savoir ce que c'était, comme dans une
conversation on prend un air entendu si on parle de
Fourier ou de Tobolsk, encore qu'on ne sache pas
ce que c'est. Elle avait peut-être vécu près de l'amie
de Mlle Vinteuil et d'Andrée, séparée par une
cloison étanche d'elles qui croyaient qu'elle « n'en
était pas », ne s'était renseignée ensuite — comme une
femme qui épouse un homme de lettres cherche à
se cultiver — qu'afin de me complaire en se rendant
capable de répondre à mes questions, jusqu'au jour
où elle avait compris qu'elles étaient inspirées par
la jalousie et où elle avait fait machine en arrière.
A moins que ce fût Gilberte qui me mentît. L'idée
même me vint que c'était pour avoir appris d'elle,
au cours d'un flirt qu'il aurait conduit dans le sens
qui l'intéressait, qu'elle ne détestait pas les femmes, que
Robert l'avait épousée, espérant des plaisirs qu'il n'avait
pas dû trouver chez lui puisqu'il les prenait ailleurs.
Aucune de ces hypothèses n'était absurde, car chez des
femmes comme la fille d'Odette ou les jeunes filles de
la petite bande il y a une telle diversité, un tel cumul
de goûts alternants si même ils ne sont pas simultanés,
qu'elles passent aisément d'une liaison avec une femme
à un grand amour pour un homme, si bien que
définir le goût réel et dominant reste difficile *.

---

* Pour me décider à l'épouser (et elle y a renoncé
elle-même, à cause de mon caractère indécis et tracas-

Je ne voulus pas emprunter à Gilberte sa *Fille aux yeux d'Or* puisqu'elle la lisait. Mais elle me prêta pour lire avant de m'endormir, ce dernier soir que je passai chez elle, un livre qui me produisit une impression assez vive et mêlée, qui d'ailleurs ne devait pas être durable. C'était un volume du journal inédit des Goncourt.

Et quand, avant d'éteindre ma bougie, je lus le passage que je transcris plus bas, mon absence de dispositions pour les lettres, pressentie jadis du côté de Guermantes, confirmée durant ce séjour dont c'était le dernier soir — ce soir des veilles de départ où, l'engourdissement des habitudes qui vont finir cessant, on essaie de se juger — me parut quelque chose de moins regrettable, comme si la littérature ne révélait pas de vérité profonde ; et en même temps il me semblait triste que la littérature ne fût pas ce que j'avais cru. D'autre part, moins regrettable me paraissait l'état maladif qui allait me confiner dans une maison de santé, si les belles choses dont parlent les livres n'étaient pas plus belles que ce que j'avais vu. Mais par une contradiction bizarre, maintenant que ce livre en parlait, j'avais envie de les voir. Voici les pages que je lus jusqu'à ce que la fatigue me fermât les yeux :

« Avant-hier tombe ici, pour m'emmener dîner chez lui, Verdurin, l'ancien critique de *la Revue*, l'auteur de ce livre sur Whistler où vraiment le faire, le coloriage artiste de l'original Américain, est souvent rendu avec une grande délicatesse par l'amoureux de tous les raffinements, de toutes les *joliesses* de la chose peinte qu'est Verdurin. Et tandis

sier) : c'était, en effet, sous cette forme trop simple que je jugeais mon aventure avec Albertine, maintenant que je ne voyais plus cette aventure que du dehors.

que je m'habille pour le suivre, c'est, de sa part, tout
un récit où il y a par moments comme l'épellement
apeuré d'une confession sur le renoncement à écrire
aussitôt après son mariage avec la " Madeleine "
de Fromentin, renoncement qui serait dû à l'habitude
de la morphine et aurait eu cet effet, au dire de
Verdurin, que la plupart des habitués du salon de
sa femme ne sauraient même pas que le mari a jamais
écrit, et lui parleraient de Charles Blanc, de Saint-
Victor, de Sainte-Beuve, de Burty, comme d'individus auxquels ils le croient, lui, tout à fait inférieur.
" Voyons, vous Goncourt, vous savez bien, et Gautier
le savait aussi, que mes *Salons* étaient autre chose
que ces piteux *Maîtres d'autrefois* crus un chef-
d'œuvre dans la famille de ma femme. " Puis, par un
crépuscule où il y a près des tours du Trocadéro
comme le dernier allumement d'une lueur qui en
fait des tours absolument pareilles aux tours enduites
de gelée de groseille des anciens pâtissiers, la causerie
continue dans la voiture qui doit nous conduire
quai Conti où est leur hôtel, que son possesseur
prétend être l'ancien hôtel des Ambassadeurs de
Venise et où il y aurait un fumoir dont Verdurin
me parle comme d'une salle transportée telle quelle,
à la façon des *Mille et une Nuits*, d'un célèbre *palazzo*
dont j'oublie le nom, *palazzo* à la margelle du puits
représentant un couronnement de la Vierge que
Verdurin soutient être absolument du plus beau
Sansovino et qui servirait, pour leurs invités, à jeter
la cendre de leurs cigares. Et ma foi, quand nous
arrivons, dans le glauque et le diffus d'un clair de
lune vraiment semblable à ceux dont la peinture
classique abrite Venise, et sur lequel la coupole
silhouettée de l'Institut fait penser à la Salute dans
les tableaux de Guardi, j'ai un peu l'illusion d'être
au bord du Grand Canal. Et l'illusion entretenue
par la construction de l'hôtel où du premier étage
on ne voit pas le quai et par le dire évocateur du

maître de maison affirmant que le nom de la rue du
Bac — du diable si j'y avais jamais pensé — viendrait
du bac sur lequel des religieuses d'autrefois, les
Miramiones, se rendaient aux offices de Notre-Dame.
Tout un quartier où a flâné mon enfance quand ma
tante de Courmont l'habitait, et que je me prends à
raimer en retrouvant, presque contiguë à l'hôtel
des Verdurin, l'enseigne du " Petit Dunkerque ",
une des rares boutiques survivant ailleurs que vi-
gnettées dans le crayonnage et les frottis de Gabriel
de Saint-Aubin, où le xviiie siècle curieux venait
asseoir ses moments d'oisiveté pour le marchandage
des jolités françaises et étrangères et " tout ce que les
arts produisent de plus nouveau ", comme dit une
facture de ce Petit Dunkerque, facture dont nous
sommes seuls, je crois, Verdurin et moi, à posséder
une épreuve et qui est bien un des volants chefs-
d'œuvre de papier ornementé sur lequel le règne de
Louis XV faisait ses comptes, avec son en-tête
représentant une mer toute vagueuse, chargée de
vaisseaux, une mer aux vagues ayant l'air d'une
illustration, dans l'Édition des Fermiers Généraux,
de " l'Huître et les Plaideurs ". La maîtresse de la
maison, qui va me placer à côté d'elle, me dit aimablement avoir fleuri sa table rien qu'avec des chrysanthèmes japonais, mais des chrysanthèmes disposés
en des vases qui seraient de rarissimes chefs-d'œuvre,
l'un entre autres, fait d'un bronze sur lequel des
pétales en cuivre rougeâtre sembleraient être la
vivante effeuillaison de la fleur. Il y a là Cottard le
docteur, sa femme, le sculpteur polonais Virado-
betski, Swann le collectionneur, une grande dame
russe, une princesse au nom en of qui m'échappe,
et Cottard me souffle à l'oreille que c'est elle qui
aurait tiré à bout portant sur l'archiduc Rodolphe
et d'après qui j'aurais en Galicie et dans tout le
Nord de la Pologne une situation absolument exceptionnelle, une jeune fille ne consentant jamais à

promettre sa main sans savoir si son fiancé est un admirateur de *La Faustin*. " Vous ne pouvez pas comprendre cela, vous autres Occidentaux — jette en manière de conclusion la princesse, qui me fait, ma foi, l'effet d'une intelligence tout à fait supérieure — cette pénétration par un écrivain de l'intimité de la femme. " Un homme au menton et aux lèvres rasés, aux favoris de maître d'hôtel, débitant sur un ton de condescendance des plaisanteries de professeur de seconde qui fraye avec les premiers de sa classe pour la Saint-Charlemagne, et c'est Brichot, l'universitaire. A mon nom prononcé par Verdurin il n'a pas une parole qui connaisse nos livres, et c'est en moi un découragement colère éveillé par cette conspiration qu'organise contre nous la Sorbonne, apportant jusque dans l'aimable logis où je suis fêté la contradiction, l'hostile, d'un silence voulu. Nous passons à table et c'est alors un extraordinaire défilé d'assiettes qui sont tout bonnement des chefs-d'œuvre de l'art du porcelainier, celui dont, pendant un repas délicat, l'attention chatouillée d'un amateur écoute le plus complaisamment le bavardage artiste, — des assiettes des Yung-Tsching à la couleur capucine de leurs rebords, au bleuâtre, à l'effeuillé turgide de leurs iris d'eau, à la traversée, vraiment décoratoire, par l'aurore d'un vol de martins-pêcheurs et de grues, aurore ayant tout à fait ces tons matutinaux qu'entre-regarde quotidiennement boulevard Montmorency, mon réveil — des assiettes de Saxe plus mièvres dans le gracieux de leur faire, à l'endormement, à l'anémie de leurs roses tournées au violet, au déchiquetage lie-de-vin d'une tulipe, au rococo d'un œillet ou d'un myosotis, — des assiettes de Sèvres engrillagées par le fin guillochis de leurs cannelures blanches, verticillées d'or, ou que noue, sur l'à-plat crémeux de la pâte, le galant relief d'un ruban d'or, — enfin toute une argenterie où courent ces myrtes de Luciennes que reconnaîtrait la Dubarry. Et ce qui est peut-être aussi rare, c'est la qualité vraiment tout à fait remarquable des choses qui sont servies là dedans, un manger finement mijoté, tout un fricoté comme les Parisiens, il faut le dire bien haut, n'en ont jamais dans les plus grands dîners, et qui me rappelle certains cordons bleus de Jean d'Heurs. Même le foie gras n'a aucun rapport avec la fade mousse qu'on sert habituellement sous ce nom ; et je ne sais pas beaucoup d'endroits où la simple salade de pommes de terre est faite ainsi de pommes de terre ayant la fermeté de boutons d'ivoire japonais, le patiné de ces petites cuillers d'ivoire avec lesquelles les Chinoises versent l'eau sur le poisson qu'elles viennent de pêcher. Dans le verre de Venise que j'ai devant moi, une riche bijouterie de rouges est mise par un extraordinaire léoville acheté à la vente de M. Montalivet, et c'est un amusement pour l'imagination de l'œil et aussi, je ne crains pas de le dire, pour l'imagination de ce qu'on appelait autrefois la gueule, de voir apporter une barbue qui n'a rien des barbues pas fraîches qu'on sert sur les tables les plus luxueuses et qui ont pris dans les retards du voyage le modelage sur leur dos de leurs arêtes ; une barbue qu'on sert non avec la colle à pâte que préparent sous le nom de sauce blanche tant de chefs de grande maison, mais avec de la véritable sauce blanche, faite avec du beurre à cinq francs la livre ; de voir apporter cette barbue dans un merveilleux plat Tching-Hon traversé par les pourpres rayages d'un coucher de soleil sur une mer où passe la navigation drolatique d'une bande de langoustes, au pointillis grumeleux si extraordinairement rendu qu'elles semblent avoir été moulées sur des carapaces vivantes, plat dont le marli est fait de la pêche à la ligne par un petit Chinois d'un poisson qui est un enchantement de nacreuse couleur par l'argentement azuré de son ventre. Comme je dis à Verdurin le délicat plaisir que ce doit être pour lui que cette

raffinée mangeaille dans cette collection comme
aucun prince n'en possède pas à l'heure actuelle
derrière ses vitrines : " On voit bien que vous ne le
connaissez pas ", me jette mélancolieusement la
maîtresse de maison. Et elle me parle de son mari
comme d'un original maniaque, indifférent à toutes
ces jolités, " un maniaque, répète-t-elle, oui, absolument cela, un maniaque qui aurait plutôt l'appétit
d'une bouteille de cidre, bue dans la fraîcheur un
peu encanaillée d'une ferme normande ". Et la
charmante femme à la parole vraiment amoureuse
des colorations d'une contrée nous parle avec un
enthousiasme débordant de cette Normandie qu'ils
ont habitée, une Normandie qui serait un immense
parc anglais, à la fragrance de ses hautes futaies à
la Lawrence, au velours cryptomeria dans leur
bordure porcelainée d'hortensias roses de ses pelouses
naturelles, au chiffonnage de roses soufre dont la
retombée sur une porte de paysans, où l'incrustation
de deux poiriers enlacés simule une enseigne tout à
fait ornementale, fait penser à la libre retombée
d'une branche fleurie dans le bronze d'une applique
de Gouthière, une Normandie qui serait absolument
insoupçonnée des Parisiens en vacances et que
protège la barrière de chacun de ses *clos*, barrières
que les Verdurin me confessent ne s'être pas fait
faute de lever toutes. A la fin du jour, dans un éteig-
nement sommeilleux de toutes les couleurs où la
lumière ne serait plus donnée que par une mer
presque caillée ayant le bleuâtre du petit lait (" Mais
non, rien de la mer que vous connaissez, proteste
frénétiquement ma voisine, en réponse à mon dire
que Flaubert nous avait menés, mon frère et moi,
à Trouville, rien absolument, rien, il faudra venir
avec moi, sans cela vous ne saurez jamais ") ils rentraient, à travers les vraies forêts en fleurs de tulle
rose que faisaient les rhododendrons, tout à fait
grisés par l'odeur des sardineries qui donnaient au

mari d'abominables crises d'asthme — " Oui, in-
siste-t-elle, c'est cela, de vraies crises d'asthme. " Là-
dessus, l'été suivant, ils revenaient, logeant toute
une colonie d'artistes dans une admirable habitation
moyenâgeuse que leur faisait un ancien cloître loué
par eux, pour rien. Et ma foi, en entendant cette
femme, qui, en passant par tant de milieux vraiment
distingués, a gardé pourtant dans sa parole un peu
de la verdeur de la parole d'une femme du peuple,
une parole qui vous montre les choses avec la couleur
que votre imagination y voit, l'eau me vient à la
bouche de la vie qu'elle me confesse avoir menée
là-bas, chacun travaillant dans sa cellule, et où, dans
le salon si vaste qu'il possédait deux cheminées, tout
le monde venait avant déjeuner pour des causeries
tout à fait supérieures, mêlées de petits jeux, me
faisant penser à celle qu'évoque ce chef-d'œuvre
de Diderot, les *Lettres à Mademoiselle Volland*.
Puis, après le déjeuner, tout le monde sortait, même
les jours de grains, dans le coup de soleil, le rayonnement d'une ondée, d'une ondée lignant de son
filtrage lumineux les nodosités d'un magnifique
départ de hêtres centenaires qui mettaient devant
la grille le *beau* végétal affectionné par le xvIIIe siècle,
et d'arbustes ayant pour boutons fleurissants, dans
la suspension de leurs rameaux, des gouttes de pluie.
On s'arrêtait pour écouter le délicat barbotis, ena-
mouré de fraîcheur, d'un bouvreuil se baignant dans
la mignonne baignoire minuscule de Nymphenbourg
qu'est la corolle d'une rose blanche. Et comme je
parle à Mᵐᵉ Verdurin des paysages et des fleurs
de là-bas délicatement pastellisés par Elstir : "Mais
c'est moi qui lui ai fait connaître tout cela, jette-t-elle
avec un redressement colère de la tête, tout, vous
entendez bien, tout, les coins curieux, tous les
motifs, je le lui ai jeté à la face quand il nous a quittés,
n'est-ce pas, Auguste ? tous les motifs qu'il a peints.
Les objets, il les a toujours connus, cela il faut être

juste, il faut le reconnaître. Mais les fleurs, il n'en
avait jamais vu, il ne savait pas distinguer un althæa
d'une passe-rose. C'est moi qui lui ai appris à reconnaître, vous n'allez pas me croire, à reconnaître le
jasmin. » Et il faut avouer qu'il y a quelque chose de
curieux à penser que le peintre des fleurs que les
amateurs d'art nous citent aujourd'hui comme le
premier, comme supérieur même à Fantin-Latour,
n'aurait peut-être jamais, sans la femme qui est là,
su peindre un jasmin. « Oui, ma parole, le jasmin ;
toutes les roses qu'il a faites, c'est chez moi, ou bien
c'est moi qui les lui apportais. On ne l'appelait chez
nous que Monsieur Tiche ; demandez à Cottard,
à Brichot, à tous les autres, si on le traitait ici en
grand homme. Lui-même en aurait ri. Je lui apprenais
à disposer ses fleurs ; au commencement il ne pouvait
pas en venir à bout. Il n'a jamais su faire un bouquet.
Il n'avait pas de goût naturel pour choisir, il fallait
que je lui dise : " Non, ne peignez pas cela, cela n'en
vaut pas la peine, peignez ceci. " Ah ! s'il nous avait
écoutés aussi pour l'arrangement de sa vie comme
pour l'arrangement de ses fleurs, et s'il n'avait pas
fait ce sale mariage ! » Et brusquement, les yeux
enfiévrés par l'absorption d'une rêverie tournée vers
le passé, avec le nerveux taquinage, dans l'allongement
maniaque de ses phalanges, du floche des manches de
son corsage, c'est, dans le contournement de sa pose
endolorie, comme un admirable tableau qui n'a je
crois jamais été peint, et où se liraient toute la révolte
contenue, toutes les susceptibilités rageuses d'une
amie outragée dans les délicatesses, dans la pudeur
de la femme. Là-dessus elle nous parle de l'admirable
portrait qu'Elstir a fait pour elle, le portrait de la
famille Cottard, portrait donné par elle au Luxembourg au moment de sa brouille avec le peintre,
confessant que c'est elle qui a donné au peintre
l'idée d'avoir fait l'homme en habit pour obtenir
tout ce beau bouillonnement du linge, et qui a

choisi la robe de velours de la femme, robe faisant
un appui au milieu de tout le papillotage des nuances
claires des tapis, des fleurs, des fruits, des robes de
gaze des fillettes pareilles à des tutus de danseuses.
Ce serait elle aussi qui aurait donné l'idée de ce
coiffage, idée dont on a fait ensuite honneur à l'artiste, idée qui consistait en somme à peindre la femme
non pas en représentation mais surprise dans l'intime
de sa vie de tous les jours. " Je lui disais : Mais dans
la femme qui se coiffe, qui s'essuie la figure, qui se
chauffe les pieds, quand elle ne croit pas être vue,
il y a un tas de mouvements intéressants, des mouvements d'une grâce tout à fait léonardesque! " Mais
sur un signe de Verdurin indiquant le réveil de ces
indignations comme malsain pour la grande nerveuse
que serait au fond sa femme, Swann me fait admirer
le collier de perles noires porté par la maîtresse de la
maison et acheté par elle, toutes blanches, à la vente
d'un descendant de Mme de La Fayette à qui elles
auraient été données par Henriette d'Angleterre,
perles devenues noires à la suite d'un incendie qui
détruisit une partie de la maison que les Verdurin
habitaient dans une rue dont je ne me rappelle plus
le nom, incendie après lequel fut retrouvé le coffret
où étaient ces perles, mais devenues entièrement
noires. " Et je connais leur portrait, de ces perles,
aux épaules mêmes de Mme de La Fayette, oui,
parfaitement, leur portrait, insiste Swann devant les
exclamations des convives un brin ébahis, leur
portrait authentique, dans la collection du duc
de Guermantes. " Une collection qui n'a pas son
égale au monde, proclame Swann, et que je devrais
aller voir, une collection héritée par le célèbre duc,
qui était son neveu préféré, de Mme de Beausergent,
sa tante, de Mme de Beausergent depuis Mme d'Haz-
feld, la sœur de la marquise de Villeparisis et de la
princesse de Hanovre, où mon frère et moi nous l'avons
tant aimé autrefois sous les traits du charmant

bambin appelé Basin, qui est bien en effet le prénom
du duc. Là-dessus, le docteur Cottard, avec une
finesse qui décèle chez lui l'homme tout à fait distingué, ressaute à l'histoire des perles et nous apprend
que des catastrophes de ce genre produisent dans le
cerveau des gens des altérations tout à fait pareilles
à celles qu'on remarque dans la matière inanimée,
et cite d'une façon vraiment plus philosophique
que ne feraient bien des médecins le propre valet
de chambre de Mme Verdurin, qui, dans l'épouvante
de cet incendie où il avait failli périr, était devenu
un autre homme, ayant une écriture tellement changée
qu'à la première lettre que ses maîtres alors en
Normandie reçurent de lui leur annonçant l'événement, ils crurent à la mystification d'un farceur. Et
pas seulement une autre écriture, selon Cottard,
qui prétend que de sobre cet homme était devenu
si abominablement pochard que Mme Verdurin
avait été obligée de le renvoyer. Et la suggestive
dissertation passe, sur un signe gracieux de la maîtresse de maison, de la salle à manger au fumoir
vénitien dans lequel Cottard nous dit avoir assisté
à de véritables dédoublements de la personnalité, nous
citant ce cas d'un de ses malades, qu'il s'offre
aimablement à m'amener chez moi et à qui il suffirait qu'il touche les tempes pour l'éveiller à une
seconde vie, vie pendant laquelle il ne se rappellerait
rien de la première, si bien que, très honnête homme
dans celle-là, il y aurait été plusieurs fois arrêté
pour des vols commis dans l'autre où il serait tout
simplement un abominable gredin. Sur quoi
Mme Verdurin remarque finement que la médecine
pourrait fournir des sujets plus vrais à un théâtre
où la cocasserie de l'imbroglio reposerait sur des
méprises pathologiques, ce qui, de fil en aiguille,
amène Mme Cottard à narrer qu'une donnée toute
semblable a été mise en œuvre par un conteur qui
est le favori des soirées de ses enfants, l'Écossais

Stevenson, un nom qui met dans la bouche de Swann
cette affirmation péremptoire : " Mais c'est tout à
fait un grand écrivain, Stevenson, je vous assure,
M. de Goncourt, un très grand, l'égal des plus grands. "
Et comme, sur mon émerveillement des plafonds
à caissons écussonnés, provenant de l'ancien palazzo
Barberini, de la salle où nous fumons, je laisse percer
mon regret du noircissement progressif d'une certaine
vasque par la cendre de nos " londrès ", Swann,
ayant raconté que des taches pareilles attestent sur
les livres ayant appartenu à Napoléon Ier, livres
possédés, malgré ses opinions antibonapartistes,
par le duc de Guermantes, que l'empereur chiquait,
Cottard, qui se révèle un curieux vraiment pénétrant
en toutes choses, déclare que ces taches ne viennent
pas du tout de cela — " mais là, pas du tout ",
insiste-t-il avec autorité — mais de l'habitude qu'il
avait d'avoir toujours dans la main, même sur les
champs de bataille, des pastilles de réglisse, pour
calmer ses douleurs de foie. " Car il avait une maladie
de foie et c'est de cela qu'il est mort ", conclut le
docteur. »

Je m'arrêtai là, car je partais le lendemain ; et
d'ailleurs, c'était l'heure où me réclamait l'autre
maître au service de qui nous sommes chaque jour,
pour une moitié de notre temps. La tâche à laquelle
il nous astreint, nous l'accomplissons les yeux fermés. Tous les matins il nous rend à notre autre
maître, sachant que sans cela nous nous livrerions
mal à la sienne. Curieux, quand notre esprit a rouvert
ses yeux, de savoir ce que nous avons bien pu faire
chez le maître qui étend ses esclaves avant de les
mettre à une besogne précipitée, les plus malins, à
peine la tâche finie, tâchent de subrepticement regarder. Mais le sommeil lutte avec eux de vitesse
pour faire disparaître les traces de ce qu'ils voudraient voir. Et depuis tant de siècles, nous ne savons
pas grand'chose là-dessus.

Je fermai donc le *Journal des Goncourt*. Prestige
de la littérature ! J'aurais voulu revoir les Cottard,
leur demander tant de détails sur Elstir, aller voir
la boutique du Petit Dunkerque si elle existait encore,
demander la permission de visiter cet hôtel des
Verdurin où j'avais dîné. Mais j'éprouvais un vague
trouble. Certes, je ne m'étais jamais dissimulé que
je ne savais pas écouter ni, dès que je n'étais plus seul,
regarder. Une vieille femme ne montrait à mes
yeux aucune espèce de collier de perles et ce qu'on
en disait n'entrait pas dans mes oreilles. Tout de
même, ces êtres-là, je les avais connus dans la vie
quotidienne, j'avais souvent dîné avec eux, c'était les
Verdurin, c'était le duc de Guermantes, c'était les
Cottard, chacun d'eux m'avait paru aussi commun
qu'à ma grand'mère ce Basin dont elle ne se doutait
guère qu'il était le neveu chéri, le jeune héros délicieux, de Mme de Beausergent, chacun d'eux m'avait
semblé insipide ; je me rappelais les vulgarités sans
nombre dont chacun était composé...

Et que tout cela fasse un astre dans la nuit !

Je résolus de laisser provisoirement de côté les
objections qu'avaient pu faire naître en moi contre
la littérature les pages de Goncourt lues la veille de
mon départ de Tansonville. Même en mettant de
côté l'indice individuel de naïveté qui est frappant
chez ce mémorialiste, je pouvais d'ailleurs me rassurer
à divers points de vue. D'abord, en ce qui me concernait personnellement, mon incapacité de regarder
et d'écouter, que le journal cité avait si péniblement
illustré pour moi, n'était pourtant pas totale. Il y
avait en moi un personnage qui savait plus ou moins
bien regarder, mais c'était un personnage intermittent, ne reprenant vie que quand se manifestait
quelque essence générale, commune à plusieurs
choses, qui faisait sa nourriture et sa joie. Alors le
personnage regardait et écoutait, mais à une certaine

profondeur seulement, de sorte que l'observation n'en profitait pas. Comme un géomètre qui, dépouillant les choses de leurs qualités sensibles, ne voit que leur substratum linéaire, ce que racontaient les gens m'échappait, car ce qui m'intéressait, c'était non ce qu'ils voulaient dire, mais la manière dont ils le disaient, en tant qu'elle était révélatrice de leur caractère ou de leurs ridicules ; ou plutôt c'était un objet qui avait toujours été plus particulièrement le but de ma recherche parce qu'il me donnait un plaisir spécifique, le point qui était commun à un être et à un autre. Ce n'était que quand je l'apercevais que mon esprit — jusque-là sommeillant, même derrière l'activité apparente de ma conversation, dont l'animation masquait pour les autres un total engourdissement spirituel — se mettait tout à coup joyeusement en chasse, mais ce qu'il poursuivait alors — par exemple l'identité du salon Verdurin dans divers lieux et divers temps — était situé à mi-profondeur, au delà de l'apparence elle-même, dans une zone un peu plus en retrait. Aussi le charme apparent, copiable, des êtres m'échappait parce que je n'avais pas la faculté de m'arrêter à lui, comme un chirurgien qui, sous le poli d'un ventre de femme, verrait le mal interne qui le ronge. J'avais beau dîner en ville, je ne voyais pas les convives, parce que, quand je croyais les regarder, je les radiographiais. Il en résultait qu'en réunissant toutes les remarques que j'avais pu faire dans un dîner sur les convives, le dessin des lignes tracées par moi figurait un ensemble de lois psychologiques où l'intérêt propre qu'avait eu dans ses discours le convive ne tenait presque aucune place. Mais cela enlevait-il tout mérite à mes portraits puisque je ne les donnais pas pour tels ? Si l'un, dans le domaine de la peinture, met en évidence certaines vérités relatives au vollume, à la lumière, au mouvement, cela fait-il qu'il soit nécessairement inférieur à tel portrait ne lui ressemblant aucunement de la même personne, dans lequel mille détails qui sont omis dans le premier seront minutieusement relatés, deuxième portrait d'où l'on pourra conclure que le modèle était ravissant tandis qu'on l'eût cru laid dans le premier, ce qui peut avoir une importance documentaire et même historique, mais n'est pas nécessairement une vérité d'art. Puis ma frivolité, dès que je n'étais pas seul, me faisait désireux de plaire, plus désireux d'amuser en bavardant que de m'instruire en écoutant, à moins que je ne fusse allé dans le monde pour interroger sur quelque point d'art ou quelque soupçon jaloux qui m'avait occupé l'esprit avant. Mais j'étais incapable de voir ce dont le désir n'avait pas été éveillé en moi par quelque lecture, ce dont je n'avais pas d'avance dessiné moi-même le croquis que je désirais ensuite confronter avec la réalité. Que de fois, je le savais bien même si cette page de Goncourt ne me l'eût appris, je suis resté incapable d'accorder mon attention à des choses ou à des gens qu'ensuite, une fois que leur image m'avait été présentée dans la solitude par un artiste, j'aurais fait des lieues, risqué la mort pour retrouver ! Alors mon imagination était partie, avait commencé à peindre. Et ce devant quoi j'avais bâillé l'année d'avant, je me disais avec angoisse, le contemplant d'avance, le désirant : « Sera-t-il vraiment impossible de le voir ? Que ne donnerais-je pas pour cela ! » Quand on lit des articles sur des gens, même simplement des gens du monde, qualifiés de « derniers représentants d'une société dont il n'existe plus aucun témoin », sans doute on peut s'écrier : « Dire que c'est d'un être si insignifiant qu'on parle avec tant d'abondance et d'éloges ! C'est cela que j'aurais déploré de ne pas avoir connu, si je n'avais fait que lire les journaux et les revues et si je n'avais pas vu l'homme ! » Mais j'étais plutôt tenté, en lisant de telles pages dans les journaux, de penser : « Quel malheur que — alors que j'étais seule-

ment préoccupé de retrouver Gilberte ou Albertine —
je n'aie pas fait plus attention à ce monsieur! Je
l'avais pris pour un raseur du monde, pour un simple
figurant, c'était une Figure! » Cette disposition-là,
les pages de Goncourt que je lus me la firent regretter.
Car peut-être j'aurais pu conclure d'elles que la vie
apprend à rabaisser le prix de la lecture, et nous
montre que ce que l'écrivain nous vante ne valait
pas grand'chose ; mais je pouvais tout aussi bien en
conclure que la lecture au contraire nous apprend
à relever la valeur de la vie, valeur que nous n'avons
pas su apprécier et dont nous nous rendons compte
seulement par le livre combien elle était grande. A
la rigueur, nous pouvons nous consoler de nous être
peu plu dans la société d'un Vinteuil, d'un Bergotte.
Le bourgeoisisme pudibond de l'un, les défauts
insupportables de l'autre, même la prétentieuse vulgarité d'un Elstir à ses débuts * ne prouvent rien
contre eux, puisque leur génie est manifesté par
leurs œuvres. Pour eux, que ce soit les Mémoires, ou
nous, qui aient tort quand ils donnent du charme à
leur société qui nous a déplu, est un problème de peu
d'importance, puisque, même si c'était l'écrivain de
Mémoires qui avait tort, cela ne prouverait rien
contre la valeur de la vie qui produit de tels génies.

* puisque le *Journal des Goncourt* m'avait fait
découvrir qu'il n'était autre que le « Monsieur Tiche »
qui avait tenu jadis de si exaspérants discours à Swann,
chez les Verdurin. Mais quel est l'homme de génie
qui n'a pas adopté les irritantes façons de parler des
artistes de sa bande, avant d'arriver (comme c'était
venu pour Elstir et comme cela arrive rarement) à
un bon goût supérieur? Les lettres de Balzac, par
exemple, ne sont-elles pas semées de tours vulgaires
que Swann eût souffert mille morts d'employer? Et
cependant il est probable que Swann, si fin, si purgé
de tout ridicule haïssable, eût été incapable d'écrire
la Cousine Bette et *le Curé de Tours.*

Tout à l'autre extrémité de l'expérience, quand je voyais que les plus curieuses anecdotes, qui font la matière inépuisable, divertissement des soirées solitaires pour le lecteur, du Journal de Goncourt, lui avaient été contées par ces convives que nous eussions à travers ses pages envié de connaître, et qui ne m'avaient pas laissé à moi trace d'un souvenir intéressant, cela n'était pas trop inexplicable encore. Malgré la naïveté de Goncourt, qui concluait de l'intérêt de ces anecdotes à la distinction probable de l'homme qui les contait, il pouvait très bien se faire que des hommes médiocres eussent vu dans leur vie, ou entendu raconter, des choses curieuses et les contassent à leur tour. Goncourt savait écouter, comme il savait voir ; je ne le savais pas. D'ailleurs tous ces faits auraient eu besoin d'être jugés un à un. M. de Guermantes ne m'avait certes pas donné l'impression de cet adorable modèle des grâces juvéniles que ma grand'mère eût tant voulu connaître et me proposait comme modèle inimitable d'après les Mémoires de Mme de Beausergent. Mais il faut songer que Basin avait alors sept ans, que l'écrivain était sa tante, et que même les maris qui doivent divorcer quelques mois après vous font un grand éloge de leur femme. Une des plus jolies poésies de Sainte-Beuve est consacrée à l'apparition devant une fontaine d'une jeune enfant couronnée de tous les dons et de toutes les grâces, la jeune Mlle de Champlâtreux, qui ne devait pas avoir alors dix ans. Malgré toute la tendre vénération que le poète de génie qu'est la comtesse de Noailles portait à sa belle-mère, la duchesse de Noailles née Champlâtreux, il est possible, si elle avait eu à en faire le portrait, que celui-ci eût contrasté assez vivement avec celui que Sainte-Beuve en traçait cinquante ans plus tôt.

Ce qui eût peut-être été plus troublant, c'était l'entre-deux, c'était ces gens desquels ce qu'on dit implique chez eux plus que la mémoire qui a su retenir

une anecdote curieuse, sans que pourtant on ait,
comme pour les Vinteuil, les Bergotte, le recours de
les juger sur leur œuvre, car ils n'en ont pas créé :
ils en ont seulement — à notre grand étonnement à
nous qui les trouvons si médiocres — inspiré. Passe
encore que le salon qui, dans les musées, donnera la
plus grande impression d'élégance depuis les grandes
peintures de la Renaissance, soit celui de la petite
bourgeoise ridicule que j'eusse, si je ne l'avais pas
connue, rêvé devant le tableau de pouvoir approcher
dans la réalité, espérant apprendre d'elle les secrets
les plus précieux de l'art du peintre, que sa toile
ne me donnait pas, et de qui la pompeuse traîne de
velours et de dentelles est un morceau de peinture
comparable aux plus beaux de Titien. Si j'avais
compris jadis que ce n'est pas le plus spirituel, le
plus instruit, le mieux relationné des hommes, mais
celui qui sait devenir miroir et peut refléter ainsi
sa vie, fût-elle médiocre, qui devient un Bergotte
(les contemporains le tinssent-ils pour moins homme
d'esprit que Swann et moins savant que Bréauté),
on pouvait à plus forte raison en dire autant des
modèles de l'artiste. Dans l'éveil de la beauté, chez
l'artiste qui peut tout peindre, le modèle lui en sera
fourni par des gens un peu plus riches que lui, chez
qui il trouvera ce qu'il n'a pas d'habitude dans son
atelier d'homme de génie méconnu qui vend ses
toiles cinquante francs : un salon avec des meubles
recouverts de vieille soie, beaucoup de lampes, de
belles fleurs, de beaux fruits, de belles robes — gens
modestes relativement, ou qui le paraîtraient à des
gens vraiment brillants (qui ne connaissent même pas
leur existence), mais qui, à cause de cela, sont plus
à portée de connaître l'artiste obscur, de l'apprécier,
de l'inviter, de lui acheter ses toiles, que les gens
de l'aristocratie qui se font peindre, comme le Pape
et les chefs d'État, par les peintres académiciens. La
poésie d'un élégant foyer et de belles toilettes de notre

temps ne se trouvera-t-elle pas plutôt, pour la pos-
térité, dans le salon de l'éditeur Charpentier par
Renoir que dans le portrait de la princesse de Sagan
ou de la comtesse de La Rochefoucauld par Cotte ou
Chaplin ? Les artistes qui nous ont donné les plus
grandes visions d'élégance en ont recueilli les éléments chez des gens qui étaient rarement les grands
élégants de leur époque, lesquels se font rarement
peindre par l'inconnu porteur d'une beauté qu'ils ne
peuvent pas distinguer sur ses toiles, dissimulée
qu'elle est par l'interposition d'un poncif de grâce
surannée qui flotte dans l'œil du public comme ces
visions subjectives que le malade croit effectivement
posées devant lui. Mais que ces modèles médiocres
que j'avais connus eussent en outre inspiré, conseillé
certains arrangements qui m'avaient enchanté, que
la présence de tel d'entre eux dans les tableaux fût
plus que celle d'un modèle, mais d'un ami qu'on veut
faire figurer dans ses toiles, c'était à se demander si
tous les gens que nous regrettons de ne pas avoir
connus parce que Balzac les peignait dans ses livres
ou les leur dédiait en hommage d'admiration, sur
lesquels Sainte-Beuve ou Baudelaire firent leurs plus
jolis vers, à plus forte raison si toutes les Récamier,
toutes les Pompadour ne m'eussent pas paru d'insi-
gnifiantes personnes, soit par une infirmité de ma
nature, ce qui me faisait alors enrager d'être malade et
de ne pouvoir retourner voir tous les gens que j'avais
méconnus, soit qu'elles ne dussent leur prestige
qu'à une magie illusoire de la littérature, ce qui
forçait à changer de dictionnaire pour lire, et me
consolait de devoir d'un jour à l'autre, à cause des
progrès que faisait mon état maladif, rompre avec
la société, renoncer au voyage, aux musées, pour aller
me soigner dans une maison de santé.

Ces idées, tendant, les unes à diminuer, les autres
à accroître mon regret de ne pas avoir de dons pour

la littérature, ne se présentèrent jamais à ma pensée
pendant les longues années où d'ailleurs j'avais tout
à fait renoncé au projet d'écrire et que je passai à me
soigner, loin de Paris, dans une maison de santé,
jusqu'à ce que celle-ci ne pût plus trouver de personnel médical, au commencement de 1916. Je
rentrai alors dans un Paris bien différent de celui où
j'étais déjà revenu une première fois, comme on le
verra tout à l'heure, en août 1914, pour subir une visite médicale, après quoi j'avais rejoint ma maison
de santé.

Un des premiers soirs de mon nouveau retour,
en 1916, ayant envie d'entendre parler de la seule
chose qui m'intéressait alors, la guerre, je sortis
après le dîner pour aller voir Mme Verdurin, car elle
était, avec Mme Bontemps, une des reines de ce
Paris de la guerre qui faisait penser au Directoire.
Comme par l'ensemencement d'une petite quantité
de levure, en apparence de génération spontanée, des
jeunes femmes allaient tout le jour coiffées de hauts
turbans cylindriques comme aurait pu l'être une
contemporaine de Mme Tallien, par civisme ayant
des tuniques égyptiennes droites, sombres, très
« guerre », sur des jupes très courtes ; elles chaussaient
des lanières rappelant le cothurne selon Talma, ou
de hautes guêtres rappelant celles de nos chers combattants ; c'est, disaient-elles, parce qu'elles n'ou-
bliaient pas qu'elles devaient réjouir les yeux de ces
combattants, qu'elles se paraient encore, non seulement de toilettes « floues », mais encore de bijoux évoquant les armées par leur thème décoratif, si même
leur matière ne venait pas des armées, n'avait pas
été travaillée aux armées ; au lieu d'ornements
égyptiens rappelant la campagne d'Égypte, c'était
des bagues ou des bracelets faits avec des fragments
d'obus ou des ceintures de 75, des allume-cigarettes
composés de deux sous anglais auxquels un militaire
était arrivé à donner, dans sa cagna, une patine

si belle que le profil de la reine Victoria y avait l'air
tracé par Pisanello ; c'est encore parce qu'elles y
pensaient sans cesse, disaient-elles, qu'elles en portaient, quand l'un des leurs tombait, à peine le deuil,
sous le prétexte qu'il était « mêlé de fierté », ce qui
permettait un bonnet de crêpe anglais blanc (du plus
gracieux effet et « autorisant tous les espoirs », dans
l'invincible certitude du triomphe définitif), de
remplacer le cachemire d'autrefois par le satin et la
mousseline de soie, et même de garder ses perles,
« tout en observant le tact et la correction qu'il est
inutile de rappeler à des Françaises ».

Le Louvre, tous les musées étaient fermés, et
quand on lisait en tête d'un article de journal :
« Une exposition sensationnelle », on pouvait être
sûr qu'il s'agissait d'une exposition non de tableaux,
mais de robes, de robes destinées d'ailleurs à « ces
délicates joies d'art dont les Parisiennes étaient depuis
trop longtemps sevrées ». C'est ainsi que l'élégance
et le plaisir avaient repris ; l'élégance, à défaut des
arts, cherchant à s'excuser comme ceux-ci en 1793,
année où les artistes exposant au Salon révolutionnaire
proclamaient qu'il paraîtrait à tort « étrange à d'aus-
tères républicains que nous nous occupions des arts
quand l'Europe coalisée assiège le territoire de la
liberté ». Ainsi faisaient en 1916 les couturiers qui
d'ailleurs, avec une orgueilleuse conscience d'artistes,
avouaient que « chercher du nouveau, s'écarter de
la banalité, affirmer une personnalité, préparer la
victoire, dégager pour les générations d'après la
guerre une formule nouvelle de beau, telle était
l'ambition qui les tourmentait, la chimère qu'ils
poursuivaient, ainsi qu'on pouvait s'en rendre compte
en venant visiter leurs salons délicieusement installés rue de la..., où effacer par une note lumineuse
et gaie les lourdes tristesses de l'heure semble être le
mot d'ordre, avec la discrétion toutefois qu'imposent les circonstances. Les tristesses de l'heure », il

est vrai, « pourraient avoir raison des énergies fémi-
nines si nous n'avions tant de hauts exemples de
courage et d'endurance à méditer. Aussi en pensant
à nos combattants qui au fond de leur tranchée
rêvent de plus de confort et de coquetterie pour la
chère absente laissée au foyer, ne cesserons-nous
pas d'apporter toujours plus de recherche dans la
création de robes répondant aux nécessités du
moment. La vogue », cela se conçoit, « est surtout
aux maisons anglaises, donc alliées, et on raffole
cette année de la robe-tonneau dont le joli abandon
nous donne à toutes un amusant petit cachet de rare
distinction. Ce sera même une des plus heureuses
conséquences de cette triste guerre, ajoutait le charmant chroniqueur, que (on attendait : la reprise
des provinces perdues, le réveil du sentiment national) ce sera même une des plus heureuses conséquences de cette guerre que d'avoir obtenu de jolis
résultats en fait de toilette, sans luxe inconsidéré
et de mauvais aloi, avec très peu de chose, d'avoir
créé de la coquetterie avec des riens. A la robe du
grand couturier éditée à plusieurs exemplaires, on
préfère en ce moment les robes faites chez soi,
parce qu'affirmant l'esprit, le goût et les tendances
individuelles de chacun. » Quant à la charité, en
pensant à toutes les misères nées de l'invasion, à
tant de mutilés, il était bien naturel qu'elle fût obligée
de se faire « plus ingénieuse encore », ce qui obligeait
à passer la fin de l'après-midi dans les « thés » autour
d'une table de bridge en commentant les nouvelles
du « front », tandis qu'à la porte les attendaient leurs
automobiles ayant sur le siège un beau militaire
qui bavardait avec le chasseur, les dames à haut
turban. Ce n'était pas du reste seulement les coiffures
surmontant les visages de leur étrange cylindre qui
étaient nouvelles. Les visages l'étaient aussi. Ces
dames à nouveaux chapeaux étaient des jeunes
femmes venues on ne savait trop d'où et qui étaient

la fleur de l'élégance, les unes depuis six mois, les
autres depuis deux ans, les autres depuis quatre. Ces
différences avaient d'ailleurs pour elles autant d'importance qu'au temps où j'avais débuté dans le monde en
avaient entre deux familles comme les Guermantes et
les La Rochefoucauld trois ou quatre siècles d'ancien-
neté prouvée. La dame qui connaissait les Guermantes
depuis 1914 regardait comme une parvenue celle
qu'on présentait chez eux en 1916, lui faisait un
bonjour de douairière, la dévisageait de son face-à-
main et avouait dans une moue qu'on ne savait même
pas au juste si cette dame était ou non mariée. « Tout
cela est assez nauséabond », concluait la dame de
1914, qui eût voulu que le cycle des nouvelles admis-
sions s'arrêtât après elle. Ces personnes nouvelles,
que les jeunes gens trouvaient fort anciennes, et que
d'ailleurs certains vieillards qui n'avaient pas été
que dans le grand monde croyaient bien reconnaître
pour ne pas être si nouvelles que cela, n'offraient
pas seulement à la société les divertissements de
conversation politique et de musique dans l'intimité
qui lui convenaient ; il fallait encore que ce fussent
elles qui les offrissent, car pour que les choses paraissent nouvelles si elles sont anciennes, et même
si elles sont nouvelles, il faut en art, comme en médecine, comme en mondanité, des noms nouveaux.
(Ils étaient d'ailleurs nouveaux en certaines choses.
Ainsi Mme Verdurin était allée à Venise pendant la
guerre, mais, comme ces gens qui veulent éviter
de parler chagrin et sentiment, quand elle disait que
c'était épatant, ce qu'elle admirait ce n'était ni Venise,
ni Saint-Marc, ni les palais, tout ce qui m'avait tant
plu et dont elle faisait bon marché, mais l'effet des
projecteurs dans le ciel, projecteurs sur lesquels elle
donnait des renseignements appuyés de chiffres.
Ainsi d'âge en âge renaît un certain réalisme en
réaction contre l'art admiré jusque-là.) Le salon
Saint-Euverte était une étiquette défraîchie, sous

laquelle la présence des plus grands artistes, des
ministres les plus influents, n'eût attiré personne. On
courait, au contraire, pour écouter un mot prononcé
par le secrétaire des uns ou le sous-chef de cabinet
des autres, chez les nouvelles dames à turban dont
l'invasion ailée et jacassante emplissait Paris. Les
dames du premier Directoire avaient une reine qui
était jeune et belle et s'appelait Mme Tallien. Celles
du second en avaient deux qui étaient vieilles et
laides et s'appelaient Mme Verdurin et Mme Bontemps. Qui eût pu tenir rigueur à Mme Bontemps que
son mari eût joué un rôle âprement critiqué par
l'Écho de Paris dans l'affaire Dreyfus ? Toute la Chambre étant à un certain moment devenue révisionniste,
c'était forcément parmi d'anciens révisionnistes
comme parmi d'anciens socialistes, qu'on avait été
obligé de recruter le parti de l'ordre social, de la
tolérance religieuse, de la préparation militaire.
On aurait détesté autrefois M. Bontemps, parce que
les antipatriotes avaient alors le nom de dreyfusards.
Mais bientôt ce nom avait été oublié et remplacé par
celui d'adversaire de la loi de trois ans. M. Bontemps était au contraire un des auteurs de cette loi,
c'était donc un patriote. Dans le monde (et ce phénomène social n'est d'ailleurs qu'une application
d'une loi psychologique bien plus générale) les nouveautés, coupables ou non, n'excitent l'horreur que
tant qu'elles ne sont pas assimilées et entourées
d'éléments rassurants. Il en était du dreyfusisme
comme du mariage de Saint-Loup avec la fille d'Odette,
mariage qui avait d'abord fait crier. Maintenant
qu'on voyait chez les Saint-Loup tous les gens
« qu'on connaissait », Gilberte aurait pu avoir les
mœurs d'Odette elle-même, que malgré cela on y
serait « allé » et qu'on eût approuvé Gilberte de
blâmer comme une douairière des nouveautés morales non assimilées. Le dreyfusisme était maintenant
intégré dans une série de choses respectables et

habituelles. Quant à se demander ce qu'il valait en soi, personne n'y songeait, pas plus pour l'admettre maintenant qu'autrefois pour le condamner. Il n'était plus *shocking*. C'était tout ce qu'il fallait. A peine se rappelait-on qu'il l'avait été, comme on ne sait plus, au bout de quelque temps, si le père d'une jeune fille était un voleur ou non. Au besoin, on peut dire : « Non, c'est du beau-frère, ou d'un homonyme que vous parlez. Mais contre celui-là il n'y a jamais eu rien à dire. » De même il y avait certainement eu dreyfusisme et dreyfusisme, et celui qui allait chez la duchesse de Montmorency et faisait passer la loi de trois ans ne pouvait être mauvais. En tous cas, à tout péché miséricorde. Cet oubli qui était octroyé au dreyfusisme l'était *a fortiori* aux dreyfusards. Il n'y en avait plus, du reste, dans la politique, puisque tous à un moment l'avaient été s'ils voulaient être du gouvernement, même ceux qui représentaient le contraire de ce que le dreyfusisme, dans sa choquante nouveauté, avait incarné (au temps où Saint-Loup était sur une mauvaise pente) : l'antipatriotisme, l'irréligion, l'anarchie, etc. Aussi le dreyfusisme de M. Bontemps, invisible et constitutif comme celui de tous les hommes politiques, ne se voyait pas plus que les os sous la peau. Personne ne se fût rappelé qu'il avait été dreyfusard, car les gens du monde sont distraits et oublieux, parce qu'aussi il y avait de cela un temps fort long, et qu'ils affectaient de croire plus long, car c'était une des idées les plus à la mode de dire que l'avant-guerre était séparé de la guerre par quelque chose d'aussi profond, simulant autant de durée, qu'une période géologique, et Brichot lui-même, ce nationaliste, quand il faisait allusion à l'affaire Dreyfus disait : « Dans ces temps préhistoriques. » (A vrai dire, ce changement profond opéré par la guerre était en raison inverse de la valeur des esprits touchés, du moins à partir d'un

certain degré. Tout en bas, les purs sots, les purs gens
de plaisir, ne s'occupaient pas qu'il y eût la guerre.
Mais tout en haut, ceux qui se sont fait une vie intérieure ambiante ont peu égard à l'importance des
événements. Ce qui modifie profondément pour
eux l'ordre des pensées, c'est bien plutôt quelque
chose qui semble en soi n'avoir aucune importance
et qui renverse pour eux l'ordre du temps en les
faisant contemporains d'un autre temps de leur vie.
On peut s'en rendre compte pratiquement à la
beauté des pages qu'il inspire : un chant d'oiseau
dans le parc de Montboissier, ou une brise chargée
de l'odeur de réséda, sont évidemment des événements de moindre conséquence que les plus grandes
dates de la Révolution et de l'Empire. Ils ont cependant inspiré à Chateaubriand, dans les *Mémoires
d'Outre-Tombe*, des pages d'une valeur infiniment
plus grande.) Les mots de dreyfusard et d'anti-
dreyfusard n'avaient plus de sens, disaient les mêmes
gens qui eussent été stupéfaits et révoltés si on leur
avait dit que probablement dans quelques siècles,
et peut-être moins, celui de boche n'aurait plus que
la valeur de curiosité des mots sans-culotte ou
chouan ou bleu.

M. Bontemps ne voulait pas entendre parler de paix
avant que l'Allemagne eût été réduite au même mor-
cellement qu'au moyen âge, la déchéance de la maison de Hohenzollern prononcée, et Guillaume ayant
reçu douze balles dans la peau. En un mot, il était ce
que Brichot appelait un « jusqu'auboutiste », c'était
le meilleur brevet de civisme qu'on pouvait lui donner.
Sans doute, les trois premiers jours, Mme Bontemps
avait été un peu dépaysée au milieu des personnes qui
avaient demandé à Mme Verdurin à la connaître,
et ce fut d'un ton légèrement aigre que Mme Verdurin répondit : « Le comte, ma chère », à Mme Bontemps qui lui disait : « C'est bien le duc d'Haussonville que vous venez de me présenter », soit par

entière ignorance et absence de toute association
entre le nom Haussonville et un titre quelconque,
soit au contraire par excessive instruction et association d'idées avec le « Parti des Ducs » dont on lui
avait dit que M. d'Haussonville était un des membres
à l'Académie. A partir du quatrième jour elle avait
commencé d'être solidement installée dans le faubourg Saint-Germain. Quelquefois on voyait encore
autour d'elle les fragments inconnus d'un monde
qu'on ne connaissait pas et qui n'étonnaient pas plus
que des débris de coquille autour du poussin, ceux
qui savaient l'œuf d'où Mᵐᵉ Bontemps était sortie.
Mais dès le quinzième jour, elle les avait secoués,
et avant la fin du premier mois, quand elle disait :
« Je vais chez les Lévy », tout le monde comprenait,
sans qu'elle eût besoin de préciser, qu'il s'agissait
des Lévis-Mirepoix, et pas une duchesse ne se
serait couchée sans avoir appris de Mᵐᵉ Bontemps
ou de Mᵐᵉ Verdurin, au moins par téléphone, ce
qu'il y avait dans le communiqué du soir, ce qu'on
y avait omis, où on en était avec la Grèce, quelle
offensive on préparait, en un mot tout ce que le public
ne saurait que le lendemain ou plus tard, et dont
elle avait ainsi comme une sorte de répétition des
couturières. Dans la conversation Mᵐᵉ Verdurin,
pour communiquer les nouvelles, disait : « nous »
en parlant de la France. « Hé bien voici : nous exi-
geons du roi de Grèce qu'il retire du Péléponnèse,
etc. ; nous lui envoyons, etc. » Et dans tous ses
récits revenait tout le temps le G.Q.G. (« j'ai télé-
phoné au G.Q.G. »), abréviation qu'elle avait à
prononcer le même plaisir qu'avaient naguère les
femmes qui ne connaissaient pas le prince d'Agrigente, à demander en souriant, quand on parlait de
lui et pour montrer qu'elles étaient au courant :
« Grigri ? », un plaisir qui dans les époques peu
troublées n'est connu que par les mondains, mais
que dans ces grandes crises le peuple même connaît.

Notre maître d'hôtel, par exemple, si on parlait du roi de Grèce, était capable grâce aux journaux de dire comme Guillaume II : « Tino? », tandis que jusque-là sa familiarité avec les rois était restée plus vulgaire, ayant été inventée par lui, comme quand jadis pour parler du Roi d'Espagne il disait : « Fonfonse. » On put remarquer d'ailleurs qu'au fur et à mesure qu'augmenta le nombre des gens brillants qui firent des avances à Mme Verdurin, le nombre de ceux qu'elle appelait les « ennuyeux » diminua. Par une sorte de transformation magique, tout « ennuyeux » qui était venu lui faire une visite et avait sollicité une invitation devenait subitement quelqu'un d'agréable, d'intelligent. Bref, au bout d'un an, le nombre des ennuyeux était réduit dans une proportion tellement forte que « la peur et l'impossibilité de s'ennuyer », qui avaient tenu une si grande place dans la conversation et joué un si grand rôle dans la vie de Mme Verdurin, avaient presque entièrement disparu. On eût dit que sur le tard cette impossibilité de s'ennuyer (qu'autrefois d'ailleurs elle assurait ne pas avoir éprouvée dans sa prime jeunesse) la faisait moins souffrir, comme certaines migraines, certains asthmes nerveux qui perdent de leur force quand on vieillit. Et l'effroi de s'ennuyer eût sans doute entièrement abandonné Mme Verdurin, faute d'ennuyeux, si elle n'avait, dans une faible mesure, remplacé ceux qui ne l'étaient plus par d'autres, recrutés parmi les anciens fidèles.

Du reste, pour en finir avec les duchesses qui fréquentaient maintenant chez Mme Verdurin, elles venaient y chercher, sans qu'elles s'en doutassent, exactement la même chose que les dreyfusards autrefois, c'est-à-dire un plaisir mondain composé de telle manière que sa dégustation assouvît les curiosités politiques et rassasiât le besoin de commenter entre soi les incidents lus dans les journaux. Mme Verdurin disait : « Vous viendrez à cinq heures parler

de la guerre », comme autrefois « parler de l'Affaire »,
et dans l'intervalle : « Vous viendrez entendre Morel. »

Or Morel n'aurait pas dû être là, pour la raison
qu'il n'était nullement réformé. Simplement il n'avait
pas rejoint et était déserteur, mais personne ne le
savait.

Une des étoiles du salon était « Dans les choux »,
qui malgré ses goûts sportifs s'était fait réformer.
Il était devenu tellement pour moi l'auteur d'une
œuvre admirable à laquelle je pensais constamment
que ce n'est que par hasard, quand j'établissais un
courant transversal entre deux séries de souvenirs,
que je songeais qu'il était le même qui avait amené
le départ d'Albertine de chez moi. Et encore ce
courant transversal aboutissait, en ce qui concernait
ces reliques de souvenirs d'Albertine, à une voie
s'arrêtant en pleine friche à plusieurs années de
distance. Car je ne pensais plus jamais à elle. C'était
une voie de souvenirs, une ligne que je n'empruntais
plus jamais. Tandis que les œuvres de « Dans les
choux » étaient récentes et cette ligne de souvenirs
perpétuellement fréquentée et utilisée par mon
esprit.

Je dois dire que la connaissance du mari d'Andrée
n'était ni très facile ni très agréable à faire, et que
l'amitié qu'on lui vouait était promise à bien des
déceptions. Il était en effet à ce moment déjà fort
malade et s'épargnait les fatigues autres que celles
qui lui paraissaient peut-être lui donner du plaisir.
Or il ne classait parmi celles-là que les rendez-vous
avec des gens qu'il ne connaissait pas encore et que
son ardente imagination lui représentait sans doute
comme ayant une chance d'être différents des autres.
Mais pour ceux qu'il connaissait déjà, il savait trop
bien comment ils étaient, comment ils seraient, ils
ne lui paraissaient plus valoir la peine d'une fatigue
dangereuse pour lui, peut-être mortelle. C'était,
en somme, un très mauvais ami. Et peut-être dans

son goût pour des gens nouveaux se retrouvait-il quelque chose de l'audace frénétique qu'il portait jadis, à Balbec, aux sports, au jeu, à tous les excès de table.

Quant à Mme Verdurin, elle voulait chaque fois me faire faire la connaissance d'Andrée, ne pouvant admettre que je la connaissais. D'ailleurs Andrée venait rarement avec son mari. Elle était pour moi une amie admirable et sincère, et, fidèle à l'esthétique de son mari qui était en réaction des Ballets russes, elle disait du marquis de Polignac : « Il a sa maison décorée par Bakst ; comment peut-on dormir là dedans! j'aimerais mieux Dubuffe. » D'ailleurs les Verdurin, par le progrès fatal de l'esthétisme, qui finit par se manger la queue, disaient ne pas pouvoir supporter le modern style (de plus c'était munichois) ni les appartements blancs et n'aimaient plus que les vieux meubles français dans un décor sombre *.

On fut très étonné à cette époque, où Mme Verdurin pouvait avoir chez elle qui elle voulait, de lui voir faire indirectement des avances à une personne qu'elle avait complètement perdue de vue, Odette. On trouvait qu'elle ne pourrait rien ajouter au brillant milieu qu'était devenu le petit groupe. Mais une

* Je vis à cette époque beaucoup Andrée. Nous ne savions que nous dire, et une fois je pensai à ce nom de Juliette qui était monté du fond du souvenir d'Albertine comme une fleur mystérieuse. Mystérieuse alors, mais qui aujourd'hui n'excitait plus rien : au lieu que de tant de sujets indifférents je parlais, de celui-là je me tus, non qu'il le fût plus qu'un autre, mais il y a une sorte de sursaturation des choses auxquelles on a trop pensé. Peut-être la période où je voyais en cela tant de mystères était-elle la vraie. Mais comme ces périodes ne dureront pas toujours, on ne doit pas sacrifier sa santé, sa fortune, à la découverte de mystères qui un jour n'intéresseront plus.

séparation prolongée, en même temps qu'elle apaise
les rancunes, réveille quelquefois l'amitié. Et puis
le phénomène qui amène non pas seulement les
mourants à ne prononcer que des noms familiers
autrefois, mais les vieillards à se complaire dans
leurs souvenirs d'enfance, ce phénomène a son
équivalent social. Pour réussir dans l'entreprise
de faire revenir Odette chez elle, Mme Verdurin
n'employa pas bien entendu les « ultras », mais
les habitués moins fidèles qui avaient gardé un pied
dans l'un et l'autre salon. Elle leur disait : « Je
ne sais pas pourquoi on ne la voit plus ici. Elle
est peut-être brouillée, moi pas ; en somme,
qu'est-ce que je lui ai fait ? C'est chez moi qu'elle a
connu ses deux maris. Si elle veut revenir, qu'elle
sache que les portes lui sont ouvertes. » Ces paroles,
qui auraient dû coûter à la fierté de la Patronne si
elles ne lui avaient pas été dictées par son imagination,
furent redites, mais sans succès. Mme Verdurin
attendit Odette sans la voir venir, jusqu'à ce que des
événements qu'on verra plus loin amenassent, pour
de tout autres raisons, ce que n'avait pu l'ambassade
pourtant zélée des lâcheurs. Tant il est peu et de
réussites faciles, et d'échecs définitifs.

Les choses étaient tellement les mêmes qu'on
retrouvait tout naturellement les mots d'autrefois :
« bien pensants, mal pensants ». Et comme elles
paraissaient différentes, comme les anciens communards avaient été antirévisionnistes, les plus grands
dreyfusards voulaient faire fusiller tout le monde
et avaient l'appui des généraux, comme ceux-ci
au temps de l'Affaire avaient été contre Galliffet. A
ces réunions, Mme Verdurin invitait quelques dames
un peu récentes, connues par les œuvres, et qui les
premières fois venaient avec des toilettes éclatantes,
de grands colliers de perles qu'Odette, qui en avait
un aussi beau, de l'exhibition duquel elle-même

avait abusé, regardait, maintenant qu'elle était en
« tenue de guerre » à l'imitation des dames du Faubourg, avec sévérité. Mais les femmes savent s'adap-
ter. Au bout de trois ou quatre fois elles se rendaient
compte que les toilettes qu'elles avaient crues chics
étaient précisément proscrites par les personnes qui
l'étaient, elles mettaient de côté leurs robes d'or et
se résignaient à la simplicité.

Mᵐᵉ Verdurin disait : « C'est désolant, je vais
téléphoner à Bontemps de faire le nécessaire pour
demain, on a encore *caviardé* toute la fin de l'article
de Norpois et simplement parce qu'il laissait entendre qu'on avait *limogé* Percin. » Car la bêtise
courante faisait que chacun tirait gloire d'user des
expressions courantes, et croyait montrer qu'elle
était à la mode comme faisait une bourgeoise en
disant, quand on parlait de MM. de Bréauté, d'Agrigente ou de Charlus : « Qui ? Babal de Bréauté, Grigri,
Mémé de Charlus ? » Les duchesses font de même,
d'ailleurs, et avaient le même plaisir à dire « limoger »
car, chez les duchesses, c'est — pour les roturiers un
peu poètes — le nom qui diffère, mais elles s'expriment selon la catégorie d'esprit à laquelle elles
appartiennent et où il y a aussi énormément de bourgeois. Les classes d'esprit n'ont pas égard à la
naissance.

Tous ces téléphonages de Mᵐᵉ Verdurin n'étaient
pas d'ailleurs sans inconvénient. Quoique nous
ayons oublié de le dire, le « salon » Verdurin, s'il
continuait en esprit et en vérité, s'était transporté
momentanément dans un des plus grands hôtels
de Paris, le manque de charbon et de lumière rendant plus difficiles les réceptions des Verdurin dans
l'ancien logis, fort humide, des Ambassadeurs de
Venise. Le nouveau salon ne manquait pas, du reste,
d'agrément. Comme, à Venise, la place, comptée à
cause de l'eau, commande la forme des palais, comme
un bout de jardin dans Paris ravit plus qu'un parc en

province, l'étroite salle à manger qu'avait Mme Verdurin à l'hôtel faisait d'une sorte de losange aux murs éclatants de blancheur comme un écran sur lequel se détachaient à chaque mercredi, et presque tous les jours, tous les gens les plus intéressants, les plus variés, les femmes les plus élégantes de Paris, ravis de profiter du luxe des Verdurin, qui avec leur fortune allait croissant à une époque où les plus riches se restreignaient faute de toucher leurs revenus. La forme donnée aux réceptions se trouvait modifiée sans qu'elles cessassent d'enchanter Brichot, qui, au fur et à mesure que les relations des Verdurin allaient s'étendant, y trouvait des plaisirs nouveaux et accumulés dans un petit espace comme des surprises dans un chausson de Noël. Certains jours, les dîneurs étaient si nombreux que la salle à manger de l'appartement privé était trop petite, on donnait le dîner dans la salle à manger immense d'en bas, où les fidèles, tout en feignant hypocritement de déplorer l'intimité d'en haut, étaient ravis au fond — tout en faisant bande à part, comme jadis dans le petit chemin de fer — d'être un objet de spectacle et d'envie pour les tables voisines. Sans doute, dans les temps habituels de la paix, une note mondaine subrepticement envoyée au *Figaro* ou au *Gaulois* aurait fait savoir à plus de monde que n'en pouvait tenir la salle à manger du Majestic que Brichot avait dîné avec la duchesse de Duras. Mais depuis la guerre, les courriéristes mondains ayant supprimé ce genre d'informations (s'ils se rattrapaient sur les enterrements, les citations et les banquets franco-américains), la publicité ne pouvait plus exister que par ce moyen enfantin et restreint, digne des premiers âges, et antérieur à la découverte de Gutenberg : être vu à la table de Mme Verdurin. Après le dîner on montait dans les salons de la Patronne, puis les téléphonages commençaient. Mais beaucoup de grands hôtels étaient à cette époque peuplés d'espions qui notaient

les nouvelles téléphonées par Bontemps avec une
indiscrétion que corrigeait seulement, par bonheur,
le manque de sûreté de ses informations, toujours
démenties par l'événement.

Avant l'heure où les thés d'après-midi finissaient,
à la tombée du jour, dans le ciel encore clair, on
voyait de loin de petites taches brunes qu'on eût pu
prendre, dans le soir bleu, pour des moucherons ou
pour des oiseaux. Ainsi quand on voit de très loin
une montagne on pourrait croire que c'est un nuage.
Mais on est ému parce qu'on sait que ce nuage est
immense, à l'état solide, et résistant. Ainsi étais-je ému
que la tache brune dans le ciel d'été ne fût ni un mou-
cheron ni un oiseau, mais un aéroplane monté par
des hommes qui veillaient sur Paris. (Le souvenir
des aéroplanes que j'avais vus avec Albertine dans
notre dernière promenade, près de Versailles, n'entrait
pour rien dans cette émotion, car le souvenir de cette
promenade m'était devenu indifférent.)

A l'heure du dîner les restaurants étaient pleins ;
et si, passant dans la rue, je voyais un pauvre permis-
sionnaire, échappé pour six jours au risque permanent
de la mort, et prêt à repartir pour les tranchées,
arrêter un instant ses yeux devant les vitres illuminées,
je souffrais comme à l'hôtel de Balbec quand des
pêcheurs nous regardaient dîner, mais je souffrais
davantage parce que je savais que la misère du soldat
est plus grande que celle du pauvre, les réunissant
toutes, et plus touchante encore parce qu'elle est
plus résignée, plus noble, et que c'est d'un hoche-
ment de tête philosophe, sans haine, que, prêt à
repartir pour la guerre, il disait en voyant se bous-
culer les embusqués retenant leurs tables : « On ne
dirait pas que c'est la guerre ici. » Puis à neuf heures
et demie, alors que personne n'avait encore eu le
temps de finir de dîner, à cause des ordonnances de
police on éteignait brusquement toutes les lumières,

et la nouvelle bousculade des embusqués arrachant
leurs pardessus aux chasseurs du restaurant où
j'avais dîné avec Saint-Loup un soir de perme, avait
lieu à neuf heures trente-cinq dans une mystérieuse
pénombre de chambre où l'on montre la lanterne
magique, de salle de spectacle servant à exhiber les
films d'un de ces cinémas vers lesquels allaient se
précipiter dîneurs et dîneuses.

Mais après cette heure-là, pour ceux qui, comme
moi, le soir dont je parle, étaient restés à dîner chez
eux, et sortaient pour aller voir des amis, Paris était,
au moins dans certains quartiers, encore plus noir que
n'était le Combray de mon enfance ; les visites qu'on
se faisait prenaient un air de visites de voisins de
campagne. Ah! si Albertine avait vécu, qu'il eût été
doux, les soirs où j'aurais dîné en ville, de lui donner
rendez-vous dehors, sous les arcades! D'abord, je
n'aurais rien vu, j'aurais l'émotion de croire qu'elle
avait manqué au rendez-vous, quand tout à coup
j'eusse vu se détacher du mur noir une de ses chères
robes grises, ses yeux souriants qui m'avaient aperçu,
et nous aurions pu nous promener enlacés sans que
personne nous distinguât, nous dérangeât et rentrer
ensuite à la maison. Hélas, j'étais seul et je me faisais
l'effet d'aller faire une visite de voisin à la campagne,
de ces visites comme Swann venait nous en faire après
le dîner, sans rencontrer plus de passants dans
l'obscurité de Tansonville, par le petit chemin de
halage, jusqu'à la rue du Saint-Esprit, que je n'en
rencontrais maintenant dans les rues devenues de
sinueux chemins rustiques, de Sainte-Clotilde à la
rue Bonaparte. D'ailleurs, comme ces fragments de
paysage que le temps qu'il fait fait voyager, n'étaient
plus contrariés par un cadre devenu invisible, les
soirs où le vent chassait un grain glacial, je me croyais
bien plus au bord de la mer furieuse dont j'avais jadis
tant rêvé, que je ne m'y étais senti à Balbec ; et
même d'autres éléments de nature qui n'existaient

pas jusque-là à Paris faisaient croire qu'on venait,
descendant du train, d'arriver pour les vacances en
pleine campagne : par exemple le contraste de lumière et d'ombre qu'on avait à côté de soi par terre
les soirs au clair de lune. Celui-ci donnait de ces
effets que les villes ne connaissaient pas, et même en
plein hiver ; ses rayons s'étalaient sur la neige qu'aucun travailleur ne déblayait plus, boulevard Hauss-
mann, comme ils eussent fait sur un glacier des
Alpes. Les silhouettes des arbres se reflétaient nettes
et pures sur cette neige d'or bleuté, avec la délicatesse
qu'elles ont dans certaines peintures japonaises ou
dans certains fonds de Raphaël ; elles étaient allongées
à terre au pied de l'arbre lui-même, comme on les
voit souvent dans la nature au soleil couchant, quand
celui-ci inonde et rend refléchissantes les prairies
où des arbres s'élèvent à intervalles réguliers. Mais,
par un raffinement d'une délicatesse délicieuse, la
prairie sur laquelle se développaient ces ombres
d'arbres, légères comme des âmes, était une prairie
paradisiaque, non pas verte mais d'un blanc si éclatant
à cause du clair de lune qui rayonnait sur la neige de
jade, qu'on aurait dit que cette prairie était tissue
seulement avec des pétales de poiriers en fleurs. Et
sur les places, les divinités des fontaines publiques
tenant en main un jet de glace avaient l'air de statues
d'une matière double pour l'exécution desquelles
l'artiste avait voulu marier exclusivement le bronze
au cristal. Par ces jours exceptionnels toutes les maisons étaient noires. Mais au printemps au contraire,
parfois de temps à autre, bravant les règlements de
la police, un hôtel particulier, ou seulement un étage
d'un hôtel, ou même seulement une chambre d'un
étage, n'ayant pas fermé ses volets apparaissait, ayant
l'air de se soutenir tout seul sur d'impalpables
ténèbres, comme une projection purement lumineuse,
comme une apparition sans consistance. Et la femme
qu'en levant les yeux bien haut on distinguait dans

cette pénombre dorée, prenait dans cette nuit où
l'on était perdu et où elle-même semblait recluse, le
charme mystérieux et voilé d'une vision d'Orient. Puis
on passait et rien n'interrompait plus l'hygiénique
et monotone piétinement rustique dans l'obscurité.

Je songeais que je n'avais par revu depuis bien
longtemps aucune des personnes dont il a été question dans cet ouvrage. En 1914 seulement, pendant
les deux mois que j'avais passés à Paris, j'avais aperçu
M. de Charlus et vu Bloch et Saint-Loup, ce dernier
seulement deux fois. La seconde fois était certainement celle où il s'était le plus montré lui-même ;
il avait effacé toutes les impressions peu agréables
d'insincérité qu'il m'avait produites pendant le séjour
à Tansonville que je viens de rapporter, et j'avais
reconnu en lui toutes les belles qualités d'autrefois.
La première fois que je l'avais vu après la déclaration
de guerre, c'est-à-dire au début de la semaine qui
suivit, tandis que Bloch faisait montre des sentiments
les plus chauvins, Saint-Loup, une fois que Bloch
nous avait eu quittés, n'avait pas assez d'ironie pour
lui-même qui ne reprenait pas de service et j'avais
été presque choqué de la violence de son ton *.

* Saint-Loup revenait de Balbec. J'appris plus
tard indirectement qu'il avait fait de vaines tentatives
auprès du Directeur du restaurant. Ce dernier devait
sa situation à ce qu'il avait hérité de M. Nissim Bernard. Il n'était autre en effet que cet ancien jeune
servant que l'oncle de Bloch « protégeait ». Mais la
richesse lui avait apporté la vertu. De sorte que c'est
en vain que Saint-Loup avait essayé de le séduire.
Ainsi par compensation, tandis que des jeunes gens
vertueux s'abandonnent, l'âge venu, aux passions
dont ils ont enfin pris conscience, des adolescents
faciles deviennent des hommes à principes contre
lesquels des Charlus, venus sur la foi d'anciens récits
mais trop tard, se heurtent désagréablement. Tout
est affaire de chronologie.

« Non, s'écria-t-il avec force et gaîté, tous ceux qui
ne se battent pas, quelque raison qu'ils donnent,
c'est qu'ils n'ont pas envie d'être tués, c'est par *peur*. »
Et avec le même geste d'affirmation plus énergique
encore que celui avec lequel il avait souligné la peur
des autres, il ajouta : « Et moi, si je ne reprends pas
de service, c'est tout bonnement par *peur, na!* »
J'avais déjà remarqué chez différentes personnes
que l'affectation des sentiments louables n'est pas
la seule couverture des mauvais, mais qu'une plus
nouvelle est l'exhibition de ces mauvais, de sorte
qu'on n'ait pas l'air au moins de s'en cacher. De plus,
chez Saint-Loup cette tendance était fortifiée par
son habitude, quand il avait commis une indiscrétion,
fait une gaffe, et qu'on aurait pu les lui reprocher, de
les proclamer en disant que c'était exprès. Habitude
qui, je crois bien, devait lui venir de quelque professeur à l'École de Guerre dans l'intimité de qui il
avait vécu, pour qui il professait une grande admiration. Je n'eus donc aucun embarras pour interpréter cette boutade comme la ratification verbale
d'un sentiment que, comme il avait dicté la conduite
de Saint-Loup et son abstention dans la guerre qui
commençait, celui-ci aimait mieux proclamer. « Est-ce
que tu as entendu dire, me demanda-t-il en me
quittant, que ma tante Oriane divorcerait ? Personnellement je n'en sais absolument rien. On dit cela
de temps en temps et je l'ai entendu annoncer si
souvent que j'attendrai que ce soit fait pour le croire.
J'ajoute que ce serait très compréhensible ; mon
oncle est un homme charmant, non seulement dans
le monde, mais pour ses amis, pour ses parents.
Même, d'une façon, il a beaucoup plus de cœur que
ma tante, qui est une sainte mais qui le lui fait terriblement sentir. Seulement c'est un mari terrible, qui
n'a jamais cessé de tromper sa femme, de l'insulter,
de la brutaliser, de la priver d'argent. Ce serait
si naturel qu'elle le quitte que c'est une raison pour

5

que ce soit vrai, mais aussi pour que cela ne le soit pas
parce que c'en est une pour qu'on en ait l'idée et
qu'on le dise. Et puis, du moment qu'elle l'a supporté
si longtemps! Maintenant je sais bien qu'il y a tant
de choses qu'on annonce à tort, qu'on dément, et
puis qui plus tard deviennent vraies. » Cela me fit
penser à lui demander s'il avait jamais été question
qu'il épousât Mlle de Guermantes. Il sursauta et
m'assura que non, que ce n'était qu'un de ces bruits
du monde qui naissent de temps à autre on ne sait
pourquoi, s'évanouissent de même et dont la fausseté
ne rend pas ceux qui ont cru en eux plus prudents,
dès que naît un bruit nouveau, de fiançailles, de di-
vorce, ou un bruit politique, pour y ajouter foi et le
colporter.

Quarante-huit heures n'étaient pas passées que
certains faits que j'appris me prouvèrent que je
m'étais absolument trompé dans l'interprétation des
paroles de Robert : « Tous ceux qui ne sont pas au
front, c'est qu'ils ont peur. » Saint-Loup avait dit
cela pour briller dans la conversation, pour faire de
l'originalité psychologique, tant qu'il n'était pas sûr
que son engagement serait accepté. Mais il faisait,
pendant ce temps-là, des pieds et des mains pour
qu'il le fût, étant en cela moins original, au sens qu'il
croyait qu'il fallait donner à ce mot, mais plus profondément français de Saint-André-des-Champs, plus
en conformité avec tout ce qu'il y avait à ce moment-là
de meilleur chez les Français de Saint-André-
des-Champs, seigneurs, bourgeois et serfs respectueux des seigneurs ou révoltés contre les seigneurs,
deux divisions également françaises de la même famille sous-embranchement Françoise et sous-embranchement Morel, d'où deux flèches se dirigeaient,
pour se réunir à nouveau, dans une même direction,
qui était la frontière. Bloch avait été enchanté d'entendre l'aveu de lâcheté d'un nationaliste (qui
l'était d'ailleurs si peu) et, comme Saint-Loup lui

avait demandé si lui-même devait partir, avait pris
une figure de grand-prêtre pour répondre : « Myope. »
Mais Bloch avait complètement changé d'avis sur
la guerre quelques jours après, où il vint me voir
affolé. Quoique « myope », il avait été reconnu bon
pour le service. Je le ramenais chez lui quand nous
rencontrâmes Saint-Loup qui avait rendez-vous
pour être présenté, au ministère de la Guerre, à un
colonel, avec un ancien officier, « M. de Cambremer »,
me dit-il. « Ah! mais c'est vrai, c'est d'une ancienne
connaissance que je te parle. Tu connais aussi bien
que moi Cancan. » Je lui répondis que je le connaissais
en effet et sa femme aussi, que je ne les appréciais
qu'à demi. Mais j'étais tellement habitué, depuis que
je les avais vus pour la première fois, à considérer
la femme comme une personne malgré tout remarquable, connaissant à fond Schopenhauer, et ayant
accès en somme dans un milieu intellectuel qui était
fermé à son grossier époux, que je fus d'abord étonné
d'entendre Saint-Loup me répondre : « Sa femme est
idiote, je te l'abandonne. Mais lui est un excellent
homme qui était doué et qui est resté fort agréable. »
Par l' « idiotie » de la femme, Saint-Loup entendait
sans doute le désir éperdu de celle-ci de fréquenter
le grand monde, ce que le grand monde juge le plus
sévèrement ; par les qualités du mari, sans doute
quelque chose de celles que lui reconnaissait sa nièce,
quand elle le trouvait le mieux de la famille. Lui du
moins ne se souciait pas des duchesses, mais à vrai
dire c'est là une « intelligence » qui diffère autant de
celle qui caractérise les penseurs, que l' « intelligence »
reconnue par le public à tel homme riche « d'avoir su
faire sa fortune ». Mais les paroles de Saint-Loup ne
me déplaisaient pas en ce qu'elles rappelaient que la
prétention avoisine la bêtise et que la simplicité a
un goût un peu caché mais agréable. Je n'avais pas eu,
il est vrai, l'occasion de savourer celle de M. de Cambremer. Mais c'est justement ce qui fait qu'un être

est tant d'êtres différents selon les personnes qui le
jugent, en dehors même des différences de jugement.
De M. de Cambremer je n'avais connu que l'écorce.
Et sa saveur, qui me fut attestée par d'autres, m'était
inconnue. Bloch nous quitta devant sa porte, débordant d'amertume contre Saint-Loup, lui disant
qu'eux autres, « beaux fils » galonnés, paradant dans
les États-Majors, ne risquaient rien, et que lui, simple
soldat de 2ᵉ classe, n'avait pas envie de se faire « trouer
la peau pour Guillaume ». « Il paraît qu'il est gravement malade, l'Empereur Guillaume », répondit
Saint-Loup. Bloch qui, comme tous les gens qui
tiennent de près à la Bourse, accueillait avec une
facilité particulière les nouvelles sensationnelles,
ajouta : « On dit même beaucoup qu'il est mort. »
À la Bourse tout souverain malade, que ce soit
Édouard VII ou Guillaume II, est mort, toute ville
sur le point d'être assiégée est prise. « On ne le cache,
ajouta Bloch, que pour ne pas déprimer l'opinion
chez les Boches. Mais il est mort dans la nuit d'hier.
Mon père le tient d'une source de tout premier
ordre. » Les sources de tout premier ordre étaient
les seules dont tînt compte M. Bloch le père, soit que,
par la chance qu'il avait, grâce à de « hautes relations »,
d'être en communication avec elles, il en reçut la
nouvelle encore secrète que l'Extérieure allait monter
ou la de Beers fléchir. D'ailleurs, si à ce moment précis
se produisait une hausse sur la de Beers ou des
« offres » sur l'Extérieure, si le marché de la première
était « ferme » et « actif », celui de la seconde « hésitant »,
« faible », et qu'on s'y tînt « sur la réserve », la source
de premier ordre n'en restait pas moins une source
de premier ordre. Aussi Bloch nous annonça-t-il
la mort du Kaiser d'un air mystérieux et important,
mais aussi rageur. Il était particulièrement exaspéré
d'entendre Robert dire : « l'Empereur Guillaume ».
Je crois que sous le couperet de la guillotine Saint-
Loup et M. de Guermantes n'auraient pas pu dire

autrement. Deux hommes du monde restant seuls
vivants dans une île déserte, où ils n'auraient à faire
preuve de bonnes façons pour personne, se recon-
naîtraient à ces traces d'éducation, comme deux
latinistes citeraient correctement du Virgile. Saint-
Loup n'eût jamais pu, même torturé par les Allemands,
dire autrement que « l'Empereur Guillaume ». Et ce
savoir-vivre est malgré tout l'indice de grandes
entraves pour l'esprit. Celui qui ne sait pas les rejeter
reste un homme du monde. Cette élégante médiocrité
est d'ailleurs délicieuse — surtout avec tout ce qui s'y
allie de générosité cachée et d'héroïsme inexprimé —
à côté de la vulgarité de Bloch, à la fois pleutre et
fanfaron, qui criait à Saint-Loup : « Tu ne pourrais
pas dire Guillaume tout court ? C'est ça, tu as la
frousse, déjà ici tu te mets à plat ventre devant lui !
Ah ! ça nous fera de beaux soldats à la frontière, ils
lécheront les bottes des Boches. Vous êtes des galonnés
qui savez parader dans un carrousel. Un point, c'est
tout. »

« Ce pauvre Bloch veut absolument que je ne fasse
que parader », me dit Saint-Loup en souriant, quand
nous eûmes quitté notre camarade. Et je sentis bien
que parader n'était pas du tout ce que désirait Robert,
bien que je ne me rendisse pas compte alors de ses
intentions aussi exactement que je le fis plus tard,
quand, la cavalerie restant inactive, il obtint de servir
comme officier d'infanterie, puis de chasseurs à pied,
et enfin quand vint la suite qu'on lira plus loin. Mais
du patriotisme de Robert, Bloch ne se rendait pas
compte simplement parce que Robert ne l'exprimait
nullement. Si Bloch nous avait fait des professions de
foi méchamment antimilitaristes une fois qu'il avait
été reconnu « bon », il avait eu préalablement les
déclarations les plus chauvines quand il se croyait
réformé pour myopie. Mais ces déclarations, Saint-
Loup eût été incapable de les faire ; d'abord par une
espèce de délicatesse morale qui empêche d'exprimer

les sentiments trop profonds et qu'on trouve tout
naturels. Ma mère autrefois, non seulement n'eût
pas hésité une seconde à mourir pour ma grand'mère,
mais aurait horriblement souffert si on l'avait empêchée
de le faire. Néanmoins il m'est impossible d'imaginer
rétrospectivement dans sa bouche une phrase telle
que : « Je donnerais ma vie pour ma mère. » Aussi
tacite était, dans son amour de la France, Robert
qu'en ce moment je trouvais beaucoup plus Saint-
Loup (autant que je pouvais me représenter son père)
que Guermantes. Il eût été préservé aussi d'exprimer
ces sentiments-là par la qualité en quelque sorte
morale de son intelligence. Il y a chez les travailleurs
intelligents et vraiment sérieux une certaine aversion
pour ceux qui mettent en littérature ce qu'ils font,
le font valoir. Naturellement notre prédilection
n'allait pas d'instinct aux Cottard ou aux Brichot,
mais enfin nous avions une certaine considération
pour les gens qui savaient à fond le grec ou la médecine et ne se croyaient pas autorisés pour cela à faire
les charlatans. J'ai dit que, si toutes les actions de
maman reposaient jadis sur le sentiment qu'elle eût
donné sa vie pour sa mère, elle ne s'était jamais formulé
ce sentiment à elle-même, et qu'en tous cas elle eût
trouvé non pas seulement inutile et ridicule, mais
choquant et honteux de l'exprimer aux autres ; de
même il m'est impossible d'imaginer dans la bouche
de Saint-Loup me parlant de son équipement, des
courses qu'il avait à faire, de nos chances de victoire,
du peu de valeur de l'armée russe, de ce que ferait
l'Angleterre, il m'est impossible d'imaginer dans sa
bouche la phrase même la plus éloquente, dite par le
Ministre même le plus sympathique, aux députés
debout et enthousiastes. Je ne peux cependant pas
dire que dans ce côté négatif qui l'empêchait d'exprimer les beaux sentiments qu'il ressentait, il n'y avait
pas un effet de l' « esprit des Guermantes », comme on
en a vu tant d'exemples chez Swann. Car, si je le

trouvais Saint-Loup surtout, il restait Guermantes
aussi, et par là, parmi les nombreux mobiles qui
excitaient son courage, il y en avait qui n'étaient pas
les mêmes que ceux de ses amis de Doncières, ces
jeunes gens épris de leur métier avec qui j'avais dîné
chaque soir et dont tant se firent tuer à la bataille
de la Marne ou ailleurs en entraînant leurs hommes.

Les jeunes socialistes qu'il pouvait y avoir à Doncières quand j'y étais, mais que je ne connaissais pas
parce qu'ils ne fréquentaient pas le milieu de Saint-
Loup, purent se rendre compte que les officiers de ce
milieu n'étaient nullement des « aristos » dans l'acception hautainement fière et bassement jouisseuse que
le « populo », les officiers sortis du rang, les francs-
maçons donnaient au surnom d' « aristo ». Et pareillement d'ailleurs, ce même patriotisme, les officiers
nobles le rencontrèrent pleinement chez les socialistes
que je les avais entendu accuser, pendant que j'étais
à Doncières, en pleine affaire Dreyfus, d'être des
« sans-patrie ». Le patriotisme des militaires, aussi
sincère, aussi profond, avait pris une forme définie
qu'ils croyaient intangible et sur laquelle ils s'indi-
gnaient de voir jeter « l'opprobre », tandis que les
patriotes en quelque sorte inconscients, indépendants,
sans religion patriotique définie, qu'étaient les radi-
caux-socialistes, n'avaient pas su comprendre quelle
réalité profonde vivait dans ce qu'ils croyaient de
vaines et haineuses formules.

Sans doute Saint-Loup comme eux s'était habitué
à développer en lui, comme la partie la plus vraie de
lui-même, la recherche et la conception des meilleures
manœuvres en vue des plus grands succès stratégiques
et tactiques, de sorte que, pour lui comme pour eux,
la vie de son corps était quelque chose de relativement
peu important qui pouvait être facilement sacrifié
à cette partie intérieure, véritable noyau vital chez
eux, autour duquel l'existence personnelle n'avait
de valeur que comme un épiderme protecteur. Dans

le courage de Saint-Loup il y avait des éléments plus
caractéristiques, et où on eût aisément reconnu la
générosité qui avait fait au début le charme de notre
amitié, et aussi le vice héréditaire qui s'était éveillé
plus tard chez lui, et qui, joint à un certain niveau
intellectuel qu'il n'avait pas dépassé, lui faisait non
seulement admirer le courage, mais pousser l'horreur
de l'efféminement jusqu'à une certaine ivresse au
contact de la virilité. Il trouvait, chastement sans
doute, à vivre à la belle étoile avec des Sénégalais
qui faisaient à tout instant le sacrifice de leur vie, une
volupté cérébrale où il entrait beaucoup de mépris
pour les « petits messieurs musqués », et qui, si
opposée qu'elle lui semble, n'était pas si différente
de celle que lui donnait cette cocaïne dont il avait
abusé à Tansonville, et dont l'héroïsme — comme un
remède qui supplée à un autre — le guérissait. Dans
son courage il y avait d'abord cette double habitude
de politesse qui, d'une part, le faisait louanger les
autres mais pour soi-même se contenter de bien faire
sans en rien dire, au contraire d'un Bloch qui lui avait
dit dans notre rencontre : « Naturellement vous
canneriez », et qui ne faisait rien ; et, d'autre part,
le poussait à tenir pour rien ce qui était à lui, sa fortune, son rang, sa vie même, à les donner. En un mot,
la vraie noblesse de sa nature.

— En avons-nous pour longtemps ? dis-je à Saint-
Loup. — Non, je crois à une guerre très courte, me
répondit-il. Mais ici, comme toujours, ses arguments
étaient livresques. « Tout en tenant compte des pro-
phéties de Moltke, relis, me dit-il, comme si je l'avais
déjà lu, le décret du 28 octobre 1913 sur la conduite
des grandes unités, tu verras que le remplacement des
réserves du temps de paix n'est pas organisé, ni
même prévu, ce qu'on n'eût pas manqué de faire si
la guerre devait être longue. » Il me semblait qu'on
pouvait interpréter le décret en question non comme
une preuve que la guerre serait courte, mais comme

l'imprévoyance qu'elle le serait, et de ce qu'elle serait, chez ceux qui l'avaient rédigé et qui ne soupçonnaient ni ce que serait dans une guerre stabilisée l'effroyable consommation du matériel de tout genre, ni la solidarité de divers théâtres d'opérations.

En dehors de l'homosexualité, chez les gens les plus opposés par nature à l'homosexualité, il existe un certain idéal conventionnel de virilité qui, si l'homosexuel n'est pas un être supérieur, se trouve à sa disposition, pour qu'il le dénature d'ailleurs. Cet idéal — de certains militaires, de certains diplomates — est particulièrement exaspérant. Sous sa forme la plus basse, il est simplement la rudesse du cœur d'or qui ne veut pas avoir l'air d'être ému, et qui au moment d'une séparation avec un ami qui va peut-être être tué, a au fond une envie de pleurer dont personne ne se doute, parce qu'il la recouvre sous une colère grandissante qui finit par cette explosion au moment où on se quitte : « Allons, tonnerre de Dieu! bougre d'idiot, embrasse-moi donc et prends donc cette bourse qui me gêne, espèce d'imbécile. » Le diplomate, l'officier, l'homme qui sent que seule une grande œuvre nationale compte, mais qui a tout de même eu une affection pour le « petit » qui était à la légation ou au bataillon et qui est mort des fièvres ou d'une balle, présente le même goût de virilité sous une forme plus habile, plus savante, mais au fond aussi haïssable. Il ne veut pas pleurer le « petit », il sait que bientôt on n'y pensera pas plus que le chirurgien bon cœur qui pourtant, le soir de la mort d'une petite malade contagieuse, a du chagrin qu'il n'exprime pas. Pour peu que le diplomate soit écrivain et raconte cette mort, il ne dira pas qu'il a eu du chagrin ; non ; d'abord par « pudeur virile », ensuite par habileté artistique qui fait naître l'émotion en la dissimulant. Un de ses collègues et lui veilleront le mourant. Pas un instant ils ne diront qu'ils ont du chagrin. Ils parleront des affaires de la légation ou du bataillon, même avec plus de précision que d'habitude.

« B. me dit : " Vous n'oublierez pas qu'il y a demain revue du général ; tâchez que vos hommes soient propres. " Lui qui était d'habitude si doux avait un ton plus sec que d'habitude, je remarquai qu'il évitait de me regarder, moi-même je me sentais nerveux aussi. » Et le lecteur comprend que ce ton sec, c'est le chagrin chez des êtres qui ne veulent pas avoir l'air d'avoir du chagrin, ce qui serait simplement ridicule, mais ce qui est aussi assez désespérant et hideux, parce que c'est la manière d'avoir du chagrin d'êtres qui croient que le chagrin ne compte pas, que la vie est plus sérieuse que les séparations, etc., de sorte qu'ils donnent dans les morts cette impression de mensonge, de néant, que donne au jour de l'an le monsieur qui, en vous apportant des marrons glacés, dit : « Je vous la souhaite bonne et heureuse » en ricanant, mais le dit tout de même.

Pour finir le récit de l'officier ou du diplomate veillant, la tête couverte parce qu'on a transporté le blessé en plein air, le moribond, à un moment donné tout est fini : « Je pensais : il faut retourner préparer les choses pour l'astiquage ; mais je ne sais vraiment pas pourquoi, au moment où le docteur lâcha le pouls, B. et moi, il se trouva que sans nous être entendus, le soleil tombait d'aplomb, peut-être avions-nous chaud, debout devant le lit, nous enlevâmes nos képis. » Et le lecteur sent bien que ce n'est pas à cause de la chaleur, du soleil, mais par émotion devant la majesté de la mort que les deux hommes virils, qui jamais n'ont le mot tendresse ou chagrin à la bouche, se sont découverts.

L'idéal de virilité des homosexuels à la Saint-Loup n'est pas le même, mais aussi conventionnel et aussi mensonger. Le mensonge gît pour eux dans le fait de ne pas vouloir se rendre compte que le désir physique est à la base des sentiments auxquels ils donnent une autre origine. M. de Charlus détestait l'efféminement. Saint-Loup admire le courage des jeunes hommes, l'ivresse des charges de cavalerie, la noblesse intellectuelle et morale des amitiés d'homme à homme, entièrement pures, où on sacrifie sa vie l'un pour l'autre. La guerre qui fait, des capitales où il n'y a plus que des femmes, le désespoir des homosexuels, est au contraire le roman passionné des homosexuels, s'ils sont assez intelligents pour se forger des chimères, pas assez pour savoir les percer à jour, reconnaître leur origine, se juger. De sorte qu'au moment où certains jeunes gens s'engagèrent simplement par esprit d'imitation sportive, comme une année tout le monde joue au « diabolo », pour Saint-Loup la guerre fut davantage l'idéal même qu'il s'imaginait poursuivre dans ses désirs beaucoup plus concrets mais ennuagés d'idéologie, cet idéal servi en commun avec les êtres qu'il préférait, dans un ordre de chevalerie purement masculine, loin des femmes, où il pourrait exposer sa vie pour sauver son ordonnance, et mourir en inspirant un amour fanatique à ses hommes. Et ainsi, quoi qu'il y eût bien d'autres choses dans son courage, le fait qu'il était un grand seigneur s'y retrouvait, et s'y retrouvait aussi, sous une forme méconnaissable et idéalisée, l'idée de M. de Charlus que c'était de l'essence d'un homme de n'avoir rien d'efféminé. D'ailleurs de même qu'en philosophie et en art deux idées analogues ne valent que par la manière dont elles sont développées, et peuvent différer grandement si elles sont exposées par Xénophon ou par Platon, de même tout en reconnaissant combien ils tiennent, en faisant cela, l'un de l'autre, j'admire Saint-Loup demandant à partir au point le plus dangereux, infiniment plus que M. de Charlus évitant de porter des cravates claires.

Je parlai à Saint-Loup de mon ami le directeur du Grand Hôtel de Balbec qui, paraît-il, avait prétendu qu'il y avait eu au début de la guerre dans certains régiments français des défections qu'il appelait des

« défectuosités », et avait accusé de les avoir provoquées
ce qu'il appelait le « militariste prussien » ; il avait
même cru, à un certain moment, à un débarquement
simultané des Japonais, des Allemands et des Cosa-
ques à Rivebelle, menaçant Balbec, et avait dit qu'il
n'y avait plus qu'à « décrépir * ». Ce germanophobe
disait en riant à propos de son frère : « Il est dans les
tranchées, à vingt-cinq mètres des Boches! » jusqu'à
ce qu'ayant appris qu'il l'était lui-même, on l'eût
mis dans un camp de concentration. « A propos de
Balbec, te rappelles-tu l'ancien liftier de l'hôtel ? » me
dit en me quittant Saint-Loup sur le ton de quelqu'un
qui n'avait pas trop l'air de savoir qui c'était et qui
comptait sur moi pour l'éclairer. « Il s'engage et m'a
écrit pour le faire *rentrer* dans l'aviation. » Sans doute
le lift était-il las de monter dans la cage captive de
l'ascenseur, et les hauteurs de l'escalier du Grand
Hôtel ne lui suffisaient plus. Il allait « prendre ses
galons » autrement que comme concierge, car notre
destin n'est pas toujours ce que nous avions cru. « Je
vais sûrement appuyer sa demande, me dit Saint-
Loup. Je le disais encore à Gilberte ce matin, jamais
nous n'aurons assez d'avions. C'est avec cela qu'on
verra ce que prépare l'adversaire. C'est cela qui lui
enlèvera le bénéfice le plus grand d'une attaque, celui
de la surprise, l'armée la meilleure sera peut-être celle
qui aura les meilleurs yeux. Eh bien, et la pauvre
Françoise, a-t-elle réussi à faire réformer son neveu ? »
Mais Françoise, qui avait fait depuis longtemps tous
ses efforts pour que son neveu fût réformé et qui,
quand on lui avait proposé une recommandation,
par la voie des Guermantes, pour le général de Saint-
Joseph, avait répondu d'un ton désespéré : «Oh! non,
ça ne servirait à rien, il n'y a rien à faire avec ce vieux

---

* Il trouvait le départ des pouvoirs publics pour
Bordeaux un peu précipité et déclarait qu'ils avaient
eu tort de « décrépir » aussi vite.

bonhomme-là, c'est tout ce qu'il y a de pis, il est
patriotique », Françoise, dès qu'il avait été question
de la guerre, et quelque douleur qu'elle en éprouvât,
trouvait qu'on ne devait pas abandonner les « pauvres
Russes », puisqu'on était « alliancé ». Le maître d'hôtel,
persuadé d'ailleurs que la guerre ne durerait que dix
jours et se terminerait par la victoire éclatante de la
France, n'aurait pas osé, par peur d'être démenti
par les événements, et n'aurait même pas eu assez
d'imagination pour prédire une guerre longue et
indécise. Mais cette victoire complète et immédiate,
il tâchait au moins d'en extraire d'avance tout ce qui
pouvait faire souffrir Françoise. « Ça pourrait bien
faire du vilain, parce qu'il paraît qu'il y en a beaucoup
qui ne veulent pas marcher, des gars de seize ans qui
pleurent. » Et lui dire ainsi pour la « vexer » des choses
désagréables, c'est ce qu'il appelait « lui jeter un
pépin, lui lancer une apostrophe, lui envoyer un calem-
bour ». « De seize ans, Vierge Marie ! » disait Françoise,
et, un instant méfiante : « On disait pourtant qu'on ne
les prenait qu'après vingt ans, c'est encore des
enfants. — Naturellement les journaux ont l'ordre
de ne pas dire ça. Du reste c'est toute la jeunesse qui
sera en avant, il n'en reviendra pas lourd. D'un côté
ça fera du bon, une bonne saignée, là, c'est utile de
temps en temps, ça fera marcher le commerce. Ah !
dame, s'il y a des gosses trop tendres qui ont une
hésitation, on les fusille immédiatement, douze balles
dans la peau, vlan ! D'un côté, il faut ça. Et puis, les
officiers, qu'est-ce que ça peut leur faire ? Ils touchent
leurs pesetas, c'est tout ce qu'ils demandent. » Françoise pâlissait tellement pendant chacune de ces
conversations qu'on craignait que le maître d'hôtel
ne la fît mourir d'une maladie de cœur.

Elle ne perdait pas ses défauts pour cela. Quand une
jeune fille venait me voir, si mal aux jambes qu'eût
la vieille servante, m'arrivait-il de sortir un instant
de ma chambre, je la voyais au haut d'une échelle,

dans la penderie, en train, disait-elle, de chercher
quelque paletot à moi pour voir si les mites ne s'y
mettaient pas, en réalité pour nous écouter. Elle
gardait malgré toutes mes critiques sa manière insi-
dieuse de poser des questions d'une façon indirecte
pour laquelle elle avait utilisé depuis quelque temps
un certain « parce que sans doute ». N'osant pas me
dire : « Est-ce que cette dame a un hôtel ? » elle me
disait, les yeux timidement levés comme ceux d'un
bon chien : « Parce que sans doute cette dame a son
hôtel particulier... », évitant l'interrogation flagrante
moins pour être polie que pour ne pas sembler
curieuse. Enfin, comme les domestiques que nous
aimons le plus — et surtout s'ils ne nous rendent
presque plus les services et les égards de leur emploi
— restent, hélas, des domestiques et marquent plus
nettement les limites (que nous voudrions effacer)
de leur caste au fur et à mesure qu'ils croient le plus
pénétrer dans la nôtre, Françoise avait souvent à mon
endroit (« pour me piquer », eût dit le maître d'hôtel)
de ces propos étranges qu'une personne du monde
n'aurait pas : avec une joie dissimulée mais aussi
profonde que si c'eût été une maladie grave, si j'avais
chaud et que la sueur — je n'y prenais pas garde —
perlât à mon front : « Mais vous êtes en nage », me
disait-elle, étonnée comme devant un phénomène
étrange, souriant un peu avec le mépris que cause
quelque chose d'indécent (« vous sortez, mais vous
avez oublié de mettre votre cravate »), prenant pourtant la voix préoccupée qui est chargée d'inquiéter
quelqu'un sur son état. On aurait dit que moi seul
dans l'univers avais jamais été en nage. Enfin elle ne
parlait plus bien comme autrefois. Car, dans son
humilité, dans sa tendre admiration pour des êtres
qui lui étaient infiniment inférieurs, elle adoptait
leur vilain tour de langage. Sa fille s'étant plainte
d'elle à moi et m'ayant dit (je ne sais de qui elle l'avait
reçu) : « Elle a toujours quelque chose à dire, que je

ferme mal les portes, et patatipatali et patatatipatala »,
Françoise crut sans doute que son incomplète éducation seule l'avait jusqu'ici privée de ce bel usage. Et
sur ces lèvres où j'avais vu fleurir jadis le français
le plus pur j'entendis plusieurs fois par jour : « Et patatipatali et patatatipatala. » Il est du reste curieux
combien non seulement les expressions mais les
pensées varient peu chez une même personne. Le
maître d'hôtel ayant pris l'habitude de déclarer que
M. Poincaré était mal intentionné, pas pour l'argent,
mais parce qu'il avait voulu absolument la guerre, il
redisait cela sept à huit fois par jour devant le même
auditoire habituel et toujours aussi intéressé. Pas un
mot n'était modifié, pas un geste, une intonation.
Bien que cela ne durât que deux minutes, c'était
invariable, comme une représentation. Ses fautes de
français corrompaient le langage de Françoise tout
autant que les fautes de sa fille. Il croyait que ce que
M. de Rambuteau avait été si froissé un jour d'entendre appeler par le duc de Guermantes « les édicules
Rambuteau » s'appelait des pistières. Sans doute dans
son enfance n'avait-il pas entendu l'*o*, et cela lui était
resté. Il prononçait donc ce mot incorrectement mais
perpétuellement. Françoise, gênée d'abord, finit par
le dire aussi, pour se plaindre qu'il n'y eût pas de ce
genre de choses pour les femmes comme pour les
hommes. Mais son humilité et son admiration pour
le maître d'hôtel faisaient qu'elle ne disait jamais
pissotières, mais — avec une légère concession à la
coutume — pissetières.

Elle ne dormait plus, ne mangeait plus, se faisait
lire les communiqués auxquels elle ne comprenait
rien, par le maître d'hôtel qui n'y comprenait guère
davantage, et chez qui le désir de tourmenter Françoise était souvent dominé par une allégresse patriotique ; il disait avec un rire sympathique, parlant des
Allemands : « Ça doit chauffer, notre vieux Joffre est
en train de leur tirer des plans sur la comète. » Fran-

çoise ne comprenait pas trop de quelle comète il
s'agissait, mais n'en sentait que davantage que cette
phrase faisait partie des aimables et originales extra-
vagances auxquelles une personne bien élevée doit
répondre avec bonne humeur, par urbanité, et haus-
sant gaiement les épaules d'un air de dire : « Il est bien
toujours le même », elle tempérait ses larmes d'un
sourire. Au moins était-elle heureuse que son nouveau
garçon boucher, qui malgré son métier était assez
craintif (il avait cependant commencé dans les abattoirs) ne fût pas d'âge à partir. Sans quoi elle eût été
capable d'aller trouver le Ministre de la Guerre pour
le faire réformer.

Le maître d'hôtel n'eût pas pu imaginer que les
communiqués n'étaient pas excellents et qu'on ne se
rapprochait pas de Berlin, puisqu'il lisait : « Nous
avons repoussé, avec de fortes pertes pour l'ennemi,
etc. », actions qu'il célébrait comme de nouvelles
victoires. J'étais cependant effrayé de la rapidité avec
laquelle le théâtre de ces victoires se rapprochait de
Paris, et je fus même étonné que le maître d'hôtel,
ayant vu dans un communiqué qu'une action avait
eu lieu près de Lens, n'eût pas été inquiet en voyant
dans le journal du lendemain que ses suites avaient
tourné à notre avantage à Jouy-le-Vicomte, dont
nous tenions solidement les abords. Le maître d'hôtel
connaissait pourtant bien de nom Jouy-le-Vicomte,
qui n'était pas tellement éloigné de Combray. Mais
on lit les journaux comme on aime, un bandeau sur
les yeux. On ne cherche pas à comprendre les faits.
On écoute les douces paroles du rédacteur en chef
comme on écoute les paroles de sa maîtresse. On est
battu et content parce qu'on ne se croit pas battu
mais vainqueur.

Je n'étais pas du reste demeuré longtemps à Paris
et j'avais regagné assez vite ma maison de santé. Bien
qu'en principe le docteur vous traitât par l'isolement,
on m'y avait remis à deux époques différentes une

lettre de Gilberte et une lettre de Robert. Gilberte
m'écrivait (c'était à peu près en septembre 1914) que,
quelque désir qu'elle eût de rester à Paris pour avoir
plus facilement des nouvelles de Robert, les raids
perpétuels de *taubes* au-dessus de Paris lui avaient
causé une telle épouvante, surtout pour sa petite
fille, qu'elle s'était enfuie de Paris par le dernier train
qui partait encore pour Combray, que le train n'était
même pas allé jusqu'à Combray et que ce n'était que
grâce à la charrette d'un paysan sur laquelle elle avait
fait dix heures d'un trajet atroce, qu'elle avait pu
gagner Tansonville! « Et là, imaginez-vous ce qui
attendait votre vieille amie, m'écrivait en finissant
Gilberte. J'étais partie de Paris pour fuir les avions
allemands, me figurant qu'à Tansonville je serais à
l'abri de tout. Je n'y étais pas depuis deux jours que
vous n'imaginerez jamais ce qui arrivait : les Allemands qui envahissaient la région après avoir battu
nos troupes près de La Fère, et un état-major allemand suivi d'un régiment qui se présentait à la porte
de Tansonville, et que j'étais obligée d'héberger, et
pas moyen de fuir, plus un train, rien. » L'état-major
allemand s'était-il en effet bien conduit, ou fallait-il
voir dans la lettre de Gilberte un effet par contagion
de l'esprit des Guermantes, lesquels étaient de souche
bavaroise, apparentés à la plus haute aristocratie
d'Allemagne, mais Gilberte ne tarissait pas sur la
parfaite éducation de l'état-major, et même des soldats
qui lui avaient seulement demandé « la permission de
cueillir un des ne-m'oubliez-pas qui poussaient auprès
de l'étang », bonne éducation qu'elle opposait à la
violence désordonnée des fuyards français, qui avaient
traversé la propriété en saccageant tout, avant l'arrivée
des généraux allemands. En tous cas, si la lettre de Gilberte était par certains côtés imprégnée de l'esprit
des Guermantes — d'autres diraient de l'internationa-
lisme juif, ce qui n'aurait probablement pas été juste,
comme on verra — la lettre que je reçus pas mal de

6

mois plus tard de Robert était, elle, beaucoup plus
Saint-Loup que Guermantes, reflétant de plus toute
la culture libérale qu'il avait acquise, et, en somme,
entièrement sympathique. Malheureusement il ne me
parlait pas de stratégie comme dans ses conversations
de Doncières et ne me disait pas dans quelle mesure il
estimait que la guerre confirmait ou infirmait les
principes qu'il m'avait alors exposés. Tout au plus
me dit-il que depuis 1914 s'étaient en réalité succédé
plusieurs guerres, les enseignements de chacune
influant sur la conduite de la suivante. Et, par exemple,
la théorie de la « percée » avait été complétée par cette
thèse qu'il fallait, avant de percer, bouleverser entièrement par l'artillerie le terrain occupé par l'adversaire.
Mais ensuite on avait constaté qu'au contraire ce
bouleversement rendait impossible l'avance de l'infanterie et de l'artillerie dans des terrains dont des milliers
de trous d'obus ont fait autant d'obstacles. « La guerre,
me disait-il, n'échappe pas aux lois de notre vieil
Hegel. Elle est en état de perpétuel devenir. » C'était
peu auprès de ce que j'aurais voulu savoir. Mais ce
qui me fâchait davantage encore, c'est qu'il n'avait
pas le droit de me citer de noms de généraux. Et
d'ailleurs, par le peu que me disait le journal, ce
n'était pas ceux dont j'étais à Doncières si préoccupé
de savoir lesquels montreraient le plus de valeur dans
une guerre, qui conduisaient celle-ci. Geslin de
Bourgogne, Galliffet, Négrier étaient morts. Pau avait
quitté le service actif presque au début de la guerre.
De Joffre, de Foch, de Castelnau, de Pétain, nous
n'avions jamais parlé. « Mon petit, m'écrivait Robert,
je reconnais que des mots comme " passeront pas " ou
" on les aura " ne sont pas agréables ; ils m'ont fait
longtemps aussi mal aux dents que " poilu " et le reste,
et sans doute c'est ennuyeux de construire une épopée
sur des termes qui sont pis qu'une faute de grammaire
ou une faute de goût, qui sont cette chose contra-
dictoire et atroce, une affectation, une prétention

vulgaires que nous détestons tellement, comme par exemple les gens qui croient spirituel de dire " de la coco " pour " de la cocaïne ". Mais si tu voyais tout ce monde, surtout les gens du peuple, les ouvriers, les petits commerçants, qui ne se doutaient pas de ce qu'ils recélaient en eux d'héroïsme et seraient morts dans leur lit sans l'avoir soupçonné, courir sous les balles pour secourir un camarade, pour emporter un chef blessé, et, frappés eux-mêmes, sourire au moment où ils vont mourir parce que le médecin-chef leur apprend que la tranchée a été reprise aux Allemands, je t'assure, mon cher petit, que cela donne une belle idée des Français et que ça fait comprendre les époques historiques qui nous paraissaient un peu extraordinaires dans nos classes. L'épopée est tellement belle que tu trouverais comme moi que les mots ne font plus rien. Rodin ou Maillol pourraient faire un chef-d'œuvre avec une matière affreuse qu'on ne reconnaîtrait pas. Au contact d'une telle grandeur, " poilu " est devenu pour moi quelque chose dont je ne sens même pas plus s'il a pu contenir d'abord une allusion ou une plaisanterie que quand nous lisons " chouans " par exemple. Mais je sens " poilu " déjà prêt pour de grands poètes, comme les mots déluge, ou Christ, ou Barbares qui étaient déjà pétris de grandeur avant que s'en fussent servis Hugo, Vigny ou les autres. Je dis que le peuple, les ouvriers, est ce qu'il y a de mieux, mais tout le monde est bien. Le pauvre petit Vaugoubert, le fils de l'ambassadeur, a été sept fois blessé avant d'être tué, et chaque fois qu'il revenait d'une expédition sans avoir écopé, il avait l'air de s'excuser et de dire que ce n'était pas sa faute. C'était un être charmant. Nous nous étions beaucoup liés, les pauvres parents ont eu la permission de venir à l'enterrement à condition de ne pas être en deuil et de ne rester que cinq minutes à cause du bombardement. La mère, un grand cheval que tu connais peut-être, pouvait avoir beaucoup de chagrin,

on ne distinguait rien. Mais le pauvre père était dans
un tel état que je t'assure que moi, qui ai fini par devenir tout à fait insensible à force de prendre l'habitude
de voir la tête du camarade qui est en train de me
parler subitement labourée par une torpille ou même
détachée du tronc, je ne pouvais pas me contenir en
voyant l'effondrement du pauvre Vaugoubert qui
n'était plus qu'une espèce de loque. Le général avait
beau lui dire que c'était pour la France, que son fils
s'était conduit en héros, cela ne faisait que redoubler
les sanglots du pauvre homme qui ne pouvait pas se
détacher du corps de son fils. Enfin, et c'est pour cela
qu'il faut s'habituer à "passeront pas", tous ces gens-là,
comme mon pauvre valet de chambre, comme Vaugoubert, ont empêché les Allemands de passer. Tu
trouves peut-être que nous n'avançons pas beaucoup,
mais il ne faut pas raisonner, une armée se sent victo-
rieuse par une impression intime, comme un mourant
se sent foutu. Or nous savons que nous aurons la
victoire et nous le voulons pour dicter une paix juste,
je ne veux pas dire seulement juste pour nous, vraiment
juste, juste pour les Français, juste pour les Allemands. »

Bien entendu, le « fléau » n'avait pas élevé l'intelligence de Saint-Loup au-dessus d'elle-même. De
même que les héros d'un esprit médiocre et banal
écrivant des poèmes pendant leur convalescence se
plaçaient pour décrire la guerre non au niveau des
événements, qui en eux-mêmes ne sont rien, mais de
la banale esthétique dont ils avaient suivi les règles
jusque-là, parlant comme ils eussent fait dix ans plus
tôt de la « sanglante aurore », du « vol frémissant de la
victoire », etc., Saint-Loup, lui, beaucoup plus intelligent et artiste, restait intelligent et artiste, et notait
avec goût pour moi des paysages, pendant qu'il était
immobilisé à la lisière d'une forêt marécageuse, mais
comme si ç'avait été pour une chasse au canard. Pour
me faire comprendre certaines oppositions d'ombre

et de lumière qui avaient été « l'enchantement de sa matinée », il me citait certains tableaux que nous aimions l'un et l'autre et ne craignait pas de faire allusion à une page de Romain Rolland, voire de Nietzsche, avec cette indépendance des gens du front qui n'avaient pas la même peur de prononcer un nom allemand que ceux de l'arrière, et même avec cette pointe de coquetterie à citer un ennemi que mettait, par exemple, le colonel du Paty de Clam, dans la salle des témoins de l'affaire Zola, à réciter en passant devant Pierre Quillard, poète dreyfusard de la plus extrême violence et que d'ailleurs il ne connaissait pas, des vers de son drame symboliste : *la Fille aux mains coupées*. Saint-Loup me parlait-il d'une mélodie de Schumann, il n'en donnait le titre qu'en allemand, et ne prenait aucune circonlocution pour me dire que, quand à l'aube il avait entendu un premier gazouillis à la lisière de cette forêt, il avait été enivré comme si lui avait parlé l'oiseau de ce « sublime *Siegfried* » qu'il espérait bien entendre après la guerre.

Et maintenant, à mon second retour à Paris, j'avais reçu, dès le lendemain de mon arrivée, une nouvelle lettre de Gilberte, qui sans doute avait oublié celle, ou du moins le sens de celle que j'ai rapportée, car son départ de Paris à la fin de 1914 y était représenté rétrospectivement d'une manière assez différente. « Vous ne savez peut-être pas, mon cher ami, me disait-elle, que voilà bientôt deux ans que je suis à Tansonville. J'y suis arrivée en même temps que les Allemands ; tout le monde avait voulu m'empêcher de partir. On me traitait de folle. " Comment, me disait-on, vous êtes en sûreté à Paris et vous partez pour ces régions envahies, juste au moment où tout le monde cherche à s'en échapper. " Je ne méconnaissais pas tout ce que ce raisonnement avait de juste. Mais que voulez-vous, je n'ai qu'une seule qualité, je ne suis pas lâche, ou, si vous aimez mieux, je suis fidèle, et quand j'ai su mon cher Tansonville

menacé, je n'ai pas voulu que notre vieux régisseur
restât seul à le défendre. Il m'a semblé que ma place
était à ses côtés. Et c'est du reste grâce à cette résolution que j'ai pu sauver à peu près le château — quand
tous les autres dans le voisinage, abandonnés par
leurs propriétaires affolés, ont été presque tous
détruits de fond en comble — et non seulement sauver
le château, mais les précieuses collections auxquelles
mon cher Papa tenait tant. » En un mot, Gilberte
était persuadée maintenant qu'elle n'était pas allée
à Tansonville, comme elle me l'avait écrit en 1914,
pour fuir les Allemands et pour être à l'abri, mais
au contraire pour les rencontrer et défendre contre
eux son château. Ils n'étaient pas restés à Tansonville,
d'ailleurs, mais elle n'avait plus cessé d'avoir chez
elle un va-et-vient constant de militaires qui dépas-
sait beaucoup celui qui tirait des larmes à Françoise
dans la rue de Combray, de mener, comme elle disait,
cette fois en toute vérité, la vie du front. Aussi par-
lait-on dans les journaux avec les plus grands éloges
de son admirable conduite et il était question de la
décorer. La fin de sa lettre était entièrement exacte.
« Vous n'avez pas idée de ce que c'est que cette
guerre, mon cher ami, et de l'importance qu'y prend
une route, un pont, une hauteur. Que de fois j'ai
pensé à vous, aux promenades, grâce à vous rendues
délicieuses, que nous faisions ensemble dans tout ce
pays aujourd'hui ravagé, alors que d'immenses combats se livrent pour la possession de tel chemin, de tel
coteau que vous aimiez, où nous sommes allés si
souvent ensemble! Probablement vous comme moi,
vous ne vous imaginiez pas que l'obscur Roussainville et l'assommant Méséglise, d'où on nous portait
nos lettres, et où on était allé chercher le docteur
quand vous avez été souffrant, seraient jamais des
endroits célèbres. Hé bien, mon cher ami, ils sont à
jamais entrés dans la gloire au même titre qu'Austerlitz ou Valmy. La bataille de Méséglise a duré plus de

huit mois, les Allemands y ont perdu plus de six
cent mille hommes, ils ont détruit Méséglise, mais
ils ne l'ont pas pris. Le petit chemin que vous aimiez
tant, que nous appelions le raidillon aux aubépines
et où vous prétendez que vous êtes tombé dans votre
enfance amoureux de moi, alors que je vous assure
en toute vérité que c'était moi qui étais amoureuse
de vous, je ne peux pas vous dire l'importance qu'il
a prise. L'immense champ de blé auquel il aboutit,
c'est la fameuse cote 307 dont vous avez dû voir le
nom revenir si souvent dans les communiqués. Les
Français ont fait sauter le petit pont sur la Vivonne
qui, disiez-vous, ne vous rappelait pas votre enfance
autant que vous l'auriez voulu, les Allemands en ont
jeté d'autres ; pendant un an et demi ils ont eu une
moitié de Combray et les Français l'autre moitié. »

Le lendemain du jour où j'avais reçu cette lettre,
c'est-à-dire l'avant-veille de celui où, cheminant
dans l'obscurité, j'entendais sonner le bruit de mes
pas, tout en remâchant tous ces souvenirs, Saint-
Loup venu du front, sur le point d'y retourner,
m'avait fait une visite de quelques secondes seulement,
dont l'annonce seule m'avait violemment ému. Françoise avait voulu se précipiter sur lui, espérant qu'il
pourrait faire réformer le timide garçon boucher dont,
dans un an, la classe allait partir. Mais elle fut arrêtée
d'elle-même par l'inutilité de cette démarche, car
depuis longtemps le timide tueur d'animaux avait
changé de boucherie. Et soit que la nôtre craignît
de perdre notre clientèle, soit qu'elle fût de bonne foi,
elle déclara à Françoise qu'elle ignorait où ce garçon,
qui, d'ailleurs, ne ferait jamais un bon boucher, était
employé. Françoise avait bien cherché partout. Mais
Paris est grand, les boucheries nombreuses, et elle
avait eu beau entrer dans un grand nombre, elle n'avait
pu retrouver le jeune homme timide et sanglant.

Quand Saint-Loup était entré dans ma chambre,
je l'avais approché avec ce sentiment de timidité,

avec cette impression de surnaturel que donnaient
au fond tous les permissionnaires et qu'on éprouve
quand on est introduit auprès d'une personne atteinte
d'un mal mortel et qui cependant se lève, s'habille,
se promène encore. Il semblait (il avait surtout semblé
au début, car pour qui n'avait pas vécu comme moi
loin de Paris, l'habitude était venue qui retranche aux
choses que nous avons vues plusieurs fois la racine
d'impression profonde et de pensée qui leur donne
leur sens réel), il semblait presque qu'il y eût quelque
chose de cruel dans ces permissions données aux
combattants. Aux premières, on se disait : « Ils ne
voudront pas repartir, ils déserteront. » Et en effet
ils ne venaient pas seulement de lieux qui nous semblaient irréels parce que nous n'en avions entendu
parler que par les journaux et que nous ne pouvions
nous figurer qu'on eût pris part à ces combats tita-
niques et revenir avec seulement une contusion à
l'épaule ; c'était des rivages de la mort, vers lesquels
ils allaient retourner, qu'ils venaient un instant parmi
nous, incompréhensibles pour nous, nous remplissant
de tendresse, d'effroi, et d'un sentiment de mystère,
comme ces morts que nous évoquons, qui nous
apparaissent une seconde, que nous n'osons pas
interroger et qui du reste pourraient tout au plus
nous répondre : « Vous ne pourriez pas vous figurer. »
Car il est extraordinaire à quel point, chez les res-
capés du feu que sont les permissionnaires, chez les
vivants ou les morts qu'un médium hypnotise ou
évoque, le seul effet du contact avec le mystère soit
d'accroître, s'il est possible, l'insignifiance des propos.
Tel j'abordai Robert qui avait encore au front une
cicatrice, plus auguste et plus mystérieuse pour moi
que l'empreinte laissée sur la terre par le pied d'un
géant. Et je n'avais pas osé lui poser de question et il
ne m'avait dit que de simples paroles. Encore étaient-
elles fort peu différentes de ce qu'elles eussent été
avant la guerre, comme si les gens, malgré elle, conti-

nuaient à être ce qu'ils étaient ; le ton des entretiens était le même, la matière seule différait, et encore !

Je crus comprendre qu'il avait trouvé aux armées des ressources qui lui avaient fait peu à peu oublier que Morel s'était aussi mal conduit avec lui qu'avec son oncle. Pourtant il lui gardait une grande amitié et était pris de brusques désirs de le revoir, qu'il ajournait sans cesse. Je crus plus délicat envers Gilberte de ne pas indiquer à Robert que pour retrouver Morel il n'avait qu'à aller chez Mᵐᵉ Verdurin.

Je dis avec humilité à Robert combien on sentait peu la guerre à Paris. Il me dit que même à Paris c'était quelquefois « assez inouï ». Il faisait allusion à un raid de zeppelins qu'il y avait eu la veille et il me demanda si j'avais bien vu, mais comme il m'eût parlé autrefois de quelque spectacle d'une grande beauté esthétique. Encore au front comprend-on qu'il y ait une sorte de coquetterie à dire : « C'est merveilleux, quel rose! et ce vert pâle! » au moment où on peut à tout instant être tué, mais ceci n'existait pas chez Saint-Loup, à Paris, à propos d'un raid insignifiant, mais qui de notre balcon, dans ce silence d'une nuit où il y avait eu tout à coup une fête *vraie* avec fusées utiles et protectrices, appels de clairons qui n'étaient pas que pour la parade, etc. Je lui parlai de la beauté des avions qui montaient dans la nuit. « Et peut-être encore plus de ceux qui descendent, me dit-il. Je reconnais que c'est très beau le moment où ils montent, où ils vont *faire constellation*, et obéissent en cela à des lois tout aussi précises que celles qui régissent les constellations, car ce qui te semble un spectacle est le ralliement des escadrilles, les commandements qu'on leur donne, leur départ en chasse, etc. Mais est-ce que tu n'aimes pas mieux le moment où, définitivement assimilés aux étoiles, ils s'en détachent pour partir en chasse ou rentrer après la berloque, le moment où ils *font apocalypse*, même les étoiles ne gardant plus leur place ? Et ces sirènes, était-ce assez wagnérien, ce qui, du reste, était bien naturel pour saluer l'arrivée des Allemands, ça faisait très hymne national, avec le Kronprinz et les princesses dans la loge impériale, *Wacht am Rhein* ; c'était à se demander si c'était bien des aviateurs et pas plutôt des Walkyries qui montaient. » Il semblait avoir plaisir à cette assimilation des aviateurs et des Walkyries, et l'expliqua d'ailleurs par des raisons purement musicales : « Dame, c'est que la musique des sirènes était d'un *Chevauchée* ! Il faut décidément l'arrivée des Allemands pour qu'on puisse entendre du Wagner à Paris. » A certains points de vue la comparaison n'était pas fausse. La ville semblait un trou noir, et qui tout d'un coup passait, des profondeurs et de la nuit, dans la lumière et dans le ciel, où un à un les aviateurs s'élançaient à l'appel déchirant des sirènes, cependant que d'un mouvement plus lent, mais plus insidieux, plus alarmant, car ce regard faisait penser à l'objet invisible encore et peut-être déjà proche qu'il cherchait, les projecteurs se remuaient sans cesse, flairant l'ennemi, le cernant de leurs lumières jusqu'au moment où les avions aiguillés bondiraient en chasse pour le saisir. Et, escadrille après escadrille, chaque aviateur s'élançait ainsi de la ville transportée maintenant dans le ciel, pareil à une Walkyrie. Pourtant des coins de la terre, au ras des maisons, s'éclairaient, et je dis à Saint-Loup que, s'il avait été à la maison la veille, il aurait pu, tout en contemplant l'apocalypse dans le ciel, voir sur la terre (comme dans *l'Enterrement du comte d'Orgaz* du Greco où ces différents plans sont parallèles) un vrai vaudeville joué par des personnages en chemise de nuit, lesquels à cause de leurs noms célèbres eussent mérité d'être envoyés à quelque successeur de ce Ferrari dont les notes mondaines nous avaient si souvent amusés, Saint-Loup et moi, que nous nous amusions pour nous-mêmes à en inventer. Et c'est ce que nous avions fait encore, ce jour-là, comme s'il n'y avait pas la guerre, bien que

sur un sujet fort « guerre », la peur des Zeppelins :
« Reconnu : la duchesse de Guermantes superbe en
chemise de nuit, le duc de Guermantes inénarrable
en pyjama rose et paignoir de bain, etc. »

— Je suis sûr, me dit-il, que dans tous les grands
hôtels on a dû voir les juives américaines en chemise,
serrant sur leurs seins décatis le collier de perles qui
leur permettra d'épouser un duc décavé. L'hôtel Ritz,
ces soirs-là, doit ressembler à l'Hôtel du libre échange.

— Tu te rappelles, lui dis-je, nos conversations
de Doncières. — Ah! c'était le bon temps. Quel
abîme nous en sépare. Ces beaux jours renaîtront-ils
seulement jamais

> *du gouffre interdit à nos sondes,*
> *Comme montent au ciel les soleils rajeunis*
> *Après s'être lavés au fond des mers profondes ?*

— Ne pensons à ces conversations que pour en
évoquer la douceur, lui dis-je. Je cherchais à y atteindre un certain genre de vérité. La guerre actuelle,
qui a tout bouleversé, et surtout, me dis-tu, l'idée de
la guerre, rend-elle caduc ce que tu me disais alors
relativement à ces batailles, par exemple aux batailles
de Napoléon qui seraient imitées dans les guerres
futures ? — Nullement! me dit-il ; la bataille napoléonienne se retrouve toujours, et d'autant plus dans
cette guerre qu'Hindenburg est imbu de l'esprit
napoléonien. Ses rapides déplacements de troupes,
ses feintes, soit qu'il ne laisse qu'un mince rideau
devant un de ses adversaires pour tomber toutes
forces réunies sur l'autre (Napoléon 1814), soit qu'il
pousse à fond une diversion qui force l'adversaire à
maintenir ses forces sur le front qui n'est pas le
principal (ainsi la feinte d'Hindenburg devant Varsovie grâce à laquelle les Russes trompés portèrent
là leur résistance et furent battus sur les lacs de
Mazurie), ses replis analogues à ceux par lesquels
commencèrent Austerlitz, Arcole, Eckmühl, tout chez

lui est napoléonien, et ce n'est pas fini. J'ajoute, si,
loin de moi, tu essayes au fur et à mesure d'interpréter les événements de cette guerre, de ne pas te
fier trop exclusivement à cette manière particulière
d'Hindenburg pour y trouver le sens de ce qu'il fait,
la clef de ce qu'il va faire. Un général est comme un
écrivain qui veut faire une certaine pièce, un certain
livre, et que le livre lui-même, avec les ressources
inattendues qu'il révèle ici, l'impasse qu'il présente
là, fait dévier extrêmement du plan préconçu. Comme
une diversion, par exemple, ne doit se faire que sur
un point qui a lui-même assez d'importance, suppose
que la diversion réussisse au delà de toute espérance,
tandis que l'opération principale se solde par un
échec ; c'est la diversion qui peut devenir l'opération
principale. J'attends Hindenburg à un des types de la
bataille napoléonienne, celle qui consiste à séparer
deux adversaires, les Anglais et nous.

Il faut dire pourtant que si la guerre n'avait pas
grandi l'intelligence de Saint-Loup, cette intelligence,
conduite par une évolution où l'hérédité entrait pour
une grande part, avait pris un brillant que je ne lui
avais jamais vu. Quelle distance entre le jeune blondin
qui jadis était courtisé par les femmes chic ou aspirant
à le devenir, et le discoureur, le doctrinaire qui ne
cessait de jouer avec les mots! A une autre génération,
sur une autre tige, comme un acteur qui reprend le
rôle joué jadis par Bressant ou Delaunay, il était
comme un successeur — rose, blond et doré, alors
que l'autre était mi-partie très noir et tout blanc — de
M. de Charlus. Il avait beau ne pas s'entendre avec
son oncle sur la guerre, s'étant rangé dans cette frac-
tion de l'aristocratie qui faisait passer la France avant
tout, tandis que M. de Charlus était au fond défaitiste,
il pouvait montrer à celui qui n'avait pas vu le « créa-
teur du rôle » comment on pouvait exceller dans
l'emploi de raisonneur. « Il paraît que Hindenburg
c'est une révélation, lui dis-je. — Une vieille révé-

lation, me répondit-il du tac au tac, ou une future révolution. Il aurait fallu, au lieu de ménager l'ennemi, laisser faire Mangin, abattre l'Autriche et l'Allemagne et européaniser la Turquie au lieu de monténégriser la France. — Mais nous aurons l'aide des États-Unis, lui dis-je. — En attendant, je ne vois ici que le spectacle des États désunis. Pourquoi ne pas faire des concessions plus larges à l'Italie par la peur de déchristianiser la France ? — Si ton oncle Charlus t'entendait ! lui dis-je. Au fond tu ne serais pas fâché qu'on offense encore un peu plus le Pape, et lui pense avec désespoir au mal qu'on peut faire au trône de François-Joseph. Il se dit d'ailleurs en cela dans la tradition de Talleyrand et du Congrès de Vienne. — L'ère du Congrès de Vienne est révolue, me répondit-il ; à la diplomatie secrète, il faut opposer la diplomatie concrète. Mon oncle est au fond un monarchiste impénitent à qui on ferait avaler des carpes comme Mme Molé ou des escarpes comme Arthur Meyer, pourvu que carpes et escarpes fussent à la Chambord. Par haine du drapeau tricolore, je crois qu'il se rangerait plutôt sous le torchon du *Bonnet rouge*, qu'il prendrait de bonne foi pour le Drapeau blanc. » Certes, ce n'était que des mots et Saint-Loup était loin d'avoir l'originalité quelquefois profonde de son oncle. Mais il était aussi affable et charmant de caractère que l'autre était soupçonneux et jaloux. Et il était resté charmant et rose comme à Balbec, sous tous ses cheveux d'or. La seule chose où son oncle ne l'eût pas dépassé était cet état d'esprit du faubourg Saint-Germain dont sont empreints ceux qui croient s'en être le plus détachés et qui leur donne à la fois ce respect des hommes intelligents pas nés (qui ne fleurit vraiment que dans la noblesse et rend les révolutions si injustes) mêlé à une niaise satisfaction de soi. De par ce mélange d'humilité et d'orgueil, de curiosités d'esprit acquises et d'autorité innée, M. de Charlus et Saint-Loup, par des chemins

différents, et avec des opinions opposées, étaient
devenus, à une génération d'intervalle, des intellectuels que toute idée nouvelle intéresse et des causeurs
de qui aucun interrupteur ne peut obtenir le silence.
De sorte qu'une personne un peu médiocre pouvait
les trouver l'un et l'autre, selon la disposition où elle
se trouvait, éblouissants ou raseurs.

Tout en me rappelant ainsi la visite de Saint-Loup
j'avais marché, fait un trop long crochet ; j'étais
presque au pont des Invalides. Les lumières, assez
peu nombreuses (à cause des gothas), étaient allumées,
un peu trop tôt car le « changement d'heure » avait
été fait un peu trop tôt, quand la nuit venait encore
assez vite, mais stabilisé pour toute la belle saison
(comme les calorifères sont allumés et éteints à partir
d'une certaine date), et, au-dessus de la ville noctur-
nement éclairée, dans toute une partie du ciel — du
ciel ignorant de l'heure d'été et de l'heure d'hiver,
et qui ne daignait pas savoir que huit heures et demie
était devenu neuf heures et demie — dans toute une
partie du ciel bleuâtre il continuait à faire un peu jour.
Dans toute la partie de la ville que dominent les tours
du Trocadéro, le ciel avait l'air d'une immense mer
nuance de turquoise, qui se retire, laissant déjà
émerger toute une ligne légère de rochers noirs,
peut-être même de simples filets de pêcheurs alignés
les uns après les autres, et qui étaient de petits
nuages. Mer en ce moment couleur turquoise et qui
emporte avec elle, sans qu'ils s'en aperçoivent, les
hommes entraînés dans l'immense révolution de la
terre, de la terre sur laquelle ils sont assez fous pour
continuer leurs révolutions à eux, et leurs vaines
guerres, comme celle qui ensanglantait en ce moment
la France. Au reste, à force de regarder le ciel paresseux et trop beau, qui ne trouvait pas digne de lui de
changer son horaire et au-dessus de la ville allumée
prolongeait mollement, en ces tons bleuâtres, sa journée qui s'attardait, le vertige prenait : ce n'était plus

une mer étendue, mais une gradation verticale de bleus glaciers. Et les tours du Trocadéro qui semblaient si proches des degrés de turquoise devaient en être extrêmement éloignées, comme ces deux tours de certaines villes de Suisse qu'on croirait dans le lointain voisiner avec la pente des cimes.

Je revins sur mes pas, mais une fois quitté le pont des Invalides il ne faisait plus jour dans le ciel, il n'y avait même guère de lumière dans la ville, et butant çà et là contre des poubelles, prenant un chemin pour un autre, je me trouvai sans m'en douter, en suivant machinalement un dédale de rues obscures, arrivé sur les boulevards. Là, l'impression d'Orient que je venais d'avoir se renouvela, et d'autre part à l'évocation du Paris du Directoire succéda celle du Paris de 1815. Comme en 1815 c'était le défilé le plus disparate des uniformes des troupes alliées ; et parmi elles, des Africains en jupe-culotte rouge, des Hindous enturbannés de blanc suffisaient pour que de ce Paris où je me promenais je fisse toute une imaginaire cité exotique, dans un Orient à la fois minutieusement exact en ce qui concernait les costumes et la couleur des visages, arbitrairement chimérique en ce qui concernait le décor, comme de la ville où il vivait Carpaccio fit une Jérusalem ou une Constantinople en y assemblant une foule dont la merveilleuse bigarrure n'était pas plus colorée que celle-ci. Marchant derrière deux zouaves qui ne semblaient guère se préoccuper de lui, j'aperçus un homme grand et gros, en feutre mou, en longue houppelande et sur la figure mauve duquel j'hésitai si je devais mettre le nom d'un acteur ou d'un peintre également connus pour d'innombrables scandales sodomistes. J'étais certain en tous cas que je ne connaissais pas le promeneur ; aussi fus-je bien surpris, quand ses regards rencontrèrent les miens, de voir qu'il avait l'air gêné et fit exprès de s'arrêter et de venir à moi comme un homme qui veut montrer que vous ne le surprenez

nullement en train de se livrer à une occupation qu'il
eût préféré laisser secrète. Une seconde je me demandai qui me disait bonjour : c'était M. de Charlus. On
peut dire que pour lui l'évolution de son mal ou la
révolution de son vice était à ce point extrême où la
petite personnalité primitive de l'individu, ses qualités
ancestrales, sont entièrement interceptées par le
passage en face d'elles du défaut ou du mal générique
dont ils sont accompagnés. M. de Charlus était arrivé
aussi loin qu'il était possible de soi-même, ou plutôt
il était lui-même si parfaitement masqué par ce qu'il
était devenu et qui n'appartenait pas à lui seul mais
à beaucoup d'autres invertis, qu'à la première minute
je l'avais pris pour un autre d'entre eux, derrière ces
zouaves, en plein boulevard, pour un autre d'entre
eux qui n'était pas M. de Charlus, qui n'était pas
un grand seigneur, qui n'était pas un homme d'imagination et d'esprit, et qui n'avait pour toute ressemblance avec le baron que cet air commun à tous, qui
maintenant chez lui, au moins avant qu'on se fût
appliqué à bien regarder, couvrait tout.

C'est ainsi qu'ayant voulu aller chez Mme Verdurin
j'avais rencontré M. de Charlus. Et certes je ne
l'eusse pas comme autrefois trouvé chez elle ; leur
brouille n'avait fait que s'aggraver et Mme Verdurin
se servait même des événements présents pour le
discréditer davantage. Ayant dit depuis longtemps
qu'elle le trouvait usé, fini, plus démodé dans ses
prétendues audaces que les plus pompiers, elle résumait maintenant cette condamnation et dégoûtait
de lui toutes les imaginations en disant qu'il était
« avant-guerre ». La guerre avait mis entre lui et le
présent, selon le petit clan, une coupure qui le reculait
dans le passé le plus mort. D'ailleurs — ceci s'adressant plutôt au monde politique, qui était moins
informé — elle le représentait comme aussi « toc »,
aussi « à côté » comme situation mondaine que comme
valeur intellectuelle. « Il ne voit personne, personne

ne le reçoit », disait-elle à M. Bontemps, qu'elle persuadait aisément. Il y avait d'ailleurs du vrai dans ces paroles. La situation de M. de Charlus avait changé. Se souciant de moins en moins du monde, s'étant brouillé par caractère quinteux, et ayant, par conscience de sa valeur sociale, dédaigné de se réconcilier avec la plupart des personnes qui étaient la fleur de la société, il vivait dans un isolement relatif qui n'avait pas, comme celui où était morte Mme de Villeparisis, l'ostracisme de l'aristocratie pour cause, mais qui aux yeux du public paraissait pire pour deux raisons. La mauvaise réputation maintenant connue de M. de Charlus faisait croire aux gens peu renseignés que c'était pour cela que ne le fréquentaient point les gens que de son propre chef il refusait de fréquenter. De sorte que ce qui était l'effet de son humeur atrabilaire semblait celui du mépris des personnes à l'égard de qui elle s'exerçait. D'autre part Mme de Villeparisis avait eu un grand rempart : la famille. Mais M. de Charlus avait multiplié entre elle et lui les brouilles. Elle lui avait d'ailleurs — surtout côté vieux Faubourg, côté Courvoisier — semblé inintéressante. Et il ne se doutait guère, lui qui avait fait vers l'art, par opposition aux Courvoisier, des pointes si hardies, que ce qui eût intéressé le plus en lui un Bergotte, par exemple, c'était sa parenté avec tout ce vieux Faubourg, c'eût été de pouvoir lui décrire la vie quasi provinciale menée par ses cousines, de la rue de la Chaise à la place du Palais-Bourbon et à la rue Garancière.

Puis, se plaçant à un autre point de vue moins transcendant et plus pratique, Mme Verdurin affectait de croire qu'il n'était pas français. « Quelle est sa nationalité exacte, est-ce qu'il n'est pas autrichien ? demandait innocemment M. Verdurin. — Mais non, pas du tout, répondait la comtesse Molé, dont le premier mouvement obéissait plutôt au bon sens qu'à la rancune. — Mais non, il est prussien, disait la Patronne. Mais je vous le dis, je le sais, il nous l'a

assez répété qu'il était membre héréditaire de la
Chambre des Seigneurs de Prusse et Durchlaucht.
— Pourtant la reine de Naples m'avait dit... — Vous
savez que c'est une affreuse espionne, s'écriait
Mme Verdurin qui n'avait pas oublié l'attitude que
la souveraine déchue avait eue un soir chez elle. Je
le sais et d'une façon précise, elle ne vivait que de ça.
Si nous avions un gouvernement plus énergique, tout
ça devrait être dans un camp de concentration. Et
allez donc! En tous cas, vous ferez bien de ne pas
recevoir ce joli monde, parce que je sais que le Ministre de l'Intérieur a l'œil sur eux, votre hôtel serait
surveillé. Rien ne m'enlèvera de l'idée que pendant
deux ans Charlus n'a pas cessé d'espionner chez
moi. » Et pensant probablement qu'on pouvait avoir
un doute sur l'intérêt que pouvaient présenter pour
le gouvernement allemand les rapports les plus cir-
constanciés sur l'organisation du petit clan, Mme Verdurin, d'un air doux et perspicace, en personne qui
sait que la valeur de ce qu'elle dit ne paraîtra que plus
précieuse si elle n'enfle pas la voix pour le dire : « Je
vous dirai que dès le premier jour j'ai dit à mon
mari : Ça ne me va pas, la façon dont cet homme-là
s'est introduit chez moi. Ça a quelque chose de
louche. Nous avions une propriété au fond d'une baie,
sur un point très élevé. Il était sûrement chargé par
les Allemands de préparer là une base pour leurs sous-
marins. Il y avait des choses qui m'étonnaient et que
maintenant je comprends. Ainsi, au début, il ne voulait
pas venir par le train avec mes autres habitués. Moi, je
lui avais très gentiment proposé une chambre dans
le château. Hé bien non, il avait préféré habiter Doncières où il y a énormément de troupe. Tout ça sentait
l'espionnage à plein nez. »
    Pour la première des accusations dirigées contre le
baron de Charlus, celle d'être passé de mode, les gens
du monde ne donnaient que trop aisément raison à
Mme Verdurin. En fait ils étaient ingrats, car M. de

Charlus était en quelque sorte leur poète, celui qui avait su dégager de la mondanité ambiante une sorte de poésie où il entrait de l'histoire, de la beauté, du pittoresque, du comique, de la frivole élégance. Mais les gens du monde, incapables de comprendre cette poésie, n'en voyaient aucune dans leur vie, la cherchaient ailleurs, et mettaient à mille pics au-dessus de M. de Charlus des hommes qui lui étaient infiniment inférieurs, mais qui prétendaient mépriser le monde et en revanche professaient des théories de sociologie et d'économie politique. M. de Charlus s'enchantait à raconter des mots involontairement typiques, et à décrire les toilettes savamment gracieuses de la duchesse de Montmorency, la traitant de femme sublime, ce qui le faisait considérer comme une espèce d'imbécile par des femmes du monde qui trouvaient la duchesse de Montmorency une sotte sans intérêt, que les robes sont faites pour être portées mais sans qu'on ait l'air d'y faire aucune attention, et qui, elles, plus intelligentes, couraient à la Sorbonne, ou à la Chambre si Deschanel devait parler.

Bref, les gens du monde s'étaient désengoués de M. de Charlus, non pas pour avoir trop pénétré, mais sans avoir pénétré jamais sa rare valeur intellectuelle. On le trouvait « avant-guerre », démodé, car ceux-là mêmes qui sont le plus incapables de juger les mérites, sont ceux qui pour les classer adoptent le plus l'ordre de la mode ; ils n'ont pas épuisé, pas même effleuré, les hommes de mérite qu'il y avait dans une génération, et maintenant il faut les condamner tous en bloc, car voici l'étiquette d'une génération nouvelle, qu'on ne comprendra pas davantage.

Quant à la deuxième accusation, celle de germanisme, l'esprit juste-milieu des gens du monde la leur faisait repousser, mais elle avait trouvé un interprète inlassable et particulièrement cruel en Morel qui, ayant su garder dans les journaux et même dans le monde la place que M. de Charlus, en prenant les

deux fois autant de peine, avait réussi à lui faire
obtenir, mais non pas ensuite à lui faire retirer, poursuivait le baron d'une haine d'autant plus coupable
que, quelles qu'eussent été ses relations exactes avec
le baron, Morel avait connu de lui ce qu'il cachait à
tant de gens, sa profonde bonté. M. de Charlus avait
été avec le violoniste d'une telle générosité, d'une telle
délicatesse, lui avait montré de tels scrupules de ne pas
manquer à sa parole, qu'en le quittant l'idée que
Charlie avait emportée de lui n'était nullement l'idée
d'un homme vicieux (tout au plus considérait-il le
vice du baron comme une maladie), mais de l'homme
ayant le plus d'idées élevées qu'il eût jamais connu,
un homme d'une sensibilité extraordinaire, une
manière de saint. Il le niait si peu que, même brouillé
avec lui, il disait sincèrement à des parents : « Vous
pouvez lui confier votre fils, il ne peut avoir sur lui
que la meilleure influence. » Aussi, quand il cherchait
par ses articles à le faire souffrir, dans sa pensée ce
qu'il bafouait en lui ce n'était pas le vice, c'était la
vertu. Un peu avant la guerre, de petites chroniques,
transparentes pour ce qu'on appelait les initiés, avaient
commencé à faire le plus grand tort à M. de Charlus.
De l'une intitulée : *Les Mésaventures d'une douairière
en us, les vieux jours de la Baronne*, Mᵐᵉ Verdurin
avait acheté cinquante exemplaires pour pouvoir la
prêter à ses connaissances, et M. Verdurin, déclarant
que Voltaire même n'écrivait pas mieux, en donnait
lecture à haute voix. Depuis la guerre le ton avait
changé. L'inversion du baron n'était pas seule dénon-
cée, mais aussi sa prétendue nationalité germanique :
« Frau Bosch », « Frau von den Bosch » étaient les
surnoms habituels de M. de Charlus. Un morceau
d'un caractère poétique avait ce titre emprunté à
certains airs de danse dans Beethoven : *Une Allemande*. Enfin deux nouvelles : *Oncle d'Amérique et
Tante de Frankfort* et *Gaillard d'arrière* lues en
épreuves dans le petit clan avaient fait la joie de Bri-

chot lui-même qui s'était écrié : « Pourvu que très haute et très puissante dame Anastasie ne nous caviarde pas *! »

Morel, qui était au bureau de la presse, trouvait d'ailleurs, son sang français bouillant dans ses veines comme le jus des raisins de Combray, que c'était peu de chose que d'être dans un bureau pendant la guerre et il finit par s'engager, bien que Mme Verdurin fît tout ce qu'elle put pour lui persuader de rester à Paris. Certes, elle était indignée que M. de Cambremer, à son âge, fût dans un état-major, elle qui de tout homme qui n'allait pas chez elle disait : « Où est-ce qu'il a encore trouvé le moyen de se cacher celui-là ? » et si on affirmait que celui-là était en première ligne depuis le premier jour, répondait sans scrupule de mentir ou peut-être pas habitude de se tromper : « Mais pas du tout, il n'a pas bougé de Paris, il fait quelque chose d'à peu près aussi dangereux que de promener un ministre, c'est moi qui vous

---

* Les articles eux-mêmes étaient plus fins que ces titres ridicules. Leur style dérivait de Bergotte, mais d'une façon à laquelle, seul peut-être, j'étais sensible, et voici pourquoi. Les écrits de Bergotte n'avaient nullement influé sur Morel. La fécondation s'était faite d'une façon toute particulière et si rare que c'est à cause de cela seulement que je la rapporte ici. J'ai indiqué en son temps la manière si spéciale que Bergotte avait, quand il parlait, de choisir ses mots, de les prononcer. Morel, qui l'avait longtemps rencontré chez les Saint-Loup, avait fait de lui alors des « imitations », où il contrefaisait parfaitement sa voix, usant des mêmes mots qu'il eût pris. Or maintenant, Morel, pour écrire, transcrivait des conversations à la Bergotte, mais sans leur faire subir cette transposition qui en eût fait du Bergotte écrit. Peu de personnes ayant causé avec Bergotte, on ne reconnaissait pas le ton, qui différait du style. Cette fécondation orale est si rare que j'ai voulu la citer ici. Elle ne produit, d'ailleurs, que des fleurs stériles.

le dis, je vous en réponds, je le sais par quelqu'un qui l'a vu » ; mais, pour les fidèles, ce n'était pas la même chose, elle ne voulait pas les laisser partir, considérait la guerre comme une grande « ennuyeuse » qui les faisait lâcher. Aussi faisait-elle toutes les démarches pour qu'ils restassent, ce qui lui donnerait le double plaisir de les avoir à dîner et, quand ils n'étaient pas encore arrivés ou déjà partis, de flétrir leur inaction. Encore fallait-il que le fidèle se prêtât à cet embusquage, et elle était désolée de voir Morel s'y montrer récalcitrant ; aussi lui avait-elle dit longtemps et vainement : « Mais si, vous servez dans ce bureau, et plus qu'au front. Ce qu'il faut c'est être utile, faire vraiment partie de la guerre, en être. Il y a ceux qui en sont, et les embusqués. Eh bien vous, vous en êtes, et soyez tranquille, tout le monde le sait, personne ne vous jette la pierre. » Telle, dans des circonstances différentes, quand pourtant les hommes n'étaient pas aussi rares et qu'elle n'était pas obligée comme maintenant d'avoir surtout des femmes, si l'un d'eux perdait sa mère, elle n'hésitait pas à lui persuader qu'il pouvait sans inconvénient continuer à venir à ses réceptions. « Le chagrin se porte dans le cœur. Vous voudriez aller au bal (elle n'en donnait pas), je serais la première à vous le déconseiller, mais ici, à mes petits mercredis ou dans une baignoire, personne ne s'en étonnera. On le sait bien, que vous avez du chagrin... » Maintenant les hommes étaient plus rares, les deuils plus fréquents, inutiles même à les empêcher d'aller dans le monde, la guerre suffisant. Mme Verdurin se raccrochait aux restants. Elle voulait leur persuader qu'ils étaient plus utiles à la France en restant à Paris, comme elle leur eût assuré autrefois que le défunt eût été plus heureux de les voir se distraire. Malgré tout, elle avait peu d'hommes ; peut-être regrettait-elle parfois d'avoir consommé avec M. de Charlus une rupture sur laquelle il n'y avait plus à revenir.

Mais, si M. de Charlus et Mme Verdurin ne se fréquentaient plus, ils n'en continuaient pas moins, Mme Verdurin à recevoir, M. de Charlus à aller à ses plaisirs, comme si rien n'avait changé — avec quelques petites différences sans grande importance : par exemple, chez Mme Verdurin, Cottard assistait maintenant aux réceptions dans un uniforme de colonel de *l'Ile du Rêve*, assez semblable à celui d'un amiral haïtien et sur le drap duquel un large ruban bleu ciel rappelait celui des « Enfants de Marie » ; M. de Charlus, se trouvant dans une ville d'où les hommes déjà faits, qui avaient été jusqu'ici son goût, avaient disparu, faisait comme certains Français, amateurs de femmes en France et vivant aux colonies : il avait par nécessité d'abord pris l'habitude, et ensuite le goût des petits garçons.

Encore le premier de ces traits caractéristiques s'effaça-t-il assez vite, car Cottard mourut bientôt « face à l'ennemi », dirent les journaux, bien qu'il n'eût pas quitté Paris, mais se fût en effet surmené pour son âge, suivi bientôt par M. Verdurin, dont la mort chagrina une seule personne qui fut, le croirait-on, Elstir. J'avais pu étudier son œuvre à un point de vue en quelque sorte absolu. Mais, surtout au fur et à mesure qu'il vieillissait, lui la reliait superstitieusement à la société qui avait fourni ses modèles et, après s'être ainsi, par l'alchimie des impressions, transformée chez lui en œuvre d'art, lui avait donné son public, ses spectateurs. De plus en plus enclin à croire matérialistement qu'une part notable de la beauté réside dans les choses, ainsi que, pour commencer, il avait adoré en Mme Elstir le type de beauté un peu lourde qu'il avait poursuivi, caressé dans ses peintures, des tapisseries, il voyait disparaître avec M. Verdurin un des derniers vestiges du cadre social, du cadre périssable — aussi vite caduc que les modes vestimentaires elles-mêmes qui en font partie — qui soutient un art, certifie

son authenticité, comme la Révolution en détruisant
les élégances du xviiie siècle aurait pu désoler un
peintre de Fêtes galantes, ou affliger Renoir la
disparition de Montmartre et du Moulin de la
Galette ; mais surtout, en M. Verdurin, il voyait
disparaître les yeux, le cerveau, qui avaient eu de
sa peinture la vision la plus juste, où cette peinture,
à l'état de souvenir aimé, résidait en quelque sorte.
Sans doute des jeunes gens avaient surgi qui aimaient
aussi la peinture, mais une autre peinture, et qui
n'avaient pas, comme Swann, comme M. Verdurin,
reçu des leçons de goût de Whistler, des leçons de
vérité de Monet, leur permettant de juger Elstir
avec justice. Aussi celui-ci se sentait-il plus seul à
la mort de M. Verdurin avec lequel il était pourtant
brouillé depuis tant d'années, et ce fut pour lui
comme un peu de la beauté de son œuvre qui s'éclip-
sait avec un peu de ce qui existait, dans l'univers,
de conscience de cette beauté.

Quant au changement qui avait affecté les plaisirs
de M. de Charlus, il resta intermittent : entretenant
une nombreuse correspondance avec le « front »,
il ne manquait pas de permissionnaires assez mûrs.

Au temps où je croyais ce qu'on disait, j'aurais
été tenté, en entendant l'Allemagne, puis la Bulgarie,
puis la Grèce protester de leurs intentions pacifiques,
d'y ajouter foi. Mais, depuis que la vie avec Albertine
et avec Françoise m'avait habitué à soupçonner
chez elles des pensées, des projets qu'elles n'exprimaient pas, je ne laissais aucune parole, juste en
apparence, de Guillaume II, de Ferdinand de Bulgarie, de Constantin de Grèce, tromper mon instinct,
qui devinait ce que machinait chacun d'eux. Et sans
doute mes querelles avec Françoise, avec Albertine,
n'avaient été que des querelles particulières, n'intéressant que la vie de cette petite cellule spirituelle
qu'est un être. Mais, de même qu'il est des corps

d'animaux, des corps humains, c'est-à-dire des
assemblages de cellules dont chacun par rapport
à une seule est grand comme le mont Blanc, de même
il existe d'énormes entassements organisés d'individus
qu'on appelle nations ; leur vie ne fait que répéter
en les amplifiant la vie des cellules composantes ;
et qui n'est pas capable de comprendre le mystère,
les réactions, les lois de celle-ci, ne prononcera que
des mots vides quand il parlera des luttes entre
nations. Mais s'il est maître de la psychologie des
individus, alors ces masses colossales d'individus
conglomérés s'affrontant l'une l'autre prendront
à ses yeux une beauté plus puissante que la lutte
naissant seulement du conflit de deux caractères ;
et il les verra à l'échelle où verraient le corps d'un
homme de haute taille des infusoires dont il faudrait
plus de dix mille pour remplir un cube d'un millimètre de côté. Telles, depuis quelque temps, la
grande figure France remplie jusqu'à son périmètre
de millions de petits polygones aux formes variées,
et la figure, remplie d'encore plus de polygones,
Allemagne, avaient entre elles deux de ces querelles.
Ainsi, à ce point de vue, le corps Allemagne et le
corps France, et les corps alliés et ennemis se com-
portaient-ils dans une certaine mesure, comme des
individus. Mais les coups qu'ils échangeaient étaient
réglés par cette boxe innombrable dont Saint-Loup
m'avait exposé les principes ; et parce que, même
en les considérant du point de vue des individus,
ils en étaient de géants assemblages, la querelle
prenait des formes immenses et magnifiques, comme
le soulèvement d'un océan aux millions de vagues
qui essaye de rompre une ligne séculaire de falaises,
comme des glaciers gigantesques qui tentent dans
leurs oscillations lentes et destructrices de briser
le cadre de montagnes où ils sont circonscrits. Malgré
cela, la vie continuait presque semblable pour bien
des personnes qui ont figuré dans ce récit, et notam-

ment pour M. de Charlus et pour les Verdurin,
comme si les Allemands n'avaient pas été aussi
près d'eux, la permanence menaçante, bien qu'actuellement enrayée, d'un péril nous laissant entièrement
indifférent si nous ne nous le représentons pas. Les
gens vont d'habitude à leurs plaisirs sans penser
jamais que, si les influences étiolantes et modéra-
trices venaient à cesser, la prolifération des infusoires
atteignant son maximum, c'est-à-dire faisant en
quelques jours un bond de plusieurs millions de
lieues, passerait d'un millimètre cube à une masse
un million de fois plus grande que le soleil, ayant
en même temps détruit tout l'oxygène, toutes les
substances dont nous vivons, et qu'il n'y aurait
plus ni humanité, ni animaux, ni terre, ou sans
songer qu'une irrémédiable et fort vraisemblable
catastrophe pourra être déterminée dans l'éther par
l'activité incessante et frénétique que cache l'apparente immutabilité du soleil : ils s'occupent de leurs
affaires sans penser à ces deux mondes, l'un trop
petit, l'autre trop grand pour qu'ils aperçoivent
les menaces cosmiques qu'ils font planer autour de
nous.

Tels les Verdurin donnaient des dîners (puis
bientôt Mme Verdurin seule, car M. Verdurin
mourut à quelque temps de là) et M. de Charlus
allait à ses plaisirs, sans guère songer que les Allemands fussent — immobilisés il est vrai par une
sanglante barrière toujours renouvelée — à une
heure d'automobile de Paris. Les Verdurin y pensaient pourtant, dira-t-on, puisqu'ils avaient un
salon politique où on discutait chaque soir de la
situation, non seulement des armées, mais des
flottes. Ils pensaient en effet à ces hécatombes de
régiments anéantis, de passagers engloutis ; mais
une opération inverse multiplie à tel point ce qui
concerne notre bien-être et divise par un chiffre
tellement formidable ce qui ne le concerne pas, que

la mort de millions d'inconnus nous chatouille
à peine et presque moins désagréablement qu'un
courant d'air. Mme Verdurin, souffrant pour ses
migraines de ne plus avoir de croissant à tremper
dans son café au lait, avait fini par obtenir de Cottard
une ordonnance qui lui permit de s'en faire faire
dans certain restaurant dont nous avons parlé. Cela
avait été presque aussi difficile à obtenir des pouvoirs
publics que la nomination d'un général. Elle reprit
son premier croissant le matin où les journaux
narraient le naufrage du *Lusitania*. Tout en trempant
le croissant dans le café au lait, et donnant des
pichenettes à son journal pour qu'il pût se tenir
grand ouvert sans qu'elle eût besoin de détourner
son autre main des trempettes, elle disait : « Quelle
horreur ! Cela dépasse en horreur les plus affreuses
tragédies. » Mais la mort de tous ces noyés ne devait
lui apparaître que réduite au milliardième, car tout
en faisant, la bouche pleine, ces réflexions désolées,
l'air qui surnageait sur sa figure, amené là probablement par la saveur du croissant, si précieux contre
la migraine, était plutôt celui d'une douce satisfaction.

Quant à M. de Charlus, son cas était un peu différent, mais pire encore, car il allait plus loin que ne
pas souhaiter passionnément la victoire de la France,
il souhaitait plutôt, sans se l'avouer, que l'Allemagne
sinon triomphât, du moins ne fût pas écrasée comme
tout le monde le souhaitait. La cause en était que
dans ces querelles les grands ensembles d'individus
appelés nations se comportent eux-mêmes dans une
certaine mesure comme des individus. La logique
qui les conduit est tout intérieure, et perpétuellement
refondue par la passion, comme celle de gens affrontés
dans une querelle amoureuse ou domestique, comme
la querelle d'un fils avec son père, d'une cuisinière
avec sa patronne, d'une femme avec son mari. Celle
qui a tort croit cependant avoir raison — comme

c'était le cas pour l'Allemagne — et celle qui a
raison donne parfois de son bon droit des arguments
qui ne lui paraissent irréfutables que parce qu'ils
répondent à sa passion. Dans ces querelles d'individus, pour être convaincu du bon droit de n'importe
laquelle des parties, le plus sûr est d'être cette partie-là,
un spectateur ne l'approuvera jamais aussi complètement. Or, dans les nations, l'individu, s'il fait
vraiment partie de la nation, n'est qu'une cellule
de l'individu-nation. Le bourrage de crâne est un
mot vide de sens. Eût-on dit aux Français qu'ils
allaient être battus qu'aucun Français ne se fût plus
désespéré que si on lui avait dit qu'il allait être tué
par les berthas. Le véritable bourrage de crâne,
on se le fait à soi-même par l'espérance, qui est une
figure de l'instinct de conservation d'une nation,
si l'on est vraiment membre vivant de cette nation.
Pour rester aveugle sur ce qu'a d'injuste la cause de
l'individu-Allemagne, pour reconnaître à tout instant ce qu'a de juste la cause de l'individu-France,
le plus sûr n'était pas pour un Allemand de n'avoir
pas de jugement, pour un Français d'en avoir, le
plus sûr pour l'un ou pour l'autre c'était d'avoir
du patriotisme. M. de Charlus, qui avait de rares
qualités morales, qui était accessible à la pitié,
généreux, capable d'affection, de dévouement, en
revanche, pour des raisons diverses — parmi lesquelles celle d'avoir eu une mère duchesse de Bavière
pouvait jouer un rôle — n'avait pas de patriotisme.
Il était par conséquent du corps-France comme du
corps-Allemagne. Si j'avais été moi-même dénué
de patriotisme, au lieu de me sentir une des cellules
du corps-France, il me semble que ma façon de juger
la querelle n'eût pas été la même qu'elle eût pu être
autrefois. Dans mon adolescence, où je croyais
exactement ce qu'on me disait, j'aurais sans doute,
en entendant le gouvernement allemand protester
de sa bonne foi, été tenté de ne pas la mettre en doute ;

mais depuis longtemps je savais que nos pensées ne
s'accordent pas toujours avec nos paroles ; non
seulement j'avais un jour, de la fenêtre de l'escalier,
découvert un Charlus que je ne soupçonnais pas, mais
surtout, chez Françoise, puis hélas chez Albertine,
j'avais vu des jugements, des projets se former, si
contraires à leurs paroles, que je n'eusse, même
simple spectateur, laissé aucune des paroles, justes
en apparence, de l'empereur d'Allemagne, du roi
de Bulgarie, tromper mon instinct, qui eût deviné
comme pour Albertine ce qu'ils machinaient en
secret. Mais enfin je ne peux que supposer ce que
j'aurais fait si je n'avais pas été acteur, si je n'avais
pas été une partie de l'acteur-France, comme, dans
mes querelles avec Albertine, mon regard triste
ou ma gorge oppressée étaient une partie de mon
individu passionnément intéressé à ma cause : je
ne pouvais arriver au détachement. Celui de M. de
Charlus était complet. Or, dès lors qu'il n'était
plus qu'un spectateur, tout devait le porter à être
germanophile, du moment que, n'étant pas véritablement français, il vivait en France. Il était très
fin, les sots sont en tout pays les plus nombreux ;
nul doute que, vivant en Allemagne, les sots allemands défendant avec sottise et passion une cause
injuste ne l'eussent irrité ; mais, vivant en France,
les sots français défendant avec sottise et passion
une cause juste ne l'irritaient pas moins. La logique
de la passion, fût-elle au service du meilleur droit,
n'est jamais irréfutable pour celui qui n'est pas
passionné. M. de Charlus relevait avec finesse chaque
faux raisonnement des patriotes. La satisfaction que
cause à un imbécile son bon droit et la certitude
du succès vous laissent particulièrement irrité.
M. de Charlus l'était par l'optimisme triomphant de
gens qui ne connaissaient pas comme lui l'Allemagne
et sa force, qui croyaient chaque mois à son écrasement pour le mois suivant, et au bout d'un an n'étaient

pas moins assurés dans un nouveau pronostic, comme
s'ils n'en avaient pas porté, avec tout autant d'assurance, d'aussi faux, mais qu'ils avaient oubliés,
disant, si on le leur rappelait, que ce n'était pas la
même chose.

Enfin M. de Charlus était pitoyable, l'idée d'un
vaincu lui faisait mal, il était toujours pour le faible,
il ne lisait pas les chroniques judiciaires pour ne pas
avoir à souffrir dans sa chair des angoisses du
condamné et de l'impossibilité d'assassiner le juge,
le bourreau, et la foule ravie de voir que « justice
est faite ». Il était certain en tous cas que la France
ne pouvait plus être vaincue, et en revanche il savait
que les Allemands souffraient de la famine, seraient
obligés un jour ou l'autre de se rendre à merci.
Cette idée, elle aussi, lui était rendue plus désagréable
par le fait qu'il vivait en France. Ses souvenirs de
l'Allemagne étaient malgré tout lointains, tandis
que les Français qui parlaient de l'écrasement de
l'Allemagne avec une joie qui lui déplaisait, c'était
des gens dont les défauts lui étaient connus, la figure
antipathique. Dans ces cas-là on plaint plus ceux
qu'on ne connaît pas, ceux qu'on imagine, que ceux
qui sont tout près de nous dans la vulgarité de la
vie quotidienne, à moins alors d'être tout à fait ceux-là,
de ne faire qu'une chair avec eux ; le patriotisme
fait ce miracle, on est pour son pays, comme on est
pour soi-même dans une querelle amoureuse. Aussi
la guerre était-elle pour M. de Charlus une culture
extraordinairement féconde de ces haines qui chez
lui naissaient en un instant, avaient une durée très
courte, mais pendant laquelle il se fût livré à toutes les
violences. En lisant les journaux, l'air de triomphe
des chroniqueurs présentant chaque jour l'Allemagne
à bas, « la Bête aux abois, réduite à l'impuissance »,
alors que le contraire n'était que trop vrai, l'enivrait
de rage par leur sottise allègre et féroce. Les journaux
étaient en partie rédigés, à ce moment-là, par des

gens connus qui trouvaient là une manière de « reprendre du service », par des Brichot, par des Norpois, par Morel même et Legrandin. M. de Charlus rêvait de les rencontrer, de les accabler des plus amers sarcasmes. Toujours particulièrement instruit des tares sexuelles, il les connaissait chez quelques-uns qui, pensant qu'elles étaient ignorées chez eux, se complaisaient à les dénoncer chez les souverains des « Empires de proie », chez Wagner, etc. Il brûlait de se trouver face à face avec eux, de leur mettre le nez dans leur propre vice devant tout le monde et de laisser ces insulteurs d'un vaincu, déshonorés et pantelants.

M. de Charlus enfin avait encore des raisons plus particulières d'être ce germanophile. L'une était qu'homme du monde, il avait beaucoup vécu parmi les gens du monde, parmi les gens honorables, parmi les hommes d'honneur, les gens qui ne serreront pas la main à une fripouille : il connaissait leur délicatesse et leur dureté, il les savait insensibles aux larmes d'un homme qu'ils font chasser d'un cercle ou avec qui ils refusent de se battre, dût leur acte de « propreté morale » amener la mort de la mère de la brebis galeuse. Malgré lui, quelque admiration qu'il eût pour l'Angleterre, pour la façon admirable dont elle était entrée dans la guerre, cette Angleterre impeccable, incapable de mensonge, empêchant le blé et le lait d'entrer en Allemagne, c'était un peu cette nation d'homme d'honneur, de témoin patenté, d'arbitre en affaires d'honneur; tandis qu'il savait que des gens tarés, des fripouilles comme certains personnages de Dostoïevsky peuvent être meilleurs, et je n'ai jamais pu comprendre pourquoi il leur identifiait les Allemands, le mensonge et la ruse ne suffisant pas pour faire préjuger un bon cœur, qu'il ne semble pas que les Allemands aient montré.

Enfin, un dernier trait complétera cette germanophilie de M. de Charlus : il la devait, et par une réaction très bizarre, à son « charlisme ». Il trouvait

les Allemands fort laids, peut-être parce qu'ils étaient
un peu trop près de son sang ; il était fou des Maro-
cains, mais surtout des Anglo-Saxons en qui il
voyait comme des statues vivantes de Phidias. Or
chez lui le plaisir n'allait pas sans une certaine idée
cruelle dont je ne savais pas encore à ce moment-là
toute la force ; l'homme qu'il aimait lui apparaissait
comme un délicieux bourreau. Il eût cru, en prenant
parti contre les Allemands, agir comme il n'agissait
que dans les heures de volupté, c'est-à-dire en sens
contraire de sa nature pitoyable, c'est-à-dire enflammé
pour le mal séduisant et écrasant la vertueuse laideur.
Ce fut encore ainsi au moment du meurtre de Ras-
poutine, meurtre auquel on fut surpris d'ailleurs de
trouver un si fort cachet de couleur russe, dans un
souper à la Dostoïevsky (impression qui eût été
encore bien plus forte si le public n'avait pas ignoré
de tout cela ce que savait parfaitement M. de Charlus),
parce que la vie nous déçoit tellement que nous
finissons par croire que la littérature n'a aucun
rapport avec elle et que nous sommes stupéfaits
de voir que les précieuses idées que les livres nous
ont montrées s'étalent, sans peur de s'abîmer,
gratuitement, naturellement, en pleine vie quotidienne, et par exemple qu'un souper, un meurtre,
événements russes, ont quelque chose de russe.

La guerre se prolongeait indéfiniment et ceux qui
avaient annoncé de source sûre, il y a déjà plusieurs
années, que les pourparlers de paix étaient com-
mencés, spécifiant les clauses du traité, ne
prenaient pas la peine quand ils causaient avec vous
de s'excuser de leurs fausses nouvelles. Ils les avaient
oubliées et étaient prêts à en propager sincèrement
d'autres qu'ils oublieraient aussi vite. C'était l'époque
où il y avait continuellement des raids de gothas ;
l'air grésillait perpétuellement d'une vibration vigi-
lante et sonore d'aéroplanes français. Mais parfois
retentissait la sirène comme un appel déchirant de

Walkure — seule musique allemande qu'on eût
entendue depuis la guerre — jusqu'à l'heure où les
pompiers annonçaient que l'alerte était finie tandis
qu'à côté d'eux la berloque, comme un invisible
gamin, commentait à intervalles réguliers la bonne
nouvelle et jetait en l'air son cri de joie.

M. de Charlus était étonné de voir que même des
gens comme Brichot, qui avant la guerre avaient
été militaristes, reprochaient surtout à la France de
ne pas l'être assez, — ne se contentaient pas de
reprocher les excès de son militarisme à l'Allemagne,
mais même son admiration de l'armée. Sans doute
ils changeaient d'avis dès qu'il s'agissait de ralentir
la guerre contre l'Allemagne et dénonçaient avec
raison les pacifistes. Mais par exemple Brichot,
ayant accepté, malgré ses yeux, de rendre compte dans
des conférences de certains ouvrages parus chez les
neutres, exalta le roman d'un Suisse où sont raillés,
comme semence de militarisme, deux enfants tom-
bant d'une admiration symbolique à la vue d'un
dragon. Cette raillerie avait de quoi déplaire pour
d'autres raisons à M. de Charlus, lequel estimait
qu'un dragon peut être quelque chose de fort beau.
Mais surtout il ne comprenait pas l'admiration de
Brichot, sinon pour le livre, que le baron n'avait
pas lu, du moins pour son esprit, si différent de celui
qui animait Brichot avant la guerre. Alors, tout ce
que faisait un militaire était bien, fût-ce les irrégu-
larités du général de Boisdeffre, les travestissements
et machinations du colonel du Paty de Clam, le
faux du colonel Henry. Par quelle volte-face extraordinaire (et qui n'était en réalité qu'une autre face
de la même passion fort noble, la passion patriotique,
obligée, de militariste qu'elle était quand elle luttait
contre le dreyfusisme, lequel était, de tendances,
antimilitariste, à se faire presque antimilitariste
puisque c'était maintenant contre la Germanie
sur-militariste qu'elle luttait) Brichot s'écriait-il :

8

« O le spectacle bien mirifique et digne d'attirer la
jeunesse d'un siècle tout de brutalité, ne connaissant
que le culte de la force : un dragon ! On peut juger
ce que sera la vile soldatesque d'une génération
élevée dans le culte de ces manifestations de force
brutale » ? Aussi Spitteler, ayant voulu l'opposer
à cette hideuse conception du sabre par-dessus tout,
a exilé symboliquement au profond des bois, raillé,
calomnié, solitaire, le personnage rêveur appelé par
lui le Fol Étudiant, en qui l'auteur a délicieusement
incarné la douceur hélas démodée, bientôt oubliée
pourra-t-on dire si le règne atroce de leur vieux
Dieu n'est pas brisé, la douceur adorable des époques
de paix.

— Voyons, me dit M. de Charlus, vous connaissez
Cottard et Cambremer. Chaque fois que je les vois,
ils me parlent de l'extraordinaire manque de psychologie de l'Allemagne. Entre nous, croyez-vous que
jusqu'ici ils avaient eu grand souci de la psychologie,
et que même maintenant ils soient capables d'en
faire preuve ? Mais croyez bien que je n'exagère pas.
Qu'il s'agisse du plus grand Allemand, de Nietzsche,
de Gœthe, vous entendrez Cottard dire : « avec
l'habituel manque de psychologie qui caractérise
la race teutonne ». Il y a évidemment dans la guerre
des choses qui me font plus de peine, mais avouez
que c'est énervant. Norpois est plus fin, je le reconnais, bien qu'il n'ait pas cessé de se tromper depuis
le commencement. Mais qu'est-ce que ça veut dire
que ces articles qui excitent l'enthousiasme universel ? Mon cher Monsieur, vous savez aussi bien
que moi ce que vaut Brichot, que j'aime beaucoup,
même depuis le schisme qui m'a séparé de sa petite
église, à cause de quoi je le vois beaucoup moins.
Mais enfin j'ai une certaine considération pour ce
régent de collège beau parleur et fort instruit, et
j'avoue que c'est fort touchant qu'à son âge, et
diminué comme il est, car il l'est très sensiblement

depuis quelques années, il se soit remis, comme il dit, à « servir ». Mais enfin la bonne intention est une chose, le talent en est une autre, et Brichot n'a jamais eu de talent. J'avoue que je partage son admiration pour certaines grandeurs de la guerre actuelle. Tout au plus est-il étrange qu'un partisan aveugle de l'Antiquité comme Brichot, qui n'avait pas assez de sarcasmes pour Zola trouvant plus de poésie dans un ménage d'ouvriers, dans la mine, que dans les palais historiques, ou pour Goncourt mettant Diderot au-dessus d'Homère et Watteau au-dessus de Raphaël, ne cesse de nous répéter que les Thermopyles, qu'Austerlitz même, ce n'était rien à côté de Vauquois. Cette fois du reste le public, qui avait résisté aux modernistes de la littérature et de l'art, suit ceux de la guerre, parce que c'est une mode adoptée de penser ainsi et puis que les petits esprits sont écrasés, non par la beauté, mais par l'énormité de l'action. On n'écrit plus kolossal qu'avec un *k*, mais au fond, ce devant quoi on s'agenouille c'est bien du colossal. A propos de Brichot, avez-vous vu Morel ? On me dit qu'il désire me revoir. Il n'a qu'à faire les premiers pas, je suis le le plus vieux, ce n'est pas à moi à commencer.

Malheureusement dès le lendemain, disons-le pour anticiper, M. de Charlus se trouva dans la rue face à face avec Morel ; celui-ci pour exciter sa jalousie le prit par le bras, lui raconta des histoires plus ou moins vraies, et quand M. de Charlus éperdu, ayant besoin que Morel restât cette soirée auprès de lui, n'allât pas ailleurs, l'autre, apercevant un camarade, dit adieu à M. de Charlus qui, espérant que cette menace, que bien entendu il n'exécuterait jamais, ferait rester Morel, lui dit : « Prends garde, je me vengerai », et Morel, riant, partit en tapotant sur le cou et en enlaçant par la taille son camarade étonné.

Sans doute les paroles que me disait M. de Charlus

à l'égard de Morel témoignaient combien l'amour —
et il fallait que celui du baron fût bien persistant —
rend (en même temps que plus imaginatif et plus
susceptible) plus crédule et moins fier. Mais quand
M. de Charlus ajoutait : « C'est un garçon fou de
femmes et qui ne pense qu'à cela », il disait plus vrai
qu'il ne croyait. Il le disait par amour-propre, par
amour, pour que les autres pussent croire que l'attachement de Morel pour lui n'avait pas été suivi
d'autres du même genre. Certes je n'en croyais rien,
moi qui avais vu, ce que M. de Charlus ignora toujours, Morel donner pour cinquante francs une de
ses nuits au prince de Guermantes. Et si, voyant
passer M. de Charlus, Morel (excepté les jours où, par
besoin de confession, il le heurtait pour avoir l'occasion de lui dire tristement : « Oh! pardon, je reconnais
que j'ai agi infectement avec vous »), assis à une
terrasse de café avec ses camarades, poussait avec
eux de petits cris, montrait le baron du doigt et poussait ces gloussements par lesquels on se moque d'un
vieil inverti, j'étais persuadé que c'était pour cacher
son jeu ; que, pris à part par le baron, chacun de ces
dénonciateurs publics eût fait tout ce qu'il lui eût
demandé. Je me trompais. Si un mouvement singulier avait conduit à l'inversion — et cela dans
toutes les classes — des êtres comme Saint-Loup
qui en étaient le plus éloignés, un mouvement en
sens inverse avait détaché de ces pratiques ceux chez
qui elles étaient le plus habituelles. Chez certains
le changement avait été opéré par de tardifs scrupules
religieux, par l'émotion éprouvée quand avaient
éclaté certains scandales, ou la crainte de maladies
inexistantes auxquelles les avaient, en toute sincérité,
fait croire des parents qui étaient souvent concierges
ou valets de chambre, sans sincérité des amants
jaloux qui avaient cru par là garder pour eux seuls
un jeune homme qu'ils avaient au contraire détaché
d'eux-mêmes aussi bien que des autres. C'est ainsi

que l'ancien liftier de Balbec n'aurait plus accepté
ni pour or ni pour argent des propositions qui lui
paraissaient maintenant aussi graves que celles de
l'ennemi. Pour Morel, son refus à l'égard de tout
le monde, sans exception, en quoi M. de Charlus
avait dit à son insu une vérité qui justifiait à la fois
ses illusions et détruisait ses espérances, venait de ce
que, deux ans après avoir quitté M. de Charlus, il
s'était épris d'une femme avec laquelle il vivait et
qui, ayant plus de volonté que lui, avait su lui imposer
une fidélité absolue. De sorte que Morel, qui au temps
où M. de Charlus lui donnait tant d'argent avait
donné pour cinquante francs une nuit au prince
de Guermantes, n'aurait pas accepté du même ou de
tout autre quoi que ce fût, lui offrît-on cinquante mille francs. A défaut d'honneur et de dé-
sintéressement, sa « femme » lui avait inculqué un
certain respect humain, qui ne détestait pas d'aller
jusqu'à la bravade et à l'ostentation que tout l'argent
du monde lui était égal quand il lui était offert dans
certaines conditions. Ainsi le jeu des différentes lois
psychologiques s'arrange à compenser dans la floraison
de l'espèce humaine tout ce qui, dans un sens ou
dans l'autre, amènerait par la pléthore ou la raréfaction
son anéantissement. Ainsi en est-il chez les fleurs
où une même sagesse, mise en évidence par Darwin,
règle les modes de fécondation en les opposant
successivement les uns aux autres.

— C'est du reste une étrange chose, ajouta
M. de Charlus de la petite voix pointue qu'il prenait
par moments. J'entends des gens qui ont l'air très
heureux toute la journée, qui prennent d'excellents
cocktails, déclarer qu'ils ne pourront pas aller jusqu'au bout de la guerre, que leur cœur n'aura pas la
force, qu'ils ne peuvent pas penser à autre chose,
qu'ils mourront tout d'un coup. Et le plus extraordinaire, c'est que cela arrive en effet. Comme c'est
curieux! Est-ce une question d'alimentation, parce

qu'ils n'ingèrent plus que des choses mal préparées, ou parce que, pour prouver leur zèle, ils s'attellent à des besognes vaines mais qui détruisent le régime qui les conservait ? Mais enfin j'enregistre un nombre étonnant de ces étranges morts prématurées, prématurées au moins au gré du défunt. Je ne sais plus ce que je vous disais, que Norpois admirait cette guerre. Mais quelle singulière manière d'en parler ! D'abord avez-vous remarqué ce pullulement d'expressions nouvelles qui, quand elles ont fini par s'user à force d'être employées tous les jours — car vraiment Norpois est infatigable, je crois que c'est la mort de ma tante Villeparisis qui lui a donné une seconde jeunesse —, sont immédiatement remplacées par d'autres lieux communs ? Autrefois je me rappelle que vous vous amusiez à noter ces modes de langage qui apparaissaient, se maintenaient, puis disparaissaient : « celui qui sème le vent récolte la tempête » ; « les chiens aboient, la caravane passe » ; « faites-moi de bonne politique et je vous ferai de bonnes finances, disait le baron Louis » ; « il y a là des symptômes qu'il serait exagéré de prendre au tragique mais qu'il convient de prendre au sérieux » ; « travailler pour le roi de Prusse » (celle-là a d'ailleurs ressuscité, ce qui était infaillible). Hé bien, depuis, hélas, que j'en ai vu mourir ! Nous avons eu « le chiffon de papier », « les empires de proie », « la fameuse Kultur qui consiste à assassiner des femmes et des enfants sans défense », « la victoire appartient, comme disent les Japonais, à celui qui sait souffrir un quart d'heure de plus que l'autre », « les Germano-Touraniens », « la barbarie scientifique », « si nous voulons gagner la guerre, selon la forte expression de M. Lloyd George », enfin ça ne se compte plus, et « le mordant des troupes », et « le cran des troupes ». Même la syntaxe de l'excellent Norpois subit du fait de la guerre une altération aussi profonde que la fabrication du pain ou la rapidité des transports. Avez-vous

remarqué que l'excellent homme, tenant à proclamer
ses désirs comme une vérité sur le point d'être réalisée,
n'ose pas tout de même employer le futur pur et
simple, qui risquerait d'être contredit par les événements, mais a adopté comme signe de ce temps le
verbe savoir ? J'avouai à M. de Charlus que je ne
comprenais pas bien ce qu'il voulait dire.

Il me faut noter ici que le duc de Guermantes ne
partageait nullement le pessimisme de son frère. Il
était de plus aussi anglophile que M. de Charlus
était anglophobe. Enfin il tenait M. Caillaux pour
un traître qui méritait mille fois d'être fusillé. Quand
son frère lui demandait des preuves de cette trahison,
M. de Guermantes répondait que s'il ne fallait
condamner que les gens qui signent un papier où ils
déclarent « j'ai trahi », on ne punirait jamais le crime
de trahison. Mais pour le cas où je n'aurais pas
l'occasion d'y revenir, je noterai aussi que, deux ans
plus tard, le duc de Guermantes, animé du plus pur
anticaillautisme, rencontra un attaché militaire anglais et sa femme, couple remarquablement lettré
avec lequel il se lia, comme au temps de l'affaire Dreyfus avec les trois dames charmantes ; que, dès le
premier jour il eut la stupéfaction, parlant de Caillaux dont il estimait la condamnation certaine et
le crime patent, d'entendre le couple lettré et charmant dire : « Mais il sera probablement acquitté, il
n'y a absolument rien contre lui. » M. de Guermantes
essaya d'alléguer que M. de Norpois, dans sa dépo-
sition, avait dit en regardant Caillaux atterré : « Vous
êtes le Giolitti de la France, oui, monsieur Caillaux,
vous êtes le Giolitti de la France. » Mais le couple
lettré et charmant avait souri, tourné M. de Norpois
en ridicule, cité des preuves de son gâtisme et conclu
qu'il avait dit cela « devant M. Caillaux atterré »,
disait *le Figaro*, mais probablement en réalité devant
M. Caillaux narquois. Les opinions du duc de Guermantes n'avaient pas tardé à changer. Attribuer ce

changement à l'influence d'une Anglaise n'est pas
aussi extraordinaire que cela eût pu paraître si on
l'eût prophétisé même en 1919, où les Anglais
n'appelaient les Allemands que les Huns et réclamaient une féroce condamnation contre les coupables.
Leur opinion à eux aussi avait changé et toute décision
était approuvée par eux qui pouvait contrister la
France et venir en aide à l'Allemagne.

Pour revenir à M. de Charlus : « Mais si, répondit-il
à l'aveu que je ne le comprenais pas, mais si : " savoir ", dans les articles de Norpois, est le signe du
futur, c'est-à-dire le signe des désirs de Norpois
et des désirs de nous tous d'ailleurs, ajouta-t-il
peut-être sans une complète sincérité. Vous com-
prenez bien que si " savoir " n'était pas devenu le
simple signe du futur, on comprendrait à la rigueur
que le sujet de ce verbe pût être un pays. Par exemple
chaque fois que Norpois dit : " L'Amérique ne saurait
rester indifférente à ces violations répétées du droit ",
" la monarchie bicéphale ne saurait manquer de
venir à résipiscence ", il est clair que de telles
phrases expriment les désirs de Norpois (comme les
miens, comme les vôtres), mais enfin là, le verbe
peut encore garder malgré tout son sens ancien, car
un pays peut " savoir ", l'Amérique peut " savoir ",
la monarchie " bicéphale " elle-même peut " savoir "
(malgré l'éternel « manque de psychologie »). Mais
le doute n'est plus possible quand Norpois écrit :
" Ces dévastations systématiques ne sauraient persuader aux neutres ", " la région des Lacs ne saurait manquer de tomber à bref délai aux mains
des Alliés ", " les résultats de ces élections neutra-
listes ne sauraient refléter l'opinion de la grande
majorité du pays ". Or il est certain que ces dévastations, ces régions et ces résultats de votes
sont des choses inanimées qui ne peuvent pas " savoir ". Par cette formule Norpois adresse simplement
aux neutres l'injonction (à laquelle j'ai le regret

de constater qu'ils ne semblent pas obéir) de sortir
de la neutralité ou aux régions des lacs de ne plus
appartenir aux " Boches " (M. de Charlus mettait
à prononcer le mot " boche " le même genre de har-
diesse que jadis dans le tram de Balbec à parler des
hommes dont le goût n'est pas pour les femmes).
D'ailleurs, avez-vous remarqué avec quelles ruses
Norpois a toujours commencé, dès 1914, ses articles
aux neutres? Il commence par déclarer que certes,
la France n'a pas à s'immiscer dans la politique
de l'Italie (ou de la Roumanie ou de la Bulgarie, etc.).
Seules, c'est à ces puissances qu'il convient de
décider, en toute indépendance et en ne consultant
que l'intérêt national, si elles doivent ou non sortir
de la neutralité. Mais, si ces premières déclarations
de l'article (ce qu'on eût appelé autrefois l'exorde)
sont si désintéressées, la suite l'est généralement
beaucoup moins. " Toutefois, dit en substance
Norpois en continuant, il est bien clair que seules
tireront un bénéfice matériel de la lutte, les nations
qui se seront rangées du côté du Droit et de la
Justice. On ne peut attendre que les Alliés récom-
pensent, en leur octroyant les territoires d'où
s'élève depuis des siècles la plainte de leurs frères
opprimés, les peuples qui, suivant la politique de
moindre effort, n'auront pas mis leur épée au
service des Alliés. " Ce premier pas fait vers un
conseil d'intervention, rien n'arrête plus Norpois,
ce n'est plus seulement le principe mais l'époque de
l'intervention sur lesquels il donne des conseils de
moins en moins déguisés. " Certes, dit-il en faisant
ce qu'il appellerait lui-même " le bon apôtre ", c'est
à l'Italie, à la Roumanie seules de décider de l'heure
opportune et de la forme sous laquelle il leur
conviendra d'intervenir. Elles ne peuvent pourtant
ignorer qu'à trop tergiverser elles risquent de
laisser passer l'heure. Déjà les sabots des cavaliers
russes font frémir la Germanie traquée d'une

indicible épouvante. Il est bien évident que les
peuples qui n'auront fait que voler au secours
de la victoire, dont on voit déjà l'aube resplendis-
sante, n'auront nullement droit à cette même
récompense qu'ils peuvent encore en se hâtant,
etc. " C'est comme au théâtre quand on dit : " Les
dernières places qui restent ne tarderont pas à
être enlevées. Avis aux retardataires! " Raisonnement d'autant plus stupide que Norpois le refait
tous les six mois, et dit périodiquement à la Roumanie : " L'heure est venue pour la Roumanie de
savoir si elle veut ou non réaliser ses aspirations
nationales. Qu'elle attende encore, il risque d'être
trop tard. " Or depuis trois ans qu'il le dit, non
seulement le " trop tard " n'est pas encore venu,
mais on ne cesse de grossir les offres qu'on fait à la
Roumanie. De même il invite la France, etc., à
intervenir en Grèce en tant que puissance protectrice
parce que le traité qui liait la Grèce à la Serbie n'a
pas été tenu. Or, de bonne foi, si la France n'était
pas en guerre et ne souhaitait pas le concours ou la
neutralité bienveillante de la Grèce, aurait-elle l'idée
d'intervenir en tant que puissance protectrice, et
le sentiment moral qui la pousse à se révolter parce
que la Grèce n'a pas tenu ses engagements avec la
Serbie, ne se tait-il pas aussi dès qu'il s'agit de la
violation tout aussi flagrante de la Roumanie et de
l'Italie qui, avec raison je le crois, comme la Grèce
aussi, n'ont pas rempli leurs devoirs, moins impératifs
et étendus qu'on ne dit, d'alliés de l'Allemagne ?
La vérité c'est que les gens voient tout par leur
journal, et comment pourraient-ils faire autrement
puisqu'ils ne connaissent pas personnellement les
gens ni les événements dont il s'agit ? Au temps de
l'Affaire qui vous passionnait si bizarrement, à une
époque dont il est convenu de dire que nous sommes
séparés par des siècles, car les philosophes de la
guerre ont accrédité que tout lien est rompu avec le

passé, j'étais choqué de voir des gens de ma famille
accorder toute leur estime à des anticléricaux anciens
communards que leur journal leur avait présentés
comme antidreyfusards, et honnir un général bien né
et catholique mais révisionniste. Je ne le suis pas
moins de voir tous les Français exécrer l'empereur
François-Joseph qu'ils vénéraient, avec raison je peux
vous le dire, moi qui l'ai beaucoup connu et qu'il
veut bien traiter en cousin. Ah! je ne lui ai pas écrit
depuis la guerre, ajouta-t-il comme avouant hardiment une faute qu'il savait très bien qu'on ne pouvait blâmer. Si, la première année, et une seule fois.
Mais qu'est-ce que vous voulez, cela ne change rien
à mon respect pour lui, mais j'ai ici beaucoup de
jeunes parents qui se battent dans nos lignes et qui
trouveraient, je le sais, fort mauvais que j'entretienne
une correspondance suivie avec le chef d'une nation
en guerre avec nous. Que voulez-vous? me critique
qui voudra, ajouta-t-il comme s'exposant hardiment
à mes reproches, je n'ai pas voulu qu'une lettre signée
Charlus arrivât en ce moment à Vienne. La plus
grande critique que j'adresserais au vieux souverain,
c'est qu'un seigneur de son rang, chef d'une des
maisons les plus anciennes et les plus illustres d'Europe, se soit laissé mener par ce petit hobereau,
fort intelligent d'ailleurs, mais enfin par un simple parvenu
comme Guillaume de Hohenzollern. Ce n'est pas
une des anomalies les moins choquantes de cette
guerre. » Et comme, dès qu'il se replaçait au point de
vue nobiliaire, qui pour lui au fond dominait tout,
M. de Charlus arrivait à d'extraordinaires enfantil-
lages, il me dit, du même ton qu'il m'eût parlé de
la Marne ou de Verdun, qu'il y avait des choses
capitales et fort curieuses que ne devrait pas omettre
celui qui écrirait l'histoire de cette guerre. « Ainsi,
me dit-il, par exemple, tout le monde est si ignorant
que personne n'a fait remarquer cette chose si mar-
quante : le grand maître de l'ordre de Malte, qui est un

pur boche, n'en continue pas moins de vivre à Rome
où il jouit, en tant que grand maître de notre ordre,
du privilège de l'exterritorialité. C'est intéressant »,
ajouta-t-il d'un air de me dire : « Vous voyez que
vous n'avez pas perdu votre soirée en me rencontrant. »
Je le remerciai et il prit l'air modeste de quelqu'un
qui n'exige pas de salaire. « Qu'est-ce que j'étais
donc en train de vous dire ? Ah oui, que les gens
haïssaient maintenant François-Joseph, d'après leur
journal. Pour le roi Constantin de Grèce et le tzar
de Bulgarie, le public a oscillé, à diverses reprises,
entre l'aversion et la sympathie, parce qu'on disait
tout à tour qu'ils se mettraient du côté de l'Entente
ou de ce que Brichot appelle les Empires centraux.
C'est comme quand Brichot nous répète à tout
moment que " l'heure de Venizelos va sonner ".
Je ne doute pas que M. Venizelos ne soit un homme
d'État plein de capacité, mais qui nous dit que les
Grecs désirent tant que cela Venizelos ? Il voulait,
nous dit-on, que la Grèce tînt ses engagements
envers la Serbie. Encore faudrait-il savoir quels
étaient ces engagements et s'ils étaient plus étendus
que ceux que l'Italie et la Roumanie ont cru pouvoir
violer. Nous avons de la façon dont la Grèce exécute
ses traités et respecte sa constitution un souci que
nous n'aurions certainement pas si ce n'était pas notre
intérêt. Qu'il n'y ait pas eu la guerre, croyez-vous
que les puissances " garantes " auraient même fait
attention à la dissolution des Chambres ? Je vois
simplement qu'on retire un à un ses appuis au roi
de Grèce pour pouvoir le jeter dehors ou l'enfermer
le jour où il n'aura plus d'armée pour le défendre.
Je vous disais que le public ne juge le roi de Grèce
et le roi des Bulgares que d'après les journaux. Et
comment pourraient-ils penser sur eux autrement
que par le journal, puisqu'ils ne les connaissent pas ?
Moi je les ai vus énormément, j'ai beaucoup connu,
quand il était diadoque, Constantin de Grèce, qui

était une pure merveille. J'ai toujours pensé que l'empereur Nicolas avait eu un énorme sentiment pour lui. En tout bien tout honneur, bien entendu. La princesse Christian en parlait ouvertement, mais c'est une gale. Quant au tzar des Bulgares, c'est une pure coquine, une vraie affiche, mais très intelligent, un homme remarquable. Il m'aime beaucoup. »

M. de Charlus, qui pouvait être si agréable, devenait odieux quand il abordait ces sujets. Il y apportait la satisfaction qui agace déjà chez un malade qui vous fait tout le temps valoir sa bonne santé. J'ai souvent pensé que dans le tortillard de Balbec, les fidèles qui souhaitaient tant les aveux devant lesquels il se dérobait, n'auraient peut-être pas pu supporter cette espèce d'ostentation d'une manie et, mal à l'aise, respirant mal comme dans une chambre de malade ou devant un morphinomane qui tirerait devant vous sa seringue, ce fussent eux qui eussent mis fin aux confidences qu'ils croyaient désirer. De plus, on était agacé d'entendre accuser tout le monde, et probablement bien souvent sans aucune espèce de preuves, par quelqu'un qui s'omettait lui-même de la catégorie spéciale à laquelle on savait pourtant qu'il appartenait et où il rangeait si volontiers les autres. Enfin, lui si intelligent, s'était fait à cet égard une petite philosophie étroite (à la base de laquelle il y avait peut-être un rien des curiosités que Swann trouvait dans « la vie ») expliquant tout par ces causes spéciales et où, comme chaque fois qu'on verse dans son défaut, il était non seulement au-dessous de lui-même, mais exceptionnellement satisfait de lui. C'est ainsi que lui si grave, si noble, eut le sourire le plus niais pour achever la phrase que voici : « Comme il y a de fortes présomptions du même genre que pour Ferdinand de Cobourg à l'égard de l'Empereur Guillaume, cela pourrait être la cause pour laquelle le tzar Ferdinand s'est mis du côté des " Empires de proie ".

Dame au fond, c'est très compréhensible, on est indulgent pour une *sœur*, on ne lui refuse rien. Je trouve que ce serait très joli comme explication de l'alliance de la Bulgarie avec l'Allemagne. » Et de cette explication stupide M. de Charlus rit longuement comme s'il l'avait vraiment trouvée très ingénieuse : explication qui, même si elle avait reposé sur des faits vrais, était aussi puérile que les réflexions que M. de Charlus faisait sur la guerre quand il la jugeait en tant que féodal ou que chevalier de Saint-Jean de Jérusalem. Il finit par une remarque plus juste : « Ce qui est étonnant, dit-il, c'est que ce public qui ne juge ainsi des hommes et des choses de la guerre que par les journaux est persuadé qu'il juge par lui-même. »

En cela M. de Charlus avait raison. On m'a raconté qu'il fallait voir les moments de silence et d'hésitation qu'avait Mme de Forcheville, pareils à ceux qui sont nécessaires, non pas même seulement à l'énonciation, mais à la formation d'une opinion personnelle, avant de dire, sur le ton d'un sentiment intime : « Non, je ne crois pas qu'ils prendront Varsovie » ; « Je n'ai pas l'impression qu'on puisse passer un second hiver » ; « ce que je ne voudrais pas, c'est une paix boiteuse » ; « ce qui me fait peur, si vous voulez que je vous le dise, c'est la Chambre » ; « si, j'estime tout de même qu'on pourra percer ». Et pour dire cela Odette prenait un air mièvre qu'elle poussait à l'extrême quand elle disait : « Je ne dis pas que les armées allemandes ne se battent pas bien, mais il leur manque ce qu'on appelle le cran. » Pour prononcer « le cran » (et même simplement pour le « mordant ») elle faisait avec sa main le geste de pétrissage et avec ses yeux le clignement des rapins employant un terme d'atelier. Son langage à elle était pourtant, plus encore qu'autrefois, la trace de son admiration pour les Anglais, qu'elle n'était plus obligée de se contenter d'appeler comme autrefois

« nos voisins d'outre-Manche », ou tout au plus
« nos amis les Anglais », mais « nos loyaux alliés ».
Inutile de dire qu'elle ne se faisait pas faute de citer
à tout propos l'expression de *fair play* pour montrer
les Anglais trouvant les Allemands des joueurs in-
corrects, et « ce qu'il faut c'est gagner la guerre,
comme disent nos braves alliés ». Tout au plus asso-
ciait-elle assez maladroitement le nom de son gendre
à tout ce qui touchait les soldats anglais et au plaisir
qu'il trouvait à vivre dans l'intimité des Australiens
aussi bien que des Écossais, des Néo-Zélandais et des
Canadiens. « Mon gendre Saint-Loup connaît maintenant l'argot de tous les braves *tommies*, il sait se
faire entendre de ceux des plus lointains *dominions*
et, aussi bien qu'avec le général commandant la
base, fraternise avec le plus humble *private*. »

Que cette parenthèse sur Mme de Forcheville,
tandis que je descends les boulevards côte à côte
avec M. de Charlus, m'autorise à une autre, plus longue encore, mais utile pour décrire cette époque,
sur les rapports de Mme Verdurin avec Brichot. En
effet, si le pauvre Brichot était ainsi jugé sans indul-
gence par M. de Charlus (parce que celui-ci était à
la fois très fin et plus ou moins inconsciemment
germanophile), il était encore bien plus maltraité
par les Verdurin. Sans doute ceux-ci étaient chauvins,
ce qui eût dû les faire se plaire aux articles de Brichot, lesquels d'autre part n'étaient pas inférieurs
à bien des écrits où se délectait Mme Verdurin. Mais
d'abord on se rappelle peut-être que déjà à la Raspelière, Brichot était devenu pour les Verdurin, du
grand homme qu'il leur avait paru être autrefois,
sinon une tête de Turc comme Saniette, du moins
l'objet de leurs railleries à peine déguisées. Du
moins restait-il à ce moment-là un fidèle entre les
fidèles, ce qui lui assurait une part des avantages
prévus tacitement par les statuts à tous les membres
fondateurs ou associés du petit groupe. Mais au fur

et à mesure que, à la faveur de la guerre peut-être,
ou par la rapide cristallisation d'une élégance si
longtemps retardée mais dont tous les éléments
nécessaires et restés invisibles saturaient depuis
longtemps le salon des Verdurin, celui-ci s'était
ouvert à un monde nouveau et que les fidèles, appâts
d'abord de ce monde nouveau, avaient fini par être
de moins en moins invités, un phénomène parallèle
se produisait pour Brichot. Malgré la Sorbonne,
malgré l'Institut, sa notoriété n'avait pas jusqu'à
la guerre dépassé les limites du salon Verdurin. Mais
quand il se mit à écrire presque quotidiennement
des articles parés de ce faux brillant qu'on l'a vu si
souvent dépenser sans compter pour les fidèles,
riches, d'autre part, d'une érudition fort réelle, et
qu'en vrai sorbonien il ne cherchait pas à dissimuler,
de quelques formes plaisantes qu'il l'entourât, le
« grand monde » fut littéralement ébloui. Pour une
fois d'ailleurs il donnait sa faveur à quelqu'un qui
était loin d'être une nullité et qui pouvait retenir
l'attention par la fertilité de son intelligence et les
ressources de sa mémoire. Et pendant que trois duchesses allaient passer la soirée chez Mme Verdurin,
trois autres se disputaient l'honneur d'avoir chez
elles à dîner le grand homme, lequel acceptait chez
l'une, se sentant d'autant plus libre que Mme Verdurin, exaspérée du succès que ses articles rencon-
traient auprès du faubourg Saint-Germain, avait
soin de ne jamais avoir Brichot chez elle quand il
devait s'y trouver quelque personne brillante qu'il
ne connaissait pas encore et qui se hâterait de l'attirer.
Ce fut ainsi que le journalisme (dans lequel Brichot
se contentait, en somme, de donner tardivement,
avec honneur et en échange d'émoluments superbes,
ce qu'il avait gaspillé toute sa vie gratis et incognito
dans le salon des Verdurin, car ses articles ne lui
coûtaient pas plus de peine, tant il était disert et
savant, que ses causeries) eût conduit, et parut même

un moment conduire Brichot à une gloire incontestée... s'il n'y avait pas eu Mme Verdurin. Certes les articles de Brichot étaient loin d'être aussi remarquables que le croyaient les gens du monde. La vulgarité de l'homme apparaissait à tout instant sous le pédantisme du lettré. Et à côté d'images qui ne voulaient rien dire du tout (« les Allemands ne pourront plus regarder en face la statue de Beethoven ; Schiller a dû frémir dans son tombeau ; l'encre qui avait paraphé la neutralité de la Belgique était à peine séchée ; Lénine parle, mais autant en emporte le vent de la steppe »), c'étaient des trivialités telles que : « Vingt mille prisonniers, c'est un chiffre ; notre commandement saura ouvrir l'œil et le bon ; nous voulons vaincre, un point c'est tout. » Mais, mêlé à tout cela, tant de savoir, tant d'intelligence, de si justes raisonnements ! Or Mme Verdurin ne commençait jamais un article de Brichot sans la satisfaction préalable de penser qu'elle allait y trouver des choses ridicules, et le lisait avec l'attention la plus soutenue pour être certaine de ne les pas laisser échapper. Or il était malheureusement certain qu'il y en avait quelques-unes. On n'attendait même pas de les avoir trouvées. La citation la plus heureuse d'un auteur vraiment peu connu, au moins dans l'œuvre à laquelle Brichot se reportait, était incriminée comme preuve du pédantisme le plus insoutenable, et Mme Verdurin attendait avec impatience l'heure du dîner pour déchaîner les éclats de rire de ses convives. « Hé bien, qu'est-ce que vous avez dit du Brichot de ce soir ? J'ai pensé à vous en lisant la citation de Cuvier. Ma parole, je crois qu'il devient fou.— Je ne l'ai pas encore lu, disait Cottard. — Comment, vous ne l'avez pas encore lu ? Mais vous ne savez pas les délices que vous vous refusez. C'est-à-dire que c'est d'un ridicule à mourir. » Et, contente au fond que quelqu'un n'eût pas encore lu le Brichot pour avoir l'occasion d'en mettre elle-même en lumière les

ridicules, Mme Verdurin disait au maître d'hôtel
d'apporter *le Temps*, et faisait elle-même la lecture
à haute voix en faisant sonner avec emphase les
phrases les plus simples. Après le dîner, pendant
toute la soirée, cette campagne antibrichotiste continuait, mais avec de fausses réserves. « Je ne le dis
pas trop haut parce que j'ai peur que là-bas, disait-
elle en montrant la comtesse Molé, on n'admire assez
cela. Les gens du monde sont plus naïfs qu'on ne
croit. » Mme Molé, à qui on tâchait de faire entendre
en parlant assez fort, qu'on parlait d'elle, tout en
s'efforçant de lui montrer par des baissements de
voix qu'on n'aurait pas voulu être entendu d'elle,
reniait lâchement Brichot qu'elle égalait en réalité
à Michelet. Elle donnait raison à Mme Verdurin et,
pour terminer pourtant par quelque chose qui lui
paraissait incontestable, disait : « Ce qu'on ne peut
pas lui retirer, c'est que c'est bien écrit. — Vous
trouvez ça bien écrit, vous ? disait Mme Verdurin,
moi je trouve ça écrit comme par un cochon », audace
qui faisait rire les gens du monde, d'autant plus
que Mme Verdurin, comme effarouchée elle-même
par le mot de cochon, l'avait prononcé en le chucho-
tant, la main rabattue sur les lèvres. Sa rage contre
Brichot croissait d'autant plus que celui-ci étalait
naïvement la satisfaction de son succès, malgré les
accès de mauvaise humeur que provoquait chez lui
la censure, chaque fois que, comme il le disait avec
son habitude d'employer les mots nouveaux pour
montrer qu'il n'était pas trop universitaire, elle
avait « caviardé » une partie de son article. Devant
lui Mme Verdurin ne laissait pas trop voir, sauf par
une maussaderie qui eût averti un homme plus
perspicace, le peu de cas qu'elle faisait de ce qu'écrivait Chochotte. Elle lui reprocha seulement une fois
d'écrire si souvent « je ». Et il avait en effet l'habitude
de l'écrire continuellement, d'abord parce que, par
habitude de professeur, il se servait constamment

d'expressions comme « j'accorde que », et même, pour dire « je veux bien que », « je veux que » : « Je veux que l'énorme développement des fronts nécessite, etc. », mais surtout parce que, ancien anti-dreyfusard militant qui flairait la préparation germanique bien longtemps avant la guerre, il s'était trouvé écrire très souvent : « J'ai dénoncé dès 1897 » ; « j'ai signalé en 1901 » ; « j'ai averti dans ma petite brochure aujourd'hui rarissime (*habent sua fata libelli*) », et ensuite l'habitude lui était restée. Il rougit fortement de l'observation de Mme Verdurin, observation qui lui fut faite d'un ton aigre. « Vous avez raison, Madame. Quelqu'un qui n'aimait pas plus les jésuites que M. Combes, encore qu'il n'ait pas eu de préface de notre doux maître en scepticisme délicieux, Anatole France, qui fut si je ne me trompe mon adversaire... avant le Déluge, a dit que le Moi est toujours haïssable. » A partir de ce moment Brichot remplaça *je* par *on*, mais *on* n'empêchait pas le lecteur de voir que l'auteur parlait de lui et permit à l'auteur de ne plus cesser de parler de lui, de commenter la moindre de ses phrases, de faire un article sur une seule négation, toujours à l'abri de *on*. Par exemple Brichot avait-il dit, fût-ce dans un autre article, que les armées allemandes avaient perdu de leur valeur, il commençait ainsi : « On ne camoufle pas ici la vérité. On a dit que les armées allemandes avaient perdu de leur valeur. On n'a pas dit qu'elles n'avaient plus une grande valeur. Encore moins écrira-t-on qu'elles n'ont plus aucune valeur. On ne dira pas non plus que le terrain gagné, s'il n'est pas, etc. » Bref, rien qu'à énoncer tout ce qu'il ne dirait pas, à rappeler tout ce qu'il avait dit il y avait quelques années, et ce que Clausewitz, Jomini, Ovide, Apollonius de Tyane, etc., avaient dit il y avait plus ou moins de siècles, Brichot aurait pu constituer aisément la matière d'un fort volume. Il est à regretter qu'il n'en ait pas publié, car ces ar-

ticles si nourris sont maintenant difficiles à retrouver.
Le faubourg Saint-Germain, chapitré par Mme Verdurin, commença par rire de Brichot chez elle, mais
continua, une fois sorti du petit clan, à admirer
Brichot. Puis se moquer de lui devint une mode
comme ç'avait été de l'admirer, et celles mêmes
qu'il continuait d'intéresser en secret dans le temps
qu'elles lisaient son article, s'arrêtaient et riaient
dès qu'elles n'étaient plus seules, pour ne pas avoir
l'air moins fines que les autres. Jamais on ne parla
tant de Brichot qu'à cette époque dans le petit clan,
mais par dérision. On prenait comme critérium de
l'intelligence de tout nouveau ce qu'il pensait des
articles de Brichot ; s'il répondait mal la première
fois, on ne se faisait pas faute de lui enseigner à quoi
l'on reconnaît que les gens sont intelligents.

— Enfin, mon pauvre ami, tout cela est épouvantable et nous avons plus que d'ennuyeux articles
à déplorer. On parle de vandalisme, de statues détruites. Mais est-ce que la destruction de tant de
merveilleux jeunes gens, qui étaient des statues poly-
chromes incomparables, n'est pas du vandalisme
aussi ? Est-ce qu'une ville qui n'aura plus de beaux
hommes ne sera pas comme une ville dont toute la
statuaire aurait été brisée ? Quel plaisir puis-je avoir
à aller dîner au restaurant quand j'y suis servi par
de vieux bouffons moussus qui ressemblent au Père
Didon, si ce n'est pas par des femmes en cornette
qui me font croire que je suis entré au bouillon Duval ?
Parfaitement, mon cher, et je crois que j'ai le droit
de parler ainsi parce que le Beau est tout de même
le Beau dans une matière vivante. Le grand plaisir
d'être servi par des êtres rachitiques, portant bi-
nocle, dont le cas d'exemption se lit sur le visage !
Contrairement à ce qui arrivait toujours jadis, si l'on
veut reposer ses yeux sur quelqu'un de bien dans
un restaurant, il ne faut plus regarder parmi les gar-

çons qui servent, mais parmi les clients qui consomment. Mais on pouvait revoir un servant, bien qu'ils changeassent souvent, mais allez donc savoir qui est, quand reviendra ce lieutenant anglais qui vient peut-être pour la première fois et sera peut-être tué demain! Quand Auguste de Pologne, comme raconte le charmant Morand, l'auteur délicieux de *Clarisse*, échangea un de ses régiments contre une collection de potiches chinoises, il fit à mon avis une mauvaise affaire. Pensez que tous ces grands valets de pied qui avaient deux mètres de haut et qui ornaient les escaliers monumentaux de nos plus belles amies ont tous été tués, engagés pour la plupart parce qu'on leur répétait que la guerre durerait deux mois. Ah! ils ne savaient pas comme moi la force de l'Allemagne, la vertu de la race prussienne, dit-il en s'oubliant. Et puis, remarquant qu'il avait trop laissé apercevoir son point de vue : « Ce n'est pas tant l'Allemagne que je crains pour la France, que la guerre elle-même. Les gens de l'arrière s'imaginent que la guerre est seulement un gigantesque match de boxe, auquel ils assistent de loin, grâce aux journaux. Mais cela n'a aucun rapport. C'est une maladie qui, quand elle semble conjurée sur un point, reprend sur un autre. Aujourd'hui Noyon sera délivré, demain on n'aura plus ni pain ni chocolat, après-demain celui qui se croyait bien tranquille et accepterait au besoin une balle qu'il n'imagine pas, s'affolera parce qu'il lira dans les journaux que sa classe est rappelée. Quant aux monuments, un chef-d'œuvre unique comme Reims par la qualité n'est pas tellement ce dont la disparition m'épouvante, c'est surtout de voir anéantis une telle quantité d'ensembles vivants qui rendaient le moindre village de France instructif et charmant. »

Je pensai aussitôt à Combray, mais autrefois j'avais cru me diminuer aux yeux de Mme de Guermantes en avouant la petite situation que ma famille

occupait à Combray. Je me demandai si elle n'avait pas
été révélée aux Guermantes et à M. de Charlus, soit
par Legrandin, ou Swann, ou Saint-Loup, ou Morel.
Mais cette prétérition même était moins pénible
pour moi que des explications rétrospectives. Je
souhaitai seulement que M. de Charlus ne parlât pas
de Combray.

— Je ne veux pas dire de mal des Américains,
Monsieur, continua-t-il, il paraît qu'ils sont inépuisa-
blement généreux, et comme il n'y a pas eu de chef
d'orchestre dans cettte guerre, que chacun est entré
dans la danse longtemps après l'autre, et que les
Américains ont commencé quand nous étions quasi-
ment finis, ils peuvent avoir une ardeur que quatre ans
de guerre ont pu calmer chez nous. Même avant la
guerre ils aimaient notre pays, notre art, ils payaient
fort cher nos chefs-d'œuvre. Beaucoup sont chez eux
maintenant. Mais précisément cet art déraciné, comme
dirait M. Barrès, est tout le contraire de ce qui faisait
l'agrément délicieux de la France. Le château expliquait l'église, qui elle-même, parce qu'elle avait été
un lieu de pèlerinage, expliquait la chanson de geste.
Je n'ai pas à surfaire l'illustration de mes origines
et de mes alliances, et d'ailleurs ce n'est pas de cela
qu'il s'agit. Mais dernièrement j'ai eu, pour régler
une question d'intérêts, et malgré un certain refroi-
dissement qu'il y a entre le ménage et moi, à aller
faire une visite à ma nièce Saint-Loup qui habite à
Combray. Combray n'était qu'une toute petite ville
comme il y en a tant. Mais nos ancêtres étaient repré-
sentés en donateurs dans certains vitraux, dans d'autres étaient inscrites nos armoiries. Nous y avions
notre chapelle, nos tombeaux. Cette église a été
détruite par les Français et par les Anglais parce
qu'elle servait d'observatoire aux Allemands. Tout
ce mélange d'histoire survivante et d'art qui était la
France se détruit, et ce n'est pas fini. Et bien entendu
je n'ai pas le ridicule de comparer, pour des raisons

de famille, la destruction de l'église de Combray à celle de la cathédrale de Reims, qui était comme le miracle d'une cathédrale gothique retrouvant naturellement la pureté de la statuaire antique, ou de celle d'Amiens. Je ne sais si le bras levé de saint Firmin est aujourd'hui brisé. Dans ce cas la plus haute affirmation de la foi et de l'énergie a disparu de ce monde. — Son symbole, Monsieur, lui répondis-je. Et j'adore autant que vous certains symboles. Mais il serait absurde de sacrifier au symbole la réalité qu'il symbolise. Les cathédrales doivent être adorées jusqu'au jour où, pour les préserver, il faudrait renier les vérités qu'elles enseignent. Le bras levé de saint Firmin dans un geste de commandement presque militaire disait : « Que nous soyons brisés, si l'honneur l'exige. » Ne sacrifiez pas des hommes à des pierres dont la beauté vient justement d'avoir un moment fixé des vérités humaines. — Je comprends ce que vous voulez dire, me répondit M. de Charlus, et M. Barrès, qui nous a fait faire, hélas, trop de pèlerinages à la statue de Strasbourg et au tombeau de M. Déroulède, a été touchant et gracieux quand il a écrit que la cathédrale de Reims elle-même nous était moins chère que la vie de nos fantassins. Assertion qui rend assez ridicule la colère de nos journaux contre le général allemand qui commandait là-bas et qui disait que la cathédrale de Reims lui était moins précieuse que celle d'un soldat allemand. C'est du reste ce qui est exaspérant et navrant, c'est que chaque pays dit la même chose. Les raisons pour lesquelles les associations industrielles de l'Allemagne déclarent la possession de Belfort indispensable à préserver leur nation contre nos idées de revanche, sont les mêmes que celles de Barrès exigeant Mayence pour nous protéger contre les velléités d'invasion des Boches. Pourquoi la restitution de l'Alsace-Lorraine a-t-elle paru à la France un motif insuffisant pour faire la guerre, un motif suffisant

pour la continuer, pour la redéclarer à nouveau chaque
année ? Vous avez l'air de croire que la victoire est
désormais promise à la France, je le souhaite de tout
mon cœur, vous n'en doutez pas. Mais enfin depuis
qu'à tort ou à raison les Alliés se croient sûrs de
vaincre (pour ma part je serais naturellement enchanté
de cette solution, mais je vois surtout beaucoup de
victoires sur le papier, de victoires à la Pyrrhus avec
un coût qui ne nous est pas dit) et que les Boches ne
se croient plus sûrs de vaincre, on voit l'Allemagne
chercher à hâter la paix, la France à prolonger la
guerre, la France qui est la France juste et a raison de
faire entendre des paroles de justice, mais est aussi la
douce France et devrait entendre des paroles de pitié,
fût-ce seulement pour ses propres enfants et pour qu'à
chaque printemps les fleurs qui renaîtront aient à éclairer autre chose que des tombes. Soyez franc, mon cher
ami, vous-même m'aviez fait une théorie sur les choses
qui n'existent que grâce à une création perpétuellement recommencée. La création du monde n'a pas
eu lieu une fois pour toutes, me disiez-vous, elle a
nécessairement lieu tous les jours. Hé bien, si vous
êtes de bonne foi, vous ne pouvez pas excepter la
guerre de cette théorie. Notre excellent Norpois a
beau écrire (en sortant un des accessoires de rhéto-
rique qui lui sont aussi chers que « l'aube de la victoire » et le « Général Hiver ») : « Maintenant que
l'Allemagne a voulu la guerre, les dés en sont jetés »,
la vérité c'est que chaque matin on déclare à nouveau
la guerre. Donc celui qui veut la continuer est aussi
coupable que celui qui l'a commencée, plus peut-
être, car ce premier n'en prévoyait peut-être pas
toutes les horreurs. Or rien ne dit qu'une guerre aussi
prolongée, même si elle doit avoir une issue victo-
rieuse, ne soit pas sans péril. Il est difficile de parler
de choses qui n'ont point de précédent et des réper-
cussions sur l'organisme d'une opération qu'on tente
pour la première fois. Généralement, il est vrai, les

nouveautés dont on s'alarme se passent fort bien. Les républicains les plus sages pensaient qu'il était fou de faire la séparation de l'Église. Elle a passé comme une lettre à la poste. Dreyfus a été réhabilité, Picquart ministre de la Guerre, sans qu'on crie ouf. Pourtant que ne peut-on pas craindre d'un surmenage pareil à celui d'une guerre ininterrompue pendant plusieurs années! Que feront les hommes au retour? la fatigue les aura-t-elle rompus ou affolés? Tout cela pourrait mal tourner, sinon pour la France, au moins pour le gouvernement, peut-être même pour la forme du gouvernement. Vous m'avez fait lire autrefois l'admirable *Aimée de Coigny* de Maurras. Je serais fort surpris que quelque Aimée de Coigny n'attendît pas du développement de la guerre que fait la République ce qu'en 1812 Aimée de Coigny attendit de la guerre que faisait l'Empire. Si l'Aimée actuelle existe, ses espérances se réaliseront-elles? Je ne le désire pas. Pour en revenir à la guerre elle-même, ce premier qui l'a commencée est-il l'Empereur Guillaume? J'en doute fort. Et si c'est lui, qu'a-t-il fait autre chose que Napoléon par exemple, chose que moi je trouve abominable, mais je m'étonne de voir inspirer tant d'horreur aux thuriféraires de Napoléon, aux gens qui le jour de la déclaration de guerre se sont écriés comme le général Pau : « J'attendais ce jour-là depuis quarante ans. C'est le plus beau jour de ma vie. » Dieu sait si personne a protesté avec plus de force que moi quand on a fait dans la société une place disproportionnée aux nationalistes, aux militaires, quand tout ami des arts était accusé de s'occuper de choses funestes à la patrie, toute civilisation qui n'était pas belliqueuse étant délétère! C'est à peine si un homme du monde authentique comptait auprès d'un général. Une folle a failli me présenter à M. Syveton. Vous me direz que ce que je m'efforçais de maintenir n'était que les règles mondaines. Mais malgré leur frivolité apparente, elles eussent peut-être

empêché bien des excès. J'ai toujours honoré ceux
qui défendent la grammaire ou la logique. On se
rend compte, cinquante ans après, qu'ils ont conjuré
de grands périls. Or nos nationalistes sont les plus
germanophobes, les plus jusqu'auboutistes des
hommes. Mais après quinze ans leur philosophie a
changé entièrement. En fait ils poussent bien à la
continuation de la guerre. Mais ce n'est que pour
exterminer une race belliqueuse et par amour de la
paix. Car une civilisation guerrière, ce qu'ils trouvaient
si beau il y a quinze ans, leur fait horreur ; non seulement ils reprochent à la Prusse d'avoir fait prédomi-
ner chez elle l'élément militaire, mais en tout temps ils
pensent que les civilisations militaires furent destructrices de tout ce qu'ils trouvent maintenant précieux,
non seulement les arts, mais même la galanterie. Il
suffit qu'un de leurs critiques se soit converti au
nationalisme pour qu'il soit devenu du même coup
un ami de la paix. Il est persuadé que, dans toutes les
civilisations guerrières, la femme avait un rôle humilié
et bas. On n'ose lui répondre que les « Dames » des
chevaliers au moyen âge et la Béatrice de Dante
étaient peut-être placées sur un trône aussi élevé que
les héroïnes de M. Becque. Je m'attends un de ces
jours à me voir placé à table après un révolutionnaire
russe ou simplement après un de nos généraux faisant
la guerre par horreur de la guerre et pour punir un
peuple de cultiver un idéal qu'eux-mêmes jugeaient
le seul tonifiant il y a quinze ans. Le malheureux
Czar était encore honoré il y a quelques mois parce
qu'il avait réuni la conférence de La Haye. Mais
maintenant qu'on salue la Russie libre, on oublie le
titre qui permettait de le glorifier. Ainsi tourne la
Roue du monde. Et pourtant l'Allemagne emploie
tellement les mêmes expressions que la France que
c'est à croire qu'elle la cite, elle ne se lasse pas de dire
qu'elle « lutte pour l'existence ». Quand je lis : « Nous
luttons contre un ennemi implacable et cruel jusqu'à

ce que nous ayons obtenu une paix qui nous garantisse à l'avenir de toute agression et pour que le sang de nos braves soldats n'ait pas coulé en vain », ou bien : « Qui n'est pas pour nous est contre nous », je ne sais pas si cette phrase est de l'Empereur Guillaume ou de M. Poincaré, car ils l'ont, à quelques variantes près, prononcée vingt fois l'un et l'autre, bien qu'à vrai dire je doive confesser que l'Empereur ait été en ce cas l'imitateur du Président de la République. La France n'aurait peut-être pas tenu tant à prolonger la guerre si elle était restée faible, mais surtout l'Allemagne n'aurait peut-être pas été si pressée de la finir si elle n'avait pas cessé d'être forte. D'être aussi forte, car forte, vous verrez qu'elle l'est encore.

Il avait pris l'habitude de crier très fort en parlant, par nervosité, par recherche d'issues pour des impressions dont il fallait — n'ayant jamais cultivé aucun art — qu'il se débarrassât, comme un aviateur de ses bombes, fût-ce en plein champ, là où ses paroles n'atteignaient personne, et surtout dans le monde où elles tombaient aussi au hasard et où il était écouté par snobisme, de confiance et, tant il tyrannisait les auditeurs, on peut dire de force et même par crainte. Sur les boulevards cette harangue était de plus une marque de mépris à l'égard des passants, pour qui il ne baissait pas plus la voix qu'il n'eût dévié son chemin. Mais elle y détonnait, y étonnait, et surtout rendait intelligibles à des gens qui se retournaient des propos qui eussent pu nous faire prendre pour des défaitistes. Je le fis remarquer à M. de Charlus sans réussir qu'à exciter son hilarité. « Avouez que ce serait bien drôle, dit-il. Après tout, ajouta-t-il, on ne sait jamais, chacun de nous risque chaque soir d'être le fait divers du lendemain. En somme pourquoi ne serais-je pas fusillé dans les fossés de Vincennes ? La même chose est bien arrivée à mon grand-oncle le duc d'Enghien. La soif du sang noble affole une certaine populace qui en cela se montre plus

raffinée que les lions. Vous savez que, pour ces animaux, il suffirait, pour qu'ils se jetassent sur elle,
que Mme Verdurin eût une écorchure sur son nez.
Sur ce que dans ma jeunesse on eût appelé son pif! »
Et il se mit à rire à gorge déployée comme si nous
avions été seuls dans un salon.

Par moments, voyant des individus assez louches
extraits de l'ombre par le passage de M. de Charlus
et se conglomérer à quelque distance de lui, je me
demandais si je lui serais plus agréable en le laissant
seul ou en ne le quittant pas. Tel celui qui a rencontré
un vieillard sujet à des fréquentes crises épileptiformes
et qui voit par l'incohérence de la démarche l'immi-
nence probable d'un accès, se demande si sa compagnie
est plutôt désirée comme celle d'un soutien, ou redou-
tée comme celle d'un témoin à qui on voudrait cacher
la crise et dont la présence seule peut-être, quand le
calme absolu réussirait peut-être à l'écarter, suffira
à la hâter. Mais la possibilité de l'événement dont on
ne sait si l'on doit s'écarter ou non est révélée, chez
le malade, par les circuits qu'il fait comme un homme
ivre ; tandis que pour M. de Charlus ces diverses
positions divergentes, signe d'un incident possible
dont je n'étais pas bien sûr s'il souhaitait ou redoutait
que ma présence l'empêchât de se produire, étaient,
comme par une ingénieuse mise en scène, occupées
non par le baron lui-même qui marchait fort droit,
mais par tout un cercle de figurants. Tout de même,
je crois qu'il préférait éviter la rencontre, car il
m'entraîna dans une rue de traverse, plus obscure que
le boulevard, et où cependant celui-ci ne cessait de
déverser, à moins que ce ne fût vers lui qu'ils affluas-
sent, des soldats de toute arme et de toute nation,
influx juvénile, compensateur et consolant pour
M. de Charlus, de ce reflux de tous les hommes à la
frontière qui avait fait pneumatiquement le vide dans
Paris aux premiers temps de la mobilisation. M. de
Charlus ne cessait pas d'admirer les brillants uni-

formes qui passaient devant nous et qui faisaient de
Paris une ville aussi cosmopolite qu'un port, aussi
réelle qu'un décor de peintre qui n'a dressé quelques
architectures que pour avoir un prétexte à grouper
les costumes les plus variés et les plus chatoyants. Il
gardait tout son respect et toute son affection à de
grandes dames accusées de défaitisme, comme jadis
à celles qui avaient été accusées de dreyfusisme. Il
regrettait seulement qu'en s'abaissant à faire de la
politique elles eussent donné prise « aux polémiques
des journalistes ». Pour lui, à leur égard, rien n'était
changé. Car sa frivolité était si systématique que la
naissance, unie à la beauté et à d'autres prestiges,
était la chose durable — et la guerre, comme l'affaire
Dreyfus, des modes vulgaires et fugitives. Eût-on
fusillé la duchesse de Guermantes pour essai de paix
séparée avec l'Autriche, qu'il l'eût considérée comme
toujours aussi noble et pas plus dégradée que ne nous
apparaît aujourd'hui Marie-Antoinette d'avoir été con-
damnée à la décapitation. En parlant à ce moment-là,
M. de Charlus, noble comme une espèce de Saint-
Vallier ou de Saint-Mégrin, était droit, rigide, solennel,
parlait gravement, ne faisait pour un moment aucune
des manières où se révèlent ceux de sa sorte. Et pourtant, pourquoi ne peut-il y en avoir aucun dont la
voix soit jamais absolument juste ? Même en ce
moment où elle approchait le plus du grave, elle
était fausse encore et aurait eu besoin de l'accordeur.
D'ailleurs M. de Charlus ne savait littéralement où
donner de la tête, et il la levait souvent avec le regret
de ne pas avoir une jumelle, qui d'ailleurs ne lui eût
pas servi à grand'chose, car en plus grand nombre que
d'habitude, à cause du raid de zeppelins de l'avant-
veille qui avait réveillé la vigilance des pouvoirs
publics, il y avait des militaires jusque dans le ciel.
Les aéroplanes que j'avais vus quelques heures plus
tôt faire comme des insectes des taches brunes sur
le soir bleu, passaient maintenant dans la nuit qu'ap-

profondissait encore l'extinction partielle des réver-
bères, comme de lumineux brûlots. La plus grande
impression de beauté que nous faisaient éprouver ces étoiles humaines et filantes, était peut-
être surtout de faire regarder le ciel, vers lequel on
lève peu les yeux d'habitude. Dans ce Paris dont,
en 1914, j'avais vu la beauté presque sans défense
attendre la menace de l'ennemi qui se rapprochait,
il y avait certes, maintenant comme alors, la splendeur
antique inchangée d'une lune cruellement, mystérieusement sereine, qui versait aux monuments encore
intacts l'inutile beauté de sa lumière ; mais comme
en 1914, et plus qu'en 1914, il y avait aussi autre
chose, des lumières différentes, des feux intermittents
que, soit de ces aéroplanes, soit de projecteurs de la
Tour Eiffel, on savait dirigés par une volonté intelligente, par une vigilance amie qui donnait ce même
genre d'émotion, inspirait cette même sorte de reconnaissance et de calme que j'avais éprouvés dans la
chambre de Saint-Loup, dans la cellule de ce cloître
militaire où s'exerçaient, avant qu'ils consommassent,
un jour, sans une hésitation, en pleine jeunesse, leur
sacrifice, tant de cœurs fervents et disciplinés.

Après le raid de l'avant-veille, où le ciel avait été
plus mouvementé que la terre, il s'était calmé comme
la mer après une tempête. Mais, comme la mer après
une tempête, il n'avait pas encore repris son apaisement
absolu. Des aéroplanes montaient encore comme des
fusées rejoindre les étoiles, et des projecteurs promenaient lentement, dans le ciel sectionné, comme une
pâle poussière d'astres, d'errantes voies lactées. Cependant les aéroplanes venaient s'insérer au milieu des
constellations et on aurait pu se croire dans un autre
hémisphère en effet, en voyant ces « étoiles nouvelles ».
M. de Charlus me dit son admiration pour ces aviateurs, et comme il ne pouvait pas plus s'empêcher
de donner libre cours à sa germanophilie qu'à ses
autres penchants tout en niant l'une comme les autres :

« D'ailleurs j'ajoute que j'admire tout autant les Allemands qui montent dans des gothas. Et sur des zeppelins, pensez le courage qu'il faut! Mais ce sont des héros, tout simplement. Qu'est-ce que ça peut faire que ce soit sur des civils, puisque des batteries tirent sur eux? Est-ce que vous avez peur des gothas et du canon? » J'avouai que non et peut-être je me trompais. Sans doute ma paresse m'ayant donné l'habitude, pour mon travail, de le remettre jour par jour au lendemain, je me figurais qu'il pouvait en être de même pour la mort. Comment aurait-on peur d'un canon dont on est persuadé qu'il ne vous frappera pas ce jour-là? D'ailleurs, formées isolément, ces idées de bombes lancées, de mort possible, n'ajoutèrent pour moi rien de tragique à l'image que je me faisais du passage des aéronefs allemands, jusqu'à ce que, de l'un d'eux, ballotté, segmenté à mes regards par les flots de brume d'un ciel agité, d'un aéroplane que, bien que je le susse meurtrier, je n'imaginais que stellaire et céleste, j'eusse vu, un soir, le geste de la bombe lancée vers nous. Car la réalité originale d'un danger n'est perçue que dans cette chose nouvelle, irréductible à ce qu'on sait déjà, qui s'appelle une impression, et qui est souvent, comme ce fut le cas là, résumée par une ligne, une ligne qui décrivait une intention, une ligne où il y avait la puissance latente d'un accomplissement qui la déformait, tandis que sur le pont de la Concorde, autour de l'aéroplane menaçant et traqué, et comme si s'étaient reflétées dans les nuages les fontaines des Champs-Élysées, de la place de la Concorde et des Tuileries, les jets d'eau lumineux des projecteurs s'infléchissaient dans le ciel, lignes pleines d'intentions aussi, d'intentions prévoyantes et protectrices, d'hommes puissants et sages auxquels, comme une nuit au quartier de Doncières, j'étais reconnaissant que leur force daignât prendre avec cette précision si belle la peine de veiller sur nous.

La nuit était aussi belle qu'en 1914, comme Paris était aussi menacé. Le clair de lune semblait comme un doux magnésium continu permettant de prendre une dernière fois des images nocturnes de ces beaux ensembles comme la place Vendôme, la place de la Concorde, auxquels l'effroi que j'avais des obus qui allaient peut-être les détruire donnait par contraste, dans leur beauté encore intacte, une sorte de plénitude, et comme si elles se tendaient en avant, offrant aux coups leurs architectures sans défense. « Vous n'avez pas peur ? répéta M. de Charlus. Les Parisiens ne se rendent pas compte. On me dit que Mme Verdurin donne des réunions tous les jours. Je ne le sais que par les on-dit, moi je ne sais absolument rien d'eux, j'ai entièrement rompu », ajouta-t-il en baissant non seulement les yeux comme si avait passé un télégraphiste, mais aussi la tête, les épaules, et en levant le bras avec le geste qui signifie, sinon « je m'en lave les mains », du moins « je ne peux rien vous dire » (bien que je ne lui demandasse rien). « Je sais que Morel y va toujours beaucoup, me dit-il (c'était la première fois qu'il m'en reparlait). On prétend qu'il regrette beaucoup le passé, qu'il désire se rapprocher de moi », ajouta-t-il, faisant preuve à la fois de cette même crédulité d'homme du Faubourg qui dit : « On dit beaucoup que la France cause plus que jamais avec l'Allemagne et que les pourparlers sont même engagés » et de l'amoureux que les pires rebuffades n'ont pas persuadé. « En tous cas, s'il le veut, il n'a qu'à le dire, je suis plus vieux que lui, ce n'est pas à moi à faire les premiers pas. » Et sans doute il était bien inutile de le dire, tant c'était évident. Mais de plus ce n'était même pas sincère, et c'est pour cela qu'on était si gêné pour M. de Charlus, car on sentait qu'en disant que ce n'était pas à lui de faire les premiers pas, il en faisait au contraire un et attendait que j'offrisse de me charger du rapprochement.

Certes je connaissais cette naïve ou feinte crédulité

des gens qui aiment quelqu'un, ou simplement ne
sont pas reçus chez quelqu'un, et imputent à ce quelqu'un un désir qu'il n'a pourtant pas manifesté,
malgré des sollicitations fastidieuses. Mais à l'accent
soudain tremblant avec lequel M. de Charlus scanda
ces paroles, au regard trouble qui vacillait au fond
de ses yeux, j'eus l'impression qu'il y avait autre chose
qu'une banale insistance. Je ne me trompais pas, et je
dirai tout de suite les deux faits qui me le prouvèrent
rétrospectivement (j'anticipe de beaucoup d'années
pour le second de ces faits, postérieur à la mort de
M. de Charlus. Or elle ne devait se produire que bien
plus tard, et nous aurons l'occasion de le revoir
plusieurs fois bien différent de ce que nous l'avons
connu, et en particulier la dernière fois, à une époque
où il avait entièrement oublié Morel). Quant au
premier de ces faits, il se produisit deux ou trois ans
seulement après le soir où je descendis ainsi les
boulevards avec M. de Charlus. Donc environ deux
ans après cette soirée, je rencontrai Morel. Je pensai
aussitôt à M. de Charlus, au plaisir qu'il aurait à
revoir le violoniste, et j'insistai auprès de lui pour
qu'il allât le voir, fût-ce une fois. « Il a été bon pour
vous, dis-je à Morel, il est déjà vieux, il peut mourir,
il faut liquider les vieilles querelles et effacer les
traces de la brouille. » Morel parut être entièrement
de mon avis quant à un apaisement désirable, mais
il n'en refusa pas moins catégoriquement de faire
même une seule visite à M. de Charlus. « Vous avez
tort, lui dis-je. Est-ce par entêtement, par paresse,
par méchanceté, par amour-propre mal placé, par
vertu (soyez sûr qu'elle ne sera pas attaquée), par
coquetterie ? » Alors le violoniste, tordant son visage
pour un aveu qui lui coûtait sans doute extrêmement,
me répondit en frissonnant : « Non, ce n'est par rien
de tout cela ; la vertu, je m'en fous ; la méchanceté ?
au contraire je commence à le plaindre ; ce n'est pas
par coquetterie, elle serait inutile ; ce n'est pas par

paresse, il y a des journées entières où je reste à me tourner les pouces. Non, ce n'est à cause de rien de tout cela ; c'est, ne le dites jamais à personne et je suis fou de vous le dire, c'est, c'est... c'est... par peur ! » Il se mit à trembler de tous ses membres. Je lui avouai que je ne le comprenais pas. « Non, ne me demandez pas, n'en parlons plus, vous ne le connaissez pas comme moi, je peux dire que vous ne le connaissez pas du tout. — Mais quel tort peut-il vous faire ? Il cherchera, d'ailleurs, d'autant moins à vous en faire qu'il n'y aura plus de rancune entre vous. Et puis, au fond, vous savez qu'il est très bon. — Parbleu ! si je le sais, qu'il est bon ! Et la délicatesse et la droiture. Mais laissez-moi, ne m'en parlez plus, je vous en supplie, c'est honteux à dire, j'ai peur ! »

Le second fait date d'après la mort de M. de Charlus. On m'apporta quelques souvenirs qu'il m'avait laissés et une lettre à triple enveloppe, écrite au moins dix ans avant sa mort. Mais il avait été gravement malade, avait pris ses dispositions, puis s'était rétabli avant de tomber plus tard dans l'état où nous le verrons le jour d'une matinée chez la princesse de Guermantes — et la lettre, restée dans un coffre-fort avec les objets qu'il léguait à quelques amis, était restée là sept ans, sept ans pendant lesquels il avait entièrement oublié Morel. La lettre, tracée d'une écriture fine et ferme, était ainsi conçue :

« Mon cher ami, les voies de la Providence sont inconnues. Parfois c'est du *défaut* d'un être médiocre qu'elle use pour empêcher de faillir la suréminence d'un juste. Vous connaissez Morel, d'où il est sorti, à quel faîte j'ai voulu l'élever, autant dire à mon niveau. Vous savez qu'il a préféré retourner non pas à la poussière et à la cendre d'où tout homme, c'est-à-dire le véritable phœnix, peut renaître, mais à la boue où rampe la vipère. Il s'est laissé choir, ce qui m'a préservé de déchoir. Vous savez que mes armes

contiennent la devise même de Notre-Seigneur :
Inculcabis super leonem et aspidem, avec un homme
représenté comme ayant à la plante de ses pieds,
comme support héraldique, un lion et un serpent.
Or si j'ai pu fouler ainsi le propre lion que je suis, c'est
grâce au serpent et à sa prudence, que j'appelais trop
légèrement tout à l'heure un défaut, car la profonde
sagesse de l'Évangile en fait une vertu, au moins une
vertu pour les autres. Notre serpent aux sifflements
jadis harmonieusement modulés, quand il avait un
charmeur — fort charmé du reste — n'était pas seulement musical et reptile, il avait jusqu'à la lâcheté
cette vertu que je tiens maintenant pour divine, la
Prudence. C'est cette divine prudence qui l'a fait
résister aux appels que je lui ai fait transmettre de
revenir me voir, et je n'aurai de paix en ce monde et
d'espoir de pardon dans l'autre que si je vous en fais
l'aveu. C'est lui qui a été en cela l'instrument de la
Sagesse divine, car, je l'avais résolu, il ne serait pas
sorti de chez moi vivant. Il fallait que l'un de nous
deux disparût. J'étais décidé à le tuer. Dieu lui a
conseillé la prudence pour me préserver d'un crime.
Je ne doute pas que l'intercession de l'Archange
Michel, mon saint patron, n'ait joué là un grand rôle
et je le prie de me pardonner de l'avoir tant négligé
pendant plusieurs années et d'avoir si mal répondu
aux innombrables bontés qu'il m'a témoignées, tout
spécialement dans ma lutte contre le mal. Je dois à ce
Serviteur de Dieu, je le dis dans la plénitude de ma foi
et de mon intelligence, que le Père céleste ait inspiré
à Morel de ne pas venir. Aussi, c'est moi maintenant
qui me meurs. Votre fidèlement dévoué, *Semper
idem*,

P. G. Charlus. »

Alors je compris la peur de Morel ; certes il y avait
dans cette lettre bien de l'orgueil et de la littérature.
Mais l'aveu était vrai. Et Morel savait mieux que moi

que le « côté presque fou » que Mme de Guermantes
trouvait chez son beau-frère ne se bornait pas, comme
je l'avais cru jusque-là, à ces dehors momentanés
de rage superficielle et inopérante.

Mais il faut revenir en arrière. Je descends les
boulevards à côté de M. de Charlus, lequel vient de
me prendre comme vague intermédiaire pour des
ouvertures de paix entre lui et Morel. Voyant que je
ne lui répondais pas : « Je ne sais pas, du reste, pourquoi il ne joue pas, on ne fait plus de musique sous
prétexte que c'est la guerre, mais on danse, on dîne
en ville, les femmes inventent l'Ambrine pour leur
peau. Les fêtes remplissent ce qui sera peut-être, si
les Allemands avancent encore, les derniers jours de
notre Pompéi. Et c'est ce qui le sauvera de la frivolité.
Pour peu que la lave de quelque Vésuve allemand
(leurs pièces de marine ne sont pas moins terribles
qu'un volcan) vienne les surprendre à leur toilette
et éternise leur geste en l'interrompant, les enfants
s'instruiront plus tard en regardant dans des livres
de classe illustrés Mme Molé qui allait mettre une
dernière couche de fard avant d'aller dîner chez une
belle-sœur, ou Sosthène de Guermantes qui finissait
de peindre ses faux sourcils ; ce sera matière à cours
pour les Brichot de l'avenir ; là frivolité d'une époque,
quand dix siècles ont passé sur elle, est matière de la
plus grave érudition, surtout si elle a été conservée
intacte par une éruption volcanique ou des matières
analogues à la lave projetées par bombardement. Quels
documents pour l'histoire future, quand des gaz
asphyxiants analogues à ceux qu'émettait le Vésuve
et des écroulements comme ceux qui ensevelirent
Pompéi garderont intactes toutes les dernières
imprudentes qui n'ont pas fait encore filer pour
Bayonne leurs tableaux et leurs statues ! D'ailleurs
n'est-ce pas déjà, depuis un an, Pompéi par fragments, chaque soir, que ces gens se sauvent dans
les caves, non pas pour en rapporter quelque vieille

bouteille de mouton rothschild ou de saint-émilion,
mais pour cacher avec eux ce qu'ils ont de plus
précieux, comme les prêtres d'Herculanum surpris
par la mort au moment où ils emportaient les vases
sacrés ? C'est toujours l'attachement à l'objet qui
amène la mort du possesseur. Paris, lui, ne fut pas
comme Herculanum fondé par Hercule. Mais que de
ressemblances s'imposent! Et cette lucidité qui nous
est donnée n'est pas que de notre époque, chacune
l'a possédée. Si je pense que nous pouvons avoir
demain le sort des villes du Vésuve, celles-ci sentaient
qu'elles étaient menacées du sort des villes maudites
de la Bible. On a retrouvé sur les murs d'une maison
de Pompéi cette inscription révélatrice : *Sodoma,
Gomora.* » Je ne sais si ce fut ce nom de Sodome et
les idées qu'il éveilla en lui, ou celle du bombardement,
qui firent que M. de Charlus leva un instant les
yeux au ciel, mais il les ramena bientôt sur la terre.
« J'admire tous les héros de cette guerre, dit-il.
Tenez, mon cher, les soldats anglais que j'ai un
peu légèrement considérés au début de la guerre
comme de simples joueurs de football assez présomp-
tueux pour se mesurer avec des professionnels — et
quels professionnels! — hé bien, rien qu'esthétique-
ment ce sont tout simplement des athlètes de la
Grèce, vous entendez bien, de la Grèce, mon cher,
ce sont les jeunes gens de Platon, ou plutôt des Spar-
tiates. J'ai un ami qui est allé à Rouen où ils ont leur
camp, il a vu des merveilles, de pures merveilles dont
on n'a pas idée. Ce n'est plus Rouen, c'est une autre
ville. Évidemment il y a aussi l'ancien Rouen, avec
les saints émaciés de la cathédrale. Bien entendu, c'est
beau aussi, mais c'est autre chose. Et nos poilus! Je ne
peux pas vous dire quelle saveur je trouve à nos
poilus, aux petits Parigots, tenez, comme celui qui
passe là, avec son air dessalé, sa mine éveillée et
drôle. Il m'arrive souvent de les arrêter, de faire un
brin de causette avec eux, quelle finesse, quel bon

sens! et les gars de province, comme ils sont amusants
et gentils avec leur roulement d'*r* et leur jargon
patoiseur! Moi, j'ai toujours beaucoup vécu à la
campagne, couché dans les fermes, je sais leur parler,
mais notre admiration pour les Français ne doit pas
nous faire déprécier nos ennemis, ce serait nous
diminuer nous-mêmes. Et vous ne savez pas quel
soldat est le soldat allemand, vous qui ne l'avez pas
vu comme moi défiler au pas de parade, au pas de
l'oie, *unter den Linden*. » Et revenant à l'idéal de virilité
qu'il m'avait esquissé à Balbec et qui avec le temps
avait pris chez lui une forme plus philosophique,
usant d'ailleurs de raisonnements absurdes, qui par
moments, même quand il venait d'être supérieur,
laissaient voir la trame trop mince du simple homme
du monde, bien qu'homme du monde intelligent :
« Voyez-vous, me dit-il, le superbe gaillard qu'est
le soldat boche est un être fort, sain, ne pensant qu'à
la grandeur de son pays. *Deutschland über alles*, ce qui
n'est pas si bête, tandis que nous — tandis qu'ils se
préparaient virilement — nous nous sommes abîmés
dans le dilettantisme. » Ce mot signifiait probablement
pour M. de Charlus quelque chose d'analogue à la
littérature, car aussitôt, se rappelant sans doute que
j'aimais les lettres et avais eu un moment l'intention
de m'y adonner, il me tapa sur l'épaule (profitant du
geste pour s'y appuyer jusqu'à me faire aussi mal
qu'autrefois, quand je faisais mon service militaire,
le recul contre l'omoplate du « 76 »), il me dit comme
pour adoucir le reproche : « Oui, nous nous sommes
abîmés dans le dilettantisme, nous tous, vous aussi,
rappelez-vous, vous pouvez faire comme moi votre
mea culpa, nous avons été trop dilettantes. » Par
surprise du reproche, manque d'esprit de repartie,
déférence envers son interlocuteur, et attendrisse-
ment pour son amicale bonté, je répondis comme si,
ainsi qu'il m'y invitait, j'avais aussi à me frapper la
poitrine, ce qui était parfaitement stupide, car je

n'avais pas l'ombre de dilettantisme à me reprocher.
« Allons, me dit-il, je vous quitte (le groupe qui
l'avait escorté de loin ayant fini par nous abandonner),
je m'en vais me coucher comme un très vieux monsieur, d'autant plus qu'il paraît que la guerre a changé
toutes nos habitudes, un de ces aphorismes idiots
qu'affectionne Norpois. » Je savais du reste qu'en
rentrant chez lui M. de Charlus ne cessait pas pour
cela d'être au milieu de soldats, car il avait transformé
son hôtel en hôpital militaire, cédant du reste, je le
crois, aux besoins bien moins de son imagination
que de son bon cœur.

Il faisait une nuit transparente et sans un souffle ;
j'imaginais que la Seine coulant entre ses ponts circu-
laires, faits de leur plateau et de son reflet, devait
ressembler au Bosphore. Et, symbole soit de cette
invasion que prédisait le défaitisme de M. de Charlus,
soit de la coopération de nos frères musulmans avec
les armées de la France, la lune étroite et recourbée
comme un sequin semblait mettre le ciel parisien
sous le signe oriental du croissant.

Pourtant, un instant encore, en me disant adieu
il me serra la main à me la broyer, ce qui est une
particularité allemande chez les gens qui sentent
comme le baron, et en continuant pendant quelques
instants à me la malaxer, eût dit Cottard, comme si
M. de Charlus avait voulu rendre à mes articulations
une souplesse qu'elles n'avaient point perdue. Chez
certains aveugles, le toucher supplée dans une certaine
mesure à la vue. Je ne sais trop de quel sens il prenait
la place ici. Il croyait peut-être seulement me serrer la
main, comme il crut sans doute ne faire que voir un
Sénégalais qui passait dans l'ombre et ne daigna pas
s'apercevoir qu'il était admiré. Mais dans ces deux
cas le baron se trompait, il péchait par excès de contact
et de regards. « Est-ce que tout l'Orient de Decamps,
de Fromentin, d'Ingres, de Delacroix n'est pas là
dedans ? me dit-il, encore immobilisé par le passage

du Sénégalais. Vous savez, moi je ne m'intéresse jamais aux choses et aux êtres qu'en peintre, en philosophe. D'ailleurs je suis trop vieux. Mais quel malheur pour compléter le tableau, que l'un de nous deux ne soit pas une odalisque! »

Ce ne fut pas l'Orient de Decamps ni même de Delacroix qui commença de hanter mon imagination quand le baron m'eut quitté, mais le vieil Orient de ces *Mille et une Nuits* que j'avais tant aimées, et me perdant peu à peu dans le lacis de ces rues noires, je pensais au calife Haroun Al Raschid en quête d'aventures dans les quartiers perdus de Bagdad. D'autre part la chaleur du temps et de la marche m'avait donné soif, mais depuis longtemps tous les bars étaient fermés, et à cause de la pénurie d'essence, les rares taxis que je rencontrais, conduits par des Levantins ou des nègres, ne prenaient même pas la peine de répondre à mes signes. Le seul endroit où j'aurais pu me faire servir à boire et reprendre des forces pour rentrer chez moi eût été un hôtel. Mais dans la rue assez éloignée du centre où j'étais parvenu, tous, depuis que sur Paris les gothas lançaient leurs bombes, avaient fermé. Il en était de même de presque toutes les boutiques de commerçants, lesquels, faute d'employés ou eux-mêmes pris de peur, avaient fui à la campagne et laissé sur la porte un avertissement habituel écrit à la main et annonçant leur réouverture pour une époque éloignée, et d'ailleurs problématique. Les autres établissements qui avaient pu survivre encore annonçaient de la même manière qu'ils n'ouvraient que deux fois par semaine. On sentait que la misère, l'abandon, la peur habitaient tout ce quartier. Je n'en fus que plus surpris de voir qu'entre ces maisons délaissées il y en avait une où la vie, au contraire, semblant avoir vaincu l'effroi, la faillite, entretenait l'activité et la richesse. Derrière les volets clos de chaque fenêtre la lumière, tamisée à cause des ordonnances de police, décelait pourtant un insouci complet de l'économie. Et à tout instant la porte s'ouvrait pour laisser entrer ou sortir quelque visiteur nouveau. C'était un hôtel par qui la jalousie de tous les commerçants voisins (à cause de l'argent que ses propriétaires devaient gagner) devait être excitée ; et ma curiosité le fut aussi quand je vis sortir rapidement, à une quinzaine de mètres de moi, c'est-à-dire trop loin pour que dans l'obscurité profonde je pusse le distinguer, un officier.

Quelque chose pourtant me frappa qui n'était pas sa figure, que je ne voyais pas, ni son uniforme, dissimulé dans une grande houppelande, mais la disproportion extraordinaire entre le nombre de points différents par où passa son corps et le petit nombre de secondes pendant lesquelles cette sortie, qui avait l'air de la sortie tentée par un assiégé, s'exécuta. De sorte que je pensai, si je ne le reconnus pas formellement — je ne dirai pas même à la tournure, ni à la sveltesse, ni à l'allure, ni à la vélocité de Saint-Loup — mais à l'espèce d'ubiquité qui lui était si spéciale. Le militaire capable d'occuper en si peu de temps tant de positions différentes dans l'espace avait disparu, sans m'avoir aperçu, dans une rue de traverse, et je restais à me demander si je devais ou non entrer dans cet hôtel dont l'apparence modeste me fit fortement douter que c'était Saint-Loup qui en était sorti. Je me rappelai involontairement que Saint-Loup avait été injustement mêlé à une affaire d'espionnage parce qu'on avait trouvé son nom dans les lettres saisies sur un officier allemand. Pleine justice lui avait d'ailleurs été rendue par l'autorité militaire. Mais malgré moi je rapprochai ce souvenir de ce que je voyais. Cet hôtel servait-il de lieu de rendez-vous à des espions ?

L'officier avait depuis un moment disparu quand je vis entrer de simples soldats de plusieurs armes, ce qui ajouta encore à la force de ma supposition. J'avais d'autre part extrêmement soif. Il était probable

que je pourrais trouver à boire ici, et j'en profitai
pour tâcher d'assouvir, malgré l'inquiétude qui s'y
mêlait, ma curiosité. Je ne pense donc pas que ce fut
la curiosité de cette rencontre qui me décida à monter
le petit escalier de quelques marches au bout duquel
la porte d'une espèce de vestibule était ouverte, sans
doute à cause de la chaleur. Je crus d'abord que cette
curiosité, je ne pourrais la satisfaire, car, de l'escalier
où je restais dans l'ombre, je vis plusieurs personnes
venir demander une chambre, à qui on répondit
qu'il n'y en avait plus une seule. Or elles n'avaient
évidemment contre elles que de ne pas faire partie
du nid d'espionnage, car un simple marin s'étant
présenté un moment après, on se hâta de lui donner
le n° 28. Je pus apercevoir sans être vu dans l'obscurité,
quelques militaires et deux ouvriers qui causaient
tranquillement dans une petite pièce étouffée, préten-
tieusement ornée de portraits en couleurs de femmes
découpées dans des magazines et des revues illustrées.

Ces gens causaient tranquillement, en train d'exposer des idées patriotiques : « Qu'est-ce que tu veux,
on fera comme les camarades », disait l'un. « Ah !
pour sûr que je pense bien ne pas être tué », répondait,
à un vœu que je n'avais pas entendu, un autre qui,
à ce que je compris, repartait le lendemain pour un
poste dangereux. « Par exemple, à vingt-deux ans, en
n'ayant encore fait que six mois, ce serait fort »,
criait-il avec un ton où perçait, encore plus que le
désir de vivre longtemps, la conscience de raisonner
juste, et comme si le fait de n'avoir que vingt-deux ans
devait lui donner plus de chances de ne pas être tué,
et que ce dût être une chose impossible qu'il le fût.
« A Paris, c'est épatant, disait un autre ; on ne dirait
pas qu'il y a la guerre. Et toi, Julot, tu t'engages
toujours ? — Pour sûr que je m'engage, j'ai envie
d'aller y taper un peu dans le tas à tous ces sales
Boches. — Mais Joffre, c'est un homme qui couche
avec les femmes des ministres, c'est pas un homme

qui a fait quelque chose. — C'est malheureux d'entendre des choses pareilles », dit un aviateur un peu plus âgé, et, se tournant vers l'ouvrier qui venait de faire entendre cette proposition : « Je vous conseillerais pas de causer comme ça en première ligne, les poilus vous auraient vite expédié. » La banalité de ces conversations ne me donnait pas grande envie d'en entendre davantage, et j'allais entendre ou redescendre quand je fus tiré de mon indifférence en entendant ces phrases qui me firent frémir : « C'est épatant, le patron qui ne revient pas, dame, à cette heure-ci je ne sais pas trop où il trouvera des chaînes. — Mais puisque l'autre est déjà attaché. — Il est attaché, bien sûr, il est attaché et il ne l'est pas, moi je serais attaché comme ça que je pourrais me détacher. — Mais le cadenas est fermé. — C'est entendu qu'il est fermé, mais ça peut s'ouvrir à la rigueur. Ce qu'il y a, c'est que les chaînes ne sont pas assez longues. Tu vas pas m'expliquer à moi ce que c'est, j'y ai tapé dessus hier pendant toute la nuit que le sang m'en coulait sur les mains. — C'est toi qui taperas ce soir ? — Non, c'est pas moi. C'est Maurice. Mais ça sera moi dimanche, le patron me l'a promis. » Je compris maintenant pourquoi on avait eu besoin des bras solides du marin. Si on avait éloigné de paisibles bourgeois, ce n'était donc pas qu'un nid d'espions que cet hôtel. Un crime atroce allait y être consommé si on n'arrivait pas à temps pour le découvrir et faire arrêter les coupables. Tout cela pourtant, dans cette nuit paisible et menacée, gardait une apparence de rêve, de conte, et c'est à la fois avec une fierté de justicier et une volupté de poète que j'entrai délibérément dans l'hôtel.

Je touchai légèrement mon chapeau et les personnes présentes, sans se déranger, répondirent plus ou moins poliment à mon salut. « Est-ce que vous pourriez me dire à qui il faut m'adresser ? Je voudrais avoir une chambre et qu'on m'y monte à boire. — Attendez une minute, le patron est sorti. — Mais il y a le chef là-haut, insinua un des causeurs. — Mais tu sais bien qu'on ne peut pas le déranger. — Croyez-vous qu'on me donnera une chambre ? — J' crois. — Le 43 doit être libre », dit le jeune homme qui était sûr de ne pas être tué parce qu'il avait vingt-deux ans. Et il se poussa légèrement sur le sofa pour me faire place. « Si on ouvrait un peu la fenêtre, il y a une fumée ici ! » dit l'aviateur ; et en effet chacun avait sa pipe ou sa cigarette. « Oui, mais alors, fermez d'abord les volets, vous savez bien que c'est défendu d'avoir de la lumière à cause des zeppelins. — Il n'en viendra plus de zeppelins. Les journaux ont même fait allusion sur ce qu'ils avaient été tous descendus. — Il n'en viendra plus, il n'en viendra plus, qu'est-ce que tu en sais ? Quand tu auras comme moi quinze mois de front et que tu auras abattu ton cinquième avion boche, tu pourras en causer. Faut pas croire les journaux. Ils sont allés hier sur Compiègne, ils ont tué une mère de famille avec ses deux enfants. — Une mère de famille avec ses deux enfants ! dit avec des yeux ardents et un air de profonde pitié le jeune homme qui espérait bien ne pas être tué et qui avait du reste une figure énergique, ouverte et des plus sympathiques. — On n'a pas de nouvelles du grand Julot. Sa marraine n'a pas reçu de lettre de lui depuis huit jours, et c'est la première fois qu'il reste si longtemps sans lui en donner. — Qui c'est, sa marraine ? — C'est la dame qui tient le chalet de nécessité un peu plus bas que l'Olympia. — Ils couchent ensemble ? — Qu'est-ce que tu dis là ? C'est une femme mariée, tout ce qu'il y a de sérieuse. Elle lui envoie de l'argent toutes les semaines parce qu'elle a bon cœur. Ah ! c'est une chic femme. — Alors tu le connais, le grand Julot ? — Si je le connais ! reprit avec chaleur le jeune homme de vingt-deux ans. C'est un de mes meilleurs amis intimes. Il n'y en a pas beaucoup que j'estime comme lui, et bon camarade, toujours prêt à rendre service, ah! tu parles que ce serait un rude malheur s'il lui était arrivé quelque chose. » Quelqu'un proposa une partie de dés et, à la hâte fébrile avec laquelle le jeune homme de vingt-deux ans retournait les dés et criait les résultats, les yeux hors de la tête, il était aisé de voir qu'il avait un tempérament de joueur. Je ne saisis pas bien ce que quelqu'un lui dit ensuite, mais il s'écria d'un ton de profonde pitié : « Julot, un maquereau! C'est-à-dire qu'il dit qu'il est un maquereau. Mais il n'est pas foutu de l'être. Moi je l'ai vu payer sa femme, oui, la payer. C'est-à-dire que je ne dis pas que Jeanne l'Algérienne ne lui donnait pas quelque chose, mais elle ne lui donnait pas plus de cinq francs, une femme qui était en maison, qui gagnait plus de cinquante francs par jour. Se faire donner que cinq francs! il faut qu'un homme soit trop bête. Et maintenant qu'elle est sur le front, elle a une vie dure, je veux bien, mais elle gagne ce qu'elle veut ; eh bien, elle ne lui envoie rien. Ah! un maquereau, Julot ? Il y en a beaucoup qui pourraient se dire maquereaux à ce compte-là. Non seulement c'est pas un maquereau, mais à mon avis c'est même un imbécile. » Le plus vieux de la bande, et que le patron avait sans doute, à cause de son âge, chargé de lui faire garder une certaine tenue, n'entendit, étant allé un moment jusqu'aux cabinets, que la fin de la conversation. Mais il ne put s'empêcher de me regarder et parut visiblement contrarié de l'effet qu'elle avait dû produire sur moi. Sans s'adresser spécialement au jeune homme de vingt-deux ans qui venait pourtant d'exposer cette théorie de l'amour vénal, il dit, d'une façon générale : « Vous causez trop et trop fort, la fenêtre est ouverte, il y a des gens qui dorment à cette heure-ci. Vous savez bien que si le patron rentrait et vous entendait causer comme ça, il ne serait pas content. »

Précisément en ce moment on entendit la porte
s'ouvrir et tout le monde se tut, croyant que c'était
le patron, mais ce n'était qu'un chauffeur d'auto
étranger auquel tout le monde fit grand accueil.
Mais en voyant une chaîne de montre superbe qui
s'étalait sur la veste du chauffeur, le jeune homme
de vingt-deux ans lui lança un coup d'œil interrogatif
et rieur, suivi d'un froncement de sourcil et d'un
clignement d'œil sévère dirigé de mon côté. Et je
compris que le premier regard voulait dire : « Qu'est-
ce que c'est que ça, tu l'as volée ? Toutes mes félici-
tations. » Et le second : « Ne dis rien à cause de ce
type que nous ne connaissons pas. » Tout d'un coup
le patron entra, chargé de plusieurs mètres de grosses
chaînes de fer capables d'attacher plusieurs forçats,
suant, et dit : « J'en ai une charge, si vous n'étiez pas
si fainéants, je ne devrais pas être obligé d'y aller
moi-même. » Je lui dis que je demandai une chambre.
« Pour quelques heures seulement, je n'ai pas trouvé
de voiture et je suis un peu malade. Mais je voudrais
qu'on me monte à boire. — Pierrot, va à la cave chercher du cassis et dis qu'on mette en état le nº43.
Voilà le 7 qui sonne encore. Ils disent qu'ils sont
malades. Malades, je t'en fiche, c'est des gens à
prendre de la coco, ils ont l'air à moitié piqués, il
faut les foutre dehors. A-t-on mis une paire de drap
au 22 ? Bon ! voilà le 7 qui sonne, cours-y voir. Allons,
Maurice, qu'est-ce que tu fais là ? tu sais bien qu'on
t'attend, monte au 14 *bis*. Et plus vite que ça. »
Et Maurice sortit rapidement, suivant le patron
qui, un peu ennuyé que j'eusse vu ses chaînes,
disparut en les emportant. « Comment que tu viens
si tard ? demanda le jeune homme de vingt-deux ans
au chauffeur. — Comment, si tard, je suis d'une
heure en avance. Mais il fait trop chaud marcher.
J'ai rendez-vous qu'à minuit. — Pour qui donc est-ce
que tu viens ? — Pour Pamela la charmeuse, dit le
chauffeur oriental dont le rire découvrit les belles

dents blanches. — Ah! » dit le jeune homme de vingt-deux ans.

Bientôt on me fit monter dans la chambre 43, mais l'atmosphère était si désagréable et ma curiosité si grande que, mon « cassis » bu, je redescendis l'escalier, puis, pris d'une autre idée, le remontai et, dépassant l'étage de la chambre 43, allai jusqu'en haut. Tout d'un coup, d'une chambre qui était isolée au bout d'un couloir me semblèrent venir des plaintes étouffées. Je marchai vivement dans cette direction et appliquai mon oreille à la porte. « Je vous en supplie, grâce, grâce, pitié, détachez-moi, ne me frappez pas si fort, disait une voix. Je vous baise les pieds, je m'humilie, je ne recommencerai pas. Ayez pitié .— Non, crapule, répondit une autre voix, et puisque tu gueules et que tu te traînes à genoux, on va t'attacher sur le lit, pas de pitié », et j'entendis le bruit du claquement d'un martinet, probablement aiguisé de clous, car il fut suivi de cris de douleur. Alors je m'aperçus qu'il y avait dans cette chambre un œil-de-bœuf latéral dont on avait oublié de tirer le rideau ; cheminant à pas de loup dans l'ombre, je me glissai jusqu'à cet œil-de-bœuf, et là, enchaîné sur un lit comme Prométhée sur son rocher, recevant les coups d'un martinet en effet planté de clous que lui infligeait Maurice, je vis, déjà tout en sang, et couvert d'ecchymoses qui prouvaient que le supplice n'avait pas lieu pour la première fois, je vis devant moi M. de Charlus.

Tout d'un coup la porte s'ouvrit et quelqu'un entra qui heureusement ne me vit pas, c'était Jupien. Il s'approcha du baron avec un air de respect et un sourire d'intelligence : « Hé bien, vous n'avez pas besoin de moi ? » Le baron pria Jupien de faire sortir un moment Maurice. Jupien le mit dehors avec la plus grande désinvolture. « On ne peut pas nous entendre ? » dit le baron à Jupien, qui lui affirma que non. Le baron savait que Jupien, intelligent comme

un homme de lettres, n'avait aucunement l'esprit
pratique, parlait toujours devant les intéressés avec
des sous-entendus qui ne trompaient personne et
des surnoms que tout le monde connaissait.

— Une seconde, interrompit Jupien, qui avait
entendu une sonnette retentir à la chambre nº 3.
C'était un député de l'Action Libérale qui sortait.
Jupien n'avait pas besoin de voir le tableau car il
connaissait son coup de sonnette, le député venant
en effet tous les jours après déjeuner. Il avait été
obligé ce jour-là de changer ses heures, car il avait
marié sa fille à midi à Saint-Pierre de Chaillot. Il était
donc venu le soir, mais tenait à partir de bonne heure
à cause de sa femme, vite inquiète quand il rentrait
tard, surtout par ces temps de bombardement.
Jupien tenait à accompagner sa sortie pour témoigner
de la déférence qu'il portait à la qualité d'honorable,
sans aucun intérêt personnel d'ailleurs. Car bien
que ce député, qui répudiait les exagérations de
l'Action Française (il eût d'ailleurs été incapable de
comprendre une ligne de Charles Maurras ou de
Léon Daudet), fût bien avec les ministres, flattés
d'être invités à ses chasses, Jupien n'aurait pas osé
lui demander le moindre appui dans ses démêlés
avec la police. Il savait que, s'il s'était risqué à
parler de cela au législateur fortuné et froussard,
il n'aurait pas évité la plus inoffensive des « des-
centes », mais eût instantanément perdu le plus généreux de ses clients. Après avoir reconduit jusqu'à la
porte le député, qui avait rabattu son chapeau sur
ses yeux, relevé son col, et, glissant rapidement
comme il faisait dans ses programmes électoraux,
croyait cacher son visage, Jupien remonta près de
M. de Charlus à qui il dit : « C'était M. Eugène. »
Chez Jupien comme dans les maisons de santé, on
n'appelait les gens que par leur prénom tout en
ayant soin d'ajouter à l'oreille, pour satisfaire la
curiosité de l'habitué, ou augmenter le prestige de la

maison, leur nom véritable. Quelquefois cependant Jupien ignorait la personnalité vraie de ses clients, s'imaginait et disait que c'était tel boursier, tel noble, tel artiste, erreurs passagères et charmantes pour ceux qu'on nommait à tort, et finissait par se résigner à ignorer toujours qui était M. Victor. Jupien avait ainsi l'habitude, pour plaire au baron, de faire l'inverse de ce qui est de mise dans certaines réunions. « Je vais vous présenter M. Lebrun » (à l'oreille : « Il se fait appeler M. Lebrun mais en réalité c'est le grand-duc de Russie »). Inversement, Jupien sentait que ce n'était pas encore assez de présenter à M. de Charlus un garçon laitier. Il lui murmurait en clignant de l'œil : « Il est garçon laitier, mais au fond c'est surtout un des plus dangereux apaches de Belleville » (il fallait voir le ton grivois dont Jupien disait « apache »). Et comme si ces références ne suffisaient pas, il tâchait d'ajouter quelques « citations ». « Il a été condamné plusieurs fois pour vol et cambriolage de villas, il a été à Fresnes pour s'être battu (même air grivois) avec des passants qu'il a à moitié estropiés et il a été au bat' d'Af. Il a tué son sergent. »

Le baron en voulait même légèrement à Jupien, car il savait que dans cette maison qu'il avait chargé son factotum d'acheter pour lui et de faire gérer par un sous-ordre, tout le Monde, par les maladresses de l'oncle de Mlle d'Oloron, connaissait plus ou moins sa personnalité et son nom (beaucoup seulement croyaient que c'était un surnom et, le prononçant mal, l'avaient déformé, de sorte que la sauvegarde du baron avait été leur propre bêtise et non la discrétion de Jupien). Mais il trouvait plus simple de se laisser rassurer par ses assurances, et tranquillisé de savoir qu'on ne pouvait les entendre, le baron lui dit : « Je ne voulais pas parler devant ce petit, qui est très gentil et fait de son mieux. Mais je ne le trouve pas assez brutal. Sa figure me plaît, mais il m'appelle crapule comme si c'était une leçon apprise. — Oh! non, personne

ne lui a rien dit, répondit Jupien sans s'apercevoir de
l'invraisemblance de cette assertion. Il a du reste été
compromis dans le meurtre d'une concierge de la
Villette. — Ah! cela c'est assez intéressant, dit avec
un sourire le baron. — Mais j'ai justement là le
tueur de bœufs, l'homme des abattoirs qui lui res-
semble ; il a passé par hasard. Voulez-vous en essayer ?
— Ah oui, volontiers. » Je vis entrer l'homme des
abattoirs, il ressemblait en effet un peu à « Maurice »,
mais, chose plus curieuse, tous deux avaient quelque
chose d'un type, que personnellement je n'avais
jamais dégagé, mais que je me rendis très bien
compte exister dans la figure de Morel, avaient une
certaine ressemblance sinon avec Morel tel que je
l'avais vu, au moins avec un certain visage que des
yeux voyant Morel autrement que moi, avaient pu
composer avec ses traits. Dès que je me fus fait
intérieurement, avec des traits empruntés à mes
souvenirs de Morel, cette maquette de ce qu'il
pouvait représenter à un autre, je me rendis compte
que ces deux jeunes gens, dont l'un était un garçon
bijoutier et l'autre un employé d'hôtel, étaient de
vagues succédanés de Morel. Fallait-il en conclure
que M. de Charlus, au moins en une certaine forme
de ses amours, était toujours fidèle à un même type
et que le désir qui lui avait fait choisir l'un après
l'autre ces deux jeunes gens était le même qui lui
avait fait arrêter Morel sur le quai de la gare de Doncières ; que tous trois ressemblaient un peu à l'éphèbe
dont la forme, intaillée dans le saphir qu'étaient les
yeux de M. de Charlus, donnait à son regard ce
quelque chose de si particulier qui m'avait effrayé
le premier jour à Balbec ? Ou que, son amour pour
Morel ayant modifié le type qu'il cherchait, pour se
consoler de son absence il cherchait des hommes qui
lui ressemblassent ? Une supposition que je fis aussi
fut que peut-être il n'avait jamais existé entre Morel
et lui, malgré les apparences, que des relations

d'amitié, et que M. de Charlus faisait venir chez
Jupien des jeunes gens qui ressemblassent assez à
Morel pour qu'il pût avoir auprès d'eux l'illusion
de prendre du plaisir avec lui. Il est vrai qu'en
songeant à tout ce que M. de Charlus a fait pour
Morel, cette supposition eût semblé peu probable
si l'on ne savait que l'amour nous pousse non seulement aux plus grands sacrifices pour l'être que
nous aimons, mais parfois jusqu'au sacrifice de
notre désir lui-même, qui d'ailleurs est d'autant
moins facilement exaucé que l'être que nous aimons
sent que nous aimons davantage. Ce qui enlève aussi
à une telle supposition l'invraisemblance qu'elle
semble avoir au premier abord (bien qu'elle ne
corresponde sans doute pas à la réalité) est dans
le tempérament nerveux, dans le caractère profondément passionné de M. de Charlus, pareil en cela
à celui de Saint-Loup, et qui avait pu jouer au début
de ses relations avec Morel le même rôle, en plus
décent, et négatif, qu'au début des relations de son
neveu avec Rachel. Les relations avec une femme
qu'on aime (et cela peut s'étendre à l'amour pour un
jeune homme) peuvent rester platoniques pour une
autre raison que la vertu de la femme ou que la
nature peu sensuelle de l'amour qu'elle inspire.
Cette raison peut être que l'amoureux, trop im-
patient par l'excès même de son amour, ne sait
pas attendre avec une feinte suffisante d'indifférence le moment où il obtiendra ce qu'il désire.
Tout le temps il revient à la charge, il ne cesse
d'écrire à celle qu'il aime, il cherche tout le temps
à la voir, elle le lui refuse, il est désespéré. Dès lors
elle a compris que si elle lui accorde sa compagnie,
son amitié, ces biens paraîtront déjà tellement
considérables à celui qui a cru en être privé, qu'elle
peut se dispenser de donner davantage, et profiter
d'un moment où il ne peut plus supporter de ne pas
la voir, où il veut à tout prix terminer la guerre, en

lui imposant une paix qui aura pour première condition le platonisme des relations. D'ailleurs, pendant tout le temps qui a précédé ce traité, l'amoureux tout le temps anxieux, sans cesse à l'affût d'une lettre, d'un regard, a cessé de penser à la possession physique dont le désir l'avait tourmenté d'abord, mais qui s'est usé dans l'attente et a fait place à des besoins d'un autre ordre, plus douloureux d'ailleurs s'ils ne sont pas satisfaits. Alors le plaisir qu'on avait le premier jour espéré des caresses, on le reçoit plus tard, tout dénaturé, sous la forme de paroles amicales, de promesses de présence qui, après les effets de l'incertitude, quelquefois simplement après un regard embrumé de tous les brouillards de la froideur et qui recule si loin la personne qu'on croit qu'on ne la reverra jamais, amènent de délicieuses détentes. Les femmes devinent tout cela et savent qu'elles peuvent s'offrir le luxe de ne se donner jamais à ceux dont elles sentent, s'ils ont été trop nerveux pour le leur cacher les premiers jours, l'inguérissable désir qu'ils ont d'elles. La femme est trop heureuse que, sans rien donner, elle reçoive beaucoup plus qu'elle n'a l'habitude quand elle se donne. Les grands nerveux croient ainsi à la vertu de leur idole. Et l'auréole qu'ils mettent autour d'elle est ainsi un produit, mais comme on voit fort indirect, de leur excessif amour. Il existe alors chez la femme ce qui existe à l'état inconscient chez les médicaments à leur insu rusés, comme sont les soporifiques, la morphine. Ce n'est pas à ceux à qui ils donnent le plaisir du sommeil ou un véritable bien-être qu'ils sont absolument nécessaires ; ce n'est pas par ceux-là qu'ils seraient achetés à prix d'or, échangés contre tout ce que le malade possède, c'est par ces autres malades (d'ailleurs peut-être les mêmes, mais, à quelques années de distance, devenus autres) que le médicament ne fait pas dormir, à qui il ne cause aucune volupté, mais qui, tant qu'ils ne l'ont pas,

sont en proie à une agitation qu'ils veulent faire
cesser à tout prix, fût-ce en se donnant la mort.

Pour M. de Charlus, dont le cas, en somme, avec
cette légère différenciation due à la similitude du sexe,
rentre dans les lois générales de l'amour, il avait beau
appartenir à une famille plus ancienne que les Capé-
tiens, être riche, être vainement recherché par une
société élégante, et Morel n'être rien, il aurait eu beau
dire à Morel, comme il m'avait dit à moi-même : « Je
suis prince, je veux votre bien », encore était-ce Morel
qui avait le dessus s'il ne voulait pas se rendre. Et
pour qu'il ne le voulût pas, il suffisait peut-être qu'il
se sentît aimé. L'horreur que les grands ont pour
les snobs qui veulent à toute force se lier avec eux,
l'homme viril l'a pour l'inverti, la femme pour tout
homme trop amoureux. M. de Charlus non seulement
avait tous les avantages, mais en eût proposé d'immenses à Morel. Mais il est possible que tout cela
se fût brisé contre une volonté. Il en eût été dans ce
cas de M. de Charlus comme de ces Allemands,
auxquels il appartenait du reste par ses origines, et
qui, dans la guerre qui se déroulait à ce moment,
étaient bien, comme le baron le répétait un peu
trop volontiers, vainqueurs sur tous les fronts. Mais
à quoi leur servait leur victoire, puisque, après
chacune, ils trouvaient les Alliés plus résolus à leur
refuser la seule chose qu'eux, les Allemands, eussent
souhaité d'obtenir, la paix et la réconciliation ? Ainsi
Napoléon entrait en Russie et demandait magnani-
mement aux autorités de venir vers lui. Mais personne ne se présentait.

Je descendis et rentrai dans la petite antichambre
où Maurice, incertain si on le rappellerait et à qui
Jupien avait à tout hasard dit d'attendre, était en
train de faire une partie de cartes avec un de ses
camarades. On était très agité d'une croix de guerre
qui avait été trouvée par terre, et on ne savait pas
qui l'avait perdue, à qui la renvoyer pour éviter

au titulaire une punition. Puis on parla de la bonté
d'un officier qui s'était fait tuer pour tâcher de sauver
son ordonnance. « Il y a tout de même du bon monde
chez les riches. Moi je me ferais tuer avec plaisir
pour un type comme ça », dit Maurice, qui évidemment n'accomplissait ses terribles fustigations sur
la baron que par une habitude mécanique, les effets
d'une éducation négligée, le besoin d'argent et un
certain penchant à le gagner d'une façon qui était
censée donner moins de mal que le travail et en
donnait peut-être davantage. Mais, ainsi que l'avait
craint M. de Charlus, c'était peut-être un très bon
cœur et c'était, paraît-il, un garçon d'une admirable
bravoure. Il avait presque les larmes aux yeux en
parlant de la mort de cet officier, et le jeune homme
de vingt-deux ans n'était pas moins ému. « Ah ! oui,
ce sont de chic types. Des malheureux comme nous
encore, ça n'a pas grand'chose à perdre, mais un
monsieur qui a des tas de larbins, qui peut aller
prendre son apéro tous les jours à six heures, c'est
vraiment chouette ! On peut charrier tant qu'on veut,
mais quand on voit des types comme ça mourir, ça
fait vraiment quelque chose. Le bon Dieu ne devrait
pas permettre que des riches comme ça, ça meure ;
d'abord ils sont trop utiles à l'ouvrier. Rien qu'à
cause d'une mort comme ça, faudra tuer tous les
Boches jusqu'au dernier. Et ce qu'ils ont fait à
Louvain, et couper des poignets de petits enfants !
Non, je ne sais pas moi, je ne suis pas meilleur qu'un
autre, mais je me laisserais envoyer des pruneaux
dans la gueule plutôt que d'obéir à des barbares
comme ça ; car c'est pas des hommes, c'est des
vrais barbares, tu ne me diras pas le contraire. »
Tous ces garçons étaient en somme patriotes. Un
seul, légèrement blessé au bras, ne fut pas à la hauteur
des autres, car il dit, comme il devait bientôt repartir : « Dame, ça n'a pas été la bonne blessure » (celle
qui fait réformer), comme Mme Swann disait jadis :

« J'ai trouvé le moyen d'attraper la fâcheuse influenza. »

La porte se rouvrit sur le chauffeur qui était allé un instant prendre l'air. « Comment, c'est déjà fini ? ça n'a pas été long, dit-il en apercevant Maurice qu'il croyait en train de frapper celui qu'on avait surnommé, par allusion à un journal qui paraissait à cette époque : " l'Homme enchaîné ". — Ce n'est pas long pour toi qui es allé prendre l'air, répondit Maurice froissé qu'on vît qu'il avait déplu là-haut. Mais si tu étais obligé de taper à tour de bras comme moi par cette chaleur ! Si c'était pas les cinquante francs qu'il donne... — Et puis, c'est un homme qui cause bien ; on sent qu'il a de l'instruction. Dit-il que ce sera bientôt fini ? — Il dit qu'on ne pourra pas les avoir, que ça finira sans que personne ait le dessus. — Bon sang de bon sang, mais c'est donc un Boche... — Je vous ai déjà dit que vous causiez trop haut, dit le plus vieux aux autres en m'apercevant. Vous avez fini avec la chambre ? — Ah ! ta gueule, tu n'es pas le maître ici. — Oui, j'ai fini, et je venais pour payer. — Il vaut mieux que vous payiez au patron. Maurice, va donc le chercher. — Mais je ne veux pas vous déranger. — Ça ne me dérange pas. » Maurice monta et revint en me disant : « Le patron descend. » Je lui donnai deux francs pour son dérangement. Il rougit de plaisir. « Ah ! merci bien. Je les enverrai à mon frère qui est prisonnier. Non, il n'est pas malheureux. Ça dépend beaucoup des camps. »

Pendant ce temps, deux clients très élégants, en habit et cravate blanche sous leurs pardessus — deux Russes, me sembla-t-il à leur très léger accent — se tenaient sur le seuil et délibéraient s'ils devaient entrer. C'était visiblement la première fois qu'ils venaient là, on avait dû leur indiquer l'endroit, et ils semblaient partagés entre le désir, la tentation et une extrême frousse. L'un des deux — un beau jeune homme — répétait toutes les deux minutes à l'autre avec un sourire mi-interrogateur, mi-destiné

à persuader : « Quoi! Après tout on s'en fiche ? »
Mais il avait beau vouloir dire par là qu'après tout
on se fichait des conséquences, il est probable qu'il
ne s'en fichait pas tant que cela, car cette parole
n'était suivie d'aucun mouvement pour entrer, mais
d'un nouveau regard vers l'autre, suivi du même sourire et du même *après tout on s'en fiche*. C'était, ce
après tout on s'en fiche, un exemplaire entre mille de
ce magnifique langage, si différent de celui que nous
parlons d'habitude, et où l'émotion fait dévier ce
que nous voulions dire et épanouir à la place une
phrase tout autre, émergée d'un lac inconnu où
vivent ces expressions sans rapport avec la pensée
et qui par cela même la révèlent. Je me souviens
qu'une fois Albertine, comme Françoise, que nous
n'avions pas entendue, entrait au moment où mon
amie était toute nue contre moi, dit malgré elle,
voulant me prévenir : « Tiens, voilà la belle Françoise. » Françoise, qui n'y voyait plus très clair et
ne faisait que traverser la pièce assez loin de nous,
ne se fût sans doute aperçue de rien. Mais les mots
si anormaux de « belle Françoise », qu'Albertine
n'avait jamais prononcés de sa vie, montrèrent d'eux-
mêmes leur origine ; elle les sentit cueillis au hasard
par l'émotion, n'eut pas besoin de regarder rien
pour comprendre tout, et s'en alla en murmurant
dans son patois le mot de « poutana ». Une autre fois,
bien plus tard, quand Bloch devenu père de famille
eut marié une de ses filles à un catholique, un monsieur mal élevé dit à celle-ci qu'il croyait avoir
entendu dire qu'elle était fille d'un juif et lui en
demanda le nom. La jeune femme, qui avait été
Mlle Bloch depuis sa naissance, répondit, en prononçant à l'allemande comme eût fait le duc de Guermantes, « Bloch » (en prononçant le *ch* non pas
comme un *c* ou un *k* mais avec le *ch* germanique).

Le patron, pour en revenir à la scène de l'hôtel
(dans lequel les deux Russes s'étaient décidés à

pénétrer : « après tout on s'en fiche »), n'était pas
encore venu que Jupien entra se plaindre qu'on
parlait trop fort et que les voisins se plaindraient.
Mais il s'arrêta stupéfait en m'apercevant. « Allez-
vous-en tous sur le carré. » Déjà tous se levaient
quand je lui dis : « Il serait plus simple que ces
jeunes gens restent là et que j'aille avec vous un
instant dehors. » Il me suivit, fort troublé. Je lui
expliquai pourquoi j'étais venu. On entendait des
clients qui demandaient au patron s'il ne pouvait pas
leur faire connaître un valet de pied, un enfant
de chœur, un chauffeur nègre. Toutes les professions
intéressaient ces vieux fous, dans la troupe toutes
les armes, et les alliés de toutes nations. Quelques-
uns réclamaient surtout des Canadiens, subissant
peut-être à leur insu le charme d'un accent si léger
qu'on ne sait pas si c'est celui de la vieille France ou
de l'Angleterre. A cause de leur jupon et parce que
certains rêves lacustres s'associent souvent à de tels
désirs, les Écossais faisaient prime. Et, comme
toute folie reçoit des circonstances des traits particuliers, sinon même une aggravation, un vieillard
dont toutes les curiosités avaient sans doute été
assouvies demandait avec insistance si on ne pourrait
pas lui faire faire la connaissance d'un mutilé. On
entendit des pas lents dans l'escalier. Par une indiscrétion qui était dans sa nature, Jupien ne put se
retenir de me dire que c'était le baron qui descendait,
qu'il ne fallait à aucun prix qu'il me vît, mais que si
je voulais entrer dans la chambre contiguë au vestibule où étaient les jeunes gens, il allait ouvrir le
vasistas, truc qu'il avait inventé pour que le baron
pût voir et entendre sans être vu, et qu'il allait, me
disait-il, retourner en ma faveur contre lui. « Seulement, ne bougez pas. » Et après m'avoir poussé
dans le noir, il me quitta. D'ailleurs il n'avait pas
d'autre chambre à me donner, son hôtel, malgré la
guerre, étant plein. Celle que je venais de quitter

avait été prise par le vicomte de Courvoisier qui,
ayant pu quitter la Croix-Rouge de xxx pour deux
jours, était venu se délasser une heure à Paris avant
d'aller retrouver au château de Courvoisier la vicomtesse, à qui il dirait n'avoir pas pu prendre le bon
train. Il ne se doutait guère que M. de Charlus était
à quelques mètres de lui, et celui-ci ne s'en doutait
pas davantage, n'ayant jamais rencontré son cousin
chez Jupien, lequel ignorait la personnalité soigneuse-
ment dissimulée du vicomte.

Bientôt en effet le baron entra, marchant assez
difficilement à cause des blessures, dont il devait
sans doute pourtant avoir l'habitude. Bien que son
plaisir fût fini et qu'il n'entrât d'ailleurs que pour
donner à Maurice l'argent qu'il lui devait, il dirigeait
en cercle sur tous ces jeunes gens réunis un regard
tendre et curieux et comptait bien avoir avec chacun
le plaisir d'un bonjour tout platonique mais amoureu-
sement prolongé. Je lui retrouvai de nouveau, dans
toute la sémillante frivolité dont il fit preuve devant
ce harem qui semblait presque l'intimider, ces
hochements de taille et de tête, ces affinements du
regard qui m'avaient frappé le soir de sa première
entrée à la Raspelière, grâces héritées de quelque
grand'mère que je n'avais pas connue, et que dissimulaient dans l'ordinaire de la vie sur sa figure des
expressions plus viriles, mais qu'y épanouissait
coquettement, dans certaines circonstances où il tenait à plaire à un milieu inférieur, le désir de paraître grande dame.

Jupien les avait recommandés à la bienveillance
du baron en lui jurant que c'étaient tous des « bar-
beaux » de Belleville et qu'ils marcheraient avec leur
propre sœur pour un louis. Au reste Jupien mentait
et disait vrai à la fois. Meilleurs, plus sensibles qu'il
ne disait au baron, ils n'appartenaient pas à une race
sauvage. Mais ceux qui les croyaient tels leur parlaient néanmoins avec la plus entière bonne foi,

comme si ces terribles eussent dû avoir la même. Un
sadique a beau se croire avec un assassin, son âme
pure, à lui sadique, n'est pas changée pour cela,
et il reste stupéfait devant le mensonge de ces gens,
pas assassins du tout, mais qui désirent gagner
facilement une « thune », et dont le père ou la mère
ou la sœur ressuscitent et remeurent tour à tour,
parce qu'ils se coupent dans la conversation qu'ils
ont avec le client à qui ils cherchent à plaire. Le
client est stupéfié, dans sa naïveté, car, avec son
arbitraire conception du gigolo, ravi des nombreux
assassinats dont il le croit coupable, il s'effare d'une
contradiction et d'un mensonge qu'il surprend
dans ses paroles.

Tous semblaient le connaître, et M. de Charlus
s'arrêtait longuement à chacun, leur parlant ce qu'il
croyait leur langage, à la fois par une affectation
prétentieuse de couleur locale et aussi par un plaisir
sadique de se mêler à une vie crapuleuse. « Toi,
c'est dégoûtant, je t'ai aperçu devant l'Olympia
avec deux cartons. C'est pour te faire donner du pèze.
Voilà comme tu me trompes. » Heureusement pour
celui à qui s'adressait cette phrase, il n'eut pas le
temps de déclarer qu'il n'eût jamais accepté de
« pèze » d'une femme, ce qui eût diminué l'excitation
de M. de Charlus, et réserva sa protestation pour la
fin de la phrase en disant : « Oh! non, je ne vous
trompe pas. » Cette parole causa à M. de Charlus
un vif plaisir, et comme, malgré lui, le genre d'intelligence qui était naturellement le sien ressortait d'à
travers celui qu'il affectait il se retourna vers Jupien :
« Il est gentil de me dire ça. Et comme il le dit bien!
On dirait que c'est la vérité. Après tout, qu'est-ce
que ça fait que ce soit la vérité ou non puisqu'il arrive
à me le faire croire ? Quels jolis petits yeux il a! Tiens,
je vais te donner deux gros baisers pour la peine,
mon petit gars. Tu penseras à moi dans les tranchées.
C'est pas trop dur ? — Ah! dame, il y a des jours,

quand une grenade passe à côté de vous... » Et le
jeune homme se mit à faire des imitations du bruit de
la grenade, des avions, etc. « Mais il faut bien faire
comme les autres, et vous pouvez être sûr et certain
qu'on ira jusqu'au bout. — Jusqu'au bout ! Si on
savait seulement jusqu'à quel bout ! dit mélancolique-
ment le baron qui était " pessimiste ". — Vous n'avez
pas vu que Sarah Bernhardt l'a dit sur les journaux :
" La France, elle ira jusqu'au bout. Les Français,
ils se feront plutôt tuer jusqu'au dernier. " — Je
ne doute pas un seul instant que les Français ne
se fassent bravement tuer jusqu'au dernier », dit
M. de Charlus comme si c'était la chose la plus simple
du monde et bien qu'il n'eût lui-même l'intention
de faire quoi que ce soit, mais pensant par là corriger
l'impression de pacifisme qu'il donnait quand il
s'oubliait. « Je n'en doute pas, mais je me demande
jusqu'à quel point *madame* Sarah Bernhardt est
qualifiée pour parler au nom de la France... Mais il
me semble que je ne connais pas ce charmant, ce
délicieux jeune homme », ajouta-t-il en avisant un
autre qu'il ne reconnaissait pas ou qu'il n'avait
peut-être jamais vu. Il le salua comme il eût salué
un prince à Versailles, et pour profiter de l'occasion
d'avoir en supplément un plaisir gratis — comme,
quand j'étais petit et que ma mère venait de faire une
commande chez Boissier ou chez Gouache, je prenais,
sur l'offre d'une des dames du comptoir, un bonbon
extrait d'un des vases de verre entre lesquels elles
trônaient —, prenant la main du charmant jeune
homme et la lui serrant longuement, à la prussienne,
le fixant des yeux en souriant pendant le temps
interminable que mettaient autrefois à vous faire
poser les photographes quand la lumière était mauvaise : « Monsieur, je suis charmé, je suis enchanté
de faire votre connaissance. » « Il a de jolis cheveux »,
dit-il en se tournant vers Jupien. Il s'approcha ensuite
de Maurice pour lui remettre ses cinquante francs,

mais le prenant d'abord par la taille : « Tu ne m'avais jamais dit que tu avais suriné une pipelette de Belleville. » Et M. de Charlus râlait d'extase et approchait sa figure de celle de Maurice : « Oh ! Monsieur le Baron, dit le gigolo, qu'on avait oublié de prévenir, pouvez-vous croire une chose pareille ? » Soit qu'en effet le fait fût faux, ou que, vrai, son auteur le trouvât pourtant abominable et de ceux qu'il convient de nier : « Moi toucher à mon semblable ? A un Boche, oui, parce que c'est la guerre, mais à une femme, et à une vieille femme encore ! » Cette déclaration de principes vertueux fit l'effet d'une douche d'eau froide sur le baron qui s'éloigna sèchement de Maurice, en lui remettant toutefois son argent, mais de l'air dépité de quelqu'un qu'on a floué, qui ne veut pas faire d'histoires, qui paye, mais n'est pas content. La mauvaise impression du baron fut d'ailleurs accrue par la façon dont le bénéficiaire le remercia, car il dit : « Je vais envoyer ça à mes vieux et j'en garderai aussi un peu pour mon frangin qui est sur le front. » Ces sentiments touchants désappointèrent presque autant M. de Charlus que l'agaça leur expression, d'une paysannerie un peu conventionnelle. Jupien parfois les prévenait qu'il fallait être plus pervers. Alors l'un, de l'air de confesser quelque chose de satanique, aventurait : « Dites donc, baron, vous n'allez pas me croire, mais quand j'étais gosse, je regardais par le trou de la serrure mes parents s'embrasser. C'est vicieux, pas ? Vous avez l'air de croire que c'est un bourrage de crâne, mais non, je vous jure, tel que je vous le dis. » Et M. de Charlus était à la fois désespéré et exaspéré par cet effort factice vers la perversité qui n'aboutissait qu'à révéler tant de sottise et tant d'innocence. Et même le voleur, l'assassin le plus déterminés ne l'eussent pas contenté, car ils ne parlent pas de leur crime ; et il y a d'ailleurs chez le sadique — si bon qu'il puisse être, bien plus, d'autant meilleur qu'il est — une soif de mal que les méchants agissant dans d'autres buts ne peuvent contenter.

Le jeune homme eut beau, comprenant trop tard son erreur, dire qu'il ne blairait pas les flics et pousser l'audace jusqu'à dire au baron : « Fous-moi un rencart » (un rendez-vous), le charme était dissipé. On sentait le chiqué, comme dans les livres des auteurs qui s'efforcent pour parler argot. C'est en vain que le jeune homme détailla toutes les « saloperies » qu'il faisait avec sa femme ; M. de Charlus fut seulement frappé combien ces saloperies se bornaient à peu de chose. Au reste, ce n'était pas seulement par insincérité. Rien n'est plus limité que le plaisir et le vice. On peut vraiment, dans ce sens-là, en changeant le sens de l'expression, dire qu'on tourne toujours dans le même cercle vicieux.

Si on croyait M. de Charlus prince, en revanche on regrettait beaucoup, dans l'établissement, la mort de quelqu'un dont les gigolos disaient : « Je ne sais pas son nom, il paraît que c'est un baron » et qui n'était autre que le prince de Foix (le père de l'ami de Saint-Loup). Passant chez sa femme pour vivre beaucoup au cercle, en réalité il passait des heures chez Jupien à bavarder, à raconter des histoires du monde devant des voyous. C'était un grand bel homme comme son fils. Il est extraordinaire que M. de Charlus, sans doute parce qu'il l'avait toujours connu dans le monde, ignorât qu'il partageait ses goûts. On allait même jusqu'à dire qu'il les avait autrefois portés jusque sur son propre fils, encore collégien (l'ami de Saint-Loup), ce qui était probablement faux. Au contraire, très renseigné sur des mœurs que beaucoup ignorent, il veillait beaucoup aux fréquentations de son fils. Un jour qu'un homme, d'ailleurs de basse extraction, avait suivi le jeune prince de Foix jusqu'à l'hôtel de son père, où il avait jeté un billet par la fenêtre, le père l'avait ramassé. Mais le suiveur, bien qu'il ne fût pas,

aristocratiquement, du même monde que M. de Foix
le père, l'était à un autre point de vue. Il n'eut pas
de peine à trouver dans de communs complices
un intermédiaire qui fit taire M. de Foix en lui prou-
vant que c'était le jeune homme qui avait provoqué
lui-même cette audace d'un homme âgé. Et c'était
possible. Car le prince de Foix avait pu réussir à
préserver son fils des mauvaises fréquentations
au dehors mais non de l'hérédité. Au reste le jeune
prince de Foix resta, comme son père, ignoré à ce
point de vue des gens de son monde, bien qu'il
allât plus loin que personne avec ceux d'un autre.

— Comme il est simple! jamais on ne dirait un
baron, dirent quelques habitués quand M. de Charlus
fut sorti, reconduit jusqu'en bas par Jupien, auquel
le baron ne laissa pas de se plaindre de la vertu du
jeune homme. A l'air mécontent de Jupien, qui
avait dû styler le jeune homme d'avance, on sentit
que le faux assassin recevrait tout à l'heure un fameux
savon de Jupien. « C'est tout le contraire de ce que
tu m'as dit, ajouta le baron pour que Jupien profitât
de la leçon pour une autre fois. Il a l'air d'une bonne
nature, il exprime des sentiments de respect pour
sa famille. — Il n'est pourtant pas bien avec son
père, objecta Jupien, ils habitent ensemble, mais
ils servent chacun dans un bar différent. » C'était
évidemment faible comme crime auprès de l'assassinat,
mais Jupien se trouvait pris au dépourvu. Le baron
n'ajouta rien, car, s'il voulait qu'on préparât ses
plaisirs, il voulait se donner à lui-même l'illusion
que ceux-ci n'étaient pas préparés. « C'est un vrai
bandit, il vous a dit cela pour vous tromper, vous
êtes trop naïf », ajouta Jupien pour se disculper, et
ne faisant que froisser l'amour-propre de M. de
Charlus.

— Il paraît qu'il a un million à manger par jour,
dit le jeune homme de vingt-deux ans, auquel
l'assertion qu'il émettait ne semblait pas invraisem-

blable. On entendit bientôt le roulement de la voiture
qui était venue chercher M. de Charlus. A ce moment
j'aperçus entrer avec une démarche lente, à côté d'un
militaire qui évidemment sortait avec elle d'une
chambre voisine, une personne qui me parut une
dame assez âgée, en jupe noire. Je reconnus bientôt
mon erreur, c'était un prêtre. C'était cette chose si
rare, et en France absolument exceptionnelle, qu'est
un mauvais prêtre. Évidemment le militaire était en
train de railler son compagnon au sujet du peu de
conformité que sa conduite offrait avec son habit,
car celui-ci d'un air grave, et levant vers son visage
hideux un doigt de docteur en théologie, dit senten-
cieusement : « Que voulez-vous, je ne suis pas
(j'attendais « un saint ») une ange. » D'ailleurs il n'avait
plus qu'à s'en aller et prit congé de Jupien qui,
ayant accompagné le baron, venait de remonter,
mais par étourderie le mauvais prêtre oublia de
payer sa chambre. Jupien, que son esprit n'abandon-
nait jamais, agita le tronc dans lequel il mettait la
contribution de chaque client, et le fit sonner en
disant : « Pour les frais du culte, Monsieur l'abbé! »
Le vilain personnage s'excusa, donna sa pièce et
disparut.

Jupien vint me chercher dans l'antre obscur où
je n'osais faire un mouvement. « Entrez un moment
dans le vestibule où mes jeunes gens font banquette,
pendant que je monte fermer la chambre ; puisque
vous êtes locataire, c'est tout naturel. » Le patron
y était, je le payai. A ce moment un jeune homme
en smoking entra et demanda d'un air d'autorité
au patron : « Pourrai-je avoir Léon demain matin
à onze heures moins le quart au lieu de onze heures,
parce que je déjeune en ville ? — Cela dépend,
répondit le patron, du temps que le gardera l'abbé. »
Cette réponse ne parut pas satisfaire le jeune homme
en smoking, qui semblait déjà prêt à invectiver
contre l'abbé, mais sa colère prit un autre cours

quand il m'aperçut ; marchant droit au patron :
« Qui est-ce ? Qu'est-ce que ça signifie ? » murmura-
t-il d'une voix basse mais courroucée. Le patron, très
ennuyé, expliqua que ma présence n'avait aucune
importance, que j'étais un locataire. Le jeune homme
en smoking ne parut nullement apaisé par cette
explication. Il ne cessait de répéter : « C'est excessivement désagréable, ce sont des choses qui ne devraient
pas arriver, vous savez que je déteste ça, et vous
ferez si bien que je ne remettrai plus les pieds ici. »
L'exécution de cette menace ne parut pas cependant
imminente, car il partit furieux, mais en recommandant
que Léon tâchât d'être libre à onze heures moins
le quart, dix heures et demie si possible. Jupien
revint me chercher et descendit avec moi jusque dans
la rue.

— Je ne voudrais pas que vous me jugiez mal,
me dit-il, cette maison ne me rapporte pas autant
d'argent que vous croyez, je suis forcé d'avoir des
locataires honnêtes, il est vrai qu'avec eux seuls on
ne ferait que manger de l'argent. Ici c'est le contraire
des Carmels, c'est grâce au vice que vit la vertu. Non,
si j'ai pris cette maison, ou plutôt si je l'ai fait prendre
au gérant que vous avez vu, c'est uniquement pour
rendre service au baron et distraire ses vieux jours.
Jupien ne voulait pas parler que de scènes de sadisme
comme celles auxquelles j'avais assisté et de l'exercice
même du vice du baron. Celui-ci, même pour la
conversation, pour lui tenir compagnie, pour jouer
aux cartes, ne se plaisait plus qu'avec des gens du
peuple qui l'exploitaient. Sans doute le snobisme
de la canaille peut se comprendre aussi bien que
l'autre. Ils avaient d'ailleurs été longtemps unis,
alternant l'un avec l'autre, chez M. de Charlus qui
ne trouvait personne d'assez élégant pour ses relations
mondaines, ni de frisant assez l'apache pour les
autres. « Je déteste le genre moyen, disait-il, la
comédie bourgeoise est guindée, il me faut ou les

princesses de la tragédie classique ou la grosse farce.
Pas de milieu, *Phèdre* ou *les Saltimbanques*. » Mais
enfin l'équilibre entre ces deux snobismes avait été
rompu. Peut-être fatigue de vieillard, ou extension
de la sensualité aux relations les plus banales, le
baron ne vivait plus qu'avec des « inférieurs », prenant ainsi sans le vouloir la succession de tel de ses
grands ancêtres, le duc de La Rochefoucauld, le
prince d'Harcourt, le duc de Berry, que Saint-Simon
nous montre passant leur vie avec leurs laquais, qui
tiraient d'eux des sommes énormes, partageant
leurs jeux, au point qu'on était gêné pour ces grands
seigneurs, quand il fallait les aller voir, de les trouver
installés familièrement à jouer aux cartes ou à boire
avec leur domesticité. « C'est surtout, ajouta Jupien,
pour lui éviter des ennuis, parce que le baron,
voyez-vous, c'est un grand enfant. Même maintenant où il a ici tout ce qu'il peut désirer, il va encore
à l'aventure faire le vilain. Et généreux comme il
est, ça pourrait souvent par le temps qui court avoir
des conséquences. N'y a-t-il pas l'autre jour un
chasseur d'hôtel qui mourait de peur à cause de
tout l'argent que le baron lui offrait pour venir
chez lui ? (Chez lui, quelle imprudence!) Ce garçon,
qui pourtant aime seulement les femmes, a été
rassuré quand il a compris ce qu'on voulait de lui.
En entendant toutes ces promesses d'argent, il
avait pris le baron pour un espion. Et il s'est senti
bien à l'aise quand il a vu qu'on ne lui demandait pas
de livrer sa patrie, mais son corps, ce qui n'est peut-
être pas plus moral, mais ce qui est moins dangereux
et surtout plus facile. » Et en écoutant Jupien, je me
disais : « Quel malheur que M. de Charlus ne soit
pas romancier ou poète! Non pas pour décrire ce
qu'il verrait, mais le point où se trouve un Charlus
par rapport au désir fait naître autour de lui les
scandales, le force à prendre la vie sérieusement, à
mettre des émotions dans le plaisir, l'empêche de

s'arrêter, de s'immobiliser dans une vue ironique et extérieure des choses, rouvre sans cesse en lui un courant douloureux. Presque chaque fois qu'il adresse une déclaration, il essuie une avanie, s'il ne risque pas même la prison. » Ce n'est pas que l'éducation des enfants, c'est celle des poètes qui se fait à coups de gifles. Si M. de Charlus avait été romancier, la maison que lui avait aménagée Jupien, en réduisant dans de telles proportions les risques, du moins (car une descente de police était toujours à craindre) les risques à l'égard d'un individu des dispositions duquel, dans la rue, le baron n'eût pas été assuré, eût été pour lui un malheur. Mais M. de Charlus n'était en art qu'un dilettante, qui ne songeait pas à écrire et n'était pas doué pour cela.

— D'ailleurs, vous avouerais-je, reprit Jupien, que je n'ai pas un grand scrupule à avoir ce genre de gains ? La chose elle-même qu'on fait ici, je ne peux plus vous cacher que je l'aime, qu'elle est le goût de ma vie. Or, est-il défendu de recevoir un salaire pour des choses qu'on ne juge pas coupables ? Vous êtes plus instruit que moi, et vous me direz sans doute que Socrate ne croyait pas pouvoir recevoir d'argent pour ses leçons. Mais, de notre temps, les professeurs de philosophie ne pensent pas ainsi, ni les médecins, ni les peintres, ni les dramaturges, ni les directeurs de théâtre. Ne croyez pas que ce métier ne fait fréquenter que des canailles. Sans doute le directeur d'un établissement de ce genre, comme une grande cocotte, ne reçoit que des hommes, mais il reçoit des hommes marquants dans tous les genres et qui sont généralement, à situation égale, parmi les plus fins, les plus sensibles, les plus aimables de leur profession. Cette maison se transformerait vite, je vous l'assure, en un bureau d'esprit et une agence de nouvelles. » Mais j'étais encore sous l'impression des coups que j'avais vu recevoir à M. de Charlus.

Et à vrai dire, quand on connaissait bien

M. de Charlus, son orgueil, sa satiété des plaisirs mondains, ses caprices changés facilement en passions
pour des hommes de dernier ordre et de la pire
espèce, on peut très bien comprendre que la même
grosse fortune qui, échue à un parvenu, l'eût charmé
en lui permettant de marier sa fille à un duc et d'inviter des Altesses à ses chasses, M. de Charlus était
content de la posséder parce qu'elle lui permettait
d'avoir ainsi la haute main sur un, peut-être sur
plusieurs établissements où étaient en permanence
des jeunes gens avec lesquels il se plaisait. Peut-être
n'y eût-il eu même pas besoin de son vice pour cela ;
il était l'héritier de tant de grands seigneurs, princes
du sang ou ducs, dont Saint-Simon nous raconte
qu'ils ne fréquentaient personne « qui se pût nommer »
et passaient leur temps à jouer aux cartes avec les
valets auxquels ils donnaient des sommes énormes !

« En attendant, dis-je à Jupien, cette maison est
tout autre chose, plus qu'une maison de fous, puisque
la folie des aliénés qui y habitent est mise en scène,
reconstituée, visible, c'est un vrai pandemonium.
J'avais cru comme le calife des *Mille et une Nuits*
arriver à point au secours d'un homme qu'on frappait,
et c'est un autre conte des *Mille et une Nuits* que
j'ai vu réalisé devant moi, celui où une femme,
transformée en chienne, se fait frapper volontairement pour retrouver sa forme première. » Jupien
paraissait fort troublé par mes paroles, car il comprenait que j'avais vu frapper le baron. Il resta un
moment silencieux, tandis que j'arrêtais un fiacre
qui passait ; puis tout d'un coup, avec le joli esprit
qui m'avait si souvent frappé chez cet homme qui
s'était fait lui-même, quand il avait pour m'accueillir,
Françoise ou moi, dans la cour de notre maison, de
si gracieuses paroles : « Vous parlez de bien des
contes des *Mille et une Nuits*, me dit-il. Mais j'en
connais un qui n'est pas sans rapport avec le titre
d'un livre que je crois avoir aperçu chez le baron

(il faisait allusion à une traduction de *Sésame et les Lys* de Ruskin que j'avais envoyée à M. de Charlus). Si jamais vous étiez curieux, un soir, de voir, je ne dis pas quarante, mais une dizaine de voleurs, vous n'avez qu'à venir ici ; pour savoir si je suis là vous n'avez qu'à regarder la fenêtre de là-haut, je laisse ma petite fenêtre ouverte et éclairée, cela veut dire que je suis venu, qu'on peut entrer ; c'est mon Sésame à moi. Je dis seulement Sésame. Car pour les Lys, si c'est eux que vous voulez, je vous conseille d'aller les chercher ailleurs. » Et me saluant assez cavalièrement, car une clientèle aristocratique et une clique de jeunes gens qu'il menait comme un pirate lui avaient donné une certaine familiarité, il allait prendre congé de moi, quand le bruit d'une détonation, une bombe que les sirènes n'avaient pas devancée fit qu'il me conseilla de rester un moment avec lui. Bientôt les tirs de barrage commencèrent, et si violents qu'on sentait que c'était tout auprès, juste au-dessus de nous, que l'avion allemand se tenait.

En un instant, les rues devinrent entièrement noires. Parfois seulement, un avion ennemi qui volait assez bas éclairait le point où il voulait jeter une bombe. Je ne retrouvais plus mon chemin. Je pensai à ce jour, en allant à la Raspelière, où j'avais rencontré, comme un dieu qui avait fait se cabrer mon cheval, un avion. Je pensais que maintenant la rencontre serait différente et que le dieu du mal me tuerait. Je pressais le pas pour le fuir comme un voyageur poursuivi par le mascaret, je tournais en cercle dans les places noires, d'où je ne pouvais plus sortir. Enfin les flammes d'un incendie m'éclairèrent et je pus retrouver mon chemin cependant que crépitaient sans arrêt les coups de canons. Mais ma pensée s'était détournée vers un autre objet. Je pensais à la maison de Jupien, peut-être réduite en cendres maintenant, car une bombe était tombée tout près de moi comme je venais seulement d'en sortir, cette maison sur laquelle M. de Charlus eût pu prophétiquement écrire « Sodoma » comme avait fait, avec non moins de prescience ou peut-être au début de l'éruption volcanique et de la catastrophe déjà commencée, l'habitant inconnu de Pompéi. Mais qu'importaient sirène et gothas à ceux qui étaient venus chercher leur plaisir ? Le cadre social, le cadre de la nature, qui entoure nos amours, nous n'y pensons presque pas. La tempête fait rage sur mer, le bateau tangue de tous côtés, du ciel se précipitent des avalanches tordues par le vent, et tout au plus accordons-nous une seconde d'attention, pour parer à la gêne qu'elle nous cause, à ce décor immense où nous sommes si peu de chose, et nous et le corps que nous essayons d'approcher. La sirène annonciatrice des bombes ne troublait pas plus les habitués de Jupien que n'eût fait un iceberg. Bien plus, le danger physique menaçant les délivrait de la crainte dont ils étaient maladivement persécutés depuis longtemps. Or il est faux de croire que l'échelle des craintes correspond à celle des dangers qui les inspirent. On peut avoir peur de ne pas dormir et nullement d'un duel sérieux, d'un rat et pas d'un lion. Pendant quelques heures les agents de police ne s'occuperaient que de la vie des habitants, chose si peu importante, et ne risqueraient pas de les déshonorer. Plusieurs, plus que de retrouver leur liberté morale, furent tentés par l'obscurité qui s'était soudain faite dans les rues. Quelques-uns même de ces Pompéiens sur qui pleuvait déjà le feu du ciel descendirent dans les couloirs du métro, noirs comme des catacombes. Ils savaient en effet n'y être pas seuls. Or l'obscurité qui baigne toute chose comme un élément nouveau a pour effet, irrésistiblement tentateur pour certaines personnes, de supprimer le premier stade du plaisir et de nous faire entrer de plain-pied dans un domaine de cares-

ses où l'on n'accède d'habitude qu'après quelque temps.
Que l'objet convoité soit en effet une femme ou un
homme, même à supposer que l'abord soit simple,
et inutiles les marivaudages qui s'éterniseraient dans
un salon (du moins en plein jour), le soir (même dans
une rue si faiblement éclairée qu'elle soit), il y a du
moins un préambule où les yeux seuls mangent le
blé en herbe, où la crainte des passants, de l'être
recherché lui-même, empêchent de faire plus que
de regarder, de parler. Dans l'obscurité, tout ce vieux
jeu se trouve aboli, les mains, les lèvres, les corps
peuvent entrer en jeu les premiers. Il reste l'excuse
de l'obscurité même, et des erreurs qu'elle engendre,
si l'on est mal reçu. Si on l'est bien, cette réponse
immédiate du corps qui ne se retire pas, qui se
rapproche, nous donne de celle (ou celui) à qui nous
nous adressons silencieusement, une idée qu'elle
est sans préjugés, pleine de vice, idée qui ajoute un
surcroît au bonheur d'avoir pu mordre à même le
fruit sans le convoiter des yeux et sans demander
de permission. Cependant l'obscurité persiste ;
plongés dans cet élément nouveau, les habitués de
Jupien croyant avoir voyagé, être venus assister à un
phénomène naturel comme un mascaret ou comme
une éclipse, et goûter au lieu d'un plaisir tout préparé et sédentaire celui d'une rencontre fortuite dans
l'inconnu, célébraient, aux grondements volcaniques
des bombes, au pied d'un mauvais lieu pompéien,
des rites secrets dans les ténèbres des catacombes.

Dans une même salle beaucoup d'hommes, qui
n'avaient pas voulu fuir, s'étaient réunis. Ils ne se
connaissaient pas entre eux, mais on voyait qu'ils
étaient pourtant à peu près du même monde, riche
et aristocratique. L'aspect de chacun avait quelque
chose de répugnant qui devait être la non-résistance
à des plaisirs dégradants. L'un, énorme, avait la
figure couverte de taches rouges comme un ivrogne.

J'appris qu'au début il ne l'était pas et prenait seulement son plaisir à faire boire des jeunes gens. Mais
effrayé par l'idée d'être mobilisé (bien qu'il semblât
avoir dépassé la cinquantaine), comme il était très
gros, il s'était mis à boire sans arrêter pour tâcher
de dépasser le poids de cent kilos, au-dessus duquel
on était réformé. Et maintenant, ce calcul s'étant
changé en passion, où qu'on le quittât, tant qu'on
le surveillait, on le retrouvait chez un marchand de
vins. Mais dès qu'il parla je vis que, médiocre d'ailleurs d'intelligence, c'était un homme de beaucoup
de savoir, d'éducation et de culture. Un autre homme,
du grand monde celui-là, fort jeune et d'une extrême
distinction physique, entra aussi. Chez lui, à vrai
dire, il n'y avait encore aucun stigmate extérieur d'un
vice, mais, ce qui était plus troublant, d'intérieurs.
Très grand, d'un visage charmant, son élocution
décelait une tout autre intelligence que celle de son
voisin l'alcoolique, et, sans exagérer, vraiment remarquable. Mais à tout ce qu'il disait était ajoutée une
expression qui eût convenu à une phrase différente.
Comme si, tout en possédant le trésor complet des
expressions du visage humain, il eût vécu dans un
autre monde, il mettait à jour ces expressions dans
l'ordre qu'il ne fallait pas, il semblait effeuiller au
hasard des sourires et des regards sans rapport avec
le propos qu'il entendait. J'espère pour lui, si,
comme il est certain, il vit encore, qu'il était la proie,
non d'une maladie durable, mais d'une intoxication
passagère. Il est probable que si l'on avait demandé
leur carte de visite à tous ces hommes, on eût été
surpris de voir qu'ils appartenaient à une haute
classe sociale. Mais quelque vice, et le plus grand de
tous, le manque de volonté qui empêche de résister
à aucun, les réunissait là, dans des chambres isolées
il est vrai, mais chaque soir me dit-on, de sorte que
si leur nom était connu des femmes du monde,
celles-ci avaient peu à peu perdu de vue leur visage,

et n'avaient plus jamais l'occasion de recevoir leur
visite. Ils recevaient encore des invitations, mais
l'habitude les ramenait au mauvais lieu composite.
Ils s'en cachaient peu du reste, au contraire des
petits chasseurs, ouvriers, etc., qui servaient à leur
plaisir. Et en dehors de beaucoup de raisons que
l'on devine, cela se comprend par celle-ci : pour un
employé d'industrie, pour un domestique, aller là
c'était, comme pour une femme qu'on croyait
honnête, aller dans une maison de passe ; certains
qui avouaient y être allés se défendaient d'y être
plus jamais retournés, et Jupien lui-même, mentant
pour protéger leur réputation ou éviter des concur-
rences, affirmait : « Oh! non, il ne vient pas chez moi,
il ne voudrait pas *y* venir. » Pour des hommes du
monde, c'est moins grave, d'autant plus que les
autres jeunes gens du monde qui n'*y* vont pas, ne
savent pas ce que c'est et ne s'occupent pas de
notre vie. Tandis que dans une maison d'aviation,
si certains ajusteurs *y* sont allés, leurs camarades,
les espionnant, pour rien au monde ne voudraient
y aller de peur que cela fût appris.

Tout en me rapprochant de ma demeure, je songeais combien la conscience cesse vite de collaborer
à nos habitudes, qu'elle laisse à leur développement
sans plus s'occuper d'elles, et combien dès lors
nous pourrions être étonnés si nous constations
simplement du dehors, en supposant qu'elles
engagent tout l'individu, les actions d'hommes dont
la valeur morale ou intellectuelle peut se développer
indépendamment dans un sens tout différent. C'était
évidemment un vice d'éducation, ou l'absence de
toute éducation, joints à un penchant à gagner de
l'argent de la façon sinon la moins pénible (car
beaucoup de travaux devaient en fin de compte être
plus doux, mais le malade par exemple ne se tisse-t-il
pas, avec des manies, des privations et des remèdes,
une existence beaucoup plus pénible que ne la ferait

la maladie, souvent légère, contre laquelle il croit
ainsi lutter ?), du moins la moins laborieuse possible,
qui avait amené ces « jeunes gens » à faire pour ainsi
dire en toute innocence et pour un salaire médiocre,
des choses qui ne leur causaient aucun plaisir et
avaient dû leur inspirer au début une vive répu-
gnance *. On aurait pu les croire d'après cela fon-
cièrement mauvais, mais ce ne furent pas seulement
à la guerre des soldats merveilleux, d'incomparables
« braves », ç'avaient été aussi souvent dans la vie
civile de bons cœurs, sinon tout à fait de braves gens.
Ils ne se rendaient plus compte depuis longtemps de
ce que pouvait avoir de moral ou d'immoral la vie qu'ils
menaient, parce que c'était celle de leur entourage.
Ainsi, quand nous étudions certaines périodes de
l'histoire ancienne, nous sommes étonnés de voir

---

* Les peintures pompéiennes de la maison de
Jupien convenaient d'ailleurs bien, en ce qu'elles
rappelaient la fin de la Révolution française, à l'époque
assez semblable au Directoire qui allait commencer.
Déjà, anticipant sur la paix, se cachant dans l'obscurité pour ne pas enfreindre trop ouvertement les
ordonnances de la police, partout des danses nouvelles
s'organisaient, se déchaînaient toute la nuit. A côté
de cela certaines opinions artistiques, moins antiger-
maniques que pendant les premières années de la
guerre, se donnaient cours pour rendre la respiration
aux esprits étouffés, mais il fallait pour qu'on les osât
présenter un brevet de civisme. Un professeur écrivait
un livre remarquable sur Schiller et on en rendait
compte dans les journaux. Mais, avant de parler de
l'auteur du livre, on inscrivait comme un permis
d'imprimer qu'il avait été à la Marne, à Verdun, qu'il
avait eu cinq citations, deux fils tués. Alors on louait
la clarté, la profondeur de son ouvrage sur Schiller,
qu'on pouvait qualifier de grand pourvu qu'on dît,
au lieu de « ce grand Allemand », « ce grand Boche ».
C'était le mot d'ordre pour l'article, et aussitôt on le
laissait passer.

des êtres individuellement bons participer sans
scrupule à des assassinats en masse, à des sacrifices
humains, qui leur semblaient probablement des
choses naturelles. Notre époque sans doute, pour
celui qui en lira l'histoire dans deux mille ans, ne
semblera pas moins baigner certaines consciences
tendres et pures dans un milieu vital qui apparaîtra
alors comme monstrueusement pernicieux et dont
elles s'accommodaient. D'autre part, je connaissais
peu d'hommes, je peux même dire que je ne connaissais pas d'homme qui, sous le rapport de l'intelligence
et de la sensibilité, fût aussi doué que Jupien ; car
cet « acquis » délicieux qui faisait la trame spirituelle
de ses propos ne lui venait d'aucune de ces instruc-
tions de collège, d'aucune de ces cultures d'Université
qui auraient pu faire de lui un homme si remarquable,
quand tant de jeunes gens du monde ne tirent
d'elles aucun profit. C'était son simple sens inné,
son goût naturel, qui, de rares lectures faites au
hasard, sans guide, à des moments perdus, lui avaient
fait composer ce parler si juste où toutes les symétries
du langage se laissaient découvrir et montraient
leur beauté. Or le métier qu'il faisait pouvait à bon
droit passer, certes, pour un des plus lucratifs, mais
pour le dernier de tous. Quant à M. de Charlus,
quelque dédain que son orgueil aristocratique eût
pu lui donner pour le « qu'en dira-t-on », comment
un certain sentiment de dignité personnelle et de
respect de soi-même ne l'avait-il pas forcé à refuser
à sa sensualité certaines satisfactions dans lesquelles
il semble qu'on ne pourrait avoir comme excuse
que la démence complète ? Mais chez lui, comme
chez Jupien, l'habitude de séparer la moralité de tout
un ordre d'actions (ce qui du reste doit arriver aussi
dans beaucoup de fonctions, quelquefois celle de
juge, quelquefois celle d'homme d'État, et bien
d'autres encore) devait être prise depuis si longtemps
que l'habitude (sans plus jamais demander son

opinion au sentiment moral) était allée en s'aggravant
de jour en jour, jusqu'à celui où ce Prométhée consentant s'était fait clouer par la Force au rocher de la
pure Matière.

Sans doute je sentais bien que c'était là un nouveau
stade de la maladie de M. de Charlus, laquelle depuis
que je m'en étais aperçu, et à en juger par les diverses
étapes que j'avais eues sous les yeux, avait poursuivi
son évolution avec une vitesse croissante. Le pauvre
baron ne devait pas être maintenant fort éloigné du
terme, de la mort, si même celle-ci n'était pas précédée, selon les prédictions et les vœux de Mme Verdurin, par un emprisonnement qui à son âge ne
pourrait d'ailleurs que hâter la mort. Pourtant j'ai
peut-être inexactement dit : rocher de la pure Matière. Dans cette pure Matière il est possible qu'un
peu d'Esprit surnageât encore. Ce fou savait bien,
malgré tout, qu'il était la proie d'une folie et jouait
tout de même, dans ces moments-là, puisqu'il savait
bien que celui qui le battait n'était pas plus méchant
que le petit garçon qui dans les jeux de bataille est
désigné au sort pour faire le « Prussien », et sur
lequel tout le monde se rue dans une ardeur de patriotisme vrai et de haine feinte. La proie d'une folie,
où entrait tout de même un peu de la personnalité
de M. de Charlus. Même dans ces aberrations, la
nature humaine (comme elle fait dans nos amours,
dans nos voyages) trahit encore le besoin de croyance
par des exigences de vérité. Françoise, quand je lui
parlais d'une église de Milan — ville où elle n'irait
probablement jamais — ou de la cathédrale de Reims
— fût-ce même de celle d'Arras! — qu'elle ne pourrait voir puisqu'elles étaient plus ou moins détruites,
enviait les riches qui peuvent s'offrir le spectacle
de pareils trésors, et s'écriait avec un regret nostal-
gique : « Ah! comme cela devait être beau! », elle
qui, habitant maintenant Paris depuis tant d'années,
n'avait jamais eu la curiosité d'aller voir Notre-

Dame. C'est que Notre-Dame faisait précisément partie de Paris, de la ville où se déroulait la vie quotidienne de Françoise et où en conséquence il était difficile à notre vieille servante — comme il l'eût été à moi si l'étude de l'architecture n'avait pas corrigé en moi sur certains points les instincts de Combray — de situer les objets de ses songes. Dans les personnes que nous aimons, il y a, immanent à elles, un certain rêve que nous ne savons pas toujours discerner mais que nous poursuivons. C'était ma croyance en Bergotte, en Swann qui m'avait fait aimer Gilberte, ma croyance en Gilbert le Mauvais qui m'avait fait aimer Mᵐᵉ de Guermantes. Et quelle large étendue de mer avait été réservée dans mon amour même le plus douloureux, le plus jaloux, le plus individuel semblait-il, pour Albertine! Du reste, à cause justement de cet individuel auquel on s'acharne, les amours pour les personnes sont déjà un peu des aberrations. (Et les maladies du corps elles-mêmes, du moins celles qui tiennent d'un peu près au système nerveux, ne sont-elles pas des espèces de goûts particuliers ou d'effrois particuliers contractés par nos organes, nos articulations, qui se trouvent ainsi avoir pris pour certains climats une horreur aussi inexplicable et aussi têtue que le penchant que certains hommes trahissent pour les femmes par exemple qui portent un lorgnon, ou pour les écuyères ? Ce désir, que réveille chaque fois la vue d'une écuyère, qui dira jamais à quel rêve durable et inconscient il est lié, inconscient et aussi mystérieux que l'est par exemple pour quelqu'un qui avait souffert toute sa vie de crises d'asthme, l'influence d'une certaine ville, en apparence pareille aux autres, et où pour la première fois il respire librement ?)

Or les aberrations sont comme des amours où la tare maladive a tout recouvert, tout gagné. Même dans la plus folle, l'amour se reconnaît encore. L'insistance de M. de Charlus à demander qu'on lui

passât aux pieds et aux mains des anneaux d'une
solidité éprouvée, à réclamer la barre de justice et,
à ce que me dit Jupien, des accessoires féroces qu'on
avait la plus grande peine à se procurer, même en
s'adressant à des matelots — car ils servaient à
infliger des supplices dont l'usage est aboli même là
où la discipline est la plus rigoureuse, à bord des
navires — au fond de tout cela il y avait chez
M. de Charlus tout son rêve de virilité, attesté au
besoin par des actes brutaux, et toute l'enluminure
intérieure, invisible pour nous, mais dont il projetait
ainsi quelques reflets, de croix de justice, de tortures
féodales, que décorait son imagination moyenâgeuse.
C'est dans le même sentiment que, chaque fois qu'il
arrivait, il disait à Jupien : « Il n'y aura pas d'alerte
ce soir au moins, car je me vois d'ici calciné par ce
feu du ciel comme un habitant de Sodome. » Et il
affectait de redouter les gothas, non qu'il en éprouvât
l'ombre de peur, mais pour avoir le prétexte, dès que
les sirènes retentissaient, de se précipiter dans les
abris du métropolitain où il espérait quelque plaisir
des frôlements dans la nuit, avec de vagues rêves de
souterrains moyenâgeux et d'*in pace*. En somme son
désir d'être enchaîné, d'être frappé, trahissait, dans
sa laideur, un rêve aussi poétique que, chez d'autres,
le désir d'aller à Venise ou d'entretenir des danseuses.
Et M. de Charlus tenait tellement à ce que ce rêve
lui donnât l'illusion de la réalité, que Jupien dut
vendre le lit de bois qui était dans la chambre 43
et le remplacer par un lit de fer qui allait mieux
avec les chaînes.

Enfin la berloque sonna comme j'arrivais à la
maison. Le bruit des pompiers était commenté par
un gamin. Je rencontrai Françoise remontant de la
cave avec le maître d'hôtel. Elle me croyait mort.
Elle me dit que Saint-Loup était passé, en s'excusant,
pour voir s'il n'avait pas, dans la visite qu'il m'avait
faite le matin, laissé tomber sa croix de guerre. Car

il venait de s'apercevoir qu'il l'avait perdue et,
devant rejoindre son corps le lendemain matin, avait
voulu à tout hasard voir si ce n'était pas chez moi. Il
avait cherché partout avec Françoise et n'avait rien
trouvé. Françoise croyait qu'il avait dû la perdre
avant de venir me voir, car, disait-elle, il lui semblait
bien, elle aurait pu jurer qu'il ne l'avait pas quand
elle l'avait vu. En quoi elle se trompait. Et voilà la
valeur des témoignages et des souvenirs! Du reste
cela n'avait pas grande importance. Saint-Loup était
aussi estimé de ses officiers qu'il était aimé de ses
hommes, et la chose s'arrangerait aisément. D'ailleurs
je sentis tout de suite, à la façon peu enthousiaste
dont ils parlèrent de lui, que Saint-Loup avait produit une médiocre impression sur Françoise et sur
le maître d'hôtel. Sans doute tous les efforts que le
fils du maître d'hôtel et le neveu de Françoise avaient
faits pour s'embusquer, Saint-Loup avait fait en
sens inverse et avec succès ces mêmes efforts pour
être en plein danger. Mais cela, jugeant d'après
eux-mêmes, Françoise et le maître d'hôtel ne pouvaient pas le croire. Ils étaient convaincus que les
riches sont toujours mis à l'abri. Du reste, eussent-ils
su la vérité relativement au courage héroïque de
Robert, qu'elle ne les eût pas touchés. Il ne disait
pas « Boches », il leur avait fait l'éloge de la bravoure
des Allemands, il n'attribuait pas à la trahison que
nous n'eussions pas été vainqueurs dès le premier
jour. Or c'est cela qu'ils eussent voulu entendre,
c'est cela qui leur eût semblé le signe du courage.
Aussi, bien qu'ils continuassent à chercher la croix
de guerre, les trouvai-je froids au sujet de Robert.
Moi qui me doutais où cette croix avait été oubliée *,

* Cependant si Saint-Loup s'était distrait ce soir-
là de cette manière, ce n'était qu'en attendant, car
repris du désir de revoir Morel, il avait usé de toutes
ses relations militaires pour savoir dans quel corps

je conseillai à Françoise et au maître d'hôtel d'aller
se coucher. Mais celui-ci n'était jamais pressé de
quitter Françoise depuis que, grâce à la guerre, il
avait trouvé un moyen, plus efficace encore que
l'expulsion des sœurs et l'affaire Dreyfus, de la
torturer. Ce soir-là, et chaque fois que j'allai auprès
d'eux pendant les quelques jours que je passai encore
à Paris avant de partir pour une autre maison de
santé, j'entendais le maître d'hôtel dire à Françoise
épouvantée : « Ils ne se pressent pas, c'est entendu,
ils attendent que la poire soit mûre, mais ce jour-là
ils prendront Paris, et ce jour-là pas de pitié! —
Seigneur, Vierge Marie! s'écriait Françoise, ça ne leur
suffit pas d'avoir conquéri la pauvre Belgique. Elle
a assez souffert, celle-là, au moment de son envahition.
— La Belgique, Françoise, mais ce qu'ils ont fait en
Belgique ne sera rien à côté! » Et même, la guerre
ayant jeté sur le marché de la conversation des gens
du peuple une quantité de termes dont ils n'avaient
fait la connaissance que par les yeux, par la lecture des
journaux et dont en conséquence ils ignoraient la
prononciation, le maître d'hôtel ajoutait : « Je ne
peux pas comprendre comment que le monde est
assez fou... Vous verrez ça, Françoise, ils préparent
une nouvelle attaque d'une plus grande enverjure
que toutes les autres. » M'étant insurgé, sinon au
nom de la pitié pour Françoise et du bon sens stratégique, au moins de la grammaire, et ayant déclaré
qu'il fallait prononcer « envergure », je n'y gagnai
qu'à faire redire à Françoise la terrible phrase chaque
fois que j'entrais à la cuisine, car le maître d'hôtel,
presque autant que d'effrayer sa camarade, était
heureux de montrer à son maître que, bien qu'ancien
jardinier de Combray et simple maître d'hôtel, tout

Morel se trouvait, afin de l'aller voir et n'avait reçu
jusqu'ici que des centaines de réponses contradictoires.

de même bon Français selon la règle de Saint-André-des-Champs, il tenait de la Déclaration des droits de l'homme le droit de prononcer « enverjure » en toute indépendance, et de ne pas se laisser commander sur un point qui ne faisait pas partie de son service, et où par conséquent, depuis la Révolution, personne n'avait rien à lui dire puisqu'il était mon égal.

J'eus donc le chagrin de l'entendre parler à Françoise d'une opération de grande « enverjure » avec une insistance qui était destinée à me prouver que cette prononciation était l'effet non de l'ignorance, mais d'une volonté mûrement réfléchie. Il confondait le gouvernement, les journaux, dans un même « on » plein de méfiance, disant : « *On* nous parle des pertes des Boches, on ne nous parle pas des nôtres, il paraît qu'elles sont dix fois plus grandes. On nous dit qu'ils sont à bout de souffle, qu'ils n'ont plus rien à manger, moi je crois qu'ils en ont cent fois comme nous, à manger. Faut pas tout de même nous bourrer le crâne. S'ils n'avaient rien à manger, ils ne se battraient pas comme l'autre jour où ils nous ont tué cent mille jeunes gens de moins de vingt ans. » Il exagérait ainsi à tout instant les triomphes des Allemands, comme il avait fait jadis ceux des radicaux ; il narrait en même temps leurs atrocités afin que ces triomphes fussent plus pénibles encore à Françoise, laquelle ne cessait plus de dire : « Ah! Sainte Mère des Anges! Ah! Marie Mère de Dieu! », et parfois, pour être désagréable d'une autre manière, disait : « Du reste, nous ne valons pas plus cher qu'eux, ce que nous faisons en Grèce n'est pas plus beau que ce qu'ils ont fait en Belgique. Vous allez voir que nous allons mettre tout le monde contre nous et que nous serons obligés de nous battre avec toutes les nations », alors que c'était exactement le contraire. Les jours où les nouvelles étaient bonnes, il prenait sa revanche en assurant à Françoise que la guerre durerait trente-

cinq ans, et, en prévision d'une paix possible, assurait
que celle-ci ne durerait pas plus de quelques mois et
serait suivie de batailles auprès desquelles celles-ci
ne seraient qu'un jeu d'enfant, et après lesquelles il
ne resterait rien de la France.

La victoire des Alliés semblait, sinon rapprochée,
du moins à peu près certaine, et il faut malheureusement avouer que le maître d'hôtel en était désolé.
Car, ayant réduit la guerre « mondiale », comme tout
le reste, à celle qu'il menait sourdement contre
Françoise (qu'il aimait, du reste, malgré cela, comme
on peut aimer la personne qu'on est content de faire
rager tous les jours en la battant aux dominos), la
Victoire se réalisait à ses yeux sous les espèces de la
première conversation où il aurait la souffrance
d'entendre Françoise lui dire : « Enfin c'est fini, et
il va falloir qu'ils nous donnent plus que nous ne
leur avons donné en 70. » Il croyait du reste toujours
que cette échéance fatale arrivait, car un patriotisme
inconscient lui faisait croire, comme tous les Français
victimes du même mirage que moi depuis que j'étais
malade, que la victoire — comme ma guérison —
était pour le lendemain. Il prenait les devants en
annonçant à Françoise que cette victoire arriverait
peut-être, mais que son cœur en saignait, car la
révolution la suivrait aussitôt, puis l'invasion. « Ah!
cette bon sang de guerre, les Boches seront les seuls
à s'en relever vite, Françoise, ils y ont déjà gagné des
centaines de milliards. Mais qu'ils nous crachent
un sou à nous, quelle farce! On le mettra peut-être
sur les journaux, ajoutait-il par prudence et pour
parer à tout événement, pour calmer le peuple,
comme on dit depuis trois ans que la guerre sera
finie le lendemain. » Françoise était d'autant plus
troublée de ces paroles qu'en effet, après avoir cru
les optimistes plutôt que le maître d'hôtel, elle voyait
que la guerre, qu'elle avait cru devoir finir en quinze
jours malgré « l'envahition de la pauvre Belgique »,

durait toujours, qu'on n'avançait pas, phénomène
de fixation des fronts dont elle comprenait mal le
sens, et qu'enfin un des innombrables « filleuls » à
qui elle donnait tout ce qu'elle gagnait chez nous
lui racontait qu'on avait caché telle chose, telle autre.
« Tout cela retombera sur l'ouvrier, concluait le
maître d'hôtel. On vous prendra votre champ,
Françoise. — Ah! Seigneur Dieu! » Mais à ces
malheurs lointains, il en préférait de plus proches et
dévorait les journaux dans l'espoir d'annoncer une
défaite à Françoise. Il attendait les mauvaises nouvelles comme des œufs de Pâques, espérant que cela
irait assez mal pour épouvanter Françoise, pas assez
pour qu'il pût matériellement en souffrir. C'est
ainsi qu'un raid de zeppelins l'eût enchanté pour
voir Françoise se cacher dans les caves, et parce qu'il
était persuadé que dans une ville aussi grande que
Paris les bombes ne viendraient pas juste tomber
sur notre maison.

Du reste Françoise commençait à être reprise par
moments de son pacifisme de Combray. Elle avait
presque des doutes sur les « atrocités allemandes ».
« Au commencement de la guerre on nous disait que
ces Allemands c'était des assassins, des brigands,
de vrais bandits, des bbboches... » (Si elle mettait
plusieurs *b* à *boches*, c'est que l'accusation que les
Allemands fussent des assassins lui semblait après
tout plausible, mais celle qu'ils fussent des Boches,
presque invraisemblable à cause de son énormité.
Seulement il était assez difficile de comprendre quel
sens mystérieusement effroyable Françoise donnait
au mot de « Boche » puisqu'il s'agissait du début de
la guerre, et aussi à cause de l'air de doute avec
lequel elle prononçait ce mot. Car le doute que les
Allemands fussent des criminels pouvait être mal
fondé en fait, mais ne renfermait pas en soi, au point
de vue logique, de contradiction. Mais comment
douter qu'ils fussent des Boches, puisque ce mot,

dans la langue populaire, veut dire précisément
Allemand ? Peut-être ne faisait-elle que répéter en
style indirect les propos violents qu'elle avait entendus
alors et dans lesquels une particulière énergie accen-
tuait le mot *boche*.) « J'ai cru tout cela, disait-elle,
mais je me demande tout à l'heure si nous ne sommes
pas aussi fripons comme eux. » Cette pensée blasphé-
matoire avait été sournoisement préparée chez
Françoise par le maître d'hôtel, lequel, voyant que
sa camarade avait un certain penchant pour le roi
Constantin de Grèce, n'avait cessé de le lui représenter comme privé par nous de nourriture jusqu'au
jour où il céderait. Aussi l'abdication du souverain
avait-elle fortement ému Françoise, qui allait jusqu'à
déclarer : « Nous ne valons pas mieux qu'eux. Si
nous étions en Allemagne, nous en ferions autant. »

Je la vis peu, du reste, pendant ces quelques jours,
car elle allait beaucoup chez ces cousins dont maman
m'avait dit un jour : « Mais tu sais qu'ils sont plus
riches que toi. » Or on avait vu cette chose si belle
qui fut si fréquente à cette époque-là dans tout le
pays et qui témoignerait, s'il y avait un historien
pour en perpétuer le souvenir, de la grandeur de la
France, de sa grandeur d'âme, de sa grandeur selon
Saint-André-des-Champs, et que ne révélèrent pas
moins tant de civils survivants à l'arrière que les
soldats tombés à la Marne. Un neveu de Françoise
avait été tué à Berry-au-Bac, qui était aussi le neveu de
ces cousins millionnaires de Françoise, anciens grands
cafetiers retirés depuis longtemps après fortune faite.
Il avait été tué, lui, tout petit cafetier sans fortune,
qui, parti à la mobilisation âgé de vingt-cinq ans,
avait laissé sa jeune femme seule pour tenir le petit
bar qu'il croyait regagner quelques mois après. Il
avait été tué. Et alors on avait vu ceci. Les cousins
millionnaires de Françoise, et qui n'étaient rien à
la jeune femme, veuve de leur neveu, avaient quitté
la campagne où ils étaient retirés depuis dix ans et

s'étaient remis cafetiers, sans vouloir toucher un sou ; tous les matins à six heures, la femme millionnaire, une vraie dame, était habillée ainsi que « sa demoiselle », prêtes à aider leur nièce et cousine par alliance. Et depuis près de trois ans, elles rinçaient ainsi des verres et servaient des consommations depuis le matin jusqu'à neuf heures et demie du soir, sans un jour de repos. Dans ce livre où il n'y a pas un seul fait qui ne soit fictif, où il n'y a pas un seul personnage « à clefs », où tout a été inventé par moi selon les besoins de ma démonstration, je dois dire à la louange de mon pays que seuls les parents millionnaires de Françoise ayant quitté leur retraite pour aider leur nièce sans appui, que seuls ceux-là sont des gens réels, qui existent. Et persuadé que leur modestie ne s'en offensera pas, pour la raison qu'ils ne liront jamais ce livre, c'est avec un enfantin plaisir et une profonde émotion que, ne pouvant citer les noms de tant d'autres qui durent agir de même et par qui la France a survécu, je transcris ici leur nom véritable : ils s'appellent, d'un nom si français d'ailleurs, Larivière. S'il y a eu quelques vilains embusqués comme l'impérieux jeune homme en smoking que j'avais vu chez Jupien et dont la seule préoccupation était de savoir s'il pourrait avoir Léon à dix heures et demie « parce qu'il déjeunait en ville », ils sont rachetés par la foule innombrable de tous les Français de Saint-André-des-Champs, par tous les soldats sublimes auxquels j'égale les Larivière.

Le maître d'hôtel, pour attiser les inquiétudes de Françoise, lui montrait de vieilles *Lectures pour tous* qu'il avait retrouvées et sur la couverture desquelles (ces numéros dataient d'avant la guerre) figurait la « famille impériale d'Allemagne ». « Voilà notre maître de demain », disait le maître d'hôtel à Françoise, en lui montrant « Guillaume ». Elle écarquillait les yeux, puis passait au personnage féminin placé à côté de lui et disait : « Voilà la Guillaumesse ! »

Mon départ de Paris se trouva retardé par une nouvelle qui, par le chagrin qu'elle me causa, me rendit pour quelque temps incapable de me mettre en route. J'appris, en effet, la mort de Robert de Saint-Loup, tué le surlendemain de son retour au front, en protégeant la retraite de ses hommes. Jamais homme n'avait eu moins que lui la haine d'un peuple (et quant à l'empereur, pour des raisons particulières, et peut-être fausses, il pensait que Guillaume II avait plutôt cherché à empêcher la guerre qu'à la déchaîner). Pas de haine du germanisme non plus : les derniers mots que j'avais entendus sortir de sa bouche, il y avait six jours, c'étaient ceux qui commencent un lied de Schumann et que sur mon escalier il me fredonnait, en allemand, si bien qu'à cause des voisins je l'avais fait taire. Habitué par une bonne éducation suprême à émonder sa conduite de toute apologie, de toute invective, de toute phrase, il avait évité devant l'ennemi, comme au moment de la mobilisation, ce qui aurait pu assurer sa vie, par cet effacement de soi devant les autres que symbolisaient toutes ses manières, jusqu'à sa manière de fermer la portière de mon fiacre quand il me reconduisait, tête nue, chaque fois que je sortais de chez lui. Pendant plusieurs jours je restai enfermé dans ma chambre, pensant à lui. Je me rappelais son arrivée, la première fois, à Balbec, quand, en lainages blanchâtres, avec ses yeux verdâtres et bougeants comme la mer, il avait traversé le hall attenant à la grande salle à manger dont les vitrages donnaient sur la mer. Je me rappelais l'être si spécial qu'il m'avait paru être alors, l'être dont ç'avait été un si grand souhait de ma part d'être l'ami. Ce souhait s'était réalisé au delà de ce que j'aurais jamais pu croire, sans me donner pourtant presque aucun plaisir alors, et ensuite je m'étais rendu compte de tous les grands mérites et d'autre chose aussi que cachait cette apparence élégante. Tout cela, le bon comme le mauvais,

il l'avait donné sans compter, tous les jours, et le
dernier en allant attaquer une tranchée, par générosité, par mise au service des autres de tout ce qu'il
possédait, comme il avait un soir couru sur les canapés
du restaurant pour ne pas me déranger. Et l'avoir
vu si peu en somme, en des sites si variés, dans des
circonstances si diverses et séparées par tant d'intervalles, dans ce hall de Balbec, au café de Rivebelle,
au quartier de cavalerie et aux dîners militaires de
Doncières, au théâtre où il avait giflé un journaliste,
chez la princesse de Guermantes, ne faisait que me
donner de sa vie des tableaux plus frappants, plus
nets, de sa mort un chagrin plus lucide, que l'on
n'en a souvent pour des personnes aimées davantage,
mais fréquentées si continuellement que l'image
que nous gardons d'elles n'est plus qu'une espèce
de vague moyenne entre une infinité d'images
insensiblement différentes, et aussi que notre affection rassasiée n'a pas, comme pour ceux que nous
n'avons vus que pendant des moments limités au
cours de rencontres inachevées malgré eux et malgré
nous, l'illusion de la possibilité d'une affection plus
grande dont les circonstances seules nous auraient
frustrés *. Peu de jours après celui où je l'avais
aperçu courant après son monocle, et l'imaginant
alors si hautain, dans ce hall de Balbec, il y avait
une autre forme vivante que j'avais vue pour la première fois sur la plage de Balbec et qui maintenant
n'existait, non plus, qu'à l'état de souvenir, c'était
Albertine, foulant le sable ce premier soir, indifférente
à tous, et marine, comme une mouette. Elle, je l'avais
si vite aimée que pour pouvoir sortir avec elle tous

---

* Quant à Françoise, sa haine pour les Allemands
était extrême ; elle n'était tempérée que par celle que
lui inspiraient nos ministres. Et je ne sais pas si elle
souhaitait plus ardemment la mort d'Hindenburg
ou de Clemenceau.

les jours je n'étais jamais allé voir Saint-Loup, de Balbec. Et pourtant l'histoire de mes relations avec lui portait aussi le témoignage qu'un temps j'avais cessé d'aimer Albertine, puisque si j'étais allé m'installer quelque temps auprès de Robert, à Doncières, c'était dans le chagrin de voir que ne m'était pas rendu le sentiment que j'avais pour Mme de Guermantes. Sa vie et celle d'Albertine, si tard connues de moi, toutes deux à Balbec, et si vite terminées, s'étaient croisées à peine ; c'était lui, me redisais-je en voyant que les navettes agiles des années tissent des fils entre ceux de nos souvenirs qui semblaient d'abord les plus indépendants, c'était lui que j'avais envoyé chez Mme Bontemps quand Albertine m'avait quitté. Et puis il se trouvait que leurs deux vies avaient chacune un secret parallèle et que je n'avais pas soupçonné. Celui de Saint-Loup me causait peut-être maintenant plus de tristesse que celui d'Albertine, dont la vie m'était devenue si étrangère. Mais je ne pouvais me consoler que la sienne comme celle de Saint-Loup eussent été si courtes. Elle et lui me disaient souvent, en prenant soin de moi : « Vous qui êtes malade. » Et c'était eux qui étaient morts, eux dont je pouvais, séparées par un intervalle en somme si bref, mettre en regard l'image ultime, devant la tranchée, dans la rivière, de l'image première qui, même pour Albertine, ne valait plus pour moi que par son association avec celle du soleil couchant sur la mer.

Sa mort fut accueillie par Françoise avec plus de pitié que celle d'Albertine. Elle prit immédiatement son rôle de pleureuse et commenta la mémoire du mort de lamentations, de thrènes désespérés. Elle exhibait son chagrin et ne prenait un visage sec, en détournant la tête, que lorsque malgré moi je laissais voir le mien, qu'elle voulait avoir l'air de ne pas avoir vu. Car, comme beaucoup de personnes nerveuses, la nervosité des autres, trop semblable sans doute à la sienne, l'horripilait. Elle aimait maintenant à faire remarquer ses moindres torticolis, un étourdissement, qu'elle s'était cognée. Mais si je parlais d'un de mes maux, redevenue stoïque et grave, elle faisait semblant de n'avoir pas entendu. « Pauvre marquis », disait-elle, bien qu'elle ne pût s'empêcher de penser qu'il eût fait l'impossible pour ne pas partir et, une fois mobilisé, pour fuir devant le danger. « Pauvre dame, disait-elle en pensant à Mᵐᵉ de Marsantes, qu'est-ce qu'elle a dû pleurer quand elle a appris la mort de son garçon ! Si encore elle avait pu le revoir, mais il vaut peut-être mieux qu'elle n'ait pas pu, parce qu'il avait le nez coupé en deux, il était tout dévisagé. » Et les yeux de Françoise se remplissaient de larmes, mais à travers lesquelles perçait la curiosité cruelle de la paysanne. Sans doute Françoise plaignait la douleur de Mᵐᵉ de Marsantes de tout son cœur, mais elle regrettait de ne pas connaître la forme que cette douleur avait prise et de ne pouvoir s'en donner le spectacle et l'affliction. Et comme elle aurait bien aimé pleurer et que je la visse pleurer, elle dit pour s'entraîner : « Ça m'a fait quelque chose ! » Sur moi aussi elle épiait les traces du chagrin avec une avidité qui me fit simuler une certaine sécheresse en parlant de Robert. Et, plutôt sans doute par esprit d'imitation et parce qu'elle avait entendu dire cela, car il y a des clichés dans les offices aussi bien que dans les cénacles, elle répétait, non sans y mettre pourtant la satisfaction d'un pauvre : « Toutes ses richesses ne l'ont pas empêché de mourir comme un autre, et elles ne lui servent plus à rien. » Le maître d'hôtel profita de l'occasion pour dire à Françoise que sans doute c'était triste, mais que cela ne comptait guère auprès des millions d'hommes qui tombaient tous les jours malgré tous les efforts que faisait le gouvernement pour le cacher. Mais cette fois le maître d'hôtel ne réussit pas à augmenter la douleur de Françoise

comme il avait cru. Car celle-ci lui répondit : « C'est
vrai qu'ils meurent aussi pour la France, mais c'est
des inconnus ; c'est toujours plus intéressant quand
c'est des *genss* qu'on connaît. » Et Françoise, qui
trouvait du plaisir à pleurer, ajouta encore : « Il
faudra bien prendre garde de m'avertir si on cause
de la mort du marquis sur le journal. »

Robert m'avait souvent dit avec tristesse, bien
avant la guerre : « Oh! ma vie, n'en parlons pas,
je suis un homme condamné d'avance. » Faisait-il
allusion au vice qu'il avait réussi jusqu'alors à cacher
à tout le monde mais qu'il connaissait, et dont il
s'exagérait peut-être la gravité, comme les enfants
qui font pour la première fois l'amour, ou même
avant cela cherchent seuls le plaisir, s'imaginent
pareils à la plante qui ne peut disséminer son pollen
sans mourir tout de suite après ? Peut-être cette
exagération tenait-elle, pour Saint-Loup comme
pour les enfants, ainsi qu'à l'idée du péché avec
laquelle on ne s'est pas encore familiarisé, à ce qu'une
sensation toute nouvelle a une force presque terrible
qui ira ensuite en s'atténuant ; ou bien avait-il, le
justifiant au besoin par la mort de son père enlevé
assez jeune, le pressentiment de sa fin prématurée ?
Sans doute un tel pressentiment semble impossible.
Pourtant la mort paraît assujettie à certaines lois.
On dirait souvent, par exemple, que les êtres nés
de parents qui sont morts très vieux ou très jeunes
sont presque forcés de disparaître au même âge, les
premiers traînant jusqu'à la centième année des
chagrins et des maladies incurables, les autres,
malgré une existence heureuse et hygiénique, emportés à la date inévitable et prématurée par un mal
si opportun et si accidentel (quelques racines profondes qu'il puisse avoir dans le tempérament)
qu'il semble seulement la formalité nécessaire à la
réalisation de la mort. Et ne serait-il pas possible que
la mort accidentelle elle-même — comme celle de

Saint-Loup, liée d'ailleurs à son caractère de plus de façons peut-être que je n'ai cru devoir le dire — fût, elle aussi, inscrite d'avance, connue seulement des dieux, invisible aux hommes, mais révélée par une tristesse à demi inconsciente, à demi consciente (et même, dans cette dernière mesure, exprimée aux autres avec cette sincérité complète qu'on met à annoncer des malheurs auxquels on croit dans son for intérieur échapper et qui pourtant arriveront), particulière à celui qui la porte et l'aperçoit sans cesse en lui-même, comme une devise, une date fatale?

Il avait dû être bien beau en ces dernières heures. Lui qui toujours dans cette vie avait semblé, même assis, même marchant dans un salon, contenir l'élan d'une charge, en dissimulant d'un sourire la volonté indomptable qu'il y avait dans sa tête triangulaire, enfin il avait chargé. Débarrassée de ses livres, la tourelle féodale était redevenue militaire. Et ce Guermantes était mort plus lui-même, ou plutôt plus de sa race, en laquelle il se fondait, en laquelle il n'était plus qu'un Guermantes, comme ce fut symboliquement visible à son enterrement dans l'église Saint-Hilaire de Combray, toute tendue de tentures noires où se détachait en rouge, sous la couronne fermée, sans initiales de prénoms ni titres, le G du Guermantes que par la mort il était redevenu.

Même avant d'aller à cet enterrement, qui n'eut pas lieu tout de suite, j'écrivis à Gilberte. J'aurais peut-être dû écrire à la duchesse de Guermantes, je me disais qu'elle accueillerait la mort de Robert avec la même indifférence que je lui avais vu manifester pour celle de tant d'autres qui avaient semblé tenir si étroitement à sa vie, et que peut-être même, avec son tour d'esprit Guermantes, elle chercherait à montrer qu'elle n'avait pas la superstition des liens du sang. J'étais trop souffrant pour écrire à tout le monde. J'avais cru autrefois qu'elle et Robert s'aimaient bien dans le sens où l'on dit cela dans le monde, c'est-à-dire que l'un auprès de l'autre ils se disaient des choses tendres qu'ils ressentaient à ce moment-là. Mais, loin d'elle, il n'hésitait pas à la déclarer idiote, et, si elle éprouvait parfois à le voir un plaisir égoïste, je l'avais vue incapable de se donner la plus petite peine, d'user si légèrement que ce fût de son crédit pour lui rendre un service, même pour lui éviter un malheur. La méchanceté dont elle avait fait preuve à son égard, en refusant de le recommander au général de Saint-Joseph, quand Robert allait repartir pour le Maroc, prouvait que le dévouement qu'elle lui avait montré à l'occasion de son mariage n'était qu'une sorte de compensation qui ne lui coûtait guère. Aussi fus-je bien étonné d'apprendre, comme elle était souffrante au moment où Robert fut tué, qu'on s'était cru obligé de lui cacher pendant plusieurs jours, sous les plus fallacieux prétextes, les journaux qui lui eussent appris cette mort, afin de lui éviter le choc qu'elle en ressentirait. Mais ma surprise augmenta quand j'appris qu'après qu'on eût été obligé enfin de lui dire la vérité, la duchesse pleura toute une journée, tomba malade, et mit longtemps — plus d'une semaine, c'était longtemps pour elle — à se consoler. Quand j'appris ce chagrin, j'en fus touché. Il fit que tout le monde put dire, et que je peux assurer, qu'il existait entre eux une grande amitié. Mais en me rappelant combien de petites médisances, de mauvaise volonté à se rendre service celle-là avait enfermées, je pense au peu de chose que c'est qu'une grande amitié dans le monde.

D'ailleurs, un peu plus tard, dans une circonstance plus importante historiquement, si elle touchait moins mon cœur, Mme de Guermantes se montra à mon avis sous un jour encore plus favorable. Elle qui, jeune fille, avait fait preuve de tant d'impertinente audace, si l'on s'en souvient, à l'égard de la famille impériale de Russie, et qui, mariée, leur avait toujours parlé avec une liberté qui la faisait parfois accuser de manque de tact, fut peut-être seule, après la Révolution russe, à faire preuve à l'égard des grandes-duchesses et des grands-ducs d'un dévouement sans bornes. Elle avait, l'année même qui avait précédé la guerre, considérablement agacé la grande-duchesse Wladimir en appelant toujours la comtesse de Hohenfelsen, femme morganatique du grand-duc Paul, « la Grande-Duchesse Paul ». Il n'empêche que la Révolution russe n'eut pas plutôt éclaté que notre ambassadeur à Pétersbourg, M. Paléologue (« Paléo » pour le monde diplomatique, qui a ses abréviations prétendues spirituelles comme l'autre), fut harcelé des dépêches de la duchesse de Guermantes, qui voulait avoir des nouvelles de la grande-duchesse Marie Pavlovna. Et pendant longtemps les seules marques de sympathie et de respect que reçut sans cesse cette princesse lui vinrent exclusivement de Mme de Guermantes.

Saint-Loup causa, sinon par sa mort, du moins par ce qu'il avait fait dans les semaines qui l'avaient précédée, des chagrins plus grands que celui de la duchesse. En effet, le lendemain même du soir où je l'avais vu, et deux jours après que le baron avait dit à Morel : «Je me vengerai », les démarches que Saint-Loup avait faites pour retrouver Morel avaient abouti, c'est-à-dire qu'elles avaient abouti à ce que le général sous les ordres de qui aurait dû être Morel s'était rendu compte qu'il était déserteur, l'avait fait rechercher et arrêter, et, pour s'excuser auprès de Saint-Loup du châtiment qu'allait subir quelqu'un à qui il s'intéressait, avait écrit à Saint-Loup pour l'en avertir. Morel ne douta pas que son arrestation n'eût été provoquée par la rancune de M. de Charlus. Il se rappela les paroles : « Je me vengerai », pensa que c'était là cette vengeance, et demanda à faire des révélations. « Sans doute, déclara-t-il, j'ai déserté. Mais si j'ai été conduit sur le mauvais chemin, est-ce tout à fait ma faute ? » Il raconta sur M. de Charlus et sur M. d'Argencourt, avec lequel il

s'était brouillé aussi, des histoires ne le touchant
pas à vrai dire directement, mais que ceux-ci, avec
la double expansion des amants et des invertis, lui
avaient racontées, ce qui fit arrêter à la fois M. de Charlus et M. d'Argencourt. Cette arrestation causa
peut-être moins de douleur à tous deux que d'apprendre à chacun, qui l'ignorait, que l'autre était son rival,
et l'instruction révéla qu'ils en avaient énormément
d'obscurs, de quotidiens, ramassés dans la rue. Ils
furent bientôt relâchés, d'ailleurs. Morel le fut aussi
parce que la lettre écrite à Saint-Loup par le général
lui fut renvoyée avec cette mention : « Décédé, mort
au champ d'honneur. » Le général voulut faire pour
le défunt que Morel fût simplement envoyé sur le
front ; il s'y conduisit bravement, échappa à tous les
dangers et revint, la guerre finie, avec la croix que
M. de Charlus avait jadis vainement sollicitée pour
lui, et que lui valut indirectement la mort de Saint-
Loup. J'ai souvent pensé depuis, en me rappelant
cette croix de guerre égarée chez Jupien, que si Saint-
Loup avait survécu il eût pu facilement se faire élire
député dans les élections qui suivirent la guerre,
l'écume de niaiserie et le rayonnement de gloire qu'elle
laissa après elle, et où, si un doigt de moins, abolissant
des siècles de préjugés, permettait d'entrer par un
brillant mariage dans une famille aristocratique, la
croix de guerre, eût-elle été gagnée dans les bureaux,
suffisait pour entrer, dans une élection triomphale,
à la Chambre des Députés, presque à l'Académie
française. L'élection de Saint-Loup, à cause de sa
« sainte » famille, eût fait verser à M. Arthur Meyer
des flots de larmes et d'encre. Mais peut-être aimait-
il trop sincèrement le peuple pour arriver à conquérir
les suffrages du peuple, lequel pourtant lui aurait sans
doute, en faveur de ses quartiers de noblesse, pardonné
ses idées démocratiques. Saint-Loup les eût exposées
sans doute avec succès devant une chambre d'aviateurs. Certes ces héros l'auraient compris, ainsi que

quelques très rares hauts esprits. Mais, grâce à
l'enfarinement du Bloc national, on avait aussi repêché
les vieilles canailles de la politique, qui sont toujours
réélues. Celles qui ne purent entrer dans une chambre
d'aviateurs quémandèrent, au moins pour entrer à
l'Académie française, les suffrages des maréchaux,
d'un président de la République, d'un président de
la Chambre, etc. Elles n'eussent pas été favorables
à Saint-Loup, mais l'étaient à un autre habitué de
Jupien, le député de l'Action Libérale, qui fut réélu
sans concurrent. Il ne quittait pas l'uniforme d'officier
de territoriale, bien que la guerre fût finie depuis
longtemps. Son élection fut saluée avec joie par tous
les journaux qui avaient fait l' « union » sur son nom,
par les dames nobles et riches qui ne portaient plus
que des guenilles par un sentiment de convenances
et la peur des impôts, tandis que les hommes de la
Bourse achetaient sans arrêter des diamants, non pour
leurs femmes mais parce qu'ayant perdu toute
confiance dans le crédit d'aucun peuple, ils se réfu-
giaient vers cette richesse palpable, et faisaient ainsi
monter la de Beers de mille francs. Tant de niaiserie
agaçait un peu, mais on en voulut moins au Bloc
national quand on vit tout d'un coup les victimes du
bolchevisme, des grandes-duchesses en haillons dont
on avait assassiné les maris dans une brouette, les
fils en jetant des pierres dessus après les avoir laissés
sans manger, fait travailler au milieu des huées, jetés
dans des puits parce qu'on croyait qu'ils avaient la
peste et pouvaient la communiquer. Ceux qui étaient
arrivés à s'enfuir reparurent tout à coup...

La nouvelle maison de santé dans laquelle je me
retirai ne me guérit pas plus que la première ; et
beaucoup d'années passèrent avant que je la quittasse.
Durant le trajet en chemin de fer que je fis pour
rentrer enfin à Paris, la pensée de mon absence de
dons littéraires, que j'avais cru découvrir jadis du

côté de Guermantes, que j'avais reconnue avec plus
de tristesse encore dans mes promenades quotidiennes
avec Gilberte avant de rentrer dîner, fort avant dans
la nuit, à Tansonville, et qu'à la veille de quitter cette
propriété j'avais à peu près identifiée, en lisant quelques pages du journal des Goncourt, à la vanité, au
mensonge de la littérature, cette pensée, moins douloureuse peut-être, plus morne encore, si je lui donnais
comme objet non ma propre infirmité, mais l'inexis-
tence de l'idéal auquel j'avais cru, cette pensée, qui
ne m'était pas depuis bien longtemps revenue à
l'esprit, me frappa de nouveau et avec une force plus
lamentable que jamais. C'était, je me le rappelle,
à un arrêt du train en pleine campagne. Le soleil
éclairait jusqu'à la moitié de leur tronc une ligne
d'arbres qui suivait la voie du chemin de fer. « Arbres,
pensai-je, vous n'avez plus rien à me dire, mon cœur
refroidi ne vous entend plus. Je suis pourtant ici en
pleine nature, eh bien, c'est avec froideur, avec
ennui que mes yeux constatent la ligne qui sépare
votre front lumineux de votre tronc d'ombre. Si j'ai
jamais pu me croire poète, je sais maintenant que je ne
le suis pas. Peut-être dans la nouvelle partie de ma vie,
si desséchée, qui s'ouvre, les hommes pourraient-ils
m'inspirer ce que ne me dit plus la nature. Mais les
années où j'aurais peut-être été capable de la chanter
ne reviendront jamais. » Mais, en me donnant cette
consolation d'une observation humaine possible
venant prendre la place d'une inspiration impossible,
je savais que je cherchais seulement à me donner une
consolation, et que je savais moi-même sans valeur.
Si j'avais vraiment une âme d'artiste, quel plaisir
n'éprouverais-je pas devant ce rideau d'arbres
éclairé par le soleil couchant, devant ces petites
fleurs du talus qui se haussent presque jusqu'au
marchepied du wagon, dont je pourrais compter les
pétales, et dont je me garderais bien de décrire la
couleur comme feraient tant de bons lettrés, car peut-

on espérer transmettre au lecteur un plaisir qu'on n'a pas ressenti ? Un peu plus tard j'avais vu avec la même indifférence les lentilles d'or et d'orange dont il criblait les fenêtres d'une maison ; et enfin, comme l'heure avait avancé, j'avais vu une autre maison qui semblait construite en une substance d'un rose assez étrange. Mais j'avais fait ces diverses constatations avec la même absolue indifférence que si, me promenant dans un jardin avec une dame, j'avais vu une feuille de verre et un peu plus loin un objet d'une matière analogue à l'albâtre dont la couleur inaccoutumée ne m'aurait pas tiré du plus languissant ennui, mais si, par politesse pour la dame, pour dire quelque chose et aussi pour montrer que j'avais remarqué cette couleur, j'avais désigné en passant le verre coloré et le morceau de stuc. De la même manière, par acquit de conscience, je me signalais à moi-même comme à quelqu'un qui m'eût accompagné et qui eût été capable d'en tirer plus de plaisir que moi, les reflets de feu dans les vitres et la transparence rose de la maison. Mais le compagnon à qui j'avais fait constater ces effets curieux était d'une nature moins enthousiaste sans doute que beaucoup de gens bien disposés qu'une telle vue ravit, car il avait pris connaissance de ces couleurs sans aucune espèce d'allégresse.

Ma longue absence de Paris n'avait pas empêché d'anciens amis de continuer, comme mon nom restait sur leurs listes, à m'envoyer fidèlement des invitations, et quand j'en trouvai, en rentrant, — avec une pour un goûter donné par la Berma en l'honneur de sa fille et de son gendre — une autre pour une matinée qui devait avoir lieu le lendemain chez le prince de Guermantes, les tristes réflexions que j'avais faites dans le train ne furent pas un des moindres motifs qui me conseillèrent de m'y rendre. Ce n'est vraiment pas la peine de me priver de mener la vie de l'homme du monde, m'étais-je dit, puisque le fameux « tra-

vail » auquel depuis si longtemps j'espère chaque jour
me mettre le lendemain, je ne suis pas, ou plus, fait
pour lui, et que peut-être même il ne correspond
à aucune réalité. A vrai dire, cette raison était toute
négative et ôtait simplement leur valeur à celles qui
auraient pu me détourner de ce concert mondain.
Mais celle qui m'y fit aller fut ce nom de Guermantes,
depuis assez longtemps sorti de mon esprit pour que,
lu sur la carte d'invitation, il reprît pour moi le charme
et la signification que je lui trouvais à Combray quand
passant, avant de rentrer, dans la rue de l'Oiseau, je
voyais du dehors comme une laque obscure le vitrail
de Gilbert le Mauvais, sire de Guermantes. Pour un
moment les Guermantes m'avaient semblé de nouveau entièrement différents des gens du monde,
incomparables avec eux, avec tout être vivant, fût-il
souverain ; des êtres issus de la fécondation de cet
air aigre et venteux de cette sombre ville de Combray
où s'était passée mon enfance, et du passé qu'on y
percevait dans la petite rue, à la hauteur du vitrail.
J'avais eu envie d'aller chez les Guermantes comme
si cela avait dû me rapprocher de mon enfance et des
profondeurs de ma mémoire où je l'apercevais. Et
j'avais continué à relire l'invitation jusqu'au moment
où, révoltées, les lettres qui composaient ce nom si
familier et si mystérieux, comme celui même de
Combray, eussent repris leur indépendance et eussent
dessiné devant mes yeux fatigués comme un nom que
je ne connaissais pas *.

Je pris une voiture pour aller chez le prince de
Guermantes, qui n'habitait plus son ancien hôtel,
mais un magnifique qu'il s'était fait construire avenue
du Bois. C'est un des torts des gens du monde de ne

---

* Maman allant justement à un petit thé chez
Mme Sazerat, réunion qu'elle savait d'avance être
fort ennuyeuse, je n'eus aucun scrupule à aller chez
la princesse de Guermantes.

pas comprendre que, s'ils veulent que nous croyions
en eux, il faudrait d'abord qu'ils y crussent eux-
mêmes, ou au moins qu'ils respectassent les éléments
essentiels de notre croyance. Au temps où je croyais,
même si je savais le contraire, que les Guermantes
habitaient tel palais en vertu d'un droit héréditaire,
pénétrer dans le palais du sorcier ou de la fée, faire
s'ouvrir devant moi les portes qui ne cèdent pas tant
qu'on n'a pas prononcé la formule magique, me semblait aussi malaisé que d'obtenir un entretien du
sorcier ou de la fée eux-mêmes. Rien ne m'était plus
facile que de me faire croire à moi-même que le vieux
domestique engagé de la veille ou fourni par Potel
et Chabot était fils, petit-fils, descendant de ceux qui
servaient la famille bien avant la Révolution, et j'avais
une bonne volonté infinie à appeler portrait d'ancêtre
le portrait qui avait été acheté le mois précédent chez
Bernheim jeune. Mais un charme ne se transvase pas,
les souvenirs ne peuvent se diviser, et du prince de
Guermantes, maintenant qu'il avait percé lui-même
à jour les illusions de ma croyance en étant allé
habiter avenue du Bois, il ne restait plus grand'chose.
Les plafonds que j'avais craint de voir s'écrouler
quand on avait annoncé mon nom et sous lesquels
eût flotté encore pour moi beaucoup du charme et
des craintes de jadis, couvraient les soirées d'une
Américaine sans intérêt pour moi. Naturellement les
choses n'ont pas en elles-mêmes de pouvoir et,
puisque c'est nous qui le leur conférons, quelque
jeune collégien bourgeois devait en ce moment avoir
devant l'hôtel de l'avenue du Bois les mêmes sentiments que moi jadis devant l'ancien hôtel du prince de
Guermantes. C'est qu'il était encore à l'âge des
croyances, mais je l'avais dépassé, et j'avais perdu ce
privilège, comme après la première jeunesse on perd
le pouvoir qu'ont les enfants de dissocier en fractions
digérables le lait qu'ils ingèrent, ce qui force les
adultes à prendre, pour plus de prudence, le lait

par petites quantités, tandis que les enfants peuvent
le téter indéfiniment sans reprendre haleine. Du moins
le changement de résidence du prince de Guermantes
eut cela de bon pour moi que la voiture qui était
venue me chercher pour me conduire et dans laquelle
je faisais ces réflexions, dut traverser les rues qui vont
vers les Champs-Élysées. Elles étaient fort mal
pavées à ce moment-là, mais dès le moment où j'y
entrai, je n'en fus pas moins détaché de mes pensées
par cette sensation d'une extrême douceur qu'on a
quand, tout d'un coup, la voiture roule plus facilement,
plus doucement, sans bruit, comme quand, les grilles
d'un parc s'étant ouvertes, on glisse sur les allées
couvertes d'un sable fin ou de feuilles mortes ;
matériellement il n'en était rien, mais je sentis tout
d'un coup la suppression des obstacles extérieurs
parce qu'il n'y avait plus pour moi l'effort d'adaptation
ou d'attention que nous faisons, même sans nous en
rendre compte, devant les choses nouvelles : les rues
par lesquelles je passais en ce moment étaient celles,
oubliées depuis si longtemps, que je prenais jadis avec
Françoise pour aller aux Champs-Élysées. Le sol de
lui-même savait où il devait aller ; sa résistance était
vaincue. Et, comme un aviateur qui a jusque-là
péniblement roulé à terre, « décollant » brusquement,
je m'élevais lentement vers les hauteurs silencieuses
du souvenir. Dans Paris, ces rues-là se détacheront
toujours pour moi en une autre matière que les
autres. Quand j'arrivai au coin de la rue Royale où
était jadis le marchand en plein vent des photographies
aimées de Françoise, il me sembla que la voiture,
entraînée par des centaines de tours anciens, ne
pourrait pas faire autrement que de tourner d'elle-
même. Je ne traversais pas les mêmes rues que les
promeneurs qui étaient dehors ce jour-là, mais un
passé glissant, triste et doux. Il était d'ailleurs fait
de tant de passés différents qu'il m'était difficile de
reconnaître la cause de ma mélancolie, si elle était due

à ces marches au-devant de Gilberte et dans la crainte
qu'elle ne vînt pas, à la proximité d'une certaine
maison où on m'avait dit qu'Albertine était allée
avec Andrée, à la signification de vanité philosophique que semble prendre un chemin qu'on a suivi
mille fois avec une passion qui ne dure plus et qui
n'a pas porté de fruit, comme celui où, après le
déjeuner, je faisais des courses si hâtives, si fiévreuses,
pour regarder, toutes fraîches encore de colle, l'affiche
de *Phèdre* et celle du *Domino noir*. Arrivé aux Champs-
Élysées, comme je n'étais pas très désireux d'entendre
tout le concert qui était donné chez les Guermantes,
je fis arrêter la voiture et j'allais m'apprêter à descendre pour faire quelques pas à pied quand je fus
frappé par le spectacle d'une voiture qui était en train
de s'arrêter aussi. Un homme, les yeux fixes, la taille
voûtée, était plutôt posé qu'assis dans le fond, et
faisait pour se tenir droit les efforts qu'aurait faits
un enfant à qui on aurait recommandé d'être sage.
Mais son chapeau de paille laissait voir une forêt
indomptée de cheveux entièrement blancs ; une barbe
blanche, comme celle que la neige fait aux statues
des fleuves dans les jardins publics, coulait de son
menton. C'était, à côté de Jupien qui se multipliait
pour lui, M. de Charlus convalescent d'une attaque
d'apoplexie que j'avais ignorée (on m'avait seulement
dit qu'il avait perdu la vue ; or il ne s'était agi que de
troubles passagers, car il voyait de nouveau fort
clair) et qui, à moins que jusque-là il se fût teint et
qu'on lui eût interdit de continuer à en prendre la
fatigue, avait plutôt, comme en une sorte de précipité
chimique, rendu visible et brillant tout le métal que
lançaient et dont étaient saturées, comme autant de
geysers, les mèches, maintenant de pur argent, de sa
chevelure et de sa barbe, cependant qu'elle avait imposé
au vieux prince déchu la majesté shakespearienne d'un
roi Lear. Les yeux n'étaient pas restés en dehors de
cette convulsion totale, de cette altération métal-

lurgique de la tête, mais, par un phénomène inverse, ils avaient perdu tout leur éclat. Mais le plus émouvant est qu'on sentait que cet éclat perdu était la fierté morale, et que par là la vie physique et même intellectuelle de M. de Charlus survivait à l'orgueil aristocratique qu'on avait pu croire un moment faire corps avec elles. Ainsi, à ce moment, se rendant sans doute aussi chez le prince de Guermantes, passa en victoria Mme de Saint-Euverte, que le baron ne trouvait pas assez chic pour lui. Jupien, qui prenait soin de lui comme d'un enfant, lui souffla à l'oreille que c'était une personne de connaissance, Mme de Saint-Euverte. Et aussitôt, avec une peine infinie mais toute l'application d'un malade qui veut se montrer capable de tous les mouvements qui lui sont encore difficiles, M. de Charlus se découvrit, s'inclina, et salua Mme de Saint-Euverte avec le même respect que si elle avait été la reine de France. Peut-être y avait-il dans la difficulté même que M. de Charlus avait à faire un tel salut, une raison pour lui de le faire, sachant qu'il toucherait davantage par un acte qui, douloureux pour un malade, devenait doublement méritoire de la part de celui qui le faisait et flatteur pour celle à qui il s'adressait, les malades exagérant la politesse, comme les rois. Peut-être aussi y avait-il encore dans les mouvements du baron cette incoordination consécutive aux troubles de la moelle et du cerveau, et ses gestes dépassaient-ils l'intention qu'il avait. Pour moi, j'y vis plutôt une sorte de douceur quasi physique, de détachement des réalités de la vie, si frappants chez ceux que la mort a déjà fait entrer dans son ombre. La mise à nu des gisements argentés de la chevelure décelait un changement moins profond que cette inconsciente humilité mondaine qui intervertissait tous les rapports sociaux, humiliait devant Mme de Saint-Euverte, eût humilié devant la dernière des Américaines (qui eût pu enfin s'offrir la politesse, jusque-là inaccessible pour elle,

du baron) le snobisme qui semblait le plus fier. Car
le baron vivait toujours, pensait toujours ; son intelligence n'était pas atteinte. Et plus que n'eût fait tel
chœur de Sophocle sur l'orgueil abaissé d'Œdipe,
plus que la mort même et toute oraison funèbre sur
la mort, le salut empressé et humble du baron à
Mme de Saint-Euverte proclamait ce qu'a de fragile et
de périssable l'amour des grandeurs de la terre et tout
l'orgueil humain. M. de Charlus, qui jusque-là n'eût
pas consenti à dîner avec Mme de Saint-Euverte, la
saluait maintenant jusqu'à terre *. Recevoir l'hommage de M. de Charlus, pour elle c'était tout le
snobisme, comme ç'avait été tout le snobisme du baron
de le lui refuser. Or cette nature inaccessible et précieuse qu'il avait réussi à faire croire à une Mme de
Saint-Euverte être essentielle à lui-même, M. de Charlus l'anéantit d'un seul coup, par la timidité appliquée, le zèle peureux avec lequel il ôta un chapeau
d'où les torrents de sa chevelure d'argent ruisselèrent,
tout le temps qu'il laissa sa tête découverte par déférence, avec l'éloquence d'un Bossuet. Quand Jupien
eut aidé le baron à descendre et que j'eus salué celui-ci,
il me parla très vite, d'une voix si imperceptible que
je ne pus distinguer ce qu'il me disait, ce qui lui
arracha, quand pour la troisième fois je le fis répéter,
un geste d'impatience qui m'étonna par l'impassibilité
qu'avait d'abord montrée le visage et qui était due sans

---

* Il saluait peut-être par ignorance du rang de la
personne qu'il saluait (les articles du code social
pouvant être emportés par une attaque comme toute
autre partie de la mémoire), peut-être par une incoordination des mouvements qui transposait dans le
plan de l'humilité apparente l'incertitude, sans cela
hautaine, qu'il aurait eue de l'identité de la dame qui
passait. Il la salua avec cette politesse des enfants
venant timidement dire bonjour aux grandes personnes, sur l'appel de leur mère. Et un enfant, sans
la fierté qu'ils ont, c'était ce qu'il était devenu.

doute à un reste de paralysie. Mais quand je fus enfin
habitué à ce pianissimo des paroles susurrées, je
m'aperçus que le malade gardait absolument intacte
son intelligence. Il y avait d'ailleurs deux M. de Charlus, sans compter les autres. Des deux, l'intellectuel
passait son temps à se plaindre qu'il allait à l'aphasie,
qu'il prononçait constamment un mot, une lettre
pour une autre. Mais dès qu'en effet il lui arrivait de le
faire, l'autre M. de Charlus, le subconscient, lequel
voulait autant faire envie que l'autre pitié et avait
des coquetteries dédaignées par le premier, arrêtait
immédiatement, comme un chef d'orchestre dont les
musiciens pataugent, la phrase commencée, et avec
une ingéniosité infinie rattachait ce qui venait ensuite
au mot dit en réalité pour un autre mais qu'il semblait
avoir choisi. Même sa mémoire était intacte, d'où il
mettait du reste une coquetterie, qui n'allait pas sans
la fatigue d'une application des plus ardues, à faire
sortir tel souvenir ancien, peu important, se rapportant à moi et qui me montrerait qu'il avait gardé ou
recouvré toute sa netteté d'esprit. Sans bouger la
tête ni les yeux, ni varier d'une seule inflexion son
débit, il me dit par exemple : « Voici un poteau où il y a
une affiche pareille à celle devant laquelle j'étais la
première fois que je vous vis à Avranches, non je me
trompe, à Balbec. » Et c'était en effet une réclame pour
le même produit.

    J'avais à peine au début distingué ce qu'il disait,
de même qu'on commence par ne voir goutte dans
une chambre dont tous les rideaux sont clos. Mais,
comme des yeux dans la pénombre, mes oreilles
s'habituèrent bientôt à ce pianissimo. Je crois aussi
qu'il s'était graduellement renforcé pendant que le
baron parlait, soit que la faiblesse de sa voix provînt
en partie d'une appréhension nerveuse qui se dissipait
quand, distrait par un tiers, il ne pensait plus à elle ;
soit qu'au contraire cette faiblesse correspondît à son
état véritable et que la force momentanée avec laquelle

il parlait dans la conversation fût provoquée par une
excitation factice, passagère et plutôt funeste, qui
faisait dire aux étrangers : « Il est déjà mieux, il ne faut
pas qu'il pense à son mal », mais augmentait au
contraire celui-ci qui ne tardait pas à reprendre. Quoi
qu'il en soit, le baron à ce moment (et même en tenant
compte de mon adaptation) jetait ses paroles plus
fort, comme la marée, les jours de mauvais temps, ses
petites vagues tordues. Et ce qui lui restait de sa
récente attaque faisait entendre au fond de ses paroles
comme un bruit de cailloux roulés. D'ailleurs, continuant à me parler du passé, sans doute pour bien me
montrer qu'il n'avait pas perdu la mémoire, il l'évoquait d'une façon funèbre, mais sans tristesse. Il ne
cessait d'énumérer tous les gens de sa famille ou de son
monde qui n'étaient plus, moins, semblait-il, avec
la tristesse qu'ils ne fussent plus en vie qu'avec la
satisfaction de leur survivre. Il semblait en rappelant
leur trépas prendre mieux conscience de son retour
vers la santé. C'est avec une dureté presque triomphale
qu'il répétait sur un ton uniforme, légèrement bégayant
et aux sourdes résonances sépulcrales : « Hannibal de
Bréauté, mort! Antoine de Mouchy, mort! Charles
Swann, mort! Adalbert de Montmorency, mort!
Boson de Talleyrand, mort! Sosthène de Doudeau-
ville, mort! » Et chaque fois, ce mot « mort » semblait
tomber sur ces défunts comme une pelletée de terre
plus lourde, lancée par un fossoyeur qui tenait à les
river plus profondément à la tombe.

La duchesse de Létourville, qui n'allait pas à la
matinée de la princesse de Guermantes, parce qu'elle
venait d'être longtemps malade, passa à ce moment
à pied à côté de nous, et apercevant le baron, dont
elle ignorait la récente attaque, s'arrêta pour lui dire
bonjour. Mais la maladie qu'elle venait d'avoir ne
faisait pas qu'elle comprenait mieux, mais supportait
plus impatiemment, avec une mauvaise humeur
nerveuse où il y avait peut-être beaucoup de pitié,

la maladie des autres. Entendant le baron prononcer
difficilement et à faux certains mots, bouger difficilement le bras, elle jeta les yeux tour à tour sur
Jupien et sur moi comme pour nous demander l'explication d'un phénomène aussi choquant. Comme nous
ne lui dîmes rien, ce fut à M. de Charlus lui-même
qu'elle adressa un long regard plein de tristesse, mais
aussi de reproches. Elle avait l'air de lui faire grief
d'être avec elle dehors dans une attitude aussi peu
usuelle que s'il fût sorti sans cravate ou sans souliers.
A une nouvelle faute de prononciation que commit le
baron, la douleur et l'indignation de la duchesse
augmentant ensemble, elle dit au baron : « Palamède ! »
sur le ton interrogatif et exaspéré des gens trop nerveux
qui ne peuvent supporter d'attendre une minute et,
si on les fait entrer tout de suite en s'excusant d'achever sa toilette, vous disent amèrement, non pour
s'excuser mais pour accuser : « Mais alors, je vous
dérange ! » comme si c'était un crime de la part de
celui qu'on dérange. Finalement, elle nous quitta
d'un air de plus en plus navré en disant au baron :
« Vous feriez mieux de rentrer. »

Il demanda à s'asseoir sur un fauteuil pour se
reposer pendant que Jupien et moi ferions quelques
pas, et tira péniblement de sa poche un livre qui me
sembla être un livre de prières. Je n'étais pas fâché
de pouvoir apprendre par Jupien bien des détails sur
l'état de santé du baron. « Je suis bien content de
causer avec vous, Monsieur, me dit Jupien, mais nous
n'irons pas plus loin que le Rond-Point. Dieu merci,
le baron va bien maintenant, mais je n'ose pas le
laisser longtemps seul, il est toujours le même, il a
trop bon cœur, il donnerait tout ce qu'il a aux autres ;
et puis ce n'est pas tout, il est resté coureur comme
un jeune homme, et je suis obligé d'ouvrir les yeux.
— D'autant plus qu'il a retrouvé les siens, répondis-je ;
on m'avait beaucoup attristé en me disant qu'il
avait perdu la vue. — Sa paralysie s'était en effet

portée là, il ne voyait absolument plus. Pensez que, pendant la cure qui lui a fait du reste tant de bien, il est resté plusieurs mois sans voir plus qu'un aveugle de naissance. — Cela devait au moins rendre inutile toute une partie de votre surveillance ? — Pas le moins du monde, à peine arrivé dans un hôtel, il me demandait comment était telle personne de service. Je l'assurais qu'il n'y avait que des horreurs. Mais il sentait bien que cela ne pouvait pas être universel, que je devais quelquefois mentir. Voyez-vous, ce petit polisson! Et puis il avait une espèce de flair, d'après la voix peut-être, je ne sais pas. Alors il s'arrangeait pour m'envoyer faire d'urgence des courses. Un jour — vous m'excuserez de vous dire cela, mais vous êtes venu une fois par hasard dans le Temple de l'Impudeur, je n'ai rien à vous cacher (d'ailleurs, il avait toujours une satisfaction assez peu sympathique à faire étalage des secrets qu'il détenait) — je rentrais d'une de ces courses soi-disant pressées, d'autant plus vite que je me figurais bien qu'elle avait été arrangée à dessein, quand au moment où j'approchais de la chambre du baron, j'entendis une voix qui disait : " Quoi ? — Comment, répondit le baron, c'était donc la première fois ? " J'entrai sans frapper, et quelle ne fut pas ma peur! Le baron, trompé par la voix qui était en effet plus forte qu'elle n'est d'habitude à cet âge-là (et à cette époque-là le baron était complètement aveugle), était, lui qui aimait plutôt autrefois les personnes mûres, avec un enfant qui n'avait pas dix ans. »

On m'a raconté qu'à cette époque-là il était en proie presque chaque jour à des crises de dépression mentale, caractérisée non pas positivement par de la divagation, mais par la confession à haute voix, devant des tiers dont il oubliait la présence ou la sévérité, d'opinions qu'il avait l'habitude de cacher, sa germanophilie par exemple. Si longtemps après la guerre, il gémissait de la défaite des Allemands, parmi lesquels ii se comptait, et disait orgueilleusement : « Et pourtant il ne se peut pas que nous ne prenions pas notre revanche, car nous avons prouvé que c'est nous qui étions capables de la plus grande résistance et qui avons la meilleure organisation. » Ou bien ses confidences prenaient un autre ton, et il s'écriait rageusement : « Que Lord X ou le prince de ** ne viennent pas redire ce qu'ils disaient hier, car je me suis tenu à quatre pour ne pas leur répondre : " Vous savez bien que vous en êtes au moins autant que moi. " » Inutile d'ajouter que quand M. de Charlus faisait ainsi, dans les moments où, comme on dit, il n'était pas très « présent », des aveux germanophiles ou autres, les personnes de l'entourage qui se trouvaient là, que ce fût Jupien ou la duchesse de Guermantes, avaient l'habitude d'interrompre les paroles imprudentes et d'en donner pour les tiers moins intimes et plus indiscrets une interprétation forcée mais honorable.

— Mais, mon Dieu! s'écria Jupien, j'avais bien raison de vouloir que nous ne nous éloignions pas, le voilà qui a trouvé déjà le moyen d'entrer en conversation avec un garçon jardinier. Adieu, Monsieur, il vaut mieux que je vous quitte et que je ne laisse pas un instant seul mon malade qui n'est plus qu'un grand enfant.

Je descendis de nouveau de voiture un peu avant d'arriver chez la princesse de Guermantes et je recommençai à penser à cette lassitude et à cet ennui avec lesquels j'avais essayé, la veille, de noter la ligne qui, dans une des campagnes réputées les plus belles de France, séparait sur les arbres l'ombre de la lumière. Certes, les conclusions intellectuelles que j'en avais tirées n'affectaient pas aujourd'hui aussi cruellement ma sensibilité. Elles restaient les mêmes ; mais, comme chaque fois que je me trouvais arraché à mes habitudes, sortir à une autre heure, dans un lieu nouveau, j'éprouvais un vif plaisir. Ce plaisir me semblait aujourd'hui un plaisir purement frivole, celui

d'aller à une matinée chez Mme de Guermantes.
Mais puisque je savais maintenant que je ne pouvais
rien atteindre de plus que des plaisirs frivoles, à quoi
bon me les refuser ? Je me redisais que je n'avais
éprouvé, en essayant cette description, rien de cet
enthousiasme qui n'est pas le seul mais qui est un
premier critérium du talent. J'essayais maintenant
de tirer de ma mémoire d'autres « instantanés »,
notamment des instantanés qu'elle avait pris à Venise,
mais rien que ce mot me la rendait ennuyeuse comme
une exposition de photographies, et je ne me sentais
pas plus de goût, plus de talent, pour décrire maintenant ce que j'avais vu autrefois, qu'hier ce que j'obser-
vais d'un œil minutieux et morne, au moment même.
Dans un instant, tant d'amis que je n'avais pas vus
depuis si longtemps allaient sans doute me demander
de ne plus m'isoler ainsi, de leur consacrer mes
journées. Je n'avais aucune raison de le leur refuser
puisque j'avais maintenant la preuve que je n'étais
plus bon à rien, que la littérature ne pouvait plus me
causer aucune joie, soit par ma faute, étant trop peu
doué, soit par la sienne, si elle était en effet moins
chargée de réalité que je n'avais cru.

Quand je pensais à ce que Bergotte m'avait dit :
« Vous êtes malade, mais on ne peut vous plaindre
car vous avez les joies de l'esprit », comme il s'était
trompé sur moi! Comme il y avait peu de joie dans
cette lucidité stérile ! J'ajoute même que si quelquefois j'avais peut-être des plaisirs (non de l'intelligence)
je les dépensais toujours pour une femme différente ;
de sorte que, le Destin m'eût-il accordé cent ans de
vie de plus, et sans infirmités, il n'eût fait qu'ajouter
des rallonges successives à une existence toute en
longueur, dont on ne voyait même pas l'intérêt qu'elle
se prolongeât davantage, à plus forte raison longtemps
encore. Quant aux « joies de l'intelligence », pouvais-je
appeler ainsi ces froides constatations que mon œil
clairvoyant ou mon raisonnement juste relevaient

sans aucun plaisir et qui restaient infécondes ?

Mais c'est quelquefois au moment où tout nous semble perdu que l'avertissement arrive qui peut nous sauver ; on a frappé à toutes les portes qui ne donnent sur rien, et la seule par où on peut entrer et qu'on aurait cherchée en vain pendant cent ans, on y heurte sans le savoir, et elle s'ouvre. En roulant les tristes pensées que je disais il y a un instant, j'étais entré dans la cour de l'hôtel de Guermantes, et dans ma distraction je n'avais pas vu une voiture qui s'avançait ; au cri du wattman je n'eus que le temps de me ranger vivement de côté, et je reculai assez pour buter malgré moi contre les pavés assez mal équarris derrière lesquels était une remise. Mais au moment où, me remettant d'aplomb, je posai mon pied sur un pavé qui était un peu moins élevé que le précédent, tout mon découragement s'évanouit devant la même félicité qu'à diverses époques de ma vie m'avaient donnée la vue d'arbres que j'avais cru reconnaître dans une promenade en voiture autour de Balbec, la vue des clochers de Martinville, la saveur d'une madeleine trempée dans une infusion, tant d'autres sensations dont j'ai parlé et que les dernières œuvres de Vinteuil m'avaient paru synthétiser. Comme au moment où je goûtais la madeleine, toute inquiétude sur l'avenir, tout doute intellectuel étaient dissipés. Ceux qui m'assaillaient tout à l'heure au sujet de la réalité de mes dons littéraires, et même de la réalité de la littérature, se trouvaient levés comme par enchantement. Sans que j'eusse fait aucun raisonnement nouveau, trouvé aucun argument décisif, les difficultés, insolubles tout à l'heure, avaient perdu toute importance. Mais, cette fois, j'étais bien décidé à ne pas me résigner à ignorer pourquoi, comme je l'avais fait le jour où j'avais goûté d'une madeleine trempée dans une infusion. La félicité que je venais d'éprouver était bien en effet la même que celle que j'avais éprouvée en mangeant la madeleine et dont j'avais alors ajourné de rechercher les causes profondes. La différence, purement matérielle, était dans les images évoquées ; un azur profond enivrait mes yeux, des impressions de fraîcheur, d'éblouissante lumière tournoyaient près de moi et, dans mon désir de les saisir, sans oser plus bouger que quand je goûtais la saveur de la madeleine en tâchant de faire parvenir jusqu'à moi ce qu'elle me rappelait, je restais, quitte à faire rire la foule innombrable des wattmen, à tituber comme j'avais fait tout à l'heure, un pied sur le pavé plus élevé, l'autre pied sur le pavé plus bas. Chaque fois que je refaisais rien que matériellement ce même pas, il me restait inutile ; mais si je réussissais, oubliant la matinée Guermantes, à retrouver ce que j'avais senti en posant ainsi mes pieds, de nouveau la vision éblouissante et indistincte me frôlait comme si elle m'avait dit : « Saisis-moi au passage si tu en as la force, et tâche à résoudre l'énigme de bonheur que je te propose. » Et presque tout de suite, je la reconnus, c'était Venise, dont mes efforts pour la décrire et les prétendus instantanés pris par ma mémoire ne m'avaient jamais rien dit, et que la sensation que j'avais ressentie jadis sur deux dalles inégales du baptistère de Saint-Marc m'avait rendue avec toutes les autres sensations jointes ce jour-là à cette sensation-là et qui étaient restées dans l'attente, à leur rang, d'où un brusque hasard les avait impérieusement fait sortir, dans la série des jours oubliés. De même le goût de la petite madeleine m'avait rappelé Combray. Mais pourquoi les images de Combray et de Venise m'avaient-elles, à l'un et à l'autre moment, donné une joie pareille à une certitude, et suffisante, sans autres preuves, à me rendre la mort indifférente ?

Tout en me le demandant et en étant résolu aujourd'hui à trouver la réponse, j'entrai dans l'hôtel de Guermantes, parce que nous faisons toujours passer avant la besogne intérieure que nous avons à faire le

rôle apparent que nous jouons et qui, ce jour-là,
était celui d'un invité. Mais arrivé au premier étage,
un maître d'hôtel me demanda d'entrer un instant
dans un petit salon-bibliothèque attenant au buffet,
jusqu'à ce que le morceau qu'on jouait fût achevé,
la princesse ayant défendu qu'on ouvrît les portes
pendant son exécution. Or, à ce moment même, un
second avertissement vint renforcer celui que
m'avaient donné les deux pavés inégaux et m'exhorter
à persévérer dans ma tâche. Un domestique en effet
venait, dans ses efforts infructueux pour ne pas faire
de bruit, de cogner une cuiller contre une assiette.
Le même genre de félicité que m'avaient donné les
dalles inégales m'envahit ; les sensations étaient de
grande chaleur encore, mais toutes différentes : mêlée
d'une odeur de fumée, apaisée par la fraîche odeur
d'un cadre forestier ; et je reconnus que ce qui me
paraissait si agréable était la même rangée d'arbres
que j'avais trouvée ennuyeuse à observer et à décrire,
et devant laquelle, débouchant la canette de bière
que j'avais dans le wagon, je venais de croire un
instant, dans une sorte d'étourdissement, que je me
trouvais, tant le bruit identique de la cuiller contre
l'assiette m'avait donné, avant que j'eusse eu le
temps de me ressaisir, l'illusion du bruit du marteau
d'un employé qui avait arrangé quelque chose à une
roue du train pendant que nous étions arrêtés devant
ce petit bois. Alors on eût dit que les signes qui
devaient, ce jour-là, me tirer de mon découragement
et me rendre la foi dans les lettres, avaient à cœur de se
multiplier, car, un maître d'hôtel depuis longtemps
au service du prince de Guermantes m'ayant reconnu
et m'ayant apporté dans la bibliothèque où j'étais,
pour m'éviter d'aller au buffet, un choix de petits
fours, un verre d'orangeade, je m'essuyai la bouche
avec la serviette qu'il m'avait donnée ; mais aussitôt,
comme le personnage des *Mille et une Nuits* qui sans
le savoir accomplissait précisément le rite qui faisait

apparaître, visible pour lui seul, un docile génie prêt à le transporter au loin, une nouvelle vision d'azur passa devant mes yeux ; mais il était pur et salin, il se gonfla en mamelles bleuâtres ; l'impression fut si forte que le moment que je vivais me sembla être le moment actuel ; plus hébété que le jour où je me demandais si j'allais vraiment être accueilli par la princesse de Guermantes ou si tout n'allait pas s'effondrer, je croyais que le domestique venait d'ouvrir la fenêtre sur la plage et que tout m'invitait à descendre me promener le long de la digue à marée haute ; la serviette que j'avais prise pour m'essuyer la bouche avait précisément le genre de raideur et d'empesé de celle avec laquelle j'avais eu tant de peine à me sécher devant la fenêtre, le premier jour de mon arrivée à Balbec, et, maintenant, devant cette biblio-thèque de l'hôtel de Guermantes, elle déployait, réparti dans ses pans et dans ses cassures, le plumage d'un océan vert et bleu comme la queue d'un paon. Et je ne jouissais pas que de ces couleurs, mais de tout un instant de ma vie qui les soulevait, qui avait été sans doute aspiration vers elles, dont quelque senti-ment de fatigue ou de tristesse m'avait peut-être empêché de jouir à Balbec, et qui maintenant, débar-rassé de ce qu'il y a d'imparfait dans la perception extérieure, pur et désincarné, me gonflait d'allégresse.

Le morceau qu'on jouait pouvait finir d'un moment à l'autre, et je pouvais être obligé d'entrer au salon. Aussi je m'efforçais de tâcher de voir clair le plus vite possible dans la nature des plaisirs identiques que je venais par trois fois en quelques minutes de res-sentir, et ensuite de dégager l'enseignement que je devais en tirer. Sur l'extrême différence qu'il y a entre l'impression vraie que nous avons eue d'une chose et l'impression factice que nous nous en donnons quand volontairement nous essayons de nous la représenter, je ne m'arrêtais pas. Me rappelant trop avec quelle indifférence relative Swann avait pu

parler autrefois des jours où il était aimé, parce que
sous cette phrase il voyait autre chose qu'eux, et la
douleur subite que lui avait causée la petite phrase
de Vinteuil en lui rendant ces jours eux-mêmes, tels
qu'il les avait jadis sentis, je comprenais trop que ce
que la sensation des dalles inégales, la raideur de la
serviette, le goût de la madeleine avaient réveillé
en moi, n'avait aucun rapport avec ce que je cherchais
souvent à me rappeler de Venise, de Balbec, de
Combray, à l'aide d'une mémoire uniforme ; et je
comprenais que la vie pût être jugée médiocre, bien
qu'à certains moments elle parût si belle, parce que
dans le premier cas c'est sur tout autre chose qu'elle-
même, sur des images qui ne gardent rien d'elle,
qu'on la juge et qu'on la déprécie. Tout au plus
notais-je accessoirement que la différence qu'il y a
entre chacune des impressions réelles — différences
qui expliquent qu'une peinture uniforme de la vie ne
puisse être ressemblante — tenait probablement à
cette cause que la moindre parole que nous avons
dite à une époque de notre vie, le geste le plus
insignifiant que nous avons fait était entouré, portait
sur lui le reflet de choses qui logiquement ne tenaient
pas à lui, en ont été séparées par l'intelligence qui
n'avait rien à faire d'elles pour les besoins du raisonnement, mais au milieu desquelles — ici reflet rose
du soir sur le mur fleuri d'un restaurant champêtre,
sensation de faim, désir des femmes, plaisir du luxe ;
là volutes bleues de la mer matinale enveloppant des
phrases musicales qui en émergent partiellement
comme les épaules des ondines — le geste, l'acte
le plus simple reste enfermé comme dans mille vases
clos dont chacun serait rempli de choses d'une couleur,
d'une odeur, d'une température absolument différentes ; sans compter que ces vases, disposés sur toute
la hauteur de nos années pendant lesquelles nous
n'avons cessé de changer, fût-ce seulement de rêve
et de pensée, sont situés à des altitudes bien diverses,

et nous donnent la sensation d'atmosphères singulièrement variées. Il est vrai que ces changements, nous
les avons accomplis insensiblement ; mais entre le
souvenir qui nous revient brusquement et notre état
actuel, de même qu'entre deux souvenirs d'années,
de lieux, d'heures différentes, la distance est telle que
cela suffirait, en dehors même d'une originalité spécifique, à les rendre incomparables les uns aux autres.
Oui, si le souvenir, grâce à l'oubli, n'a pu contracter
aucun lien, jeter aucun chaînon entre lui et la minute
présente, s'il est resté à sa place, à sa date, s'il a gardé
ses distances, son isolement dans le creux d'une
vallée ou à la pointe d'un sommet, il nous fait tout à
coup respirer un air nouveau, précisément parce que
c'est un air qu'on a respiré autrefois, cet air plus pur
que les poètes ont vainement essayé de faire régner
dans le Paradis et qui ne pourrait donner cette sensation profonde de renouvellement que s'il avait été
respiré déjà, car les vrais paradis sont les paradis
qu'on a perdus.

Et au passage je remarquais qu'il y aurait là, dans
l'œuvre d'art que je me sentais prêt déjà, sans m'y
être consciemment résolu, à entreprendre, de grandes
difficultés. Car j'en devrais exécuter les parties successives dans une matière qui serait bien différente
de celle qui conviendrait aux souvenirs de matins au
bord de la mer ou d'après-midi à Venise, si je voulais
peindre ces soirs de Rivebelle où, dans la salle à
manger ouverte sur le jardin, la chaleur commençait
à se décomposer, à retomber, à déposer, où une dernière lueur éclairait encore les roses sur les murs du
restaurant tandis que les dernières aquarelles du jour
étaient encore visibles au ciel, — dans une matière
distincte, nouvelle, d'une transparence, d'une sono-
rité spéciales, compacte, fraîchissante et rose.

Je glissais rapidement sur tout cela, plus impérieusement sollicité que j'étais de chercher la cause de
cette félicité, du caractère de certitude avec lequel

elle s'imposait, recherche ajournée autrefois. Or, cette cause, je la devinais en comparant ces diverses impressions bienheureuses et qui avaient entre elles ceci de commun que je les éprouvais à la fois dans le moment actuel et dans un moment éloigné, jusqu'à faire empiéter le passé sur le présent, à me faire hésiter à savoir dans lequel des deux je me trouvais ; au vrai, l'être qui alors goûtait en moi cette impression la goûtait en ce qu'elle avait de commun dans un jour ancien et maintenant, dans ce qu'elle avait d'extra-temporel, un être qui n'apparaissait que quand, par une de ces identités entre le présent et le passé, il pouvait se trouver dans le seul milieu où il pût vivre, jouir de l'essence des choses, c'est-à-dire en dehors du temps. Cela expliquait que mes inquiétudes au sujet de ma mort eussent cessé au moment où j'avais reconnu inconsciemment le goût de la petite made-leine, puisqu'à ce moment-là l'être que j'avais été était un être extra-temporel, par conséquent insou-cieux des vicissitudes de l'avenir. Cet être-là n'était jamais venu à moi, ne s'était jamais manifesté, qu'en dehors de l'action, de la jouissance immédiate, chaque fois que le miracle d'une analogie m'avait fait échapper au présent. Seul, il avait le pouvoir de me faire retrouver les jours anciens, le temps perdu, devant quoi les efforts de ma mémoire et de mon intelligence échouaient toujours.

Et peut-être, si tout à l'heure je trouvais que Ber-gotte avait dit faux en parlant des joies de la vie spi-rituelle, c'était parce que j'appelais « vie spirituelle », à ce moment-là, des raisonnements logiques qui étaient sans rapport avec elle, avec ce qui existait en moi en ce moment — exactement comme j'avais pu trouver le monde et la vie ennuyeux parce que je les jugeais d'après des souvenirs sans vérité, alors que j'avais un tel appétit de vivre maintenant que venait de renaître en moi, à trois reprises, un véritable moment du passé.

Rien qu'un moment du passé? Beaucoup plus, peut-être ; quelque chose qui, commun à la fois au passé et au présent, est beaucoup plus essentiel qu'eux deux. Tant de fois, au cours de ma vie, la réalité m'avait déçu parce qu'au moment où je la percevais, mon imagination, qui était mon seul organe pour jouir de la beauté, ne pouvait s'appliquer à elle, en vertu de la loi inévitable qui veut qu'on ne puisse imaginer que ce qui est absent. Et voici que soudain l'effet de cette dure loi s'était trouvé neutralisé, suspendu, par un expédient merveilleux de la nature, qui avait fait miroiter une sensation — bruit de la fourchette et du marteau, même titre de livre, etc. — à la fois dans le passé, ce qui permettait à mon imagination de la goûter, et dans le présent où l'ébranlement effectif de mes sens par le bruit, le contact du linge, etc., avait ajouté aux rêves de l'imagination ce dont ils sont habituellement dépourvus, l'idée d'existence, et, grâce à ce subterfuge, avait permis à mon être d'obtenir, d'isoler, d'immobiliser — la durée d'un éclair — ce qu'il n'appréhende jamais : un peu de temps à l'état pur. L'être qui était rené en moi quand, avec un tel frémissement de bonheur, j'avais entendu le bruit commun à la fois à la cuiller qui touche l'assiette et au marteau qui frappe sur la roue, à l'inégalité pour les pas des pavés de la cour Guermantes et du baptistère de Saint-Marc, etc., cet être-là ne se nourrit que de l'essence des choses, en elle seulement il trouve sa subsistance, ses délices. Il languit dans l'observation du présent où les sens ne peuvent la lui apporter, dans la considération d'un passé que l'intelligence lui dessèche, dans l'attente d'un avenir que la volonté construit avec des fragments du présent et du passé auxquels elle retire encore de leur réalité en ne conservant d'eux que ce qui convient à la fin utilitaire, étroitement humaine, qu'elle leur assigne. Mais qu'un bruit, qu'une odeur, déjà entendu ou respirée jadis, le soient de nouveau,

à la fois dans le présent et dans le passé, réels sans
être actuels, idéaux sans être abstraits, aussitôt l'essence permanente et habituellement cachée des
choses se trouve libérée, et notre vrai moi qui, parfois depuis longtemps, semblait mort, mais ne l'était
pas entièrement, s'éveille, s'anime en recevant la
céleste nourriture qui lui est apportée. Une minute
affranchie de l'ordre du temps a recréé en nous, pour
la sentir, l'homme affranchi de l'ordre du temps.
Et celui-là, on comprend qu'il soit confiant dans sa
joie, même si le simple goût d'une madeleine ne
semble pas contenir logiquement les raisons de cette
joie, on comprend que le mot de « mort » n'ait pas de
sens pour lui ; situé hors du temps, que pourrait-il
craindre de l'avenir ?

Mais ce trompe-l'œil qui mettait près de moi un
moment du passé incompatible avec le présent, ce
trompe-l'œil ne durait pas. Certes, on peut prolonger
les spectacles de la mémoire volontaire qui n'engage
pas plus des forces de nous-même que feuilleter un
livre d'images. Ainsi jadis, par exemple le jour où
je devais aller pour la première fois chez la princesse
de Guermantes, de la cour ensoleillée de notre maison de Paris j'avais paresseusement regardé, à mon
choix, tantôt la place de l'Église à Combray, ou la
plage de Balbec, comme j'aurais illustré le jour qu'il
faisait en feuilletant un cachier d'aquarelles prises
dans les divers lieux où j'avais été ; et, avec un plaisir
égoïste de collectionneur, je m'étais dit en catalo-
guant ainsi les illustrations de ma mémoire : « J'ai
tout de même vu de belles choses dans ma vie. »
Alors ma mémoire affirmait sans doute la différence
des sensations ; mais elle ne faisait que combiner entre
eux des éléments homogènes. Il n'en avait plus été
de même dans les trois souvenirs que je venais d'avoir
et où, au lieu de me faire une idée plus flatteuse de
mon moi, j'avais, au contraire, presque douté de la
réalité actuelle de ce moi. De même que le jour où

j'avais trempé la madeleine dans l'infusion chaude,
au sein de l'endroit où je me trouvais, que cet endroit
fût, comme ce jour-là, ma chambre de Paris, ou,
comme aujourd'hui, en ce moment, la bibliothèque
du prince de Guermantes, un peu avant, la cour de
son hôtel, il y avait eu en moi, irradiant une petite
zone autour de moi, une sensation (goût de la madeleine trempée, bruit métallique, sensation du pas)
qui était commune à cet endroit où je me trouvais
et aussi à un autre endroit (chambre de ma tante
Octave, wagon du chemin de fer, baptistère de Saint-
Marc). Et, au moment où je raisonnais ainsi, le bruit
strident d'une conduite d'eau, tout à fait pareil à
ces longs cris que parfois l'été les navires de plaisance
faisaient entendre le soir au large de Balbec, me fit
éprouver (comme me l'avait déjà fait une fois à
Paris, dans un grand restaurant, la vue d'une luxueuse
salle à manger à demi vide, estivale et chaude) bien
plus qu'une sensation simplement analogue à celle
que j'avais à la fin de l'après-midi à Balbec, quand,
toutes les tables étant déjà couvertes de leur nappe
et de leur argenterie, les vastes baies vitrées restant
ouvertes tout en grand sur la digue, sans un seul
intervalle, un seul « plein » de verre ou de pierre, tandis que le soleil descendait lentement sur la mer où
commençaient à crier les navires, je n'avais, pour
rejoindre Albertine et ses amies qui se promenaient
sur la digue, qu'à enjamber le cadre de bois à peine
plus haut que ma cheville, dans la charnière duquel
on avait fait pour l'aération de l'hôtel glisser toutes
ensemble les vitres qui se continuaient. Mais le
souvenir douloureux d'avoir aimé Albertine ne se
mêlait pas à cette sensation. Il n'est de souvenir
douloureux que des morts. Or ceux-ci se détruisent
vite, et il ne reste plus autour de leurs tombes mêmes
que la beauté de la nature, le silence, la pureté de
l'air. Ce n'était d'ailleurs même pas seulement un
écho, un double d'une sensation passée que venait

de me faire éprouver le bruit de la conduite d'eau,
mais cette sensation elle-même. Dans ce cas-là comme
dans tous les précédents, la sensation commune avait
cherché à recréer autour d'elle le lieu ancien, cependant que le lieu actuel qui en tenait la place s'opposait de toute la résistance de sa masse à cette immigra-
tion dans un hôtel de Paris d'une plage normande
ou d'un talus d'une voie de chemin de fer. La salle à
manger marine de Balbec, avec son linge damassé
préparé comme des nappes d'autel pour recevoir le
coucher du soleil, avait cherché à ébranler la solidité
de l'hôtel de Guermantes, à en forcer les portes, et
avait fait vaciller un instant les canapés autour de moi,
comme elle avait fait, un autre jour, les tables du restaurant de Paris. Toujours, dans ces résurrections-là,
le lieu lointain engendré autour de la sensation commune s'était accouplé un instant, comme un lutteur, au
lieu actuel. Toujours le lieu actuel avait été vainqueur ; toujours c'était le vaincu qui m'avait paru le
plus beau ; si beau que j'étais resté en extase sur le
pavé inégal comme devant la tasse de thé, cherchant
à maintenir aux moments où il apparaissait, à faire
réapparaître dès qu'il m'avait échappé, ce Combray,
ce Venise, ce Balbec envahissants et refoulés qui
s'élevaient pour m'abandonner ensuite au sein de ces
lieux nouveaux, mais perméables pour le passé. Et
si le lieu actuel n'avait pas été aussitôt vainqueur,
je crois que j'aurais perdu connaissance ; car ces
résurrections du passé, dans la seconde qu'elles durent, sont si totales qu'elles n'obligent pas seulement
nos yeux à cesser de voir la chambre qui est près
d'eux pour regarder la voie bordée d'arbres ou la
marée montante ; elles forcent nos narines à respirer
l'air de lieux pourtant lointains, notre volonté à
choisir entre les divers projets qu'ils nous proposent,
notre personne tout entière à se croire entourée par
eux, ou du moins à trébucher entre eux et les lieux
présents, dans l'étourdissement d'une incertitude

pareille à celle qu'on éprouve parfois devant une vision ineffable, au moment de s'endormir.

De sorte que ce que l'être par trois et quatre fois ressuscité en moi venait de goûter, c'était peut-être bien des fragments d'existence soustraits au temps, mais cette contemplation, quoique d'éternité, était fugitive. Et pourtant je sentais que le plaisir qu'elle m'avait, à de rares intervalles, donné dans ma vie, était le seul qui fût fécond et véritable. Le signe de l'irréalité des autres ne se montre-t-il pas assez, soit dans leur impossibilité à nous satisfaire, comme par exemple les plaisirs mondains qui causent tout au plus le malaise provoqué par l'ingestion d'une nour-riture abjecte, l'amitié qui est une simulation puisque, pour quelques raisons morales qu'il le fasse, l'artiste qui renonce à une heure de travail pour une heure de causerie avec un ami, sait qu'il sacrifie une réa-lité pour quelque chose qui n'existe pas (les amis n'étant des amis que dans cette douce folie que nous avons au cours de la vie, à laquelle nous nous prê-tons, mais que du fond de notre intelligence nous savons l'erreur d'un fou qui croirait que les meubles vivent et causerait avec eux), soit dans la tristesse qui suit leur satisfaction, comme celle que j'avais eue, le jour où j'avais été présenté à Albertine, de m'être donné un mal pourtant bien petit afin d'obtenir une chose — connaître cette jeune fille — qui ne me sem-blait petite que parce que je l'avais obtenue ? Même un plaisir plus profond, comme celui que j'aurais pu éprouver quand j'aimais Albertine, n'était en réalité perçu qu'inversement par l'angoisse que j'avais quand elle n'était pas là, car quand j'étais sûr qu'elle allait arri-ver, comme le jour où elle était revenue du Trocadéro, je n'avais pas cru éprouver plus qu'un vague ennui, tandis que je m'exaltais de plus en plus au fur et à mesure que j'approfondissais, avec une joie croissante pour moi, le bruit du couteau ou le goût de l'infusion qui avait fait entrer dans ma chambre la chambre de ma tante Léonie, et à sa suite tout Combray, et ses deux côtés. Aussi, cette contemplation de l'essence des choses, j'étais maintenant décidé à m'attacher à elle, à la fixer, mais comment ? par quel moyen ? Sans doute, au moment où la raideur de la serviette m'avait rendu Balbec, pendant un instant avait caressé mon imagination, non pas seulement de la vue de la mer telle qu'elle était ce matin-là, mais de l'odeur de la chambre, de la vitesse du vent, du désir de déjeuner, de l'incertitude entre les diverses promenades, tout cela attaché à la sensation du linge comme les mille ailes des anges, — sans doute, au moment où l'iné-galité des deux pavés avait prolongé les images des-séchées et minces que j'avais de Venise et de Saint-Marc, dans tous les sens et toutes les dimensions, de toutes les sensations que j'y avais éprouvées, rac-cordant la place à l'église, l'embarcadère à la place, le canal à l'embarcadère, et à tout ce que les yeux voient le monde de désirs qui n'est vu que de l'es-prit, — j'avais été tenté, sinon, à cause de la saison, d'aller me repromener sur les eaux pour moi surtout printanières de Venise, du moins de retourner à Balbec. Mais je ne m'arrêtai pas un instant à cette pensée. Non seulement je savais que les pays n'étaient pas tels que leur nom me les peignait, et il n'y avait plus guère que dans mes rêves, en dormant, qu'un lieu s'étendait devant moi fait de la pure matière entièrement distincte des choses communes qu'on voit, qu'on touche, et qui avait été la leur quand je me les représentais ; mais, même en ce qui concernait ces images d'un autre genre encore, celles du souvenir, je savais que la beauté de Balbec, je ne l'avais pas trouvée quand j'y étais, et que celle même qu'il m'avait laissée, ce n'était plus celle que j'avais retrou-vée à mon second séjour. J'avais trop expérimenté l'impossibilité d'atteindre dans la réalité ce qui était au fond de moi-même ; que ce n'était pas plus sur la place Saint-Marc que ce n'avait été à mon second

voyage à Balbec, ou à mon retour à Tansonville pour
voir Gilberte, que je retrouverais le Temps perdu,
et que le voyage, qui ne faisait que me proposer une
fois de plus l'illusion que ces impressions anciennes
existaient hors de moi-même, au coin d'une certaine
place, ne pouvait être le moyen que je cherchais.
Et je ne voulais pas me laisser leurrer une fois de
plus, car il s'agissait pour moi de savoir enfin s'il
était vraiment possible d'atteindre ce que, toujours
déçu comme je l'avais été en présence des lieux et
des êtres, j'avais (bien qu'une fois la pièce pour
concert de Vinteuil eût semblé me dire le contraire)
cru irréalisable. Je n'allais donc pas tenter une expérience de plus dans la voie que je savais depuis longtemps ne mener à rien. Des impressions telles que
celles que je cherchais à fixer ne pouvaient que
s'évanouir au contact d'une jouissance directe qui
a été impuissante à les faire naître. La seule manière
de les goûter davantage, c'était de tâcher de les
connaître plus complètement, là où elles se trouvaient,
c'est-à-dire en moi-même, de les rendre claires
jusque dans leurs profondeurs. Je n'avais pu connaître
le plaisir à Balbec, pas plus que celui de vivre avec
Albertine, lequel ne m'avait été perceptible qu'après
coup. Et la récapitulation que je faisais des déceptions
de ma vie, en tant que vécue, et qui me faisaient
croire que sa réalité devait résider ailleurs qu'en
l'action, ne rapprochait pas d'une manière purement
fortuite et en suivant les circonstances de mon
existence, des désappointements différents. Je sentais
bien que la déception du voyage, la déception de
l'amour n'étaient pas des déceptions différentes,
mais l'aspect varié que prend, selon le fait auquel
il s'applique, l'impuissance que nous avons à nous
réaliser dans la jouissance matérielle, dans l'action
effective. Et, repensant à cette joie extra-temporelle
causée, soit par le bruit de la cuiller, soit par le goût
de la madeleine, je me disais : « Était-ce cela, ce

bonheur proposé par la petite phrase de la sonate à
Swann qui s'était trompé en l'assimilant au plaisir de
l'amour et n'avait pas su le trouver dans la création
artistique, ce bonheur que m'avait fait pressentir
comme plus supra-terrestre encore que n'avait fait
la petite phrase de la sonate, l'appel rouge et mystérieux de ce septuor que Swann n'avait pu connaître,
étant mort comme tant d'autres avant que la vérité
faite pour eux eût été révélée ? D'ailleurs, elle n'eût
pu lui servir, car cette phrase pouvait bien symbo-
liser un appel, mais non créer des forces et faire de
Swann l'écrivain qu'il n'était pas. »

Cependant, je m'avisai au bout d'un moment,
après avoir pensé à ces résurrections de la mémoire,
que, d'une autre façon, des impressions obscures
avaient quelquefois, et déjà à Combray du côté
de Guermantes, sollicité ma pensée, à la façon de
ces réminiscences, mais qui cachaient non une sensation d'autrefois mais une vérité nouvelle, une image
précieuse que je cherchais à découvrir par des efforts
du même genre que ceux qu'on fait pour se rappeler
quelque chose, comme si nos plus belles idées
étaient comme des airs de musique qui nous re-
viendraient sans que nous les eussions jamais entendus, et que nous nous efforcerions d'écouter, de
transcrire. Je me souvins avec plaisir, parce que
cela me montrait que j'étais déjà le même alors et
que cela recouvrait un trait fondamental de ma nature, avec tristesse aussi en pensant que depuis lors
je n'avais jamais progressé, que déjà à Combray je
fixais avec attention devant mon esprit quelque
image qui m'avait forcé à la regarder, un nuage, un
triangle, un clocher, une fleur, un caillou, en sentant
qu'il y avait peut-être sous ces signes quelque chose
de tout autre que je devais tâcher de découvrir, une
pensée qu'ils traduisaient à la façon de ces caractères
hiéroglyphiques qu'on croirait représenter seulement
des objets matériels. Sans doute ce déchiffrage était

difficile, mais seul il donnait quelque vérité à lire.
Car les vérités que l'intelligence saisit directement
à claire-voie dans le monde de la pleine lumière ont
quelque chose de moins profond, de moins nécessaire
que celles que la vie nous a malgré nous communi-
quées en une impression, matérielle parce qu'elle
est entrée par nos sens, mais dont nous pouvons
dégager l'esprit. En somme, dans un cas comme dans
l'autre, qu'il s'agît d'impressions comme celle que
m'avait donnée la vue des clochers de Martinville,
ou de réminiscences comme celle de l'inégalité des
deux marches ou le goût de la madeleine, il fallait
tâcher d'interpréter les sensations comme les signes
d'autant de lois et d'idées, en essayant de penser,
c'est-à-dire de faire sortir de la pénombre ce que
j'avais senti, de le convertir en un équivalent spirituel.
Or, ce moyen qui me paraissait le seul, qu'était-ce
autre chose que faire une œuvre d'art ? Et déjà les
conséquences se pressaient dans mon esprit ; car
qu'il s'agît de réminiscences dans le genre du bruit
de la fourchette ou du goût de la madeleine, ou de
ces vérités écrites à l'aide de figures dont j'essayais
de chercher le sens dans ma tête où, clochers, herbes
folles, elles composaient un grimoire compliqué et
fleuri, leur premier caractère était que je n'étais pas
libre de les choisir, qu'elles m'étaient données telles
quelles. Et je sentais que ce devait être la griffe de
leur authenticité. Je n'avais pas été chercher les
deux pavés inégaux de la cour où j'avais buté. Mais
justement la façon fortuite, inévitable, dont la sensation avait été rencontrée, contrôlait la vérité du passé
qu'elle ressuscitait, des images qu'elle déclenchait,
puisque nous sentons son effort pour remonter vers
la lumière, que nous sentons la joie du réel retrouvé.
Elle est le contrôle aussi de la vérité de tout le tableau,
fait d'impressions contemporaines qu'elle ramène
à sa suite avec cette infaillible proportion de lumière
et d'ombre, de relief et d'omission, de souvenir et

d'oubli que la mémoire ou l'observation conscientes ignoreront toujours.

Quant au livre intérieur de signes inconnus (de signes en relief, semblait-il, que mon attention, explorant mon inconscient, allait chercher, heurtait, contournait, comme un plongeur qui sonde), pour la lecture desquels personne ne pouvait m'aider d'aucune règle, cette lecture consistait en un acte de création où nul ne peut nous suppléer ni même collaborer avec nous. Aussi combien se détournent de l'écrire! Que de tâches n'assume-t-on pas pour éviter celle-là! Chaque événement, que ce fût l'affaire Dreyfus, que ce fût la guerre, avait fourni d'autres excuses aux écrivains pour ne pas déchiffrer ce livre-là ; ils voulaient assurer le triomphe du Droit, refaire l'unité morale de la nation, n'avaient pas le temps de penser à la littérature. Mais ce n'était que des excuses, parce qu'ils n'avaient pas, ou plus, de génie, c'est-à-dire d'instinct. Car l'instinct dicte le devoir et l'intelligence fournit les prétextes pour l'éluder. Seulement les excuses ne figurent point dans l'art, les intentions n'y sont pas comptées : à tout moment l'artiste doit écouter son instinct, ce qui fait que l'art est ce qu'il y a de plus réel, la plus austère école de la vie, et le vrai Jugement dernier. Ce livre, le plus pénible de tous à déchiffrer, est aussi le seul que nous ait dicté la réalité, le seul dont « l'impression » ait été faite en nous par la réalité même. De quelque idée laissée en nous par la vie qu'il s'agisse, sa figure matérielle, trace de l'impression qu'elle nous a faite, est encore le gage de sa vérité nécessaire. Les idées formées par l'intelligence pure n'ont qu'une vérité logique, une vérité possible, leur élection est arbitraire. Le livre aux caractères figurés, non tracés par nous, est notre seul livre. Non que ces idées que nous formons ne puissent être justes logiquement, mais nous ne savons pas si elles sont vraies. Seule l'impression, si chétive qu'en sem-

ble la matière, si insaisissable la trace, est un critérium de vérité, et à cause de cela mérite seule d'être
appréhendée par l'esprit, car elle est seule capable,
s'il sait en dégager cette vérité, de l'amener à une
plus grande perfection et de lui donner une pure
joie. L'impression est pour l'écrivain ce qu'est
l'expérimentation pour le savant, avec cette différence
que chez le savant le travail de l'intelligence précède
et chez l'écrivain vient après. Ce que nous n'avons
pas eu à déchiffrer, à éclaircir par notre effort personnel, ce qui était clair avant nous, n'est pas à nous.
Ne vient de nous-même que ce que nous tirons de
l'obscurité qui est en nous et que ne connaissent
pas les autres *.

Ainsi j'étais déjà arrivé à cette conclusion que nous
ne sommes nullement libres devant l'œuvre d'art,

---

* Un rayon oblique du couchant me rappelle
instantanément un temps auquel je n'avais jamais
repensé et où dans ma petite enfance, comme ma tante
Léonie avait une fièvre que le Dr Percepied avait
crainte typhoïde, on m'avait fait habiter une semaine
la petite chambre qu'Eulalie avait sur la place de
l'Église, où il n'y avait qu'une sparterie par terre et
à la fenêtre un rideau de percale, bourdonnant toujours d'un soleil auquel je n'étais pas habitué. Et en
voyant comme le souvenir de cette petite chambre
d'ancienne domestique ajoutait tout d'un coup à ma
vie passée une longue étendue si différente du reste
et si délicieuse, je pensai par contraste au néant d'impressions qu'avaient apporté dans ma vie les fêtes
les plus somptueuses dans les hôtels les plus princiers.
La seule chose un peu triste dans cette chambre
d'Eulalie était qu'on y entendait le soir, à cause de la
proximité du viaduc, les hululements des trains.
Mais comme je savais que ces beuglements émanaient
de machines réglées, ils ne m'épouvantaient pas
comme auraient pu faire, à une époque de la pré-
histoire, les cris poussés par un mammouth voisin
dans sa promenade libre et désordonnée.

que nous ne la faisons pas à notre gré, mais que,
préexistant à nous, nous devons, à la fois parce qu'elle
est nécessaire et cachée, et comme nous ferions pour
une loi de la nature, la découvrir. Mais cette découverte que l'art pouvait nous faire faire, n'était-elle
pas, au fond, celle de ce qui devrait nous être le plus
précieux, et qui nous reste d'habitude à jamais
inconnu, notre vraie vie, la réalité telle que nous
l'avons sentie et qui diffère tellement de ce que nous
croyons, que nous sommes emplis d'un tel bonheur
quand un hasard nous apporte le souvenir véritable ?
Je m'en assurais par la fausseté même de l'art prétendu
réaliste et qui ne serait pas si mensonger si nous
n'avions pris dans la vie l'habitude de donner à ce que
nous sentons une expression qui en diffère tellement,
et que nous prenons au bout de peu de temps pour
la réalité même. Je sentais que je n'aurais pas à m'embarrasser des diverses théories littéraires qui m'avaient
un moment troublé — notamment celles que la
critique avait développées au moment de l'affaire
Dreyfus et avait reprises pendant la guerre, et qui
tendaient à « faire sortir l'artiste de sa tour d'ivoire »,
et à traiter des sujets non frivoles ni sentimentaux,
mais peignant de grands mouvements ouvriers, et, à
défaut de foules, à tout le moins non plus d'insignifiants oisifs (« J'avoue que la peinture de ces inutiles
m'indiffère assez », disait Bloch), mais de nobles
intellectuels, ou des héros. D'ailleurs, même avant
de discuter leur contenu logique, ces théories me
paraissaient dénoter chez ceux qui les soutenaient
une preuve d'infériorité, comme un enfant vraiment
bien élevé qui entend des gens chez qui on l'a envoyé
déjeuner dire : « Nous avouons tout, nous sommes
francs », sent que cela dénote une qualité morale
inférieure à la bonne action pure et simple, qui ne dit
rien. L'art véritable n'a que faire de tant de procla-
mations et s'accomplit dans le silence. D'ailleurs, ceux
qui théorisaient ainsi employaient des expressions

toutes faites qui ressemblaient singulièrement à celles d'imbéciles qu'ils flétrissaient. Et peut-être est-ce plutôt à la qualité du langage qu'au genre d'esthétique qu'on peut juger du degré auquel a été porté le travail intellectuel et moral. Mais inversement cette qualité du langage * dont croient pouvoir se passer les théoriciens, ceux qui admirent les théoriciens croient facilement qu'elle ne prouve pas une grande valeur intellectuelle, valeur qu'ils ont besoin, pour la discerner, de voir exprimée directement et qu'ils n'induisent pas de la beauté d'une image. D'où la grossière tentation pour l'écrivain d'écrire des œuvres intellectuelles. Grande indélicatesse. Une œuvre où il y a des théories est comme un objet sur lequel on laisse la marque du prix. On raisonne, c'est-à-dire on vagabonde, chaque fois qu'on n'a pas la force de s'astreindre à faire passer une impression par tous les états successifs qui aboutiront à sa fixation, à l'expression. La réalité à exprimer résidait, je le comprenais maintenant, non dans l'apparence du sujet, mais à une profondeur où cette apparence importait peu, comme le symbolisaient ce bruit de cuiller sur une assiette, cette raideur empesée de la serviette, qui m'avaient été plus précieux pour mon renouvellement spirituel que tant de conversations humanitaires, patriotiques, internationalistes et métaphysiques. « Plus de style, avais-je entendu dire alors, plus de littérature, de la vie ! » On peut penser combien même les simples théories de M. de Norpois contre les « joueurs de flûte » avaient refleuri depuis la guerre.

* Et même pour étudier les lois du caractère, on le peut aussi bien en prenant un sujet sérieux ou frivole, comme un prosecteur peut aussi bien étudier celles de l'anatomie sur le corps d'un imbécile que sur celui d'un homme de talent, les grandes lois morales, aussi bien que celles de la circulation du sang ou de l'élimination rénale, différant peu selon la valeur intellectuelle des individus.

Car tous ceux qui n'ont pas le sens artistique, c'est-à-dire la soumission à la réalité intérieure, peuvent être pourvus de la faculté de raisonner à perte de vue sur l'art. Pour peu qu'ils soient par surcroît diplomates ou financiers, mêlés aux « réalités » du temps présent, ils croient volontiers que la littérature est un jeu de l'esprit destiné à être éliminé de plus en plus dans l'avenir. Quelques-uns voulaient que le roman fût une sorte de défilé cinématographique des choses. Cette conception était absurde. Rien ne s'éloigne plus de ce que nous avons perçu en réalité qu'une telle vue cinématographique.

Justement, comme, en entrant dans cette bibliothèque, je m'étais souvenu de ce que les Goncourt disent des belles éditions originales qu'elle contient, je m'étais promis de les regarder tandis que j'étais enfermé ici. Et tout en poursuivant mon raisonnement, je tirais un à un, sans trop y faire attention du reste, les précieux volumes, quand, au moment où j'ouvrais distraitement l'un d'eux : _François le Champi_ de George Sand, je me sentis désagréablement frappé comme par quelque impression trop en désaccord avec mes pensées actuelles, jusqu'au moment où, avec une émotion qui allait jusqu'à me faire pleurer, je reconnus combien cette impression était d'accord avec elles. Tandis que dans la chambre mortuaire les employés des pompes funèbres se préparent à descendre la bière, et que le fils d'un homme qui a rendu des services à la patrie serre la main aux derniers amis qui défilent, si tout à coup retentit sous les fenêtres une fanfare, il se révolte, croyant à quelque moquerie dont on insulte son chagrin ; mais lui, qui est resté maître de soi jusque-là, ne peut plus retenir ses larmes, car il vient de comprendre que ce qu'il entend c'est la musique d'un régiment qui s'associe à son deuil et rend honneur à la dépouille de son père. Tel, je venais de reconnaître combien s'accordait avec mes pensées actuelles la douloureuse impression

que j'avais éprouvée en voyant ce titre d'un livre dans
la bibliothèque du prince de Guermantes ; titre qui
m'avait donné l'idée que la littérature nous offrait
vraiment ce monde de mystère que je ne trouvais plus
en elle. Et pourtant ce n'était pas un livre bien extraordinaire, c'était *François le Champi*. Mais ce nom-là,
comme le nom des Guermantes, n'était pas pour moi
comme ceux que j'avais connus depuis. Le souvenir
de ce qui m'avait semblé inexplicable dans le sujet de
François le Champi tandis que maman me lisait le
livre de George Sand, était réveillé par ce titre (aussi
bien que le nom de Guermantes, quand je n'avais pas
vu les Guermantes depuis longtemps, contenait
pour moi tant de féodalité — comme *François le
Champi* l'essence du roman —), et se substituait
pour un instant à l'idée fort commune de ce que sont
les romans berrichons de George Sand. Dans un
dîner, quand la pensée reste toujours à la surface,
j'aurais pu sans doute parler de *François le Champi*
et des Guermantes sans que ni l'un ni l'autre fussent
ceux de Combray. Mais quand j'étais seul, comme en
ce moment, c'est à une profondeur plus grande que
j'avais plongé. A ce moment-là, l'idée que telle
personne dont j'avais fait la connaissance dans le
monde était cousine de Mme de Guermantes, c'est-
à-dire d'un personnage de lanterne magique, me semblait incompréhensible, et tout autant, que les plus
beaux livres que j'avais lus fussent — je ne dis pas
même supérieurs, ce qu'ils étaient pourtant — mais
égaux à cet extraordinaire *François le Champi*. C'était
une impression bien ancienne, où mes souvenirs
d'enfance et de famille étaient tendrement mêlés
et que je n'avais pas reconnue tout de suite. Je m'étais
au premier instant demandé avec colère quel était
l'étranger qui venait me faire mal. Cet étranger,
c'était moi-même, c'était l'enfant que j'étais alors, que
le livre venait de susciter en moi, car, de moi ne
connaissant que cet enfant, c'est cet enfant que le

livre avait appelé tout de suite, ne voulant être
regardé que par ses yeux, aimé que par son cœur,
et ne parler qu'à lui. Aussi ce livre que ma mère
m'avait lu haut à Combray presque jusqu'au matin,
avait-il gardé pour moi tout le charme de cette nuit-là.
Certes, la « plume » de George Sand, pour prendre
une expression de Brichot qui aimait tant dire qu'un
livre était écrit « d'une plume alerte », ne me semblait
pas du tout, comme elle avait paru si longtemps à ma
mère avant qu'elle modelât lentement ses goûts
littéraires sur les miens, une plume magique. Mais
c'était une plume que sans le vouloir j'avais électrisée
comme s'amusent souvent à faire les collégiens, et
voici que mille riens de Combray, et que je n'apercevais plus depuis longtemps, sautaient légèrement
d'eux-mêmes et venaient à la queue leu leu se suspendre
au bec aimanté, en une chaîne interminable et trem-
blante de souvenirs.

Certains esprits qui aiment le mystère veulent
croire que les objets conservent quelque chose des
yeux qui les regardèrent, que les monuments et les
tableaux ne nous apparaissent que sous le voile
sensible que leur ont tissé l'amour et la contemplation
de tant d'adorateurs, pendant des siècles. Cette
chimère deviendrait vraie s'ils la transposaient dans
le domaine de la seule réalité pour chacun, dans le
domaine de sa propre sensibilité. Oui, en ce sens-là,
en ce sens-là seulement (mais il est bien plus grand),
une chose que nous avons regardée autrefois, si nous
la revoyons, nous rapporte, avec le regard que nous
y avons posé, toutes les images qui le remplissaient
alors. C'est que les choses — un livre sous sa couverture rouge comme les autres —, sitôt qu'elles sont
perçues par nous, deviennent en nous quelque chose
d'immatériel, de même nature que toutes nos préoccupations ou nos sensations de ce temps-là, et se
mêlent indissolublement à elles. Tel nom lu dans un
livre autrefois contient entre ses syllabes le vent

rapide et le soleil brillant qu'il faisait quand nous le lisions. De sorte que la littérature qui se contente de « décrire les choses », d'en donner seulement un misérable relevé de lignes et de surfaces, est celle qui, tout en s'appelant réaliste, est la plus éloignée de la réalité, celle qui nous appauvrit et nous attriste le plus, car elle coupe brusquement toute communication de notre moi présent avec le passé, dont les choses gardaient l'essence, et l'avenir, où elles nous incitent à la goûter de nouveau. C'est elle que l'art digne de ce nom doit exprimer, et, s'il y échoue, on peut encore tirer de son impuissance un enseignement (tandis qu'on n'en tire aucun des réussites du réalisme), à savoir que cette essence est en partie subjective et incommunicable.

Bien plus, une chose que nous vîmes à une certaine époque, un livre que nous lûmes ne restent pas unis à jamais seulement à ce qu'il y avait autour de nous ; il le reste aussi fidèlement à ce que nous étions alors, il ne peut plus être repassé que par la sensibilité, par la personne que nous étions alors ; si je reprends, même par la pensée, dans la bibliothèque, *François le Champi*, immédiatement en moi un enfant se lève qui prend ma place, qui seul a le droit de lire ce titre : *François le Champi*, et qui le lit comme il le lut alors, avec la même impression du temps qu'il faisait dans le jardin, les mêmes rêves qu'il formait alors sur les pays et sur la vie, la même angoisse du lendemain. Que je revoie une chose d'un autre temps, c'est un jeune homme qui se lèvera. Et ma personne d'aujourd'hui n'est qu'une carrière abandonnée, qui croit que tout ce qu'elle contient est pareil et monotone, mais d'où chaque souvenir, comme un sculpteur de Grèce, tire des statues innombrables. Je dis : chaque chose que nous revoyons ; car les livres se comportent en cela comme ces choses : la manière dont leur dos s'ouvrait, le grain du papier peut avoir gardé en lui un souvenir aussi vif de la façon dont j'imaginais alors Venise et du désir que j'avais d'y aller, que les phrases mêmes des livres. Plus vif même, car celles-ci gênent parfois, comme ces photographies d'un être devant lesquelles on se le rappelle moins bien qu'en se contentant de penser à lui. Certes, pour bien des livres de mon enfance, et, hélas, pour certains livres de Bergotte lui-même, quand un soir de fatigue il m'arrive de les prendre, ce n'est pourtant que comme j'aurais pris un train dans l'espoir de me reposer par la vision de choses différentes et en respirant l'atmosphère d'autrefois. Mais il arrive que cette évocation recherchée se trouve entravée au contraire par la lecture prolongée du livre. Il en est un de Bergotte (qui dans la bibliothèque du prince portait une dédicace d'une flagornerie et d'une platitude extrêmes), lu jadis un jour d'hiver où je ne pouvais voir Gilberte, et où je ne peux réussir à retrouver les phrases que j'aimais tant. Certains mots me feraient croire que ce sont elles, mais c'est impossible. Où serait donc la beauté que je leur trouvais ? Mais du volume lui-même la neige qui couvrait les Champs-Élysées le jour où je le lus n'a pas été enlevée, je la vois toujours.

Et c'est pour cela que, si j'avais été tenté d'être bibliophile, comme l'était le prince de Guermantes, je ne l'aurais été que d'une façon particulière, sans pourtant dédaigner cette beauté indépendante de la valeur propre d'un livre et qui lui vient pour les amateurs de connaître les bibliothèques par où il a passé, de savoir qu'il fut donné, à l'occasion de tel événement, par tel souverain à tel homme célèbre, de l'avoir suivi de vente en vente à travers sa vie ; cette beauté, historique en quelque sorte, d'un livre ne serait pas perdue pour moi. Mais c'est plus volontiers de l'histoire de ma propre vie, c'est-à-dire non pas en simple curieux, que je la dégagerais ; et ce serait souvent non pas à l'exemplaire matériel que je l'attacherais, mais à l'ouvrage, comme à ce *François le Champi*, contemplé pour la première fois dans ma petite chambre de Combray, pendant la nuit peut-être la plus douce et

la plus triste de ma vie où j'avais, hélas! (dans un temps
où me paraissaient bien inaccessibles les mystérieux
Guermantes) obtenu de mes parents une première
abdication d'où je pouvais faire dater le déclin de ma
santé et de mon vouloir, mon renoncement chaque
jour aggravé à une tâche difficile — et retrouvé
aujourd'hui dans la bibliothèque des Guermantes
précisément, par le jour le plus beau et dont s'éclairaient soudain non seulement les tâtonnements anciens
de ma pensée, mais même le but de ma vie et peut-
être de l'art. Pour les exemplaires eux-mêmes des
livres, j'eusse été, d'ailleurs, capable de m'y intéresser,
dans une acception vivante. La première édition d'un
ouvrage m'eût été plus précieuse que les autres, mais
j'aurais entendu par elle l'édition où je le lus pour la
première fois. Je rechercherais les éditions originales,
je veux dire celles où j'eus de ce livre une impression
originale. Car les impressions suivantes ne le sont
plus. Je collectionnerais pour les romans les reliures
d'autrefois, celles du temps où je lus mes premiers
romans et qui entendaient tant de fois papa me dire :
« Tiens-toi droit. » Comme la robe où nous vîmes
pour la première fois une femme, elles m'aideraient
à retrouver l'amour que j'avais alors, la beauté sur
laquelle j'ai superposé tant d'images de moins en
moins aimées, pour pouvoir retrouver la première,
moi qui ne suis pas le moi qui l'ai vue et qui dois
céder la place au moi que j'étais alors, s'il appelle
la chose qu'il connut et que mon moi d'aujourd'hui
ne connaît point.

La bibliothèque que je me composerais ainsi
serait même d'une valeur plus grande encore ;
car les livres que je lus jadis à Combray, à Venise,
enrichis maintenant par ma mémoire de vastes
enluminures représentant l'église Saint-Hilaire, la
gondole amarrée au pied de Saint-Georges-le-Majeur
sur le Grand Canal incrusté de scintillants saphirs,
seraient devenus dignes de ces « livres à images »,

bibles historiées, livres d'heures que l'amateur
n'ouvre jamais pour lire le texte mais pour s'enchanter
une fois de plus des couleurs qu'y a ajoutées quelque
émule de Foucquet et qui font tout le prix de l'ouvrage. Et pourtant, même n'ouvrir ces livres lus
autrefois que pour regarder les images qui ne les
ornaient pas alors, me semblerait encore si dangereux
que, même en ce sens, le seul que je puisse comprendre, je ne serais pas tenté d'être bibliophile. Je
sais trop combien ces images laissées par l'esprit
sont aisément effacées par l'esprit. Aux anciennes il
en substitue de nouvelles qui n'ont plus le même
pouvoir de résurrection. Et si j'avais encore le
François le Champi que maman sortit un soir du
paquet de livres que ma grand'mère devait me
donner pour ma fête, je ne le regarderais jamais ;
j'aurais trop peur d'y insérer peu à peu mes impressions d'aujourd'hui, de le voir devenir à ce point
une chose du présent que, quand je lui demanderais
de susciter une fois encore l'enfant qui déchiffra
son titre dans la petite chambre de Combray, l'enfant,
ne reconnaissant pas son accent, ne répondît plus à
son appel et restât pour toujours enterré dans l'oubli.

L'idée d'un art populaire comme d'un art patriotique, si même elle n'avait pas été dangereuse, me
semblait ridicule. S'il s'agissait de le rendre accessible au peuple, en sacrifiant les raffinements de la
forme, « bons pour des oisifs », j'avais assez fréquenté
de gens du monde pour savoir que ce sont eux les
véritables illettrés, et non les ouvriers électriciens.
A cet égard, un art populaire par la forme eût été
destiné plutôt aux membres du Jockey qu'à ceux
de la Confédération générale du Travail ; quant aux
sujets, les romans populaires ennuient autant les
gens du peuple que les enfants ces livres qui sont
écrits pour eux. On cherche à se dépayser en lisant,
et les ouvriers sont aussi curieux des princes que les

princes des ouvriers. Dès le début de la guerre
M. Barrès avait dit que l'artiste (en l'espèce Titien)
doit avant tout servir la gloire de sa patrie. Mais il
ne peut la servir qu'en étant artiste, c'est-à-dire
qu'à condition, au moment où il étudie ces lois,
institue ces expériences et fait ces découvertes aussi
délicates que celles de la science, de ne pas penser
à autre chose — fût-ce à la patrie — qu'à la vérité
qui est devant lui. N'imitons pas les révolutionnaires
qui par « civisme » méprisaient, s'ils ne les détruisaient pas, les œuvres de Watteau et de La Tour,
peintres qui honorent davantage la France que tous
ceux de la Révolution. L'anatomie n'est peut-être
pas ce que choisirait un cœur tendre, si l'on avait
le choix. Ce n'est pas la bonté de son cœur vertueux,
laquelle était fort grande, qui a fait écrire à Choderlos
de Laclos *les Liaisons dangereuses*, ni son goût pour
la bourgeoisie petite ou grande qui a fait choisir
à Flaubert comme sujets ceux de *Madame Bovary*
et de *l'Éducation sentimentale*. Certains disaient que
l'art d'une époque de hâte serait bref, comme ceux
qui prédisaient avant la guerre qu'elle serait courte.
Le chemin de fer devait ainsi tuer la contemplation,
il était vain de regretter le temps des diligences, mais
l'automobile remplit leur fonction et arrête à nouveau
les touristes vers les églises abandonnées.

Une image offerte par la vie nous apportait en
réalité, à ce moment-là, des sensations multiples et
différentes. La vue, par exemple, de la couverture
d'un livre déjà lu a tissé dans les caractères de son
titre les rayons de lune d'une lointaine nuit d'été.
Le goût du café au lait matinal nous apporte cette
vague espérance d'un beau temps qui jadis si souvent,
pendant que nous le buvions dans un bol de porce-
laine blanche, crémeuse et plissée qui semblait du
lait durci, quand la journée était encore intacte et
pleine, se mit à nous sourire dans la claire incertitude

du petit jour. Une heure n'est pas qu'une heure, c'est un vase rempli de parfums, de sons, de projets et de climats. Ce que nous appelons la réalité est un certain rapport entre ces sensations et ces souvenirs qui nous entourent simultanément — rapport que supprime une simple vision cinématographique, laquelle s'éloigne par là d'autant plus du vrai qu'elle prétend se borner à lui — rapport unique que l'écrivain doit retrouver pour en enchaîner à jamais dans sa phrase les deux termes différents. On peut faire se succéder indéfiniment dans une description les objets qui figuraient dans le lieu décrit, la vérité ne commencera qu'au moment où l'écrivain prendra deux objets différents, posera leur rapport, analogue dans le monde de l'art à celui qu'est le rapport unique de la loi causale dans le monde de la science, et les enfermera dans les anneaux nécessaires d'un beau style ; même, ainsi que la vie, quand, en rapprochant une qualité commune à deux sensations, il dégagera leur essence commune en les réunissant l'une et l'autre pour les soustraire aux contingences du temps, dans une métaphore. La nature ne m'avait pas mis elle-même, à ce point de vue, sur la voie de l'art, n'était-elle pas commencement d'art elle-même, elle qui ne m'avait permis de connaître, souvent, la beauté d'une chose que dans une autre, midi à Combray que dans le bruit de ses cloches, les matinées de Doncières que dans les hoquets de notre calorifère à eau ? Le rapport peut être peu intéressant, les objets médiocres, le style mauvais, mais tant qu'il n'y a pas eu cela, il n'y a rien.

Mais il y avait plus. Si la réalité était cette espèce de déchet de l'expérience, à peu près identique pour chacun, parce que quand nous disons : un mauvais temps, une guerre, une station de voitures, un restaurant éclairé, un jardin en fleurs, tout le monde sait ce que nous voulons dire ; si la réalité était cela, sans doute une sorte de film cinématographique de

ces choses suffirait et le « style », la « littérature » qui
s'écarteraient de leurs simples données seraient
un hors-d'œuvre artificiel. Mais était-ce bien cela,
la réalité ? Si j'essayais de me rendre compte de ce
qui se passe en effet au moment où une chose nous
fait une certaine impression, soit comme ce jour où,
en passant sur le pont de la Vivonne, l'ombre d'un
nuage sur l'eau m'avait fait crier « Zut alors! » en
sautant de joie, soit qu'écoutant une phrase de Bergotte, tout ce que j'eusse vu de mon impression
c'est ceci qui ne lui convient pas spécialement :
« C'est admirable », soit qu'irrité d'un mauvais
procédé, Bloch prononçât ces mots qui ne convenaient
pas du tout à une aventure si vulgaire : « Qu'on
agisse ainsi, je trouve cela tout de même fffantastique»,
soit quand, flatté d'être bien reçu chez les Guermantes, et d'ailleurs un peu grisé par leurs vins, je ne
pouvais m'empêcher de dire à mi-voix, seul, en les
quittant : « Ce sont tout de même des êtres exquis
avec qui il serait doux de passer la vie », je m'apercevais que ce livre essentiel, le seul livre vrai, un
grand écrivain n'a pas, dans le sens courant, à l'inventer, puisqu'il existe déjà en chacun de nous, mais
à le traduire. Le devoir et la tâche d'un écrivain sont
ceux d'un traducteur.

Or si, quand il s'agit du langage inexact de l'amour-
propre par exemple, le redressement de l'oblique
discours intérieur (qui va s'éloignant de plus en plus
de l'impression première et centrale) jusqu'à ce qu'il se
confonde avec la droite qui aurait dû partir de l'impression, si ce redressement est chose malaisée contre
quoi boude notre paresse, il est d'autres cas, celui où
il s'agit de l'amour par exemple, où ce même redressement devient douloureux. Toutes nos feintes
indifférences, toute notre indignation contre ses
mensonges si naturels, si semblables à ceux que nous
pratiquons nous-même, en un mot tout ce que nous

n'avons cessé, chaque fois que nous étions malheureux ou trahis, non seulement de dire à l'être aimé, mais même, en attendant de le voir, de nous dire sans fin à nous-même, quelquefois à haute voix dans le silence de notre chambre troublé par quelques : « Non, vraiment, de tels procédés sont intolérables », et : « J'ai voulu te recevoir une dernière fois et je ne nierai pas que cela me fasse de la peine », ramener tout cela à la vérité ressentie dont cela s'était tant écarté, c'est abolir tout ce à quoi nous tenions le plus, ce qui a fait, seul à seul avec nous-même, dans des projets fiévreux de lettres et de démarches, notre entretien passionné avec nous-même.

Même dans les joies artistiques, qu'on recherche pourtant en vue de l'impression qu'elles donnent, nous nous arrangeons le plus vite possible à laisser de côté comme inexprimable ce qui est précisément cette impression même, et à nous attacher à ce qui nous permet d'en éprouver le plaisir sans le connaître jusqu'au fond et de croire le communiquer à d'autres amateurs avec qui la conversation sera possible, parce que nous leur parlerons d'une chose qui est la même pour eux et pour nous, la racine personnelle de notre propre impression étant supprimée. Dans les moments mêmes où nous sommes les spectateurs les plus désintéressés de la nature, de la société, de l'amour, de l'art lui-même, comme toute impression est double, à demi engainée dans l'objet, prolongée en nous-même par une autre moitié que seul nous pourrions connaître, nous nous empressons de négliger celle-là, c'est-à-dire la seule à laquelle nous devrions nous attacher, et nous ne tenons compte que de l'autre moitié qui, ne pouvant pas être approfondie parce qu'elle est extérieure, ne sera cause pour nous d'aucune fatigue : le petit sillon que la vue d'une aubépine ou d'une église a creusé en nous, nous trouvons trop difficile de tâcher de l'apercevoir.

Mais nous rejouons la symphonie, nous retournons
voir l'église jusqu'à ce que — dans cette fuite loin
de notre propre vie que nous n'avons pas le courage
de regarder, et qui s'appelle l'érudition — nous les
connaissions aussi bien, de la même manière, que
le plus savant amateur de musique ou d'archéologie.
Aussi combien s'en tiennent là qui n'extraient rien
de leur impression, vieillissent inutiles et insatisfaits,
comme des célibataires de l'Art! Ils ont les chagrins
qu'ont les vierges et les paresseux, et que la fécondité
ou le travail guérirait. Ils sont plus exaltés à propos
des œuvres d'art que les véritables artistes, car leur
exaltation n'étant pas pour eux l'objet d'un dur
labeur d'approfondissement, elle se répand au dehors,
échauffe leurs conversations, empourpre leur visage ;
ils croient accomplir un acte en hurlant à se casser
la voix : « Bravo, bravo » après l'exécution d'une
œuvre qu'ils aiment. Mais ces manifestations ne les
forcent pas à éclaircir la nature de leur amour, ils ne
la connaissent pas. Cependant celui-ci, inutilisé, reflue
même sur leurs conversations les plus calmes, leur
fait faire de grands gestes, des grimaces, des hochements de tête quand ils parlent d'art. « J'ai été à un
concert où on jouait une musique qui, je vous avoue-
rai, ne m'emballait pas. On commence le quatuor.
Ah! mais, nom d'une pipe! ça change (la figure de
l'amateur à ce moment-là exprime une inquiétude
anxieuse comme s'il pensait : « Mais je vois des
étincelles, ça sent le roussi, il y a le feu »). Tonnerre
de Dieu, ce que j'entends là c'est exaspérant, c'est
mal écrit, mais c'est épastrouillant, ce n'est pas
l'œuvre de tout le monde. » Encore, si risibles soient-
ils, ne sont-ils pas tout à fait à dédaigner. Ils sont
les premiers essais de la nature qui veut créer
l'artiste, aussi informes, aussi peu viables que ces
premiers animaux qui précédèrent les espèces actuelles et qui n'étaient pas constitués pour durer. Ces
amateurs velléitaires et stériles doivent nous toucher

comme ces premiers appareils qui ne purent quitter la terre mais où résidait, non encore le moyen secret et qui restait à découvrir, mais le désir du vol. « Et, mon vieux, ajoute l'amateur en vous prenant par le bras, moi c'est la huitième fois que je l'entends, et je vous jure bien que ce n'est pas la dernière. » Et, en effet, comme ils n'assimilent pas ce qui dans l'art est vraiment nourricier, ils ont tout le temps besoin de joies artistiques, en proie à une boulimie qui ne les rassasie jamais. Ils vont donc applaudir longtemps de suite la même œuvre, croyant de plus que leur présence réalise un devoir, un acte, comme d'autres personnes la leur à une séance de conseil d'administration, à un enterrement. Puis viennent des œuvres autres et même opposées, que ce soit en littérature, en peinture ou en musique. Car la faculté de lancer des idées, des systèmes, et surtout de se les assimiler, a toujours été beaucoup plus fréquente, même chez ceux qui produisent, que le véritable goût, mais prend une extension plus considérable depuis que les revues, les journaux littéraires se sont multipliés (et avec eux les vocations factices d'écrivains et d'artistes). Aussi la meilleure partie de la jeunesse, la plus intelligente, la plus désintéressée, n'aimait-elle plus que les œuvres ayant une haute portée morale et sociologique, même religieuse. Elle s'imaginait que c'était là le critérium de la valeur d'une œuvre, renouvelant ainsi l'erreur des David, des Chenavard, des Brunetière, etc. On préférait à Bergotte, dont les plus jolies phrases avaient exigé en réalité un bien plus profond repli sur soi-même, des écrivains qui semblaient plus profonds, simplement parce qu'ils écrivaient moins bien. La complication de son écriture n'était faite que pour des gens du monde, disaient des démocrates qui faisaient ainsi aux gens du monde un honneur immérité. Mais dès que l'intelligence raisonneuse veut se mettre à juger des œuvres d'art, il n'y a plus rien de fixe, de certain :

on peut démontrer tout ce qu'on veut. Alors que la
réalité du talent est un bien, une acquisition universels,
dont on doit avant tout constater la présence sous
les modes apparentes de la pensée et du style, c'est
sur ces dernières que la critique s'arrête pour classer
les auteurs. Elle sacre prophète à cause de son ton
péremptoire, de son mépris affiché pour l'école qui
l'a précédé, un écrivain qui n'apporte nul message
nouveau. Cette constante aberration de la critique
est telle qu'un écrivain devrait presque préférer
être jugé par le grand public (si celui-ci n'était incapable de se rendre compte même de ce qu'un artiste
a tenté dans un ordre de recherches qui lui est
inconnu). Car il y a plus d'analogie entre la vie
instinctive du public et le talent d'un grand écrivain,
qui n'est qu'un instinct religieusement écouté au
milieu du silence imposé à tout le reste, un instinct
perfectionné et compris, qu'avec le verbiage super-
ficiel et les critères changeants des juges attitrés.
Leur logomachie se renouvelle de dix ans en dix ans
(car le kaléidoscope n'est pas composé seulement par
les groupes mondains, mais par les idées sociales,
politiques, religieuses, qui prennent une ampleur
momentanée grâce à leur réfraction dans des masses
étendues, mais restent limitées malgré cela à la
courte vie des idées dont la nouveauté n'a pu séduire
que des esprits peu exigeants en fait de preuves).
Ainsi s'étaient succédé les partis et les écoles, faisant se prendre à eux toujours les mêmes esprits,
hommes d'une intelligence relative, toujours voués
aux engouements dont s'abstiennent des esprits plus
scrupuleux et plus difficiles en fait de preuves.
Malheureusement, justement parce que les autres ne
sont que de demi-esprits, ils ont besoin de se compléter dans l'action, ils agissent ainsi plus que les
esprits supérieurs, attirent à eux la foule et créent
autour d'eux non seulement les réputations surfaites
et les dédains injustifiés, mais les guerres civiles

et les guerres extérieures, dont un peu de critique port-royaliste sur soi-même devrait préserver.

Et quant à la jouissance que donne à un esprit parfaitement juste, à un cœur vraiment vivant, la belle pensée d'un maître, elle est sans doute entièrement saine, mais, si précieux que soient les hommes qui la goûtent vraiment (combien y en a-t-il en vingt ans ?), elle les réduit tout de même à n'être que la pleine conscience d'un autre. Si tel homme a tout fait pour être aimé d'une femme qui n'eût pu que le rendre malheureux, mais n'a même pas réussi, malgré ses efforts redoublés pendant des années, à obtenir un rendez-vous de cette femme, au lieu de chercher à exprimer ses souffrances et le péril auquel il a échappé, il relit sans cesse, en mettant sous elle « un million de mots » et les souvenirs les plus émouvants de sa propre vie, cette pensée de La Bruyère : « Les hommes souvent veulent aimer et ne sauraient y réussir, ils cherchent leur défaite sans pouvoir la rencontrer, et, si j'ose ainsi parler, ils sont contraints de demeurer libres. » Que ce soit ce sens ou non qu'ait eu cette pensée pour celui qui l'écrivit (pour qu'elle l'eût, et ce serait plus beau, il faudrait « être aimés » au lieu d' « aimer »), il est certain qu'en lui ce lettré sensible la vivifie, la gonfle de signification jusqu'à la faire éclater, il ne peut la redire qu'en débordant de joie, tant il la trouve vraie et belle, mais il n'y a malgré tout rien ajouté, et il reste seulement la pensée de La Bruyère.

Comment la littérature de notations aurait-elle une valeur quelconque, puisque c'est sous de petites choses comme celles qu'elle note que la réalité est contenue (la grandeur dans le bruit lointain d'un aéroplane, dans la ligne du clocher de Saint-Hilaire, le passé dans la saveur d'une madeleine, etc.) et qu'elles sont sans signification par elles-mêmes si on ne l'en dégage pas ? Peu à peu, conservée par la mémoire, c'est la chaîne de toutes ces expressions inexactes où ne reste rien de ce que nous avons réellement éprouvé, qui constitue pour nous notre pensée, notre vie, la réalité, et c'est ce mensonge-là que ne ferait que reproduire un art soi-disant « vécu », simple comme la vie, sans beauté, double emploi si ennuyeux et si vain de ce que nos yeux voient et de ce que notre intelligence constate qu'on se demande où celui qui s'y livre trouve l'étincelle joyeuse et motrice, capable de le mettre en train et de le faire avancer dans sa besogne. La grandeur de l'art véritable, au contraire, de celui que M. de Norpois eût appelé un jeu de dilettante, c'était de retrouver, de ressaisir, de nous faire connaître cette réalité loin de laquelle nous vivons, de laquelle nous nous écartons de plus en plus au fur et à mesure que prend plus d'épaisseur et d'imperméabilité la connaissance conventionnelle que nous lui substituons, cette réalité que nous risquerions fort de mourir sans avoir connue, et qui est tout simplement notre vie. La vraie vie, la vie enfin découverte et éclaircie, la seule vie par conséquent réellement vécue, c'est la littérature ; cette vie qui, en un sens, habite à chaque instant chez tous les hommes aussi bien que chez l'artiste. Mais ils ne la voient pas, parce qu'ils ne cherchent pas à l'éclaircir. Et ainsi leur passé est encombré d'innombrables clichés qui restent inutiles parce que l'intelligence ne les a pas « développés ». Notre vie, et aussi la vie des autres ; car le style pour l'écrivain, aussi bien que la couleur pour le peintre, est une question non de technique mais de vision. Il est la révélation, qui serait impossible par des moyens directs et conscients, de la différence qualitative qu'il y a dans la façon dont nous apparaît le monde, différence qui, s'il n'y avait pas l'art, resterait le secret éternel de chacun. Par l'art seulement nous pouvons sortir de nous, savoir ce que voit un autre de cet univers qui n'est pas le même

que le nôtre, et dont les paysages nous seraient restés
aussi inconnus que ceux qu'il peut y avoir dans la
lune. Grâce à l'art, au lieu de voir un seul monde,
le nôtre, nous le voyons se multiplier, et, autant qu'il
y a d'artistes originaux, autant nous avons de mondes
à notre disposition, plus différents les uns des autres
que ceux qui roulent dans l'infini et, bien des siècles
après qu'est éteint le foyer dont il émanait, qu'il
s'appelât Rembrandt ou Vermeer, nous envoient
encore leur rayon spécial.

Ce travail de l'artiste, de chercher à apercevoir
sous de la matière, sous de l'expérience, sous des mots
quelque chose de différent, c'est exactement le travail
inverse de celui que, à chaque minute, quand nous
vivons détourné de nous-même, l'amour-propre,
la passion, l'intelligence, et l'habitude aussi accom-
plissent en nous, quand elles amassent au-dessus
de nos impressions vraies, pour nous les cacher entièrement, les nomenclatures, les buts pratiques que
nous appelons faussement la vie. En somme, cet
art si compliqué est justement le seul art vivant.
Seul il exprime pour les autres et nous fait voir à
nous-même notre propre vie, cette vie qui ne peut
pas s' « observer », dont les apparences qu'on observe
ont besoin d'être traduites et souvent lues à rebours
et péniblement déchiffrées. Ce travail qu'avaient
fait notre amour-propre, notre passion, notre esprit
d'imitation, notre intelligence abstraite, nos habitudes,
c'est ce travail que l'art défera, c'est la marche en
sens contraire, le retour aux profondeurs où ce qui a
existé réellement gît inconnu de nous, qu'il nous
fera suivre. Et sans doute c'était une grande tentation
que de recréer la vraie vie, de rajeunir les impressions.
Mais il y fallait du courage de tout genre, et même
sentimental. Car c'était avant tout abroger ses plus
chères illusions, cesser de croire à l'objectivité de ce
qu'on a élaboré soi-même, et, au lieu de se bercer une
centième fois de ces mots : « Elle était bien gen-

tille », lire au travers : « J'avais du plaisir à l'embrasser.»
Certes, ce que j'avais éprouvé dans ces heures
d'amour, tous les hommes l'éprouvent aussi. On
éprouve, mais ce qu'on a éprouvé est pareil à certains
clichés qui ne montrent que du noir tant qu'on ne les
a pas mis près d'une lampe, et qu'eux aussi il faut
regarder à l'envers : on ne sait pas ce que c'est tant
qu'on ne l'a pas approché de l'intelligence. Alors
seulement quand elle l'a éclairé, quand elle l'a in-
tellectualisé, on distingue, et avec quelle peine, la
figure de ce qu'on a senti.

Mais je me rendais compte aussi que cette souffrance, que j'avais connue d'abord avec Gilberte, que
notre amour n'appartient pas à l'être qui l'inspire,
est salutaire, accessoirement comme moyen (car, si
peu que notre vie doive durer, ce n'est que pendant
que nous souffrons que nos pensées, en quelque
sorte agitées de mouvements perpétuels et changeants,
font monter comme dans une tempête, à un niveau
d'où nous pouvons la voir, toute cette immensité
réglée par des lois, sur laquelle, postés à une fenêtre
mal placée, nous n'avons pas vue, car le calme du
bonheur la laisse unie et à un niveau trop bas ; peut-
être seulement pour quelques grands génies ce
mouvement existe-t-il constamment sans qu'il y ait
besoin pour eux des agitations de la douleur ; encore
n'est-il pas certain, quand nous contemplons l'ample
et régulier développement de leurs œuvres joyeuses,
que nous ne soyons trop portés à supposer d'après
la joie de l'œuvre celle de la vie, qui a peut-être été
au contraire constamment douloureuse) — mais prin-
cipalement parce que, si notre amour n'est pas seulement d'une Gilberte (ce qui nous fait tant souffrir),
ce n'est pas parce qu'il est aussi l'amour d'une
Albertine, mais parce qu'il est une portion de notre
âme, plus durable que les moi divers qui meurent
successivement en nous et qui voudraient égoïste-
ment le retenir, et qui doit, quelque mal (quelque

mal d'ailleurs utile) que cela nous fasse, se détacher
des êtres pour en restituer la généralité et donner cet
amour, la compréhension de cet amour, à tous, à
l'esprit universel et non à telle puis à telle en lesquelles tel puis tel de ceux que nous avons été successivement voudraient se fondre.

Il me fallait rendre aux moindres signes qui
m'entouraient (Guermantes, Albertine, Gilberte,
Saint-Loup, Balbec, etc.) leur sens que l'habitude
leur avait fait perdre pour moi. Et quand nous aurons
atteint la réalité, pour l'exprimer, pour la conserver
nous écarterons ce qui est différent d'elle et que
ne cesse de nous apporter la vitesse acquise de
l'habitude. Plus que tout j'écarterais ces paroles
que les lèvres plutôt que l'esprit choisissent, ces
paroles pleines d'humour, comme on en dit dans
la conversation, et qu'après une longue conversation
avec les autres on continue à s'adresser facticement
à soi-même et qui nous remplissent l'esprit de
mensonges, ces paroles toutes physiques qu'accom-
pagne chez l'écrivain qui s'abaisse à les transcrire
le petit sourire, la petite grimace qui altère à tout
moment, par exemple, la phrase parlée d'un Sainte-
Beuve, tandis que les vrais livres doivent être les
enfants non du grand jour et de la causerie mais de
l'obscurité et du silence. Et comme l'art recompose
exactement la vie, autour des vérités qu'on a atteintes
en soi-même flottera toujours une atmosphère de
poésie, la douceur d'un mystère qui n'est que le
vestige de la pénombre que nous avons dû traverser,
l'indication, marquée exactement comme par un
altimètre, de la profondeur d'une œuvre. (Car cette
profondeur n'est pas inhérente à certains sujets,
comme le croient des romanciers matériellement
spiritualistes puisqu'ils ne peuvent pas descendre
au delà du monde des apparences, et dont toutes
les nobles intentions, pareilles à ces vertueuses
tirades habituelles chez certaines personnes incapa-

bles du plus petit acte de bonté, ne doivent pas nous empêcher de remarquer qu'ils n'ont même pas eu la force d'esprit de se débarrasser de toutes les banalités de forme acquises par l'imitation).

Quant aux vérités que l'intelligence — même des plus hauts esprits — cueille à claire-voie, devant elle, en pleine lumière, leur valeur peut être très grande ; mais elles ont des contours plus secs et sont planes, n'ont pas de profondeur parce qu'il n'y a pas eu de profondeurs à franchir pour les atteindre, parce qu'elles n'ont pas été recréées. Souvent des écrivains au fond de qui n'apparaissent plus ces vérités mystérieuses n'écrivent plus à partir d'un certain âge qu'avec leur intelligence, qui a pris de plus en plus de force ; les livres de leur âge mûr ont, à cause de cela, plus de force que ceux de leur jeunesse, mais ils n'ont plus le même velours.

Je sentais pourtant que ces vérités que l'intelligence dégage directement de la réalité ne sont pas à dédaigner entièrement, car elles pourraient enchâsser d'une matière moins pure, mais encore pénétrée d'esprit, ces impressions que nous apporte hors du temps l'essence commune aux sensations du passé et du présent, mais qui, plus précieuses, sont aussi trop rares pour que l'œuvre d'art puisse être composée seulement avec elles. Capables d'être utilisées pour cela, je sentais se presser en moi une foule de vérités relatives aux passions *, aux caractères, aux mœurs. Leur perception me causait de la

* Chaque personne qui nous fait souffrir peut être rattachée par nous à une divinité dont elle n'est qu'un reflet fragmentaire et le dernier degré, divinité (Idée) dont la contemplation nous donne aussitôt de la joie au lieu de la peine que nous avions. Tout l'art de vivre, c'est de ne nous servir des personnes qui nous font souffrir que comme d'un degré permettant d'accéder à leur forme divine et de peupler ainsi joyeusement notre vie de divinités.

joie ; pourtant il me semblait me rappeler que plus
d'une d'entre elles, je l'avais découverte dans la
souffrance, d'autres dans de bien médiocres plaisirs.
Alors, moins éclatante sans doute que celle qui
m'avait fait apercevoir que l'œuvre d'art était le
seul moyen de retrouver le Temps perdu, une nouvelle lumière se fit en moi. Et je compris que tous
ces matériaux de l'œuvre littéraire, c'était ma vie
passée ; je compris qu'ils étaient venus à moi, dans les
plaisirs frivoles, dans la paresse, dans la tendresse,
dans la douleur, emmagasinés par moi, sans que je
devinasse plus leur destination, leur survivance
même, que la graine mettant en réserve tous les
aliments qui nourriront la plante. Comme la graine,
je pourrais mourir quand la plante se serait développée, et je me trouvais avoir vécu pour elle sans le
savoir, sans que ma vie me parût devoir entrer
jamais en contact avec ces livres que j'aurais voulu
écrire et pour lesquels, quand je me mettais autrefois
à ma table, je ne trouvais pas de sujet. Ainsi toute ma
vie jusqu'à ce jour aurait pu et n'aurait pas pu être
résumée sous ce titre : Une vocation. Elle ne l'aurait
pas pu en ce sens que la littérature n'avait joué
aucun rôle dans ma vie. Elle l'aurait pu en ce que
cette vie, les souvenirs de ses tristesses, de ses joies,
formaient une réserve pareille à cet albumen qui
est logé dans l'ovule des plantes et dans lequel
celui-ci puise sa nourriture pour se transformer en
graine, en ce temps où on ignore encore que l'em-
bryon d'une plante se développe, lequel est pourtant
le lieu de phénomènes chimiques et respiratoires
secrets mais très actifs. Ainsi ma vie était-elle en
rapport avec ce qu'amènerait sa maturation.

En cette matière, les mêmes comparaisons, qui
sont fausses si on part d'elles, peuvent être vraies si
on y aboutit. Le littérateur envie le peintre, il aimerait
prendre des croquis, des notes, il est perdu s'il le fait.
Mais quand il écrit, il n'est pas un geste de ses per-

sonnages, un tic, un accent, qui n'ait été apporté à
son inspiration par sa mémoire ; il n'est pas un nom
de personnage inventé sous lequel il ne puisse mettre
soixante noms de personnages vus, dont l'un a posé
pour la grimace, l'autre pour le monocle, tel pour
la colère, tel pour le mouvement avantageux du
bras, etc. Et alors l'écrivain se rend compte que si
son rêve d'être un peintre n'était pas réalisable d'une
manière consciente et volontaire, il se trouve pourtant avoir été réalisé et que l'écrivain, lui aussi, a
fait son carnet de croquis sans le savoir. Car, mû par
l'instinct qui était en lui, l'écrivain, bien avant qu'il
crût le devenir un jour, omettait régulièrement de
regarder tant de choses que les autres remarquent,
ce qui le faisait accuser, par les autres de distraction,
et par lui-même de ne savoir ni écouter ni voir,
mais pendant ce temps-là il dictait à ses yeux et à ses
oreilles de retenir à jamais ce qui semblait aux autres
des riens puérils, l'accent avec lequel avait été dite
une phrase, et l'air de figure et le mouvement d'épaules qu'avait fait à un certain moment telle personne
dont il ne sait peut-être rien d'autre, il y a de cela
bien des années, et cela parce que cet accent,
il l'avait déjà entendu, ou sentait qu'il pourrait le
réentendre, que c'était quelque chose de renouve-
lable, de durable ; c'est le sentiment du général qui,
dans l'écrivain futur, choisit lui-même ce qui est
général et pourra entrer dans l'œuvre d'art. Car il
n'a écouté les autres que quand, si bêtes ou si fous
qu'ils fussent, répétant comme des perroquets ce
que disent les gens de caractère semblable, ils s'étaient
faits par là même les oiseaux prophètes, les porte-
parole d'une loi psychologique. Il ne se souvient
que du général. Par de tels accents, par de tels mouvements de physionomie, eussent-ils été vus dans
sa plus lointaine enfance, la vie des autres était
représentée en lui et, quand plus tard il écrirait,
viendrait composer   d'un mouvement d'épaules

commun à beaucoup, vrai comme s'il était noté sur
le cahier d'un anatomiste, mais ici pour exprimer
une vérité psychologique, et emmanchant sur ses
épaules un mouvement de cou fait par un autre,
chacun ayant donné son instant de pose *.

Les êtres les plus bêtes, par leurs gestes, leurs
propos, leurs sentiments involontairement expri-
més, manifestent des lois qu'ils ne perçoivent pas,
mais que l'artiste surprend en eux. A cause de ce
genre d'observations, le vulgaire croit l'écrivain
méchant, et il le croit à tort, car dans un ridicule
l'artiste voit une belle généralité, il ne l'impute pas
plus à grief à la personne observée que le chirurgien
ne la mésestimerait d'être affectée d'un trouble
assez fréquent de la circulation ; aussi se moque-t-il
moins que personne des ridicules. Malheureusement
il est plus malheureux qu'il n'est méchant : quand
il s'agit de ses propres passions, tout en en connaissant
aussi bien la généralité, il s'affranchit moins aisément
des souffrances personnelles qu'elles causent. Sans
doute, quand un insolent nous insulte, nous aurions
mieux aimé qu'il nous louât, et surtout quand une

* Il n'est pas certain que, pour créer une œuvre
littéraire, l'imagination et la sensibilité ne soient pas
des qualités interchangeables et que la seconde ne
puisse pas sans grand inconvénient être substituée
à la première, comme des gens dont l'estomac est
incapable de digérer chargent de cette fonction leur
intestin. Un homme né sensible et qui n'aurait pas
d'imagination pourrait malgré cela écrire des romans
admirables. La souffrance que les autres lui cause-
raient, ses efforts pour la prévenir, les conflits qu'elle
et la seconde personne cruelle créeraient, tout cela,
interprété par l'intelligence, pourrait faire la matière
d'un livre non seulement aussi beau que s'il était
imaginé, inventé, mais encore aussi extérieur à la
rêverie de l'auteur s'il avait été livré à lui-même et
heureux, aussi surprenant pour lui-même, aussi
accidentel qu'un caprice fortuit de l'imagination.

femme que nous adorons nous trahit, que ne don-
nerions-nous pas pour qu'il en fût autrement! Mais
le ressentiment de l'affront, les douleurs de l'abandon
auraient alors été les terres que nous n'aurions
jamais connues, et dont la découverte, si pénible
qu'elle soit à l'homme, devient précieuse pour
l'artiste. Aussi les méchants et les ingrats, malgré lui,
malgré eux, figurent dans son œuvre. Le pamphlé-
taire associe involontairement à sa gloire la canaille
qu'il a flétrie. On peut reconnaître dans toute œuvre
d'art ceux que l'artiste a le plus haïs et, hélas, même
celles qu'il a le plus aimées. Elles-mêmes n'ont fait
que poser pour l'écrivain dans le moment même où,
bien contre son gré, elles le faisaient le plus souffrir.
Quand j'aimais Albertine, je m'étais bien rendu
compte qu'elle ne m'aimait pas, et j'avais été obligé
de me résigner à ce qu'elle me fît seulement connaître
ce que c'est qu'éprouver de la souffrance, de l'amour,
et même, au commencement, du bonheur.

Et quand nous cherchons à extraire la généralité
de notre chagrin, à en écrire, nous sommes un peu
consolés peut-être par une autre raison encore que
toutes celles que je donne ici, et qui est que penser
d'une façon générale, qu'écrire, est pour l'écrivain
une fonction saine et nécessaire dont l'accomplissement rend heureux, comme pour les hommes physiques l'exercice, la sueur, le bain, A vrai dire, contre
cela je me révoltais un peu. J'avais beau croire que
la vérité suprême de la vie est dans l'art, j'avais
beau, d'autre part, n'être pas plus capable de l'effort
de souvenir qu'il m'eût fallu pour aimer encore
Albertine que pour pleurer encore ma grand'mère,
je me demandais si tout de même une œuvre d'art
dont elles ne seraient pas conscientes serait pour
elles, pour le destin de ces pauvres mortes, un accomplissement. Ma grand'mère que j'avais, avec tant
d'indifférence, vue agoniser et mourir près de moi!
O puissé-je, en expiation, quand mon œuvre serait

terminée, blessé sans remède, souffrir de longues heures, abandonné de tous, avant de mourir! D'ailleurs, j'avais une pitié infinie même d'êtres moins chers, même d'indifférents, et de tant de destinées dont ma pensée en essayant de les comprendre avait, en somme, utilisé la souffrance, ou même seulement les ridicules. Tous ces êtres qui m'avaient révélé des vérités et qui n'étaient plus, m'apparaissaient comme ayant vécu une vie qui n'avait profité qu'à moi, et comme s'ils étaient morts pour moi. Il était triste pour moi de penser que mon amour, auquel j'avais tant tenu, serait, dans mon livre, si dégagé d'un être que des lecteurs divers l'appliqueraient exactement à ce qu'ils avaient éprouvé pour d'autres femmes. Mais devais-je me scandaliser de cette infidélité posthume et que tel ou tel pût donner comme objet à mes sentiments des femmes inconnues, quand cette infidélité, cette division de l'amour entre plusieurs êtres, avait commencé de mon vivant et avant même que j'écrivisse? J'avais bien souffert successivement pour Gilberte, pour Mme de Guermantes, pour Albertine. Successivement aussi je les avais oubliées, et seul mon amour dédié à des êtres différents avait été durable. La profanation d'un de mes souvenirs par des lecteurs inconnus, je l'avais consommée avant eux. Je n'étais pas loin de me faire horreur, comme se le ferait peut-être à lui-même quelque parti nationaliste au nom duquel des hostilités se seraient poursuivies, et à qui seul aurait servi une guerre où tant de nobles victimes auraient souffert et succombé, sans même savoir (ce qui pour ma grand'mère du moins eût été une telle récompense) l'issue de la lutte. Et ma seule consolation qu'elle ne sût pas que je me mettais enfin à l'œuvre était que (tel est le lot des morts) si elle ne pouvait jouir de mon progrès, elle avait cessé depuis longtemps d'avoir conscience de mon inaction, de ma vie manquée, qui avaient été une telle souffrance pour elle. Et certes il n'y aurait pas que ma grand'mère, pas qu'Albertine, mais bien d'autres encore dont j'avais pu assimiler une parole, un regard, mais qu'en tant que créatures individuelles je ne me rappelais plus ; un livre est un grand cimetière où sur la plupart des tombes on ne peut plus lire les noms effacés. Parfois au contraire on se souvient très bien du nom, mais sans savoir si quelque chose de l'être qui le porta survit dans ces pages. Cette jeune fille aux prunelles profondément enfoncées, à la voix traînante, est-elle ici ? et si elle y repose en effet, dans quelle partie ? on ne sait plus, et comment trouver sous les fleurs ? Mais puisque nous vivons loin des êtres individuels, puisque nos sentiments les plus forts, comme avait été mon amour pour ma grand'mère, pour Albertine, au bout de quelques années nous ne les connaissons plus, puisqu'ils ne sont plus pour nous qu'un mot incompris, puisque nous pouvons parler de ces morts avec les gens du monde chez qui nous avons encore plaisir à nous trouver quand tout ce que nous aimions pourtant est mort, alors s'il est un moyen pour nous d'apprendre à comprendre ces mots oubliés, ce moyen ne devons-nous pas l'employer, fallût-il pour cela les transcrire d'abord en un langage universel mais qui du moins sera permanent, qui ferait de ceux qui ne sont plus, en leur essence la plus vraie, une acquisition perpétuelle pour toutes les âmes ? Même, cette loi du changement qui nous a rendu ces mots inintelligibles, si nous parvenons à l'expliquer, notre infirmité ne devient-elle pas une force nouvelle ?

D'ailleurs, l'œuvre à laquelle nos chagrins ont collaboré peut être interprétée pour notre avenir à la fois comme un signe néfaste de souffrance et comme un signe heureux de consolation. En effet, si on dit que les amours, les chagrins du poète lui ont servi, l'ont aidé à construire son œuvre, si les inconnues qui s'en doutaient le moins, l'une par

une méchanceté, l'autre par une raillerie, ont apporté
chacune leur pierre pour l'édification du monument
qu'elles ne verront pas, on ne songe pas assez que la
vie de l'écrivain n'est pas terminée avec cette œuvre,
que la même nature qui lui a fait avoir telles souffrances, lesquelles sont entrées dans son œuvre, cette
nature continuera de vivre après l'œuvre terminée,
lui fera aimer d'autres femmes dans des conditions
qui seraient pareilles, si ne les faisait légèrement
dévier tout ce que le temps modifie dans les circonstances, dans le sujet lui-même, dans son appétit
d'amour et dans sa résistance à la douleur. À ce
premier point de vue l'œuvre doit être considérée
seulement comme un amour malheureux qui en
présage fatalement d'autres et qui fera que la vie
ressemblera à l'œuvre, que le poète n'aura presque
plus besoin d'écrire, tant il pourra trouver dans ce
qu'il a écrit la figure anticipée de ce qui arrivera.
Ainsi mon amour pour Albertine, tant qu'il en diffé-
rât, était déjà inscrit dans mon amour pour Gilberte,
au milieu des jours heureux duquel j'avais entendu
pour la première fois prononcer le nom et faire le
portrait d'Albertine par sa tante, sans me douter
que ce germe insignifiant se développerait et s'éten-
drait un jour sur toute ma vie.

Mais à un autre point de vue, l'œuvre est signe de
bonheur, parce qu'elle nous apprend que dans tout
amour le général gît à côté du particulier, et à passer
du second au premier par une gymnastique qui
fortifie contre le chagrin en faisant négliger sa cause
pour approfondir son essence. En effet, comme je
devais l'expérimenter par la suite, même au moment
où l'on aime et où on souffre, si la vocation s'est
enfin réalisée dans les heures où on travaille on sent
si bien l'être qu'on aime se dissoudre dans une
réalité plus vaste qu'on arrive à l'oublier par instants
et qu'on ne souffre plus de son amour, en travaillant,
que comme de quelque mal purement physique où

l'être aimé n'est pour rien, comme d'une sorte de
maladie de cœur. Il est vrai que c'est une question
d'instant, et que l'effet semble être le contraire, si
le travail vient un peu plus tard. Car les êtres qui,
par leur méchanceté, leur nullité, étaient arrivés
malgré nous à détruire nos illusions, s'étaient réduits
eux-mêmes à rien et séparés de la chimère amoureuse
que nous nous étions forgée, si alors nous nous
mettons à travailler, notre âme les élève de nouveau,
les identifie, pour les besoins de notre analyse de
nous-même, à des êtres qui nous auraient aimés,
et dans ce cas la littérature, recommençant le travail
défait de l'illusion amoureuse, donne une sorte de
survie à des sentiments qui n'existaient plus. Certes,
nous sommes obligé de revivre notre souffrance
particulière avec le courage du médecin qui recommence sur lui-même la dangereuse piqûre. Mais
en même temps il nous faut la penser sous une forme
générale qui nous fait dans une certaine mesure
échapper à son étreinte, qui fait de tous les copar-
tageants de notre peine, et qui n'est même pas
exempte d'une certaine joie. Là où la vie emmure,
l'intelligence perce une issue, car s'il n'est pas de
remède à un amour non partagé, on sort de la constatation d'une souffrance, ne fût-ce qu'en en tirant
les conséquences qu'elle comporte. L'intelligence ne
connaît pas ces situations fermées de la vie sans issue.

Aussi fallait-il me résigner, puisque rien ne peut
durer qu'en devenant général et si l'esprit meurt à
soi-même, à l'idée que même les êtres qui furent
le plus chers à l'écrivain n'ont fait en fin de compte
que poser pour lui comme chez les peintres.

Parfois, quand un morceau douloureux est resté
à l'état d'ébauche, une nouvelle tendresse, une nouvelle souffrance nous arrivent qui nous permettent
de le finir, de l'étoffer. Pour ces grands chagrins
utiles on ne peut pas encore trop se plaindre, car
ils ne manquent pas, ils ne se font pas attendre bien

longtemps *. Tout de même il faut se dépêcher de
profiter d'eux, car ils ne durent pas très longtemps :
c'est qu'on se console, ou bien, quand ils sont trop
forts, si le cœur n'est plus très solide, on meurt.
Car le bonheur seul est salutaire pour le corps, mais
c'est le chagrin qui développe les forces de l'esprit.
D'ailleurs, ne nous découvrît-il pas à chaque fois
une loi, qu'il n'en serait pas moins indispensable
pour nous remettre chaque fois dans la vérité, nous
forcer à prendre les choses au sérieux, arrachant
chaque fois les mauvaises herbes de l'habitude, du
scepticisme, de la légèreté, de l'indifférence. Il est
vrai que cette vérité, qui n'est pas compatible avec
le bonheur, avec la santé, ne l'est pas toujours avec
la vie. Le chagrin finit par tuer. A chaque nouvelle
peine trop forte, nous sentons une veine de plus qui
saillit, développe sa sinuosité mortelle au long de
notre tempe, sous nos yeux. Et c'est ainsi que peu à
peu se font ces terribles figures ravagées, du vieux
Rembrandt, du vieux Beethoven, de qui tout le
monde se moquait. Et ce ne serait rien que les poches
des yeux et les rides du front, s'il n'y avait la souffrance du cœur. Mais puisque les forces peuvent
se changer en d'autres forces, puisque l'ardeur qui
dure devient lumière et que l'électricité de la foudre
peut photographier, puisque notre sourde douleur
au cœur peut élever au-dessus d'elle, comme un pa-

* En amour, notre rival heureux, autant dire notre
ennemi, est notre bienfaiteur. A un être qui n'excitait
en nous qu'un insignifiant désir physique il ajoute
aussitôt une valeur immense, étrangère, mais que nous
confondons avec lui. Si nous n'avions pas de rivaux,
le plaisir ne se transformerait pas en amour. Si nous
n'en avions pas, ou si nous ne croyions pas en avoir.
Car il n'est pas nécessaire qu'ils existent réellement.
Suffisante pour notre bien est cette vie illusoire que
donnent à des rivaux inexistants notre soupçon, notre
jalousie.

villon, la permanence visible d'une image à chaque
nouveau chagrin, acceptons le mal physique qu'il
nous donne pour la connaissance spirituelle qu'il
nous apporte ; laissons se désagréger notre corps,
puisque chaque nouvelle parcelle qui s'en détache
vient, cette fois lumineuse et lisible, pour la compléter au prix de souffrances dont d'autres plus
doués n'ont pas besoin, pour la rendre plus solide
au fur et à mesure que les émotions effritent notre
vie, s'ajouter à notre œuvre. Les idées sont des succédanés des chagrins ; au moment où ceux-ci se
changent en idées, ils perdent une partie de leur
action nocive sur notre cœur, et même, au premier
instant, la transformation elle-même dégage subitement de la joie. Succédanés dans l'ordre du temps
seulement, d'ailleurs, car il semble que l'élément
premier ce soit l'Idée, et le chagrin, seulement le
mode selon lequel certaines Idées entrent d'abord
en nous. Mais il y a plusieurs familles dans le groupe
des Idées, certaines sont tout de suite des joies.

Ces réflexions me faisaient trouver un sens plus
fort et plus exact à la vérité que j'ai souvent pressentie,
notamment quand Mme de Cambremer se demandait
comment je pouvais délaisser pour Albertine un
homme remarquable comme Elstir. Même au point
de vue intellectuel je sentais qu'elle avait tort, mais
je ne savais pas ce qu'elle méconnaissait : c'était
les leçons avec lesquelles on fait son apprentissage
d'homme de lettres. La valeur objective des arts est
peu de chose en cela ; ce qu'il s'agit de faire sortir,
d'amener à la lumière, ce sont nos sentiments, nos
passions, c'est-à-dire les passions, les sentiments de
tous. Une femme dont nous avons besoin, qui nous
fait souffrir, tire de nous des séries de sentiments
autrement profonds, autrement vitaux qu'un homme
supérieur qui nous intéresse. Il reste à savoir, selon
le plan où nous vivons, si nous trouvons que telle
trahison par laquelle nous a fait souffrir une femme

est peu de chose auprès des vérités que cette trahison nous a découvertes et que la femme heureuse d'avoir fait souffrir n'aurait guère pu comprendre. En tous cas ces trahisons ne manquent pas. Un écrivain peut se mettre sans crainte à un long travail. Que l'intelligence commence son ouvrage, en cours de route surviendront bien assez de chagrins qui se chargeront de le finir. Quant au bonheur, il n'a presque qu'une seule utilité, rendre le malheur possible. Il faut que dans le bonheur nous formions des liens bien doux et bien forts de confiance et d'attachement pour que leur rupture nous cause le déchirement si précieux qui s'appelle le malheur. Si l'on n'avait pas été heureux, ne fût-ce que par l'espérance, les malheurs seraient sans cruauté et par conséquent sans fruit.

Et plus qu'au peintre, à l'écrivain, pour obtenir du volume et de la consistance, de la généralité, de la réalité littéraire, comme il lui faut beaucoup d'églises vues pour en peindre une seule, il lui faut aussi beaucoup d'êtres pour un seul sentiment. Car si l'art est long et la vie courte, on peut dire en revanche que, si l'inspiration est courte, les sentiments qu'elle doit peindre ne sont pas beaucoup plus longs *. Quand elle renaît, quand nous pouvons reprendre le travail, la femme qui posait devant nous pour un sentiment ne nous le fait déjà plus éprouver. Il faut continuer à le peindre d'après une autre, et si c'est une trahison pour l'être, littérairement, grâce à la similitude de nos sentiments, qui fait qu'une œuvre est à la fois le souvenir de nos amours passées et la prophétie de nos amours nouvelles, il n'y a pas grand inconvénient à ces substitutions. C'est une des causes de la vanité des études où on essaye de deviner de qui parle un auteur. Car une œuvre, même de confession directe, est pour le moins intercalée entre plu-

---

* Ce sont nos passions qui esquissent nos livres, le repos d'intervalle qui les écrit.

sieurs épisodes de la vie de l'auteur, ceux antérieurs
qui l'ont inspirée, ceux postérieurs qui ne lui ressemblent pas moins, les amours suivantes étant
calquées sur les précédentes. Car à l'être que nous
avons le plus aimé nous ne sommes pas si fidèle qu'à
nous-même, et nous l'oublions tôt ou tard pour
pouvoir — puisque c'est un des traits de nous-
même — recommencer d'aimer. Tout au plus à
cet amour celle que nous avons tant aimée a-t-elle
ajouté une forme particulière, qui nous fera lui être
fidèle même dans l'infidélité. Nous aurons besoin
avec la femme suivante des mêmes promenades du
matin ou de la reconduire de même le soir, ou de
lui donner cent fois trop d'argent. (Une chose curieuse que cette circulation de l'argent que nous
donnons à des femmes, qui à cause de cela nous
rendent malheureux, c'est-à-dire nous permettent
d'écrire des livres : on peut presque dire que les
œuvres, comme dans les puits artésiens, montent
d'autant plus haut que la souffrance a plus profondément creusé le cœur.) Ces substitutions ajoutent
à l'œuvre quelque chose de désintéressé, de plus
général, qui est aussi une leçon austère que ce n'est
pas aux êtres que nous devons nous attacher, que ce
ne sont pas les êtres qui existent réellement et sont,
par conséquent, susceptibles d'expression, mais les
idées. Encore faut-il se hâter et ne pas perdre de
temps pendant qu'on a à sa disposition ces modèles ;
car ceux qui posent pour nous le bonheur n'ont
généralement pas beaucoup de séances à donner,
ni hélas, puisqu'elle aussi, elle passe si vite, ceux qui
posent la douleur. D'ailleurs, même quand elle ne
fournit pas, en nous la découvrant, la matière de
notre œuvre, elle nous est utile en nous y incitant.
L'imagination, la pensée peuvent être des machines
admirables en soi, mais elles peuvent être inertes.
La souffrance alors les met en marche. Et les êtres
qui posent pour nous la douleur nous accordent des
séances si fréquentes, dans cet atelier où nous n'allons

que dans ces périodes-là et qui est à l'intérieur de
nous-même! Ces périodes-là sont comme une image
de notre vie avec ses diverses douleurs. Car elles
aussi en contiennent de différentes, et au moment
où on croyait que c'était calmé, une nouvelle. Une
nouvelle dans tous les sens du mot : peut-être parce
que ces situations imprévues nous forcent à entrer
plus profondément en contact avec nous-même,
ces dilemmes douloureux que l'amour nous pose à
tout instant, nous instruisent, nous découvrent
successivement la matière dont nous sommes fait.
Aussi quand Françoise, voyant Albertine entrer par
toutes les portes ouvertes chez moi comme un chien,
mettre partout le désordre, me ruiner, me causer
tant de chagrins, me disait (car à ce moment-là
j'avais déjà fait quelques articles et quelques traduc-
tions) : « Ah! si Monsieur à la place de cette fille qui
lui fait perdre tout son temps avait pris un petit
secrétaire bien élevé qui aurait classé toutes les
paperoles de Monsieur! » j'avais peut-être tort de
trouver qu'elle parlait sagement. En me faisant
perdre mon temps, en me faisant du chagrin, Albertine m'avait peut-être été plus utile, même au point
de vue littéraire, qu'un secrétaire qui eût rangé mes
paperoles. Mais tout de même, quand un être est si
mal conformé (et peut-être dans la nature cet être
est-il l'homme) qu'il ne puisse aimer sans souffrir,
et qu'il faille souffrir pour apprendre des vérités, la
vie d'un tel être finit par être bien lassante. Les années
heureuses sont les années perdues, on attend une
souffrance pour travailler. L'idée de la souffrance
préalable s'associe à l'idée du travail, on a peur de
chaque nouvelle œuvre en pensant aux douleurs qu'il
faudra supporter d'abord pour l'imaginer. Et comme
on comprend que la souffrance est la meilleure chose
que l'on puisse rencontrer dans la vie, on pense sans
effroi, presque comme à une délivrance, à la mort.
    Pourtant, si cela me révoltait un peu, encore

fallait-il prendre garde que bien souvent nous n'avons
pas joué avec la vie, profité des êtres pour les livres,
mais tout le contraire. Le cas de Werther, si noble,
n'était pas, hélas, le mien. Sans croire un instant à
l'amour d'Albertine, j'avais vingt fois voulu me tuer
pour elle, je m'étais ruiné, j'avais détruit ma santé
pour elle. Quand il s'agit d'écrire, on est scrupuleux,
on regarde de très près, on rejette tout ce qui n'est
pas vérité. Mais tant qu'il ne s'agit que de la vie, on
se ruine, on se rend malade, on se tue pour des mensonges. Il est vrai que c'est de la gangue de ces
mensonges-là que (si l'âge est passé d'être poète) on
peut seulement extraire un peu de vérité. Les chagrins
sont des serviteurs obscurs, détestés, contre lesquels
on lutte, sous l'empire de qui on tombe de plus en
plus, des serviteurs atroces, impossibles à remplacer
et qui par des voies souterraines nous mènent à la
vérité et à la mort. Heureux ceux qui ont rencontré
la première avant la seconde, et pour qui, si proches
qu'elles doivent être l'une de l'autre, l'heure de la
vérité a sonné avant l'heure de la mort!

De ma vie passée je compris encore que les moindres épisodes avaient concouru à me donner la leçon
d'idéalisme dont j'allais profiter aujourd'hui. Mes
rencontres avec M. de Charlus, par exemple, ne
m'avaient-elles pas, même avant que sa germanophilie me donnât la même leçon, permis, mieux
encore que mon amour pour Mme de Guermantes
ou pour Albertine, que l'amour de Saint-Loup pour
Rachel, de me convaincre combien la matière est
indifférente et que tout peut y être mis par la pensée ;
vérité que le phénomène si mal compris, si inutilement blâmé, de l'inversion sexuelle grandit plus
encore que celui, déjà si instructif, de l'amour.
Celui-ci nous montre la beauté fuyant la femme
que nous n'aimons plus et venant résider dans le
visage que les autres trouveraient le plus laid, qui
à nous-même aurait pu, pourra un jour déplaire ;

mais il est encore plus frappant de la voir, obtenant
tous les hommages d'un grand seigneur qui délaisse
aussitôt une belle princesse, émigrer sous la casquette
d'un contrôleur d'omnibus. Mon étonnement, à
chaque fois que j'avais revu aux Champs-Élysées,
dans la rue, sur la plage, le visage de Gilberte, de
Mme de Guermantes, d'Albertine, ne prouvait-il
pas combien un souvenir ne se prolonge que dans
une direction divergente de l'impression avec laquelle il a coïncidé d'abord et de laquelle il s'éloigne
de plus en plus ?

L'écrivain ne doit pas s'offenser que l'inverti donne
à ses héroïnes un visage masculin. Cette particularité
un peu aberrante permet seule à l'inverti de donner
ensuite à ce qu'il lit toute sa généralité. Racine avait
été obligé, pour lui donner ensuite toute sa valeur
universelle, de faire un instant de la Phèdre antique
une janséniste ; de même, si M. de Charlus n'avait
pas donné à l' « infidèle » sur qui Musset pleure dans
la Nuit d'Octobre ou dans *le Souvenir* le visage de
Morel, il n'aurait ni pleuré, ni compris, puisque
c'était par cette seule voie, étroite et détournée, qu'il
avait accès aux vérités de l'amour. L'écrivain ne dit
que par une habitude prise dans le langage insincère
des préfaces et des dédicaces : « mon lecteur ». En
réalité, chaque lecteur est, quand il lit, le propre
lecteur de soi-même. L'ouvrage de l'écrivain n'est
qu'une espèce d'instrument optique qu'il offre au
lecteur afin de lui permettre de discerner ce que,
sans ce livre, il n'eût peut-être pas vu en soi-même.
La reconnaissance en soi-même, par le lecteur, de
ce que dit le livre, est la preuve de la vérité de celui-ci,
et *vice versa*, au moins dans une certaine mesure, la
différence entre les deux textes pouvant être souvent
imputée non à l'auteur mais au lecteur. De plus, le
livre peut être trop savant, trop obscur pour le lecteur
naïf, et ne lui présenter ainsi qu'un verre trouble
avec lequel il ne pourra pas lire. Mais d'autres par-

ticularités (comme l'inversion) peuvent faire que le
lecteur a besoin de lire d'une certaine façon pour
bien lire ; l'auteur n'a pas à s'en offenser, mais au
contraire à laisser la plus grande liberté au lecteur
en lui disant : « Regardez vous-même si vous voyez
mieux avec ce verre-ci, avec celui-là, avec cet autre. »

Si je m'étais toujours tant intéressé aux rêves que
l'on a pendant le sommeil, n'est-ce pas parce que,
compensant la durée par la puissance, ils vous aident
à mieux comprendre ce qu'a de subjectif, par exemple,
l'amour, par le simple fait que — mais avec une
vitesse prodigieuse — ils réalisent ce qu'on appellerait vulgairement vous mettre une femme dans
la peau, jusqu'à nous faire passionnément aimer
pendant un sommeil de quelques minutes une laide,
ce qui dans la vie réelle eût demandé des années
d'habitude, de collage — et comme s'ils étaient,
inventées par quelque docteur miraculeux, des
piqûres intraveineuses d'amour, aussi bien qu'ils
peuvent l'être aussi de souffrance ? Avec la même
vitesse la suggestion amoureuse qu'ils nous ont
inculquée se dissipe, et quelquefois non seulement
l'amoureuse nocturne a cessé d'être pour nous comme
telle, étant redevenue la laide bien connue, mais
quelque chose de plus précieux se dissipe aussi,
tout un tableau ravissant de sentiments de tendresse,
de volupté, de regrets vaguement estompés, tout un
embarquement pour Cythère de la passion dont
nous voudrions noter, pour l'état de veille, les nuances
d'une vérité délicieuse, mais qui s'efface comme une
toile trop pâlie qu'on ne peut restituer. Et c'était
peut-être aussi par le jeu formidable qu'il fait avec
le Temps que le Rêve m'avait fasciné. N'avais-je pas
vu souvent en une nuit, en une minute d'une nuit, des
temps bien lointains, relégués à ces distances énormes
où nous ne pouvons plus rien distinguer des sentiments que nous y éprouvions, fondre à toute vitesse

sur nous, nous aveuglant de leur clarté, comme s'ils
avaient été des avions géants au lieu des pâles étoiles
que nous croyions, nous faire revoir tout ce qu'ils
avaient contenu pour nous, nous donnant l'émotion,
le choc, la clarté de leur voisinage immédiat, — qui
ont repris, une fois qu'on est réveillé, la distance
qu'ils avaient miraculeusement franchie, jusqu'à
nous faire croire, à tort d'ailleurs, qu'ils étaient un
des modes pour retrouver le Temps perdu ?

Je m'étais rendu compte que seule la perception
grossière et erronée place tout dans l'objet, quand
tout est dans l'esprit ; j'avais perdu ma grand'mère
en réalité bien des mois après l'avoir perdue en fait,
j'avais vu les personnes varier d'aspect selon l'idée
que moi ou d'autres s'en faisaient, une seule être
plusieurs selon les personnes qui la voyaient (les
divers Swann du début par exemple ; princesse de
Luxembourg pour le premier président), même pour
une seule au cours des années (nom de Guermantes,
divers Swann pour moi). J'avais vu l'amour placer
dans une personne ce qui n'est que dans la personne
qui aime. Je m'en étais d'autant mieux rendu compte
que j'avais fait s'étendre à l'extrême la distance entre
la réalité objective et l'amour (Rachel pour Saint-
Loup et pour moi, Albertine pour moi et Saint-Loup,
Morel ou le conducteur d'omnibus pour Charlus
ou d'autres personnes, et malgré cela tendresses
de Charlus : vers de Musset, etc.). Enfin, dans une
certaine mesure, la germanophilie de M. de Charlus,
le regard de Saint-Loup sur la photographie d'Albertine, m'avaient aidé à me dégager pour un instant, sinon de ma germanophobie, du moins de ma
croyance en la pure objectivité de celle-ci, et à me
faire penser que peut-être en était-il de la Haine
comme de l'Amour, et que, dans le jugement terrible
que portait en ce moment même la France à l'égard
de l'Allemagne, qu'elle jugeait hors de l'humanité,

y avait-il surtout une objectivation de sentiments, comme ceux qui faisaient paraître Rachel et Albertine si précieuses, l'une à Saint-Loup, l'autre à moi. Ce qui rendait possible, en effet, que cette perversité ne fût pas entièrement intrinsèque à l'Allemagne est que, de même qu'individuellement j'avais eu des amours successives, après la fin desquelles l'objet de cet amour m'apparaissait sans valeur, j'avais déjà vu dans mon pays des haines successives qui avaient fait apparaître, par exemple, comme des traîtres — mille fois pires que les Allemands auxquels ils livraient la France — des dreyfusards comme Reinach avec lequel collaboraient aujourd'hui les patriotes contre un pays dont chaque membre était forcément un menteur, une bête féroce, un imbécile, exception faite des Allemands qui avaient embrassé la cause française, comme le roi de Roumanie, le roi des Belges ou l'impératrice de Russie. Il est vrai que les antidreyfusards m'eussent répondu : « Ce n'est pas la même chose. » Mais en effet ce n'est jamais la même chose, pas plus que ce n'est la même personne : sans cela, devant le même phénomène, celui qui en est la dupe ne pourrait accuser que son état subjectif et ne pourrait croire que les qualités ou les défauts sont dans l'objet. L'intelligence n'a point de peine alors à baser sur cette différence une théorie (enseignement contre nature des congréganistes selon les radicaux, impossibilité de la race juive à se nationaliser, haine perpétuelle de la race allemande contre la race latine, la race jaune étant momentanément réhabilitée). Ce côté subjectif se marquait d'ailleurs dans les conversations des neutres, où les germanophiles, par exemple, avaient la faculté de cesser un instant de comprendre et même d'écouter quand on leur parlait des atrocités allemandes en Belgique. (Et pourtant, elles étaient réelles : ce que je remarquais de subjectif dans la haine comme dans la vue elle-même n'empêchait pas que l'objet pût

posséder des qualités ou des défauts réels et ne
faisait nullement s'évanouir la réalité en un pur
relativisme.) Et si, après tant d'années écoulées et
de temps perdu, je sentais cette influence capitale
jusque dans les relations internationales, tout au
commencement de ma vie ne m'en étais-je pas douté
quand je lisais dans le jardin de Combray un de ces
romans de Bergotte que, même aujourd'hui, si j'en
ai feuilleté quelques pages oubliées où je vois les
ruses d'un méchant, je ne repose qu'après m'être
assuré, en passant cent pages, que vers la fin ce
même méchant est dûment humilié et vit assez pour
apprendre que ses ténébreux projets ont échoué ?
Car je ne me rappelais plus bien ce qui était arrivé
à ces personnages, ce qui ne les différenciait d'ailleurs
pas des personnes qui se trouvaient cet après-midi
chez Mme de Guermantes et dont, pour plusieurs
au moins, la vie passée était aussi vague pour moi que
si je l'eusse lue dans un roman à demi oublié. Le
prince d'Agrigente avait-il fini par épouser Mlle X... ?
Ou plutôt n'était-ce pas le frère de Mlle X... qui
avait dû épouser la sœur du prince d'Agrigente ?
Ou bien faisais-je une confusion avec une ancienne
lecture ou un rêve récent ?

Le rêve était encore un de ces faits de ma vie,
qui m'avait toujours le plus frappé, qui avait dû
le plus servir à me convaincre du caractère purement
mental de la réalité, et dont je ne dédaignerais pas
l'aide dans la composition de mon œuvre. Quand je
vivais, d'une façon un peu moins désintéressée,
pour un amour, un rêve venait rapprocher singulièrement de moi, lui faisant parcourir de grandes
distances de temps perdu, ma grand'mère, Albertine que j'avais recommencé à aimer parce qu'elle
m'avait fourni, dans mon sommeil, une version,
d'ailleurs atténuée, de l'histoire de la blanchisseuse.
Je pensai qu'ils viendraient quelquefois rapprocher
ainsi de moi des vérités, des impressions, que mon

effort seul, ou même les rencontres de la nature ne me présentaient pas ; qu'ils réveilleraient en moi du désir, du regret de certaines choses inexistantes, ce qui est la condition pour travailler, pour s'abstraire de l'habitude, pour se détacher du concret. Je ne dédaignerais pas cette seconde muse, cette muse nocturne qui suppléerait parfois à l'autre.

J'avais vu les nobles devenir vulgaires quand leur esprit, comme celui du duc de Guermantes, par exemple, était vulgaire (« Vous n'êtes pas gêné », comme eût pu dire Cottard). J'avais vu dans l'affaire Dreyfus, pendant la guerre, croire que la vérité est un certain fait, que les ministres possèdent, un oui ou non qui n'a pas besoin d'interprétation, qui fait que les gens du pouvoir *savaient* si Dreyfus était coupable, *savaient* (sans avoir besoin d'envoyer pour cela Roques enquêter sur place) si Sarrail avait ou non les moyens de marcher en même temps que les Russes*.

* Certes, c'est au visage, tel que je l'avais aperçu pour la première fois devant la mer, que je rattachais certaines choses que j'écrirais sans doute. En un sens j'avais raison de les lui rattacher, car si je n'étais pas allé sur la digue ce jour-là, si je ne l'avais pas connue, toutes ces idées ne se seraient pas développées (à moins qu'elles l'eussent été par une autre). J'avais tort aussi, car ce plaisir générateur que nous avons à trouver, rétrospectivement, dans un beau visage de femme, vient de nos sens : il était bien certain en effet que ces pages que j'écrirais, Albertine, surtout l'Albertine d'alors, ne les eût pas comprises. Mais c'est justement pour cela (et c'est une indication à ne pas vivre dans une atmosphère trop intellectuelle), parce qu'elle était si différente de moi, qu'elle m'avait fécondé par le chagrin, et même d'abord par le simple effort pour imaginer ce qui diffère de soi. Ces pages, si elle avait été capable de les comprendre, par cela même elle ne les eût pas inspirées.

En somme, si j'y réfléchissais, la matière de mon expérience, laquelle serait la matière de mon livre, me venait de Swann, non pas seulement par tout ce qui le concernait lui-même et Gilberte ; mais c'était lui qui m'avait dès Combray donné le désir d'aller à Balbec, où sans cela mes parents n'eussent jamais eu l'idée de m'envoyer, et sans quoi je n'aurais pas connu Albertine, mais même les Guermantes, puisque ma grand'mère n'eût pas retrouvé Mme de Villeparisis, moi fait la connaissance de Saint-Loup et de M. de Charlus, ce qui m'avait fait connaître la duchesse de Guermantes et par elle sa cousine, de sorte que ma présence même en ce moment chez le prince de Guermantes, où venait de me venir brusquement l'idée de mon œuvre (ce qui faisait que je devais à Swann non seulement la matière mais la décision), me venait aussi de Swann. Pédoncule un peu mince peut-être pour supporter ainsi l'étendue de toute ma vie (le « côté de Guermantes » s'étant trouvé en ce sens ainsi procéder du « côté de chez Swann »). Mais bien souvent cet auteur des aspects de notre vie est quelqu'un de bien inférieur à Swann, est l'être le plus médiocre. N'eût-il pas suffi qu'un camarade quelconque m'indiquât quelque agréable fille à y posséder (que probablement je n'y aurais pas rencontrée) pour que je fusse allé à Balbec ? Souvent ainsi on rencontre plus tard un camarade déplaisant, on lui serre à peine la main, et pourtant, si jamais on y réfléchit, c'est d'une parole en l'air qu'il nous a dite, d'un « Vous devriez venir à Balbec », que toute notre vie et notre œuvre sont sorties. Nous ne lui en avons aucune reconnaissance, sans que cela soit faire preuve d'ingratitude. Car en disant ces mots il n'a nullement pensé aux énormes conséquences qu'ils auraient pour nous. C'est notre sensibilité et notre intelligence qui ont exploité les circonstances, lesquelles, sa première impulsion donnée, se sont engendrées les unes les autres sans qu'il

eût pu prévoir la cohabitation avec Albertine plus
que la soirée masquée chez les Guermantes. Sans
doute son impulsion fut nécessaire, et par là la forme
extérieure de notre vie, la matière même de notre
œuvre dépendent de lui. Sans Swann, mes parents
n'eussent jamais eu l'idée de m'envoyer à Balbec.
(Il n'était pas d'ailleurs responsable des souffrances
que lui-même m'avait indirectement causées : elles
tenaient à ma faiblesse ; la sienne l'avait bien fait
souffrir lui-même par Odette.) Mais en déterminant
ainsi la vie que nous avons menée, il a par là même
exclu toutes les vies que nous aurions pu mener à
la place de celle-là. Si Swann ne m'avait pas parlé
de Balbec, je n'aurais pas connu Albertine, la salle
à manger de l'hôtel, les Guermantes. Mais je serais
allé ailleurs, j'aurais connu des gens différents, ma
mémoire comme mes livres serait remplie de tableaux
tout autres, que je ne peux même pas imaginer et dont
la nouveauté, inconnue de moi, me séduit et me fait
regretter de n'être pas allé plutôt vers elle, et qu'Albertine et la plage de Balbec et Rivebelle et les Guermantes ne me fussent pas restés toujours inconnus.

La jalousie est un bon recruteur qui, quand il y a
un creux dans notre tableau, va nous chercher dans
la rue la belle fille qu'il fallait. Elle n'était plus belle,
elle l'est redevenue, car nous sommes jaloux d'elle,
elle remplira ce vide. Une fois que nous serons morts,
nous n'aurons pas de joie que ce tableau ait été
ainsi complété. Mais cette pensée n'est nullement
décourageante. Car nous sentons que la vie est un
peu plus compliquée qu'on ne dit, et même les
circonstances. Et il y a une nécessité pressante à
montrer cette complexité. La jalousie si utile ne
naît pas forcément d'un regard, ou d'un récit, ou
d'une rétroflexion. On peut la trouver, prête à nous
piquer, entre les feuillets d'un annuaire — ce qu'on
appelle *Tout-Paris* pour Paris, et pour la campagne

Annuaire des Châteaux. Nous avions distraitement entendu dire par la belle fille devenue indifférente qu'il lui faudrait aller voir quelques jours sa sœur dans le Pas-de-Calais, près de Dunkerque ; nous avions aussi distraitement pensé autrefois que peut-être bien la belle fille avait été courtisée par M. E..., qu'elle ne voyait plus jamais, car plus jamais elle n'allait dans ce bar où elle le voyait jadis. Que pouvait être sa sœur ? femme de chambre peut-être ? Par discrétion nous ne l'avions pas demandé. Et puis voici qu'en ouvrant au hasard l'*Annuaire des Châteaux*, nous trouvons que M. E... a son château dans le Pas-de-Calais, près de Dunkerque. Plus de doute, pour faire plaisir à la belle fille, il a pris sa sœur comme femme de chambre, et si la belle ne le voit plus dans le bar, c'est qu'il la fait venir chez lui, habitant Paris presque toute l'année, mais ne pouvant se passer d'elle même pendant qu'il est dans le Pas-de-Calais. Les pinceaux, ivres de fureur et d'amour, peignent, peignent. Et pourtant, si ce n'était pas cela ? Si vraiment M. E... ne voyait plus jamais la belle fille, mais, par serviabilité, avait recommandé la sœur de celle-ci à un frère qu'il a, lui habitant toute l'année le Pas-de-Calais ? De sorte qu'elle va, même peut-être par hasard, voir sa sœur au moment où M. E... n'est pas là, car ils ne se soucient plus l'un de l'autre. Et à moins encore que la sœur ne soit pas femme de chambre dans le château ni ailleurs, mais ait des parents dans le Pas-de-Calais. Notre douleur du premier instant cède devant ces dernières suppositions qui calment toute jalousie. Mais qu'importe ? Celle-ci, cachée dans les feuillets de l'*Annuaire des Châteaux*, est venue au bon moment, car maintenant le vide qu'il y avait dans la toile est comblé. Et tout se compose bien, grâce à la présence suscitée par la jalousie de la belle fille dont déjà nous ne sommes plus jaloux et que nous n'aimons plus.

A ce moment le maître d'hôtel vint me dire que
le premier morceau étant terminé, je pouvais quitter
la bibliothèque et entrer dans les salons. Cela me
fit ressouvenir où j'étais. Mais je ne fus nullement
troublé dans le raisonnement que je venais de commencer, par le fait qu'une réunion mondaine, le
retour dans la société, m'eussent fourni ce point de
départ vers une vie nouvelle que je n'avais pas su
trouver dans la solitude. Ce fait n'avait rien d'extraordinaire, une impression qui pouvait ressusciter en
moi l'homme éternel n'étant pas liée plus forcément
à la solitude qu'à la société (comme j'avais cru autrefois, comme cela avait peut-être été pour moi autrefois, comme cela aurait peut-être dû être encore
si je m'étais harmonieusement développé, au lieu
de ce long arrêt qui semblait seulement prendre
fin). Car trouvant seulement cette impression de
beauté quand, une sensation actuelle, si insignifiante fût-elle, étant donnée par le hasard, une sensation semblable, renaissant spontanément en moi,
venait étendre la première sur plusieurs époques
à la fois, et remplissait mon âme, où les sensations
particulières laissaient tant de vide, par une essence
générale, il n'y avait pas de raison pour que je ne
reçusse des sensations de ce genre dans le monde
aussi bien que dans la nature, puisqu'elles sont
fournies par le hasard, aidé sans doute par l'excitation particulière qui fait que, les jours où on se
trouve en dehors du train courant de la vie, les
choses même les plus simples recommencent à nous
donner des sensations dont l'Habitude fait faire
l'économie à notre système nerveux. Que ce fût
justement et uniquement ce genre de sensations
qui dût conduire à l'œuvre d'art, j'allais essayer
d'en trouver la raison objective, en continuant les
pensées que je n'avais cessé d'enchaîner dans la

bibliothèque, car je sentais que le déclenchement
de la vie spirituelle était assez fort en moi maintenant
pour pouvoir continuer aussi bien dans le salon,
au milieu des invités, que seul dans la bibliothèque ;
il me semblait qu'à ce point de vue, même au milieu
de cette assistance si nombreuse, je saurais réserver
ma solitude. Car pour la même raison que de grands
événements n'influent pas du dehors sur nos puissances d'esprit, et qu'un écrivain médiocre vivant
dans une époque épique restera un tout aussi médiocre
écrivain, ce qui était dangereux dans le monde c'était
les dispositions mondaines qu'on y apporte. Mais
par lui-même il n'était pas plus capable de vous
rendre médiocre qu'une guerre héroïque de rendre
sublime un mauvais poète. En tous cas, qu'il fût
théoriquement utile ou non que l'œuvre d'art fût
constituée de cette façon, et en attendant que j'eusse
examiné ce point comme j'allais le faire, je ne pouvais
nier qu'en ce qui me concernait, quand des impressions vraiment esthétiques m'étaient venues, ç'avait
toujours été à la suite de sensations de ce genre.
Il est vrai qu'elles avaient été assez rares dans ma vie,
mais elles la dominaient, je pouvais retrouver dans
le passé quelques-uns de ces sommets que j'avais
eu le tort de perdre de vue (ce que je comptais ne
plus faire désormais). Et déjà je pouvais dire que si
c'était chez moi, par l'importance exclusive qu'il
prenait, un trait qui m'était personnel, cependant
j'étais rassuré en découvrant qu'il s'apparentait
à des traits moins marqués, mais discernables, et
au fond assez analogues, chez certains écrivains.
N'est-ce pas à une sensation du genre de celle de
la madeleine qu'est suspendue la plus belle partie
des *Mémoires d'Outre-Tombe* : « Hier au soir je me
promenais seul... je fus tiré de mes réflexions par le
gazouillement d'une grive perchée sur la plus haute
branche d'un bouleau. A l'instant, ce son magique
fit reparaître à mes yeux le domaine paternel ; j'oubliai

les catastrophes dont je venais d'être le témoin, et,
transporté subitement dans le passé, je revis ces
campagnes où j'entendis si souvent siffler la grive. »
Et une des deux ou trois plus belles phrases de ces
Mémoires n'est-elle pas celle-ci : « Une odeur fine
et suave d'héliotrope s'exhalait d'un petit carré de
fèves en fleurs ; elle ne nous était point apportée
par une brise de la patrie, mais par un vent sauvage
de Terre-Neuve, sans relation avec la plante exilée,
sans sympathie de réminiscence et de volupté. Dans
ce parfum non respiré de la beauté, non épuré dans
son sein, non répandu sur ses traces, dans ce parfum
chargé d'aurore, de culture et de monde, il y avait
toutes les mélancolies des regrets, de l'absence et
de la jeunesse. » Un des chefs-d'œuvre de la littérature française, *Sylvie*, de Gérard de Nerval, a,
tout comme le livre des *Mémoires d'Outre-Tombe*
relatif à Combourg, une sensation du même genre
que le goût de la madeleine et « le gazouillement
de la grive ». Chez Baudelaire enfin, ces réminiscences, plus nombreuses encore, sont évidemment
moins fortuites et par conséquent, à mon avis, déci-
sives. C'est le poète lui-même qui, avec plus de choix
et de paresse, recherche volontairement, dans l'odeur
d'une femme par exemple, de sa chevelure et de son
sein, les analogies inspiratrices qui lui évoqueront
« l'azur du ciel immense et rond » et « un port rempli
de flammes et de mâts ». J'allais chercher à me
rappeler les pièces de Baudelaire à la base desquelles
se trouve ainsi une sensation transposée, pour
achever de me replacer dans une filiation aussi
noble, et me donner par là l'assurance que l'œuvre
que je n'avais plus aucune hésitation à entreprendre
méritait l'effort que j'allais lui consacrer, quand,
étant arrivé au bas de l'escalier qui descendait de la
bibliothèque, je me trouvai tout à coup dans le
grand salon et au milieu d'une fête qui allait me
sembler bien différente de celles auxquelles j'avais

assisté autrefois, et allait revêtir pour moi un aspect particulier et prendre un sens nouveau. En effet, dès que j'entrai dans le grand salon, bien que je tinsse toujours ferme en moi, au point où j'en étais, le projet que je venais de former, un coup de théâtre se produisit qui allait élever contre mon entreprise la plus grave des objections. Une objection que je surmonterais sans doute, mais qui, tandis que je continuais à réfléchir en moi-même aux conditions de l'œuvre d'art, allait, par l'exemple cent fois répété de la considération la plus propre à me faire hésiter, interrompre à tout instant mon raisonnement.

Au premier moment je ne compris pas pourquoi j'hésitais à reconnaître le maître de maison, les invités, et pourquoi chacun semblait s'être « fait une tête », généralement poudrée et qui les changeait complètement. Le prince avait encore en recevant cet air bonhomme d'un roi de féerie que je lui avais trouvé la première fois mais cette fois, semblant s'être soumis lui-même à l'étiquette qu'il avait imposée à ses invités, il s'était affublé d'une barbe blanche * et, traînant à ses pieds, qu'elles alourdissaient, comme des semelles de plomb, semblait avoir assumé de figurer un des « Ages de la Vie ». A vrai dire je ne le reconnus qu'à l'aide d'un raisonnement et en concluant de la simple ressemblance de certains traits à une identité de la personne. Je ne sais ce que le petit Fezensac avait mis sur sa figure, mais tandis que d'autres avaient blanchi, qui la moitié de leur barbe, qui leurs moustaches seulement, lui, sans s'embarrasser de ces teintures, avait trouvé le moyen de couvrir sa figure de rides, ses sourcils de poils hérissés ; tout cela d'ailleurs ne lui seyait pas, son visage

---

* Ses moustaches étaient blanches aussi, comme s'il restait après elles le gel de la forêt du Petit Poucet. Elles semblaient incommoder la bouche raidie et, l'effet une fois produit, il aurait dû les enlever.

faisait l'effet d'être durci, bronzé, solennisé, cela le vieillissait tellement qu'on n'aurait plus dit du tout un jeune homme. Je fus bien plus étonné au même moment en entendant appeler duc de Châtellerault un petit vieillard aux moustaches argentées d'ambassadeur, dans lequel seul un petit bout de regard resté le même me permit de reconnaître le jeune homme que j'avais rencontré une fois en visite chez Mme de Villeparisis. A la première personne que je parvins ainsi à identifier, en tâchant de faire abstraction du travestissement et de compléter les traits restés naturels par un effort de mémoire, ma première pensée eût dû être, et fut peut-être bien moins d'une seconde, de la féliciter d'être si merveilleusement grimée qu'on avait d'abord, avant de la reconnaître, cette hésitation que les grands acteurs, paraissant dans un rôle où ils sont différents d'eux-mêmes, donnent, en entrant en scène, au public qui, même averti par le programme, reste un instant ébahi avant d'éclater en applaudissements.

A ce point de vue, le plus extraordinaire de tous était mon ennemi personnel, M. d'Argencourt, le véritable clou de la matinée. Non seulement, au lieu de sa barbe à peine poivre et sel, il s'était affublé d'une extraordinaire barbe d'une invraisemblable blancheur, mais encore (tant de petits changements matériels peuvent rapetisser, élargir un personnage, et bien plus, changer son caractère apparent, sa personnalité) c'était un vieux mendiant qui n'inspirait plus aucun respect qu'était devenu cet homme dont la solennité, la raideur empesée étaient encore présentes à mon souvenir et qui donnait à son personnage de vieux gâteux une telle vérité que ses membres tremblotaient, que les traits détendus de sa figure, habituellement hautaine, ne cessaient de sourire avec une niaise béatitude. Poussé à ce degré, l'art du déguisement devient quelque chose de plus, une transformation complète de la person-

nalité. En effet, quelques riens avaient beau me
certifier que c'était bien Argencourt qui donnait
ce spectacle inénarrable et pittoresque, combien
d'états successifs d'un visage ne me fallait-il pas
traverser si je voulais retrouver celui de l'Argencourt
que j'avais connu, et qui était tellement différent
de lui-même, tout en n'ayant à sa disposition que
son propre corps! C'était évidemment la dernière
extrémité où il avait pu le conduire sans en crever ;
le plus fier visage, le torse le plus cambré n'était
plus qu'une loque en bouillie, agitée de-ci de-là.
A peine, en se rappelant certains sourires d'Argencourt qui jadis tempéraient parfois un instant sa
hauteur pouvait-on trouver dans l'Argencourt vrai
celui que j'avais vu si souvent, pouvait-on comprendre
que la possibilité de ce sourire de vieux marchand
d'habits ramolli existât dans le gentleman correct
d'autrefois. Mais à supposer que ce fût la même
intention de sourire qu'eût Argencourt, à cause de
la prodigieuse transformation de son visage, la
matière même de l'œil par laquelle il l'exprimait,
était tellement différente, que l'expression devenait
tout autre et même d'un autre. J'eus un fou rire
devant ce sublime gaga, aussi émollié dans sa béné-
vole caricature de lui-même que l'était, dans la
manière tragique, M. de Charlus foudroyé et poli.
M. d'Argencourt, dans son incarnation de moribond-
bouffe d'un Regnard exagéré par Labiche, était
d'un accès aussi facile, aussi affable que M. de Charlus
roi Lear qui se découvrait avec application devant
le plus médiocre salueur. Pourtant je n'eus pas l'idée
de lui dire mon admiration pour la vision extraordinaire qu'il offrait. Ce ne fut pas mon antipathie ancienne qui m'en empêcha, car précisément
il était arrivé à être tellement différent de lui-même
que j'avais l'illusion d'être devant une autre personne,
aussi bienveillante, aussi désarmée, aussi inoffensive
que l'Argencourt habituel était rogue, hostile et

dangereux. Tellement une autre personne, qu'à
voir ce personnage ineffablement grimaçant, comique
et blanc, ce bonhomme de neige simulant un général
Dourakine en enfance, il me semblait que l'être
humain pouvait subir des métamorphoses aussi
complètes que celles de certains insectes. J'avais
l'impression de regarder derrière le vitrage instructif d'un muséum d'histoire naturelle ce que peut
être devenu l'insecte le plus rapide, le plus sûr en
ses traits, et je ne pouvais pas ressentir les sentiments
que m'avait toujours inspirés M. d'Argencourt
devant cette molle chrysalide, plutôt vibratile que
remuante. Mais je me tus, je ne félicitai pas M. d'Argencourt d'offrir un spectacle qui semblait reculer
les limites entre lesquelles peuvent se mouvoir les
transformations du corps humain.

Alors, dans les coulisses du théâtre ou pendant
un bal costumé, on est plutôt porté par politesse à
exagérer la peine, presque à affirmer l'impossibilité,
qu'on a à reconnaître la personne travestie. Ici, au
contraire, un instinct m'avait averti de les dissimuler
le plus possible ; je sentais qu'elles n'avaient plus
rien de flatteur parce que la transformation n'était
pas voulue, et m'avisais enfin, ce à quoi je n'avais
pas songé en entrant dans ce salon, que toute fête,
si simple soit-elle, quand elle a lieu longtemps après
qu'on a cessé d'aller dans le monde et pour peu
qu'elle réunisse quelques-unes des mêmes personnes qu'on a connues autrefois, vous fait l'effet
d'une fête travestie, de la plus réussie de toutes, de
celle où l'on est le plus sincèrement « intrigué » par
les autres, mais où ces têtes, qu'ils se sont faites
depuis longtemps sans le vouloir, ne se laissent pas
défaire par un débarbouillage, une fois la fête finie.
Intrigué par les autres ? Hélas, aussi les intriguant
nous-même. Car la même difficulté que j'éprouvais
à mettre le nom qu'il fallait sur les visages, semblait
partagée par toutes les personnes qui, apercevant

le mien, n'y prenaient pas plus garde que si elles ne l'eussent jamais vu, ou tâchaient de dégager de l'aspect actuel un souvenir différent.

Si M. d'Argencourt venait faire cet extraordinaire « numéro » qui était certainement la vision la plus saisissante dans son burlesque que je garderais de lui, c'était comme un acteur qui rentre une dernière fois sur la scène avant que le rideau tombe tout à fait au milieu des éclats de rire. Si je ne lui en voulais plus, c'est parce qu'en lui, qui avait retrouvé l'innocence du premier âge, il n'y avait plus aucun souvenir des notions méprisantes qu'il avait pu avoir de moi, aucun souvenir d'avoir vu M. de Charlus me lâcher brusquement le bras, soit qu'il n'y eût plus rien en lui de ces sentiments, soit qu'ils fussent obligés pour arriver jusqu'à nous de passer par des réfracteurs physiques si déformants qu'ils changeaient en route absolument de sens et que M. d'Argencourt semblât bon, faute de moyens physiques, d'exprimer encore qu'il était mauvais et de refouler sa perpétuelle hilarité invitante. C'était trop de parler d'un acteur et, débarrassé qu'il était de toute âme consciente, c'est comme une poupée trépidante, à la barbe postiche de laine blanche, que je le voyais agité, promené dans ce salon, comme dans un guignol à la fois scientifique et philosophique où il servait, comme dans une oraison funèbre ou un cours en Sorbonne, à la fois de rappel à la vanité de tout et d'exemple d'histoire naturelle.

Des poupées, mais que, pour les identifier à celui qu'on avait connu, il fallait lire sur plusieurs plans à la fois, situés derrière elles et qui leur donnaient de la profondeur et forçaient à faire un travail d'esprit quand on avait devant soi ces vieillards fantoches, car on était obligé de les regarder, en même temps qu'avec les yeux, avec la mémoire. Des poupées baignant dans les couleurs immatérielles des années,

des poupées extériorisant le Temps, le Temps qui
d'habitude n'est pas visible, pour le devenir cherche
des corps et, partout où il les rencontre, s'en empare
pour montrer sur eux sa lanterne magique. Aussi
immatériel que jadis Golo sur le bouton de porte de
ma chambre de Combray, ainsi le nouveau et si
méconnaissable Argencourt était là comme la révélation du Temps, qu'il rendait partiellement visible.
Dans les éléments nouveaux qui composaient la
figure de M. d'Argencourt et son personnage, on
lisait un certain chiffre d'années, on reconnaissait
la figure symbolique de la vie non telle qu'elle nous
apparaît, c'est-à-dire permanente, mais réelle, atmosphère si changeante que le fier seigneur s'y peint en
caricature, le soir, comme un marchand d'habits.

En d'autres êtres, d'ailleurs, ces changements, ces
véritables aliénations semblaient sortir du domaine
de l'histoire naturelle, et on s'étonnait, en entendant
un nom, qu'un même être pût présenter, non comme
M. d'Argencourt les caractéristiques d'une nouvelle
espèce différente, mais les traits extérieurs d'un
autre caractère. C'était bien, comme pour M. d'Argencourt, des possibilités insoupçonnées que le temps
avait tirées de telle jeune fille, mais ces possibilités,
bien qu'étant toutes physiognomoniques ou corpo-
relles, semblaient avoir quelque chose de moral. Les
traits du visage, s'ils changent, s'ils s'assemblent
autrement, s'ils sont balancés de façon habituelle
d'une façon plus lente, prennent, avec un aspect
autre, une signification différente. De sorte qu'il
y avait telle femme qu'on avait connue bornée et
sèche, chez laquelle un élargissement des joues
devenues méconnaissables, un busquage imprévi-
sible du nez, causaient la même surprise, la même
bonne surprise souvent, que tel mot sensible et profond, telle action courageuse et noble qu'on n'aurait
jamais attendus d'elle. Autour de ce nez, nez nouveau,
on voyait s'ouvrir des horizons qu'on n'eût pas osé

espérer. La bonté, la tendresse, jadis impossibles, devenaient possibles avec ces joues-là. On pouvait faire entendre devant ce menton ce qu'on n'aurait jamais eu l'idée de dire devant le précédent. Tous ces traits nouveaux du visage impliquaient d'autres traits de caractère ; la sèche et maigre jeune fille était devenue une vaste et indulgente douairière. Ce n'est plus dans un sens zoologique comme pour M. d'Argencourt, c'est dans un sens social et moral qu'on pouvait dire que c'était une autre personne.

Par tous ces côtés, une matinée comme celle où je me trouvais était quelque chose de beaucoup plus précieux qu'une image du passé, mais m'offrait comme toutes les images successives, et que je n'avais jamais vues, qui séparaient le passé du présent, mieux encore, le rapport qu'il y avait entre le présent et le passé ; elle était comme ce qu'on appelait autrefois une vue optique, mais une vue optique des années, la vue non d'un moment, non d'une personne située dans la perspective déformante du Temps.

Quant à la femme dont M. d'Argencourt avait été l'amant, elle n'avait pas beaucoup changé, *si l'on tenait compte du temps passé*, c'est-à-dire que son visage n'était pas trop complètement démoli pour celui d'un être qui se déforme tout le long de son trajet dans l'abîme où il est lancé, abîme dont nous ne pouvons exprimer la direction que par des comparaisons également vaines, puisque nous ne pouvons les emprunter qu'au monde de l'espace, et qui, que nous les orientions dans le sens de l'élévation, de la longueur ou de la profondeur, ont comme seul avantage de nous faire sentir que cette dimension inconcevable et sensible existe. La nécessité, pour donner un nom aux figures, de remonter effectivement le cours des années, me forçait, en réaction, de rétablir ensuite, en leur donnant leur place réelle, les années auxquelles je n'avais pas pensé. A ce point de vue, et pour ne pas me laisser tromper par l'identité apparente de l'espace, l'aspect tout nouveau d'un être comme M. d'Argencourt m'était une révélation frappante de cette réalité du millésime, qui d'habitude nous reste abstraite, comme l'apparition de certains arbres nains ou de baobabs géants nous avertit du changement de méridien.

Alors la vie nous apparaît comme la féerie où on voit d'acte en acte le bébé devenir adolescent, homme mûr et se courber vers la tombe. Et comme c'est par des changements perpétuels qu'on sent que ces êtres prélevés à des distances assez grandes sont si différents, on sent qu'on a suivi la même loi que ces créatures qui se sont tellement transformées qu'elles ne ressemblent plus, sans avoir cessé d'être, justement parce qu'elles n'ont pas cessé d'être, à ce que nous avons vu d'elles jadis.

Une jeune femme que j'avais connue autrefois, maintenant blanche et tassée en petite vieille maléfique, semblait indiquer qu'il est nécessaire que, dans le divertissement final d'une pièce, les êtres fussent travestis à ne pas les reconnaître. Mais son frère était resté si droit, si pareil à lui-même qu'on s'étonnait que sur sa figure jeune il eût fait passer au blanc sa moustache bien relevée. Les parties de blancheur de barbes jusque-là entièrement noires rendaient mélancolique le paysage humain de cette matinée, comme les premières feuilles jaunes des arbres alors qu'on croyait encore pouvoir compter sur un long été, et qu'avant d'avoir commencé d'en profiter on voit que c'est déjà l'automne. Alors moi qui, depuis mon enfance, vivais au jour le jour, ayant reçu d'ailleurs de moi-même et des autres une impression définitive, je m'aperçus pour la première fois, d'après les métamorphoses qui s'étaient produites dans tous ces gens, du temps qui avait passé pour eux, ce qui me bouleversa par la révélation

qu'il avait passé aussi pour moi. Et, indifférente en
elle-même, leur vieillesse me désolait en m'avertissant
des approches de la mienne. Celles-ci me furent,
du reste, proclamées coup sur coup par des paroles
qui à quelques minutes d'intervalle vinrent me frapper comme les trompettes du Jugement. La première
fut prononcée par la duchesse de Guermantes ; je
venais de la voir, passant entre une double haie de
curieux qui, sans se rendre compte des merveilleux
artifices de toilette et d'esthétique qui agissaient
sur eux, émus devant cette tête rousse, ce corps
saumoné émergeant à peine de ses ailerons de dentelle noire, et étranglé de joyaux, le regardaient,
dans la sinuosité héréditaire de ses lignes, comme ils
eussent fait de quelque vieux poisson sacré, chargé
de pierreries, en lequel s'incarnait le Génie protecteur
de la famille de Guermantes. « Ah ! quelle joie de
vous voir, vous mon plus vieil ami », me dit-elle. Et
dans mon amour-propre de jeune homme de Combray qui ne m'étais jamais compté à aucun moment
comme pouvant être un de ses amis, participant
vraiment à la vraie vie mystérieuse qu'on menait
chez les Guermantes, un de ses amis au même titre
que M. de Bréauté, que M. de Forestelle, que Swann,
que tous ceux qui étaient morts, j'aurais pu en être
flatté, j'en étais surtout malheureux. « Son plus vieil
ami ! me dis-je, elle exagère ; peut-être un des plus
vieux, mais suis-je donc... » A ce moment un neveu
du prince s'approcha de moi : « Vous qui êtes un
vieux Parisien », me dit-il. Un instant après on me
remit un mot. J'avais rencontré en arrivant un
jeune Létourville, dont je ne savais plus très bien la
parenté avec la duchesse, mais qui me connaissait
un peu. Il venait de sortir de Saint-Cyr, et, me
disant que ce serait pour moi un gentil camarade
comme avait été Saint-Loup, qui pourrait m'initier
aux choses de l'armée, avec les changements qu'elle
avait subis, je lui avais dit que je le retrouverais

tout à l'heure et que nous prendrions rendez-vous pour dîner ensemble, ce dont il m'avait beaucoup remercié. Mais j'étais resté trop longtemps à rêver dans la bibliothèque et le petit mot qu'il avait laissé pour moi était pour me dire qu'il n'avait pu m'attendre, et me laisser son adresse. La lettre de ce camarade rêvé finissait ainsi : « Avec tout le respect de votre petit ami, Létourville. » « Petit ami! » C'est ainsi qu'autrefois j'écrivais aux gens qui avaient trente ans de plus que moi, à Legrandin par exemple. Quoi! ce sous-lieutenant que je me figurais mon camarade comme Saint-Loup, se disait mon petit ami. Mais alors il n'y avait donc pas que les méthodes militaires qui avaient changé depuis lors, et pour M. de Létourville j'étais donc, non un camarade, mais un vieux monsieur ; et de M. de Létourville, dans la compagnie duquel je me figurais, moi, tel que je m'apparaissais à moi-même, un bon camarade, étais-je donc séparé par l'écartement d'un invisible compas auquel je n'avais pas songé et qui me situait si loin du jeune sous-lieutenant qu'il semblait que, pour celui qui se disait mon « petit ami », j'étais un vieux monsieur ?

Presque aussitôt après quelqu'un parla de Bloch, je demandai si c'était du jeune homme ou du père (dont j'avais ignoré la mort, pendant la guerre, d'émotion, avait-on dit, de voir la France envahie). « Je ne savais pas qu'il eût des enfants, je ne le savais même pas marié, me dit le prince. Mais c'est évidemment du père que nous parlons, car il n'a rien d'un jeune homme, ajouta-t-il en riant. Il pourrait avoir des fils qui seraient eux-mêmes déjà des hommes. » Et je compris qu'il s'agissait de mon camarade. Il entra d'ailleurs au bout d'un instant. Et en effet sur la figure de Bloch je vis se superposer cette mine débile et opinante, ces frêles hochements de tête qui trouvent si vite leur cran d'arrêt, et où j'aurais reconnu la docte fatigue des vieillards aimables, si

d'autre part, je n'avais reconnu devant moi mon ami
et si mes souvenirs ne l'animaient pas de cet entrain
juvénile et ininterrompu dont il semblait actuellement dépossédé. Pour moi qui l'avais connu au seuil
de la vie et n'avais jamais cessé de le voir, il était mon
camarade, un adolescent dont je mesurais la jeunesse
par celle que, n'ayant cru vivre depuis ce moment-là,
je me donnais inconsciemment à moi-même. J'entendis dire qu'il paraissait bien son âge, je fus étonné
de remarquer sur son visage quelques-uns de ces
signes qui sont plutôt la caractéristique des hommes
qui sont vieux. Je compris que c'est parce qu'il
l'était en effet et que c'est avec des adolescents qui
durent un assez grand nombre d'années que la vie
fait des vieillards.

Comme quelqu'un, entendant dire que j'étais
souffrant, demanda si je ne craignais pas de prendre
la grippe qui régnait à ce moment-là, un autre
bienveillant me rassura en me disant : « Non, cela
atteint plutôt les personnes encore jeunes. Les gens
de votre âge ne risquent plus grand'chose. » Et on
assura que le personnel m'avait bien reconnu. Ils
avaient chuchoté mon nom, et même « dans leur langage », raconta une dame, elle les avait entendus
dire : « Voilà le père » (cette expression était suivie de
mon nom) ; et, comme je n'avais pas d'enfant, elle
ne pouvait se rapporter qu'à l'âge.

« Comment, si j'ai connu le maréchal ? me dit la
duchesse. Mais j'ai connu des gens bien plus repré-
sentatifs, la duchesse de Galliera, Pauline de Périgord,
Mgr Dupanloup. » En l'entendant, je regrettais naïvement de ne pas avoir connu ce qu'elle appelait un
reste d'ancien régime. J'aurais dû penser qu'on
appelle ancien régime ce dont on n'a pu connaître
que la fin ; c'est ainsi que ce que nous apercevons à
l'horizon prend une grandeur mystérieuse et nous
semble se refermer sur un monde qu'on ne reverra

plus ; cependant nous avançons, et c'est bientôt
nous-même qui sommes à l'horizon pour les générations qui sont derrière nous ; cependant l'horizon
recule, et le monde, qui semblait fini, recommence.
« J'ai même pu voir, quand j'étais jeune fille, ajouta
Mme de Guermantes, la duchesse de Dino. Dame,
vous savez que je n'ai plus vingt-cinq ans. » Ces
derniers mots me fâchèrent : « Elle ne devrait pas
dire cela, ce serait bon pour une vieille femme. »
Et aussitôt je pensai qu'en effet elle était une vieille
femme. « Quant à vous, reprit-elle, vous êtes toujours
le même. Oui, me dit-elle, vous êtes étonnant, vous
restez toujours jeune », expression si mélancolique
puisqu'elle n'a de sens que si nous sommes en fait,
sinon d'apparence, devenus vieux. Et elle me donna
le dernier coup en ajoutant : « J'ai toujours regretté
que vous ne vous soyez pas marié. Au fond, qui sait,
c'est peut-être plus heureux. Vous auriez été d'âge
à avoir des fils à la guerre, et s'ils avaient été tués,
comme l'a été ce pauvre Robert (je pense encore
souvent à lui), sensible comme vous êtes, vous ne
leur auriez pas survécu. » Et je pus me voir, comme
dans la première glace véridique que j'eusse rencontrée, dans les yeux de vieillards, restés jeunes à
leur avis, comme je le croyais moi-même de moi, et
qui, quand je me citais à eux, pour entendre un
démenti, comme exemple de vieux, n'avaient pas
dans leurs regards qui me voyaient tel qu'ils ne se
voyaient pas eux-mêmes et tel que je les voyais, une
seule protestation. Car nous ne voyions pas notre
propre aspect, nos propres âges, mais chacun, comme
un miroir opposé, voyait celui de l'autre. Et sans
doute, à découvrir qu'ils ont vieilli, bien des gens
eussent été moins tristes que moi. Mais d'abord il
en est de la vieillesse comme de la mort. Quelques-
uns les affrontent avec indifférence, non pas parce
qu'ils ont plus de courage que les autres, mais parce
qu'ils ont moins d'imagination. Puis, un homme qui

depuis son enfance vise une même idée, auquel sa
paresse même et jusqu'à son état de santé, en lui
faisant remettre sans cesse les réalisations, annule
chaque soir le jour écoulé et perdu, si bien que la
maladie qui hâte le vieillissement de son corps retarde celui de son esprit, est plus surpris et plus
bouleversé de voir qu'il n'a cessé de vivre dans le
Temps, que celui qui vit peu en soi-même, se règle
sur le calendrier, et ne découvre pas d'un seul coup
le total des années dont il a poursuivi quotidiennement l'addition. Mais une raison plus grave expliquait mon angoisse ; je découvrais cette action des-
tructrice du Temps au moment même où je voulais
entreprendre de rendre claires, d'intellectualiser dans
une œuvre d'art, des réalités extra-temporelles.

Chez certains êtres le remplacement successif, mais
accompli en mon absence, de chaque cellule par
d'autres, avait amené un changement si complet,
une si entière métamorphose que j'aurais pu dîner
cent fois en face d'eux dans un restaurant sans me
douter plus que je les avais connus autrefois que je
n'aurais pu deviner la royauté d'un souverain incognito ou le vice d'un inconnu. La comparaison
devient même insuffisante pour le cas où j'entendais
leur nom, car on peut admettre qu'un inconnu assis
en face de vous soit criminel ou roi, tandis qu'eux
je les avais connus, ou plutôt j'avais connu des
personnes portant le même nom, mais si différentes
que je ne pouvais croire que ce fussent les mêmes.
Pourtant, comme j'aurais fait de l'idée de souve-
raineté ou de vice, qui ne tarde pas à donner un visage
nouveau à l'inconnu, avec qui on aurait fait si aisément,
quand on avait encore les yeux bandés, la gaffe d'être
insolent ou aimable, et dans les mêmes traits de qui
on discerne maintenant quelque chose de distingué
ou de suspect, je m'appliquais à m'introduire dans
le visage de l'inconnue, entièrement inconnue, l'idée
qu'elle était Mme Sazerat, et je finissais par rétablir

le sens autrefois connu de ce visage, mais qui serait resté vraiment aliéné pour moi, entièrement celui d'une autre personne ayant autant perdu tous les attributs humains que j'avais connus, qu'un homme redevenu singe, si le nom et l'affirmation de l'identité ne m'avaient mis, malgré ce que le problème avait d'ardu, sur la voie de la solution. Parfois pourtant l'ancienne image renaissait assez précise pour que je puisse essayer une confrontation ; et comme un témoin mis en présence d'un inculpé qu'il a vu, j'étais forcé, tant la différence était grande, de dire : « Non... je ne la reconnais pas. »

Gilberte de Saint-Loup me dit : « Voulez-vous que nous allions dîner tous les deux seuls au restaurant ? » Comme je répondais : « Si vous ne trouvez pas compromettant de venir dîner seule avec un jeune homme », j'entendis que tout le monde autour de moi riait, et je m'empressai d'ajouter : « Ou plutôt avec un vieil homme. » Je sentais que la phrase qui avait fait rire était de celles qu'aurait pu, en parlant de moi, dire ma mère, ma mère pour qui j'étais toujours un enfant. Or je m'apercevais que je me plaçais pour me juger au même point de vue qu'elle. Si j'avais fini par enregistrer comme elle certains changements, qui s'étaient faits depuis ma première enfance, c'était tout de même des changements maintenant très anciens. J'en étais resté à celui qui faisait qu'on avait dit un temps, presque en prenant de l'avance sur le fait : « C'est maintenant presque un grand jeune homme. » Je le pensais encore, mais cette fois avec un immense retard. Je ne m'apercevais pas combien j'avais changé. Mais au fait, eux, qui venaient de rire aux éclats, à quoi s'en apercevaient-ils ? Je n'avais pas un cheveu gris, ma moustache était noire. J'aurais voulu pouvoir leur demander à quoi se révélait l'évidence de la terrible chose.

Sans doute * la cruelle découverte que je venais de faire ne pourrait que me servir en ce qui concernait la matière même de mon livre. Puisque j'avais décidé qu'elle ne pouvait être uniquement constituée par les impressions véritablement pleines, celles qui sont en dehors du temps, parmi les vérités avec lesquelles je comptais les sertir, celles qui se rapportent au temps, au temps dans lequel baignent et changent les hommes, les sociétés, les nations, tiendraient une place importante. Je n'aurais pas soin seulement de faire une place à ces altérations que subit l'aspect des êtres et dont j'avais de nouveaux exemples à chaque minute, car tout en songeant à mon œuvre, assez définitivement mise en marche pour ne pas se laisser arrêter par des distractions passagères, je continuais à dire bonjour aux gens que je connaissais et à causer avec eux. Le

* Et maintenant je comprenais ce que c'était que la vieillesse — la vieillesse qui de toutes les réalités est peut-être celle dont nous gardons le plus longtemps dans la vie une notion purement abstraite, regardant les calendriers, datant nos lettres, voyant se marier nos amis, les enfants de nos amis, sans comprendre, soit par peur, soit par paresse, ce que cela signifie, jusqu'au jour où nous apercevons une silhouette inconnue, comme celle de M. d'Argencourt, laquelle nous apprend que nous vivons dans un nouveau monde ; jusqu'au jour où le petit-fils d'une de nos amies, jeune homme qu'instinctivement nous traiterions en camarade, sourit comme si nous nous moquions de lui, nous qui lui sommes apparu comme un grand-père ; je comprenais ce que signifiaient la mort, l'amour, les joies de l'esprit, l'utilité de la douleur, la vocation, etc. Car si les noms avaient perdu pour moi de leur individualité, les mots me découvraient tout leur sens. La beauté des images est logée à l'arrière des choses, celle des idées à l'avant. De sorte que la première cesse de nous émerveiller quand on les a atteintes, mais qu'on ne comprend la seconde que quand on les a dépassées.

vieillissement, d'ailleurs, ne se marquait pas pour
tous d'une manière analogue. Je vis quelqu'un qui
demandait mon nom, on me dit que c'était M. de Cambremer. Et alors pour me montrer qu'il m'avait
reconnu : « Est-ce que vous avez toujours vos étouffements ? » me demanda-t-il ; et, sur ma réponse
affirmative : « Vous voyez que ça n'empêche pas la
longévité », me dit-il, comme si j'étais décidément
centenaire. Je lui parlais les yeux attachés sur deux
ou trois traits que je pouvais faire rentrer par la
pensée dans cette synthèse, pour le reste toute différente, de mes souvenirs, que j'appelais sa personne.
Mais un instant il tourna à demi la tête. Et alors je
vis qu'il était rendu méconnaissable par l'adjonction
d'énormes poches rouges aux joues qui l'empêchaient
d'ouvrir complètement la bouche et les yeux, si bien
que je restais hébété, n'osant regarder cette sorte
d'anthrax dont il me semblait plus convenable
qu'il me parlât le premier. Mais comme un malade
courageux, il n'y faisait pas allusion, riait, et j'avais
peur d'avoir l'air de manquer de cœur en ne lui
demandant pas, de tact en lui demandant ce qu'il
avait. « Mais ils ne vous viennent pas plus rarement
avec l'âge ? » me demanda-t-il, en continuant à
parler des étouffements. Je lui dis que non. « Ah ! si,
ma sœur en a sensiblement moins qu'autrefois »,
me dit-il, d'un ton de contradiction comme si cela
ne pouvait pas être autrement pour moi que pour
sa sœur, et comme si l'âge était un de ces remèdes
dont il n'admettait pas, quand ils avaient fait du
bien à Mme de Gaucourt, qu'ils ne me fussent pas
salutaires. Mme de Cambremer-Legrandin s'étant
approchée, j'avais de plus en plus peur de paraître
insensible en ne déplorant pas ce que je remarquais
sur la figure de son mari et je n'osais pas cependant
parler de ça le premier. « Vous êtes content de le
voir ? me dit-elle. — Il va bien ? répliquai-je sur un
ton incertain. — Mais mon Dieu, pas trop mal,

comme vous voyez. » Elle ne s'était pas aperçue de
ce mal qui offusquait ma vue et qui n'était autre
qu'un des masques du Temps que celui-ci avait
appliqué à la figure du marquis, mais peu à peu, et
en l'épaississant si progressivement que la marquise
n'en avait rien vu. Quand M. de Cambremer eut
fini ses questions sur mes étouffements, ce fut mon
tour de m'informer tout bas auprès de quelqu'un
si la mère du marquis vivait encore. En effet, dans
l'appréciation du temps écoulé, il n'y a que le premier
pas qui coûte. On éprouve d'abord beaucoup de
peine à se figurer que tant de temps ait passé et
ensuite qu'il n'en ait pas passé davantage. On n'avait
jamais songé que le XIIIe siècle fût si loin, et après
on a peine à croire qu'il puisse subsister encore des
églises du XIIIe siècle, lesquelles pourtant sont innombrables en France. En quelques instants s'était fait
en moi ce travail plus lent qui se fait chez ceux qui,
ayant eu peine à comprendre qu'une personne
qu'ils ont connue jeune ait soixante ans, en ont plus
encore, quinze ans après, à apprendre qu'elle vit
encore et n'a pas plus de soixante-quinze ans. Je
demandai à M. de Cambremer comment allait sa
mère. « Elle est toujours admirable », me dit-il,
usant d'un adjectif qui, par opposition aux tribus où
on traite sans pitié les parents âgés, s'applique dans
certaines familles aux vieillards chez qui l'usage des
facultés les plus matérielles, comme d'entendre,
d'aller à pied à la messe, et de supporter avec insen-
sibilité les deuils, s'empreint, aux yeux de leurs
enfants, d'une extraordinaire beauté morale *.

* Si certaines femmes avouaient leur vieillesse en
se fardant, elle apparaissait au contraire par l'absence
du fard chez certains hommes sur le visage desquels
je ne l'avais jamais expressément remarqué, et qui
tout de même me semblaient bien changés depuis
que, découragés de chercher à plaire, ils en avaient
cessé l'usage. Parmi eux était Legrandin. La suppres-

Chez d'autres, dont le visage était intact, ils semblaient seulement embarrassés quand ils avaient à marcher ; on croyait d'abord qu'ils avaient mal aux jambes, et ce n'est qu'ensuite qu'on comprenait que la vieillesse leur avait attaché ses semelles de plomb. Elle en embellissait d'autres, comme le prince d'Agrigente. A cet homme long, mince, au regard terne, aux cheveux qui semblaient devoir rester éternellement rougeâtres, avait succédé, par une métamorphose analogue à celle des insectes, un vieillard chez qui les cheveux rouges, trop longtemps vus, avaient été, comme un tapis de table qui a trop servi, rem-

sion du rose, que je n'avais jamais soupçonné artificiel, de ses lèvres et de ses joues donnait à sa figure l'apparence grisâtre et aussi la précision sculpturale de la pierre. Il avait perdu non seulement le courage de se peindre, mais de sourire, de faire briller son regard, de tenir des discours ingénieux. On s'étonnait de le voir si pâle, abattu, ne prononçant que de rares paroles qui avaient l'insignifiance de celles que disent les morts qu'on évoque. On se demandait quelle cause l'empêchait d'être vif, éloquent, charmant, comme on se le demande devant le « double » insignifiant d'un homme brillant de son vivant et auquel un spirite pose pourtant des questions qui prêteraient aux développements charmeurs. Et on se disait que cette cause qui avait substitué au Legrandin coloré et rapide un pâle et triste fantôme de Legrandin, c'était la vieillesse.

Chez certains même les cheveux n'avaient pas blanchi. Ainsi je reconnus quand il vint dire un mot à son maître le vieux valet de chambre du prince de Guermantes. Les poils bourrus qui hérissaient ses joues tout autant que son crâne étaient restés d'un roux tirant sur le rose et on ne pouvait le soupçonner de se teindre comme la duchesse de Guermantes. Mais il n'en paraissait pas moins vieux. On sentait seulement qu'il existe chez les hommes, comme dans le règne végétal les mousses, les lichens et tant d'autres, des espèces qui ne changent pas à l'approche de l'hiver.

placés par des cheveux blancs. Sa poitrine avait pris
une corpulence inconnue, robuste, presque guerrière,
et qui avait dû nécessiter un véritable éclatement
de la frêle chrysalide que j'avais connue ; une gravité
consciente d'elle-même baignait les yeux, où elle
était teintée d'une bienveillance nouvelle qui s'in-
clinait vers chacun. Et comme, malgré tout, une certaine ressemblance subsistait entre le puissant prince
actuel et le portrait que gardait mon souvenir, j'admirais la force de renouvellement original du Temps
qui, tout en respectant l'unité de l'être et les lois de la
vie, sait changer ainsi le décor et introduire de hardis
contrastes dans deux aspects successifs d'un même
personnage ; car beaucoup de ces gens, on les identifiait immédiatement, mais comme d'assez mauvais
portraits d'eux-mêmes réunis dans l'exposition où un
artiste inexact et malveillant durcit les traits de l'un,
enlève la fraîcheur du teint ou la légèreté de la taille
à celle-ci, assombrit le regard. Comparant ces images
avec celles que j'avais sous les yeux de ma mémoire,
j'aimais moins celles qui m'étaient montrées en dernier lieu. Comme souvent on trouve moins bonne et
on refuse une des photographies entre lesquelles un ami
vous a prié de choisir, à chaque personne et devant
l'image qu'elle me montrait d'elle-même j'aurais voulu
dire : « Non, pas celle-ci, vous êtes moins bien, ce n'est
pas vous. » Je n'aurais pas osé ajouter : « Au lieu de
votre beau nez droit on vous a fait le nez crochu
de votre père que je ne vous ai jamais connu. » Et
en effet c'était un nez nouveau et familial. Bref
l'artiste, le Temps, avait « rendu » tous ces modèles
de telle façon qu'ils étaient reconnaissables ; mais
ils n'étaient pas ressemblants, non parce qu'il les
avait flattés, mais parce qu'il les avait vieillis. Cet
artiste-là, du reste, travaille fort lentement. Ainsi
cette réplique du visage d'Odette, dont, le jour où
j'avais pour la première fois vu Bergotte, j'avais
aperçu l'esquisse à peine ébauchée dans le visage

de Gilberte, le Temps l'avait enfin poussée jusqu'à la plus parfaite ressemblance, pareil à ces peintres qui gardent longtemps une œuvre et la complètent année par année.

En plusieurs, je finissais par reconnaître, non seulement eux-mêmes, mais eux tels qu'ils étaient autrefois, et par exemple Ski pas plus modifié qu'une fleur ou un fruit qui a séché. Il était un essai informe, confirmant mes théories sur l'art. (Il me prend par le bras : « Je l'ai entendue huit fois, etc. ») D'autres n'étaient nullement des amateurs, étaient des gens du monde. Mais eux aussi, la vieillesse ne les avait pas mûris et, même s'il s'entourait d'un premier cercle de rides et d'un arc de cheveux blancs, leur même visage poupin gardait l'enjouement de la dix-huitième année. Ils n'étaient pas des vieillards, mais des jeunes gens de dix-huit ans extrêmement fanés. Peu de chose eût suffi à effacer ces flétrissures de la vie, et la mort n'aurait pas plus de peine à rendre au visage sa jeunesse qu'il n'en faut pour nettoyer un portrait que seul un peu d'encrassement empêche de briller comme autrefois. Aussi je pensais à l'illusion dont nous sommes dupes quand, entendant parler d'un célèbre vieillard, nous nous fions d'avance à sa bonté, à sa justice, à sa douceur d'âme ; car je sentais qu'ils avaient été, quarante ans plus tôt, de terribles jeunes gens dont il n'y avait aucune raison pour supposer qu'ils n'avaient pas gardé la vanité, la duplicité, la morgue et les ruses.

Et pourtant, en complet contraste avec ceux-ci, j'eus la surprise de causer avec des hommes et des femmes jadis insupportables, et qui avaient perdu à peu près tous leurs défauts, soit que la vie, en décevant ou comblant leurs désirs, leur eût enlevé de leur présomption ou de leur amertume. Un riche mariage qui ne vous rend plus nécessaire la lutte ou l'ostentation, l'influence même de la femme, la connaissance lentement acquise de valeurs autres

que celles auxquelles croit exclusivement une jeunesse frivole, leur avaient permis de détendre leur
caractère et de montrer leurs qualités. Ceux-là, en
vieillissant, semblaient avoir une personnalité différente, comme ces arbres dont l'automne, en variant
leurs couleurs, semble changer l'essence : pour eux
celle de la vieillesse se manifestait vraiment, mais
comme une chose morale. Chez d'autres elle était
plutôt physique, et si nouvelle que la personne
(Mme d'Arpajon par exemple) me semblait à la fois
inconnue et connue. Inconnue, car il m'était impossible de soupçonner que ce fût elle, et malgré moi je
ne pus, en répondant à son salut, m'empêcher de
laisser voir le travail d'esprit qui me faisait hésiter
entre trois ou quatre personnes (parmi lesquelles
n'était pas Mme d'Arpajon) pour savoir à qui je le
rendais avec une chaleur du reste qui dut l'étonner,
car dans le doute, ayant peur d'être trop froid si
c'était une amie intime, j'avais compensé l'incertitude
du regard par la chaleur de la poignée de main et
du sourire. Mais d'autre part, son aspect nouveau ne
m'était pas inconnu. C'était celui que j'avais souvent
vu au cours de ma vie à des femmes âgées et fortes,
mais sans soupçonner alors qu'elles avaient pu,
beaucoup d'années avant, ressembler à Mme d'Arpajon. Cet aspect était si différent de celui que je lui
avais connu qu'on eût dit qu'elle était un être
condamné, comme un personnage de féerie, à apparaître d'abord en jeune fille, puis en épaisse matrone,
et qui reviendrait sans doute bientôt en vieille bran-
lante et courbée. Elle semblait, comme une lourde
nageuse qui ne voit plus le rivage qu'à une grande
distance, repousser avec peine les flots du temps
qui la submergeaient. Peu à peu pourtant, à force
de regarder sa figure hésitante, incertaine comme une
mémoire infidèle qui ne peut plus retenir les formes
d'autrefois, j'arrivai à en retrouver quelque chose
en me livrant au petit jeu d'éliminer les carrés, les

hexagones que l'âge avait ajoutés à ses joues. D'ailleurs, ce qu'il mêlait à celles des femmes n'était pas toujours seulement des figures géométriques. Dans les joues restées si semblables pourtant de la duchesse de Guermantes et pourtant composites maintenant comme un nougat, je distinguai une trace de vert-de-gris, un petit morceau rose de coquillage concassé, une grosseur difficile à définir, plus petite qu'une boule de gui et moins transparente qu'une perle de verre.

Certains hommes boitaient : on sentait bien que ce n'était pas par suite d'un accident de voiture, mais à cause d'une première attaque et parce qu'ils avaient déjà, comme on dit, un pied dans la tombe. Dans l'entrebâillement de la leur, à demi paralysées, certaines femmes semblaient ne pas pouvoir retirer complètement leur robe restée accrochée à la pierre du caveau, et elles ne pouvaient se redresser, infléchies qu'elles étaient, la tête basse, en une courbe qui était comme celle qu'elles occupaient actuellement entre la vie et la mort, avant la chute dernière. Rien ne pouvait lutter contre le mouvement de cette parabole qui les emportait et, dès qu'elles voulaient se lever, elles tremblaient et leurs doigts ne pouvaient rien retenir.

Certaines figures sous la cagoule de leurs cheveux blancs avaient déjà la rigidité, les paupières scellées de ceux qui vont mourir, et leurs lèvres, agitées d'un tremblement perpétuel, semblaient marmonner la prière des agonisants. A un visage linéairement le même il suffisait, pour qu'il semblât autre, de cheveux blancs au lieu de cheveux noirs ou blonds. Les costumiers de théâtre savent qu'il suffit d'une perruque poudrée pour déguiser très suffisamment quelqu'un et le rendre méconnaissable. Le jeune marquis de Beausergent que j'avais vu dans la loge de Mme de Cambremer, alors lieutenant, le jour où Mme de Guermantes était dans la baignoire de sa

cousine, avait toujours ses traits aussi parfaitement
réguliers, plus même, la rigidité physiologique de
l'artério-sclérose exagérant encore la rectitude impassible de la physionomie du dandy et donnant à
ces traits l'intense netteté presque grimaçante à
force d'immobilité, qu'ils auraient eue dans une
étude de Mantegna ou de Michel-Ange. Son teint,
jadis d'une rougeur égrillarde, était maintenant d'une
solennelle pâleur ; des poils argentés, un léger em-
bonpoint, une noblesse de doge, une fatigue qui allait
jusqu'à l'envie de dormir, tout concourait chez lui à
donner l'impression nouvelle et prophétique de la
majesté fatale. Substitué au rectangle de sa barbe
blonde, le rectangle égal de sa barbe blanche le
transformait si parfaitement que, remarquant que ce
sous-lieutenant que j'avais connu avait cinq galons,
ma première pensée fut de le féliciter non d'avoir été
promu colonel mais d'être si bien en colonel, déguisement pour lequel il semblait avoir emprunté l'uniforme, l'air grave et triste de l'officier supérieur
qu'avait été son père. Chez un autre, la barbe blanche
substituée à la barbe blonde, comme le visage était
resté vif, souriant et jeune, le faisait paraître seulement plus rouge et plus militant, augmentait l'éclat
des yeux, et donnait au mondain resté jeune l'air
inspiré d'un prophète. La transformation que les
cheveux blancs et d'autres éléments encore avaient
opérée, surtout chez les femmes, m'eût retenu avec
moins de force si elle n'avait été qu'un changement
de couleur, ce qui peut charmer les yeux, mais, ce
qui est troublant pour l'esprit, un changement de
personnes. En effet, « reconnaître » quelqu'un, et plus
encore, après n'avoir pas pu le reconnaître, l'identifier, c'est penser sous une seule dénomination
deux choses contradictoires, c'est admettre que ce
qui était ici, l'être qu'on se rappelle n'est plus, et
que ce qui y est, c'est un être qu'on ne connaissait
pas ; c'est avoir à penser un mystère presque aussi

troublant que celui de la mort dont il est, du reste,
comme la préface et l'annonciateur. Car ces changements, je savais ce qu'ils voulaient dire, ce à quoi
ils préludaient. Aussi cette blancheur des cheveux
impressionnait chez les femmes, jointe à tant d'autres
changements. On me disait un nom et je restais
stupéfait de penser qu'il s'appliquait à la fois à la
blonde valseuse que j'avais connue autrefois et à la
lourde dame à cheveux blancs qui passait pesamment
près de moi. Avec une certaine roseur de teint, ce
nom était peut-être la seule chose qu'il y avait de
commun entre ces deux femmes, plus différentes
(celle de ma mémoire et celle de la matinée Guermantes) qu'une ingénue et une douairière de pièce
de théâtre. Pour que la vie ait pu arriver à donner à
la valseuse ce corps énorme, pour qu'elle eût pu
alentir comme au métronome ses mouvements embarrassés, pour qu'avec peut-être comme seule parcelle
commune, les joues, plus larges certes, mais qui dès
la jeunesse étaient couperosées, elle eût pu substituer
à la légère blonde ce vieux maréchal ventripotent,
il lui avait fallu accomplir plus de dévastations et de
reconstructions que pour mettre un dôme à la place
d'une flèche, et quand on pensait qu'un pareil travail
s'était opéré non sur de la matière inerte mais sur une
chair qui ne change qu'insensiblement, le contraste
bouleversant entre l'apparition présente et l'être que
je me rappelais reculait celui-ci dans un passé plus
que lointain, presque invraisemblable. On avait peine
à réunir les deux aspects, à penser les deux personnes
sous une même dénomination ; car de même qu'on a
peine à penser qu'un mort fut vivant ou que celui qui
était vivant est mort aujourd'hui, il est presque aussi
difficile, et du même genre de difficulté (car l'anéantissement de la jeunesse, la destruction d'une personne pleine de forces et de légèreté est déjà un
premier néant), de concevoir que celle qui fut jeune
est vieille, quand l'aspect de cette vieille, juxtaposé

à celui de la jeune, semble tellement l'exclure que
tour à tour c'est la vieille, puis la jeune, puis la vieille
encore qui vous paraissent un rêve, et qu'on ne croirait pas que ceci peut avoir jamais été cela, que la
matière de cela est elle-même, sans se réfugier ailleurs,
grâce aux savantes manipulations du temps, devenue
ceci, que c'est la même matière n'ayant pas quitté
le même corps, si l'on n'avait l'indice du nom pareil
et le témoignage affirmatif des amis, auquel donne
seule une apparence de vraisemblance la rose, étroite
jadis entre l'or des épis, étalée maintenant sous la
neige.

Comme pour la neige d'ailleurs, le degré de blancheur des cheveux semblait en général comme un
signe de la profondeur du temps vécu, comme ces
sommets montagneux qui, même apparaissant aux
yeux sur la même ligne que d'autres, révèlent pourtant le niveau de leur altitude au degré de leur nei-
geuse blancheur. Et ce n'était pourtant pas exact de
tous, surtout pour les femmes. Ainsi les mèches de
la princesse de Guermantes, qui quand elles étaient
grises et brillantes comme de la soie semblaient d'argent autour de son front bombé, ayant pris à force
de devenir blanches une matité de laine et d'étoupe,
semblaient au contraire à cause de cela être grises
comme une neige salie qui a perdu son éclat.

Pour les vieillards dont les traits avaient changé, ils
tâchaient pourtant de garder, fixée sur eux à l'état
permanent, une de ces expressions fugitives qu'on
prend pour une seconde de pose et avec lesquelles
on essaye, soit de tirer parti d'un avantage extérieur,
soit de pallier un défaut ; ils avaient l'air d'être définitivement devenus d'immutables instantanés d'eux-
mêmes.

Tous ces gens avaient mis tant de *temps* à revêtir
leur déguisement que celui-ci passait généralement
inaperçu de ceux qui vivaient avec eux. Même un
délai leur était souvent concédé où ils pouvaient

continuer assez tard à rester eux-mêmes. Mais
alors le déguisement prorogé se faisait plus rapidement;
de toutes façons il était inévitable. Je n'avais jamais
trouvé aucune ressemblance entre Mme X... et sa
mère, que je n'avais connue que vieille, ayant l'air
d'un petit Turc tout tassé. Et en effet j'avais toujours
connu Mme X... charmante et droite et pendant très
longtemps elle l'était restée, pendant trop longtemps,
car, comme une personne qui, avant que la nuit
n'arrive, a à ne pas oublier de revêtir son déguisement
de Turque, elle s'était mise en retard, et aussi était-ce
précipitamment, presque tout d'un coup, qu'elle
s'était tassée et avait reproduit avec fidélité l'aspect
de vieille Turque revêtu jadis par sa mère.

Je retrouvai là un de mes anciens camarades que,
pendant dix ans, j'avais vu presque tous les jours.
On demanda à nous représenter. J'allai donc à lui
et il me dit d'une voix que je reconnus très bien :
« C'est une bien grande joie pour moi après tant
d'années. » Mais quelle surprise pour moi! Cette
voix semblait émise par un phonographe perfectionné,
car si c'était celle de mon ami, elle sortait d'un gros
bonhomme grisonnant que je ne connaissais pas,
et dès lors il me semblait que ce ne pût être qu'artifi-
ciellement, par un truc de mécanique, qu'on avait
logé la voix de mon camarade sous ce gros vieillard
quelconque. Pourtant je savais que c'était lui : la
personne qui nous avait présentés après si longtemps
l'un à l'autre n'avait rien d'un mystificateur. Lui-
même me déclara que je n'avais pas changé, et je
compris qu'il ne se croyait pas changé. Alors je le
regardai mieux. Et, en somme, sauf qu'il avait
tellement grossi, il avait gardé bien des choses d'autrefois. Pourtant je ne pouvais comprendre que ce
fût lui. Alors j'essayai de me rappeler. Il avait dans
sa jeunesse des yeux bleus, toujours riants, perpétuellement mobiles, en quête évidemment de quelque

chose à quoi je n'avais pensé et qui devait être fort
désintéressée, la Vérité sans doute, poursuivie en
perpétuelle incertitude, avec une sorte de gaminerie,
de respect errant pour tous les amis de sa famille.
Or, devenu homme politique influent, capable,
despotique, ces yeux bleus qui d'ailleurs n'avaient
pas trouvé ce qu'ils cherchaient, s'étaient immobilisés, ce qui leur donnait un regard pointu, comme
sous un sourcil froncé. Aussi l'expression de gaîté,
d'abandon, d'innocence s'était-elle changée en une
expression de ruse et de dissimulation. Décidément,
il me semblait que c'était quelqu'un d'autre, quand
tout d'un coup j'entendis, à une chose que je disais,
son rire, son fou rire d'autrefois, celui qui allait
avec la perpétuelle mobilité gaie du regard. Des
mélomanes trouvent qu'orchestrée par X... la musique
de Z... devient absolument différente. Ce sont des
nuances que le vulgaire ne saisit pas, mais un fou
rire étouffé d'enfant sous un ciel en pointe comme
un crayon bleu bien taillé quoique un peu de travers,
c'est plus qu'une différence d'orchestration. Le rire
cessa ; j'aurais bien voulu reconnaître mon ami,
mais, comme dans *l'Odyssée* Ulysse s'élançant sur
sa mère morte, comme un spirite essayant en vain
d'obtenir d'une apparition une réponse qui l'identifie,
comme le visiteur d'une exposition d'électricité
qui ne peut croire que la voix que le phonographe
restitue inaltérée soit tout de même spontanément
émise par une personne, je cessai de reconnaître
mon ami.

Il faut cependant faire cette réserve que les mesures
du temps lui-même peuvent être pour certaines
personnes accélérées ou ralenties. Par hasard, j'avais
rencontré dans la rue, il y avait quatre ou cinq ans,
la vicomtesse de Saint-Fiacre (belle-fille de l'amie
des Guermantes). Ses traits sculpturaux semblaient
lui assurer une jeunesse éternelle. D'ailleurs, elle
était encore jeune. Or je ne pus, malgré ses sourires

et ses bonjours, la reconnaître en une dame aux traits tellement déchiquetés que la ligne du visage n'était pas restituable. C'est que depuis trois ans elle prenait de la cocaïne et d'autres drogues. Ses yeux, profondément cernés de noir, étaient presque hagards. Sa bouche avait un rictus étrange. Elle s'était levée, me dit-on, pour cette matinée, restant des mois sans quitter son lit ou sa chaise longue. Le Temps a ainsi des trains express et spéciaux qui mènent vite à une vieillesse prématurée. Mais sur la voie parallèle circulent des trains de retour, presque aussi rapides. Je pris M. de Courgivaux pour son fils, car il avait l'air plus jeune (il devait avoir dépassé la cinquantaine et semblait plus jeune qu'à trente ans). Il avait trouvé un médecin intelligent, supprimé l'alcool et le sel ; il était revenu à la trentaine et semblait même ce jour-là ne pas l'avoir atteinte. C'est qu'il s'était, le matin même, fait couper les cheveux.

Chose curieuse, le phénomène de la vieillesse semblait, dans ses modalités, tenir compte de quelques habitudes sociales. Certains grands seigneurs, mais qui avaient toujours été revêtus du plus simple alpaga, coiffés de vieux chapeaux de paille que de petits bourgeois n'auraient pas voulu porter, avaient vieilli de la même façon que les jardiniers, que les paysans au milieu desquels ils avaient vécu. Des taches brunes avaient envahi leurs joues, et leur figure avait jauni, s'était foncée comme un livre.

Et je pensais aussi à tous ceux qui n'étaient pas là, parce qu'ils ne le pouvaient pas, que leur secrétaire, cherchant à donner l'illusion de leur survie, avait excusés par une de ces dépêches qu'on remettait de temps à autre à la princesse, à ces malades, depuis des années mourants, qui ne se lèvent plus, ne bougent plus, et, même au milieu de l'assiduité frivole de visiteurs attirés par une curiosité de touristes ou une confiance de pèlerins, les yeux clos, tenant leur chapelet, rejetant à demi leur drap déjà mortuaire, sont pareils à des gisants que le mal a sculptés jusqu'au squelette dans une chair rigide et blanche comme le marbre, et étendus sur leur tombeau.

D'ailleurs, ces particularités, devais-je me dire qu'elles mourraient? J'avais bien considéré toujours notre individu, à un moment donné du temps, comme un polypier où l'œil, organisme indépendant bien qu'associé, si une poussière passe, cligne sans que l'intelligence le commande, bien plus, où l'intestin, parasite enfoui, s'infecte sans que l'intelligence l'apprenne, mais aussi dans la durée de la vie, comme une suite de moi juxtaposés mais distincts qui mourraient les uns après les autres ou même alterneraient entre eux, comme ceux qui à Combray prenaient pour moi la place l'un de l'autre quand venait le soir. Mais aussi j'avais vu que ces cellules morales qui composent un être sont plus durables que lui. J'avais vu les vices, le courage des Guermantes revenir en Saint-Loup, comme en lui-même ses défauts étranges et brefs de caractère, comme le sémitisme de Swann. Je pouvais le voir encore en Bloch. Il avait perdu son père depuis quelques années et, quand je lui avais écrit à ce moment, n'avait pu d'abord me répondre, car outre les grands sentiments de famille qui existent souvent dans les familles juives, l'idée que son père était un homme tellement supérieur à tous avait donné à son amour pour lui la forme d'un culte. Il n'avait pu supporter de le perdre et avait dû s'enfermer près d'une année dans une maison de santé. Il avait répondu à mes condoléances sur un ton à la fois profondément senti et presque hautain, tant il me jugeait enviable d'avoir approché cet homme supérieur dont il eût volontiers donné la voiture à deux chevaux à quelque musée historique. Et maintenant, à sa table de famille, la même colère qui animait M. Bloch contre

M. Nissim Bernard animait Bloch contre son beau-
père. Il lui faisait les mêmes sorties à table. De même
qu'en écoutant parler Cottard, Brichot, tant d'autres,
j'avais senti que, par la culture et la mode, une seule
ondulation propage dans toute l'étendue de l'espace
les mêmes manières de dire, de penser, de même dans
toute la durée du temps de grandes lames de fond
soulèvent, des profondeurs des âges, les mêmes
colères, les mêmes tristesses, les mêmes bravoures,
les mêmes manies à travers les générations super-
posées, chaque section prise à plusieurs d'une même
série offrant la répétition, comme des ombres sur
des écrans successifs, d'un tableau aussi identique,
quoique souvent moins insignifiant, que celui qui
mettait aux prises de la même façon Bloch et son
beau-père, M. Bloch père et M. Nissim Bernard,
et d'autres que je n'avais pas connus.

Il y avait des hommes que je savais parents d'autres
sans avoir jamais pensé qu'ils eussent un trait commun ; en admirant le vieil ermite aux cheveux blancs
qu'était devenu Legrandin, tout d'un coup je cons-
tatai, je peux dire que je découvris avec une satisfaction de zoologiste, dans le méplat de ses joues, la
construction de celles de son jeune neveu Léonor de
Cambremer, qui pourtant avait l'air de ne lui ressembler nullement ; à ce premier trait commun j'en
ajoutai un autre que je n'avais pas remarqué chez
Léonor de Cambremer, puis d'autres et qui n'étaient
aucun de ceux que m'offrait d'habitude la synthèse
de sa jeunesse, de sorte que j'eus bientôt de lui comme
une caricature plus vraie, plus profonde, que si elle
avait été littéralement ressemblante ; son oncle me
semblait maintenant seulement le jeune Cambremer
ayant pris pour s'amuser les apparences du vieillard
qu'en réalité il serait un jour, si bien que ce n'était
plus seulement ce qu'étaient devenus les jeunes
d'autrefois, mais ce que deviendraient ceux d'au-

jourd'hui, qui me donnait avec tant de force la sensation du Temps.

Les traits où s'était gravée sinon la jeunesse, du
moins la beauté ayant disparu chez les femmes, elles
avaient cherché si, avec le visage qui leur restait,
on ne pouvait s'en faire une autre. Déplaçant le
centre, sinon de gravité, du moins de perspective, de
leur visage, en composant les traits autour de lui
suivant un autre caractère, elles commençaient à
cinquante ans une nouvelle sorte de beauté, comme
on prend sur le tard un nouveau métier, ou comme
à une terre qui ne vaut plus rien pour la vigne on
fait produire des betteraves. Autour de ces traits
nouveaux on faisait fleurir une nouvelle jeunesse.
Seules ne pouvaient s'accommoder de ces transformations les femmes trop belles, ou les trop laides.
Les premières, sculptées comme un marbre aux
lignes définitives duquel on ne peut rien changer,
s'effritaient comme une statue. Les secondes, celles
qui avaient quelque difformité de la face, avaient
même sur les belles certains avantages. D'abord
c'étaient les seules qu'on reconnaissait tout de suite.
On savait qu'il n'y avait pas à Paris deux bouches
pareilles et la leur me les faisait reconnaître dans
cette matinée où je ne reconnaissais plus personne.
Et puis elles n'avaient même pas l'air d'avoir vieilli.
La vieillesse est quelque chose d'humain ; elles
étaient des monstres, et elles ne semblaient pas avoir
plus « changé » que des baleines.

Certains hommes, certaines femmes ne semblaient
pas avoir vieilli ; leur tournure était aussi svelte, leur
visage aussi jeune. Mais si pour leur parler on se
mettait tout près de la figure lisse de peau et fine de
contours, alors elle apparaissait tout autre, comme il
arrive pour une surface végétale, une goutte d'eau, de
sang, si on la place sous le microscope. Alors je dis-

tinguais de multiples taches graisseuses sur la peau que j'avais crue lisse et dont elles me donnaient le dégoût. Les lignes ne résistaient pas à cet agrandissement. Celle du nez se brisait de près, s'arrondissait, envahie par les mêmes cercles huileux que le reste de la figure ; et de près les yeux rentraient sous des poches qui détruisaient la ressemblance du visage actuel avec celle du visage d'autrefois qu'on avait cru retrouver. De sorte que, à l'égard de ces invités-là, ils étaient jeunes vus de loin, leur âge augmentait avec le grossissement de la figure et la possibilité d'en observer les différents plans ; il restait dépendant du spectateur, qui avait à se bien placer pour voir ces figures-là et à n'appliquer sur elles que ces regards lointains qui diminuent l'objet comme le verre que choisit l'opticien pour un presbyte ; pour elles la vieillesse, comme la présence des infusoires dans une goutte d'eau, était amenée par le progrès moins des années que, dans la vision de l'observateur, du degré de l'échelle.

Les femmes tâchaient à rester en contact avec ce qui avait été le plus individuel de leur charme, mais souvent la matière nouvelle de leur visage ne s'y prêtait plus *. On était effrayé, en pensant aux périodes qui avaient dû s'écouler avant que s'accomplît une pareille révolution dans la géologie d'un visage, de voir quelles érosions s'étaient faites le long du nez, quelles énormes alluvions au bord des joues entou-

* Et souvent ces blondes danseuses ne s'étaient pas seulement annexé, avec une perruque de cheveux blancs, l'amitié de duchesses qu'elles ne connaissaient pas autrefois. Mais, n'ayant fait jadis que danser, l'art les avait touchées comme la grâce. Et comme au XVIIᵉ siècle d'illustres dames entraient en religion, elles vivaient dans un appartement rempli de peintures cubistes, un peintre cubiste ne travaillant que pour elles et elles ne vivant que pour lui.

raient toute la figure de leurs masses opaques et réfrac-
taires.

Sans doute certaines femmes étaient encore très
reconnaissables, le visage était resté presque le même,
et elles avaient seulement, comme par une harmonie
convenable avec la saison, revêtu les cheveux gris
qui étaient leur parure d'automne. Mais pour d'autres,
et pour des hommes aussi, la transformation était si
complète, l'identité si impossible à établir — par
exemple entre un noir viveur qu'on se rappelait et le
vieux moine qu'on avait sous les yeux — que plus
même qu'à l'art de l'acteur, c'était à celui de certains
prodigieux mimes, dont Fregoli reste le type, que
faisaient penser ces fabuleuses transformations. La
vieille femme avait envie de pleurer en comprenant
que l'indéfinissable et mélancolique sourire qui avait
fait son charme ne pouvait plus arriver à irradier
jusqu'à la surface ce masque de plâtre que lui avait
appliqué la vieillesse. Puis tout à coup découragée
de plaire, trouvant plus spirituel de se résigner, elle
s'en servait comme d'un masque de théâtre pour
faire rire. Mais presque toutes les femmes n'avaient
pas de trêve dans leur effort pour lutter contre l'âge
et tendaient vers la beauté qui s'éloignait comme un
soleil couchant et dont elles voulaient passionnément
conserver les derniers rayons, le miroir de leur visage.
Pour y réussir, certaines cherchaient à l'aplanir,
à élargir la blanche superficie, renonçant au piquant
de fossettes menacées, aux mutineries d'un sourire
condamné et déjà à demi désarmé ; tandis que, d'autres
voyant la beauté définitivement disparue et obligées
de se réfugier dans l'expression, comme on compense
par l'art de la diction la perte de la voix, elles se rac-
crochaient à une moue, à une patte d'oie, à un regard
vague, parfois à un sourire qui, à cause de l'incoordination de muscles qui n'obéissaient plus, leur donnait
l'air de pleurer.

D'ailleurs, même chez les hommes qui n'avaient

subi qu'un léger changement, dont la moustache était devenue blanche, etc., on sentait que ce changement n'était pas positivement matériel. C'était comme si on les avait vus à travers une vapeur colorante, un verre peint qui changeait l'aspect de leur figure mais surtout, par ce qu'il y ajoutait de trouble, montrait que ce qu'il nous permettait de voir « grandeur nature » était en réalité très loin de nous, dans un éloignement différent, il est vrai, de celui de l'espace, mais du fond duquel, comme d'un autre rivage, nous sentions qu'ils avaient autant de peine à nous reconnaître que nous eux. Seule peut-être Mme de Forcheville, comme injectée d'un liquide, d'une espèce de paraffine qui gonfle la peau mais l'empêche de se modifier, avait l'air d'une cocotte d'autrefois à jamais « naturalisée ».

On part de l'idée que les gens sont restés les mêmes et on les trouve vieux. Mais une fois que l'idée dont on part est qu'ils sont vieux, on les retrouve, on ne les trouve pas si mal. Pour Odette ce n'était pas seulement cela ; son aspect, une fois qu'on savait son âge et qu'on s'attendait à une vieille femme, semblait un défi plus miraculeux aux lois de la chronologie que la conservation du radium à celles de la nature. Elle, si je ne la reconnus pas d'abord, ce fut non parce qu'elle avait, mais parce qu'elle n'avait pas changé. Me rendant compte depuis une heure de ce que le temps ajoutait de nouveau aux êtres et qu'il fallait soustraire pour les retrouver tels que je les avais connus, je faisais maintenant rapidement ce calcul et, ajoutant à l'ancienne Odette le chiffre d'années qui avait passé sur elle, le résultat que je trouvai fut une personne qui me sembla ne pas pouvoir être celle que j'avais sous les yeux, précisément parce que celle-là était pareille à celle d'autrefois. Quelle était la part du fard, de la teinture ? Elle avait l'air, sous ses cheveux dorés tout plats — un peu un chignon ébouriffé de grosse poupée mécanique sur une figure étonnée et immuable de

poupée aussi — auxquels se superposait un chapeau
de paille plat aussi, de l'Exposition de 1878 (dont
elle eût certes été alors, et surtout si elle eût eu alors
l'âge d'aujourd'hui, la plus fantastique merveille)
venant débiter son couplet dans une revue de fin
d'année, mais de l'Exposition de 1878 représentée
par une femme encore jeune.

A côté de nous, un ministre d'avant l'époque bou-
langiste, et qui l'était de nouveau, passait lui aussi,
en envoyant aux dames un sourire tremblotant et
lointain, mais comme emprisonné dans les mille liens
du passé, comme un petit fantôme qu'une main
invisible promenait, diminué de taille, changé dans
sa substance et ayant l'air d'une réduction en pierre
ponce de soi-même. Cet ancien président du Conseil,
si bien reçu dans le faubourg Saint-Germain, avait
jadis été l'objet de poursuites criminelles, exécré
du monde et du peuple. Mais grâce au renouvellement
des individus qui composent l'un et l'autre, et, dans
les individus subsistants, des passions et même des
souvenirs, personne ne le savait plus, et il était honoré.
Aussi n'y a-t-il pas d'humiliation si grande dont on
ne devrait prendre aisément son parti, sachant qu'au
bout de quelques années, nos fautes ensevelies ne
seront plus qu'une invisible poussière sur laquelle
sourira la paix souriante et fleurie de la nature. L'individu momentanément taré se trouvera, par le jeu
d'équilibre du temps, pris entre deux couches sociales
nouvelles qui n'auront pour lui que déférence et
admiration, et au-dessus desquelles il se prélassera
aisément. Seulement c'est au temps qu'est confié ce
travail ; et au moment de ses ennuis, rien ne peut le
consoler que la jeune laitière d'en face l'ait entendu
appeler « chéquard » par la foule qui montrait le
poing tandis qu'il entrait dans le « panier à salade »,
la jeune laitière qui ne voit pas les choses dans le
plan du temps, qui ignore que les hommes qu'encense
le journal du matin furent déconsidérés jadis, et que

l'homme qui frise la prison en ce moment et peut-être, en pensant à cette jeune laitière, n'aura pas les paroles humbles qui lui concilieraient la sympathie, sera un jour célébré par la presse et recherché par les duchesses. Et le temps éloigne pareillement les querelles de famille. Et chez la princesse de Guermantes on voyait un couple où le mari et la femme avaient pour oncles, morts aujourd'hui, deux hommes qui ne s'étaient pas contentés de se souffleter mais dont l'un, pour plus humilier l'autre, lui avait envoyé comme témoins son concierge et son maître d'hôtel, jugeant que des gens du monde eussent été trop bien pour lui. Mais ces histoires dormaient dans les journaux d'il y a trente ans et personne ne les savait plus. Et ainsi le salon de la princesse de Guermantes était illuminé, oublieux et fleuri, comme un paisible cimetière. Le temps n'y avait pas seulement défait d'anciennes créatures, il y avait rendu possibles, il y avait créé des associations nouvelles.

Pour en revenir à cet homme politique, malgré son changement de substance physique, tout aussi profond que la transformation des idées morales qu'il éveillait maintenant dans le public, en un mot malgré tant d'années passées depuis qu'il avait été président du Conseil, il faisait partie du nouveau cabinet, dont le chef lui avait donné un portefeuille, un peu comme ces directeurs de théâtre confient un rôle à une de leurs anciennes camarades, retirée depuis longtemps, mais qu'ils jugent encore plus capable que les jeunes de tenir un rôle avec finesse, de laquelle d'ailleurs ils savent la difficile situation financière et qui, à près de quatre-vingts ans, montre encore au public son talent presque intact avec cette continuation de la vie qu'on s'étonne ensuite d'avoir pu constater quelques jours avant la mort.

Pour Mme de Forcheville au contraire, c'était si miraculeux, qu'on ne pouvait même pas dire qu'elle avait rajeuni, mais plutôt qu'avec tous ses carmins,

toutes ses rousseurs, elle avait refleuri. Plus même que
l'incarnation de l'Exposition universelle de 1878, elle
eût été, dans une exposition végétale d'aujourd'hui,
la curiosité et le clou. Pour moi, du reste, elle ne semblait pas dire : « Je suis l'Exposition de 1878 », mais
plutôt : « Je suis l'allée des Acacias de 1892. » Il semblait qu'elle eût pu y être encore. D'ailleurs, justement
parce qu'elle n'avait pas changé, elle ne semblait
guère vivre. Elle avait l'air d'une rose stérilisée. Je lui
dis bonjour, elle chercha quelque temps mon nom sur
mon visage, comme un élève, sur celui de son exami-
nateur, une réponse qu'il eût trouvée plus facilement
dans sa tête. Je me nommai et aussitôt, comme si
j'avais perdu grâce à ce nom incantateur l'apparence
d'arbousier ou de kangourou que l'âge m'avait sans
doute donnée, elle me reconnut et se mit à me parler
de cette voix si particulière que les gens qui l'avaient
applaudie dans les petits théâtres étaient si émer-
veillés, quand ils étaient invités à déjeuner avec elle,
« à la ville », de retrouver dans chacune de ses paroles,
pendant toute la causerie, tant qu'ils voulaient. Cette
voix était restée la même, inutilement chaude, pre-
nante, avec un rien d'accent anglais. Et pourtant, de
même que ses yeux avaient l'air de me regarder d'un
rivage lointain, sa voix était triste, presque suppliante,
comme celle des morts dans *l'Odyssée*. Odette eût pu
jouer encore. Je lui fis des compliments sur sa jeunesse. Elle me dit : « Vous êtes gentil, *my dear*, merci »,
et comme elle donnait difficilement à un sentiment,
même le plus vrai, une expression qui ne fût pas
affectée par le souci de ce qu'elle croyait élégant, elle
répéta à plusieurs reprises : « Merci tant, merci tant. »
Mais moi, qui avais jadis fait de si longs trajets pour
l'apercevoir au Bois, qui avais écouté le son de sa voix
tomber de sa bouche, la première fois que j'avais été
chez elle, comme un trésor, les minutes passées
maintenant auprès d'elle me semblaient interminables
à cause de l'impossibilité de savoir que lui dire, et je

m'éloignai tout en me disant que les paroles de Gilberte « Vous me prenez pour ma mère » n'étaient pas seulement vraies, mais encore qu'elles n'avaient rien que d'aimable pour la fille.

D'ailleurs, il n'y avait pas que chez cette dernière qu'avaient apparu des traits familiaux qui jusque-là étaient restés aussi invisibles dans sa figure que ces parties d'une graine repliées à l'intérieur et dont on ne peut deviner la saillie qu'elles feront un jour au dehors. Ainsi un énorme busquage maternel venait, chez l'une ou chez l'autre, transformer vers la cinquantaine un nez jusque-là droit et pur. Chez une autre, fille de banquier, le teint, d'une fraîcheur de jardinière, se roussissait, se cuivrait, et prenait comme le reflet de l'or qu'avait tant manié le père. Certains même avaient fini par ressembler à leur quartier, portaient sur eux comme le reflet de la rue de l'Arcade, de l'avenue du Bois, de la rue de l'Élysée. Mais surtout ils reproduisaient les traits de leurs parents.

Hélas, elle ne devait pas rester toujours telle. Moins de trois ans après, non pas en enfance, mais un peu ramollie, je devais la voir à une soirée donnée par Gilberte, et devenue incapable de cacher sous un masque immobile ce qu'elle pensait (pensait est beaucoup dire), ce qu'elle éprouvait, hochant la tête, serrant la bouche, secouant les épaules à chaque impression qu'elle ressentait, comme ferait un ivrogne, un enfant, comme font certains poètes qui ne tiennent pas compte de ce qui les entoure, et, inspirés, composent dans le monde et, tout en allant à table au bras d'une dame étonnée, froncent les sourcils, font la moue. Les impressions de Mme de Forcheville — sauf une, celle qui l'avait fait précisément assister à la soirée, la tendresse pour sa fille bien-aimée, l'orgueil qu'elle donnât une soirée si brillante, orgueil que ne voilait pas chez la mère la mélancolie de ne plus être rien — ces impressions n'étaient pas joyeuses, et commandaient seulement une perpétuelle défense contre les avanies qu'on lui faisait, défense timorée comme celle d'un enfant. On n'entendait que ces mots : « Je ne sais pas si Mme de Forcheville me reconnaît, je devrais peut-être me faire présenter à nouveau. — Ça, par exemple, vous pouvez vous en dispenser, répondait-on à tue-tête, sans songer que la mère de Gilberte entendait tout (sans y songer, ou sans s'en soucier). C'est bien inutile. Pour l'agrément qu'elle vous apportera! On la laisse dans son coin. Du reste, elle est un peu gaga. » Furtivement Mme de Forcheville lançait un regard de ses yeux restés si beaux, sur les interlocuteurs injurieux, puis vite ramenait ce regard à elle de peur d'avoir été impolie, et tout de même agitée par l'offense, taisant sa débile indignation, on voyait sa tête branler, sa poitrine se soulever, elle jetait un nouveau regard sur un autre assistant aussi peu poli, et ne s'étonnait pas outre mesure, car, se sentant très mal depuis quelques jours, elle avait à mots couverts suggéré à sa fille de remettre la fête, mais sa fille avait refusé. Mme de Forcheville ne l'en aimait pas moins ; toutes les duchesses qui entraient, l'admiration de tout le monde pour le nouvel hôtel inondaient de joie son cœur, et quand entra la marquise de Sabran, qui était alors la dame où menait si difficilement le plus haut échelon social, Mme de Forcheville sentit qu'elle avait été une bonne et prévoyante mère et que sa tâche maternelle était achevée. De nouveaux invités ricaneurs la firent à nouveau regarder et parler toute seule, si c'est parler que tenir un langage muet qui se traduit seulement par des gesticulations. Si belle encore, elle était devenue — ce qu'elle n'avait jamais été — infiniment sympathique ; car elle qui avait trompé Swann et tout le monde, c'était l'univers entier maintenant qui la trompait ; et elle était devenue si faible qu'elle n'osait même plus, les rôles étant retournés, se défendre contre les hommes. Et bientôt elle ne se défendrait pas contre la mort. Mais après cette anticipation, revenons trois ans en arrière, c'est-à-dire à la matinée où nous sommes chez la princesse de Guermantes.

J'eus de la peine à reconnaître mon camarade Bloch, lequel d'ailleurs maintenant avait pris non seulement le pseudonyme, mais le nom de Jacques du Rozier, sous lequel il eût fallu le flair de mon grand-père pour reconnaître la « douce vallée » de l'Hébron et les « chaînes d'Israël » que mon ami semblait avoir définitivement rompues. Un chic anglais avait en effet complètement transformé sa figure et passé au rabot tout ce qui se pouvait effacer. Les cheveux, jadis bouclés, coiffés à plat avec une raie au milieu, brillaient de cosmétique. Son nez restait fort et rouge, mais semblait plutôt tuméfié par une sorte de rhume permanent qui pouvait expliquer l'accent nasal dont il débitait paresseusement ses phrases, car il avait trouvé, de même qu'une coiffure appropriée à son teint, une voix à sa prononciation, où le nasonnement d'autrefois prenait un air de dédain d'articuler qui allait avec les ailes enflammées de son nez. Et grâce à la coiffure, à la suppression des moustaches, à l'élégance du type, à la volonté, ce nez juif disparaissait comme semble presque droite une bossue bien arrangée. Mais surtout, dès que Bloch apparaissait, la signification de sa physionomie était changée par un redoutable monocle. La part de machinisme que ce monocle introduisait dans la figure de Bloch la dispensait de tous ces devoirs difficiles auxquels une figure humaine est soumise, devoir d'être belle, d'exprimer l'esprit, la bienveillance, l'effort. La seule présence de ce monocle dans la figure de Bloch dispensait d'abord de se demander si elle était jolie ou non, comme devant ces objets anglais dont un garçon dit, dans un magasin, que « c'est le grand chic », après quoi on n'ose plus se demander si cela vous plaît. D'autre

part, il s'installait derrière la glace de ce monocle
dans une position aussi hautaine, distante et confor-
table que si ç'avait été la glace d'un huit-ressorts, et,
pour assortir la figure aux cheveux plats et au monocle,
ses traits n'exprimaient plus jamais rien.

Bloch me demanda de le présenter au prince de
Guermantes ; je ne fis à cela pas l'ombre des difficultés auxquelles je m'étais heurté le jour où j'avais
été pour la première fois en soirée chez lui, qui
m'avaient semblé naturelles, alors que maintenant
cela me semblait si simple de lui présenter un de ses
invités, et cela m'eût même paru simple de me
permettre de lui amener et présenter à l'improviste
quelqu'un qu'il n'eût pas invité. Était-ce parce que,
depuis cette époque lointaine, j'étais devenu un « familier », quoique depuis quelque temps un « oublié »,
de ce monde où alors j'étais si nouveau ? Était-ce, au
contraire, parce que, n'étant pas un véritable homme
du monde, tout ce qui fait difficulté pour eux n'existait
plus pour moi, une fois la timidité tombée ? Était-ce
parce que, les êtres ayant peu à peu laissé tomber
devant moi leur premier (souvent leur second et leur
troisième) aspect factice, je sentais derrière la hauteur
dédaigneuse du prince une grande avidité humaine
de connaître des êtres, de faire la connaissance de
ceux-là mêmes qu'il affectait de dédaigner ? Était-ce
parce qu'aussi le prince avait changé, comme tous ces
insolents de la jeunesse et de l'âge mûr à qui la vieillesse apporte sa douceur (d'autant plus que les hommes
débutants et les idées inconnues contre lesquels ils
regimbaient, ils les connaissaient depuis longtemps de
vue et les savaient reçus, autour d'eux), et surtout si la
vieillesse a pour adjuvant quelque vertu, ou quelque
vice qui étende les relations, ou la révolution qui fait
une conversion politique, comme celle du prince au
dreyfusisme ?

Bloch m'interrogeait, comme moi je faisais autrefois en entrant dans le monde, comme il m'arrivait

encore de faire, sur les gens que j'y avais connus alors et qui étaient aussi loin, aussi à part de tout, que ces gens de Combray qu'il m'était souvent arrivé de vouloir « situer » exactement. Mais Combray avait pour moi une forme si à part, si impossible à confondre avec le reste, que c'était un puzzle que je ne pouvais jamais arriver à faire rentrer dans la carte de France. « Alors le prince de Guermantes ne peut me donner aucune idée ni de Swann, ni de M. de Charlus ? me demandait Bloch, à qui j'avais longtemps emprunté sa manière de parler et qui maintenant imitait souvent la mienne. — Nullement. — Mais en quoi consistait la différence ? — Il aurait fallu vous faire causer avec eux, mais c'est impossible, Swann est mort et M. de Charlus ne vaut guère mieux. Mais ces différences étaient énormes. » Et tandis que l'œil de Bloch brillait en pensant à ce que pouvaient être ces personnages merveilleux, je pensais que je lui exagérais le plaisir que j'avais eu à me trouver avec eux, n'en ayant jamais ressenti que quand j'étais seul, et l'impression des différenciations véritables n'ayant lieu que dans notre imagination. Bloch s'en aperçut-il ? « Tu me peins peut-être cela trop en beau, me dit-il ; ainsi la maî-tresse de maison d'ici, la princesse de Guermantes, je sais bien qu'elle n'est plus jeune, mais enfin il n'y a pas tellement longtemps que tu me parlais de son charme incomparable, de sa merveilleuse beauté. Certes, je reconnais qu'elle a grand air, et elle a bien ces yeux extraordinaires dont tu me parlais, mais enfin je ne la trouve pas tellement inouïe que tu disais. Évidemment elle est très racée, mais enfin… » Je fus obligé de dire à Bloch qu'il ne me parlait pas de la même personne. La princesse de Guermantes en effet était morte, et c'est l'ex-Mme Verdurin que le prince, ruiné par la défaite allemande, avait épousée. « Tu te trompes, j'ai cherché dans le Gotha de cette année, me confessa naïvement Bloch, et j'ai trouvé le prince de Guermantes, habitant l'hôtel où nous

sommes et marié à tout ce qu'il y a de plus grandiose,
attends un peu que je me rappelle, marié à Sidonie,
duchesse de Duras, née des Baux. » En effet, Mme Verdurin, peu après la mort de son mari, avait épousé
le vieux duc de Duras, ruiné, qui l'avait faite cousine
du prince de Guermantes, et était mort après deux
ans de mariage. Il avait été pour Mme Verdurin une
transition fort utile, et maintenant celle-ci, par un
troisième mariage, était princesse de Guermantes et
avait dans le faubourg Saint-Germain une grande
situation qui eût fort étonné à Combray, où les dames
de la rue de l'Oiseau, la fille de Mme Goupil et la
belle-fille de Mme Sazerat, toutes ces dernières années,
avant que Mme Verdurin ne fût princesse de Guermantes, avaient dit en ricanant « la duchesse de Duras »,
comme si c'eût été un rôle que Mme Verdurin eût
tenu au théâtre. Même, le principe des castes voulant
qu'elle mourût Mme Verdurin, ce titre, qu'on ne
s'imaginait lui conférer aucun pouvoir mondain
nouveau, faisait plutôt mauvais effet. « Faire parler
d'elle », cette expression qui dans tous les mondes
est appliquée à une femme qui a un amant, pouvait
l'être dans le faubourg Saint-Germain à celles qui
publient des livres, dans la bourgeoisie de Combray
à celles qui font des mariages, dans un sens ou dans
l'autre, « disproportionnés ». Quand elle eut épousé
le prince de Guermantes, on dut se dire que c'était
un faux Guermantes, un escroc. Pour moi, dans cette
identité de titre, de nom, qui faisait qu'il y avait
encore une princesse de Guermantes et qu'elle n'avait
aucun rapport avec celle qui m'avait tant charmé et
qui n'était plus là et qui était comme une morte sans
défense à qui on l'eût volé, il y avait quelque chose
d'aussi douloureux qu'à voir les objets qu'avait
possédés la princesse Hedwige, comme son château,
comme tout ce qui avait été à elle, et dont une autre
jouissait. La succession au nom est triste comme
toutes les successions, comme toutes les usurpations

de propriété ; et toujours, sans interruption, viendrait comme un flot de nouvelles princesses de Guermantes, ou plutôt, millénaire, remplacée d'âge en âge dans son emploi par une femme différente, une seule princesse de Guermantes, ignorante de la mort, indifférente à tout ce qui change et blesse nos cœurs, le nom refermant sur celles qui sombrent de temps à autre sa toujours pareille placidité immémoriale.

Certes, même ce changement extérieur dans les figures que j'avais connues n'était que le symbole d'un changement intérieur qui s'était effectué jour par jour. Peut-être ces gens avaient-ils continué à accomplir les mêmes choses, mais jour par jour l'idée qu'ils se faisaient d'elles et des êtres qu'ils fréquentaient ayant un peu dévié, au bout de quelques années, sous les mêmes noms, c'était d'autres choses, d'autres gens qu'ils aimaient, et étant devenus d'autres personnes, il eût été étonnant qu'ils n'eussent pas eu de nouveaux visages.

Mais il y avait aussi des personnes que je ne pouvais pas reconnaître pour la raison que je ne les avais pas connues, car, aussi bien que sur les êtres eux-mêmes, le temps avait aussi, dans ce salon, exercé sa chimie sur la société *. Ce milieu, en la nature

* Parmi les personnes présentes se trouvait un homme considérable qui venait, dans un procès fameux, de donner un témoignage dont la seule valeur résidait dans sa haute moralité, devant laquelle les juges et les avocats s'étaient unanimement inclinés et qui avait entraîné la condamnation de deux personnes. Aussi y eut-il un mouvement de curiosité, quand il entra, et de déférence. C'était Morel. J'étais peut-être seul à savoir qu'il avait été entretenu par Saint-Loup et en même temps par un ami de Saint-Loup. Malgré ces souvenirs il me dit bonjour avec plaisir quoique avec réserve. Il se rappelait le temps où nous nous étions vus à Balbec, et ces souvenirs avaient pour lui la poésie et la mélancolie de la jeunesse.

spécifique duquel, définie par certaines affinités qui lui attiraient tous les grands noms princiers de l'Europe et la répulsion qui éloignait d'elle tout élément non aristocratique, j'avais trouvé comme un refuge matériel pour ce nom de Guermantes auquel il prêtait sa dernière réalité, ce milieu avait lui-même subi, dans sa constitution intime et que j'avais crue stable, une altération profonde. La présence de gens que j'avais vus dans de tout autres sociétés et qui me semblaient ne devoir jamais pénétrer dans celle-là m'étonna moins encore que l'intime familiarité avec laquelle ils y étaient reçus, appelés par leur prénom ; un certain ensemble de préjugés aristocratiques, de snobisme, qui jadis écartait automatiquement du nom de Guermantes tout ce qui ne s'harmonisait pas avec lui, avait cessé de fonctionner *. Détendus ou brisés, les ressorts de la machine refoulante ne fonctionnaient

* Certains qui, quand j'avais débuté dans le monde, donnaient de grands dîners où ils ne recevaient que la princesse de Guermantes, la duchesse de Guermantes, la princesse de Parme et étaient chez ces dames à la place d'honneur, passaient pour ce qu'il y avait de mieux assis dans la société d'alors, et l'étaient peut-être, avaient passé, sans laisser aucune trace. Étaient-ce des étrangers en mission diplomatique repartis pour leur pays ? Peut-être un scandale, un suicide, un enlèvement les avait-il empêchés de reparaître dans le monde, ou bien étaient-ils allemands. Mais leur nom ne devait son lustre qu'à leur situation d'alors et n'était plus porté par personne, on ne savait même pas qui je voulais dire si je parlais d'eux, et, essayant d'épeler le nom, on croyait à des rastaquouères.

Les personnes qui n'auraient pas dû, selon l'ancien code social, se trouver là, avaient, à mon grand étonnement, pour meilleures amies des personnes admirablement nées, lesquelles n'étaient venues s'embêter chez la princesse de Guermantes qu'à cause de leurs nouvelles amies. Car ce qui caractérisait le plus cette société, c'était sa prodigieuse aptitude au déclassement.

plus, mille corps étrangers y pénétraient, lui ôtaient toute homogénéité, toute tenue, toute couleur. Le faubourg Saint-Germain, comme une douairière gâteuse, ne répondait que par des sourires timides à des domestiques insolents qui envahissaient ses salons, buvaient son orangeade et lui présentaient leurs maîtresses. Encore la sensation du temps écoulé et de l'anéantissement d'une petite partie de mon passé m'était-elle donnée moins vivement par la destruction de cet ensemble cohérent (qu'avait été le salon Guermantes) que par l'anéantissement même de la connaissance des mille raisons, des mille nuances qui faisait que tel qui s'y trouvait encore maintenant y était tout naturellement indiqué et à sa place, tandis que tel autre qui l'y coudoyait y présentait une nouveauté suspecte. Cette ignorance n'était pas que du monde, mais de la politique, de tout. Car la mémoire durait moins que la vie chez les individus, et d'ailleurs, de très jeunes, qui n'avaient jamais eu les souvenirs abolis chez les autres, faisant maintenant une partie du monde, et très légitimement, même au sens nobiliaire, les débuts étant oubliés ou ignorés, ils prenaient les gens au point d'élévation ou de chute où ils se trouvaient, croyant qu'il en avait toujours été ainsi, que Mᵐᵉ Swann et la princesse de Guermantes et Bloch avaient toujours eu la plus grande situation, que Clemenceau et Viviani avaient toujours été conservateurs. Et comme certains faits ont plus de durée, le souvenir exécré de l'affaire Dreyfus persistant vaguement chez eux grâce à ce que leur avaient dit leurs pères, si on leur disait que Clemenceau avait été dreyfusard, ils disaient : « Pas possible, vous confondez, il est juste de l'autre côté. » Des ministres tarés et d'anciennes filles publiques étaient tenus pour des parangons de vertu. Quelqu'un ayant demandé à un jeune homme de la plus grande famille s'il n'y avait pas eu quelque chose à dire sur la mère de Gilberte, le jeune seigneur répondit qu'en effet dans la première

partie de son existence elle avait épousé un aventurier
du nom de Swann, mais qu'ensuite elle avait épousé
un des hommes les plus en vue de la société, le comte
de Forcheville. Sans doute quelques personnes encore
dans ce salon, la duchesse de Guermantes par exemple,
eussent souri de cette assertion (qui, niant l'élégance
de Swann, me paraissait monstrueuse, alors que moi-
même jadis, à Combray, j'avais cru avec ma grand'-
tante que Swann ne pouvait connaître des « princesses »), et aussi des femmes qui eussent pu se trouver
là mais qui ne sortaient plus guère, les duchesses de
Montmorency, de Mouchy, de Sagan, qui avaient
été les amies intimes de Swann et n'avaient jamais
aperçu ce Forcheville, non reçu dans le monde au
temps où elles y allaient encore. Mais précisément
c'est que la société d'alors, de même que les visages
aujourd'hui modifiés et les cheveux blonds remplacés
par des cheveux blancs, n'existait plus que dans la
mémoire d'êtres dont le nombre diminuait tous les
jours. Bloch, pendant la guerre, avait cessé de « sortir », de fréquenter ses anciens milieux d'autrefois
où il faisait piètre figure. En revanche, il n'avait cessé
de publier de ces ouvrages dont je m'efforçais aujour-
d'hui, pour ne pas être entravé par elle, de détruire
l'absurde sophistique, ouvrages sans originalité
mais qui donnaient aux jeunes gens et à beaucoup de
femmes du monde l'impression d'une hauteur intellectuelle peu commune, d'une sorte de génie. Ce fut
donc après une scission complète entre son ancienne
mondanité et la nouvelle que, dans une société reconstituée, il avait fait, pour une phase nouvelle de sa vie,
honorée, glorieuse, une apparition de grand homme.
Les jeunes gens ignoraient naturellement qu'il fît
à cet âge-là des débuts dans la société, d'autant que
le peu de noms qu'il avait retenus dans la fréquenta-
tion de Saint-Loup lui permettaient de donner à son
prestige actuel une sorte de recul indéfini. En tous cas
il paraissait un de ces hommes de talent qui à toute

époque ont fleuri dans le grand monde, et on ne
pensait pas qu'il eût jamais vécu ailleurs.

Dès que j'eus fini de parler au prince de Guermantes, Bloch se saisit de moi et me présenta à une
jeune femme qui avait beaucoup entendu parler de
moi par la duchesse de Guermantes * et qui était une
des femmes les plus élégantes du jour. Or, son nom

---

* Si les gens des nouvelles générations tenaient
la duchesse de Guermantes pour peu de chose parce
qu'elle connaissait des actrices, etc., les dames aujour-
d'hui vieilles de la famille la considéraient toujours
comme un personnage extraordinaire, d'une part
parce qu'elles savaient exactement sa naissance, sa
primauté héraldique, ses intimités avec ce que Mme
de Forcheville eût appelé des *royalties*, mais encore
parce qu'elle dédaignait de venir dans la famille, s'y
ennuyait et qu'on savait qu'on n'y pouvait jamais
compter sur elle. Ses relations théâtrales et politiques,
d'ailleurs mal sues, ne faisaient qu'augmenter sa
rareté, donc son prestige. De sorte que, tandis que
dans le monde politique et artistique on la tenait
pour une créature mal définie, une sorte de défroquée
du faubourg Saint-Germain qui fréquente les sous-
secrétaires d'État et les étoiles, dans ce même faubourg
Saint-Germain, si on donnait une belle soirée, on
disait : « Est-ce même la peine d'inviter Oriane ? Elle
ne viendra pas. Enfin pour la forme, mais il ne faut
pas se faire d'illusions. » Et si, vers 10 h 1/2, dans une
toilette éclatante, paraissant, de ses yeux, durs pour
elles, mépriser toutes ses cousines, entrait Oriane qui
s'arrêtait sur le seuil avec une sorte de majestueux
dédain, et si elle restait une heure, c'était une plus
grande fête pour la vieille grande dame qui donnait
la soirée qu'autrefois, pour un directeur de théâtre,
que Sarah Bernhardt, qui avait vaguement promis
un concours sur lequel on ne comptait pas, fût venue
et eût, avec une complaisance et une simplicité infinies,
récité, au lieu du morceau promis, vingt autres. La
présence de cette Oriane, à laquelle les chefs de cabinet
parlaient du haut en bas et qui n'en continuait pas

m'était entièrement inconnu, et celui des différents
Guermantes ne devait pas lui être très familier, car
elle demanda à une Américaine à quel titre Mme de
Saint-Loup avait l'air si intime avec toute la plus
brillante société qui se trouvait là. Or, cette Américaine était mariée au comte de Farcy, parent obscur
des Forcheville et pour lequel ils représentaient ce
qu'il y a de plus grand au monde. Aussi répondit-elle
tout naturellement : « Quand ce ne serait que parce
qu'elle est née Forcheville. C'est ce qu'il y a de plus
grand. » Encore Mme de Farcy, tout en croyant naïvement le nom de Forcheville supérieur à celui de Saint-
Loup, savait-elle du moins ce qu'était ce dernier.
Mais la charmante amie de Bloch et de la duchesse
de Guermantes l'ignorait absolument et, étant assez
étourdie, répondit de bonne foi à une jeune fille qui
lui demandait comment Mme de Saint-Loup était
parente du maître de la maison, le prince de Guermantes : « Par les Forcheville », renseignement que
la jeune fille communiqua comme si elle l'avait possédé
de tout temps à une de ses amies, laquelle, ayant
mauvais caractère et étant nerveuse, devint rouge
comme un coq la première fois qu'un monsieur lui
dit que ce n'était pas par les Forcheville que Gilberte
tenait aux Guermantes, de sorte que le monsieur crut
qu'il s'était trompé, adopta l'erreur et ne tarda pas à
la propager. Les dîners, les fêtes mondaines étaient
pour l'Américaine une sorte d'École Berlitz. Elle
entendait les noms et les répétait sans avoir connu
préalablement leur valeur, leur portée exacte. On

moins (l'esprit mène le monde) à chercher à en connaître de plus en plus, venait de classer la soirée de la
douairière, où il n'y avait pourtant que des femmes
excessivement chic, en dehors et au-dessus de toutes
les autres soirées de douairières de la même *season*
(comme aurait dit encore Mme de Forcheville), mais
pour lesquelles soirées ne s'était pas dérangée Oriane.

expliqua à quelqu'un qui demandait si Tansonville
venait à Gilberte de son père M. de Forcheville,
que cela ne venait pas du tout par là, que c'était une
terre de la famille de son mari, que Tansonville était
voisin de Guermantes, appartenait à Mme de Marsantes, mais, étant très hypothéqué, avait été racheté
en dot par Gilberte. Enfin un vieux de la vieille, ayant
évoqué Swann ami des Sagan et des Mouchy, et
l'Américaine amie de Bloch ayant demandé comment
je l'avais connu, déclara que je l'avais connu chez
Mme de Guermantes, ne se doutant pas du voisin de
campagne, jeune ami de mon grand-père, qu'il représentait pour moi. Des méprises de ce genre ont été
commises par les hommes les plus fameux et passent
pour particulièrement graves dans toute société
conservatrice. Saint-Simon, voulant montrer que
Louis XIV était d'une ignorance qui « le fit tomber
quelquefois, en public, dans les absurdités les plus
grossières », ne donne de cette ignorance que deux
exemples, à savoir que le Roi, ne sachant pas que
Renel était de la famille de Clermont-Gallerande,
ni Saint-Herem de celle de Montmorin, les traita
en hommes de peu. Du moins, en ce qui concerne
Saint-Herem, avons-nous la consolation de savoir
que le Roi ne mourut pas dans l'erreur, car il fut
détrompé « fort tard » par M. de La Rochefoucauld.
« Encore, ajoute Saint-Simon avec un peu de pitié,
lui fallut-il expliquer quelles étaient ces maisons que
leur nom ne lui apprenait pas. »

Cet oubli si vivace qui recouvre si rapidement le
passé le plus récent, cette ignorance si envahissante,
rend par contre-coup un petit savoir d'autant plus
précieux qu'il est peu répandu, s'appliquant à la
généalogie des gens, à leurs vraies situations, à la
raison d'amour, d'argent ou autre pour quoi ils se
sont alliés à telle famille, ou mésalliés, savoir prisé
dans toutes les sociétés où règne un esprit conser-
vateur, savoir que mon grand-père possédait au plus

22

haut degré concernant la bourgeoisie de Combray
et de Paris, savoir que Saint-Simon prisait tant qu'au
moment où il célèbre la merveilleuse intelligence du
prince de Conti, avant même de parler des sciences,
ou plutôt comme si c'était là la première des sciences,
il le loue d'avoir été « un très bel esprit, lumineux,
juste, exact, étendu, d'une lecture infinie, qui n'oubliait rien, qui connaissait les généalogies, leurs
chimères et leurs réalités, d'une politesse distinguée
selon le rang, le mérite, rendant tout ce que les princes
du sang doivent et qu'ils ne rendent plus ; il s'en
expliquait même, et sur leurs usurpations. L'histoire
des livres et des conversations lui fournissait de quoi
placer ce qu'il pouvait de plus obligeant sur la naissance, les emplois, etc. ». Moins brillant, tout ce qui
avait trait à la bourgeoisie de Combray et de Paris,
mon grand-père ne le savait pas avec moins d'exactitude et ne le savourait pas avec moins de gourman-
dise. Ces gourmets-là, ces amateurs-là étaient déjà
devenus peu nombreux, qui savaient que Gilberte
n'était pas Forcheville, ni Mᵐᵉ de Cambremer Méséglise, ni la plus jeune, une Valentinois. Peu nombreux,
peut-être même pas recrutés dans la plus haute aristocratie (ce ne sont pas forcément les dévots, ni même
les catholiques, qui sont le plus savants concernant
la *Légende dorée* ou les vitraux du XIIIᵉ siècle), souvent
dans une aristocratie secondaire, plus friande de ce
qu'elle n'approche guère et qu'elle a d'autant plus le
loisir d'étudier qu'elle le fréquente moins; mais se
retrouvant avec plaisir, faisant la connaissance les uns
des autres, donnant de succulents dîners de corps
comme la Société des Bibliophiles ou des Amis de
Reims, dîners où on déguste des généalogies. Les
femmes n'y sont pas admises, mais les maris en
rentrant disent à la leur : « J'ai fait un dîner intéressant. Il y avait un M. de la Raspelière qui nous a
tenus sous le charme en nous expliquant que cette
Mᵐᵉ de Saint-Loup qui a cette jolie fille n'est pas

du tout née Forcheville. C'est tout un roman. »

L'amie de Bloch et de la duchesse de Guermantes
n'était pas seulement élégante et charmante, elle était
intelligente aussi, et la conversation avec elle était
agréable, mais m'était rendue difficile parce que ce
n'était pas seulement le nom de mon interlocutrice
qui était nouveau pour moi, mais celui d'un grand
nombre de personnes dont elle me parla et qui formaient actuellement le fond de la société. Il est vrai
que, d'autre part, comme elle voulait m'entendre
raconter des histoires, beaucoup de ceux que je lui
citai ne lui dirent absolument rien, ils étaient tous
tombés dans l'oubli, du moins ceux qui n'avaient
brillé que de l'éclat individuel d'une personne et
n'étaient pas le nom générique et permanent de quelque célèbre famille aristocratique (dont la jeune femme
savait rarement le titre exact, supposant des naissances
inexactes sur un nom qu'elle avait entendu de travers
la veille dans un dîner), et elle ne les avait pour la
plupart jamais entendu prononcer, n'ayant commencé
à aller dans le monde (non seulement parce qu'elle
était encore jeune, mais parce qu'elle habitait depuis
peu la France et n'avait pas été reçue tout de suite)
que quelques années après que je m'en étais moi-
même retiré. Je ne sais comment le nom de Mme Leroi
tomba de mes lèvres, et par hasard, mon interlocutrice, grâce à quelque vieil ami, galant auprès d'elle,
de Mme de Guermantes, en avait entendu parler.
Mais inexactement, comme je le vis au ton dédaigneux
dont cette jeune femme snob me répondit : « Si, je
sais qui est Mme Leroi, une vieille amie de Bergotte »,
un ton qui voulait dire « une personne que je n'aurais
jamais voulu faire venir chez moi ». Je compris très
bien que le vieil ami de Mme de Guermantes, en par-
fait homme du monde imbu de l'esprit des Guermantes, dont un des traits était de ne pas avoir l'air
d'attacher d'importance aux fréquentations aristocratiques, avait trouvé trop bête et trop anti-Guer-

mantes de dire : « Mme Leroi qui fréquentait toutes
les Altesses, toutes les Duchesses », et il avait préféré
dire : « Elle était assez drôle. Elle a répondu un jour à
Bergotte ceci. » Seulement, pour les gens qui ne savent
pas, ces renseignements par la conversation équivalent à ceux que donne la Presse aux gens du peuple
et qui croient alternativement, selon leur journal,
que M. Loubet et M. Reinach sont des voleurs ou de
grands citoyens. Pour mon interlocutrice, Mme Leroi
avait été une espèce de Mme Verdurin première
manière, avec moins d'éclat et dont le petit clan
eût été limité au seul Bergotte. Cette jeune femme
est, d'ailleurs, une des dernières qui, par un pur
hasard, ait entendu le nom de Mme Leroi. Aujourd'hui
personne ne sait plus qui c'est, ce qui est du reste
parfaitement juste. Son nom ne figure même pas dans
l'index des *Mémoires posthumes* de Mme de Villeparisis, de laquelle Mme Leroi occupa tant l'esprit.
La marquise n'a d'ailleurs pas parlé de Mme Leroi,
moins parce que celle-ci de son vivant avait été peu
aimable pour elle, que parce que personne ne pouvait
s'intéresser à elle après sa mort, et ce silence est dicté
moins par la rancune mondaine de la femme que par
le tact littéraire de l'écrivain. Ma conversation avec
l'élégante amie de Bloch fut charmante, car cette
jeune femme était intelligente, mais cette différence
entre nos deux vocabulaires la rendait malaisée et en
même temps instructive. Nous avons beau savoir que
les années passent, que la jeunesse fait place à la
vieillesse, que les fortunes et les trônes les plus solides
s'écroulent, que la célébrité est passagère, notre
manière de prendre connaissance et pour ainsi dire
de prendre le cliché de cet univers mouvant, entraîné
par le Temps, l'immobilise au contraire. De sorte
que nous voyons toujours jeunes les gens que nous
avons connus jeunes, que ceux que nous avons connus
vieux nous les parons rétrospectivement dans le passé
des vertus de la vieillesse, que nous nous fions sans

réserve au crédit d'un milliardaire et à l'appui d'un souverain, sachant par le raisonnement, mais ne croyant pas effectivement, qu'ils pourront être demain des fugitifs dénués de pouvoir. Dans un champ plus restreint et de mondanité pure, comme dans un problème plus simple qui initie à des difficultés plus complexes mais de même ordre, l'inintelligibilité qui résultait, dans notre conversation avec la jeune femme, du fait que nous avions vécu dans un certain monde à vingt-cinq ans de distance, me donnait l'impresssion et aurait pu fortifier chez moi le sens de l'Histoire.

Du reste, il faut bien dire que cette ignorance des situations réelles, qui tous les dix ans fait surgir les élus dans leur apparence actuelle et comme si le passé n'existait pas, qui empêche, pour une Américaine fraîchement débarquée, de voir que M. de Charlus avait eu la plus grande situation de Paris à une époque où Bloch n'en avait aucune, et que Swann, qui faisait tant de frais pour M. Bontemps, avait été traité avec la plus grande amitié, cette ignorance n'existe pas seulement chez les nouveaux venus, mais chez ceux qui ont fréquenté toujours des sociétés voisines, et cette ignorance, chez ces derniers comme chez les autres, est aussi un effet (mais cette fois s'exerçant sur l'individu et non sur la couche sociale) du Temps. Sans doute, nous avons beau changer de milieu, de genre de vie, notre mémoire, en retenant le fil de notre personnalité identique, attache à elle, aux époques successives, le souvenir des sociétés où nous avons vécu, fût-ce quarante ans plus tôt. Bloch chez le prince de Guermantes savait parfaitement l'humble milieu juif où il avait vécu à dix-huit ans, et Swann, quand il n'aima plus Mme Swann mais une femme qui servait du thé chez ce même Colombin où Mme Swann avait cru quelque temps qu'il était chic d'aller, comme au thé de la rue Royale, Swann savait très bien sa valeur mondaine, se rappelait Twickenham, n'avait aucun doute sur les raisons pour

lesquelles il allait plutôt chez Colombin que chez la
duchesse de Broglie, et savait parfaitement qu'eût-il
été lui-même mille fois moins « chic », cela ne l'eût
pas rendu un atome davantage d'aller chez Colombin
ou à l'hôtel Ritz, puisque tout le monde peut y aller
en payant. Sans doute les amis de Bloch ou de Swann
se rappelaient eux aussi la petite société juive ou les
invitations à Twickenham, et ainsi les amis, comme
des « moi », un peu moins distincts, de Swann et de
Bloch, ne séparaient pas dans leur mémoire du Bloch
élégant d'aujourd'hui le Bloch sordide d'autrefois,
du Swann de chez Colombin des derniers jours le
Swann de Buckingham Palace. Mais ces amis étaient
en quelque sorte dans la vie les voisins de Swann;
la leur s'était développée sur une ligne assez voisine
pour que leur mémoire pût être assez pleine de lui ;
mais chez d'autres plus éloignés de Swann, à une
distance plus grande de lui non pas précisément
socialement mais d'intimité, qui avait fait la connaissance plus vague et les rencontres très rares, les souvenirs moins nombreux avaient rendu les notions plus
flottantes. Or, chez des étrangers de ce genre, au
bout de trente ans on ne se rappelle plus rien de
précis qui puisse prolonger dans le passé et changer
de valeur l'être qu'on a sous les yeux. J'avais entendu,
dans les dernières années de la vie de Swann, des
gens du monde pourtant, à qui on parlait de lui, dire,
et comme si ç'avait été son titre de notoriété : « Vous
parlez du Swann de chez Colombin ? » J'entendais
maintenant des gens qui auraient pourtant dû savoir,
dire en parlant de Bloch : « Le Bloch-Guermantes ?
Le familier des Guermantes ? » Ces erreurs qui scin-
dent une vie et, en en isolant le présent, font de
l'homme dont on parle un autre homme, un homme
différent, une création de la veille, un homme qui
n'est que la condensation de ses habitudes actuelles
(alors que lui porte en lui-même la continuité de sa
vie qui le relie au passé), ces erreurs dépendent bien

aussi du Temps, mais elles sont non un phénomène
social, mais un phénomène de mémoire. J'eus dans
l'instant même un exemple, d'une variété assez différente il est vrai mais d'autant plus frappante, de ces
oublis qui modifient pour nous l'aspect des êtres.
Un jeune neveu de Mme de Guermantes, le marquis
de Villemandois, avait été jadis pour moi d'une inso-
lence obstinée qui m'avait conduit par représailles à
adopter à son égard une attitude si insultante que
nous étions devenus tacitement comme deux ennemis.
Pendant que j'étais en train de réfléchir sur le Temps
à cette matinée chez la princesse de Guermantes, il
se fit présenter à moi en disant qu'il croyait que j'avais
connu de ses parents, qu'il avait lu des articles de moi
et désirait faire ou refaire connaissance. Il est vrai
de dire qu'avec l'âge il était devenu, comme beaucoup,
d'impertinent sérieux, qu'il n'avait plus la même
arrogance et que, d'autre part, on parlait de moi,
pour de bien minces articles cependant, dans le milieu
qu'il fréquentait. Mais ces raisons de sa cordialité
et de ses avances ne furent qu'accessoires. La principale, ou du moins celle qui permit aux autres d'entrer en jeu, c'est que, ou ayant une plus mauvaise
mémoire que moi, ou ayant attaché une attention
moins soutenue à mes ripostes que je n'avais fait
autrefois à ses attaques, parce que j'étais alors pour
lui un plus petit personnage qu'il n'était pour moi,
il avait entièrement oublié notre inimitié. Mon nom
lui rappelait tout au plus qu'il avait dû me voir, ou
quelqu'un des miens, chez une de ses tantes. Et ne
sachant pas au juste s'il se faisait présenter ou représenter, il se hâta de me parler de sa tante, chez qui il
ne doutait pas qu'il avait dû me rencontrer, se rappelant qu'on y parlait souvent de moi, mais non de nos
querelles. Un nom, c'est tout ce qui reste bien souvent
pour nous d'un être, non pas même quand il est mort,
mais de son vivant. Et nos notions sur lui sont si
vagues ou si bizarres, et correspondent si peu à celles

qu'il a de nous, que nous avons entièrement oublié
que nous avons failli nous battre en duel avec lui,
mais nous rappelons qu'il portait, enfant, d'étranges
guêtres jaunes aux Champs-Élysées dans lesquels,
par contre, malgré que nous le lui assurions, il n'a
aucun souvenir d'avoir joué avec nous.

Bloch était entré en sautant comme une hyène. Je
pensais : « Il vient dans des salons où il n'eût pas
pénétré il y a vingt ans. » Mais il avait aussi vingt ans
de plus. Il était plus près de la mort. A quoi cela l'avan-
çait-il ? De près, dans la translucidité d'un visage où,
de plus loin et mal éclairé, je ne voyais que la jeunesse
gaie (soit qu'elle y survécût, soit que je l'y évoquasse),
se tenait le visage presque effrayant, tout anxieux,
d'un vieux Shylock attendant, tout grimé, dans la
coulisse, le moment d'entrer en scène, récitant déjà
le premier vers à mi-voix. Dans dix ans, dans ces
salons où leur veulerie l'aurait imposé, il entrerait en
béquillant, devenu « maître », trouvant une corvée
d'être obligé d'aller chez les La Trémoïlle. A quoi
cela l'avancerait-il ?

De changements produits dans la société je pouvais
d'autant plus extraire des vérités importantes et
dignes de cimenter une partie de mon œuvre qu'ils
n'étaient nullement, comme j'aurais pu être au premier moment tenté de le croire, particuliers à notre
époque. Au temps où, moi-même à peine parvenu,
j'étais entré, plus nouveau que ne l'était Bloch lui-
même aujourd'hui, dans le milieu des Guermantes,
j'avais dû y contempler, comme faisant partie inté-
grante de ce milieu, des éléments absolument différents, agrégés depuis peu et qui paraissaient étrangement nouveaux à de plus anciens dont je ne les diffé-
renciais pas et qui eux-mêmes, crus par les ducs
d'alors membres de tout temps du Faubourg, y
avaient, eux, ou leurs pères, ou leurs grands-pères,
été jadis des parvenus. Si bien que ce n'était pas la
qualité d'hommes du grand monde qui rendait cette

société si brillante, mais le fait d'avoir été assimilés plus ou moins complètement par cette société qui faisait, de gens qui cinquante ans plus tard paraissaient tous pareils, des gens du grand monde. Même dans le passé où je reculais le nom de Guermantes pour lui donner toute sa grandeur, et avec raison du reste, car sous Louis XIV les Guermantes, quasi royaux, faisaient plus grande figure qu'aujourd'hui, le phénomène que je remarquais en ce moment se produisait de même. Ne les avait-on pas vus alors s'allier à la famille Colbert par exemple, laquelle aujourd'hui, il est vrai, nous paraît très noble puisque épouser une Colbert semble un grand parti pour un La Rochefoucauld ? Mais ce n'est pas parce que les Colbert, simples bourgeois alors, étaient nobles, que les Guermantes s'allièrent avec eux, c'est parce que les Guermantes s'allièrent avec eux qu'ils devinrent nobles. Si le nom d'Haussonville s'éteint avec le représentant actuel de cette maison, il tirera peut-être son illustration de descendre de Mme de Staël, alors qu'avant la Révolution M. d'Haussonville, un des premiers seigneurs du royaume, tirait vanité auprès de M. de Broglie de ne pas connaître le père de Mme de Staël et de ne pas pouvoir plus le présenter que M. de Broglie ne pouvait le présenter lui-même, ne se doutant guère que leurs fils épouseraient un jour l'un la fille, l'autre la petite-fille de l'auteur de *Corinne*. Je me rendais compte d'après ce que me disait la duchesse de Guermantes que j'aurais pu faire dans ce monde la figure d'homme élégant non titré, mais qu'on croit volontiers affilié de tout temps à l'aristocratie, que Swann y avait faite autrefois, et avant lui M. Lebrun, M. Ampère, tous ces amis de la duchesse de Broglie, qui elle-même était au début fort peu du grand monde. Les premières fois que j'avais dîné chez Mme de Guermantes, combien n'avais-je pas dû choquer des hommes comme M. de Beauserfeuil, moins par ma présence même que par des remarques témoignant que j'étais entièrement ignorant des souvenirs qui constituaient son passé et donnaient sa forme à l'image qu'il avait de la société! Bloch un jour, quand devenu très vieux il aurait une mémoire assez ancienne du salon Guermantes tel qu'il se présentait en ce moment à ses yeux, éprouverait le même étonnement, la même mauvaise humeur en présence de certaines intrusions et de certaines ignorances. Et d'autre part, il aurait sans doute contracté et dispenserait autour de lui ces qualités de tact et de discrétion que j'avais crues le privilège d'hommes comme M. de Norpois, se reformant et s'incarnant dans ceux qui nous paraissent entre tous les exclure. D'ailleurs, le cas qui s'était présenté pour moi d'être admis dans la société des Guermantes m'avait paru quelque chose d'exceptionnel. Mais si je sortais de moi et du milieu qui m'entourait immédiatement, je voyais que ce phénomène social n'était pas aussi isolé qu'il m'avait paru d'abord et que du bassin de Combray où j'étais né, assez nombreux en somme étaient les jets d'eau qui symétriquement à moi s'étaient élevés au-dessus de la même masse liquide qui les avait alimentés. Sans doute, les circonstances ayant toujours quelque chose de particulier et les caractères d'individuel, c'était d'une façon toute différente que Legrandin (par l'étrange mariage de son neveu) à son tour avait pénétré dans ce milieu, que la fille d'Odette s'y était apparentée, que Swann lui-même, et moi enfin y étions venus. Pour moi qui avais passé enfermé dans ma vie et la voyant du dedans, celle de Legrandin me semblait n'avoir aucun rapport et avoir suivi des chemins opposés, de même qu'une rivière, dans sa vallée profonde, ne voit pas une rivière divergente, qui pourtant malgré les écarts de son cours, se jette dans le même fleuve. Mais à vol d'oiseau, comme fait le statisticien qui néglige les raisons sentimentales ou les imprudences évitables qui ont conduit telle personne à la mort, et compte

seulement le nombre de personnes qui meurent par
an, on voyait que plusieurs personnes parties d'un
même milieu, dont la peinture a occupé le début de
ce récit, étaient parvenues dans un autre tout différent, et il est probable que, comme il se fait par an
à Paris un nombre moyen de mariages, tout autre
milieu bourgeois cultivé et riche eût fourni une proportion à peu près égale de gens comme Swann,
comme Legrandin, comme moi et comme Bloch,
qu'on retrouvait se jetant dans l'océan du « grand
monde ». Et d'ailleurs ils s'y reconnaissaient, car si
le jeune comte de Cambremer émerveillait tout le
monde par sa distinction, son affinement, sa sobre
élégance, je reconnaissais en elles — en même temps
que dans son beau regard et dans son désir ardent de
parvenir — ce qui caractérisait déjà son oncle Legrandin, c'est-à-dire un vieil ami fort bourgeois, quoique
de tournure aristocratique, de mes parents.

La bonté, simple maturation qui a fini par sucrer
des natures plus primitivement acides que celle de
Bloch, est aussi répandue que ce sentiment de la
justice qui fait que, si notre cause est bonne, nous ne
devons pas plus redouter un juge prévenu qu'un juge
ami. Et les petits-enfants de Bloch seraient bons et
discrets presque de naissance. Bloch n'en était peut-
être pas encore là. Mais je remarquai que lui, qui
jadis feignait de se croire obligé à faire deux heures
de chemin de fer pour aller voir quelqu'un qui ne le
lui avait guère demandé, maintenant qu'il recevait
tant d'invitations non seulement à déjeuner et à
dîner, mais à venir passer quinze jours ici, quinze
jours là, en refusait beaucoup et sans le dire, sans se
vanter de les avoir reçues, de les avoir refusées. La
discrétion, discrétion dans les actions, dans les paroles,
lui était venue avec la situation sociale et l'âge, avec
une sorte d'âge social, si l'on peut dire. Sans doute
Bloch était jadis indiscret autant qu'incapable de
bienveillance et de conseil. Mais certains défauts,

certaines qualités sont moins attachés à tel individu,
à tel autre, qu'à tel ou tel moment de l'existence
considéré au point de vue social. Ils sont presque
extérieurs aux individus, lesquels passent dans leur
lumière comme ils sont sous des solstices variés, préexistants,
généraux, inévitables. Les médecins qui cherchent
à se rendre compte si tel médicament diminue ou
augmente l'acidité de l'estomac, active ou ralentit ses
sécrétions, obtiennent des résultats différents, non
pas selon l'estomac sur les sécrétions duquel ils pré-
lèvent un peu de suc gastrique, mais selon qu'ils le
lui empruntent à un moment plus ou moins avancé
de l'ingestion du remède.

Ainsi, à tous les moments de sa durée, le nom de
Guermantes, considéré comme un ensemble de tous
les noms qu'il admettait en lui, autour de lui, subissait
des déperditions, recrutait des éléments nouveaux,
comme ces jardins où à tout moment des fleurs à
peine en bouton, et se préparant à remplacer celles
qui se flétrissent déjà, se confondent dans une masse
qui semble pareille, sauf à ceux qui n'ont pas toujours
vu les nouvelles venues et gardent dans leur souvenir
l'image précise de celles qui ne sont plus.

Plus d'une des personnes que cette matinée réunissait ou dont elle m'évoquait le souvenir, me donnait
les aspects qu'elle avait tour à tour présentés pour
moi, par les circonstances différentes, opposées, d'où
elle avait, les unes après les autres, surgi devant moi,
faisait ressortir les aspects variés de ma vie, les différences de perspective, comme un accident de terrain,
colline ou château, qui apparaît tantôt à droite, tantôt
à gauche, semble d'abord dominer une forêt, ensuite
sortir d'une vallée, et révèle ainsi au voyageur des
changements d'orientation et des différences d'altitude dans la route qu'il suit. En remontant de plus
en plus haut, je finissais par trouver des images d'une
même personne séparées par un intervalle de temps
si long, conservées par des moi si distincts, ayant

elles-mêmes des significations si différentes, que je les omettais d'habitude quand je croyais embrasser le cours passé de mes relations avec elles, que j'avais même cessé de penser qu'elles étaient les mêmes que j'avais connues autrefois, et qu'il me fallait le hasard d'un éclair d'attention pour les rattacher, comme à une étymologie, à cette signification primitive qu'elles avaient eue pour moi. Mlle Swann me jetait, de l'autre côté de la haie d'épines roses, un regard dont j'avais dû d'ailleurs rétrospectivement retoucher la signification, qui était de désir. L'amant de Mme Swann, selon la chronique de Combray, me regardait derrière cette même haie d'un air dur qui n'avait pas non plus le sens que je lui avais donné alors, et ayant, d'ailleurs, tellement changé depuis, que je ne l'avais nullement reconnu à Balbec dans le monsieur qui regardait une affiche près du Casino, et dont il m'arrivait, une fois tous les dix ans, de me souvenir en me disant : « Mais c'était M. de Charlus, déjà, comme c'est curieux! » Mme de Guermantes au mariage du docteur Percepied, Mme Swann en rose chez mon grand-oncle, Mme de Cambremer, sœur de Legrandin, si élégante qu'il craignait que nous le priions de nous donner une recommandation pour elle, c'étaient, ainsi que tant d'autres concernant Swann, Saint-Loup, etc., autant d'images que je m'amusais parfois, quand je les retrouvais, à placer comme frontispice au seuil de mes relations avec ces différentes personnes, mais qui ne me semblaient en effet qu'une image, et non déposée en moi par l'être lui-même, auquel rien ne la reliait plus. Non seulement certaines gens ont de la mémoire et d'autres pas (sans aller jusqu'à l'oubli constant où vivent les ambassadrices de Turquie et autres, ce qui leur permet de trouver toujours — la nouvelle précédente s'étant évanouie au bout de huit jours, ou la suivante ayant le don de l'exorciser — de trouver toujours de la place pour la nouvelle contraire qu'on leur dit), mais,

même à égalité de mémoire, deux personnes ne se
souviennent pas des mêmes choses. L'une aura prêté
peu d'attention à un fait dont l'autre gardera grand
remords, et en revanche aura saisi à la volée comme
signe sympathique et caractéristique une parole que
l'autre aura laissé échapper sans presque y penser.
L'intérêt de ne pas s'être trompé quand on a émis
un pronostic faux abrège la durée du souvenir de ce
pronostic et permet d'affirmer très vite qu'on ne l'a
pas émis. Enfin, un intérêt plus profond, plus désintéressé, diversifie les mémoires, si bien que le poète
qui a presque tout oublié des faits qu'on lui rappelle
retient une impression fugitive. De tout cela vient
qu'après vingt ans d'absence on rencontre, au lieu
de rancunes présumées, des pardons involontaires,
inconscients, et en revanche tant de haines dont on
ne peut s'expliquer (parce qu'on a oublié à son tour
l'impression mauvaise qu'on a faite) la raison. L'histoire même des gens qu'on a le plus connus, on en a
oublié les dates. Et parce qu'il y avait au moins
vingt ans qu'elle avait vu Bloch pour la première fois,
Mᵐᵉ de Guermantes eût juré qu'il était né dans son
monde et avait été bercé sur les genoux de la duchesse
de Chartres quand il avait deux ans.

Et combien de fois ces personnes étaient revenues
devant moi au cours de leur vie, dont les diverses
circonstances semblaient présenter les mêmes êtres,
mais sous des formes, pour des fins variées! Et la
diversité des points de ma vie par où avait passé le
fil de celle de chacun de ces personnages avait fini
par mêler ceux qui semblaient le plus éloignés,
comme si la vie ne possédait qu'un nombre limité
de fils pour exécuter les dessins les plus différents.
Quoi de plus séparé, par exemple, dans mes passés
divers, que mes visites à mon oncle Adolphe, que le
neveu de Mᵐᵉ de Villeparisis cousine du Maréchal,
que Legrandin et sa sœur, que l'ancien giletier ami
de Françoise, dans la cour? Et aujourd'hui tous ces

fils différents s'étaient réunis pour faire la trame, ici du ménage Saint-Loup, là du jeune ménage Cambremer, pour ne pas parler de Morel, et de tant d'autres, dont la conjonction avait concouru à former une circonstance, qu'il me semblait que la circonstance était l'unité complète, et le personnage seulement une partie composante. Et ma vie était déjà assez longue pour qu'à plus d'un des êtres qu'elle m'offrait je trouvasse, dans mes souvenirs des régions opposées, pour le compléter, un autre être. Aux Elstir même que je voyais ici à une place qui était un signe de sa gloire, je pouvais ajouter les plus anciens souvenirs des Verdurin, les Cottard, la conversation dans le restaurant de Rivebelle, la matinée où j'avais connu Albertine, et tant d'autres. Ainsi un amateur d'art à qui on montre le volet d'un retable se rappelle dans quelle église, dans quels musées, dans quelle collection particulière les autres sont dispersés (de même qu'en suivant les catalogues des ventes ou en fréquentant les antiquaires il finit par trouver l'objet jumeau de celui qu'il possède et qui fait avec lui la paire) ; il peut reconstituer dans sa tête la prédelle, l'autel tout entier. Comme un seau montant le long d'un treuil vient toucher la corde à diverses reprises et sur des côtés opposés, il n'y avait pas de personnage, presque pas même de choses ayant eu place dans ma vie, qui n'y eût joué tour à tour des rôles différents. Une simple relation mondaine, même un objet matériel, si je le retrouvais au bout de quelques années dans mon souvenir, je voyais que la vie n'avait pas cessé de tisser autour de lui des fils différents qui finissaient par le feutrer de ce beau velours inimitable des années, pareil à celui qui dans les vieux parcs enveloppe une simple conduite d'eau d'un fourreau d'émeraude.

Ce n'était pas que l'aspect de ces personnes qui donnait l'idée de personnes de songe. Pour elles-mêmes la vie, déjà ensommeillée dans la jeunesse et l'amour, était de plus en plus devenue un songe.

Elles avaient oublié jusqu'à leurs rancunes, leurs haines, et pour être certaines que c'était à la personne qui était là qu'elles n'adressaient plus la parole il y a dix ans, il eût fallu qu'elles se reportassent à un registre, mais qui était aussi vague qu'un rêve où on a été insulté on ne sait plus par qui. Tous ces songes formaient les apparences contrastées de la vie politique, où on voyait dans un même ministère des gens qui s'étaient accusés de meurtre ou de trahison. Et ce songe devenait épais comme la mort chez certains vieillards, dans les jours qui suivaient celui où ils avaient fait l'amour. Pendant ces jours-là, on ne pouvait plus rien demander au président de la République, il oubliait tout. Puis, si on le laissait se reposer quelques jours, le souvenir des affaires publiques lui revenait, fortuit comme celui d'un rêve.

Parfois ce n'était pas en une seule image qu'apparaissait cet être, si différent de celui que j'avais connu depuis. C'est pendant des années que Bergotte m'avait paru un doux vieillard divin, que je m'étais senti paralysé comme par une apparition devant le chapeau gris de Swann, le manteau violet de sa femme, le mystère dont le nom de sa race entourait la duchesse de Guermantes jusque dans un salon : origines presque fabuleuses, charmante mythologie de relations devenues si banales ensuite, mais qu'elles prolongeaient dans le passé comme en plein ciel, avec un éclat pareil à celui que projette la queue étincelante d'une comète. Et même celles qui n'avaient pas commencé dans le mystère, comme mes relations avec Mme de Souvré, si sèches et si purement mondaines aujourd'hui, gardaient à leurs débuts leur premier sourire, plus calme, plus doux, et si onctueusement tracé dans la plénitude d'une après-midi au bord de la mer, d'une fin de journée de printemps à Paris, bruyante d'équipages, de poussière soulevée, et de soleil remué comme de l'eau. Et peut-être Mme de Souvré n'eût-elle pas valu grand'chose si on l'eût détachée de ce cadre, comme ces monuments — la Salute par exemple — qui, sans grande beauté propre, font admirablement là où ils sont situés, mais elle faisait partie d'un lot de souvenirs que j'estimais à un certain prix « l'un dans l'autre », sans me demander pour combien exactement la personne de Mme de Souvré y figurait.

Une chose me frappa plus encore chez tous ces êtres que les changements physiques, sociaux, qu'ils avaient subis, ce fut celui qui tenait à l'idée différente qu'ils avaient les uns des autres. Legrandin méprisait Bloch et ne lui adressait jamais la parole. Il fut très aimable avec lui. Ce n'était pas du tout à cause de la situation plus grande qu'avait prise Bloch, ce qui dans ce cas ne mériterait pas d'être noté, car les changements sociaux amènent forcément des changements respectifs de position entre ceux qui les ont subis. Non ; c'était que les gens — les gens, c'est-à-dire ce qu'ils sont pour nous — n'ont pas dans notre mémoire l'uniformité d'un tableau. Au gré de notre oubli ils évoluent. Quelquefois nous allons jusqu'à les confondre avec d'autres : « Bloch, c'est quelqu'un qui venait à Combray », et en disant Bloch c'était moi qu'on voulait dire. Inversement, Mme Sazerat était persuadée que de moi était telle thèse historique sur Philippe II (laquelle était de Bloch). Sans aller jusqu'à ces interversions, on oublie les crasses que l'un vous a faites, ses défauts, la dernière fois où on s'est quitté sans se serrer la main, et en revanche on s'en rappelle une plus ancienne, où on était bien ensemble. Et c'est à cette fois plus ancienne que les manières de Legrandin répondaient dans son amabilité avec Bloch, soit qu'il eût perdu la mémoire d'un certain passé, soit qu'il le jugeât prescrit, mélange de pardon, d'oubli, d'indifférence qui est aussi un effet du Temps. D'ailleurs les souvenirs que nous avons les uns des autres, même dans l'amour, ne sont pas les mêmes. J'avais vu Albertine se rappeler à merveille telle parole que je lui avais dite dans nos premières ren-

contres et que j'avais complètement oubliée. D'un
autre fait, enfoncé à jamais dans ma tête comme un
caillou, elle n'avait aucun souvenir. Notre vie parallèle
ressemblait à ces allées où, de distance en distance,
des vases de fleurs sont placés symétriquement, mais
non en face des autres. A plus forte raison est-il
compréhensible que, pour des gens qu'on connaît
peu, on se rappelle à peine qui ils sont, ou on s'en
rappelle autre chose, même de plus ancien, que ce
qu'on en pensait autrefois, quelque chose qui est
suggéré par les gens au milieu de qui on les retrouve,
qui ne les connaissent que depuis peu, parés de qualités et d'une situation qu'ils n'avaient pas autrefois,
mais que l'oublieux accepte d'emblée.

Sans doute la vie, en mettant à plusieurs reprises
ces personnes sur mon chemin, me les avait présentées
dans des circonstances particulières qui, en les entou-
rant de toutes parts, avaient rétréci la vue que j'avais
eue d'elles, et m'avait empêché de connaître leur
essence. Ces Guermantes même, qui avaient été pour
moi l'objet d'un si grand rêve, quand je m'étais
approché d'abord de l'un d'eux, m'étaient apparus
sous l'aspect, l'une d'une vieille amie de ma grand'-
mère, l'autre d'un monsieur qui m'avait regardé d'un
air si désagréable à midi dans les jardins du Casino.
(Car il y a entre nous et les êtres un liséré de contingences, comme j'avais compris dans mes lectures de
Combray qu'il y en a un de perception et qui empêche
la mise en contact absolue de la réalité et de l'esprit.)
De sorte que ce n'était jamais qu'après coup, en les
rapportant à un nom, que leur connaissance était
devenue pour moi la connaissance des Guermantes.
Mais peut-être cela même me rendait-il la vie plus
poétique, de penser que la race mystérieuse aux yeux
perçants, au bec d'oiseau, la race rose, dorée, inappro-
chable, s'était trouvée si souvent, si naturellement,
par l'effet de circonstances aveugles et différentes,
s'offrir à ma contemplation, à mon commerce, même

à mon intimité, au point que, quand j'avais voulu connaître Mlle de Stermaria ou faire faire des robes à Albertine, c'était, comme aux plus serviables de mes amis, à des Guermantes que je m'étais adressé. Certes, cela m'ennuyait d'aller chez eux, autant que chez les autres gens du monde que j'avais connus ensuite. Même, pour la duchesse de Guermantes, comme pour certaines pages de Bergotte, son charme ne m'était visible qu'à distance et s'évanouissait quand j'étais près d'elle, car il résidait dans ma mémoire et dans mon imagination. Mais enfin, malgré tout, les Guermantes, comme Gilberte aussi, différaient des autres gens du monde en ce qu'ils plongeaient plus avant leurs racines dans un passé de ma vie où je rêvais davantage et croyais plus aux individus. Ce que je possédais avec ennui, en causant en ce moment avec l'une et avec l'autre, c'était du moins celles des imaginations de mon enfance que j'avais trouvées le plus belles et crues le plus inaccessibles, et je me consolais en confondant, comme un marchand qui s'embrouille dans ses livres, la valeur de leur possession avec le prix auquel les avait cotées mon désir.

Mais pour d'autres êtres, le passé de mes relations avec eux était gonflé de rêves plus ardents, formés sans espoir, où s'épanouissait si richement ma vie d'alors, dédiée à eux tout entière, que je pouvais à peine comprendre comment leur exaucement était ce mince, étroit et terne ruban d'une intimité indifférente et dédaignée où je ne pouvais plus rien retrouver de ce qui avait fait leur mystère, leur fièvre et leur douceur.

« Que devient la marquise d'Arpajon ? demanda Mme de Cambremer. — Mais elle est morte, répondit Bloch. — Vous confondez avec la comtesse d'Arpajon qui est morte l'année dernière. » La princesse d'Agrigente se mêla à la discussion ; jeune veuve d'un vieux

mari très riche et porteur d'un grand nom, elle était
beaucoup demandée en mariage et en avait pris une
grande assurance. « La marquise d'Arpajon est morte
aussi il y a à peu près un an. — Ah! un an, je vous
réponds que non, répondit Mme de Cambremer,
j'ai été à une soirée de musique chez elle, il y a moins
d'un an. » Bloch, pas plus que les « gigolos » du monde,
ne pouvait prendre part utilement à la discussion,
car toutes ces morts de personnes âgées étaient à une
distance d'eux trop grande, soit par la différence
énorme des années, soit par la récente arrivée (de
Bloch, par exemple) dans une société différente qu'il
abordait de biais, au moment où elle déclinait, dans
un crépuscule où le souvenir d'un passé qui ne lui
était pas familier ne pouvait l'éclairer. Et pour les
gens du même âge et de même milieu, la mort avait
perdu de sa signification étrange. D'ailleurs, on faisait
tous les jours prendre des nouvelles de tant de gens
à l'article de la mort, et dont les uns s'étaient rétablis
tandis que d'autres avaient « succombé » qu'on ne se
souvenait plus au juste si telle personne qu'on n'avait
jamais l'occasion de voir s'était sortie de sa fluxion de
poitrine ou avait trépassé. La mort se multipliait
et devenait plus incertaine dans ces régions âgées.
A cette croisée de deux générations et de deux sociétés
qui, en vertu de raisons différentes, mal placées pour
distinguer la mort, la confondaient presque avec la
vie, la première s'était mondanisée, était devenue
un incident qui qualifiait plus ou moins une personne
sans que le ton dont on parlait eût l'air de signifier
que cet incident terminait tout pour elle. On disait :
« Mais vous oubliez, un tel est mort », comme on eût
dit : « Il est décoré », « il est de l'Académie », ou —
et cela revenait au même puisque cela empêchait aussi
d'assister aux fêtes — « il est allé passer l'hiver dans le
Midi », « on lui a ordonné les montagnes ». Encore,
pour des hommes connus, ce qu'ils laissaient en
mourant aidait à se rappeler que leur existence était

terminée. Mais pour les simples gens du monde très
âgés, on s'embrouillait sur le fait qu'ils fussent morts
ou non, non seulement parce qu'on connaissait mal
ou qu'on avait oublié leur passé, mais parce qu'ils
ne tenaient en quoi que ce soit à l'avenir. Et la difficulté qu'avait chacun de faire un triage entre les maladies, l'absence, la retraite à la campagne, la mort des
vieilles gens du monde, consacrait, tout autant que
l'indifférence des hésitants, l'insignifiance des défunts.

— Mais si elle n'est pas morte, comment se fait-il
qu'on ne la voie plus jamais, ni son mari non plus ?
demanda une vieille fille qui aimait faire de l'esprit. —
Mais je te dirai, reprit sa mère qui, quoique quin-
quagénaire, ne manquait pas une fête, que c'est parce
qu'ils sont vieux : à cet âge-là on ne sort plus. » Il
semblait qu'il y eût avant le cimetière toute une cité
close des vieillards, aux lampes toujours allumées
dans la brume. Mme de Saint-Euverte trancha le
débat en disant que la comtesse d'Arpajon était morte,
il y avait un an, d'une longue maladie, mais que la
marquise d'Arpajon était morte aussi depuis, très
vite, « d'une façon tout à fait insignifiante », mort qui
par là ressemblait à toutes ces vies, et par là aussi
expliquait qu'elle eût passé inaperçue, excusait ceux
qui confondaient. En entendant que Mme d'Arpajon
était vraiment morte, la vieille fille jeta sur sa mère
un regard alarmé, car elle craignait que d'apprendre
la mort d'une de ses « contemporaines » ne « frappât
sa mère » ; elle croyait entendre d'avance parler de
la mort de sa propre mère avec cette explication :
« Elle avait été très *frappée* par la mort de Mme d'Arpajon. » Mais la mère de la vieille fille, au contraire, se
faisait à elle-même l'effet de l'avoir emporté dans un
concours sur des concurrents de marque, chaque fois
qu'une personne de son âge « disparaissait ». Leur
mort était la seule manière dont elle prît encore agréablement conscience de sa propre vie. La vieille fille
s'aperçut que sa mère, qui n'avait pas semblé fâchée

de dire que Mme d'Arpajon était recluse dans les demeures d'où ne sortent plus guère les vieillards fatigués, l'avait été moins encore d'apprendre que la marquise était entrée dans la cité d'après, celle d'où on ne sort plus. Cette constatation de l'indifférence de sa mère amusa l'esprit caustique de la vieille fille. Et pour faire rire ses amies, elle faisait un récit désopilant de la manière allègre, prétendait-elle, dont sa mère avait dit en se frottant les mains : « Mon Dieu, il est bien vrai que cette pauvre Mme d'Arpajon est morte. » Même pour ceux qui n'avaient pas besoin de cette mort pour se réjouir d'être vivants, elle les rendit heureux. Car toute mort est pour les autres une simplification d'existence, ôte le scrupule de se montrer reconnaissant, l'obligation de faire des visites. Ce n'est pas ainsi que la mort de M. Verdurin avait été accueillie par Elstir.

Une dame sortit, car elle avait d'autres matinées et devait aller goûter avec deux reines. C'était cette grande cocotte du monde que j'avais connue autrefois, la princesse de Nassau. Si sa taille n'avait pas diminué (ce qui lui donnait l'air, par sa tête située à une bien moindre hauteur qu'elle n'était autrefois, d'avoir ce qu'on appelle *un pied dans la tombe*), on aurait à peine pu dire qu'elle avait vieilli. Elle restait une Marie-Antoinette au nez autrichien, au regard délicieux, conservée, embaumée grâce à mille fards adorablement unis qui lui faisaient une figure lilas. Il flottait sur elle cette expression confuse et tendre d'être obligée de partir, de promettre tendrement de revenir, de s'esquiver discrètement, qui tenait à la foule des réunions d'élite où on l'attendait. Née presque sur les marches d'un trône, mariée trois fois, entretenue, longtemps et richement, par de grands banquiers, sans compter les mille fantaisies qu'elle s'était offertes, elle portait légèrement sous sa robe, mauve comme ses yeux admirables et ronds et comme sa figure fardée, les souvenirs un peu embrouillés de ce passé innombrable. Comme

elle passait devant moi en se sauvant *à l'anglaise*,
je la saluai. Elle me reconnut, elle me serra la main et
fixa sur moi les rondes prunelles mauves de l'air qui
voulait dire : « Comme il y a longtemps que nous ne
nous sommes vus! Nous parlerons de cela une autre
fois. » Elle me serrait la main avec force, ne se rappelant pas au juste si en voiture, un soir qu'elle me
ramenait de chez la duchesse de Guermantes, il y avait
eu ou non une passade entre nous. A tout hasard elle
sembla faire allusion à ce qui n'avait pas été, chose qui
ne lui était pas difficile puisqu'elle prenait un air
de tendresse pour une tarte aux fraises, et mettait,
si elle était obligée de partir avant la fin de la musique,
l'air désespéré d'un abandon qui ne serait pas définitif.
Incertaine d'ailleurs sur la passade avec moi, son
serrement de main furtif ne s'attarda pas et elle ne me
dit pas un mot. Elle me regarda seulement comme
j'ai dit, d'une façon qui signifiait « Qu'il y a longtemps! »
et où repassaient ses maris, les hommes qui l'avaient
entretenue, deux guerres, et ses yeux stellaires, semblables à une horloge astronomique taillée dans une
opale, marquèrent successivement toutes ces heures
solennelles du passé si lointain qu'elle retrouvait à
tout moment quand elle voulait vous dire un bonjour
qui était toujours une excuse. Puis, m'ayant quitté, elle
se mit à trotter vers la porte, pour qu'on ne se dérangeât pas pour elle, pour me montrer que si elle n'avait
pas causé avec moi c'est qu'elle était pressée, pour rat-
traper la minute perdue à me serrer la main afin d'être
exacte chez la reine d'Espagne qui devait goûter seule
avec elle. Même, près de la porte, je crus qu'elle
allait prendre le pas de course. Et elle courait en effet
à son tombeau.

Une grosse dame me dit un bonjour, pendant la
courte durée duquel les pensées les plus différentes
se pressèrent dans mon esprit. J'hésitai un instant à lui
répondre, craignant que, ne reconnaissant pas les

gens mieux que moi, elle eût cru que j'étais quelqu'un
d'autre, puis son assurance me fit au contraire, de peur
que ce fût quelqu'un avec qui j'avais été très lié,
exagérer l'amabilité de mon sourire, pendant que mes
regards continuaient à chercher dans ses traits le
nom que je ne trouvais pas. Tel un candidat au bacca-
lauréat attache ses regards sur la figure de l'examina-
teur et espère vainement y trouver la réponse qu'il
ferait mieux de chercher dans sa propre mémoire,
tel, tout en lui souriant, j'attachais mes regards sur
les traits de la grosse dame. Ils me semblèrent être
ceux de Mme Swann, aussi mon sourire se nuança-t-il
de respect, pendant que mon indécision commençait
à cesser. Alors j'entendis la grosse dame me dire,
une seconde plus tard : « Vous me preniez pour maman,
en effet je commence à lui ressembler beaucoup. »
Et je reconnus Gilberte.

Nous parlâmes beaucoup de Robert, Gilberte en
parlait sur un ton déférent, comme si c'eût été un
être supérieur qu'elle tenait à me montrer qu'elle avait
admiré et compris. Nous nous rappelâmes l'un à l'autre
combien les idées qu'il exposait jadis sur l'art de la
guerre (car il lui avait souvent redit à Tansonville
les mêmes thèses que je lui avais entendu exposer à
Doncières et plus tard) s'étaient souvent, et en somme
sur un grand nombre de points, trouvées vérifiées
par la dernière guerre.

— Je ne puis pas vous dire à quel point la moindre
des choses qu'il me disait à Doncières me frappe
maintenant, et aussi pendant la guerre. Les dernières
paroles que j'ai entendues de lui, quand nous nous
sommes quittés pour ne plus nous revoir, étaient
qu'il attendait Hindenburg, général napoléonien, à
un des types de la bataille napoléonienne, celle qui
a pour but de séparer deux adversaires, peut-être,
avait-il ajouté, les Anglais et nous. Or, à peine un an
après la mort de Robert, un critique pour lequel il
avait une profonde admiration et qui exerçait visible-

ment une grande influence sur ses idées militaires,
M. Henry Bidou, disait que l'offensive d'Hindenburg
en mars 1918, c'était « la bataille de séparation d'un
adversaire massé contre deux adversaires en ligne,
manœuvre que l'Empereur a réussie en 1796 sur
l'Apennin et qu'il a manquée en 1815 en Belgique ».
Quelques instants auparavant Robert comparait
devant moi les batailles à des pièces où il n'est pas
toujours facile de savoir ce qu'a voulu l'auteur, où lui-
même a changé son plan en cours de route. Or, pour
cette offensive allemande de 1918, sans doute en
l'interprétant de cette façon Robert ne serait pas
d'accord avec M. Bidou. Mais d'autres critiques pensent que c'est le succès d'Hindenburg dans la direction
d'Amiens, puis son arrêt forcé, son succès dans les
Flandres, puis l'arrêt encore qui ont fait, accidentelle-
ment en somme, d'Amiens, puis de Boulogne, des
buts qu'il ne s'était pas préalablement assignés. Et
chacun pouvant refaire une pièce à sa manière, il y en
a qui voient dans cette offensive l'annonce d'une marche foudroyante sur Paris, d'autres des coups de
boutoir désordonnés pour détruire l'armée anglaise.
Et même si les ordres donnés par le chef s'opposent
à telle ou telle conception, il restera toujours aux
critiques le loisir de dire, comme Mounet-Sully à
Coquelin qui l'assurait que *le Misanthrope* n'était
pas la pièce triste, dramatique qu'il voulait jouer
(car Molière, au témoignage des contemporains, en
donnait une interprétation comique et y faisait rire) :
« Hé bien, c'est que Molière se trompait. »
    « Et sur les avions, vous rappelez-vous quand il
disait (il avait de si jolies phrases) : " Il faut que chaque
armée soit un Argus aux ' cent yeux ' ? " Hélas! il
n'a pu voir la vérification de ses dires. — Mais si,
répondis-je, à la bataille de la Somme, il a bien su
qu'on a commencé par aveugler l'ennemi en lui cre-
vant les yeux, en détruisant ses avions et ses ballons
captifs. — Ah! oui, c'est vrai. » Et comme depuis

qu'elle ne vivait plus que pour l'Intelligence, elle était devenue un peu pédante : « Et lui prétendait qu'on revenait aux anciens moyens. Savez-vous que les expéditions de Mésopotamie dans cette guerre (elle avait dû lire cela, à l'époque, dans les articles de Brichot) évoquent à tout moment, inchangée, la Retraite de Xénophon ? Et, pour aller du Tigre à l'Euphrate, le commandement anglais s'est servi de bellones, bateau long et étroit, gondole de ce pays, et dont se servaient déjà les plus antiques Chaldéens. » Ces paroles me donnaient bien le sentiment de cette stagnation du passé qui, dans certains lieux, par une sorte de pesanteur spécifique, s'immobilise indéfiniment, si bien qu'on peut le retrouver tel quel. Mais j'avoue qu'à cause des lectures que j'avais faites à Balbec non loin de Robert, j'étais plus impressionné, comme dans la campagne de France de retrouver la tranchée de Mme de Sévigné, en Orient, à propos du siège de Kout-el-Amara (Kout-l'émir, « comme nous disons Vaux-le-Vicomte et Bailleau-l'Évêque », aurait dit le curé de Combray s'il avait étendu sa soif d'étymologie aux langues orientales), de voir revenir auprès de Bagdad ce nom de Bassorah dont il est tant question dans *les Mille et une Nuits* et que gagne chaque fois, après avoir quitté Bagdad ou avant d'y rentrer, pour s'embarquer ou pour débarquer, bien avant le général Townsend et le général Gorringer, aux temps des Khalifes, Simbad le Marin.

— Il y a un côté de la guerre qu'il commençait, je crois, à apercevoir, lui dis-je, c'est qu'elle est humaine, se vit comme un amour ou comme une haine, pourrait être racontée comme un roman, et que par conséquent, si tel ou tel va répétant que la stratégie est une science, cela ne l'aide en rien à comprendre la guerre, parce que la guerre n'est pas stratégique. L'ennemi ne connaît pas plus nos plans que nous ne savons le but poursuivi par la femme que nous aimons,

et ces plans peut-être ne les savons-nous pas nous-
mêmes. Les Allemands, dans l'offensive de mars 1918,
avaient-ils pour but de prendre Amiens ? Nous n'en
savons rien. Peut-être ne le savaient-ils pas eux-mêmes,
et est-ce l'événement, leur progression à l'ouest vers
Amiens, qui détermina leur projet. A supposer que la
guerre soit scientifique, encore faudrait-il la peindre
comme Elstir peignait la mer, par l'autre sens, et partir
des illusions, des croyances qu'on rectifie peu à peu,
comme Dostoïevsky raconterait une vie. D'ailleurs,
il est trop certain que la guerre n'est point stratégique,
mais plutôt médicale, comportant des accidents
imprévus que le clinicien pouvait espérer d'éviter,
comme la Révolution russe.

Dans toute cette conversation, Gilberte m'avait
parlé de Robert avec une déférence qui semblait
plus s'adresser à mon ancien ami qu'à son époux
défunt. Elle avait l'air de me dire : « Je sais combien
vous l'admiriez. Croyez bien que j'ai su comprendre
l'être supérieur qu'il était. » Et pourtant l'amour que
certainement elle n'avait plus pour son souvenir était
peut-être encore la cause lointaine de particularités
de sa vie actuelle. Ainsi Gilberte avait maintenant
pour amie inséparable Andrée. Quoique celle-ci
commençât, surtout à la faveur du talent de son mari et
de sa propre intelligence, à pénétrer non pas certes
dans le milieu des Guermantes, mais dans un monde
infiniment plus élégant que celui qu'elle fréquentait
jadis, on fut étonné que la marquise de Saint-Loup
condescendît à devenir sa meilleure amie. Le fait
sembla être un signe, chez Gilberte, de son penchant
pour ce qu'elle croyait une existence artistique, et
pour une véritable déchéance sociale. Cette explication peut être la vraie. Une autre pourtant vint à mon
esprit, toujours fort pénétré que les images que nous
voyons assemblées quelque part sont généralement le
reflet, ou d'une façon quelconque l'effet, d'un premier

groupement assez différent quoique symétrique
d'autres images, extrêmement éloigné du second. Je
pensais que si on voyait tous les soirs ensemble Andrée,
son mari et Gilberte, c'était peut-être parce que, tant
d'années auparavant, on avait pu voir le futur mari
d'Andrée vivant avec Rachel, puis la quittant pour
Andrée. Il est probable que Gilberte alors, dans le
monde trop distant, trop élevé, où elle vivait, n'en
avait rien su. Mais elle avait dû l'apprendre plus
tard quand Andrée avait monté et qu'elle-même avait
descendu assez pour qu'elles pussent s'apercevoir.
Alors avait dû exercer sur elle un grand prestige la
femme pour laquelle Rachel avait été quittée par
l'homme, pourtant séduisant sans doute, qu'elle avait
préféré à Robert*.

Ainsi peut-être la vue d'Andrée rappelait à Gilberte
ce roman de jeunesse qu'avait été son amour pour
Robert, et inspirait aussi à Gilberte un grand respect
pour Andrée, de laquelle était toujours amoureux
un homme tant aimé par cette Rachel que Gilberte
sentait avoir été plus aimée de Saint-Loup qu'elle ne
l'avait été elle-même. Peut-être au contraire ces souvenirs ne jouaient-ils aucun rôle dans la prédilection
de Gilberte pour ce ménage artiste, et fallait-il y voir
simplement, comme faisaient beaucoup, les goûts,
habituellement inséparables chez les femmes du
monde, de s'instruire et de s'encanailler. Gilberte
avait peut-être autant oublié Robert que moi Albertine,
et si même elle savait que c'était Rachel que l'artiste

---

* On entendait la princesse de Guermantes répéter
d'un air exalté et d'une voix de ferraille que lui faisait
son râtelier : « Oui, c'est cela, nous ferons clan! nous
ferons clan! J'aime cette jeunesse si intelligente, si
participante, ah! quelle mugichienne vous êtes! »
Et elle plantait son gros monocle dans son œil rond,
mi-amusé, mi-s'excusant de ne pouvoir soutenir la gaîté
longtemps, mais jusqu'au bout elle était décidée à
« participer », à « faire clan ».

avait quittée pour Andrée, ne pensait-elle jamais, quand elle les voyait, à ce fait qui n'avait jamais joué aucun rôle dans son goût pour eux. On n'aurait pu décider si mon explication première n'était pas seulement possible, mais était vraie, que grâce au témoignage des intéressés, seul recours qui reste en pareil cas, s'ils pouvaient apporter dans leurs confidences de la clairvoyance et de la sincérité. Or la première s'y rencontre rarement et la seconde jamais. En tous cas la vue de Rachel, devenue aujourd'hui une actrice célèbre, ne pouvait pas être bien agréable à Gilberte. Je fus donc ennuyé d'apprendre qu'elle récitait des vers dans cette matinée, et, avait-on annoncé, *le Souvenir* de Musset et des fables de La Fontaine.

— Mais comment venez-vous dans des matinées si nombreuses ? me demanda Gilberte. Vous retrouver dans une grande tuerie comme cela, ce n'est pas ainsi que je vous schématisais. Certes, je m'attendais à vous voir partout ailleurs qu'à un des grands tralalas de ma tante, puisque tante il y a, ajouta-t-elle d'un air fin, car étant Mme de Saint-Loup depuis un peu plus longtemps que Mme Verdurin n'était entrée dans la famille, elle se considérait comme une Guermantes de tout temps et atteinte par la mésalliance que son oncle avait faite en épousant Mme Verdurin et que, il est vrai, elle avait entendu railler mille fois devant elle dans la famille, tandis que naturellement ce n'était que hors de sa présence qu'on avait parlé de la mésalliance qu'avait faite Saint-Loup en l'épousant. Elle affectait d'ailleurs d'autant plus de dédain pour cette tante mauvais teint que, par l'espèce de perversion qui pousse les gens intelligents à s'évader du chic habituel, par le besoin aussi de souvenirs qu'ont les gens âgés, pour tâcher enfin de donner un passé à son élégance nouvelle, la princesse de Guermantes aimait à dire en parlant de Gilberte : « Je vous dirai que ce n'est pas pour moi une relation nouvelle, j'ai énormément connu la mère de cette petite-là ; tenez, c'était

une grande amie à ma cousine Marsantes. C'est chez
moi qu'elle a connu le père de Gilberte. Quant au
pauvre Saint-Loup, je connaissais d'avance toute sa
famille, son propre oncle était mon intime autrefois
à la Raspelière. » « Vous voyez que les Verdurin
n'étaient pas du tout des bohèmes, me disaient les
gens qui entendaient parler ainsi la princesse de
Guermantes, c'étaient des amis de tout temps de la
famille de Mme de Saint-Loup. » J'étais peut-être
seul, par mon grand-père, à savoir qu'en effet les
Verdurin n'étaient pas des bohèmes. Mais ce n'était
pas précisément parce qu'ils avaient connu Odette.
Mais on arrange aisément les récits du passé que
personne ne connaît plus, comme ceux des voyages
dans les pays où personne n'est jamais allé. « Enfin,
conclut Gilberte, puisque vous sortez quelquefois
de votre tour d'ivoire, des petites réunions intimes
chez moi, où j'inviterais des esprits sympathiques,
ne vous conviendraient-elles pas mieux ? Ces grandes
machines comme ici sont bien peu faites pour vous.
Je vous voyais causer avec ma tante Oriane, qui a
toutes les qualités qu'on voudra, mais à qui nous ne
ferons pas tort, n'est-ce pas, en déclarant qu'elle
n'appartient pas à l'élite pensante. »

Je ne pouvais mettre Gilberte au courant des pensées
que j'avais depuis une heure, mais je crus que, sur
un point de pure distraction, elle pourrait servir mes
plaisirs, lesquels en effet ne me semblaient pas devoir
être de parler littérature avec la duchesse de Guermantes plus qu'avec Mme de Saint-Loup. Certes,
j'avais l'intention de recommencer dès demain, bien
qu'avec un but cette fois, à vivre dans la solitude.
Même chez moi, je ne laisserais pas de gens venir me
voir dans mes instants de travail, car le devoir de
faire mon œuvre primait celui d'être poli ou même bon.
Ils insisteraient sans doute, eux qui ne m'avaient pas
vu depuis si longtemps, venant de me retrouver et
me jugeant guéri, venant quand le labeur de leur

journée ou de leur vie était fini ou interrompu, et
ayant alors ce même besoin de moi que j'avais eu
autrefois de Saint-Loup ; et parce que, comme je
m'en étais déjà aperçu à Combray quand mes parents
me faisaient des reproches au moment où je venais
de prendre à leur insu les plus louables résolutions,
les cadrans intérieurs qui sont départis aux hommes
ne sont pas tous réglés à la même heure : l'un sonne
celle du repos en même temps que l'autre celle du
travail, l'un celle du châtiment par le juge quand chez
le coupable celle du repentir et du perfectionnement
intérieur est sonnée depuis longtemps. Mais j'aurais
le courage de répondre à ceux qui viendraient me
voir ou me feraient chercher, que j'avais, pour des
choses essentielles au courant desquelles il fallait
que je fusse mis sans retard, un rendez-vous urgent,
capital, avec moi-même. Et pourtant, bien qu'il y ait
peu de rapport entre notre moi véritable et l'autre,
à cause de l'homonymat et du corps commun aux
deux, l'abnégation qui vous fait faire le sacrifice des
devoirs plus faciles, même des plaisirs, paraît aux
autres de l'égoïsme.

Et d'ailleurs, n'était-ce pas pour m'occuper d'eux
que je vivrais loin de ceux qui se plaindraient de ne
pas me voir, pour m'occuper d'eux plus à fond que
je n'aurais pu le faire avec eux, pour chercher à les
révéler à eux-mêmes, à les réaliser ? A quoi eût servi
que, pendant des années encore, j'eusse perdu des
soirées à faire glisser sur l'écho à peine expiré de leurs
paroles le son tout aussi vain des miennes, pour le
stérile plaisir d'un contact mondain qui exclut toute
pénétration ? Ne valait-il pas mieux que, ces gestes
qu'ils faisaient, ces paroles qu'ils disaient, leur vie,
leur nature, j'essayasse d'en décrire la courbe et d'en
dégager la loi ? Malheureusement, j'aurais à lutter
contre cette habitude de se mettre à la place des
autres qui, si elle favorise la conception d'une œuvre,
en retarde l'exécution. Car, par une politesse supé-

rieure, elle pousse à sacrifier aux autres non seulement
son plaisir mais son devoir, quand, se mettant à la
place des autres, ce devoir quel qu'il soit, fût-ce,
pour quelqu'un qui ne peut rendre aucun service
au front, de rester à l'arrière où il est utile, apparaît
comme, ce qu'il n'est pas en réalité, notre plaisir.

Et bien loin de me croire malheureux de cette vie
sans amis, sans causerie, comme il est arrivé aux
plus grands de le croire, je me rendais compte que
les forces d'exaltation qui se dépensent dans l'amitié
sont une sorte de porte-à-faux visant une amitié
particulière qui ne mène à rien et se détournant
d'une vérité vers laquelle elles étaient capables de
nous conduire. Mais enfin, quand des intervalles de
repos et de société me seraient nécessaires, je sentais
que, plutôt que les conversations intellectuelles que
les gens du monde croient utiles aux écrivains, de
légères amours avec des jeunes filles en fleurs seraient
un aliment choisi que je pourrais à la rigueur permettre à mon imagination semblable au cheval fameux
qu'on ne nourrissait que de roses. Ce que tout d'un
coup je souhaitais de nouveau, c'est ce dont j'avais
rêvé à Balbec, quand sans les connaître encore,
j'avais vu passer devant la mer Albertine, Andrée
et leurs amies. Mais hélas! je ne pouvais plus chercher à retrouver celles que justement en ce moment
je désirais si fort. L'action des années qui avait transformé tous les êtres que j'avais vus aujourd'hui, et
Gilberte elle-même, avait certainement fait de
toutes celles qui survivaient, comme elle eût fait
d'Albertine si elle n'avait pas péri, des femmes trop
différentes de ce que je me rappelais. Je souffrais
d'être obligé de moi-même à atteindre celles-là, car
le temps qui change les êtres ne modifie pas l'image
que nous avons gardée d'eux. Rien n'est plus douloureux que cette opposition entre l'altération des
êtres et la fixité du souvenir, quand nous comprenons
que ce qui a gardé tant de fraîcheur dans notre

mémoire n'en peut plus avoir dans la vie, que nous
ne pouvons, au dehors, nous rapprocher de ce qui
nous paraît si beau au dedans de nous, de ce qui
excite en nous un désir, pourtant si individuel, de le
revoir, qu'en le cherchant dans un être du même âge,
c'est-à-dire dans un autre être. C'est que, comme
j'avais pu souvent le soupçonner, ce qui semble
unique dans une personne qu'on désire ne lui appartient pas. Mais le temps écoulé m'en donnait une
preuve plus complète, puisque, après vingt ans,
spontanément, je voulais chercher, au lieu des filles
que j'avais connues, celles qui possédaient maintenant
cette jeunesse que les autres avaient alors. (D'ailleurs
ce n'est pas seulement le réveil de nos désirs charnels
qui ne correspond à aucune réalité parce qu'il ne
tient pas compte du temps perdu. Il m'arrivait parfois
de souhaiter que, par un miracle, entrassent auprès
de moi, restées vivantes contrairement à ce que j'avais
cru, ma grand'mère, Albertine. Je croyais les voir,
mon cœur s'élançait vers elles. J'oubliais seulement
une chose, c'est que, si elles vivaient en effet, Albertine aurait à peu près maintenant l'aspect que m'avait
présenté à Balbec Mme Cottard, et que ma grand'-
mère, ayant plus de quatre-vingt-quinze ans, ne me
montrerait rien du beau visage calme et souriant
avec lequel je l'imaginais encore maintenant, aussi
arbitrairement qu'on donne une barbe à Dieu le
Père, ou qu'on représentait au XVIIe siècle les héros
d'Homère avec un accoutrement de gentilshommes
et sans tenir compte de leur antiquité.)

Je regardais Gilberte, et je ne pensai pas : « Je
voudrais la revoir », mais je lui dis qu'elle me ferait
toujours plaisir en m'invitant avec de très jeunes
filles, pauvres s'il était possible, pour qu'avec de
petits cadeaux je puisse leur faire plaisir, sans leur
rien demander d'ailleurs que de faire renaître en moi
les rêveries, les tristesses d'autrefois, peut-être, un
jour improbable, un chaste baiser. Gilberte sourit et

24

eut ensuite l'air de chercher sérieusement dans sa tête.

Comme Elstir aimait à voir incarnée devant lui, dans sa femme, la beauté vénitienne, qu'il avait souvent peinte dans ses œuvres, je me donnais l'excuse d'être attiré par un certain égoïsme esthétique vers les belles femmes qui pouvaient me causer de la souffrance, et j'avais un certain sentiment d'idolâtrie pour les futures Gilberte, les futures duchesses de Guermantes, les futures Albertine que je pourrais rencontrer, et qui, me semblait-il, pourraient m'inspirer, comme un sculpteur qui se promène au milieu de beaux marbres antiques. J'aurais dû pourtant penser qu'antérieur à chacune était mon sentiment du mystère où elles baignaient et qu'ainsi, plutôt que de demander à Gilberte de me faire connaître des jeunes filles, j'aurais mieux fait d'aller dans ces lieux où rien ne nous rattache à elles, où entre elles et soi on sent quelque chose d'infranchissable, où, à deux pas, sur la plage, allant au bain, on se sent séparé d'elles par l'impossible. C'est ainsi que mon sentiment du mystère avait pu s'appliquer successivement à Gilberte, à la duchesse de Guermantes, à Albertine, à tant d'autres. Sans doute l'inconnu, et presque l'inconnaissable, était devenu le connu, le familier, indifférent ou douloureux, mais retenant de ce qu'il avait été un certain charme. Et à vrai dire, comme dans ces calendriers que le facteur nous apporte pour avoir ses étrennes, il n'était pas une de mes années qui n'eût eu à son frontispice, ou intercalée dans ses jours, l'image d'une femme que j'y avais désirée ; image souvent d'autant plus arbitraire que parfois je n'avais jamais vu cette femme, quand c'était par exemple, la femme de chambre de Mme Putbus, Mlle d'Orgeville, ou telle jeune fille dont j'avais vu le nom dans le compte rendu mondain d'un journal, parmi « l'essaim des charmantes valseuses ». Je la devinais belle, m'éprenais d'elle, et lui composais un corps idéal dominant de toute sa hau-

teur un paysage de la province où j'avais lu, dans
l'*Annuaire des Châteaux*, que se trouvaient les pro-
priétés de sa famille. Pour les femmes que j'avais
connues, ce paysage était au moins double. Chacune
s'élevait, à un point différent de ma vie, dressée
comme une divinité protectrice et locale, d'abord au
milieu d'un de ces paysages rêvés dont la juxtapo-
sition quadrillait ma vie et où je m'étais attaché à
l'imaginer ; ensuite vue du côté du souvenir, entourée
des sites où je l'avais connue et qu'elle me rappelait,
y restant attachée, car si notre vie est vagabonde
notre mémoire est sédentaire, et nous avons beau
nous élancer sans trêve, nos souvenirs, eux, rivés aux
lieux dont nous nous détachons, continuent à y
combiner leur vie casanière, comme ces amis momentanés que le voyageur s'était faits dans une ville et
qu'il est obligé d'abandonner quand il la quitte, parce
que c'est là qu'eux, qui ne partent pas, finiront leur
journée et leur vie comme s'il était là encore, au pied
de l'église, devant le port et sous les arbres du cours.
Si bien que l'ombre de Gilberte s'allongeait non
seulement devant une église de l'Ile-de-France où je
l'avais imaginée, mais aussi sur l'allée d'un parc du
côté de Méséglise, celle de Mme de Guermantes dans
un chemin humide où montaient en quenouilles des
grappes violettes et rougeâtres, ou sur l'or matinal
d'un trottoir parisien. Et cette seconde personne, celle
née non du désir, mais du souvenir, n'était pas, pour
chacune de ces femmes, unique. Car chacune, je
l'avais connue à diverses reprises, en des temps
différents, où elle était une autre pour moi, où moi-
même j'étais autre, baignant dans des rêves d'une
autre couleur. Or la loi qui avait gouverné les rêves
de chaque année maintenait assemblés autour d'eux
les souvenirs d'une femme que j'y avais connue :
tout ce qui se rapportait, par exemple, à la duchesse
de Guermantes au temps de mon enfance était
concentré, par une force attractive, autour de Com-

bray, et tout ce qui avait trait à la duchesse de Guermantes qui allait tout à l'heure m'inviter à déjeuner,
autour d'un sensitif tout différent ; il y avait plusieurs
duchesses de Guermantes, comme il y avait eu, depuis
la dame en rose, plusieurs madame Swann, séparées
par l'éther incolore des années, et de l'une à l'autre
desquelles je ne pouvais pas plus sauter que si
j'avais eu à quitter une planète pour aller dans
une autre planète que l'éther en sépare. Non seulement séparée, mais différente, parée des rêves
que j'avais en des temps si différents, comme d'une
flore particulière, qu'on ne retrouvera pas dans une
autre planète ; au point qu'après avoir pensé que je
n'irais déjeuner ni chez Mme de Forcheville, ni chez
Mme de Guermantes, je ne pouvais me dire, tant
cela m'eût transporté dans un monde autre, que l'une
n'était pas une personne différente de la duchesse de
Guermantes qui descendait de Geneviève de Bra-
bant, et l'autre de la Dame en rose, que parce qu'en
moi un homme instruit me l'affirmait avec la même
autorité qu'un savant qui m'eût affirmé qu'une voie
lactée de nébuleuses était due à la segmentation d'une
seule et même étoile. Telle Gilberte, à qui je demandais pourtant, sans m'en rendre compte, de me permettre d'avoir des amies comme elle avait été autrefois, n'était plus pour moi que Mme de Saint-Loup.
Je ne songeais plus en la voyant au rôle qu'avait eu
jadis dans mon amour, oublié lui aussi par elle, mon
admiration pour Bergotte, pour Bergotte redevenu
simplement pour moi l'auteur de ses livres, sans que
je me rappelasse (que dans des souvenirs rares et
entièrement séparés) l'émoi d'avoir été présenté à
l'homme, la déception, l'étonnement de sa conversation, dans le salon aux fourrures blanches, plein de
violettes, où on apportait si tôt, sur tant de consoles
différentes, tant de lampes. Tous les souvenirs qui
composaient la première Mlle Swann étaient en
effet retranchés de la Gilberte actuelle, retenus bien

loin par les forces d'attraction d'un autre univers,
autour d'une phrase de Bergotte avec laquelle ils
faisaient corps, et baignés d'un parfum d'aubépine.

La fragmentaire Gilberte d'aujourd'hui écouta ma
requête en souriant. Puis, en se mettant à y réfléchir,
elle prit un air sérieux. Et j'en étais heureux, car cela
l'empêchait de faire attention à un groupe dont la
vue n'eût pu certes lui être agréable *. On y remar-
quait la duchesse de Guermantes en grande conversation avec une affreuse vieille femme que je regardais
sans pouvoir du tout deviner qui elle était : je n'en

---

* Je dis à Mme de Guermantes que j'avais rencontré
M. de Charlus. Elle le trouvait plus « baissé » qu'il
n'était, les gens du monde faisant des différences, non
en ce qui concerne l'intelligence, non seulement
entre divers gens du monde chez lesquels elle est à
peu près semblable, mais même chez une même
personne à différents moments de sa vie. Puis elle
ajouta : « Il a toujours été le portrait de ma belle-
mère ; mais c'est encore plus frappant maintenant. »
Cette ressemblance n'avait rien d'extraordinaire. On
sait en effet que certaines femmes se projettent en
quelque sorte elles-mêmes en un autre être avec la
plus grande exactitude, la seule erreur est dans le
sexe. Erreur dont on ne peut pas dire : *felix culpa*, car
le sexe réagit sur la personnalité et chez un homme le
féminisme devient afféterie, la réserve susceptibi-
lité, etc. N'importe, dans la figure, fût-elle barbue,
dans les joues, même congestionnées sous les favoris, il
y a certaines lignes superposables à quelque portrait
maternel. Il n'est guère un vieux Charlus qui ne soit
une ruine où l'on ne reconnaisse avec étonnement
sous tous les empâtements de la graisse et de la poudre
de riz quelques fragments d'une belle femme en sa
jeunesse éternelle. A ce moment, Morel entra ; la
duchesse fut avec lui d'une amabilité qui me décon-
certa un peu. « Ah! je ne prends pas parti dans les
querelles de famille, dit-elle. Est-ce que vous ne
trouvez pas que c'est ennuyeux, les querelles de
famille ? »

savais absolument rien. En effet, c'était avec Rachel, c'est-à-dire avec l'actrice, devenue célèbre, qui allait, au cours de cette matinée, réciter des vers de Victor Hugo et de La Fontaine, que la tante de Gilberte, Mme de Guermantes, causait en ce moment. Car la duchesse, consciente depuis trop longtemps d'occuper la première situation de Paris (ne se rendant pas compte qu'une telle situation n'existe que dans les esprits qui y croient et que beaucoup de nouvelles personnes, si elles ne la voyaient nulle part, si elles ne lisaient son nom dans le compte rendu d'aucune fête élégante, croiraient qu'elle n'occupait en effet aucune situation), ne voyait plus, qu'en visites aussi rares et aussi espacées qu'elle pouvait et dans un bâillement, le faubourg Saint-Germain qui, disait-elle, l'ennuyait à mourir, et en revanche se passait la fantaisie de déjeuner avec telle ou telle actrice qu'elle trouvait délicieuse. Dans les milieux nouveaux qu'elle fréquentait, restée bien plus la même qu'elle ne croyait, elle continuait à croire que s'ennuyer facilement était une supériorité intellectuelle, mais elle l'exprimait avec une sorte de violence qui donnait à sa voix quelque chose de rauque. Comme je lui parlais de Brichot : « Il m'a assez embêtée pendant vingt ans », et comme Mme de Cambremer disait : « Relisez ce que Schopenhauer dit de la musique », elle nous fit remarquer cette phrase en disant avec violence : « *Relisez* est un chef-d'œuvre! Ah! non, çà, par exemple, il ne faut pas nous la faire. » Le vieux d'Albon sourit en reconnaissant une des formes de l'esprit Guermantes. Gilberte, plus moderne, resta impassible. Quoique fille de Swann, comme un canard couvé par une poule, elle était plus lakiste, disait : « Je trouve ça d'un touchant ; il a une sensibilité charmante. »

Car si dans ces périodes de vingt ans les conglo-mérats de coteries se défaisaient et se reformaient

selon l'attraction d'astres nouveaux destinés d'ailleurs
eux aussi à s'éloigner, puis à reparaître, des cristal-
lisations puis des émiettements suivis de cristallisa-
tions nouvelles avaient lieu dans l'âme des êtres. Si
pour moi Mme de Guermantes avait été bien des personnes, pour Mme de Guermantes, pour Mme Swann,
etc., telle personne donnée avait été un favori d'une
époque précédant l'affaire Dreyfus, puis un fanatique
ou un imbécile à partir de l'affaire Dreyfus, qui
avait changé pour eux la valeur des êtres et classé
autrement les partis, lesquels s'étaient depuis encore
défaits et refaits. Ce qui y sert puissamment et y
ajoute son influence aux pures affinités intellectuelles,
c'est le temps écoulé, qui nous fait oublier nos antipathies, nos dédains, les raisons mêmes qui expli-
quaient nos antipathies et nos dédains. Si on avait
analysé l'élégance de la jeune Mme de Cambremer,
on y eût trouvé qu'elle était la fille du marchand de
notre maison, Jupien, et que ce qui avait pu s'ajouter
à cela pour la rendre brillante, c'était que son père
procurait des hommes à M. de Charlus. Mais tout
cela combiné avait produit des effets scintillants, alors
que les causes déjà lointaines, non seulement étaient
inconnues de beaucoup de nouveaux, mais encore que
ceux qui les avaient connues les avaient oubliées,
pensant beaucoup plus à l'éclat actuel qu'aux hontes
passées, car on prend toujours un nom dans son
acception actuelle. Et c'était l'intérêt de ces transformations de salons qu'elles étaient aussi un effet
du temps perdu et un phénomène de mémoire.

La duchesse hésitait encore, par peur d'une scène
de M. de Guermantes, devant Balthy et Mistinguett,
qu'elle trouvait adorables, mais avait décidément
Rachel pour amie. Les nouvelles générations en
concluaient que la duchesse de Guermantes, malgré
son nom, devait être quelque demi-castor qui n'avait
jamais été tout à fait du gratin. Il est vrai que, pour

quelques souverains dont l'intimité lui était disputée par deux autres grandes dames, Mme de Guermantes se donnait encore la peine de les avoir à déjeuner. Mais d'une part, ils viennent rarement, connaissent des gens de peu, et la duchesse, par la superstition des Guermantes à l'égard du vieux protocole (car à la fois les gens bien élevés l'*assommaient* et elle tenait à la bonne éducation), faisait mettre : « Sa Majesté a ordonné à la duchesse de Guermantes, a daigné », etc. Et les nouvelles couches, ignorantes de ces formules, en concluaient que la position de la duchesse était d'autant plus basse. Au point de vue de Mme de Guermantes, cette intimité avec Rachel pouvait signifier que nous nous étions trompés quand nous croyions Mme de Guermantes hypocrite et menteuse dans ses condamnations de l'élégance, quand nous croyions qu'au moment où elle refusait d'aller chez Mme de Saint-Euverte, ce n'était pas au nom de l'intelligence mais du snobisme qu'elle agissait ainsi, ne la trouvant bête que parce que la marquise laissait voir qu'elle était snob, n'ayant pas encore atteint son but. Mais cette intimité avec Rachel pouvait signifier aussi que l'intelligence était, en réalité, chez la duchesse, médiocre, insatisfaite et désireuse sur le tard, quand elle était fatiguée du monde, de réalisations, par ignorance totale des véritables réalités intellectuelles et une pointe de cet esprit de fantaisie qui fait à des dames très bien, qui se disent : « Comme ce sera amusant », finir leur soirée d'une façon à vrai dire assommante, en faisant la farce d'aller réveiller quelqu'un, à qui finalement on ne sait que dire, près du lit de qui on reste un moment dans son manteau de soirée, après quoi, ayant constaté qu'il est fort tard, on finit par aller se coucher.

Il faut ajouter que l'antipathie qu'avait depuis peu pour Gilberte la versatile duchesse pouvait lui faire prendre un certain plaisir à recevoir Rachel, ce qui lui permettait en plus de proclamer une des maximes des Guermantes, à savoir qu'ils étaient trop nombreux pour épouser les querelles (presque pour prendre le deuil) les uns des autres, indépendance du « je n'ai pas à » qu'avait renforcée la politique qu'on avait dû adopter à l'égard de M. de Charlus, lequel, si on l'avait suivi, vous eût brouillé avec tout le monde.

Quant à Rachel, si elle s'était en réalité donné une grande peine pour se lier avec la duchesse de Guermantes (peine que la duchesse n'avait pas su démêler sous des dédains affectés, des impolitesses voulues, qui l'avaient piquée au jeu et lui avaient donné grande idée d'une actrice si peu snob), sans doute cela tenait d'une façon générale à la fascination que les gens du monde exercent à partir d'un certain moment sur les bohèmes les plus endurcis, parallèle à celle que ces bohèmes exercent eux-mêmes sur les gens du monde, double reflux qui correspond à ce qu'est dans l'ordre politique la curiosité réciproque et le désir de faire alliance entre peuples qui se sont combattus. Mais le désir de Rachel pouvait avoir une raison plus particulière. C'est chez Mme de Guermantes, c'est de Mme de Guermantes, qu'elle avait reçu jadis sa plus terrible avanie. Rachel l'avait peu à peu non pas oubliée ni pardonnée, mais le prestige singulier qu'en avait reçu à ses yeux la duchesse ne devait s'effacer jamais. L'entretien, de l'attention duquel je désirais détourner Gilberte, fut du reste interrompu, car la maîtresse de maison cherchait l'actrice dont c'était le moment de réciter et qui bientôt, ayant quitté la duchesse, parut sur l'estrade.

Or pendant ce temps avait lieu à l'autre bout de Paris un spectacle bien différent. La Berma, comme je l'ai dit, avait convié quelques personnes à venir prendre le thé pour fêter son fils et sa belle-fille. Mais les invités ne se pressaient pas d'arriver. Ayant appris que Rachel récitait des vers chez la princesse de Guermantes (ce qui scandalisait fort la Berma, grande artiste pour laquelle Rachel était restée une grue qu'on laissait figurer dans les pièces où elle-même, la Berma, jouait le premier rôle, parce que Saint-Loup lui payait ses toilettes pour la scène : scandale d'autant plus grand que la nouvelle avait couru dans Paris que les invitations étaient au nom de la princesse de Guermantes, mais que c'était Rachel qui, en réalité, recevait chez la princesse), la Berma avait récrit avec insistance à quelques fidèles pour qu'ils ne manquassent pas à son goûter, car elle les savait aussi amis de la princesse de Guermantes qu'ils avaient connue Verdurin. Or, les heures passaient et personne n'arrivait chez la Berma. Bloch, à qui on avait demandé s'il voulait y venir, avait répondu naïvement : « Non, j'aime mieux aller chez la princesse de Guermantes. » Hélas! c'est ce qu'au fond de soi chacun avait décidé. La Berma, atteinte d'une maladie mortelle qui la forçait à fréquenter peu le monde, avait vu son état s'aggraver quand, pour subvenir aux besoins de luxe de sa fille, besoins que son gendre, souffrant et paresseux, ne pouvait satisfaire, elle s'était remise à jouer. Elle savait qu'elle abrégeait ses jours, mais voulait faire plaisir à sa fille à qui elle rapportait de gros cachets, à son gendre qu'elle détestait mais flattait, car le sachant adoré par sa fille, elle craignait, si elle le mécontentait, qu'il la privât, par méchanceté, de voir celle-ci. La fille de la Berma, aimée en secret par le médecin qui soignait son mari, s'était laissé persuader que ces représentations de *Phèdre* n'étaient pas bien dangereuses pour sa mère. Elle avait en quelque sorte forcé le médecin à le lui dire, n'ayant retenu que cela de ce qu'il lui avait répondu, et parmi les objections dont elle ne tenait pas compte; en effet, le médecin avait dit ne pas voir grand inconvénient aux représentations de la Berma. Il l'avait dit parce qu'il avait senti qu'il ferait ainsi plaisir à la jeune femme qu'il aimait,

peut-être aussi par ignorance, parce qu'aussi il savait
de toutes façons la maladie inguérissable, et qu'on se
résigne volontiers à abréger le martyre des malades
quand ce qui est destiné à l'abréger nous profite à
nous-même, peut-être aussi par la bête conception
que cela faisait plaisir à la Berma et devait donc lui
faire du bien, bête conception qui lui avait paru jus-
tifiée quand, ayant reçu une loge des enfants de la
Berma et ayant pour cela lâché tous ses malades, il
l'avait trouvée aussi extraordinaire de vie sur la
scène qu'elle semblait moribonde à la ville. Et en
effet nos habitudes nous permettent dans une large
mesure, permettent même à nos organes de s'accommoder d'une existence qui semblerait au premier
abord ne pas être possible. Qui n'a vu un vieux maître
de manège cardiaque faire toutes les acrobaties auxquelles on n'aurait pu croire que son cœur résisterait
une minute ? La Berma n'était pas une moins vieille
habituée de la scène, aux exigences de laquelle ses
organes étaient si parfaitement adaptés qu'elle pouvait
donner en se dépensant avec une prudence indiscer-
nable pour le public l'illusion d'une bonne santé
troublée seulement par un mal purement nerveux et
imaginaire. Après la scène de la déclaration à Hippo-
lyte, la Berma avait beau sentir l'épouvantable nuit
qu'elle allait passer, ses admirateurs l'applaudissaient
à toute force, la déclarant plus belle que jamais. Elle
rentrait dans d'horribles souffrances, mais heureuse
d'apporter à sa fille les billets bleus, que par une gaminerie de vieille enfant de la balle elle avait l'habitude
de serrer dans ses bas, d'où elle les sortait avec fierté,
espérant un sourire, un baiser. Malheureusement ces
billets ne faisaient que permettre au gendre et à la
fille de nouveaux embellissements de leur hôtel,
contigu à celui de leur mère : d'où d'incessants coups
de marteau qui interrompaient le sommeil dont la
grande tragédienne aurait tant eu besoin. Selon les
variations de la mode, et pour se conformer au goût

de M. de X... ou de Y..., qu'ils espéraient recevoir,
ils modifiaient chaque pièce. Et la Berma, sentant que
le sommeil, qui seul aurait calmé sa souffrance, s'était
enfui, se résignait à ne pas se rendormir, non sans un
secret mépris pour ces élégances qui avançaient sa
mort, rendaient atroces ses derniers jours. C'est sans
doute un peu à cause de cela qu'elle les méprisait,
vengeance naturelle contre ce qui nous fait mal et que
nous sommes impuissants à empêcher. Mais c'est
aussi parce qu'ayant conscience du génie qui était
en elle, ayant appris dès son plus jeune âge l'insignifiance de tous ces décrets de la mode, elle était quant
à elle restée fidèle à la Tradition qu'elle avait toujours
respectée, dont elle était l'incarnation, qui lui faisait
juger les choses et les gens comme trente ans auparavant, et par exemple juger Rachel non comme
l'actrice à la mode qu'elle était aujourd'hui, mais
comme la petite grue qu'elle avait connue. La Berma
n'était pas, du reste, meilleure que sa fille, c'est en elle
que sa fille avait puisé, par l'hérédité et par la contagion
de l'exemple qu'une admiration trop naturelle rendait
plus efficace, son égoïsme, son impitoyable raillerie,
son inconsciente cruauté. Seulement tout cela, la
Berma l'avait immolé à sa fille et s'en était ainsi
délivrée. D'ailleurs, la fille de la Berma n'eût-elle pas
eu sans cesse des ouvriers chez elle, qu'elle eût tout
de même fatigué sa mère, comme les forces attractives,
féroces et légères de la jeunesse fatiguent la vieillesse,
la maladie, qui se surmènent à vouloir les suivre. Tous
les jours c'était un déjeuner nouveau, et on eût trouvé
la Berma égoïste d'en priver sa fille, même de ne pas
assister au déjeuner où on comptait, pour attirer bien
difficilement quelques relations récentes et qui se
faisaient tirer l'oreille, sur la présence prestigieuse de
la mère illustre. On la « promettait » à ces mêmes
relations pour une fête au dehors, afin de leur faire
une politesse. Et la pauvre mère, gravement occupée
dans son tête-à-tête avec la mort installée en elle,

était obligée de se lever de bonne heure, de sortir.
Bien plus, comme à la même époque Réjane, dans
tout l'éblouissement de son talent, donna à l'étranger
des représentations qui eurent un succès énorme, le
gendre trouva que la Berma ne devait pas se laisser
éclipser, voulut que la famille ramassât la même pro-
fusion de gloire, et força la Berma à des tournées où
on était obligé de la piquer à la morphine, ce qui
pouvait la faire mourir à cause de l'état de ses reins.
Ce même attrait de l'élégance, du prestige social,
de la vie, avait, le jour de la fête chez la princesse de
Guermantes, fait pompe aspirante et avait amené
là-bas, avec la force d'une machine pneumatique,
même les plus fidèles habitués de la Berma, où par
contre et en conséquence, il y avait vide absolu et
mort. Un jeune homme, qui n'était pas certain que la
fête chez la Berma ne fût, elle aussi, brillante, était
venu. Quand la Berma vit l'heure passer et comprit
que tout le monde la lâchait, elle fit servir le goûter
et on s'assit autour de la table, mais comme pour
un repas funéraire. Rien dans la figure de la Berma
ne rappelait plus celle dont la photographie m'avait,
un soir de mi-carême, tant troublé. La Berma avait,
comme dit le peuple, la mort sur le visage. Cette fois
c'était bien d'un marbre de l'Érechthéion qu'elle avait
l'air. Ses artères durcies étant déjà à demi pétrifiées,
on voyait de longs rubans sculpturaux parcourir les
joues, avec une rigidité minérale. Les yeux mourants
vivaient relativement, par contraste avec ce terrible
masque ossifié, et brillaient faiblement comme un
serpent endormi au milieu des pierres. Cependant le
jeune homme, qui s'était mis à table par politesse,
regardait sans cesse l'heure, attiré qu'il était par la
brillante fête chez les Guermantes. La Berma n'avait
pas un mot de reproche à l'adresse des amis qui
l'avaient lâchée et qui espéraient naïvement qu'elle
ignorerait qu'ils étaient allés chez les Guermantes.
Elle murmura seulement : « Une Rachel donnant une

fête chez la princesse de Guermantes, il faut venir à
Paris pour voir ces choses-là. » Et elle mangeait, silencieusement et avec une lenteur solennelle, des gâteaux
défendus, ayant l'air d'obéir à des rites funèbres.
Le « goûter » était d'autant plus triste que le gendre
était furieux que Rachel, que lui et sa femme connaissaient très bien, ne les eût pas invités. Son crève-cœur
fut d'autant plus grand que le jeune homme invité
lui avait dit connaître assez bien Rachel pour que, s'il
partait tout de suite chez les Guermantes, il pût lui
demander d'inviter aussi, en dernière heure, le couple
frivole. Mais la fille de la Berma savait trop à quel
niveau infime sa mère situait Rachel, et qu'elle l'eût
tuée de désespoir en sollicitant de l'ancienne grue une
invitation. Aussi avait-elle dit au jeune homme et
à son mari que c'était chose impossible. Mais elle
se vengeait en prenant pendant ce goûter des petites mines exprimant le désir des plaisirs, l'ennui
d'être privée d'eux par cette gêneuse qu'était sa mère.
Celle-ci faisait semblant de ne pas voir les moues de
sa fille et adressait de temps en temps, d'une voix
mourante, une parole aimable au jeune homme, le
seul invité qui fût venu. Mais bientôt la chasse d'air
qui emportait tout vers les Guermantes, et qui m'y
avait entraîné moi-même, fut la plus forte, il se leva
et partit, laissant Phèdre ou la mort, on ne savait trop
laquelle des deux c'était, achever de manger, avec
sa fille et son gendre, les gâteaux funéraires.

Nous fûmes interrompus par la voix de l'actrice
qui venait de s'élever. Le jeu de celle-ci était intelligent,
car il présupposait la poésie que l'actrice était en
train de dire comme un tout existant avant cette récitation et dont nous n'entendions qu'un fragment,
comme si l'artiste, passant sur un chemin, s'était trouvée pendant quelques instants à portée de notre oreille.
    L'annonce de poésies que presque tout le monde
connaissait avait fait plaisir. Mais quand on vit

l'actrice, avant de commencer, chercher partout des yeux d'un air égaré, lever les mains d'un air suppliant et pousser comme un gémissement chaque mot, chacun se sentit gêné, presque choqué de cette exhibition de sentiments. Personne ne s'était dit que réciter des vers pouvait être quelque chose comme cela. Peu à peu on s'habitue, c'est-à-dire qu'on oublie la première sensation de malaise, on dégage ce qui est bien, on compare dans son esprit diverses manières de réciter, pour se dire : ceci c'est mieux, ceci moins bien. Mais la première fois, de même que quand, dans une cause simple, on voit un avocat s'avancer, lever en l'air un bras d'où retombe la toge, commencer d'un ton menaçant, on n'ose pas regarder ses voisins. Car on se figure que c'est grotesque, mais après tout c'est peut-être magnifique, et on attend d'être fixé.

Néanmoins, les auditeurs furent stupéfaits en voyant cette femme, avant d'avoir émis un seul son, plier les genoux, tendre les bras, en berçant quelque être invisible, devenir cagneuse, et tout d'un coup, pour dire des vers fort connus, prendre un ton suppliant. Tout le monde se regardait, ne sachant trop quelle tête faire ; quelques jeunesses mal élevées étouffèrent un fou rire ; chacun jetait à la dérobée sur son voisin le regard furtif que dans les repas élégants, quand on a auprès de soi un instrument nouveau, fourchette à homard, râpe à sucre, etc. dont on ne connaît pas le but et le maniement, on attache sur un convive plus autorisé qui, espère-t-on, s'en servira avant vous et vous donnera ainsi la possibilité de l'imiter. Ainsi fait-on encore quand quelqu'un cite un vers qu'on ignore mais qu'on veut avoir l'air de connaître et à qui, comme en cédant le pas devant une porte, on laisse à un plus instruit, comme une faveur, le plaisir de dire de qui il est. Tel, en écoutant l'actrice, chacun attendait, la tête baissée et l'œil investigateur, que d'autres prissent l'initiative de rire ou de critiquer, ou de pleurer ou d'applaudir. Mme de Forcheville, revenue

exprès de Guermantes, d'où la duchesse était à peu
près expulsée, avait pris une mine attentive, tendue,
presque carrément désagréable, soit pour montrer
qu'elle était connaisseuse et ne venait pas en mondaine, soit par hostilité pour les gens moins versés
dans la littérature qui eussent pu lui parler d'autre
chose, soit par contention de toute sa personne afin
de savoir si elle « aimait » ou si elle n'aimait pas, ou
peut-être parce que, tout en trouvant cela « intéressant », elle n' « aimait » pas, du moins, la manière de
dire certains vers. Cette attitude eût dû être plutôt
adoptée, semble-t-il, par la princesse de Guermantes.
Mais comme c'était chez elle, et que, devenue aussi
avare que riche, elle était décidée à ne donner que cinq
roses à Rachel, elle faisait la claque. Elle provoquait
l'enthousiasme et faisait la presse en poussant à tous
moments des exclamations ravies. Là seulement elle
se retrouvait Verdurin, car elle avait l'air d'écouter
les vers pour son propre plaisir, d'avoir eu l'envie
qu'on vînt les *lui* dire à elle toute seule, et qu'il y eût
par hasard là cinq cents personnes, ses amis, à qui elle
avait permis de venir comme en cachette assister à son
propre plaisir.

Cependant je remarquai, sans aucune satisfaction
d'amour-propre, car elle était vieille et laide, que
l'actrice me faisait de l'œil, avec une certaine réserve
d'ailleurs. Pendant toute la récitation elle laissa pal-
piter dans ses yeux un sourire réprimé et pénétrant
qui semblait l'amorce d'un acquiescement qu'elle eût
souhaité venir de moi. Cependant quelques vieilles
dames, peu habituées aux récitations poétiques,
disaient à un voisin : « Vous avez vu ? » faisant allusion
à la mimique solennelle, tragique, de l'actrice, et
qu'elles ne savaient comment qualifier. La duchesse
de Guermantes sentit le léger flottement et décida de
la victoire en s'écriant : « C'est admirable ! » au beau
milieu du poème, qu'elle crut peut-être terminé.
Plus d'un invité alors tint à souligner cette exclama-

tion d'un regard approbateur et d'une inclinaison de
tête, pour montrer moins peut-être leur compréhension de la récitante que leurs relations avec la duchesse.
Quand le poème fut fini, comme nous étions à côté
de l'actrice, j'entendis celle-ci remercier Mme de
Guermantes et en même temps, profitant de ce que
j'étais à côté de la duchesse, elle se tourna vers moi
et m'adressa un gracieux bonjour. Je compris alors
que c'était une personne que je devais connaître,
et qu'au contraire des regards passionnés du fils de
M. de Vaugoubert, que j'avais pris pour le bonjour
de quelqu'un qui se trompait, ce que j'avais pris chez
l'actrice pour un regard de désir n'était qu'une provo-
cation contenue à se faire reconnaître et saluer par
moi. Je répondis par un salut souriant au sien. « Je
suis sûre qu'il ne me reconnaît pas, dit la récitante à la
duchesse. — Mais si, dis-je avec assurance, je vous
reconnais parfaitement. — Hé bien, qui suis-je ? »
Je n'en savais absolument rien et ma position devenait
délicate. Heureusement, si pendant les plus beaux
vers de La Fontaine cette femme qui les récitait avec
tant d'assurance n'avait pensé, soit par bonté, ou
bêtise, ou gêne, qu'à la difficulté de me dire bonjour,
pendant les mêmes beaux vers Bloch n'avait songé
qu'à faire ses préparatifs pour pouvoir dès la fin de la
poésie bondir comme un assiégé qui tente une sortie, et
passant sinon sur le corps du moins sur les pieds de ses
voisins, venir féliciter la récitante, soit par une conception erronée du devoir, soit par désir d'ostentation.
« Comme c'est drôle de voir ici Rachel ! » me dit-il à
l'oreille. Ce nom magique rompit aussitôt l'enchantement qui avait donné à la maîtresse de Saint-Loup
la forme inconnue de cette immonde vieille. Sitôt
que je sus qui elle était, je la reconnus parfaitement.
« C'était bien beau », dit-il à Rachel, et ayant dit
ces simples mots, son désir étant satisfait, il repartit et
eut tant de peine et fit tant de bruit pour regagner sa
place que Rachel dut attendre plus de cinq minutes

avant de réciter la seconde poésie. Quand elle eut
fini celle-ci, *les Deux Pigeons*, Mme de Morienval
s'approcha de Mme de Saint-Loup, qu'elle savait fort
lettrée sans se rappeler assez qu'elle avait l'esprit
subtil et sarcastique de son père : « C'est bien la fable
de La Fontaine, n'est-ce pas ? » lui demanda-t-elle,
croyant bien l'avoir reconnue mais n'étant pas absolument certaine, car elle connaissait fort mal les fables
de La Fontaine et, de plus, croyait que c'était des
choses d'enfant qu'on ne récitait pas dans le monde.
Pour avoir un tel succès l'artiste avait sans doute
pastiché des fables de La Fontaine, pensait la bonne
dame. Or, Gilberte l'enfonça sans le vouloir dans cette
idée, car, n'aimant pas Rachel et voulant dire qu'il ne
restait rien des fables avec une diction pareille, elle le
dit de cette manière trop subtile qui était celle de son
père et qui laissait les personnes naïves dans le doute
sur ce qu'il voulait dire : « Un quart est de l'invention
de l'interprète, un quart de la folie, un quart n'a aucun
sens, le reste est de La Fontaine », ce qui permit à
Mme de Morienval de soutenir que ce qu'on venait
d'entendre n'était pas *les Deux Pigeons* de La Fontaine,
mais un arrangement où tout au plus un quart était
de La Fontaine, ce qui n'étonna personne, vu l'extraordinaire ignorance de ce public.

Mais, un des amis de Bloch étant arrivé en retard,
celui-ci eut la joie de lui demander s'il n'avait jamais
entendu Rachel, de lui faire une peinture extraordinaire de sa diction, en exagérant et en trouvant tout
d'un coup, à raconter, à révéler à autrui cette diction
moderniste, un plaisir étrange qu'il n'avait nullement
éprouvé à l'entendre. Puis Bloch, avec une émotion
exagérée, félicita Rachel sur un ton de fausset et présenta son ami qui déclara n'admirer personne autant
qu'elle ; et Rachel, qui connaissait maintenant des
dames de la haute société et sans s'en rendre compte
les copiait, répondit : « Oh ! je suis très flattée, très
honorée par votre appréciation. » L'ami de Bloch lui

demanda ce qu'elle pensait de la Berma. « Pauvre femme, il paraît qu'elle est dans la dernière misère. Elle n'a pas été je ne dirai pas sans talent, car ce n'était pas au fond du vrai talent, elle n'aimait que des horreurs, mais enfin elle a été utile, certainement ; elle jouait d'une façon plus vivante que les autres, et puis c'était une brave personne, généreuse, elle s'est ruinée pour les autres. Et comme voilà bien longtemps qu'elle ne fait plus un sou, parce que le public depuis bien longtemps n'aime pas du tout ce qu'elle fait... Du reste, ajouta-t-elle en riant, je vous dirai que mon âge ne m'a permis de l'entendre, naturellement, que tout à fait dans les derniers temps et quand j'étais moi-même trop jeune pour me rendre compte. — Elle ne disait pas très bien les vers ? » hasarda l'ami de Bloch pour flatter Rachel, qui répondit : « Oh! çà, elle n'a jamais su en dire un ; c'était de la prose, du chinois, du volapük, tout, excepté un vers. »

Mais je me rendais compte que le temps qui passe n'amène pas forcément le progrès dans les arts. Et de même que tel auteur du XVII\ :sup:`e` siècle, qui n'a connu ni la Révolution française, ni les découvertes scientifiques, ni la Guerre, peut être supérieur à tel écrivain d'aujourd'hui, et que peut-être même Fagon était un aussi grand médecin que du Boulbon (la supériorité du génie compensant ici l'infériorité du savoir), de même la Berma était, comme on dit, à cent pics au-dessus de Rachel, et le temps, en la mettant en vedette en même temps qu'Elstir, avait surfait une médiocrité et consacré un génie.

Il ne faut pas s'étonner que l'ancienne maîtresse de Saint-Loup débinât la Berma. Elle l'eût fait quand elle était jeune. Ne l'eût-elle pas fait alors, qu'elle l'eût fait maintenant. Qu'une femme du monde de la plus haute intelligence, de la plus grande bonté, se

fasse actrice, déploie dans ce métier nouveau pour
elle de grands talents, n'y rencontre que des succès,
on s'étonnera, si on se trouve auprès d'elle après
longtemps, d'entendre non son langage à elle, mais
celui des comédiennes, leur rosserie spéciale envers
les camarades, ce qu'ajoutent à l'être humain, quand
ils ont passé sur lui, « trente ans de théâtre ». Rachel
les avait et ne sortait pas du monde.

— On peut dire ce qu'on veut, c'est admirable,
cela a de la ligne, du caractère, c'est intelligent, personne n'a jamais dit les vers comme ça, dit la duchesse
craignant que Gilberte ne débinât. Celle-ci s'éloigna
vers un autre groupe pour éviter un conflit avec sa
tante. Mme de Guermantes, au déclin de sa vie, avait
senti s'éveiller en soi des curiosités nouvelles. Le
monde n'avait plus rien à lui apprendre. L'idée qu'elle
y avait la première place était aussi évidente pour elle
que la hauteur du ciel bleu par-dessus la terre. Elle
ne croyait pas avoir à affirmer une position qu'elle
jugeait inébranlable. En revanche, lisant, allant au
théâtre, elle eût souhaité avoir un prolongement de
ces lectures, de ces spectacles ; comme jadis, dans
l'étroit petit jardin où on prenait de l'orangeade, tout
ce qu'il y avait de plus exquis dans le grand monde
venait familièrement, parmi les brises parfumées du
soir et les nuages de pollen, entretenir en elle le goût
du grand monde, de même maintenant un autre
appétit lui faisait souhaiter savoir les raisons de telles
polémiques littéraires, connaître les auteurs, voir les
actrices. Son esprit fatigué réclamait une nouvelle
alimentation. Elle se rapprocha, pour connaître les
uns et les autres, des femmes avec qui jadis elle n'eût
pas voulu échanger de cartes et qui faisaient valoir
leur intimité avec le directeur de telle revue dans
l'espoir d'avoir la duchesse. La première actrice
invitée crut être la seule dans un milieu extraordinaire,
lequel parut plus médiocre à la seconde quand elle

vit celle qui l'y avait précédée. La duchesse, parce
qu'à certains soirs elle recevait des souverains, croyait
que rien n'était changé à sa situation. En réalité, elle,
la seule d'un sang vraiment sans alliage, elle qui,
étant née Guermantes, pouvait signer : Guermantes-
Guermantes quand elle ne signait pas : La duchesse
de Guermantes, elle qui à ses belles-sœurs même semblait quelque chose de plus précieux, comme un
Moïse sauvé des eaux, un Christ échappé en Égypte,
un Louis XVII enfui du Temple, le pur du pur, maintenant sacrifiant sans doute à ce besoin héréditaire
de nourriture spirituelle qui avait fait la décadence
sociale de Mᵐᵉ de Villeparisis, elle était devenue elle-
même une Mᵐᵉ de Villeparisis, chez qui les femmes
snobs redoutaient de rencontrer telle ou tel, et de
laquelle les jeunes gens, constatant le fait accompli sans
savoir ce qui l'a précédé, croyaient que c'était une
Guermantes d'une moins bonne cuvée, d'une moins
bonne année, une Guermantes déclassée.

Mais puisque les meilleurs écrivains cessent souvent,
aux approches de la vieillesse, ou après un excès de
production, d'avoir du talent, on peut bien excuser
les femmes du monde de cesser, à partir d'un certain
moment, d'avoir de l'esprit. Swann ne retrouvait
plus dans l'esprit dur de la duchesse de Guermantes
le « fondu » de la jeune princesse des Laumes. Sur le
tard, fatiguée au moindre effort, Mᵐᵉ de Guermantes disait énormément de bêtises. Certes, à tout
moment et bien des fois au cours même de cette matinée, elle redevenait la femme que j'avais connue et
parlait des choses mondaines avec esprit. Mais à côté
de cela, bien souvent il arrivait que cette parole
pétillante sous un beau regard, et qui pendant tant
d'années avait tenu sous son sceptre spirituel les
hommes les plus éminents de Paris, scintillât encore
mais pour ainsi dire à vide. Quand le moment de
placer un mot venait, elle s'interrompait pendant le
même nombre de secondes qu'autrefois, elle avait

l'air d'hésiter, de produire, mais le mot qu'elle lançait
alors ne valait rien. Combien peu de personnes
d'ailleurs s'en apercevaient! La continuité du procédé
leur faisait croire à la survivance de l'esprit, comme
il arrive à ces gens qui, superstitieusement attachés
à une marque de pâtisserie, continuent à faire venir
leurs petits fours d'une même maison sans s'apercevoir
qu'ils sont devenus détestables. Déjà, pendant la
guerre, la duchesse avait donné des marques de cet
affaiblissement. Si quelqu'un disait le mot culture,
elle l'arrêtait, souriait, allumait son beau regard,
et lançait : « la KKKKultur », ce qui faisait rire les
amis qui croyaient retrouver là l'esprit des Guermantes. Et certes c'était le même moule, la même
intonation, le même sourire qui avaient ravi Bergotte,
lequel, du reste, avait aussi gardé ses mêmes coupes de
phrase, ses interjections, ses points suspensifs, ses
épithètes, mais pour ne rien dire. Mais les nouveaux
venus s'étonnaient et parfois disaient, s'ils n'étaient
pas tombés un jour où elle était drôle et « en pleine
possession de ses moyens » : « Comme elle est bête! »

La duchesse, d'ailleurs, s'arrangeait pour cana-
liser son encanaillement et ne pas le laisser s'étendre
à celles des personnes de sa famille desquelles elle
tirait une gloire aristocratique. Si au théâtre elle
avait, pour remplir son rôle de protectrice des arts,
invité un ministre ou un peintre et que celui-ci ou
celui-là lui demandât naïvement si sa belle-sœur
ou son mari n'étaient pas dans la salle, la duchesse,
timorée avec les superbes apparences de l'audace,
répondait insolemment : « Je n'en sais rien. Dès que
je sors de chez moi, je ne sais plus ce que fait ma
famille. Pour tous les hommes politiques, pour tous
les artistes, je suis veuve. » Ainsi s'évitait-elle que le
parvenu trop empressé s'attirât des rebuffades — et
lui attirât à elle-même des réprimandes — de Mme de
Marsantes et de Basin.

— Je ne peux pas vous dire comme ça me fait plaisir de vous voir. Mon Dieu, quand est-ce que je vous avais vu la dernière fois ?... — En visite chez Mme d'Agrigente où je vous trouvais souvent. — Naturellement j'y allais souvent, mon pauvre petit, comme Basin l'aimait à ce moment-là. C'est toujours chez sa bonne amie du moment qu'on me rencontrait le plus parce qu'il me disait : « Ne manquez pas d'aller lui faire une visite. » Au fond, cela me paraissait un peu inconvenant, cette espèce de « visite de digestion » qu'il m'envoyait faire une fois qu'il avait consommé. J'avais fini assez vite par m'y habituer, mais ce qu'il y avait de plus ennuyeux c'est que j'étais obligée de garder des relations après qu'il avait rompu les siennes. Ça me faisait toujours penser au vers de Victor Hugo :

> *Emporte le bonheur et laisse-*moi *l'ennui.*

Comme dans la même poésie, j'entrais tout de même avec un sourire, mais vraiment ce n'était pas juste, il aurait dû me laisser à l'égard de ses maîtresses le droit d'être volage, car en accumulant tous ses laissés pour compte, j'avais fini par ne plus avoir une après-midi à moi. D'ailleurs, ce temps me semble doux relativement au présent. Mon Dieu, qu'il se soit remis à me tromper, ça ne pourrait que me flatter parce que ça me rajeunit. Mais je préférais son ancienne manière. Dame, il y avait trop longtemps qu'il ne m'avait trompée; il ne se rappelait plus la manière de s'y prendre! Ah! mais nous ne sommes pas mal ensemble tout de même, nous nous parlons, nous nous aimons même assez », me dit la duchesse, craignant que je n'eusse compris qu'ils étaient tout à fait séparés et comme on dit de quelqu'un qui est très malade : « Mais il parle encore très bien, je lui ai fait la lecture ce matin pendant une heure. » Elle ajouta : « Je vais lui dire que vous êtes là, il voudra vous voir. » Et elle alla près du duc qui, assis sur un

canapé auprès d'une dame, causait avec elle. J'admirais qu'il était presque le même et seulement plus
blanc, étant toujours aussi majestueux et aussi beau.
Mais en voyant sa femme venir lui parler, il prit un
air si furieux qu'elle ne put que se retirer. « Il est
occupé, je ne sais pas ce qu'il fait, vous verrez tout
à l'heure », me dit Mme de Guermantes, préférant
me laisser me débrouiller. Bloch s'étant approché
de nous et ayant demandé de la part de son Américaine qui était une jeune duchesse qui était là, je
répondis que c'était la nièce de M. de Bréauté, nom
sur lequel Bloch, à qui il ne disait rien, demanda des
explications. « Ah! Bréauté, s'écria Mme de Guermantes en s'adressant à moi, vous vous rappelez ça,
comme c'est vieux, comme c'est loin! Eh bien, c'était
un snob. C'était des gens qui habitaient près de chez
ma belle-mère. Cela ne vous intéresserait pas, monsieur Bloch ; c'est amusant pour ce petit, qui a connu
tout ça autrefois en même temps que moi », ajouta
Mme de Guermantes en me désignant, et par ces
paroles me montrant de bien des manières, le long
temps qui s'était écoulé. Les amitiés, les opinions
de Mme de Guermantes s'étaient tant renouvelées
depuis ce moment-là qu'elle considérait rétrospectivement son charmant Babal comme un snob. D'autre
part, il ne se trouvait pas seulement reculé dans le
temps, mais, chose dont je ne m'étais pas rendu
compte quand à mes débuts dans le monde je l'avais
cru une des notabilités essentielles de Paris, qui
resterait toujours associé à son histoire mondaine
comme Colbert à celle du règne de Louis XIV, il
avait lui aussi sa marque provinciale, il était un voisin
de campagne de la vieille duchesse, avec lequel
la princesse des Laumes s'était liée comme tel.
Pourtant ce Bréauté, dépouillé de son esprit, relégué
dans des années si lointaines qu'il datait (ce qui
prouvait qu'il avait été entièrement oublié depuis
par la duchesse) et dans les environs de Guermantes,

était, ce que je n'eusse jamais cru le premier soir à
l'Opéra-Comique quand il m'avait paru un dieu
nautique habitant son antre marin, un lien entre la
duchesse et moi, parce qu'elle se rappelait que je
l'avais connu, donc que j'étais son ami à elle, sinon
sorti du même monde qu'elle, du moins vivant dans
le même monde qu'elle depuis bien plus longtemps
que bien des personnes présentes, qu'elle se le rappelait, et assez imparfaitement cependant pour avoir
oublié certains détails qui m'avaient à moi semblé
alors essentiels, que je n'allais pas à Guermantes et
n'étais qu'un petit bourgeois de Combray au temps
où elle venait à la messe de mariage de Mlle Percepied,
qu'elle ne m'invitait pas, malgré toutes les prières
de Saint-Loup, dans l'année qui suivit son apparition
à l'Opéra-Comique. A moi cela me semblait capital,
car c'est justement à ce moment-là que la vie de la
duchesse de Guermantes m'apparaissait comme un
Paradis où je n'entrerais pas. Mais pour elle, elle lui
apparaissait comme sa même vie médiocre de toujours, et, puisque j'avais à partir d'un certain moment
dîné souvent chez elle, que j'avais d'ailleurs été,
avant cela même, un ami de sa tante et de son neveu,
elle ne savait plus exactement à quelle époque notre
intimité avait commencé et ne se rendait pas compte
du formidable anachronisme qu'elle faisait en faisant
commencer cette amitié quelques années trop tôt.
Car cela faisait que j'eusse connu la Mme de Guermantes du nom de Guermantes, impossible à connaître, que j'eusse été reçu dans le nom aux syllabes
dorées, dans le faubourg Saint-Germain, alors que
tout simplement j'étais allé dîner chez une dame qui
n'était déjà plus pour moi qu'une dame comme une
autre, et qui m'avait quelquefois invité, non à descendre dans le royaume sous-marin des Néréides,
mais à passer la soirée dans la baignoire de sa cousine.
« Si vous voulez des détails sur Bréauté, qui n'en
valait guère la peine, ajouta-t-elle en s'adressant à

Bloch, demandez-en à ce petit-là (qui le vaut cent
fois) : il a dîné cinquante fois avec lui chez moi.
N'est-ce pas que c'est chez moi que vous l'avez connu ?
En tous cas, c'est chez moi que vous avez connu
Swann. » Et j'étais aussi surpris qu'elle pût croire que
j'avais peut-être connu M. de Bréauté ailleurs que
chez elle, donc que j'allasse dans ce monde-là avant
de la connaître, que de voir qu'elle croyait que c'était
chez elle que j'avais connu Swann. Moins menson-
gèrement que Gilberte quand elle disait de Bréauté :
« C'est un vieux voisin de campagne, j'ai plaisir
à parler avec lui de Tansonville », alors qu'autrefois,
à Tansonville, il ne les fréquentait pas, j'aurais pu
dire : « C'était un voisin de campagne qui venait
souvent nous voir le soir » de Swann qui en effet me
rappelait tout autre chose que les Guermantes.
« Je ne saurais pas vous dire. C'était un homme qui
avait tout dit quand il avait parlé d'Altesses. Il avait
un lot d'histoires assez drôles sur des gens de Guermantes, sur ma belle-mère, sur Mme de Varambon
avant qu'elle fût auprès de la princesse de Parme.
Mais qui sait aujourd'hui qui était Mme de Varambon ?
Ce petit-là, oui, il a connu tout ça, mais tout ça c'est
fini, ce sont des gens dont le nom même n'existe
plus et qui d'ailleurs ne méritaient pas de survivre. »
Et je me rendais compte, malgré cette chose une
que semble le monde, et où en effet les rapports
sociaux arrivent à leur maximum de concentration
et où tout communique, comme il y reste des provinces, ou du moins comme le Temps en fait, qui
changent de nom, qui ne sont plus compréhensibles
pour ceux qui y arrivent seulement quand la confi-
guration a changé. « C'était une bonne dame qui
disait des choses d'une bêtise inouïe, reprit la duchesse
qui, insensible à cette poésie de l'incompréhensible
qui est un effet du temps, dégageait en toute chose
l'élément drôle, assimilable à la littérature genre
Meilhac, esprit des Guermantes. A un moment,

elle avait la manie d'avaler tout le temps des pastilles
qu'on donnait dans ce temps-là contre la toux et
qui s'appelaient (ajouta-t-elle en riant elle-même
d'un nom si spécial, si connu autrefois, si inconnu
aujourd'hui des gens à qui elle parlait) des pastilles
Géraudel. " Madame de Varambon, lui disait ma
belle-mère, en avalant tout le temps comme cela des
pastilles Géraudel vous vous ferez mal à l'estomac.
— Mais, Madame la duchesse, répondit Mme de
Varambon, comment voulez-vous que cela fasse
mal à l'estomac puisque cela va dans les bronches? "
Et puis c'est elle qui disait : " La duchesse a une
vache si belle, si belle qu'on la prend toujours pour
étalon. " » Et Mme de Guermantes eût volontiers
continué à raconter des histoires de Mme de Varambon, dont nous connaissions des centaines, mais
nous sentions bien que ce nom n'éveillait dans la
mémoire ignorante de Bloch aucune des images qui
se levaient pour nous sitôt qu'il était question de
Mme de Varambon, de M. de Bréauté, du prince
d'Agrigente et, à cause de cela même, excitait peut-
être chez lui un prestige que je savais exagéré mais
que je trouvais compréhensible, non pas parce que
je l'avais moi-même subi, nos propres erreurs et
nos propres ridicules ayant rarement pour effet de
nous rendre, même quand nous les avons percés à
jour, plus indulgents à ceux des autres.

La réalité, d'ailleurs insignifiante, de ce temps
lointain était tellement perdue que quelqu'un ayant
demandé non loin de moi si la terre de Tansonville
venait à Gilberte de son père M. de Forcheville,
quelqu'un répondit : « Mais pas du tout! Cela vient
de la famille de son mari. Tout cela c'est du côté de
Guermantes. Tansonville est tout près de Guermantes. Cela appartenait à Mme de Marsantes, la mère
du marquis de Saint-Loup. Seulement c'était très
hypothéqué. Aussi on l'a donné en dot au fiancé et
la fortune de Mlle de Forcheville l'a racheté. » Et

une autre fois, quelqu'un à qui je parlais de Swann
pour faire comprendre ce que c'était qu'un homme
d'esprit de ce temps-là, me dit : « Oh! oui, la duchesse de Guermantes m'a raconté des mots de lui ;
c'est un vieux monsieur que vous aviez connu chez
elle, n'est-ce pas ? »

Le passé s'était tellement transformé dans l'esprit
de la duchesse (ou bien les démarcations qui existaient dans le mien avaient été toujours si absentes
du sien que ce qui avait été événement pour moi avait
passé inaperçu d'elle) qu'elle pouvait supposer que
j'avais connu Swann chez elle et M. de Bréauté
ailleurs, me faisant ainsi un passé d'homme du monde
qu'elle reculait même trop loin. Car cette notion du
temps écoulé que je venais d'acquérir, la duchesse
l'avait aussi, et même, avec une illusion inverse de
celle qui avait été la mienne de le croire plus court
qu'il n'était, elle, au contraire, exagérait, elle le
faisait remonter trop haut, notamment sans tenir
compte de cette infinie ligne de démarcation entre
le moment où elle était pour moi un nom, puis
l'objet de mon amour — et le moment où elle n'avait
été pour moi qu'une femme du monde quelconque.
Or je n'étais allé chez elle que dans cette seconde
période où elle était pour moi une autre personne.
Mais à ses propres yeux ces différences échappaient,
et elle n'eût pas trouvé plus singulier que j'eusse été
chez elle deux ans plus tôt, ne sachant pas qu'elle
était une autre personne, ayant un autre paillasson, et
sa personne n'offrant pas pour elle-même, comme
pour moi, de discontinuité.

Je lui dis : « Cela me rappelle la première soirée où
je suis allé chez la princesse de Guermantes, où je
croyais ne pas être invité et qu'on allait me mettre
à la porte, et où vous aviez une robe toute rouge et
des souliers rouges. — Mon Dieu, que c'est vieux,
tout cela », dit la duchesse de Guermantes, accen-
tuant ainsi pour moi l'impression du temps écoulé.

Elle regardait dans le lointain avec mélancolie, et pourtant insista particulièrement sur la robe rouge. Je lui demandai de me la décrire, ce qu'elle fit complaisamment. « Maintenant cela ne se porterait plus du tout. C'était des robes qui se portaient dans ce temps-là. — Mais est-ce que ce n'était pas joli ? » lui dis-je. Elle avait toujours peur de donner un avantage contre elle par ses paroles, de dire quelque chose qui la diminuât. « Mais si, moi je trouvais cela très joli. On n'en porte pas parce que cela ne se fait plus en ce moment. Mais cela se reportera, toutes les modes reviennent, en robes, en musique, en peinture », ajouta-t-elle avec force, car elle croyait une certaine originalité à cette philosophie. Cependant la tristesse de vieillir lui rendit sa lassitude qu'un sourire lui disputa : « Vous êtes sûr que c'était des souliers rouges ? Je croyais que c'était des souliers d'or. » J'assurai que cela m'était infiniment présent à l'esprit, sans dire la circonstance qui me permettait de l'affirmer. « Vous êtes gentil de vous rappeler cela », me dit-elle d'un air tendre, car les femmes appellent gentillesse se souvenir de leur beauté comme les artistes admirer leurs œuvres. D'ailleurs, si lointain que soit le passé, quand on est une femme de tête comme était la duchesse, il peut ne pas être oublié. « Vous rappelez-vous, me dit-elle en remerciement de mon souvenir pour sa robe et ses souliers, que nous vous avons ramené, Basin et moi ? Vous aviez une jeune fille qui devait venir vous voir après minuit. Basin riait de tout son cœur en pensant qu'on vous faisait des visites à cette heure-là. » En effet ce soir-là Albertine était venue me voir après la soirée de la princesse de Guermantes, je me le rappelais aussi bien que la duchesse, moi à qui Albertine était maintenant aussi indifférente qu'elle l'eût été à Mme de Guermantes, si Mme de Guermantes eût su que la jeune fille à cause de qui je n'avais pas pu entrer chez eux était Albertine. C'est que longtemps après que les pauvres morts sont sortis de nos cœurs, leur poussière indifférente continue à être mêlée, à servir d'alliage, aux circonstances du passé. Et, sans plus les aimer, il arrive qu'en évoquant une chambre, une allée, un chemin, où ils furent à une certaine heure, nous sommes obligés, pour que la place qu'ils occupaient soit remplie, de faire allusion à eux, même sans les regretter, même sans les nommer, même sans permettre qu'on les identifie. (Mᵐᵉ de Guermantes n'identifiait guère la jeune fille qui devait venir ce soir-là, ne l'avait jamais su et n'en parlait qu'à cause de la bizarrerie de l'heure et de la circonstance.) Telles sont les formes dernières et peu enviables de la survivance.

Si les jugements que la duchesse porta sur Rachel étaient en eux-mêmes médiocres, ils m'intéressèrent en ce que, eux aussi, marquaient une heure nouvelle sur le cadran. Car la duchesse n'avait pas plus complètement que Rachel perdu le souvenir de la soirée que celle-ci avait passée chez elle, mais ce souvenir n'y avait pas subi une moindre transformation. « Je vous dirai, me dit-elle, que cela m'intéresse d'autant plus de l'entendre, et de l'entendre acclamer, que je l'ai dénichée, appréciée, prônée, imposée à une époque où personne ne la connaissait et où tout le monde se moquait d'elle. Oui, mon petit, cela va vous étonner, mais la première maison où elle s'est fait entendre en public, c'est chez moi! Oui, pendant que tous les gens prétendus d'avant-garde comme ma nouvelle cousine, dit-elle en montrant ironiquement la princesse de Guermantes qui, pour Oriane, restait Mᵐᵉ Verdurin, l'auraient laissée crever de faim sans daigner l'entendre, je l'avais trouvée intéressante et je lui avais fait offrir un cachet pour venir jouer chez moi devant tout ce que nous faisons de mieux comme gratin. Je peux dire, d'un mot un peu bête et prétentieux, car au fond le talent n'a besoin de personne, que je l'ai lancée. Bien entendu, elle n'avait pas besoin de moi. » J'esquissai un geste de protestation et je vis que Mme de Guermantes était toute prête à accueillir la thèse opposée : « Si ? Vous croyez que le talent a besoin d'un appui ? de quelqu'un qui le mette en lumière ? Au fond vous avez peut-être raison. C'est curieux, vous dites justement ce que Dumas me disait autrefois. Dans ce cas je suis extrêmement flattée si je suis pour quelque chose, pour si peu que ce soit, non pas évidemment dans le talent, mais dans la renommée d'une telle artiste. » Mme de Guermantes préférait abandonner son idée que le talent perce tout seul comme un abcès, parce que c'était plus flatteur pour elle, mais aussi parce que depuis quelque temps, recevant des nouveaux venus, et étant du reste fatiguée, elle s'était faite assez humble, interrogeant les autres, leur demandant leur opinion pour s'en former une. « Je n'ai pas besoin de vous dire, reprit-elle, que cet intelligent public qui s'appelle le monde ne comprenait absolument rien à cela. On protestait, on riait. J'avais beau leur dire : " C'est curieux, c'est intéressant, c'est quelque chose qui n'a encore jamais été fait ", on ne me croyait pas, comme on ne m'a jamais crue pour rien. C'est comme la chose qu'elle jouait, c'était une chose de Maeterlinck, maintenant c'est très connu, mais à ce moment-là tout le monde s'en moquait, eh bien, moi je trouvais ça admirable. Ça m'étonne même, quand j'y pense, qu'une paysanne comme moi, qui n'a eu que l'éducation des filles de sa province, ait aimé du premier coup ces choses-là. Naturellement je n'aurais pas su dire pourquoi, mais ça me plaisait, ça me remuait ; tenez, Basin, qui n'a rien d'un sensible, avait été frappé de l'effet que ça me produisait. Il m'avait dit : " Je ne veux plus que vous entendiez ces absurdités, ça vous rend malade. " Et c'était vrai, parce qu'on me prend pour une femme sèche et que je suis, au fond, un paquet de nerfs. »

A ce moment se produisit un incident inattendu. Un valet de pied vint dire à Rachel que la fille de la Berma et son gendre demandaient à lui parler. On a vu que la fille de la Berma avait résisté au désir qu'avait son mari de faire demander une invitation à Rachel. Mais après le départ du jeune homme invité, l'ennui du jeune couple auprès de leur mère s'était accru, la pensée que d'autres s'amusaient les tourmentait, bref, profitant d'un moment où la Berma s'était retirée dans sa chambre, crachant un peu de sang, ils avaient quatre à quatre revêtu des vêtements plus élégants, fait appeler une voiture et étaient venus chez la princesse de Guermantes sans être invités. Rachel, se doutant de la chose et secrètement flattée, prit un ton arrogant et dit au valet de pied qu'elle ne pouvait pas se déranger, qu'ils écrivissent un mot pour dire l'objet de leur démarche insolite. Le valet de pied revint portant une carte où la fille de la Berma avait griffonné qu'elle et son mari n'avaient pu résister au désir d'entendre Rachel et lui demandaient de les laisser entrer. Rachel sourit de la niaiserie de leur prétexte et de son propre triomphe. Elle fit répondre qu'elle était désolée, mais qu'elle avait terminé ses récitations. Déjà, dans l'antichambre où l'attente du couple s'était prolongée, les valets de pied commençaient à se gausser des deux solliciteurs éconduits. La honte d'une avanie, le souvenir du rien qu'était Rachel auprès de sa mère, poussèrent la fille de la Berma à poursuivre à fond une démarche que lui avait fait risquer d'abord le simple besoin de plaisir. Elle fit demander comme un service à Rachel, dût-elle ne pas avoir à l'entendre, la permission de lui serrer la main. Rachel était en train de causer avec un prince italien, séduit, disait-on, par l'attrait de sa grande fortune, dont quelques relations mondaines dissimulaient un peu l'origine ; elle mesura le renversement des situations qui mettait maintenant les enfants de l'illustre Berma à ses pieds. Après avoir narré à tout le monde d'une façon plaisante cet incident, elle fit dire au jeune couple d'entrer, ce qu'il fit sans se faire prier, ruinant d'un seul coup la situation sociale de la Berma comme il avait détruit sa santé. Rachel l'avait compris, et que son amabilité condescendante donnerait dans le monde la réputation, à elle de plus de bonté, au jeune couple de plus de bassesse, que n'eût fait son refus. Aussi les reçut-elle, les bras ouverts avec affectation, disant d'un air de protectrice en vue et qui sait oublier sa grandeur : « Mais je crois bien! c'est une joie. La princesse sera ravie. » Ne sachant pas qu'on croyait au théâtre que c'était elle qui invitait, peut-être avait-elle craint qu'en refusant l'entrée aux enfants de la Berma, ceux-ci doutassent, au lieu de sa bonne volonté, ce qui lui eût été bien égal, de son influence. La duchesse de Guermantes s'éloigna instinctivement, car au fur et à mesure que quelqu'un avait l'air de rechercher le monde, il baissait dans l'estime de la duchesse. Elle n'en avait plus en ce moment que pour la bonté de Rachel et eût tourné le dos aux enfants de la Berma si on les lui eût présentés. Rachel cependant composait déjà dans sa tête la phrase gracieuse dont elle accablerait le lendemain la Berma dans les coulisses : « J'ai été navrée, désolée, que votre fille fasse antichambre. Si j'avais compris! Elle m'envoyait bien cartes sur cartes. » Elle était ravie de porter ce coup à la Berma. Peut-être eût-elle reculé si elle eût su que ce serait un coup mortel. On aime à faire des victimes, mais sans se mettre précisément dans son tort, en les laissant vivre. D'ailleurs où était son tort ? Elle devait dire en riant quelques jours plus tard : « C'est un peu fort, j'ai voulu être plus aimable pour ses enfants qu'elle n'a jamais été pour moi, et pour un peu on m'accuserait de l'avoir assassinée. Je prends la duchesse à témoin. » Il semble que tous les mauvais sentiments des acteurs et tout le factice de la vie de théâtre passent en leurs enfants sans que chez eux le travail obstiné soit un dérivatif comme chez la mère ; les grandes tragédiennes meurent souvent victimes des complots domestiques noués autour d'elles, comme il leur arrivait tant de fois à la fin des pièces qu'elles jouaient.

La vie de la duchesse ne laissait pas d'ailleurs d'être très malheureuse et pour une raison qui par ailleurs avait pour effet de déclasser parallèlement la société que fréquentait M. de Guermantes. Celui-ci qui, depuis longtemps calmé par son âge avancé, et quoiqu'il fût encore robuste, avait cessé de tromper Mme de Guermantes, s'était épris de Mme de Forcheville sans qu'on sût bien les débuts de cette liaison *. Mais celle-ci avait pris des proportions telles que le vieillard, imitant, dans ce dernier amour, la manière de ceux qu'il avait eus autrefois, séquestrait sa maîtresse au point que, si mon amour pour Albertine avait répété, avec de grandes variations, l'amour de Swann pour Odette, l'amour de M. de Guermantes rappelait celui que j'avais eu pour Albertine. Il fallait qu'elle déjeunât, qu'elle dînât avec lui, il était toujours chez elle ; elle s'en parait auprès d'amis qui sans elle n'eussent jamais été en relation avec le duc de Guermantes et qui venaient là pour le connaître, un peu comme on va chez une cocotte pour connaître un souverain, son amant. Certes, Mme de Forcheville était depuis longtemps devenue une femme du monde. Mais recommençant à être

* Quand on pensait à l'âge que devait avoir maintenant Mme de Forcheville, cela semblait extraordinaire. Mais peut-être avait-elle commencé la vie de femme galante très jeune. Et puis il y a des femmes qu'à chaque décade on retrouve en une nouvelle incarnation, ayant de nouvelles amours, parfois alors qu'on les croyait mortes, faisant le désespoir d'une jeune femme que pour elle abandonne son mari.

entretenue sur le tard, et par un si orgueilleux vieillard qui était tout de même chez elle le personnage important, elle se diminuait à chercher seulement à avoir les peignoirs qui lui plussent, la cuisine qu'il aimait, à flatter ses amis en leur disant qu'elle lui avait parlé d'eux, comme elle disait à mon grand-oncle qu'elle avait parlé de lui au Grand-Duc qui lui envoyait des cigarettes ; en un mot elle tendait, malgré tout l'acquis de sa situation mondaine, et par la force de circonstances nouvelles, à redevenir, telle qu'elle était apparue à mon enfance, la dame en rose. Certes, il y avait bien des années que mon oncle Adolphe était mort. Mais la substitution autour de nous d'autres personnes aux anciennes nous empêche-t-elle de recommencer la même vie? Ces circonstances nouvelles, elle s'y était prêtée sans doute par cupidité, aussi parce que, assez recherchée dans le monde quand elle avait une fille à marier, laissée de côté dès que Gilberte eut épousé Saint-Loup, elle sentit que le duc de Guermantes, qui eût tout fait pour elle, lui amènerait nombre de duchesses peut-être enchantées de jouer un tour à leur amie Oriane ; peut-être enfin piquée au jeu par le mécontentement de la duchesse sur laquelle un sentiment féminin de rivalité la rendait heureuse de prévaloir *. Jusqu'à sa mort Saint-Loup y avait

* Cette liaison avec Mme de Forcheville, liaison qui n'était qu'une imitation de ses liaisons plus anciennes, venait de faire perdre au duc de Guermantes, pour la deuxième fois, la présidence du Jockey et un siège de membre libre à l'Académie des Beaux-Arts, comme la vie de M. de Charlus, publiquement associée à celle de Jupien, lui avait fait manquer la présidence de l'Union et celle aussi de la Société des amis du Vieux Paris. Ainsi les deux frères, si différents dans leurs goûts, étaient arrivés à la déconsidération à cause d'une même paresse, d'un même manque de volonté, lequel était sensible, mais agréablement,

fidèlement mené sa femme. N'étaient-ils pas tous
deux les héritiers à la fois de M. de Guermantes et
d'Odette, laquelle d'ailleurs serait sans doute la
principale héritière du duc ? D'ailleurs, même des
neveux Courvoisier fort difficiles, Mme de Marsantes,
la princesse de Trania, y allaient dans un espoir
d'héritage, sans s'occuper de la peine que cela pouvait faire à Mme de Guermantes, dont Odette, piquée
par ses dédains, disait du mal.

Le vieux duc de Guermantes ne sortait plus, car
il passait ses journées et ses soirées avec elle. Mais
aujourd'hui, il vint un instant pour la voir, malgré
l'ennui de rencontrer sa femme. Je ne l'avais pas
aperçu et je ne l'eusse sans doute pas reconnu, si
on ne me l'avait clairement désigné. Il n'était plus
qu'une ruine, mais superbe, et moins encore qu'une
ruine, cette belle chose romantique que peut être
un rocher dans la tempête. Fouettée de toutes parts
par les vagues de souffrance, de colère de souffrir,
d'avancée montante de la mort qui la circonvenaient,
sa figure, effritée comme un bloc, gardait le style, la
cambrure que j'avais toujours admirés ; elle était
rongée comme une de ces belles têtes antiques
trop abîmées mais dont nous sommes trop heureux
d'orner un cabinet de travail. Elle paraissait seulement appartenir à une époque plus ancienne qu'autrefois, non seulement à cause de ce qu'elle avait
pris de rude et de rompu dans sa matière jadis plus
brillante, mais parce qu'à l'expression de finesse et
d'enjouement avait succédé une involontaire, une
inconsciente expression, bâtie par la maladie, de
lutte contre la mort, de résistance, de difficulté à
vivre. Les artères ayant perdu toute souplesse avaient

chez le duc de Guermantes leur grand-père, membre
de l'Académie française, mais qui, chez les deux
petits-fils, avait permis à un goût naturel et à un
autre qui passe pour ne l'être pas, de les désocialiser.

donné au visage jadis épanoui une dureté sculpturale.
Et sans que le duc s'en doutât, il découvrait des
aspects de nuque, de joue, de front, où l'être, comme
obligé de se raccrocher avec acharnement à chaque
minute, semblait bousculé dans une tragique rafale,
pendant que les mèches blanches de sa magnifique
chevelure moins épaisse venaient souffleter de leur
écume le promontoire envahi du visage. Et comme
ces reflets étranges, uniques, que seule l'approche
de la tempête où tout va sombrer donne aux roches
qui avaient été jusque-là d'une autre couleur, je
compris que le gris plombé des joues raides et usées,
le gris presque blanc et moutonnant des mèches
soulevées, la faible lumière encore départie aux yeux
qui voyaient à peine, étaient des teintes non pas
irréelles, trop réelles au contraire, mais fantastiques,
et empruntées à la palette, à l'éclairage, inimitable
dans ses noirceurs effrayantes et prophétiques, de
la vieillesse, de la proximité de la mort.

Le duc ne resta que quelques instants, assez pour
que je comprisse qu'Odette, toute à des soupirants
plus jeunes, se moquait de lui. Mais, chose curieuse,
lui qui jadis était presque ridicule quand il prenait
l'allure d'un roi de théâtre, avait pris un aspect
véritablement grand, un peu comme son frère, à qui
la vieillesse, en le désencombrant de tout l'accessoire,
le faisait ressembler. Et, comme son frère, lui, jadis
orgueilleux bien que d'une autre manière, semblait
presque respectueux, quoique aussi d'une autre
façon. Car il n'avait pas subi la déchéance de son
frère, réduit à saluer avec une politesse de malade
oublieux ceux qu'il eût jadis dédaignés. Mais il
était très vieux, et quand il voulut passer la porte
et descendre l'escalier pour sortir, la vieillesse, qui
est tout de même l'état le plus misérable pour les
hommes et qui les précipite de leur faîte le plus
semblablement aux rois des tragédies grecques, la
vieillesse, en le forçant à s'arrêter dans le chemin

de croix que devient la vie des impotents menacés, à essuyer son front ruisselant, à tâtonner en cherchant des yeux une marche qui se dérobait, parce qu'il aurait eu besoin pour ses pas mal assurés, pour ses yeux ennuagés, d'un appui, lui donnant à son insu l'air de l'implorer doucement et timidement des autres, la vieillesse l'avait fait, encore plus qu'auguste, suppliant.

Ne pouvant pas se passer d'Odette, toujours installé chez elle dans le même fauteuil d'où la vieillesse et la goutte le faisaient difficilement lever, M. de Guermantes la laissait recevoir des amis qui étaient trop contents d'être présentés au duc, de lui laisser la parole, de l'entendre parler de la vieille société, de la marquise de Villeparisis, du duc de Chartres.

Ainsi, dans le faubourg Saint-Germain, ces positions en apparence imprenables du duc et de la duchesse de Guermantes, du baron de Charlus, avaient perdu leur inviolabilité, comme toutes choses changent en ce monde, par l'action d'un principe intérieur auquel on n'avait pas pensé : chez M. de Charlus l'amour de Charlie qui l'avait rendu esclave des Verdurin, puis le ramollissement ; chez Mme de Guermantes, un goût de nouveauté et d'art ; chez M. de Guermantes un amour exclusif, comme il en avait déjà eu de pareils dans sa vie, mais que la faiblesse de l'âge rendait plus tyrannique et aux faiblesses duquel la sévérité du salon de la duchesse, où le duc ne paraissait plus et qui d'ailleurs ne fonctionnait plus guère, n'opposait plus son démenti, son rachat mondain. Ainsi change la figure des choses de ce monde ; ainsi le centre des empires, et le cadastre des fortunes, et la charte des situations, tout ce qui semblait définitif est-il perpétuellement remanié, et les yeux d'un homme qui a vécu peuvent-ils contempler le changement le plus complet là où justement il lui paraissait le plus impossible.

Par moments, sous le regard des tableaux anciens réunis par Swann dans un arrangement de « collectionneur » qui achevait le caractère démodé, ancien, de cette scène, avec ce duc si « Restauration » et cette cocotte tellement « Second Empire », dans un de ses peignoirs qu'il aimait, la dame en rose l'interrompait d'une jacasserie ; il s'arrêtait net et plantait sur elle un regard féroce. Peut-être s'était-il aperçu qu'elle aussi, comme la duchesse, disait quelquefois des bêtises ; peut-être, dans une hallucination de vieillard, croyait-il que c'était un trait d'esprit intempestif de Mme de Guermantes qui lui coupait la parole, et se croyait-il à l'hôtel de Guermantes, comme ces fauves enchaînés qui se figurent un instant être encore libres dans les déserts de l'Afrique. Et levant brusquement la tête, de ses petits yeux ronds et jaunes qui avaient l'éclat d'yeux de fauves, il fixait sur elle un de ses regards qui quelquefois chez Mme de Guermantes, quand celle-ci parlait trop, m'avaient fait trembler. Ainsi le duc regardait-il un instant l'audacieuse dame en rose. Mais celle-ci, lui tenant tête, ne le quittait pas des yeux, et au bout de quelques instants qui semblaient longs aux spectateurs, le vieux fauve dompté se rappelant qu'il était, non pas libre chez la duchesse dans ce Sahara dont le paillasson du palier marquait l'entrée, mais chez Mme de Forcheville dans la cage du Jardin des Plantes, il rentrait dans ses épaules sa tête d'où pendait encore une épaisse crinière dont on n'aurait pu dire si elle était blonde ou blanche, et reprenait son récit. Il semblait n'avoir pas compris ce que Mme de Forcheville avait voulu dire et qui d'ailleurs généralement n'avait pas grand sens. Il lui permettait d'avoir des amis à dîner avec lui ; par une manie empruntée à ses anciennes amours, qui n'était pas pour étonner Odette, habituée à avoir eu la même de Swann, et qui me touchait, moi, en me rappelant ma vie avec Albertine, il exigeait que ces personnes

se retirassent de bonne heure afin qu'il pût dire
bonsoir à Odette le dernier. Inutile de dire qu'à
peine était-il parti, elle allait en rejoindre d'autres.
Mais le duc ne s'en doutait pas ou préférait ne pas
avoir l'air de s'en douter : la vue des vieillards baisse
comme leur oreille devient plus dure, leur clairvoyance s'obscurcit, la fatigue même fait faire relâche
à leur vigilance. Et à un certain âge c'est en un
personnage de Molière — non pas même en l'olym-
pien amant d'Alcmène mais en un risible Géronte
— que se change inévitablement Jupiter. D'ailleurs
Odette trompait M. de Guermantes, et aussi le
soignait, sans charme, sans grandeur. Elle était
médiocre dans ce rôle comme dans tous les autres.
Non pas que la vie ne lui en eût souvent donné de
beaux, mais elle ne savait pas les jouer.

Et de fait, chaque fois que je voulus la voir dans
la suite je n'y pus réussir, car M. de Guermantes,
voulant à la fois concilier les exigences de son hygiène
et de sa jalousie, ne lui permettait que les fêtes de
jour, à condition encore que ce ne fussent pas des
bals. Cette réclusion où elle était tenue, elle me
l'avoua avec franchise, pour diverses raisons. La
principale est qu'elle s'imaginait, bien que je n'eusse
écrit que des articles ou publié que des études, que
j'étais un auteur connu, ce qui lui faisait même
naïvement dire, se rappelant le temps où j'allais
avenue des Acacias pour la voir passer, et plus tard
chez elle : « Ah! si j'avais pu deviner que ce serait
un jour un grand écrivain! » Or, ayant entendu dire
que les écrivains se plaisent auprès des femmes pour
se documenter, se faire raconter des histoires d'amour,
elle redevenait maintenant avec moi simple cocotte
pour m'intéresser. Elle me racontait : « Tenez, une
fois il y avait un homme qui s'était toqué de moi et
que j'aimais éperdument aussi. Nous vivions d'une
vie divine. Il avait un voyage à faire en Amérique,

je devais y aller avec lui. La veille du départ, je trouvai que c'était plus beau de ne pas laisser diminuer un amour qui ne pourrait pas rester toujours à ce point. Nous eûmes une dernière soirée où il était persuadé que je partais, ce fut une nuit folle, j'avais près de lui des joies infinies et le désespoir de sentir que je ne le reverrais pas. Le matin même j'étais allée donner mon billet à un voyageur que je ne connaissais pas. Il voulait au moins me l'acheter. Je lui répondis : "Non, vous me rendez un tel service en me le prenant, je ne veux pas d'argent. " » Puis c'était une autre histoire : « Un jour j'étais dans les Champs-Élysées, M. de Bréauté, que je n'avais vu qu'une fois, se mit à me regarder avec une telle insistance que je m'arrêtai et lui demandai pourquoi il se permettait de me regarder comme ça. Il me répondit : " Je vous regarde parce que vous avez un chapeau ridicule. " C'était vrai. C'était un petit chapeau avec des pensées, les modes de ce temps-là étaient affreuses. Mais j'étais en fureur, je lui dis : " Je ne vous permets pas de me parler ainsi. " Il se mit à pleuvoir. Je lui dis : " Je ne vous pardonnerais que si vous aviez une voiture. — Hé bien, justement j'en ai une et je vais vous accompagner. — Non, je veux bien de votre voiture, mais pas de vous. " Je montai dans la voiture, il partit sous la pluie. Mais le soir il arrive chez moi. Nous eûmes deux années d'un amour fou. Venez prendre une fois le thé avec moi, je vous raconterai comment j'ai fait la connaissance de M. de Forcheville. Au fond, dit-elle d'un air mélancolique, j'ai passé ma vie cloîtrée parce que je n'ai eu de grands amours que pour des hommes qui étaient terriblement jaloux de moi. Je ne parle pas de M. de Forcheville, car au fond c'était un médiocre et je n'ai jamais pu aimer véritablement que des gens intelligents. Mais, voyez-vous, M. Swann était aussi jaloux que l'est ce pauvre duc ; pour celui-ci je me prive de tout

parce que je sais qu'il n'est pas heureux chez lui.
Pour M. Swann, c'était parce que je l'aimais folle-
ment, et je trouve qu'on peut bien sacrifier la danse
et le monde et tout le reste à ce qui peut faire plaisir
ou seulement éviter des soucis à un homme qui
vous aime. Pauvre Charles, il était si intelligent, si
séduisant, exactement le genre d'hommes que j'aimais. » Et c'était peut-être vrai. Il y avait eu un temps
où Swann lui avait plu, justement celui où elle n'était
pas « son genre ». A vrai dire, « son genre », même
plus tard, elle ne l'avait jamais été. Il l'avait pourtant
alors tant et si douloureusement aimée. Il était
surpris plus tard de cette contradiction. Elle ne doit
pas en être une, si nous songeons combien est forte
dans la vie des hommes la proportion des souffrances
par des femmes « qui n'étaient pas leur genre ».
Peut-être cela tient-il à bien des causes ; d'abord,
parce qu'elles ne sont pas « votre genre » on se laisse
d'abord aimer sans aimer, par là on laisse prendre
sur sa vie une habitude qui n'aurait pas eu lieu
avec une femme qui eût été « notre genre » et qui,
se sentant désirée, se fût disputée, ne nous aurait
accordé que de rares rendez-vous, n'eût pas pris
dans notre vie cette installation dans toutes nos
heures qui plus tard, si l'amour vient et qu'elle
vienne à nous manquer, pour une brouille, pour un
voyage où on nous laisse sans nouvelles, ne nous
arrache pas un seul lien mais mille. Ensuite, cette
habitude est sentimentale parce qu'il n'y a pas grand
désir physique à la base, et si l'amour naît, le cerveau
travaille bien davantage : il y a un roman au lieu
d'un besoin. Nous ne nous méfions pas des femmes
qui ne sont pas « notre genre », nous les laissons
nous aimer, et si nous les aimons ensuite, nous les
aimons cent fois plus que les autres, sans avoir même
près d'elles la satisfaction du désir assouvi. Pour
ces raisons et bien d'autres, le fait que nous ayons
nos plus gros chagrins avec les femmes qui ne sont

pas « notre genre » ne tient pas seulement à cette dérision du destin qui ne réalise notre bonheur que sous la forme qui nous plaît le moins. Une femme qui est « notre genre » est rarement dangereuse, car elle ne veut pas de nous, nous contente, nous quitte vite, ne s'installe pas dans notre vie, et ce qui est dangereux et procréateur de souffrances dans l'amour, ce n'est pas la femme elle-même, c'est sa présence de tous les jours, la curiosité de ce qu'elle fait à tous moments ; ce n'est pas la femme, c'est l'habitude.

J'eus la lâcheté de dire que c'était gentil et noble de sa part, mais je savais combien c'était faux et que sa franchise se mêlait de mensonges. Je pensais avec effroi, au fur et à mesure qu'elle me racontait des aventures, à tout ce que Swann avait ignoré, dont il aurait tant souffert parce qu'il avait fixé sa sensibilité sur cet être-là, et qu'il devinait à en être sûr, rien qu'à ses regards quand elle voyait un homme, ou une femme, inconnus et qui lui plaisaient. Au fond, elle le faisait seulement pour me donner ce qu'elle croyait des sujets de nouvelles. Elle se trompait, non qu'elle n'eût de tout temps abondamment fourni les réserves de mon imagination, mais d'une façon bien plus involontaire et par un acte émané de moi-même qui dégageait d'elle à son insu les lois de sa vie.

M. de Guermantes ne gardait ses foudres que pour la duchesse, sur les libres fréquentations de laquelle Mme de Forcheville ne manquait pas d'attirer l'attention irritée de M. de Guermantes. Aussi la duchesse était-elle fort malheureuse. Il est vrai que M. de Charlus, à qui j'en avais parlé une fois, prétendait que les premiers torts n'avaient pas été du côté de son frère, que la légende de pureté de la duchesse était faite en réalité d'un nombre incalculable d'aventures habilement dissimulées. Je n'avais jamais entendu parler de cela. Pour presque tout le monde

Mme de Guermantes était une femme toute différente. L'idée qu'elle avait été toujours irréprochable
gouvernait les esprits. Entre ces deux idées je ne
pouvais décider laquelle était conforme à la vérité,
cette vérité que presque toujours les trois quarts des
gens ignorent. Je me rappelais bien certains regards
bleus et vagabonds de la duchesse de Guermantes
dans la nef de Combray, mais, vraiment, aucune
des deux idées n'était réfutée par eux, et l'une et
l'autre pouvaient leur donner un sens différent et
aussi acceptable. Dans ma folie, enfant, je les avais
pris un instant pour des regards d'amour adressés
à moi. Depuis j'avais compris qu'ils n'étaient que les
regards bienveillants d'une suzeraine, pareille à
celle des vitraux de l'église, pour ses vassaux. Fallait-
il maintenant croire que c'était ma première idée
qui avait été la vraie, et que, si plus tard jamais la
duchesse ne m'avait parlé d'amour, c'est parce qu'elle
avait craint de se compromettre avec un ami de sa
tante et de son neveu plus qu'avec un enfant inconnu
rencontré par hasard à Saint-Hilaire de Combray?

La duchesse avait pu un instant être heureuse de
sentir son passé plus consistant parce qu'il était
partagé par moi, mais à quelques questions que je
lui posai sur le provincialisme de M. de Bréauté,
que j'avais à l'époque peu distingué de M. de Sagan
ou de M. de Guermantes, elle reprit son point de
vue de femme du monde, c'est-à-dire de contemp-
trice de la mondanité. Tout en me parlant, la duchesse
me faisait visiter l'hôtel. Dans des salons plus petits
on trouvait des intimes qui pour écouter la musique
avaient préféré s'isoler. Dans un petit salon Empire,
où quelques rares habits noirs écoutaient assis sur
un canapé, on voyait à côté d'une psyché supportée
par une Minerve une chaise longue, placée de façon
rectiligne, mais à l'intérieur incurvée comme un
berceau, et où une jeune femme était étendue. La
mollesse de sa pose, que l'entrée de la duchesse ne

lui fit même pas déranger, contrastait avec l'éclat merveilleux de sa robe Empire en une soierie nacarat devant laquelle les plus rouges fuchsias eussent pâli et sur le tissu nacré de laquelle des insignes et des fleurs semblaient avoir été enfoncés longtemps, car leur trace y restait en creux. Pour saluer la duchesse elle inclina légèrement sa belle tête brune. Bien qu'il fît grand jour, comme elle avait demandé qu'on fermât les grands rideaux, en vue de plus de recueillement pour la musique, on avait, pour ne pas se tordre les pieds, allumé sur un trépied une urne où s'irisait une faible lueur. En réponse à ma demande, la duchesse de Guermantes me dit que c'était Mme de Saint-Euverte. Alors je voulus savoir ce qu'elle était à la madame de Saint-Euverte que j'avais connue. Mme de Guermantes me dit que c'était la femme d'un de ses petits-neveux, parut supporter l'idée qu'elle était née La Rochefoucauld, mais nia avoir elle-même connu des Saint-Euverte. Je lui rappelai la soirée (que je n'avais sue, il est vrai, que par ouï-dire) où, princesse des Laumes, elle avait retrouvé Swann. Mme de Guermantes affirma n'avoir jamais été à cette soirée. La duchesse avait toujours été un peu menteuse et l'était devenue davantage. Mme de Saint-Euverte était pour elle un salon — d'ailleurs assez tombé avec le temps — qu'elle aimait à renier. Je n'insistai pas. « Non, qui vous avez pu entrevoir chez moi, parce qu'il avait de l'esprit, c'est le mari de celle dont vous parlez et avec qui je n'étais pas en relations. — Mais elle n'avait pas de mari. — Vous vous êtes figuré parce qu'ils étaient séparés, mais il était bien plus agréable qu'elle. » Je finis par comprendre qu'un homme énorme, extrêmement grand, extrêmement fort, avec des cheveux tout blancs, que je rencontrais un peu partout et dont je n'avais jamais su le nom était le mari de Mme de Saint-Euverte. Il était mort l'an passé. Quant à la nièce, j'ignore si c'est à cause d'une maladie d'estomac, de nerfs, d'une phlébite, d'un accouchement prochain, récent ou manqué, qu'elle écoutait la musique étendue sans se bouger pour personne. Le plus probable est que, fière de ses belles soies rouges, elle pensait faire sur sa chaise longue un effet genre Récamier. Elle ne se rendait pas compte qu'elle donnait pour moi la naissance à un nouvel épanouissement de ce nom Saint-Euverte, qui, à tant d'intervalle, marquait la distance et la continuité du Temps. C'est le Temps qu'elle berçait dans cette nacelle où fleurissaient le nom de Saint-Euverte et le style Empire en soies de fuchsias rouges. Ce style Empire, Mme de Guermantes déclarait l'avoir toujours détesté ; cela voulait dire qu'elle le détestait maintenant, ce qui était vrai, car elle suivait la mode, bien qu'avec quelque retard. Sans compliquer en parlant de David qu'elle connaissait peu, toute jeune elle avait cru M. Ingres le plus ennuyeux des poncifs, puis brusquement le plus savoureux des maîtres de l'Art nouveau, jusqu'à détester Delacroix. Par quels degrés elle était revenue de ce culte à la réprobation importe peu, puisque ce sont là nuances du goût que le critique d'art reflète dix ans avant la conversation des femmes supérieures. Après avoir critiqué le style Empire, elle s'excusa de m'avoir parlé de gens aussi insignifiants que les Saint-Euverte et de niaiseries comme le côté provincial de Bréauté, car elle était aussi loin de penser pourquoi cela m'intéressait que Mme de Saint-Euverte-La Rochefoucauld, cherchant le bien de son estomac ou un effet ingresque, était loin de soupçonner que son nom m'avait ravi, celui de son mari, non celui plus glorieux de ses parents, et que je lui voyais comme fonction, dans cette pièce pleine d'attributs, de bercer le Temps.

— Mais comment puis-je vous parler de ces sottises, comment cela peut-il vous intéresser ? » s'écria la duchesse. Elle avait dit cette phrase à

mi-voix et personne n'avait pu entendre ce qu'elle
disait. Mais un jeune homme (qui m'intéressa dans
la suite par un nom bien plus familier de moi autrefois que celui de Saint-Euverte) se leva d'un air
exaspéré et alla plus loin pour écouter avec plus de
recueillement. Car c'était la *Sonate à Kreutzer* qu'on
jouait, mais s'étant trompé sur le programme, il
croyait que c'était un morceau de Ravel qu'on lui
avait déclaré être beau comme du Palestrina, mais
difficile à comprendre. Dans sa violence à changer
de place, il heurta, à cause de la demi-obscurité,
un bonheur-du-jour, ce qui n'alla pas sans faire
tourner la tête à beaucoup de personnes pour qui
cet exercice si simple de regarder derrière soi interrompait un peu le supplice d'écouter « religieusement » la *Sonate à Kreutzer*. Et Mme de Guermantes
et moi, causes de ce petit scandale, nous nous hâtâ-
mes de changer de pièce. « Oui, comment ces riens-là
peuvent-ils intéresser un homme de votre mérite ?
C'est comme tout à l'heure, quand je vous voyais
causer avec Gilberte de Saint-Loup. Ce n'est pas
digne de vous. Pour moi c'est exactement rien cette
femme-là, ce n'est même pas une femme, c'est ce que
je connais de plus factice et de plus bourgeois au
monde (car même à sa défense de l'Intellectualité
la duchesse mêlait ses préjugés d'aristocrate). D'ailleurs devriez-vous venir dans des maisons comme
ici ? Aujourd'hui encore je comprends, parce qu'il y
avait cette récitation de Rachel, ça peut vous intéresser. Mais si belle qu'elle ait été, elle ne se donne
pas devant ce public-là. Je vous ferai déjeuner seul
avec elle. Alors vous verrez l'être que c'est. Mais
elle est cent fois supérieure à tout ce qui est ici.
Et après le déjeuner elle vous dira du Verlaine. Vous
m'en direz des nouvelles *. Mais dans des grandes

---

* Elle me vanta surtout ses après-déjeuners où
il y avait tous les jours X... et Y... Car elle en était

machines comme ici, non, ça me passe que vous
veniez. A moins que ce ne soit pour faire des études... »,
ajouta-t-elle d'un air de doute, de méfiance, et sans
trop s'aventurer car elle ne savait pas très exactement
en quoi consistait le genre d'opérations improbables
auquel elle faisait allusion.

« Est-ce que vous ne croyez pas, dis-je à la duchesse, que ce soit pénible à Mme de Saint-Loup
d'entendre ainsi comme elle vient de le faire, l'ancienne maîtresse de son mari ? » Je vis se former dans
le visage de Mme de Guermantes cette barre oblique
qui relie par des raisonnements ce qu'on vient
d'entendre à des pensées peu agréables. Raisonnements inexprimés il est vrai, mais toutes les choses
graves que nous disons ne reçoivent jamais de réponse
ni verbale, ni écrite. Les sots seuls sollicitent en vain
dix fois de suite une réponse à une lettre qu'ils ont
eu le tort d'écrire et qui était une gaffe ; car à ces
lettres-là il n'est jamais répondu que par des actes,
mais la correspondante qu'on croit inexacte vous
dit Monsieur quand elle vous rencontre au lieu de
vous appeler par votre prénom. Mon allusion à la
liaison de Saint-Loup avec Rachel n'avait rien de si
grave et ne put mécontenter qu'une seconde Mme de
Guermantes en lui rappelant que j'avais été l'ami
de Robert et peut-être son confident au sujet des
déboires qu'avait procurés à Rachel sa soirée chez
la duchesse. Mais celle-ci ne persista pas dans ses
pensées, la barre orageuse se dissipa, et Mme de Guer-

arrivée à cette conception des femmes à « salons »
qu'elle méprisait autrefois (bien qu'elle le niât aujour-
d'hui) et dont la grande supériorité, le signe d'élection
selon elle, étaient d'avoir chez elles « tous les hommes ».
Si je lui disais que telle grande dame à « salons » ne
disait pas du bien, quand elle vivait, de Mme Howland,
la duchesse éclatait de rire devant ma naïveté : « Naturellement, l'autre avait chez elle tous les hommes et
celle-ci cherchait à les attirer. »

mantes répondit à ma question relative à Mme de Saint-Loup : « Je vous dirai, je crois que ça lui est d'autant plus égal que Gilberte n'a jamais aimé son mari. C'est une petite horreur. Elle a aimé la situation, le nom, être ma nièce, sortir de sa fange, après quoi elle n'a pas eu d'autre idée que d'y rentrer. Je vous dirai que ça me faisait beaucoup de peine à cause du pauvre Robert, parce qu'il avait beau ne pas être un aigle, il s'en apercevait très bien, et d'un tas de choses. Il ne faut pas le dire parce qu'elle est malgré tout ma nièce, je n'ai pas la preuve positive qu'elle le trompait, mais il y a eu un tas d'histoires. Mais si, je vous dis que je le sais, avec un officier de Méséglise, Robert a voulu se battre. Mais c'est pour tout ça que Robert s'est engagé, la guerre lui est apparue comme une délivrance de ses chagrins de famille ; si vous voulez ma pensée, il n'a pas été tué, il s'est fait tuer. Elle n'a eu aucune espèce de chagrin, elle m'a même étonnée par un rare cynisme dans l'affectation de son indifférence, ce qui m'a fait beaucoup de chagrin, parce que j'aimais bien le pauvre Robert. Ça vous étonnera peut-être parce qu'on me connaît mal, mais il m'arrive encore de penser à lui : je n'oublie personne. Il ne m'a jamais rien dit, mais il avait bien compris que je devinais tout. Mais voyons, si elle avait aimé tant soit peu son mari, pourrait-elle supporter avec ce flegme de se trouver dans le même salon que la femme dont il a été l'amant éperdu pendant tant d'années ? on peut dire toujours, car j'ai la certitude que ça n'a jamais cessé, même pendant la guerre. Mais elle lui sauterait à la gorge ! » s'écria la duchesse, oubliant qu'elle-même, en faisant inviter Rachel et en rendant possible la scène qu'elle jugeait inévitable si Gilberte eût aimé Robert, agissait peut-être cruellement. « Non, voyez-vous, conclut-elle, c'est une cochonne. » Une telle expression était rendue possible à Mme de Guermantes par la pente qu'elle descendait du milieu des Guermantes

agréables à la société des comédiennes, et aussi
parce qu'elle greffait cela sur un genre XVIIIe siècle
qu'elle jugeait plein de verdeur, enfin parce qu'elle
se croyait tout permis. Mais cette expression lui était
dictée par la haine qu'elle éprouvait pour Gilberte,
par un besoin de la frapper, à défaut de matériellement, en effigie. Et en même temps la duchesse
pensait justifier par là toute la conduite qu'elle
tenait à l'égard de Gilberte ou plutôt contre. elle,
dans le monde, dans la famille, au point de vue même
des intérêts et de la succession de Robert.

Mais comme parfois les jugements qu'on porte
reçoivent de faits qu'on ignore et qu'on n'eût pu
supposer une justification apparente, Gilberte, qui
tenait sans doute un peu de l'ascendance de sa mère
(et c'est bien cette facilité que j'avais sans m'en rendre
compte escomptée, en lui demandant de me faire
connaître de très jeunes filles), tira, après réflexion,
de la demande que j'avais faite, et sans doute pour
que le profit ne sortît pas de la famille, une conclusion
plus hardie que toutes celles que j'avais pu supposer ;
elle me dit : « Si vous le permettez, je vais aller vous
chercher ma fille pour vous la présenter. Elle est
là-bas qui cause avec le petit Mortemart et d'autres
bambins sans intérêt. Je suis sûre qu'elle sera une
gentille amie pour vous. » Je lui demandai si Robert
avait été content d'avoir une fille : « Oh! il était
très fier d'elle. Mais naturellement, je crois tout de
même qu'étant donné ses goûts, dit naïvement
Gilberte, il aurait préféré un garçon. » Cette fille,
dont le nom et la fortune pouvaient faire espérer
à sa mère qu'elle épouserait un prince royal et cou-
ronnerait toute l'œuvre ascendante de Swann et de
sa femme, choisit plus tard comme mari un homme
de lettres obscur, car elle n'avait aucun snobisme, et
fit redescendre cette famille plus bas que le niveau
d'où elle était partie. Il fut alors extrêmement difficile
de faire croire aux générations nouvelles que les

parents de cet obscur ménage avaient eu une grande
situation. Les noms de Swann et d'Odette de Crécy
ressuscitèrent miraculeusement pour permettre aux
gens de vous apprendre que vous vous trompiez,
que ce n'était pas du tout si étonnant que cela comme
famille.

L'étonnement de ces paroles et le plaisir qu'elles
me firent furent bien vite remplacés, tandis que
Mme de Saint-Loup s'éloignait vers un autre salon,
par cette idée du Temps passé, qu'elle aussi, à sa
manière, me rendait, et sans même que je l'eusse
vue, Mlle de Saint-Loup. Comme la plupart des
êtres, d'ailleurs, n'était-elle pas comme sont dans
les forêts les « étoiles » des carrefours où viennent
converger des routes venues, pour notre vie aussi,
des points les plus différents ? Elles étaient nombreuses pour moi, celles qui aboutissaient à Mlle de Saint-
Loup et qui rayonnaient autour d'elle. Et avant
tout venaient aboutir à elle les deux grands « côtés »
où j'avais fait tant de promenades et de rêves — par
son père Robert de Saint-Loup le côté de Guermantes,
par Gilberte sa mère le côté de Méséglise qui était
le « côté de chez Swann ». L'une, par la mère de la
jeune fille et les Champs-Élysées, me menait jusqu'à
Swann, à mes soirs de Combray, au côté de Méséglise ; l'autre, par son père, à mes après-midi de
Balbec où je le revoyais près de la mer ensoleillée.
Déjà entre ces deux routes des transversales s'éta-
blissaient. Car ce Balbec réel où j'avais connu Saint-
Loup, c'était en grande partie à cause de ce que
Swann m'avait dit sur les églises, sur l'église persane
surtout, que j'avais tant voulu y aller, et d'autre part,
par Robert de Saint-Loup, neveu de la duchesse
de Guermantes, je rejoignais, à Combray encore,
le côté de Guermantes. Mais à bien d'autres points
de ma vie encore conduisait Mlle de Saint-Loup, à
la Dame en rose, qui était sa grand'mère et que

j'avais vue chez mon grand-oncle. Nouvelle trans-
versale ici, car le valet de chambre de ce grand-oncle,
qui m'avait introduit ce jour-là et qui plus tard
m'avait, par le don d'une photographie, permis
d'identifier la Dame en rose, était le père du jeune
homme que non seulement M. de Charlus, mais le
père même de Mlle de Saint-Loup avait aimé, pour
qui il avait rendu sa mère malheureuse. Et n'était-ce
pas le grand-père de Mlle de Saint-Loup, Swann, qui
m'avait le premier parlé de la musique de Vinteuil,
de même que Gilberte m'avait la première parlé
d'Albertine ? Or, c'est en parlant de la musique de
Vinteuil à Albertine que j'avais découvert qui était
sa grande amie et commencé avec elle cette vie qui
l'avait conduite à la mort et m'avait causé tant de
chagrins. C'était du reste aussi le père de Mlle de
Saint-Loup qui était parti tâcher de faire revenir
Albertine. Et même toute ma vie mondaine, soit à
Paris dans le salon des Swann ou des Guermantes,
soit tout à l'opposé chez les Verdurin, et faisant
ainsi s'aligner, à côté des deux côtés de Combray,
des Champs-Élysées, la belle terrasse de la Raspelière. D'ailleurs, quels êtres avons-nous connus qui,
pour raconter notre amitié avec eux, ne nous obligent
à les placer successivement dans tous les sites les
plus différents de notre vie ? Une vie de Saint-Loup
peinte par moi se déroulerait dans tous les décors et
intéresserait toute ma vie, même les parties de cette
vie où il fut le plus étranger, comme ma grand'mère
ou comme Albertine. D'ailleurs, si à l'opposé qu'ils
fussent, les Verdurin tenaient à Odette par le passé
de celle-ci, à Robert de Saint-Loup par Charlie ;
et chez eux quel rôle n'avait pas joué la musique de
Vinteuil ! Enfin Swann avait aimé la sœur de Legrandin, lequel avait connu M. de Charlus, dont le jeune
Cambremer avait épousé la pupille. Certes, s'il s'agit
uniquement de nos cœurs, le poète a eu raison de
parler des « fils mystérieux » que la vie brise. Mais il

est encore plus vrai qu'elle en tisse sans cesse entre les êtres, entre les événements, qu'elle entre-croise ces fils, qu'elle les redouble pour épaissir la trame, si bien qu'entre le moindre point de notre passé et tous les autres un riche réseau de souvenirs ne laisse que le choix des communications.

On peut dire qu'il n'y avait pas, si je cherchais à ne pas en user inconsciemment mais à me rappeler ce qu'elle avait été, une seule des choses qui nous servaient en ce moment qui n'avait été une chose vivante, et vivant d'une vie personnelle pour nous, transformée ensuite à notre usage en simple matière industrielle. Ma présentation à Mlle de Saint-Loup allait avoir lieu chez Mme Verdurin : avec quel charme je repensais à tous nos voyages avec cette Albertine dont j'allais demander à Mlle de Saint-Loup d'être un succédané — dans le petit tram, vers Doville, pour aller chez Mme Verdurin, cette même Mme Verdurin qui avait noué et rompu, avant mon amour pour Albertine, celui du grand-père et de la grand'mère de Mlle de Saint-Loup! Tout autour de nous étaient des tableaux de cet Elstir qui m'avait présenté à Albertine. Et pour mieux fondre tous mes passés, Mme Verdurin tout comme Gilberte avait épousé un Guermantes.

Nous ne pourrions pas raconter nos rapports avec un être que nous avons même peu connu, sans faire se succéder les sites les plus différents de notre vie. Ainsi chaque individu — et j'étais moi-même un de ces individus — mesurait pour moi la durée par la révolution qu'il avait accomplie non seulement autour de soi-même, mais autour des autres, et notamment par les positions qu'il avait occupées successivement par rapport à moi. Et sans doute tous ces plans différents suivant lesquels le Temps, depuis que je venais de le ressaisir dans cette fête, disposait ma vie, en me faisant songer que, dans un livre qui voudrait en raconter une, il faudrait user,

par opposition à la psychologie plane dont on use
d'ordinaire, d'une sorte de psychologie dans l'espace,
ajoutaient une beauté nouvelle à ces résurrections
que ma mémoire opérait tant que je songeais seul dans
la bibliothèque, puisque la mémoire, en introduisant
le passé dans le présent sans le modifier, tel qu'il
était au moment où il était le présent, supprime
précisément cette grande dimension du Temps
suivant laquelle la vie se réalise.

Je vis Gilberte s'avancer. Moi pour qui le mariage
de Saint-Loup, les pensées qui m'occupaient alors
et qui étaient les mêmes ce matin, étaient d'hier, je
fus étonné de voir à côté d'elle une jeune fille d'environ seize ans, dont la taille élevée mesurait cette
distance que je n'avais pas voulu voir. Le temps
incolore et insaisissable s'était, pour que pour ainsi
dire je puisse le voir et le toucher, matérialisé en elle,
il l'avait pétrie comme un chef-d'œuvre, tandis que
parallèlement sur moi, hélas! il n'avait fait que son
œuvre. Cependant Mlle de Saint-Loup était devant
moi. Elle avait les yeux profondément forés et
perçants, et aussi son nez charmant légèrement
avancé en forme de bec et courbé, non point peut-
être comme celui de Swann, mais comme celui de
Saint-Loup *. L'âme de ce Guermantes s'était
évanouie ; mais la charmante tête aux yeux perçants
de l'oiseau envolé était venue se poser sur les épaules
de Mlle de Saint-Loup, ce qui faisait longuement

---

* Je fus frappé que son nez, fait comme sur le
patron de celui de sa mère et de sa grand'mère, s'arrêtât juste par cette ligne tout à fait horizontale sous le
nez, sublime quoique pas assez courte. Un trait aussi
particulier eût fait reconnaître une statue entre des
milliers, n'eût-on vu que ce trait-là, et j'admirais
que la nature fût revenue à point nommé pour la
petite-fille, comme pour la mère, comme pour la
grand'mère, donner, en grand et original sculpteur,
ce puissant et décisif coup de ciseau.

rêver ceux qui avaient connu son père. Je la trouvais
bien belle : pleine encore d'espérances, riante,
formée des années mêmes que j'avais perdues, elle
ressemblait à ma Jeunesse.

Enfin cette idée du Temps avait un dernier prix
pour moi, elle était un aiguillon, elle me disait qu'il
était temps de commencer si je voulais atteindre
ce que j'avais quelquefois senti au cours de ma vie,
dans de brefs éclairs, du côté de Guermantes, dans
mes promenades en voiture avec Mme de Villeparisis,
et qui m'avait fait considérer la vie comme digne
d'être vécue. Combien me le semblait-elle davantage,
maintenant qu'elle me semblait pouvoir être éclaircie,
elle qu'on vit dans les ténèbres, ramenée au vrai de
ce qu'elle était, elle qu'on fausse sans cesse, en
somme réalisée dans un livre! Que celui qui pourrait
écrire un tel livre serait heureux, pensais-je, quel
labeur devant lui! Pour en donner une idée, c'est aux
arts les plus élevés et les plus différents qu'il faudrait
emprunter des comparaisons ; car cet écrivain, qui
d'ailleurs pour chaque caractère en ferait apparaître
les faces opposées pour montrer son volume, devrait
préparer son livre minutieusement, avec de perpétuels regroupements de forces, comme une offensive,
le supporter comme une fatigue, l'accepter comme
une règle, le construire comme une église, le suivre
comme un régime, le vaincre comme un obstacle,
le conquérir comme une amitié, le suralimenter
comme un enfant, le créer comme un monde sans
laisser de côté ces mystères qui n'ont probablement
leur explication que dans d'autres mondes et dont le
pressentiment est ce qui nous émeut le plus dans la
vie et dans l'art. Et dans ces grands livres-là, il y a
des parties qui n'ont eu le temps que d'être esquis-
sées, et qui ne seront sans doute jamais finies, à
cause de l'ampleur même du plan de l'architecte.
Combien de grandes cathédrales restent inachevées!
On le nourrit, on fortifie ses parties faibles, on le

préserve, mais ensuite c'est lui qui grandit, qui désigne notre tombe, la protège contre les rumeurs et quelque temps contre l'oubli. Mais pour en revenir à moi-même, je pensais plus modestement à mon livre, et ce serait même inexact que de dire en pensant à ceux qui le liraient, à mes lecteurs. Car ils ne seraient pas, selon moi, mes lecteurs, mais les propres lecteurs d'eux-mêmes, mon livre n'étant qu'une sorte de ces verres grossissants comme ceux que tendait à un acheteur l'opticien de Combray ; mon livre, grâce auquel je leur fournirais le moyen de lire en eux-mêmes. De sorte que je ne leur demanderais pas de me louer ou de me dénigrer, mais seulement de me dire si c'est bien cela, si les mots qu'ils lisent en eux-mêmes sont bien ceux que j'ai écrits (les divergences possibles à cet égard ne devant pas, du reste, provenir toujours de ce que je me serais trompé, mais quelquefois de ce que les yeux du lecteur ne seraient pas de ceux à qui mon livre conviendrait pour bien lire en soi-même). Et, changeant à chaque instant de comparaison selon que je me représentais mieux, et plus matériellement, la besogne à laquelle je me livrerais, je pensais que sur ma grande table de bois blanc, regardé par Françoise, comme tous les êtres sans prétention qui vivent à côté de nous ont une certaine intuition de nos tâches (et j'avais assez oublié Albertine pour avoir pardonné à Françoise ce qu'elle avait pu faire contre elle), je travaillerais auprès d'elle, et presque comme elle (du moins comme elle faisait autrefois : si vieille maintenant, elle n'y voyait plus goutte) ; car, épinglant ici un feuillet supplémentaire, je bâtirais mon livre, je n'ose pas dire ambitieusement comme une cathédrale, mais tout simplement comme une robe. Quand je n'aurais pas auprès de moi toutes mes paperoles, comme disait Françoise, et que me manquerait juste celle dont j'aurais besoin, Françoise comprendrait bien mon énervement, elle qui disait

toujours qu'elle ne pouvait pas coudre si elle n'avait
pas le numéro de fil et les boutons qu'il fallait. Et
puis parce qu'à force de vivre de ma vie, elle s'était
fait du travail littéraire une sorte de compréhension
instinctive, plus juste que celle de bien des gens
intelligents, à plus forte raison que celle des gens
bêtes. Ainsi quand j'avais autrefois fait mon article
pour *le Figaro*, pendant que le vieux maître d'hôtel,
avec ce genre de commisération qui exagère toujours
un peu ce qu'a de pénible un labeur qu'on ne pratique pas, qu'on ne conçoit même pas, et même une
habitude qu'on n'a pas, comme les gens qui vous
disent : « Comme ça doit vous fatiguer d'éternuer
comme ça », plaignait sincèrement les écrivains en
disant : « Quel casse-tête ça doit être », Françoise au
contraire devinait mon bonheur et respectait mon
travail. Elle se fâchait seulement que je racontasse
d'avance mon article à Bloch, craignant qu'il me
devançât, et disant : « Tous ces gens-là, vous n'avez
pas assez de méfiance, c'est des copiateurs. » Et
Bloch se donnait en effet un alibi rétrospectif en me
disant, chaque fois que je lui avais esquissé quelque
chose qu'il trouvait bien : « Tiens, c'est curieux,
j'ai fait quelque chose de presque pareil, il faudra
que je te lise cela. » (Il n'aurait pas pu me le lire
encore, mais allait l'écrire le soir-même.)

A force de coller les uns aux autres ces papiers que
Françoise appelait mes paperoles, ils se déchiraient
çà et là. Au besoin Françoise ne pourrait-elle pas
m'aider à les consolider, de la même façon qu'elle
mettait des pièces aux parties usées de ses robes,
ou qu'à la fenêtre de la cuisine, en attendant le vitrier
comme moi l'imprimeur, elle collait un morceau
de journal à la place d'un carreau cassé * ?

---

* Françoise me dirait, en me montrant mes cahiers
rongés comme le bois où l'insecte s'est mis : « C'est
tout mité, regardez, c'est malheureux, voilà un bout

D'ailleurs, comme les individualités (humaines ou non) sont dans un livre faites d'impressions nombreuses qui, prises de bien des jeunes filles, de bien des églises, de bien des sonates, servent à faire une seule sonate, une seule église, une seule jeune fille, ne ferais-je pas mon livre de la façon que Françoise faisait ce bœuf mode, apprécié par M. de Norpois, et dont tant de morceaux de viande ajoutés et choisis enrichissaient la gelée ? Et je réaliserais enfin ce que j'avais tant désiré dans mes promenades du côté de Guermantes et cru impossible, comme j'avais cru impossible, en rentrant, de m'habituer jamais à me coucher sans embrasser ma mère ou, plus tard, à l'idée qu'Albertine aimait les femmes, idée avec laquelle j'avais fini par vivre sans même m'apercevoir de sa présence ; car nos plus grandes craintes, comme nos plus grandes espérances, ne sont pas au-dessus de nos forces, et nous pouvons finir par dominer les unes et réaliser les autres.

Oui, à cette œuvre, cette idée du Temps que je venais de former disait qu'il était temps de me mettre. Il était grand temps ; mais, et cela justifiait l'anxiété qui s'était emparée de moi dès mon entrée dans le salon, quand les visages grimés m'avaient donné la notion du temps perdu, était-il temps encore et même étais-je encore en état ? L'esprit a ses paysages dont la contemplation ne lui est laissée qu'un temps. J'avais vécu comme un peintre montant un chemin qui surplombe un lac dont un rideau de rochers et d'arbres lui cache la vue. Par une brèche

de page qui n'est plus qu'une dentelle » et l'examinant comme un tailleur : « je ne crois pas que je pourrai la refaire, c'est perdu. C'est dommage, c'est peut-être vos plus belles idées. Comme on dit à Combray, il n'y a pas de fourreurs qui s'y connaissent aussi bien comme les mites. Ils se mettent toujours dans les meilleures étoffes. »

il l'aperçoit, il l'a tout entier devant lui, il prend ses pinceaux. Mais déjà vient la nuit où l'on ne peut plus peindre, et sur laquelle le jour ne se relève pas. D'abord, du moment que rien n'était commencé, je pouvais être inquiet, même si je croyais avoir encore devant moi, à cause de mon âge, quelques années, car mon heure pouvait sonner dans quelques minutes. Il fallait partir en effet de ceci que j'avais un corps, c'est-à-dire que j'étais perpétuellement menacé d'un double danger, extérieur, intérieur. Encore ne parlais-je ainsi que pour la commodité du langage. Car le danger intérieur, comme celui d'hémorragie cérébrale, est extérieur aussi, étant du corps. Et avoir un corps, c'est la grande menace pour l'esprit, la vie humaine et pensante, dont il faut sans doute moins dire qu'elle est un miraculeux perfectionnement de la vie animale et physique, mais plutôt qu'elle est une imperfection encore aussi rudimentaire qu'est l'existence commune des protozoaires en polypiers, que le corps de la baleine, etc., dans l'organisation de la vie spirituelle. Le corps enferme l'esprit dans une forteresse ; bientôt la forteresse est assiégée de toutes parts et il faut à la fin que l'esprit se rende.

Mais, pour me contenter de distinguer les deux sortes de dangers menaçant l'esprit, et pour commencer par l'extérieur, je me rappelais que souvent déjà, dans ma vie, il m'était arrivé, dans des moments d'excitation intellectuelle où quelque circonstance avait suspendu chez moi toute activité physique, par exemple quand je quittais en voiture, à demi gris, le restaurant de Rivebelle pour aller à quelque casino voisin, de sentir très nettement en moi l'objet présent de ma pensée, et de comprendre qu'il dépendait d'un hasard, non seulement que cet objet n'y fût pas encore entré, mais qu'il fût, avec mon corps même, anéanti. Je m'en souciais peu alors. Mon allégresse n'était pas prudente, pas inquiète.

Que cette joie finît dans une seconde et entrât dans
le néant, peu m'importait. Il n'en était plus de même
maintenant ; c'est que le bonheur que j'éprouvais
ne venait pas d'une tension purement subjective
des nerfs qui nous isole du passé, mais au contraire
d'un élargissement de mon esprit en qui se reformait,
s'actualisait ce passé, et me donnait, mais hélas!
momentanément, une valeur d'éternité. J'aurais voulu léguer celle-ci à ceux que j'aurais pu enrichir
de mon trésor. Certes, ce que j'avais éprouvé dans
la bibliothèque et que je cherchais à protéger, c'était
plaisir encore, mais non plus égoïste, ou du moins
d'un égoïsme (car tous les altruismes féconds de la
nature se développent selon un mode égoïste, l'al-
truisme humain qui n'est pas égoïste est stérile, c'est
celui de l'écrivain qui s'interrompt de travailler
pour recevoir un ami malheureux, pour accepter
une fonction publique, pour écrire des articles de
propagande) d'un égoïsme utilisable pour autrui.
Je n'avais plus mon indifférence des retours de
Rivebelle, je me sentais accru de cette œuvre que je
portais en moi (comme par quelque chose de précieux et de fragile qui m'eût été confié et que j'aurais
voulu remettre intact aux mains auxquelles il était
destiné et qui n'étaient pas les miennes). Maintenant,
me sentir porteur d'une œuvre rendait pour moi un
accident où j'aurais trouvé la mort, plus redoutable,
même (dans la mesure où cette œuvre me semblait
nécessaire et durable) absurde, en contradiction
avec mon désir, avec l'élan de ma pensée, mais pas
moins possible pour cela, puisque les accidents,
étant produits par des causes matérielles, peuvent
parfaitement avoir lieu au moment où des volontés
fort différentes, qu'ils détruisent sans les connaître,
les rendent détestables. Je savais très bien que mon
cerveau était un riche bassin minier, où il y avait
une étendue immense et fort diverse de gisements
précieux. Mais aurais-je le temps de les exploiter ?

J'étais la seule personne capable de le faire. Pour
deux raisons : avec ma mort eût disparu non seulement le seul ouvrier mineur capable d'extraire ces
minerais, mais encore le gisement lui-même ; or,
tout à l'heure, quand je rentrerais chez moi, il suffirait de la rencontre de l'auto que je prendrais avec
une autre pour que mon corps fût détruit et que mon
esprit, d'où la vie se retirerait, fût forcé d'abandonner
à tout jamais les idées nouvelles qu'en ce moment
même, n'ayant pas eu le temps de les mettre plus en
sûreté dans un livre, il enserrait anxieusement de sa
pulpe frémissante, protectrice, mais fragile. Or, par
une bizarre coïncidence, cette crainte raisonnée du
danger naissait en moi à un moment où, depuis peu,
l'idée de la mort m'était devenue indifférente. La
crainte de n'être plus moi m'avait fait jadis horreur,
et à chaque nouvel amour que j'éprouvais (pour
Gilberte, pour Albertine), parce que je ne pouvais
supporter l'idée qu'un jour l'être qui les aimait
n'existerait plus, ce qui serait comme une espèce
de mort. Mais à force de se renouveler, cette crainte
s'était naturellement changée en un calme confiant.

L'accident cérébral n'était même pas nécessaire.
Ses symptômes, sensibles pour moi par un certain
vide dans la tête et par un oubli de toutes choses
que je ne retrouvais plus que par hasard, comme
quand, en rangeant des affaires, on en trouve une
qu'on avait oublié qu'on avait même à chercher,
faisaient de moi comme un thésauriseur dont le
coffre-fort crevé eût laissé fuir au fur et à mesure
les richesses. Quelque temps il exista un moi qui
déplora de perdre ces richesses, et bientôt je sentis
que la mémoire en se retirant emportait aussi ce moi.

Si l'idée de la mort dans ce temps-là m'avait,
on l'a vu, assombri l'amour, depuis longtemps déjà
le souvenir de l'amour m'aidait à ne pas craindre la
mort. Car je comprenais que mourir n'était pas
quelque chose de nouveau, mais qu'au contraire

depuis mon enfance j'étais déjà mort bien des fois.
Pour prendre la période la moins ancienne, n'avais-
je pas tenu à Albertine plus qu'à ma vie ? Pouvais-je
alors concevoir ma personne sans qu'y continuât
mon amour pour elle ? Or je ne l'aimais plus, j'étais,
non plus l'être qui l'aimait, mais un être différent
qui ne l'aimait pas, j'avais cessé de l'aimer quand
j'étais devenu un autre. Or je ne souffrais pas d'être
devenu cet autre, de ne plus aimer Albertine ; et
certes ne plus avoir un jour mon corps ne pouvait
me paraître en aucune façon quelque chose d'aussi
triste que m'avait paru jadis de ne plus aimer un
jour Albertine. Et pourtant, combien cela m'était
égal maintenant de ne plus l'aimer ! Ces morts
successives, si redoutées du moi qu'elles devaient
anéantir, si indifférentes, si douces une fois accom-
plies et quand celui qui les craignait n'était plus là
pour les sentir, m'avaient fait depuis quelque temps
comprendre combien il serait peu sage de m'effrayer
de la mort. Or c'était maintenant qu'elle m'était
depuis peu devenue indifférente, que je recommençais
de nouveau à la craindre, sous une autre forme il
est vrai, non pas pour moi, mais pour mon livre,
à l'éclosion duquel était, au moins pendant quelque
temps, indispensable cette vie que tant de dangers
menaçaient. Victor Hugo dit :

Il faut que l'herbe pousse et que les enfants meurent.

Moi je dis que la loi cruelle de l'art est que les
êtres meurent et que nous-mêmes mourions en
épuisant toutes les souffrances, pour que pousse
l'herbe non de l'oubli mais de la vie éternelle, l'herbe
drue des œuvres fécondes, sur laquelle les générations
viendront faire gaîment, sans souci de ceux qui
dorment en dessous, leur « déjeuner sur l'herbe ».

J'ai dit des dangers extérieurs ; des dangers intérieurs aussi. Si j'étais préservé d'un accident venu
du dehors, qui sait si je ne serais pas empêché de

profiter de cette grâce par un accident survenu au dedans de moi, par quelque catastrophe interne, avant que fussent écoulés les mois nécessaires pour écrire ce livre.

Quand tout à l'heure je reviendrais chez moi par les Champs-Élysées, qui me disait que je ne serais pas frappé par le même mal que ma grand'mère, un après-midi où elle était venue y faire avec moi une promenade qui devait être pour elle la dernière, sans qu'elle s'en doutât, dans cette ignorance, qui est la nôtre, d'une aiguille arrivée sur le point, ignoré par elle, où le ressort déclenché de l'horlogerie va sonner l'heure ? Peut-être la crainte d'avoir déjà parcouru presque tout entière la minute qui précède le premier coup de l'heure, quand déjà celui-ci se prépare, peut-être cette crainte du coup qui serait en train de s'ébranler dans mon cerveau, cette crainte était-elle comme une obscure connaissance de ce qui allait être, comme un reflet dans la conscience de l'état précaire du cerveau dont les artères vont céder, ce qui n'est pas plus impossible que cette soudaine acceptation de la mort qu'ont des blessés qui, quoique le médecin et le désir de vivre cherchent à les tromper, disent, voyant ce qui va être : « Je vais mourir, je suis prêt » et écrivent leurs adieux à leur femme.

Et en effet ce fut là la chose singulière qui arriva avant que je n'eusse commencé mon livre, qui arriva sous une forme dont je ne me serais jamais douté. On me trouva, un soir où je sortis, meilleure mine qu'autrefois, on s'étonna que j'eusse gardé tous mes cheveux noirs. Mais je manquai trois fois de tomber en descendant l'escalier. Ce n'avait été qu'une sortie de deux heures ; mais quand je fus rentré, je sentis que je n'avais plus ni mémoire, ni pensée, ni force, ni aucune existence. On serait venu pour me voir, pour me nommer roi, pour me saisir, pour m'arrêter, que je me serais laissé faire

sans dire un mot, sans rouvrir les yeux, comme ces
gens atteints au plus haut degré du mal de mer et
qui, traversant sur un bateau la mer Caspienne,
n'esquissent même pas une résistance si on leur dit
qu'on va les jeter à la mer. Je n'avais à proprement
parler aucune maladie, mais je sentais que je n'étais
plus capable de rien, comme il arrive à des vieillards,
alertes la veille, et qui, s'étant fracturé la cuisse ou
ayant eu une indigestion, peuvent mener encore
quelque temps dans leur lit une existence qui n'est
plus qu'une préparation plus ou moins longue à
une mort désormais inéluctable. Un des moi, celui
qui jadis allait dans ces festins de barbares qu'on
appelle dîners en ville et où, pour les hommes en
blanc, pour les femmes à demi nues et emplumées,
les valeurs sont si renversées que quelqu'un qui ne
vient pas dîner après avoir accepté, ou seulement
n'arrive qu'au rôti, commet un acte plus coupable
que les actions immorales dont on parle légèrement
pendant ce dîner, ainsi que des morts récentes, et
où la mort ou une grave maladie sont les seules
excuses à ne pas venir, à condition qu'on eût fait
prévenir à temps, pour l'invitation d'un quatorzième,
qu'on était mourant, ce moi-là en moi avait gardé
ses scrupules et perdu sa mémoire. L'autre moi,
celui qui avait conçu son œuvre, en revanche se
souvenait. J'avais reçu une invitation de Mme Molé
et appris que le fils de Mme Sazerat était mort.
J'étais résolu à employer une de ces heures après
lesquelles je ne pouvais plus prononcer un mot,
la langue liée comme ma grand'mère pendant son
agonie, ou avaler du lait, à adresser mes excuses à
Mme Molé et mes condoléances à Mme Sazerat.
Mais au bout de quelques instants j'avais oublié
que j'avais à le faire. Heureux oubli, car la mémoire
de mon œuvre veillait et allait employer à poser
mes premières fondations l'heure de survivance
qui m'était dévolue. Malheureusement, en prenant un

cahier pour écrire, la carte d'invitation de Mme Molé glissait près de moi. Aussitôt le moi oublieux mais qui avait la prééminence sur l'autre, comme il arrive chez tous ces barbares scrupuleux qui ont dîné en ville, repoussait le cahier, écrivait à Mme Molé (laquelle d'ailleurs m'eût sans doute fort estimé, si elle l'eût appris, d'avoir fait passer ma réponse à son invitation avant mes travaux d'architecte). Brusquement, un mot de ma réponse me rappelait que Mme Sazerat avait perdu son fils, je lui écrivais aussi, puis ayant ainsi sacrifié un devoir réel à l'obligation factice de me montrer poli et sensible, je tombais sans forces, je fermais les yeux, ne devant plus que végéter pour huit jours. Pourtant, si tous mes devoirs inutiles, auxquels j'étais prêt à sacrifier le vrai, sortaient au bout de quelques minutes de ma tête, l'idée de ma construction ne me quittait pas un instant. Je ne savais pas si ce serait une église où des fidèles sauraient peu à peu apprendre des vérités et découvrir des harmonies, le grand plan d'ensemble, ou si cela resterait, comme un monument druidique au sommet d'une île, quelque chose d'infréquenté à jamais. Mais j'étais décidé à y consacrer mes forces qui s'en allaient comme à regret et comme pour pouvoir me laisser le temps d'avoir, tout le pourtour terminé, fermé « la porte funéraire ». Bientôt je pus montrer quelques esquisses. Personne n'y comprit rien. Même ceux qui furent favorables à ma perception des vérités que je voulais ensuite graver dans le temple, me félicitèrent de les avoir découvertes au « microscope », quand je m'étais au contraire servi d'un télescope pour apercevoir des choses, très petites en effet, mais parce qu'elles étaient situées à une grande distance, et qui étaient chacune un monde. Là où je cherchais les grandes lois, on m'appelait fouilleur de détails. D'ailleurs, à quoi bon faisais-je cela ? J'avais eu de la facilité, jeune, et Bergotte avait trouvé mes pages de collégien

« parfaites ». Mais au lieu de travailler j'avais vécu
dans la paresse, dans la dissipation des plaisirs, dans
la maladie, les soins, les manies, et j'entreprenais
mon ouvrage à la veille de mourir, sans rien savoir
de mon métier. Je ne me sentais plus la force de faire
face à mes obligations avec les êtres, ni à mes devoirs
envers ma pensée et mon œuvre, encore moins
envers tous les deux. Pour les premières, l'oubli
des lettres à écrire, etc., simplifiait un peu ma tâche.
Mais tout d'un coup, l'association des idées ramenait
au bout d'un mois le souvenir de mes remords, et
j'étais accablé du sentiment de mon impuissance. Je
fus étonné d'y être indifférent, mais c'est que, depuis
le jour où mes jambes avaient tellement tremblé en
descendant l'escalier, j'étais devenu indifférent à
tout, je n'aspirais plus qu'au repos, en attendant le
grand repos qui finirait par venir. Ce n'était pas
parce que je reportais après ma mort l'admiration
qu'on devait, me semblait-il, avoir pour mon œuvre,
que j'étais indifférent aux suffrages de l'élite actuelle.
Celle d'après ma mort pourrait penser ce qu'elle
voudrait, cela ne me souciait pas davantage. En
réalité, si je pensais à mon œuvre et point aux lettres
auxquelles je devais répondre, ce n'était plus que je
misse entre les deux choses, comme au temps de ma
paresse et ensuite au temps de mon travail jusqu'au
jour où j'avais dû me retenir à la rampe de l'escalier,
une grande différence d'importance. L'organisation
de ma mémoire, de mes préoccupations, était liée
à mon œuvre, peut-être parce que, tandis que les
lettres reçues étaient oubliées l'instant d'après, l'idée
de mon œuvre était dans ma tête, toujours la même,
en perpétuel devenir. Mais elle aussi m'était devenue
importune. Elle était pour moi comme un fils dont
la mère mourante doit encore s'imposer la fatigue
de s'occuper sans cesse, entre les piqûres et les ven-
touses. Elle l'aime peut-être encore, mais ne le sait
plus que par le devoir excédant qu'elle a de s'occuper

de lui. Chez moi les forces de l'écrivain n'étaient plus à la hauteur des exigences égoïstes de l'œuvre. Depuis le jour de l'escalier, rien du monde, aucun bonheur, qu'il vînt de l'amitié des gens, des progrès de mon œuvre, de l'espérance de la gloire, ne parvenait plus à moi que comme un si pâle grand soleil, qu'il n'avait plus la vertu de me réchauffer, de me faire vivre, de me donner un désir quelconque ; et encore était-il trop brillant, si blême qu'il fût, pour mes yeux qui préféraient se fermer, et je me retournais du côté du mur. Il me semble, pour autant que je sentais le mouvement de mes lèvres, que je devais avoir un petit sourire d'un coin infime de la bouche quand une dame m'écrivait : « J'ai été *très surprise* de ne pas recevoir de réponse à ma lettre. » Néanmoins, cela me rappelait sa lettre, et je lui répondais. Je voulais tâcher, pour qu'on ne pût me croire ingrat, de mettre ma gentillesse actuelle au niveau de la gentillesse que les gens avaient pu avoir pour moi. Et j'étais écrasé d'imposer à mon existence agonisante les fatigues surhumaines de la vie. La perte de la mémoire m'aidait un peu en faisant des coupes dans mes obligations ; mon œuvre les remplaçait.

Cette idée de la mort s'installa définitivement en moi comme fait un amour. Non que j'aimasse la mort, je la détestais. Mais, après y avoir songé sans doute de temps en temps comme à une femme qu'on n'aime pas encore, maintenant sa pensée adhérait à la plus profonde couche de mon cerveau si complètement que je ne pouvais m'occuper d'une chose sans que cette chose traversât d'abord l'idée de la mort, et même si je ne m'occupais de rien et restais dans un repos complet, l'idée de la mort me tenait une compagnie aussi incessante que l'idée du moi. Je ne pense pas que, le jour où j'étais devenu un demi-mort, c'était les accidents qui avaient caractérisé cela, l'impossibilité de descendre un escalier, de me rappeler un nom, de me lever, qui avaient

causé, par un raisonnement même inconscient,
l'idée de la mort, que j'étais déjà à peu près mort,
mais plutôt que c'était venu ensemble, qu'inévitablement ce grand miroir de l'esprit reflétait une réalité
nouvelle. Pourtant je ne voyais pas comment des
maux que j'avais on pouvait passer, sans être averti,
à la mort complète. Mais alors je pensais aux autres,
à tous ceux qui chaque jour meurent sans que l'hiatus
entre leur maladie et leur mort nous semble extraordinaire. Je pensais même que c'était seulement parce
que je les voyais de l'intérieur (plus encore que par
les tromperies de l'espérance) que certains malaises
ne me semblaient pas mortels pris un à un, bien que
je crusse à ma mort, de même que ceux qui sont le
plus persuadés que leur terme est venu sont néanmoins persuadés aisément que s'ils ne peuvent pas
prononcer certains mots, cela n'a rien à voir avec
une attaque, l'aphasie, etc., mais vient d'une fatigue
de la langue, d'un état nerveux analogue au bégaie-
ment, de l'épuisement qui a suivi une indigestion.

Moi, c'était autre chose que j'avais à écrire, de
plus long, et pour plus d'une personne. Long à
écrire. Le jour, tout au plus pourrais-je essayer de
dormir. Si je travaillais, ce ne serait que la nuit.
Mais il me faudrait beaucoup de nuits, peut-être cent,
peut-être mille. Et je vivrais dans l'anxiété de ne pas
savoir si le Maître de ma destinée, moins indulgent
que le sultan Sheriar, le matin quand j'interrompais
mon récit, voudrait bien surseoir à mon arrêt de
mort et me permettrait de reprendre la suite le prochain soir. Non pas que je prétendisse refaire, en quoi
que ce fût, les *Mille et une Nuits*, pas plus que les
Mémoires de Saint-Simon, écrits eux aussi la nuit, pas
plus qu'aucun des livres que j'avais aimés, dans ma
naïveté d'enfant, superstitieusement attaché à eux
comme à mes amours, ne pouvant sans horreur
imaginer une œuvre qui serait différente d'eux. Mais,

comme Elstir Chardin, on ne peut refaire ce qu'on aime qu'en le renonçant *. Ce serait un livre aussi long que les *Mille et une Nuits* peut-être, mais tout autre. Sans doute, quand on est amoureux d'une œuvre, on voudrait faire quelque chose de tout pareil, mais il faut sacrifier son amour du moment, ne pas penser à son goût, mais à une vérité qui ne vous demande pas vos préférences et vous défend d'y songer. Et c'est seulement si on la suit qu'on se trouve parfois rencontrer ce qu'on a abandonné, et avoir écrit, en les oubliant, *les Contes arabes* ou les « *Mémoires* de Saint-Simon » d'une autre époque. Mais était-il encore temps pour moi ? N'était-il pas trop tard ?

Je me disais non seulement : « Est-il encore temps ? » mais « Suis-je en état ? » La maladie qui, en me faisant, comme un rude directeur de conscience, mourir au monde, m'avait rendu service (« car si le grain de froment ne meurt après qu'on l'a semé, il restera seul, mais s'il meurt, il portera beaucoup de fruits »), la maladie qui, après que la paresse m'avait protégé contre la facilité, allait peut-être me garder contre la paresse, la maladie avait usé mes forces et, comme je l'avais remarqué depuis longtemps, notamment au moment où j'avais cessé d'aimer Albertine, les forces de ma mémoire. Or la recréation par la mémoire d'impressions qu'il fallait ensuite approfondir, éclairer, transformer en équivalents d'intelligence, n'était-elle pas une des conditions, presque l'essence même de l'œuvre d'art telle que je l'avais conçue tout à l'heure dans la bibliothèque ? Ah ! si j'avais encore

---

* Sans doute mes livres eux aussi, comme mon être de chair, finiraient un jour par mourir. Mais il faut se résigner à mourir. On accepte la pensée que dans dix ans soi-même, dans cent ans ses livres, ne seront plus. La durée éternelle n'est pas plus promise aux œuvres qu'aux hommes.

les forces qui étaient intactes encore dans la soirée
que j'avais alors évoquée en apercevant *François le
Champi*! C'était de cette soirée, où ma mère avait
abdiqué, que datait, avec la mort lente de ma grand'-
mère, le déclin de ma volonté, de ma santé. Tout
s'était décidé au moment où, ne pouvant plus supporter d'attendre au lendemain pour poser mes lèvres
sur le visage de ma mère, j'avais pris ma résolution,
j'avais sauté du lit et étais allé, en chemise de nuit,
m'installer à la fenêtre par où entrait le clair de lune
jusqu'à ce que j'eusse entendu partir M. Swann. Mes
parents l'avaient accompagné, j'avais entendu la
porte du jardin s'ouvrir, sonner, se refermer...

Alors, je pensai tout d'un coup que si j'avais encore
la force d'accomplir mon œuvre, cette matinée —
comme autrefois à Combray certains jours qui avaient
influé sur moi — qui m'avait, aujourd'hui même,
donné à la fois l'idée de mon œuvre et la crainte de
ne pouvoir la réaliser, marquerait certainement
avant tout, dans celle-ci, la forme que j'avais pressentie autrefois dans l'église de Combray, et qui nous
reste habituellement invisible, celle du Temps.

Certes, il est bien d'autres erreurs de nos sens, on
a vu que divers épisodes de ce récit me l'avaient
prouvé, qui faussent pour nous l'aspect réel de ce
monde. Mais enfin, je pourrais, à la rigueur, dans la
transcription plus exacte que je m'efforcerais de
donner, ne pas changer la place des sons, m'abstenir
de les détacher de leur cause, à côté de laquelle
l'intelligence les situe après coup, bien que faire
chanter doucement la pluie au milieu de la chambre
et tomber en déluge dans la cour l'ébullition de
notre tisane ne dût pas être en somme plus déconcer-
tant que ce qu'ont fait si souvent les peintres quand
ils peignent, très près ou très loin de nous, selon que
les lois de la perspective, l'intensité des couleurs
et la première illusion du regard nous les font apparaître, une voile ou un pic que le raisonnement dépla-

cera ensuite de distances quelquefois énormes. Je
pourrais, bien que l'erreur soit plus grave, continuer,
comme on fait, à mettre des traits dans le visage
d'une passante, alors qu'à la place du nez, des joues
et du menton, il ne devrait y avoir qu'un espace
vide sur lequel jouerait tout au plus le reflet de nos
désirs. Et même si je n'avais pas le loisir de préparer,
chose déjà bien plus importante, les cent masques
qu'il convient d'attacher à un même visage, ne
fût-ce que selon les yeux qui le voient et le sens
où ils en lisent les traits, et, pour les mêmes yeux,
selon l'espérance ou la crainte ou au contraire l'amour
et l'habitude qui cachent pendant trente années les
changements de l'âge, même enfin si je n'entreprenais pas, ce dont ma liaison avec Albertine suffisait
pourtant à me montrer que sans cela tout est factice
et mensonger, de représenter certaines personnes
non pas au dehors mais au dedans de nous où leurs
moindres actes peuvent amener des troubles mortels,
et de faire varier aussi la lumière du ciel moral selon
les différences de pression de notre sensibilité ou
quand, troublant la sérénité de notre certitude sous
laquelle un objet est si petit, un simple nuage de
risque en multiplie en un moment la grandeur ; si je
ne pouvais apporter ces changements et bien d'autres
(dont la nécessité, si on veut peindre le réel, a pu
apparaître au cours de ce récit) dans la transcription
d'un univers qui était à redessiner tout entier, du
moins ne manquerais-je pas d'y décrire l'homme
comme ayant la longueur non de son corps mais de
ses années, comme devant, tâche de plus en plus
énorme et qui finit par le vaincre, les traîner avec
lui quand il se déplace.

D'ailleurs, que nous occupions une place sans
cesse accrue dans le Temps, tout le monde le sent, et
cette universalité ne pouvait que me réjouir puisque
c'est la vérité, la vérité soupçonnée par chacun, que
je devais chercher à élucider. Non seulement tout

le monde sent que nous occupons une place dans le
Temps, mais cette place, le plus simple la mesure
approximativement comme il mesurerait celle que
nous occupons dans l'espace, puisque des gens sans
perspicacité spéciale, voyant deux hommes qu'ils ne
connaissent pas, tous deux à moustaches noires ou
tout rasés, disent que ce sont deux hommes l'un d'une
vingtaine, l'autre d'une quarantaine d'années. Sans
doute on se trompe souvent dans cette évaluation,
mais qu'on ait cru pouvoir la faire signifie qu'on
concevait l'âge comme quelque chose de mesurable.
Au second homme à moustaches noires, vingt années
de plus se sont effectivement ajoutées.

Si c'était cette notion du temps évaporé, des
années passées non séparées de nous, que j'avais
maintenant l'intention de mettre si fort en relief,
c'est qu'à ce moment même, dans l'hôtel du prince
de Guermantes, ce bruit des pas de mes parents
reconduisant M. Swann, ce tintement rebondissant,
ferrugineux, intarissable, criard et frais de la petite
sonnette qui m'annonçait qu'enfin M. Swann était
parti et que maman allait monter, je les entendis
encore, je les entendis eux-mêmes, eux situés pourtant si loin dans le passé. Alors, en pensant à tous
les événements qui se plaçaient forcément entre
l'instant où je les avais entendus et la matinée Guermantes, je fus effrayé de penser que c'était bien cette
sonnette qui tintait encore en moi, sans que je pusse
rien changer aux criaillements de son grelot, puisque,
ne me rappelant plus bien comment ils s'éteignaient,
pour le réapprendre, pour bien l'écouter, je dus
m'efforcer de ne plus entendre le son des conversations que les masques tenaient autour de moi. Pour
tâcher de l'entendre de plus près, c'est en moi-
même que j'étais obligé de redescendre. C'est donc
que ce tintement y était toujours, et aussi, entre lui
et l'instant présent, tout ce passé indéfiniment déroulé
que je ne savais que je portais. Quand elle avait

tinté, j'existais déjà, et depuis, pour que j'entendisse encore ce tintement, il fallait qu'il n'y eût pas eu discontinuité, que je n'eusse pas un instant cessé d'exister, de penser, d'avoir conscience de moi, puisque cet instant ancien tenait encore à moi, que je pouvais encore retourner jusqu'à lui, rien qu'en descendant plus profondément en moi. Et c'est parce qu'ils contiennent ainsi les heures du passé que les corps humains peuvent faire tant de mal à ceux qui les aiment, parce qu'ils contiennent tant de souvenirs de joies et de désirs déjà effacés pour eux, mais si cruels pour celui qui contemple et prolonge dans l'ordre du temps le corps chéri dont il est jaloux, jaloux jusqu'à en souhaiter la destruction. Car après la mort le Temps se retire du corps, et les souvenirs, si indifférents, si pâlis, sont effacés de celle qui n'est plus et le seront bientôt de celui qu'ils torturent encore, mais en qui ils finiront par périr quand le désir d'un corps vivant ne les entretiendra plus.

J'éprouvais un sentiment de fatigue et d'effroi à sentir que tout ce temps si long non seulement avait, sans une interruption, été vécu, pensé, sécrété par moi, qu'il était ma vie, qu'il était moi-même, mais encore que j'avais à toute minute à le maintenir attaché à moi, qu'il me supportait, moi, juché à son sommet vertigineux, que je ne pouvais me mouvoir sans le déplacer. La date à laquelle j'entendais le bruit de la sonnette du jardin de Combray, si distant et pourtant intérieur, était un point de repère dans cette dimension énorme que je ne me savais pas avoir. J'avais le vertige de voir au-dessous de moi, en moi pourtant, comme si j'avais des lieues de hauteur, tant d'années.

Je venais de comprendre pourquoi le duc de Guermantes, dont j'avais admiré, en le regardant assis sur une chaise, combien il avait peu vieilli bien qu'il eût tellement plus d'années que moi au-dessous de lui, dès qu'il s'était levé et avait voulu se tenir debout, avait vacillé sur des jambes flageolantes comme celles de ces vieux archevêques sur lesquels il n'y a de solide que leur croix métallique et vers lesquels s'empressent des jeunes séminaristes gaillards, et ne s'était avancé qu'en tremblant comme une feuille, sur le sommet peu praticable de quatre-vingt-trois années, comme si les hommes étaient juchés sur de vivantes échasses, grandissant sans cesse, parfois plus hautes que des clochers, finissant par leur rendre la marche difficile et périlleuse, et d'où d'un coup ils tombaient *. Je m'effrayais que les miennes fussent déjà si hautes sous mes pas, il ne me semblait pas que j'aurais encore la force de maintenir longtemps attaché à moi ce passé qui descendait déjà si loin. Du moins, si elle m'était laissée assez longtemps pour accomplir mon œuvre, ne manquerais-je pas d'abord d'y décrire les hommes (cela dût-il les faire ressembler à des êtres monstrueux) comme occupant une place si considérable, à côté de celle si restreinte qui leur est réservée dans l'espace, une place au contraire prolongée sans mesure — puisqu'ils touchent simultanément, comme des géants plongés dans les années, à des époques si distantes, entre lesquelles tant de jours sont venus se placer — dans le Temps.

* (Était-ce pour cela que la figure des hommes d'un certain âge était, aux yeux du plus ignorant, si impossible à confondre avec celle d'un jeune homme et n'apparaissait qu'à travers le sérieux d'une espèce de nuage ?)

DU MÊME AUTEUR

nrf

A LA RECHERCHE DU TEMPS PERDU (15 vol.) :
    DU COTÉ DE CHEZ SWANN (2 vol.).
    A L'OMBRE DES JEUNES FILLES EN FLEURS (3 vol.).
    LE COTÉ DE GUERMANTES (3 vol.).
    SODOME ET GOMORRHE (2 vol.).
    LA PRISONNIÈRE (2 vol.).
    ALBERTINE DISPARUE.
    LE TEMPS RETROUVÉ (2 vol.).

PASTICHES ET MÉLANGES.
LES PLAISIRS ET LES JOURS.
CHRONIQUES.
JEAN SANTEUIL (3 vol.).
CONTRE SAINTE-BEUVE *suivi de* NOUVEAUX MÉLANGES.
LETTRES A REYNALDO HAHN.
LETTRES A LA N. R. F.
MORCEAUX CHOISIS.
TEXTES RETROUVÉS, présentés par Philip Kolb (*Cahiers Marcel Proust*, III).

*

Bibliothèque de la Pléiade

A LA RECHERCHE DU TEMPS PERDU (3 vol.).
CONTRE SAINTE-BEUVE, *précédé de* PASTICHES ET MÉLANGES *et suivi de* ESSAIS ET ARTICLES.
JEAN SANTEUIL, *précédé de* LES PLAISIRS ET LES JOURS.

*

Éditions illustrées

Impression Bussière à Saint-Amand (Cher),
le 22 novembre 1982.
Dépôt légal : novembre 1982.
1ᵉʳ dépôt légal dans la collection : juillet 1972.
Numéro d'imprimeur : 2758.
ISBN 2-07-036159-4./Imprimé en France.